乞力马扎罗蓝
KILIMANJARO BLUE

红尘 著
Hong Chen

中国出版集团
中译出版社

图书在版编目（CIP）数据

乞力马扎罗蓝 / 红尘著. -- 北京 : 中译出版社, 2025. 1. -- ISBN 978-7-5001-8107-1

Ⅰ. I247.5

中国国家版本馆CIP数据核字第2024DD4044号

乞力马扎罗蓝
QILIMAZHALUO LAN

出版发行　中译出版社
地　　址　北京市西城区新街口外大街28号普天德胜大厦主楼4层
电　　话　（010）68359303；68359101（发行部）
邮　　编　100088
电子邮箱　book@ctph.com.cn
网　　址　http:// www.ctph.com.cn

出 版 人　刘永淳
出版统筹　杨光捷
策划编辑　范　伟　白雪圆
责任编辑　范　伟
文字编辑　白雪圆
英文翻译　王利平
插画设计　王　晶　陈昭霓
封面设计　陈昭霓　王　晶

内页设计　柒拾叁号工作室
装帧设计　潘　峰
视频摄制　红　尘

印　　刷　北京瑞禾彩色印刷有限公司
规　　格　880毫米×1230毫米　1/32
印　　张　13.25
字　　数　380千字
版　　次　2025年1月第1版
印　　次　2025年1月第1次印刷

ISBN 978-7-5001-8107-1　　定价：78.00元

版权所有　侵权必究
中　译　出　版　社

献给母亲——

真爱和勇气，是我们唯一能抵御时间、抗衡命运的人生信条。

目录
Contents

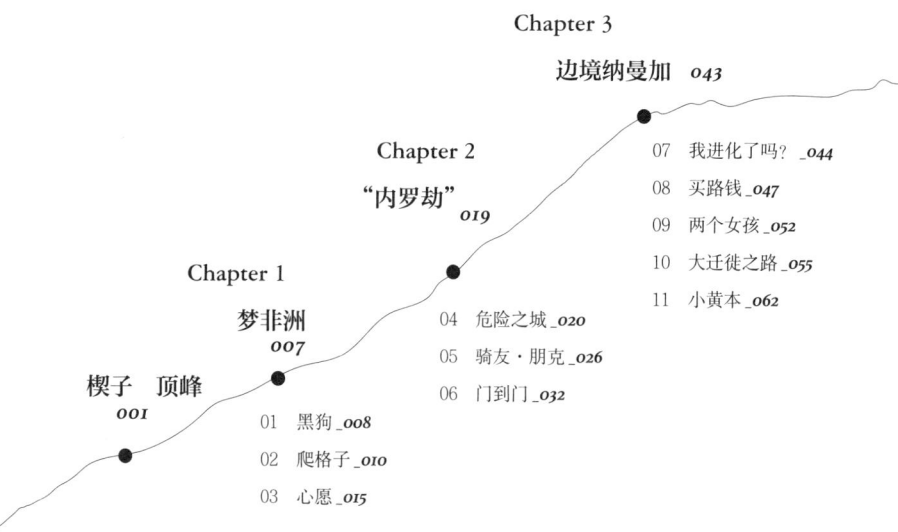

楔子　顶峰
001

Chapter 1
梦非洲
007

01　黑狗 _008
02　爬格子 _010
03　心愿 _015

Chapter 2
"内罗劫"
019

04　危险之城 _020
05　骑友·朋克 _026
06　门到门 _032

Chapter 3
边境纳曼加 *043*

07　我进化了吗？_044
08　买路钱 _047
09　两个女孩 _052
10　大迁徙之路 _055
11　小黄本 _062

Chapter 4
阿鲁沙
069

12 捕蝇草 _070
13 高山向导 _073
14 游猎 _079
15 至爱 _088

Chapter 5
相互触摸
095

16 飞鸟 _096
17 母女连身 _102
18 喜舍 _112
19 抑郁症 _124

Chapter 6
上帝山
129

20 火山雪山 _130
21 黑金刚团 _137
22 小费问题 _148
23 歹徒飞石 _163
24 曼达拉营地 _175

目录
Contents

Chapter 9
你的怀抱
231

32　冻僵的花豹 _232
33　自由峰 _239
34　上帝的耳语 _242
35　打架 _248
36　石头字母 _252
37　山峰的颜色 _258
38　马赛武士与割礼 _263

Chapter 8
千里光
211

28　乞力之歌 _212
29　地图地衣 _216
30　突击营 _220
31　"7+2"老男孩 _225

Chapter 7
蓝色的40道阴影
183

25　旺基部落 _184
26　拥抱雨水 _195
27　天堂之营 _204

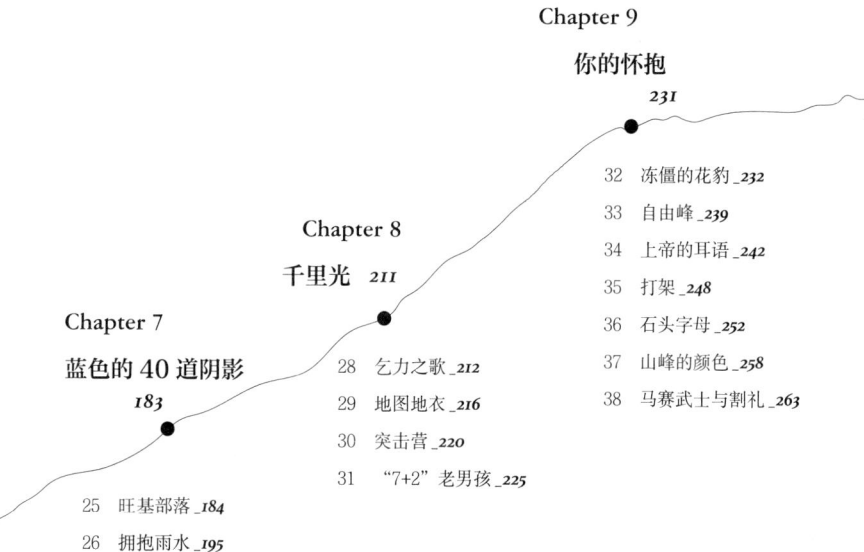

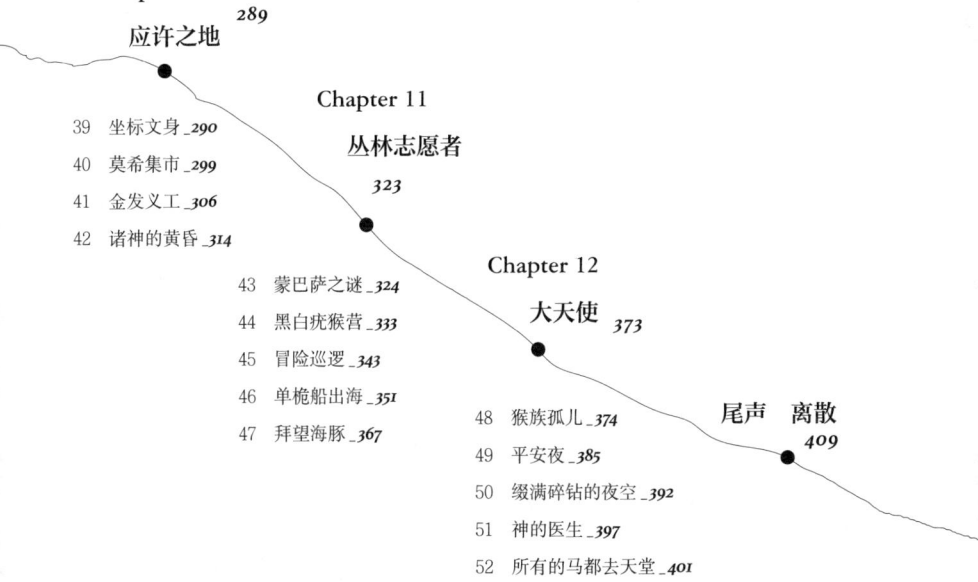

Chapter 10
应许之地 _289_

39 坐标文身 _290_
40 莫希集市 _299_
41 金发义工 _306_
42 诸神的黄昏 _314_

Chapter 11
丛林志愿者 _323_

43 蒙巴萨之谜 _324_
44 黑白疣猴营 _333_
45 冒险巡逻 _343_
46 单桨船出海 _351_
47 拜望海豚 _367_

Chapter 12
大天使 _373_

48 猴族孤儿 _374_
49 平安夜 _385_
50 缀满碎钻的夜空 _392_
51 神的医生 _397_
52 所有的马都去天堂 _401_

尾声　离散 _409_

视频 | 我在马赛马拉有一场婚礼

楔子　顶峰

Prelude On the Summit

"请和我说话,戈戈,请让我清醒过来,请抱住我,请不要让我睡去。我想睡觉。"

海拔 5756 米的斯特拉高地,空气稀薄,冰风刺骨,寂静无声。黎明前的星光已经消隐,地上只有稀疏的乞力马扎罗的积雪。百万年的火山石黝黑一片,无边无际,高山向导戈戈俯下了身体,力图再次从冰冷的石头堆里抓起我来,扶我起来,我还是耷拉着脑袋,语无伦次,头离地面越来越近,最后四肢无力地瘫倒在了一堆布满脚印的脏雪上。

"乞力马扎罗是一座海拔 19710 英尺[①]的常年积雪的高山,据说它是非洲最高的一座山。西高峰叫马赛人的'鄂阿奇－鄂阿伊',即上帝的宫殿。在西高峰的近旁,有一具已经风干冻僵的豹子的尸体。豹子到这样高寒的地方来寻找什么,没有人做过解释。"

海明威的《乞力马扎罗的雪》,像一句接头暗号,一条命运的谶言,此时,我是那只 1936 年的花豹,爬到了这样一个高寒的地方来,身体越来越僵硬,大脑一片模糊,正一点一点失去知觉。我是怎么来到这里的呢?我又在这里寻找什么呢?

一个谜,一个谜语?还是自己生命的一个答案?

"Pearl——珍珠,你醒醒,只有几步路的距离了,你看,你睁开眼睛看看,西高峰,你想爬的自由峰,就在那里。"

戈戈站起了身,费力从身后抱起了我,我身上的军绿色冲锋衣,犹如一只僵尸鸟一样,一下被冰风吹得鼓胀了起来。戈戈的左手有力地抓住了我的左手臂,他长长的右手臂环过了我的脊背,紧紧地搂住了我的后腰,

---

[①] 1英尺= 0.3048米。——编者注

像在环抱一摊烂泥。我们好像一对连体人,一对从出生以来身体就紧密粘贴在一起、生长在一起的孪生兄弟,他在身后半推半抱着,嘴里沉稳地吐出"one, two",让我听着他喊出的"一,二"号子,踩着他步子的节奏,一步、两步,慢慢往前,挪动。

"生命会自己找到出路的,在这众神的殿堂里。Pearl,你鼓起勇气来,还有最后的 100 米了。"

戈戈贴着我的耳垂,喘着粗气说。他呼出的热气,软化了我麻木的耳垂,好像唤醒了我身体里沉睡的细胞,一小股热流如游丝般进入了我缺氧的大脑。

我的大脑里闪过了非洲印象深刻的片段——身披红袍的马赛武士带着我穿越狮子出没的马赛马拉稀树平原,那些布满天空的橘黄色、轻粉色和蓝紫色的晚霞怎么样啊?

在塞伦盖蒂的平原上,能唱歌的平顶相思树点缀着一望无际的大草原,那里养育着世界上最密集的野生动物,一只只大象,一只只长颈鹿,独来独往的猎豹,潜伏在猴面包树上的花豹,成千上万具有传奇色彩的角马,在奔跑着朝着有水源的方向进行史诗般的大迁徙,斑马"男女朋友"在迁徙的途中浪漫地求欢做爱。

在地势起伏的安博塞利国家公园里,远处白雪皑皑的乞力马扎罗山映衬着不断闪现的大象的身影,每一张明信片几乎都以这座非洲最高的山峰做背景,可以最近地走近这些非洲最狂野的野生动物和最原始的大自然,感觉怎么样啊?

阿鲁沙香气四溢的蓝花楹、金合欢,坐在灌木丛旁,面朝火山口来一场烛光烧烤,环绕在周围的红色食蜂鸟、身姿婀娜的皇冠鹤和宝石蓝的翠鸟怎么样啊?

坐在结满殷红果实的莫西山地咖啡种植园里,看着黑油油亮光光的黑人们唱着歌劳作,在马尼亚拉湖的河马身边划着独木舟,与一头帅气的公狮浪漫地一起看夕阳落下,夜空黑黝黝的静谧,没有任何遮挡,没有受到任何污染,满天是碎钻样的星光,心中那妙不可言的感觉又怎么样啊?

每一分、每一秒、每一步的时间，在我的眼前散发出了蓝色、紫色、粉色、白色、金色的眩光。时间在旅行，时间也在磨损，在积聚，也在凝固，最后化成了一股从未有过的原始力量，从我崩塌的身体里倾泻而出，我的眼前铺洒出非洲最高峰的日出，天堂般的日出，好像一个宇宙都有了曼妙的性高潮。

"You are here——你抵达了这里。"我听见戈戈，不，不，是乞力马扎罗在对我暖言耳语。

"你终于来了，但我却在融化。"

我缓慢地抬起了头，眯着肿胀的双眼，从空气稀薄的5895米的高空往下看，乞力马扎罗就像一颗巨大的蓝色眼珠，泛着银白色的泪光。我伸出冻僵的手，捧了一把千年的积雪，筋疲力尽跪坐在地上，双手合十，轻哼了一句"Om，Shanti"，阖上了眼帘。

手上的积雪开始融化，我的身体也在融化，无数次历经苦难、相逢爱恋的融化，脸上是冰雪和泪珠。

插画 | 乞力马扎罗蓝

在周围不绝于耳的吹拉弹唱声,或浓烈的祭拜香烟味缭绕的时候,我会远离嚷嚷闹闹的人群,悄悄走到那个角落里,用手慢慢抚摸一下石碑上我母亲的名字,她是第903位遗体捐献者,然后轻轻叫一声:"妈妈!"

"我想去登乞力马扎罗山,去做一个非洲志愿者。"我大声对着头顶上灰蒙蒙的天空说道。

Chapter 1

梦非洲
Dream of Africa

01
黑狗
Black dog

  非洲的神秘度远远超过了月球上山脉分布的轮廓，非洲也根本不只是个黑色的大陆。非洲不是诗人的诗歌、小说家的小说，也不是某种变化莫测的幻想。相反，它一直闪烁着耀眼的光芒，在我的心底，光彩夺目。
  非洲是人，鲜活的人，布满红色的泥土，阳光灼热，天空湛蓝。
  非洲是我力图寻找的一种为爱而侍奉的真实生活，一个为自己重生的生命而去找寻的终极答案。
  有谁会想到呢，我的脑中来了一只黑狗，在去非洲之前，我竟然得了抑郁症?! 有3年的时间里，我挣扎在工作的压力、身体的疲累、写作的孤独，还有写作营缓慢修建的煎熬之中。这只黑狗让我夜夜失眠，无法入睡，每天都好像生活在地狱般的深渊里，对尘世的厌倦之中。
  我害怕出门，害怕汽车声、人声、手机声，周围所有的声音，我失去了最爱的人，失去了激情和欲望，失去了能够继续爱这个纷繁世界的一种能力。我一直觉得自己是个内心力量很强大的人，但每天起来去做很小的事情，哪怕是洗脸，煮一碗面条，下雨了收一下衣服，我都觉得很费力，要在心里鼓励自己好几十遍才能去做，我不知道我为什么变成了这样，没有力气，感觉自己像个步履蹒跚的老人，看见别人在享受生活时，我却只能和黑狗相伴，我甚至失去了自理生活的能力。好友、同是作家的虹影说："珍珠，写一个长篇是很累人的，你是累病了。"但我不知道我的身体究竟是怎么出的问题。

  那时我的母亲在与肺癌搏斗了1年后离世。在她离开人世前，她做了一个惊人的决定，要将她的遗体捐赠给重庆医科大学做医学实验。母亲不在了,这个世界上最爱你的那个人走了,我曾经悲痛无比,我甚至都不知道自己得了严重的抑郁症,我只能将我的爱恋、伤痛和她不在时我一个人走的每一步,写进献给佛祖故乡尼泊尔的《梵香》里,写进徒步登山的《珠峰鼓手》里。3年来的母亲节,我都只能在母亲写的5180字的《金刚经》前伫立,看着阳光慢慢从楷书第一屏的"如是我闻",移到最后一屏佛陀禅定的脸上,那时她所有的气息和力量又如暖光一样,仿佛又重新回到了我的身上。

母亲没有任何葬礼和墓地,她躺在医学院冰冷的遗体间3年,周围只有冒着寒气的气体。每次想到她的笑靥都会觉得像刀在心尖上划过一样,疼痛无比,我甚至觉得这个决定是不是太残酷了,对她的牵挂一刻也没有停息。3年后的一个冬天,我终于接到了电话,可以将她的骨灰盒接回来了。白色大理石的盒面上嵌着她的一张照片,是她坐在画桌前的抬头一笑。

我们开着吉普车,奔袭去她最想去的大海,带着12岁的小狗小茶。母亲缩小成布袋包裹着的一小团灰烬,悄无声息,陪伴我们过高速公路路口,过娄山关,上高山,下平原,吃路边摊,住鸡毛店,看日落,又看日出,从寒冷走到温暖,走了整整2000公里。

我背着那袋小灰烬,像小时候她背着瘦弱的我,蹚过小溪,进入扎手的灌木丛,爬上无人烟的小山丘,下到了布满礁石的大海边。我带着她爬过了一块块的礁石,爬到了海浪拍打得最高的那块巨石上,将她的骨灰撒向了伫立着海上观音的南海,她肉身的最后一点痕迹随着蓝色的波浪消失得无影无踪。

那一晚,我枕着南山寺的浪涛声终于睡着了,第二天天刚擦擦亮,我梦见了母亲从晨光中向我走来,带着笑,我惊喜叫道:"母亲,你回来啦!"我总能从好多个朋友的家里,看到我母亲的画,有的画还是她赠送给我朋友的结婚礼物。在母亲离世前的一个月,她已经疼痛得滴水不能进,但她还是让我把她带到了古剑山上,看了一眼我们正在修建的国际青年写作营。她躺坐在11月的寒风里,一把她坐了好多年的老旧藤椅上,面朝开阔的天空和青色的山峦,脸色柔和、恬静,好像一个就要启程的牧羊少女。

我蹲跪在她的身边,扶着她的身体,说:"妈妈,我们会一直生活在这里的,这是我们一起写字、画画的创作营地,你要找得到路哟。每当风吹动你的画卷时,我就会知道是你回来看我了。"

那是我和我母亲在这一世和下一世唯一的一个约定。

这几年,身边总有朋友在离世,我每年都要去四公里殡仪馆参加一两次葬礼。在那里一个不起眼的角落里,有一块黑色的大理石石碑,上面刻着这十几年来重庆所有的遗体捐赠者的名字。他们都是一些极为普通的人,某家的父亲,或某家的母亲,但最后他们却自愿地奉献了肉身,给医学做实验,如同圣徒。

在周围不绝于耳的吹拉弹唱声,或浓烈的祭拜香烟味缭绕的时候,我会远离嚷嚷闹闹的人群,悄悄走到那个角落里,用手慢慢抚摸一下石碑上我母亲的名字,她是第 903 位遗体捐献者,然后轻轻叫一声:"妈妈!"

我一笔一画抚摸的那两个字,就像天青云淡的国画、行云流水的书法,那也是母亲无比美好的真名——

银珠。

02
爬格子
Write for a living

在我 14 岁离家读书后,我就再也没有和我的母亲生活在一起过。16 岁上大学,20 岁读完本科,23 岁研究生毕业,因特别崇尚美国《读者文摘》之父华莱士,就自己去创办了一份女性杂志,做了一个文化记者,同时也给其他媒体写专栏。后来杂志一步一步地有了影响力,我做了责任编辑、编辑部主任、主编,一路奋斗着、打拼着、精彩着、华丽着,但生活的轨迹好似一条线,一成不变。在我三十几岁时,我不想再像一个城市生活里飞速旋转的陀螺,一颗林立高楼格子间里的螺丝钉,一架传媒机器上不能停止奔跑的长跑运动员,我毅然辞去了媒体主编的职务,去美国一所大学做了 1 年的访问学者。

我想做一个自由撰稿人,一个能自由行走、自由写字的作家,我想开始我从小就向往的一种理想的生活方式:一半的时间在路上行走,一半的时间在书房写作。像传媒之父华莱士那样,抵达每一条飞机航线能够到达的地方,走遍每一条公路能够延伸到的荒野。

这样的理想听起来都觉得无比美好、浪漫,让人神往,但我也经历了最现实的遭遇,光靠写作很难谋生。每天清晨我坐在书桌前,如同一个推着古老石磨磨豆的手艺人,不停地走动、用力、旋转,一圈、两圈、无数圈,不能停息……磨出一点点生命的白色浆汁,码出一行行黑色五号宋体字,如同生活必需的每日乳液、每滴清水。有时花费两年、三年时间写的一本书,三十几万字,除掉出版时上的 11% 税费,除掉销售半年后的结账,有时能拿到的实际版税,可能只有两三万元。

100 多年前,有一位葡萄牙的诗人,叫佩索阿(Pessoa),他爱戴一副金丝眼镜和一顶灰呢礼帽,是里斯本一个再普通不过的小职员,每天下班后在租来的房间里用碳水笔爬格子,生前籍籍无名,也没女朋友,但他却写下了数百卷的诗行,写下的呓语让半个多世纪后的欧洲人为之倾倒。他将着银灰色的短发在鸽子笼般的小房间里说:"做个诗人不是我的雄心,它只不过是我独处的方式。"我想只要身能安住禅定,心能耐住寂寞,每当关闭欲望的身心时,觉照自然就会来,六根就会不以为然,我静修的是禅那。有时我们活过的刹那,前后都弥漫着黑夜,甭管它有人识或无人识,有名或无名,钱多或钱少,我自写书当修心。

写书,爬格子,也如同画画,如同修行,一定是一辈子的事情。赵无极曾诙谐地说要像做和尚一样,要不停地撞钟,不停地画,一天都不能停。这位华裔法国画家 30 年后名满天下,被称为"西方现代抒情抽象派的大玩家",可他自己却说:"我能够生活,我要画画;我不能够生活,我也要画画。一个人选定了画家这个职业就是苦的,所以,你要是吃不了苦,还是找别的事干吧。"

那个写《百年孤独》的马尔克斯(Márquez)也说:"我所赚的每一分

钱都是用打字机敲出来的,个中艰辛,他人殊难想象。在出版了4本稿酬微薄的书后,我在年过40岁才盼来了能使我真正的靠卖文为生的头几笔版税。此前,我的生活中充满了陷阱、推诿、幻想,更要极力避开无数的诱惑:似乎我干哪行都行,就是当不了作家。"

有时,在暗夜里看着赵无极的水墨《25.06.86 桃花源》,看着孤独大师马尔克斯80岁写的《活着为了讲述》,我会暗自窃喜,亦倍受鼓舞,连大师都会备受煎熬,过着暗无天日的生活,更何况我们这些籍籍无名的小字辈呢?要知道他们其实是说给天底下每一个画画的人、每一个写字的人听的,无论他或她有怎样的一个开始,他们终将经历的过程都是一样的。

要坚持做一件自己喜欢的事特别难,但坚持就像一种虔诚的信仰,如同藏族人磕着等身长头、不远千里去冈仁波齐神山朝圣,坚持就会走到一个春暖花开的精神彼岸。写作与真实的人生一样,只是形式上的差别而已,在本质上两者都是相似的,都在修行,都在朝圣。

为了能继续写作,我开始去做两份工作,每年用一半的时间,在母亲所在的城市,重庆的一所大学教书,用半年的时间来完成我1年的工作量,高级编辑也得在教室站满240个课时的教学量呀。超负荷的运转,超级敬业,超级负责,超级爱护我的学生,我很愿意成为那个为学生引路的默默无畏的燃灯人,我也很感恩这份教书的生活,它让我有了最基本的物质生活的保障。尽管在当今的大学里,原创的文学作品是不予承认、不算科研的。我常常会因为没有科研成果,成了"零分学者",那么,我会就此停下自己手中的笔,不创作了吗?

做一个创作者无疑是幸运的,是天赋予的,它来自作家自己内心的需求。每上完半年的课程,我终于可以挤出下半年的时间来,自由旅行、自由写作,我特别珍惜这种自己争取而来的自由。以前在媒体做主编时,腐败,小资,文艺,生活极度物质化,但在我行走创作之后,我在尘世间的物质欲望已降至最低,当人在大自然中,当你面对雪山时,你会觉得所有的一切,连高峰都会被摧毁,你会知道所有的美色、荣耀、成就,甚至你的财富等,它都会不值一文。

当物质的欲望降得愈低，我内心的灵性生活也会愈丰腴。一个行走着的人，她肯定是非常简单的，她如有复杂的包袱，她是没有办法走得远的。最简单、最有力、最实用的，只背一个包放在身上，我就可以走很远。

每年，我都这样全力以赴地分配着我的时间，我以为我一直都可以这样勇敢无畏地走在路上、写在路上。当有一天母亲离世时，我才发现，我四处流浪，很少有时间陪过她，我走遍万水千山，竟然从未带母亲与我一起旅行过。

负疚、惭愧、自责，无数悔恨萦绕在心，堵塞在我疲倦、疼痛的身体里，但一切失去的时光如流走的溪水、吹过的清风，再无法补偿、再不会重来。每次当我背上背包远行时，母亲都曾是我经济上与精神上的最大支持者，帮我缝背包，资助我往返机票，让我不要在路上太节约，提醒我注意安全，让我不要担心她。而每当我拧开家里的门锁时，她会从画桌前抬起头来，惊喜地说一句："珍珠，你回来啦！"好像稳坐在莲花座上的菩萨，爱怜地伸出了庇护我、拥抱我的双手。

她甚至给了我一种强烈的错觉，我以为她一直都会在那里安坐着，在我回头时，在我疲惫时，在我回家时，她一直都会敞开怀抱，一直都会在家里等着我。她一直都是我的超级粉丝，第一读者，她会用朗朗的声音，笑眯眯着眼，很神往地说："珍珠，你下一个地方要去哪儿？我的目光会一直跟着你。"

无论我挣钱还是不挣钱，书卖得好还是不好，她都从不阻拦我去过自己选择的生活，总是勇气十足地鼓励我走出每一步，无论那条路有多难，有多苦，又有多远。她喜欢让她的孩子，像一个蒙古族的牧羊少女那样，去自由自在地放牧青山绿水，在天苍苍、地茫茫里寻找那缕滋养生命的自由甘泉。

"生活终究会有它本身的答案和谜底的，珍珠，永远不要轻言放弃。"

母亲是地上的盐，世上的光，母亲在我的心里对我说着话，母亲好像从未曾离开过我。你可以哭泣，可以心疼，可以难过，但不能气馁，也不能绝望。当生活走到绝处时，要舍得把一切不属于生活的内容都剔除得干干净净，把忧伤、疲累、压力、痛苦、责任、成功的欲望通通从身体里拿掉，把生活简化成最基本的形式，吃饭、走路、写字、睡觉，简单，简单，再简单，做一些实际的事情，把时间放在旅行上。抑郁这只黑狗，曾经抢走了我的爱，埋葬了我的深情，可它的确是个神奇的伙伴，它促使我反思自己，要活得简单点。抑郁的反面，不是"快乐"，而是"活力"。我试着从医院的治疗床上爬了起来，取下了放在头部、四肢的各种连接线，走出了那间黑乎乎、力图帮助我深度睡眠、精神康复的治疗房间。

我重新站在了家里藤编的白色柜门前，呼吸突然开始变得急促，神情又慌乱、紧张了起来，冷汗一下冒出了额头和脊背，全身像浸在冷水里一样湿漉漉的，大脑飞一样地眩晕，我觉得我快虚脱了，控制不了那一波波奔涌袭来的恐惧、潮热、狂乱的情绪。我双腿跪在了有微弱香气的柏木地板上，我觉得我好像使出了洪荒之力，一生的力气，才勉强拖出了那只瘪气的背包。

坐在地板上，慢慢拉开背包一层一层的拉链，那里躺着我的徒步鞋、登山杖、雨衣、护膝、睡袋、海盗头巾、风雪帽，它们散发出一阵轻微的霉味和汗气，好像一堆饱受了委屈与苦难的弃儿。我的呼吸里突然一下有了徒步1000公里的喜马拉雅山的气息，阳光下雪山和森林的味道，驮马、背夫、响铃、诵经声、树木、花朵、露珠、秃鹰、泥土、脚步声，各式各样人和非人、动物和植物那鲜活生命的气息。

我觉得我的力气在开始重新回来了，我开始一件件地打开这些东西，用温水一点一点地把它们擦拭干净，再晾晒在了通风的露台上。我要摆脱身体的黑暗期，不容许抑郁这头魔鬼再钻在我的每一处神经细胞里，霸占着我的骨髓。我要去走一条从寒带到热带的路径，历经春夏秋冬的递变，让生命再次激荡起来，发现、付出、给予、侍奉，去爱别人，爱这个世界，深情地活着，如夏花般灿烂。

"我想去登乞力马扎罗山，去做一个非洲志愿者。"我大声对着头顶上灰蒙蒙的天空说道。

母亲的注视亦会在天空里的，一定是各种不同的漂亮光线，如同她的眼光。

而这次的旅程,将是我的救赎。

03 心愿
The wish

非洲萦绕在心多年,而去做一个志愿者的心愿,也不会因为我身体的好坏、年岁的渐长而改变。我在清冷的半夜上网,登录肯尼亚的官方网站去申请电子签证,边填英文表格,手心边在出汗,我心里依然充满了畏惧、害怕、惊慌的情绪,这是陪伴了1年多的黑狗的阴影,更何况要面对的是那样陌生、遥远的一个异乡呢。我差一点就停下手中的无线鼠标坚持不了,想放弃,想缩回暗夜的躯壳里,一成不变的过往中,裹足不前、维持现状总比变化多端、前途未卜好呀,但一个声音悄然在我心底响起:

"那是你的天命。"

在柯艾略(Coelho)的《牧羊少年奇幻之旅》里,一个牧羊男孩圣地亚哥,成天赶着羊群在西班牙的安达卢西亚平原大川上悠然放羊,起初也不知道什么是自己的天命,什么是自己从未有过的生活。

"天命就是你一直期望去做的事情,那是你在世间的一种使命。"一个老迈的王,撒冷之王,给16岁的男孩指出了横渡地中海、穿越撒哈拉沙漠、通往北非埃及金字塔的一条朝圣之路。

世间的万物终究为一物,当你想要去做某件事情时,想要去实现某个心愿时,要相信整个宇宙都会合力来帮你的,因为这样的愿望来自内在的生命,来自至高的宇宙的灵魂。我像那个牧羊男孩一样,晃动鼠标的手停顿了十几秒,好像经历了几个世纪那样漫长的思考、犹疑,随后又开始握紧鼠标,鼓捣那张看起来特别复杂的英文表格。从填表到出签证,50美元,手机扫码,网上支付,差不多折腾了3个小时才算搞定。

我深呼吸了一口长气,慢慢吐在了夜色里。我觉得重新进入了练习克利亚瑜伽的状态,正在把吸入的气息送进了呼出的气息里,又把呼出的气息送进了吸入的气息里,像一个瑜伽行者那样调和着这两种气息,循环着从心脏那里释放出来的生命力量。此刻,我好像一个终于骑上马的暗夜骑士,一个挥动着羽翼的隐身蝙蝠侠,而为了这个决心,这个心愿,这个呼吸,我几乎用了整整3年的时间。

　　要出发了,心反而像一粒种子那样安静了下来。我的航班是下午5点从重庆飞广州的,母亲在世时,这条航线是我以前做媒体人时经常往来的,熟悉得如手掌上的掌纹。在广州工作,回重庆过年、看望母亲,再从重庆出发。不过这次我得从广州转机,再坐半夜11点直飞内罗毕的航班,这是我从来没有飞过的一条航线,陌生得像我从未说过的一种语言。要从北半球夜航12小时到南半球,顺着地球运转的轨道飞行,我从未见过的赤道荒原的景致也将在内罗毕的晨曦中显露。

　　在某个地方,彩虹之上,蓝色天空之中,没有雾霾,没有阴郁,也许肯尼亚,也许坦桑尼亚,它们会重新让我开花、结果,会成为我的下一个乐园或者福地吗?!

　　我一夜未眠,也没吃医生给的那粒阿普伦安眠药。我拍了拍我脑中的那只黑狗,它仿佛也很喜欢旅行,再不像之前的那只野兽。裹着钴蓝色的旅行毯,我在1万公里的高空中,漫天飞想。

　　最好还有一个能登山的非洲男人。

　　我的心在快接近赤道时,突然开始笑了。

视频 | 游猎非洲五霸

越接近目的地，我发现我对非洲的感情也在一点点加深，非洲好似色彩艳丽的多巴胺激素，引申出了无数让人愉悦的"快乐因子"，我甚至很快就忽略了这个城市中那些阳光下可怕的阴暗面。

亿万的非洲人几乎是在一夜之间，从原始部落、农耕劳作的生活方式一下迈进了信息网络的现代社会，非洲正变得如同一堆沸腾的酵母、一座喷发的火山。

Chapter 2

"内罗劫"
"Nairobbery"

04 危险之城
Dangerous city

11月的这个迷人的晴朗早晨,我搭乘的空客降落在了内罗毕(Nairobi),旅行是人生重要的课堂,我想人们的每一段旅程都会是一小段人生,每次出门都会是一次历险,每种远行都会是一种发现,或一次疗伤,一种治愈,带着自己的个性,散发着不同的味道,印着不一样的足迹,写着各式各样的遭遇,而每一次都自有它的使命,不同凡响的精彩,绝不会同之前任何一次混淆。

我背着背包,戴着平顶窄檐的蓝色草帽,手搭着三宅一生的卡其色风衣,钻出了狭窄的机舱舷梯。非洲温热的空气扑面而来,立刻触到了我病恹恹的肌肤上。非洲给我的第一印象就是红土地,天空像燃烧陶器般的火热、绚丽,空气中的阳光猛烈,给裸露着的每一寸皮肤,脸庞、脖子、手臂都披洒上了一层细密的光芒。在我眼里,此时的非洲是由两个词组成的:阳光,灼热。

没错,这正是我此时内心的写照,渴望阳光,渴望灼热。

内罗毕的肯雅塔国际机场是以肯尼亚的国父肯雅塔(Kenyatta)来命名的,初次踏上肯尼亚这片赤道热土地的人,听到次数最多的名字很可能就是"肯雅塔"。最繁华的大街叫肯雅塔大街,最重要的节日之一是"肯雅塔日",甚至最有名的国立医院、两所大学都以肯雅塔来命名,当然,每天掏出钱包使用的钱币——肯尼亚先令上也是肯雅塔含着笑的头像。这个1895年出生于肯尼亚最大部族基库尤的黑人少年,曾一边在家里干农活,一边在教会学校上学。他成长为基库尤人的激进青年代表后,在欧洲游历、学习了将近16年的时间,增长了他要改变一个旧世界的远见卓识与才干。

第二次世界大战结束后,已经51岁的肯雅塔回到了肯尼亚,用他那温和、儒雅、非暴力的方式为肯尼亚人的独立而战。1963年，肯尼亚脱离了英国43年的殖民统治，最终独立，肯雅塔成为肯尼亚共和国的第一位总统。

在肯尼亚的国语斯瓦希里语中，有一个肯雅塔很喜欢用的词：Harambee（哈兰贝），发音清朗的"哈兰贝"意即团结、齐心协力。独立之后的肯尼亚是令人兴奋的，完全可以想象得到，基库尤（Kikuyu）、卢西亚（Luhya）、卢奥（Luo）、卡伦津（Kalenjin）、马赛（Maasai）、康巴（Kamba），肯尼亚多达42个民族的人们，是多么欣喜地看到最后一批殖民的英国士兵打道回府。他们相信，如今非洲人可以自己管理、建设好自己的国家，并建立起自己的一套行政系统，肯雅塔这位睿智、坚定、宽容，如同各个部族的大酋长老人，为消除肯尼亚的三大敌人：愚昧、贫困和疾病，侍奉了一生的生命。

肯尼亚人亲切地称肯雅塔为Mzee Kenyatta（姆齐肯雅塔），意为"永远的长者"。有4610万人口的肯尼亚最终成了东非发展得最好的国家，首都内罗毕拥有了"东非小巴黎"的美誉。但同时，前殖民地各个阶层之间的冲突，各种宗族主义、裙带关系以及种族歧视的再度泛滥，使肯尼亚无法实现完全的平等、自由与和平，常常在总统选举期间因种族的暴力冲突而让国家不由自主地陷入瘫痪状态，内罗毕也成了肯尼亚自独立半个多世纪以来各种社会问题的最大聚集地，暴力、暗杀、腐败和土地纠纷等一系列侵犯人权的事件，贫穷、落后、贪污、种族歧视等社会阶层问题，让"阳光下的绿城"内罗毕也成了非洲最危险的城市，350万的内罗毕人，有超过100万的贫民居住在非洲最大的贫民窟基贝拉（Kibera），而那里仅距市区5公里之远，一半的人在失业，没有工作，大多数居民每天收入不足1美元，约100肯尼亚先令，常常一日只能吃上一餐饭。

在机场海关弥漫着各种热烘烘气味的大厅里排队、等候行李出来时，我慢慢翻看着《孤独星球》的东非手册，想着我即将进入的肯尼亚这个国家的国情，周围是忙乱的来自世界各地的各种肤色的人群。来肯尼亚的旅行者，大多数是来做梦寐以求的游猎之旅的，看在其他大陆里再无法遇见的Big Five——非洲五霸，非洲狮、非洲象、花豹、犀牛和野牛，体验最原始的地球之最，这个星球上最震撼的野生动物大迁徙，但几乎每一本手

"内罗劫"
"Nairobbery"

册都会告诉你,你正置身于非洲最危险的城市内罗毕,其糟糕程度堪比南非的约翰内斯堡和尼日利亚的拉各斯,饱受其害的当地人和外国侨民给它取了个形象的绰号——"内罗劫(Nairobbery)"。城市中随处可见提醒游人小心劫匪的标语,还会配上一段发生在此处的悲惨故事。看看当地媒体的报道,你很快就会发现劫车、盗窃、抢劫、暴力事件和贪腐每天都在发生,那才是每个旅行者将要在内罗毕面临的最大"敌人"。

但我必须在这个年轻、活力四射又充满着恐怖故事的东非最大城市里停留,我要去与我参与项目的志愿者组织接洽,看他们将我安排去肯尼亚的哪个地方。当然,我也需要在这里中转,过边境,在去做志愿者之前,先去坦桑尼亚登乞力马扎罗山。

蓝紫色的玻璃窗从海关大厅的地面直通到了极高的天顶,我推着两个背包走出了机场到达厅,整个人一下进入了猛烈的热带强光里,现在我是在阳光之神的世界里了。

内罗毕没有地铁,没有轻轨,城市有的公共交通设施主要就是 Matatu(马他途),一种破破烂烂但速度很快、当地人经常搭乘的小巴士,漆成色彩斑斓、很热带旋风的炫酷样子,车上放着各种超炸天的摇滚乐、非洲乐,还有售票员的吆喝声也很挑战神经。如有人想要下车了,就吹一声口哨得了。曾在志愿者组织工作过的朋友辛巴告诫我,在内罗毕尽量别坐马他途,车上的小偷几乎是在围抢,不仅拥挤不堪,还真的比较凶险,司机的车速超快,千万不要坐在司机旁边,若遇上车祸第一个被甩出去的可能就是你。

害怕总是有道理的,但路上跑的有顶灯的正规出租车非常少,且收费昂贵,没有顶灯的黑车在出口处围了上来,一个劲打友情牌:"Jambo(你好)! Karibu(欢迎)!"那是我落地后很清晰地听到的第一句斯瓦希里语,热情无比,像周围的温度,但黑人兄弟开的"黑车",谁敢坐呢?谁敢一落地就舍身冒险,大胆"涉黑"呢?感谢有了 TK 这个互联网精英,他在全球 300 多个城市创立了 Uber(优步)网约车,尤其是像在内罗毕这种缺乏公共交通设施的地方,乘坐 Uber 几乎成了外国旅行者可靠、方便的首选出行方式。

在闹闹嚷嚷、人群穿梭的乘客候车处，我坐上了在手机上订的第一辆Uber。这是一辆白色的丰田花冠，开车的司机是个敦实、粗壮的卢奥族（Luo）汉子，一笑牙齿白亮亮地闪光，英语说得比我还溜。卢奥族是肯尼亚的第三大部族，他们主要居住在非洲最大的蓝色大湖维多利亚湖附近，那里是世界最长的河流尼罗河的发源地，美国前总统奥巴马的父亲，就是肯尼亚的卢奥族人。老奥巴马在美国哈佛大学获得经济学博士学位后，回到了肯尼亚，他曾是一名经济学家，后来卢奥族对基库尤族的抗议引起了双方的流血冲突，激怒了来自基库尤族的老总统肯雅塔。固执己见的老奥巴马被定性为"麻烦制造者"，仕途失意的他失去了工作，只能借酒消愁，最后因酗酒驾车而身亡。有一半地道黑人血统的奥巴马总统毕生只和老父亲相处了一个月，但奥巴马却认同了自己黑人的根，他曾到肯尼亚寻根，还写了一本励志的回忆录，叫《我父亲的梦想》。

我点出手机上的米尼曼尼背包客客栈（Milimani Backpackers）给这个卢奥司机看，他马上笑着说："在西南方的卡伦区，背包客爱去那里，那里住着很安全。"我很好奇在内罗毕Uber竟然很流行，要知道这是发达国家才风行的网约打车方式，感觉就像在中国打滴滴车一样。

我问他开Uber赚钱吗？这个黑汉子开心地对我说，他开Uber每天能挣20多美元，约2320肯先令，一个月下来有600~700美元的收入，比一个公务员、警察的月薪都高。不过，警察向各种在路上跑的车敲诈勒索的情况也很严重，无论你是何种车、何种人，随时都在破财，随时都在给买路钱，这好像成了一个奇怪的生物链怪圈，内罗毕人大多习惯了警察的索贿，把它当成了家常便饭，但每一个初来乍到的外国人会感到这是一种难以承受的"文化休克（culture shock）"，是一种赤裸裸的对人身自由的侵犯和打劫。

"Madame，内罗毕的治安不好，你白天还能在街上逛逛，最好有当地人陪同，晚上是绝对不能出去的，即使是当地人也会早早回家的。"

卢奥司机用殖民时期很正式的"夫人""女士"称呼我，告诫我。我半信半疑，晃着头说：

"是真的吗？有这么恐怖吗？谢谢你告诉我！"

他鼻翼扁平、硕大，双唇突出，黑亮着一张油浸浸的笑脸，呱呱呱像倒豆子样爽快，也很有礼貌，告诉我经过的机场四车道是中国"基建狂魔"修的，是肯尼亚为数不多的极宽车道。

"中国人太厉害了，又快又能吃苦。"他歪了一下头，用一副赞赏的表情瞄了我一眼，让我顿时也有了一种"亚非拉"是兄弟的亲切感。

白色花冠车经过了城市南郊的内罗毕国家公园（Nairobi National Park），卢奥司机话更密了，说得愈发带劲。我想我运气真好，有了一个不花钱的向导。

"你看，女士，这座公园有117平方公里那么大，开车的话也要一天才能转遍，你知道它是世界上唯一一座建在首都里的野生动物园吗？"

他如数家珍，可不是吗？那些之前我从未亲眼见过的非洲五霸，可不就是每个内罗毕人的远亲近邻嘛！

每个非洲人在说起他们独有的野生动物时，骨子里都会透出一股发自内心的喜悦和骄傲，好像在说他们自家的兄弟姊妹、他们的亲人伙伴一样，那时好像他们自己也回到了优美、纯粹的自然怀抱。长颈鹿、斑马、鸵鸟、大象，它们悠闲自得地在现代城市的天空下踱步，身后是高耸的摩天大楼和附近机场不时起降的各种飞机，但令人惊奇的是动物们才不会受周围环境的影响和打扰呢，它们自在地晃荡着，捕食、追逐、寻友、交配、生儿育女，它们的自由自在与这个城市传说中的那些由人类制造出来的不安全、高犯罪率，瞬间在我眼里构成了一种奇异的反差。

我看见车窗外各种色彩特别鲜艳的景物不断飞掠而过，林地上绿草如茵，深红色的土地夹着赏心悦目的绿色，天空湛蓝，各种开着花的巨大树木像彩色玻璃片一样闪耀，高踞在小山丘上的圆形茅屋组成的村子如同亘古不变的童话传说那样，吸引着人想一个个前去探望。一切景物、一切动物在我眼前像有魔法磁力般晃动着，比任何世界著名的风景画还动人，那是一种来自上帝的伊甸园才具有的世外桃源般的异域风情。

甚至身边开车的这个卢奥司机，也让我一下就有了好莱坞片子《为戴西小姐开车》的那种暖暖的感觉。电影中的那个女主戴西是美国南方一个傲慢、独立、挑剔的老年白人妇女，而为她开车的黑人老司机霍克却始终积极乐观、幽默健谈、温馨接送情、山水喜相逢，这对黑白主仆在一个弥漫着种族歧视的社会里，将温情满满的友谊持续了整整 25 年。一部很轻的电影与很重的人生，此时此刻在红土热浪的内罗毕交织着，迅速进入了我的内心。

越接近目的地，我发现我对非洲的感情也在一点点加深，非洲好似色彩艳丽的多巴胺激素，引申出了无数让人愉悦的"快乐因子"，我甚至很快就忽略了这个城市中那些阳光下可怕的阴暗面。

米尼曼尼客栈的门口是条坑坑洼洼的土路，卢奥司机把车子停在了一个绿树成荫的小院前。Uber 可以在手机上付款，也可用现金支付，里程单上有公里数、乘车时间、地点，有司机的姓名、车牌号和手机号，一点网上付款 28 美元，关联的手机短信、电子邮件里马上就有了通知记录，这在一个初来乍到又危险的城市里，搭乘一程 Uber 让我平添出了一点安全感与踏实感，而这也是以前在任何一个国家或城市行走时都不曾有过的感觉。司机帮我拖出了背包，我问谢谢怎么说，他嗓音浑厚地说了句：

"Asante（阿桑特）。"

我热炒热卖，对他说了刚学的第一句斯瓦希里语："Asante！"

他从车窗里探出油光光的黑头，欢快地回了句："Hakuna Matata（哈库拉 马他他）！"一甩车尾，扬起一地尘土离开了。

我愣了一下，那又是什么意思呢？管他的，待会儿再问，非洲的每一分每一秒都是新鲜的，够得我学。

05
骑友·朋克
Bikers · Punk

　　院子灰绿色的大门紧闭着，安静得好像没有人住一样，门楣上用英语写着：Milimani Backpackers，字体是浅棕色的，有一种时光磨损的古典味道。来人需按铃后有保安开门才能进入，我一按小圆球门铃，院子里养着的一条大狗就先叫了起来。哦？内罗毕果然有治安问题。到处的安保措施都很严格，一般大铁门都不会随便打开的，保安也是24小时在值班。

　　之后我发现，在购物中心、商务楼、大公司、酒店、银行、博物馆，每去任何一个人群集中的地方，都有保安把门。进大门，都先要经过安检扫描，保安还要开包查看来客的挎包，车子进入停车场、加油站时，武装警察都要让司机先摇下车窗检查乘客，还要打开后备箱接受检查。看来防恐袭、保安全真是在内罗毕生活的头等大事，而这些安保措施都是源于2013年肯尼亚购物中心的袭击事件，在肯尼亚索马里青年党制造的这起屠杀事件中有72人死亡、168人受伤，紧接着又是2015年的"4·2"肯尼亚大学遇袭案，至少有147人死亡、79人受伤，还有大量学生被劫为人质。2019年"1·15"的市区一酒店遭武装袭击案，至少15人死亡，包括两名外国男子及13名当地人。

　　政府随后要求的强制安保措施显然是有道理的，尽管每个人都觉得在内罗毕处处受到检查很不方便，也没人身自由。

　　一个身穿普兰制服的保安打开了大门，对我热情地道了一声："Jambo（姜博）！"我也娴熟地回了一声："Jambo——你好！"至此以后，我在非洲，每天至少几十次听到不同的人对我说"姜博（你好）"，我喜欢这个词悦耳的发音，拖着长长的尾音，像阳光下的轻音乐。

　　开门后我进入了米尼曼尼的独家小院，院子的中央是一排有绿纱窗的两层小木屋，木屋里有单人间、双人间、多人间，我订的是单人间，一个年轻的服务生把我的背包放在了一间铺着薄荷绿条纹床单的房间里。

我给了他 1 美元的小费，他欢喜地道了一声："Have a nice day（祝你愉快）！"而后轻轻掩上门离去。

内罗毕与中国有 5 小时的时差，从我坐车离开冬天的重庆，离开寒冷阴湿的雾都和周围密集的摩天大楼算起，已经过去了 22 个小时。此时的非洲是南半球夏季的小雨季，木屋前面开阔的院子里长着各种高大青翠的树木，小楼周围是色彩艳丽的花花草草，黑人女工拿着大剪刀在铺着石子和木板的小径上修剪着花枝，拎着木桶跪趴在回廊上擦洗地板，时不时总能听到她们的嬉声笑语，那种快活的劳作和恬然自适的满足劲着实打动了我。我坐在一把藤椅上打开了背包，换上了轻薄的丝蓝色睡衣，我想倒一下时差，小憩一会儿，阳光从绿纱窗网里漫射了进来，带着不知名的花的香气，我的身体突然感觉到很轻柔，像羽毛，内心没有了压力，很快就睡去了。

从来非洲的第一天起，我就停止了服用百忧解，那些紧张恐惧、惊慌失措、窒息难受的感觉突然就从我身体里消失了，是因为阳光吗？还是因为异国他乡的旅行？即使在后来遭遇意想不到的危险时，我一人也能镇静自如，也能有足够的力量和勇气来应对，我简直就像变了一个人，重新脱胎换骨了一次，我都不敢相信那个只身背着背包飞越 1 万公里的妹纸是我自己，怎么突然就强悍起来了，一切真是太奇怪了，难道非洲真是一个奇迹？！

我在梦里好像听到窗外的树上有声响，翻起身推开木窗一看，远处的树枝在抖动，哈，几只长尾巴的青猴在树上跳来蹦去，旁若无人地玩得好开心。那只在院子树荫下拉长着身子呼呼大睡午觉的大麦町狗叫 Scoopy，是这里的宠儿，人人都喜欢它，你可以叫它史酷比狗，或汤勺、小贴心什么的。它以前的身世堪怜，养它的白人是个落魄的酒鬼，为了几角酒钱就把它卖给了这家客栈的英籍主人。它警惕性特高，是守护院子的看门狗，不过它也蛮喜欢和每一个住客跟前跟后地热乎，像个跟屁虫，白色瘦长的身子间杂着大小不一的巧克力色色斑，看起来像某个不满内罗毕现实的嬉皮们的涂鸦杰作，这也让它跑起来时像个萌萌的卡通人物一样，特别逗人爱。

住在我隔壁的两个德国骑友要在小木屋休整两天，他们从红海一路南下，要沿着东非大裂谷这个地球上最美的巨大伤痕，穿过埃塞俄比亚中部高原、东非肯尼亚中部高原，直到南边的莫桑比克入海口，胆大妄为地要来个纵贯非洲1万里的穿越旅程。这两个骑士正躺在院子里的麻质网眼吊床上翻看线路图，齐膝的骑行裤上磨出了好多大小不一的窟窿，身上的皮肤全晒爆了，紫一块、黑一块、花一块地起着难看的皮，可他们兴致勃勃的样子却很酷。他们单车上的驮包用的是两个大大的迷彩布包，修车工具、打气筒、备用轮胎、帐篷、睡袋、水壶、书籍，五花八门的东西全捆绑在一起。这两个迷彩布包看起来破烂不堪，很丑陋。他们在吊床上晃来晃去的，晃得很高，快意地说着好让自己凉快一些。一看见我下楼，马上就得意地和我交流起经验来，热情得好像我们八辈子前就认识了一样。

"南非有个歌手托尼·伯德（Tony Bird），给大裂谷写了一首歌，*Rift Valley*，我们听着一路向下，这条东非的大地沟实在太大了，我们原以为大裂谷是一个很深的大峡谷，像书上说的黑暗的断涧深渊，深不见底的深邃和惊险。昨天在内罗毕郊外海拔2500米的里穆鲁观景台，我们看见的完全是另外一番景象，100公里宽的谷底开阔坦荡，开着淡黄色花朵的仙人掌环绕着马赛人的茅草屋和村庄，谷地一马平川，有赶着牛羊群、身披红毯的马赛牧羊人和跑着汽车的城镇，林木葱茏的原始森林覆盖着乱云飞渡的肯尼亚山群峰，稀树平原深处的湖水波光闪闪，碧水升腾。白云飘荡的东非大裂谷大得美得令人难以置信，或许只有航拍，才能拍出它的宽广壮丽吧。"墨镜骑士说得诗情画意。

"恩贡山下的草原之晨美不胜收，小贩就在观景台的凉棚小屋中卖可乐、咖啡、奶茶，火炉上摊着一张张的乌伽里面饼，他们说大裂谷里不时还有走离群了的羚羊、长颈鹿、角马。其实不只地球，很多星球上都有裂谷，火星上的裂谷有4000公里长。但大裂谷可能裂得有点大了，迟早要把整个非洲撕裂。"晒伤脸骑士添油加醋。

大裂谷是东非高原上一部史诗般的鸿篇巨作，世界地理的奇迹，坊间说到肯尼亚，不看东非大裂谷等于没来肯尼亚，我刚落地还没来得及去做游猎之旅，这两个年轻的家伙就在客栈很激动地掀开了巨著的第一页给我分享，来了个真人版的暖场。我问他们是不是受了切·格瓦拉《摩托日记》

的影响，日记开篇的第一句话就很吸引人："这不是一个有关英雄事迹的故事，也不仅仅是一个有些玩世不恭的人的人生故事。只是两个人的一段人生经历，他们带着希望上路，走过了一段特定的路线。"

23岁的切，那时还不是一个目光坚毅的革命者、游击队战士，那时还只是一个学医的大学生，外号"火塞"，他和他的伙伴阿尔维托，绰号"死胖子"，一个29岁的生物化学家，并肩骑着一辆破旧的诺顿500摩托车，他们叫它"万能车"，从阿根廷的布宜诺斯艾利斯出发，一路向北，横穿整个南美大陆2万公里，远离"文明"，去亲近、认识生活的大地，聆听赞歌，吃新奇的水果，在亚马孙河河岸边的麻风病村做义工……8个月的寻求和发现真正的拉丁美洲之旅，接触到世界的种种奇迹，伟大和不幸，让他们的内心接受了一次洗礼，最终成了一次改变切·格瓦拉一生的旅行。

我问两个骑友是不是也要在非洲来一段Z世代的觉醒之路，他们俩笑了。墨镜骑士说，《摩托日记》曾是无数文青的旅行"圣经"，他不是很小的时候，大概是在叛逆期时就很想有一次不知疲倦的骑行。"快快快，前方犹如聂鲁达的爱情诗般美好！"墨镜骑士学着"火塞"的口吻说道。那时"火塞"的背袋里还装了一只送给他小女友的德牧，名字叫"归去来兮"。晒伤脸骑士接着说，好像每个年轻的自己，都欠一场"火塞"一样的23岁的旅行。他说他们从北往南的八千里路云和月，远比切·格瓦拉和他伙伴阿尔维托骑摩托在南美漫游的旅途还要出彩，惊险。

他们说骑行在荒漠贫瘠的非洲大陆，让他们一边要忠于冒险的理想，一边还要能面对危险的现实。一路上他们俩都灰头土脑的，很低调，只有这样才不会引起歹人眼红而心生歹意。他们被擦身而过的一辆皮卡碰倒过，还"砰"的一声摔在了一群马赛人的羊群里，羊群惊恐四散，以为撞进来一只捕羊的极速猎豹。摔了哈哈大笑着，爬起来还得继续骑，把我也听得哈哈大笑起来，对他们俩佩服得五体投地。

"即使把东非裂谷区走了一遍，我们对非洲的感知也只能称得上是一鳞半爪。"晒伤脸骑士说。他们从随身带着的一个小挎包里掏出一台微单给我翻看图片，那相机竟然是放在一个外壳破旧的塑料盒里装着的，里面才是专用的相机皮套。

真是太有才了,我不由想,难道我去大裂谷附近的乞力马扎罗登山时也要像他们这样扮一副讨口的乞丐相?!

我看见在后院的深处,搭着各式各样露营的帐篷,有狩猎情调的帐篷式客房,有大通铺的高大的行军式帐篷,也有背包客们自己搭的迷你帐篷。一辆布满尘土的罗宾汉车停在一棵金合欢的树丛下,车漆上了地球一般的颜色,车身上画了一张非洲地图,车顶上有个军用的帐篷,车身旁还有个洗澡的水箱和水龙头,开车的意大利朋克阿尔瓦罗(Alvaro)晃动手臂对我说了一声"Jambo",我很快又认识了一个牛逼哄哄的车手。

他的耳朵上打着两个银闪闪的耳钉,鼻子高挺,眼目灰蓝,梳着一头乱蓬蓬的马尾,很像荷马史诗《奥德赛》中的流放英雄奥德修斯。他正在把帐篷的扶梯绑在车尾的备胎旁,美其名曰停车露营时爬上车顶的帐篷睡觉,又快又比较节省空间。我直觉他的这一招一定是从花豹身上学来的。花豹(leopard)背部的斑点又圆又大,像朵朵梅花,还像中国古代的铜钱,故中国人直接叫花豹为金钱豹。这家伙呢,喜欢独居生活,特爱上树,晚上出去打猎,白天就溜上树,守着藏在树杈里的猎物睡大觉,时不时还能居高临下俯瞰着稀树草原上各种猎物的一举一动。我笑朋克是花豹风格,机智、舒服又站得高看得远,不像院子里那两个苦不拉几的单车骑手,我更喜欢他这样的享乐范儿。

"我们没必要把自己的非洲生活搞得像个逃难人,你说是吧?"我一说出自己的想法,朋克立马就像找到了一个志同道合的同盟军,他在草地上浇花的水龙头下洗干净了手,让我在车旁的折叠椅上坐下来喝杯下午茶。

朋克从意大利将车船运过了地中海,一路开着车穿越了阿尔及利亚、埃及的撒哈拉大沙漠,风驰电掣南下到了内罗毕。他比划着对我说,之后打算绕道非洲东部,直到坦桑尼亚的香料之岛桑给巴尔,随后再换上栖息在港口的三桅帆船,在印度洋上航海旅行。这个胡子蓬乱、老帅老帅的独行客,为环游非洲做了5年的经济准备,我以为朋克有空会洗刷一下他的爱将罗宾汉,他却说我才不洗呢,非洲这一路尘土满天的,洗了也白洗,省下时间喝喝咖啡喝喝茶。他说这话时一脸不屑,凌乱的他,自有一种随性而洒脱的美,我最懂了,看着,就想起我一个特殊的好友逍遥。和这个不拘小节的朋克一起坐在车旁喝着阳光红茶时,我不知不觉就受到了感染,仿佛他身上的潇洒不羁和胆气神儿也蹦到了我的身上。

在这里,好像每一个来非洲的人,都有着疯狂、大胆的各种计划,骑摩托的、骑单车的、开吉普的、搭便车的、徒步的,好多人都把非洲当成了穷尽一生梦想的冒险之地,和100多年前探险非洲的冒险家利文斯顿、斯坦利、史怀哲一样,这也正是我无论走到哪儿,都喜欢入住当地背包客客栈的原因。

各种陌生人或长或短,在家庭式的院子里稍作停留,挂着马赛战士狩猎画的起居室里温馨、舒适、放松,带着一股熟悉的自家后院的味道。长途跋涉的人怀揣着各种奇思异想,一身风尘聚在一起,不管前半生是否认识,一旦在客栈里相逢便成了朋友。有人在这里探路,谋划出行的线路,省钱高招,结伴去到下一个目的地;有人在这里分享罗曼蒂克的臭史和冒险经历,惊心动魄,让人仿佛亲身经历了一般着迷;也有人在这里一见钟情,欣喜相悦,不管不顾,一头坠入了非洲的爱河和情网。旅行不单可以获得不一样的生活体验,更在于可以不断丰富我们短暂的一生。旅行中总有故事,各色各样的精彩和遭遇,一路上所感受到的新鲜事物会持续不断冲击着我们对这个世界的看法和角度,内心也逐渐被无穷尽的旅途所改变。一个人从旅途中感悟到多少,并不是看她打卡去过多少美丽的地方,而在于她在一个地方发现了多少有趣的人,经历了多少有趣的事情,留下了多少美丽的故事,而我们行走的乐趣也正在于此,做自己人生的探索者,像"火塞"一样。

看着一拨拨的背包客前来,各种肤色的人种,带着各种口音,不期而至,有人又走了,如过客,一生再不会相遇,我坐在光线透明的露台上,带着宽檐薄纱帽,抽着555冰炫薄荷烟,和身旁的这些陌生人兴致勃勃地聊着天,分享着我们相似或截然不同的感受,那感觉甭提有多愉悦了。

我一下就爱上了我在内罗毕的第一个驿站,而在100多年前,内罗毕本身就是一个人来人往的火车驿站。

06
门到门
Door to door

下午4点阳光不再毒辣时,我精神气十足,背着途迷双肩包准备外出,我要做的第一件事情是去换钱和买当地手机卡,手机一旦国际漫游起来,就会贵得吓死人。

大门口的保安已换成了一个年轻女子,她是卡伦津人(Kalenjin),身材颀长,黑幽幽的头发全被编成了无数小辫儿,像一条条小蛇那样披垂在双肩上,自带有一种只有非洲才有的野性性感小猫的味道。我看见她的整个头皮因被拉扯得太紧,露出了一道道娇嫩的皮肉,她站在我面前友好又负责任地叮咛我时,我几乎都能听到她那粉色的头皮在发出疼痛的呻吟声。

这可是非洲女孩子最热衷的时髦发式,她看见我一头齐腰的长发,发出了一声惊呼:"It's real hair(这是真的头发)!"边说边还狠狠地拉了一下我的头发,看到底是不是真的头发,竟然还可以长这么长!

我说很多中国女孩子都有一头长长的秀发,这有什么好惊奇的呢?

后来去好多地方,在路途休憩的旅游纪念品商店,在吃香蕉派、苹果派的餐吧,在马赛人的部落,甚至在蒙巴萨(Mombasa)的印度洋海边游泳时,都会有女孩子跑上来好奇地拉一下我的头发,检验一下看是否是真的,有时候还下手拉得很重,把我扯得生疼,叫出了声来,她们才满意地跑开去。

起初我并不知道我的长发为什么会遭到非洲女孩子的围攻,奇怪抓扯,那个身材超棒的卡伦津女保安说,她们的头发是卷曲的,没法长长,顶在头上像一团菊花,那些爱美的女孩子呢,如果想要一头飞舞的长发辫,就得去发廊花一笔重金,大约6000肯先令(约340元人民币),花上五六个小时的时间,让发廊小姐用假发接在她们卷曲的短发上。也就是说,你在非洲看见的那些长发辫女郎,有可能顶着的是一头编接的假发。

我平生第一次知道自己是个怀揣宝物的女孩,有让非洲女孩子羡慕嫉妒恨的宝贝,太高兴了,看来上帝是偏爱黄种人的!在南非种族隔离时期,曾采取过臭名昭著的"铅笔测试",即将一支铅笔插入某人的发间,如果铅笔自然滑落，这人被认定为白人，如果铅笔卡在头发里，则被认定为黑人或有色人种，被称为"卷毛仔（woolly hair）"的黑人或有色人种，会受到种族歧视和不公平的隔离。如今的非洲，已不再有种族隔离之罪，那些最痛楚的"卷毛仔"的事儿已成过往，你会看见女孩儿们在镜子前谈笑风生，卡伦津女保安让我也去发廊辫一头性感的发辫，我哪敢尝试，我怕痛，我觉得还是让一头黑发自由自在地披散下来更自然、更舒服，尤其是在阳光中风夹杂着花香吹来的时候。

接着，她提醒说："Madame，不要看见阳光好就一个人兴之由之地步行，最好坐出租车出行，天黑之前要记得赶回这里来。你可能不知道傍晚是抢劫案的高发时段，即便是只有几个街区的距离，看起来很近，也一定要 door to door。如果有人抢劫，记得包丢旁边，把手举起来，他们拿了东西就会放你走的。千万不要试图反抗，不要引发抢匪的过激行为，放弃你的财物，舍财保命很重要。"

这下我相信她不是在吓唬我了，她语气里透露出的平静，像是在描述一种城市生活的常态那样，反而让我倍感不安。在路透社之前的一次报道中，说曾在大选前夕的周六，有不明身份的枪手闯入了肯尼亚副总统鲁托的住宅并发起袭击，警卫受伤，所幸鲁托和家人因外出而幸运地躲过了一劫。

连总统都敢袭击，更何况我们这些小兵小卒呢。我谨记这位女保安特别叮咛我的"door to door"，即门到门，打车去到一个地方，办完事出来后再直接打车去另一个地方。我在院门口打了一辆 Uber（优步），让司机先带我去了 CBD（商务中心区）的换钱处。这里的换钱处叫 Forex，在大型的购物中心或商务楼里都有，换钱处的门口有保安检查护照，然后开了一个小门，让我一人进到一个小房间里，身后的门马上关上了。

隔着铝合金的窗棂，我看了一眼头上显示的当日兑换率，1 美元兑换 116 肯先令（KSh），1 元人民币兑换 17 肯先令（KSh），我把 500 美元从窗口递了进去。兑换出来的肯尼亚纸币上印着的全是各种野生动物，看起来真美，我揣着换来的 5.8 万肯先令出了小门，门又在身后悄然关上了，像什么也没发生一样。我心想才换多少点银子呀，如此戒备森严的，搞得我一路都攥紧了自己的背包，像做贼似的心虚，慌慌张张地走得特别快，生怕中途跑出来一个抢劫什么的，让我人财两空，要知道在内罗毕有时哪怕是听到枪声也根本就不算啥稀奇事。

出了中心区的商务楼，我又站在门口招了一辆 Uber，让司机带我去买当地的手机卡。在手机上打 Uber，我开通的国际漫游费很快就被挥霍掉了，而且和当地人联系也不方便。在肯尼亚最大的移动网络公司 Safaricom（萨法利通信公司）的一个门市部买了张 SIM 卡，我马上就有了一个新的肯尼亚电话号码，里面有约 10 美元的话费额度，取出 iPhone 手机上的中国移动卡调换时，我想这下就暂时和国内的朋友断了联系了，也和我以前熟悉的生活告别了，心里突然涌起了一点思乡感。

在肯尼亚，很多人用的是中国制造的 Tecno 手机，最便宜的只需 25 美元，这个牌子的手机在中国国内籍籍无名，我们都没怎么听说过，但它专攻非洲市场，在东非是家喻户晓，手机超便宜也好使，赢得了非洲普通百姓的青睐，据说比华为手机在非洲的声望还高。

肯尼亚的各种基础设施落后，很多地方甚至没通水、没通电、没通公路，一幅原始部落的景象，但唯有电信与时俱进，且花费便宜，在偏远的乡村、山区都能见到通讯发射塔，当地人大多有手机，最简单便宜的 Tecno 或是二手手机，甚至马赛牧羊人在荒原中放牧时也用手机，和家中的好多个妻子聊天，被毒蛇咬了紧急呼叫空中医生，或用手机在 M-Pesa 店直接汇钱回家乡。在很多破破烂烂的乡镇上都有 M-Pesa 醒目的绿色标识，它是 Safaricom 公司推出的手机银行服务，且不需要智能手机就可完成，方便既没银行账户又身处偏远地区的人们，可以用手机直接汇款、转账。肯尼亚的电讯工业就像非洲的社会形态一样，跳过封建社会，跳过工业革命，跳过有线电缆，直接进入无线时代。

我看着自己手里有了肯尼亚先令，有了本地手机号，特别兴奋，真想在落日里跳一曲马赛人的击鼓战舞呀，我马上告诉自己要去找一家有花有树的本地餐吧，再吃一餐本地菜犒劳一下自己，这可是"非洲小巴黎"的第一天呀。

"Java 的乌伽里鱼很赞，外酥里嫩，还不带一点鱼刺，鱼是产自维多利亚湖的。配的椭子米饭也香，一定要试试！"意大利朋克曾在他脏兮兮的破车旁向我传经授道,意大利人都是吃货。

毗邻中心区的乌呼鲁公园(Uhuru Park),是内罗毕的地标,就像北京有后海、杭州有西湖,内罗毕市中心也有一个乌呼鲁湖,一个城市有一座大湖就会让这个城市多出一丝优美的灵气来,湖畔长满了纸莎草、大戟树和树皮呈黄色的金合欢,湖边自然也成了年轻人谈情说爱的场所,草地上随处可见一对一对的情侣,他们的身材凹凸有致,皮肤在阳光下透着诱人的巧克力色,让我不由自主地也想在非洲谈一次恋爱了。我坐进湖边一家装饰精致的爪哇咖啡吧(Java House),身边尽是西装笔挺、衬衫雪白的公务人员和白领,他们说着斯瓦希里语,或流利的英语,面色和蔼又有教养。Java是遍及肯尼亚各个大城市、机场的本土连锁餐吧,年轻人喜欢在这儿休闲、上网、用餐,我向一个打着绛红色领结的侍者点了柠檬姜茶和乌伽里鱼,节奏舒缓的蓝调音乐随着咖啡的香气在暮色里悠悠飘荡。

最初我以为非洲一定很热,尤其是肯尼亚横跨赤道,一定是赤日炎炎,热不可挡的。因为这里一年要被太阳直射两次,而且无论是哪个季节,赤道距离太阳,都比地球的两极和其他地区距离太阳更近,被照射的时间也更长。可此时的内罗毕让我感觉简直就是避暑天堂,虽然地处赤道附近,但它坐落在海拔1680米的东非高原之上,内罗毕在马赛语中的意思就是"冰凉的水(cold water)"。

1899年,"肯尼亚"这个名字尚不存在,这里还只是一片无名荒原,英国殖民者要修建一条从蒙巴萨海港通往乌干达内陆的米轨铁路,以便打开乌干达丰富矿产资源的大门,加强对英属东非大陆的控制,也为了遏制当时已臭名昭著的奴隶贸易。铁路工程队到达了这片荒凉的湿地,这里没有一棵大树,只有绵延无尽的纸莎草和成群的野生动物,一条马赛人称之为"冷溪"的小河。于是,铁路队在这儿建起了中转仓库,用小河的名字来命名了这个临时停靠站,这便是内罗毕的由来。随后,许多殖民者都为这里宜人的天气和丰盈的自然资源所吸引前来定居,最终,这里成了英属东非殖民地的首府。如今,从城市凉爽的气候来看,马赛人取的这个名字一点都没浪得虚名。这里一年四季的气候都舒适宜人,气温保持在20多度,不冷不热,家家户户的屋子里也不需要装空调。当然,除了高原紫外线很猛烈之外，这里的天空永远都是湛蓝、晴朗的，有微风吹拂，日子如同舒缓的天堂。

落日了，非洲比我想象的还美。

独立公园的不远处，就是闪着金光的内罗毕河，鹈鹕、鱼鹰、白鹭在捕食，各种大鸟迅疾地掠过波光粼粼的水面，优美的羽翼扇起了点点发光的水花。

我一人坐在一张铺着浅色亚麻布的木桌旁，掏出索尼 a7m4 微单打算拍一下街景和河景。很快，一个女保安踱了过来，善意地提醒说：

"Madame，把手机和背包随意放在桌上不安全哦。"

我坐的是靠近路边的位置，我喜欢面朝大路和天空，打望来来往往的行人。我想她的意思是很容易被过路的坏蛋顺手抢走，看着周围的人都是相似的黑津津面孔，瘦瘦的黑色身形，没入人群里时根本分辨不出谁是谁，我立马听话地把手机和微单都收进了背包里，再把背包放在了自己的大腿上。

后来回国后翻看手机和相机，我发现几乎没有怎么在内罗毕的大街上拍过像模像样的照片，原因之一是不怎么敢把相机甚至手机大大方方地掏出来，花时间、选角度、慢慢地拍几张照片，这让我对国内那种普普通通的日常和安适的每一天又有了新的认识。那种可以把手机大咧咧插在裤袋里随处闲逛，半夜三更也敢独自走在街上，出门不必小心翼翼地左顾右盼，不担心被偷被抢被枪指着，在任何时候都可以自由出入任何一个地方的安宁时光，在内罗毕无疑真是一种奢望。

在不到 7 点晚霞正美时，我赶紧打车往回走了。

CBD 的商店在七八点打烊之后，街上很快就空无一人了。内罗毕是没有夜市、夜生活的。独立公园白天是个宜人的地方，但到了晚上，那里自然就成了各种劫犯的藏身之所。成群无家可归的人会头枕一个小布包，躺坐在街沿上、草丛边，有一群人面朝地、趴着在草地上睡觉，旁边还停着一只只乌鸦，傍晚看到还真的挺吓人的，还以为是牺牲、挂掉了。

Uber 司机指着正在穿过的肯雅塔大道对我说，绿化很好的一边是富人区，破败的另一边就是穷人们住的地方。没错，一街之隔，有时仅仅几步路的距离，给人的感觉完全是天上与地狱的天壤之别，一边是霓虹灯包围下的城市街道，另一边则是脏乱贫民窟的鱼龙混杂，普通贫民的渺小和无能为力，暴力和抢劫随时可发生的暗夜，仿佛进入了《银翼杀手》中的赛博朋克世界，让人感到一股透心的悲凉。

我把车窗关得只露一条小缝透气，因为你不知道啥时窗外就有个天外飞手袭来。在拐进米尼曼尼的岔路口时，司机迷路了，有几个荷枪实弹的士兵在路口执勤，他探头问了一下方位，那几个穿着迷彩军装的士兵就围了过来。一个特别年轻的士兵问我是哪里人，我说中国人，他立马就竖起了大拇指说中国很棒，他们由衷地说着，露出白净净的牙齿笑得很灿烂。但其中一个端着枪的士兵却叫司机下了车，绕到了车尾，我以为是要开后备箱例行检查。没多久，司机回到了车上，我们拐进了米尼曼尼的那条土路上，司机小声告诉我说，那个士兵找他要了500肯先令的买路钱，那几乎是他跑好多趟的收入了。我惊奇地叫了起来：

"你当时为什么不告诉我，我会去阻止他们的。"

我问要钱的理由是什么，司机无奈地说："他说他帮我们指了路。"我没想到在士兵如此和谐的笑容里还同时发生着如此不和谐的事情。

一路上我常看见有司机站在尘土飞扬的路边，低声下气地和警察说着话，这位司机说他们被索贿的理由也是千奇百怪的，车灯不亮，车子没清洗，装的行李太多，轮胎磨损得太旧，街上拦着司机要小钱的警察还会说，"我孩子上学了""我还没有吃饭呢"，伸出几个指头，向他们索要不菲的茶点钱。有的时候也没任何理由，就让司机在路边傻等着，司机们只好塞给警察几百肯先令好快点赶路。在脸书上曾流行一个段子，说前总统乌胡鲁去滨海城市蒙巴萨巡游，他想浪漫地会一下私密女友，没用护驾的车队，怎么着？他私人的豪华轿车也被警察叫停了下来，准备"罚单"。看来"索贿"这种情形在当地已成一种习惯，我只好摇着头苦笑着对司机说："太让人感到不舒服啦！"

回到客栈，我大声对梳小辫的卡伦津女保安说："这里真舒服、真安全呀，我可是打了出租车回来的哦。"惹得正在院子里逗Scoopy的意大利朋克也跟我一起哈哈大笑了起来。

铁门内外，真真是两个世界！

夜色正浓时,客栈的女佣在草地上燃起了一小堆篝火。晚上气温骤降,背包客们围坐在火堆旁,喝着透凉的肯尼亚塔斯克(Tusker)啤酒,说着带有各种口音的英语,沐浴着干净的夜风在月色下安享着非洲之夜。

在中国,夏天才是喝啤酒的最佳季节,而在非洲,一年四季都是喝啤酒的好时节,天天都可畅饮。从早到晚,这里啤酒的消费量也大得惊人,侍者通常还会问你要常温的还是冰镇的,"为什么要常温的?喝冰镇的口感不是更好吗?"我问意大利朋克。

奇怪的是,当地人似乎都喜欢喝常温的,尽管白天室外的温度很高。肯尼亚的塔斯克,即大象牌啤酒,在1922年就有了,可以算得上是非洲难得一见的百年名酒。尽管我喜欢喝红酒,不喜欢喝啤酒,但如果没喝过本地啤酒——本地的"马尿",你还好意思说来过非洲么?

火光映着每个人的脸,温度真舒服、适宜,树木燃起的浓郁香气在暗夜中四溢开来。我们人手一瓶小支的"百年名酒",感觉认识了这种淡麦芽味的著名塔斯克,就好像认识了周围的每一个人一样,抬头即是一片非洲亮闪闪的星空。我对朋克感慨,说今天去了CBD,内罗毕有那么好的自然环境、气候条件,但却没有让众多生活其中的人享受到天堂般的日子,到处都是戒备森严、惊恐不安、无序无规、贫困落后。看着富人区的优美和贫民区的脏乱差那样鲜明的对照,很难想象这里贫富的差异是如此的触目惊心,生活在这儿的人们,也许每天不能直接看到危险,但每个人对危险的过度防范才更让人心慌不安呀。

我是个女人,对初来乍到的非洲生活开始有点忧心忡忡,很担心我后面一个人的旅程怎么办,朋克却操着他的意式英语,轻碰了一下我的"马尿"瓶子,让我跟着他大声说一句斯瓦希里语:

"Hakuna Matata!"(哈库拉 马他他)

朋克在非洲游历的时间比我长,那是当地人最流行的一句话,意思是"no problem(没问题)"。我告诉过他,我的中文名为什么叫"珍珠",即英文里的Pearl,因为在我生活的地方,有一条很古老很著名的河流,叫珠江(Pearl River),河流边生长的孩子,会以横渡珠江为傲、为成人礼,就像马赛人要猎杀一头狮子作为成人礼一样,当然那是很久以前的习俗了。他眨着灰蓝的眼睛,笑着说:"月光下的珍珠河,想象一下都会是一件令人神往的事情呀。"

接着他又说,Pearl,不管遭遇到什么事,在任何场合,我们都要学会对自己、对他人说那句"哈库拉 马他他",这是一种宽慰,也是一种鼓励,是发自我们心底的一句美好咒语,也是我们走在非洲路上的一道可爱的护身符。

皓月正当空,天空发着幽蓝,我试着跟着他大喊了一声:"Hakuna Matata!"声音抑扬顿挫,像唱歌似的好听,不过怎么感觉自己有点像一只对着夜空吠日的天狗、斗风车的堂吉诃德呢。

周围的人和我一起呵呵笑起来,在这朗朗的笑声里,有一种要活得更好的勇气。我明白只要一个人内心怀揣着信念和善意,就可以在非洲走得很远,而那句"哈库拉 马他他",正是我们汉语中常爱说的一句话——没问题,别担心,不着急,不用怕。

此时我眼里的非洲在火光的映射下产生了变化,它是热情、明媚、野性、天然的,有它无与伦比的美,它也是贫瘠、苦难、动荡、崩坏的,如同我看到的真实的肯尼亚,有天赐般的景致,也有人间的不平等。这里特有的舒适和美丽,嘈杂与喧嚣,混乱与不安,一切都在生活的安排之中,上帝的眷顾之下。

亿万的非洲人几乎是在一夜之间,从原始部落、农耕劳作的生活方式一下迈进了信息网络的现代社会,非洲正变得如同一堆沸腾的酵母、一座喷发的火山。一部分人在路过幸福,一部分人在路过痛苦,一部分人在挣扎着活下来,一部分人在道德沦丧的黑暗中铤而走险,这里是发展中国家、不发达国家最集中的一个大陆,也是最贫穷、最落后的一个大陆,如果任何人只看到它的美好或不美好的那一面,都是很难真正理解非洲的。人或许只有在经历之后,才能更加珍视安宁、祥和、平等、自由这些看似简单字眼的真正含义吧。

隔着啪啪作响的火光望着夜空,我告诉朋克,我们中文里还有两个词:

悲天悯人，侠肝义胆，也特别适合我们这些在非洲旅行的人。要对周遭的生命有一颗柔软、宽待、同情、悲悯的心，还要对身处的世界有一片炽热、真诚、关爱、付出的胸怀。肯尼亚常被人叫作"愚人的天堂""痞子的乐园"，它的那些恐怖故事、危险遭遇，有些当然是真的，是恶习，是丑陋，但如果做一个有睿识、有担当的人，就会享受非洲之旅，就不会因那些可怕的个人灾难、阴暗不公而踌躇不前。

我们头顶的一轮明月，映射着让人心里一片明澈，没有了纠结，眼眸里也闪着缕缕幽蓝的星光，我与朋克在月色里再次隔空击了一次掌，含笑着道了一声晚安，再见！

"一路顺风，一路好运！"我们祝福了彼此。

罗曼·罗兰曾说，世界上只有一种英雄主义，就是看清生活的真相之后，依然热爱生活！明天朋克一个人会继续向东边的梦想之境印度洋驶进，而我的非洲之路，与危险共眠的日子，也不一定只在今夜的内罗毕，但我的心里会自然而然涌出一句：

"Hakuna Matata！"（哈库拉 马他他）

视频｜在肯尼亚要做的 20 件事

格茨美克离世时，曾深情预言："在未来的几十年或几个世纪中，人们将不再会前去朝圣人工的奇迹，他们将离开雾霾重重的城镇，亲见造物主的生灵们在地球上最后的祥和栖息之所。"

"400年，有相同的生活信条，来吧，跟我到一个自由的土地来，你必获自由。"

Chapter 3

边境纳曼加
Border Town of Namanga

07
我进化了吗?
Am I evolving?

  这是我第一次踏上神秘的非洲大陆——这片人类最早的发源地,一切都让我充满了惊奇。

  人们是很难想象非洲的辽阔的,如果把中国、美国、印度和西欧整个加起来,它们的面积总和才与3020万平方公里的非洲一样大,非洲占了地球上整个陆地面积的1/5。但这里大部分是沙漠、草地和热带雨林,实际可用来耕作的地方还不到全部土地的10%。在手机上滑屏非洲的地图,你会看见它四周环绕着大西洋、地中海、红海、印度洋和南极,形状好似一块美丽的肝脏,它也是一个海岸线很少弯曲的地方。19世纪的探险家斯皮克(Speke)直接描述道:"非洲大陆就像一个倒扣的碟子,有平坦的高原,四周的山略高一些,从山脚到海边平原,一直是斜坡。"这样独特的地势,使非洲成为这个世界上最大的一座岛屿,最难进入的一个大陆,也是最不发达的一个大陆。不仅因为它的外围地区很难进入,丛林密布的内陆更是如此。

  在非洲住着近两亿人,这些人又分属于56个国家和地区,分属于不同的部落,而这些部落之间又各不相同,你能想象非洲人竟然有700多种不同的语言吗?

  在肯尼亚国家博物馆(National Museum),我第一次面对着一块100万年前的人类头骨化石,她是至今最令人类学家激动的一个发现,因为她是迄今为止发现的最小的一个直立猿人的头盖骨,而且她还是一位雌性。在她的头顶上有一小块突出的头骨,很像一小截在接受神秘宇宙信息的迷你天线。

  她从100万年前肯尼亚北部的图尔卡纳湖畔(Lake Turkana)走了出来,迈动着细碎的步伐,敏捷地采集着树上的果实,她调皮地晃动着扁平的非洲脸庞，对我亲切地说了一句：欢迎你回家。

第一次面对自己的祖先，人类的始祖，东非高原上的"非洲夏娃"，我身体里有一种非常奇异的感觉在血管里涌动：

Where do we come from（我们从哪里来的）？
Am I evolving（我进化了吗）？
Can I see evolution happening（我能看到进化的发生吗）？
Will I evolve into something else（我会进化成别的东西吗）？

我几乎是冲动着把手掌伸向了她，隔着一层薄薄发着光的玻璃，或许这个星球上所有的人，无论来自哪个地域，无论何种肤色，无论何种国籍，无论是男是女，王公贵族或乞丐贫儿，都曾是她怀抱中的亲人。或者说，今天世界上所有的人，都会和曾在非洲生活过的某一支古猿人是沾亲带故的，我们都是他们的后代。我仿佛看见那位湖滨女子的后裔，跋山涉水走出了非洲，那是一场万里迢迢的漫漫征程，有风有雨，有野兽有咆哮，有波涛起伏的大海，有冰雪覆盖的山峰，有月光如水的静夜，有绚丽辉煌的日出，而在这个伟大的迁徙、伟大的进化过程中，人类的男男女女相依相伴，相亲相爱，繁衍至今。

一想到我的血液里一样流淌着那 100 万年前的 DNA，我的眼睛一下潮湿，那是宇宙造物给予人类的怎样的一种生命进化的奇迹呢？我觉得我的细胞也开始跳起舞来。

在一个个直立猿人的头盖骨旁，有一个小巧的电子扫描屏幕，只要你把手掌和脚掌放上去，会看见自己手掌与脚掌的骨骼，和旁边祖先们的手骨与脚骨的巨大差异。当我把自己飞了 1 万公里的身子站了上去，我乍然发现现代人的手骨和脚骨是那样的颀长、灵活和优美，我开始抑制不住内心的激动。我想再用进化得如此神奇、完美的这双手和这双脚，在原始祖先的这片红土上蹦蹦跳跳出更多的可能、更奇异的一种生活来。

我就从我看到的图尔卡纳湖滨女子的第一次扶腰直立那里起步，听着小时候回荡在耳畔的《动物世界》里那低沉舒缓的声音："在非洲的大草原上，春暖花开,万物复苏,又到了动物交配的季节……"开始了我在肯尼亚马赛马拉(Masai Mara)、纳库鲁(Nakuru)、奈瓦沙(Naivasha)、梅鲁(Meru)、安博塞利(Amboseli),为期3周的游猎之旅(Safari)。

第一次置身于赤裸裸的野外,眺望着远处一群群斑马、羚羊、角马、狮子、花豹、猎豹上演着各种平原动物之间的争夺,听着头顶上呼呼吹过的风声,闻着落日里树木、青草、沙尘的味道,这一切让我像个原始的自然人一样有种回到家的感觉,时光逆转至远古时代的错觉,原来所有的这些动物和我们人类一样都是平等的生灵,我很感激上帝留下了这片土地,让我看到了这个星球最初的样子。我开始迷恋这里的一切,我想象中的非洲正是如此。

有一天,我坐着军绿色的陆巡,在安博塞利的稀树平原上游猎,看着成群结队的长颈鹿舒缓地从一望无际的荒野中走过,千万只粉红色的火烈鸟在湖边的浅滩上优雅地洗澡,上百头长牙大象在乞力马扎罗山背阴处的沼泽里快活地嬉戏打滚,远处巨大的单峰火山顶上环绕着一圈闪着光的积雪,大地因捕食者狮群的悄然靠近而突然寂静下来,我从没见过如此美丽的景色,甚至觉得那只是梦中关于乞力马扎罗山的一种幻想。

在那儿,云影投下的阴影在青色的山峦上起伏不平,那些参差不齐的云影,让我对森林华盖之上的非洲最高峰浮想联翩,那种赤道上的皑皑积雪和草原上原始的野性之美让我惊叹不已。没有任何地方能比非洲最高峰更好地回应着非洲荒野的呼唤,我的内心再次燃起了一种强烈的要去爬乞力马扎罗雪山的愿望。

我想象着那里的登山生活自由而又充满挑战,或者说会让我有一种更真实的存在感和脚踏实地的使命感,我的身体将不再被禁闭在一辆几平方米的游猎车厢里,像被关在车身的牢笼里一样,只能隔着玻璃车窗或站立在座椅上远望非洲,我产生了跑出车厢、回归食物链的野性冲动。我将是一个身体力行者,会像野生动物一样用脚步走在非洲的每一寸泥土上,让身体自由沐浴着荒原、高山上的每一缕日出与日落的霞光,像人类的祖先那样攀爬上非洲的王冠。当高高地站在非洲之巅时,那又会是怎样的一个世界、怎样的一种人生体验呢?

4周后,我在客栈预订了河畔班车公司(Riverside Shuttle)早上7:30的长途巴士票,25美元,要坐那种灰白相间的国际巴士穿越边境,去到乞力马扎罗山脚下的登山小镇阿鲁沙。

晚上我蹲在地板上精简了行李,登山时背夫只能为徒步者背负20公斤的行囊,我只装了特别必需的装备在登山包里,把多余的东西放进一个橘黄色的防水袋,寄存在了客栈里。

08 买路钱
Money demanded for passage

在内罗毕的最后一晚我睡得很舒服、踏实,尽管在5天前我在梅鲁游猎时遭到了歹徒的袭击,差点丧命,但我还是从大难不死的惊恐中恢复了过来。

清晨5:30,我听到了秃鹳的啼叫声和附近清真寺的祷告声。刚来内罗毕时,清晨总是被空中不断传来的婴儿般的啼哭声音惊醒,我老是产生一种错觉,以为是哪家邻居的孩子闹床、不舒服,在"哇啦哇啦"一声紧一声慢地哭喊。后来才发现是成群结队蹲在树上的这种大傻鸟,鼓着淡红色的喉囊,朝着曙光乍现的美丽天空,呆呆呱呱地叫喊着新的一天开始了。

非洲的秃鹳巡游在河流、湖泊、沼泽、草地这些地方,与另一种食腐动物秃鹫一起,成了非洲草原一道触目惊心的风景,它们专吃各种动物的尸体,一旦看见哪里有成群的二秃出现,就意味着某个动物已沦为猎物,它们是名副其实的"死亡天使"。秃鹳胆子大,甚至靠近人类的居住区,在内罗毕的街头,总会看见飞翔缓慢的秃鹳成群停留在垃圾堆上翻食垃圾,城市人给了它们一个不好听的绰号"垃圾鸟"。内罗毕的交通拥堵,上下班的高峰期时,车辆会一两个小时都堵在市区狭窄、破碎的道路上。一旦堵车,络绎不绝的小贩就会来敲击车窗让你买东西,也有抱着孩子上来乞讨的妇女,用纸块写着求捐学费的少年。第一次堵在蒙巴萨路上,近距离看见秃鹳时,我惊叫了一声:"天底下怎么有长得这么丑的鸟。"

秃鹳的长相丑陋,比渡鸦还丑,头顶像被上帝惩罚了似的,只有一头稀稀拉拉难看的绒毛,遍布着坑坑洼洼的淡绯色疤瘌,非洲人还把秃鹳称为"秃鹫的副官",再看看也是哦,这些"垃圾鸟"个头巨大,站在树上个个显得神气十足的,挺着灰白色的胸膛,张着一张比人的胳臂还长的巨喙,目不斜视,很形象的一副狗腿子、打手的派头嘛。它甚至让你想起格林(Greene)在《命运的内核》中写到的那些阴郁的殖民地警察,双手插在裤袋里弓着身审视着周围的一切。

从米尼曼尼路到蒙罗维亚街(Monrovia St)的国际长途汽车站,要从南到北穿过城市的中心,我怕堵车错过了班车,像一只早起的秃鹳,早早地打了一辆 Uber 离开了温馨的米尼曼尼。这次的 Uber 司机是个精瘦的年轻小伙子,基库尤人,12 月正是非洲的小雨季,经过淅淅细雨的一夜冲刷,蓝色的天空像水洗过似的清新、干净,凹凸不平的地面上积着一汪又一汪的小水潭,明晃晃的像一面面的镜子,倒映着缕缕的天光水色、路边的繁花大树,这样的清晨真是美极了,是专门用来出发的。

路上成群结队走着走路去上班、上学的人,男男女女、老老少少,有力的双腿走得很快,像在行军,一股波澜起伏的黑色人潮,像"二战"时期的黑白片子。这些人从不同的方向走到城市里来谋生、读书,走一两个小时的路,就是为了省 10 肯先令、20 肯先令坐马他途车的钱。而 10 肯先令,约合人民币 6 毛钱,可以买两只肥壮的香蕉果腹,可以买一桶 10 升的自来水供一家人饮用。在西南区的基贝拉贫民窟,有 50 多万的人往往一天只有不到 100 先令的收入。我在城市里很久没有看到这么多人一起在清晨里走路了,那情景让我没由来地有些感动,生活是如此的不容易、如此的艰辛,仅仅是为了活着,就得花光所有力气,对内罗毕的每一个贫民来说,活下来,尽量活得好一点,这是人们心底最朴素的一个愿望,无论身为哪一种肤色的人都是一样的。

路边的理发店里已有客人在剪头、刮胡须,窄小的店面是锡皮搭成的,锈迹斑斑,理发师清一色穿着白色的康祖(Kanzu)长袍,一种非洲男人的传统服装。黑人的头发一般都长不长的,本可以不需要理发师,但一些黑人却喜欢蓄留古怪的发型，大多数的非洲男人留的是极浅的短发，短得贴着头皮，只剩下不到 2 厘米的发茬子，或者干脆剃成光头，这样看起来神清气爽的，面部轮廓突出，挺阳刚、性感的，我想其他的好处是还可以节约用水，不用经常洗。再穷的非洲男人，走出家门的时候都干干净净的，看起来个个都像要去参赛的运动员。小贩们推着破旧的单车，叫嚷着在车道边兜售各种热带水果，清洁工正慢悠悠地将各种垃圾扔进手推车里。

我们的车快到汽车站时，却被一个戴着绛红色贝雷帽、宽幅墨镜的军官招手停靠在了泥泞的路边。那个军官身形高大，挺着肥壮的肚腩，腰间扎着宽宽的皮带，手枪斜插在皮套里。他身旁停有一辆迷彩吉普，还有一个肩挎 AK 冲锋枪的年轻士兵，看起来特别像好莱坞电影里要去丛林打仗的非洲雇佣军。

我一脸懵逼，不知道发生了什么事情，这可是在首都的大街上呀。小个子基库尤司机迅速摇下了我左边的前车窗，军官贴近窗口，大声舞气说道：

"Madame，护照。"

那个持枪的士兵已打开车门，在检查后备箱了。在机场海关、边境、银行，还有去参观内罗毕的联合国总部时会检查护照，我觉得这些例行的检查护照是应该的、合法的，但在这样一个灰扑扑的小路边，又不是军事检查站，我本能地害怕被黑掉，害怕他把护照拿走后不还给我，而我的直觉通常都是对的。我正犹豫要不要打开我的随身背包拿护照，那个基库尤司机已紧张得变了调：

"快点给他看护照，快点，夫人。"

看见他那样惊慌失措地害怕，害怕警察、害怕军人、害怕索贿、害怕麻烦，我反而镇静了下来，笑着对司机说："Pole, Pole！"这是斯语中的："慢点、慢慢来。"我掏出护照递给了军官。

军官的语气还是一味地不友好，他啪啪啪乱翻着我的护照页，像和护照有仇似的，动作粗暴得好像在撕我的护照。他很不耐烦地问："签证呢？来肯尼亚干吗？车上装了什么东西？"一副审犯人的口吻。

这是我遇到的第一个特别凶悍的非洲男人，他就像马拉河里一头易怒的大嘴河马。他如果是在执行公务的话，怎能这样一副凶神恶煞的模样对待外国人呢？他是想在枪支的恐吓下，让我这个小女子胆战心惊吗？或者是用粗暴的态度来激怒我？还是想让我交买路钱？

看着他那副特别暴躁的表情，是个人都会觉得很没尊严的，连基本的对人的礼貌和尊重都没有。我的心里有个声音在小声说着"哈库拉 马他他"，我们那句行走非洲的咒语，珍珠不要担心、不要怕。我不卑不亢，面带笑容简洁回答了他：

"第五页，来旅行，要去坦桑尼亚登山。"

他探头看了一眼放在车后座的登山包，外挂着登山杖和睡袋，难道那很像炸药包吗？我心想。但他没有再问了，而是"哼"了一声别过头去，和那个士兵说话去了。他紧紧地攥着我的护照，完全没有归还我的意思，也没说让车子走啊，我们就那么无情地被"罚停"在了路边。

幸好我预留了1小时的时间，原本是预防堵车的，这下成了预防堵人打劫了。我想如果没有预留时间的话，我肯定会急疯了，怕错过了班车，要是经不起折腾的人，早就息事宁人地掏钱买路了。在肯尼亚的边检、海关，经常有官员找茬，故意磨蹭，寻找机会索要小费，索要茶点钱，但都是暗示，不会明目张胆。想想这其实也没什么啦，世界各地尤其是不发达的非洲国家都差不多，贪腐可不是什么很稀奇的事情，也不单单在肯尼亚才这样，只是程度和方式不同罢了。我相信有道德感、有良知的非洲人还是占大多数的吧。

不过，这次"罚停"的时间也被拖得够久了，我本以为他会自省，良心发现的，或者有底线的，既然我坦坦荡荡，签证印章也清清楚楚的。我发音清晰，微笑着用英语说："Sir，你忘了还我护照。"

他很不情愿地重复了一句："什么护照？"好像忘了他正在干的事情。

他正犹豫是否要这么轻易地还我护照时，我探身直接就从他肥大的黑手里拖回了我的护照，动作麻利得像秃鹳。他嘴里嘟哝了一句脏话"shit"（妈的），又大咧咧绕到车头的另一边，开始去找司机的茬，检查了司机的所有证件，指着车里的东西问这问那的，然后一甩头，一努嘴，气势汹汹地让司机下车，去车后边。那个士兵半仰着枪口，枪支保持着一种随时可以击发的状态，难道真把我们当成恐怖分子了呀？

我做了多年的记者，遭遇过无数奇怪的险情。解甲归田回家当自由撰稿人时，唯一保留了我的记者证没有上交。即使是在印度克什米尔最危险的战区，全副武装的军警检查完后都会礼貌、友好地放行，很少有刁难、索贿的情形。这辈子，我再也没有离贪腐这么近过，在内罗毕再正常的大路，再正常的行驶，也很难享受到安宁的时刻，也会随时随地被叫到一边"乘凉"去的。谁给了他们这种权力，可以为所欲为？这些人为制造的事端，反而让内罗毕人每天的日子都过得一惊一乍的。我想他这下肯定会向司机索要不菲的早餐钱了，只好面露微笑、打出我唯一的底牌：

"我是记者，来采访的，要赶路去坐国际班车。"

果断掏出了我的记者证，尽管那是过了期的，嘿嘿只有我自己才知道，越过了坐在右侧的司机的身体，递给了他。

我想他也是久经沙场的长官了，在路上见过很多人，也随心所欲地"罚过"很多人，因为他手中有枪有权，有无法控制的贪欲。但他可能也没遇到过一个始终微笑、一脸镇静的中国女人。他变了腔调，用一副很痞的流氓腔说：

"不是英文的，看不懂。"

我戴着防晒的黑色蕾丝手套，快速翻开橄榄绿的皮面，指着扉页上的红色钢印对他说："这是我们国家的国徽，这是记者组织的签章。"当我这样正色对他叽呱时，我的心里突然升起了一种特别自豪的感觉，一种由衷的对我来自国家的崇敬感。我来自一个祥和、安稳、有平等态度的国家，没人会平白无故地就被枪指着的，也没人会莫名其妙地就被罚停罚站在路边，无论在哪儿，尊重、平等都会是人们喜爱的愉悦生活的根基。我们俩就这样对视着，没再说一句话，他也懒得再翻看证件，"啪"的一声直接还给了我。但那一刻我知道，我是一个有着强大祖国的人。

此时，要不要给他买路钱都不重要了，重要的是有人给他上了一课，他会知道如何控制自己的欲望。

他虎着一张黑脸，一分钱也没要到，很不情愿地挥手让我们离开，我看见路旁的树杈上高高低低站着一群专吃腐物的野家伙秃鹳，仿若一群不怕生的正在看热闹的黑帮小子。那时，我突然觉得秃鹳也没想象中的那样丑了，这些鸟有如此强大的抵御能力，能吃掉一切腐烂的东西，能消化掉各种垃圾秽物，而它们也不会被病菌感染，也没被其他种群消灭掉，它们有着高免疫的系统，本身就是一种了不起的、顽强的生物，是大自然中优胜劣汰进化的一个可爱的奇迹。看着它们在清晨的蓝色天空里随性飞舞着的蓝黑色羽翼，那健美的羽翼长度超过了任何鸟类的，我想它们才是当仁不让的一种冠军鸟呢。

秃鹳其实是飞得很高的，在这座城市的上空盘旋，更像是一位拥有万能视角的神，我暗想之前怎没注意到这些细节呢。我终于赶到了闹嚷嚷的车站，把背包码在了班车的车顶上，和其他的背包高高地堆在了一起。班车司机将一张大大的黄色雨布罩住了所有的背包，他按了两声喇叭，我们准时、欢快地沿着 A104 国道出发了。

就要离开内罗毕了，我一身轻松，心里一阵窃喜，内罗毕就像一个巨大的怪兽场，我很感激这些日子以来被磨炼得有点秃鹳的范儿，既能做个身体的清道夫，把遭遇到的不公、吃下去的痛苦全一股脑儿消化掉，还能做个精神的高洁者，不畏不惧、气闲神定地飞得又高又远。

09
两个女孩
Two girls

我最后一个检票，座位也在最后一排，和一个日本女孩、一个坦桑尼亚女孩坐在一起。

坐国际班车的人，大多是往来于肯尼亚与坦桑尼亚两国的商人、居民，19 座的旅行车上，大约有四五个外国背包客。从内罗毕到边境小镇纳曼加（Namanga），176 公里，约 3 个小时的车程，然后边检 1 个多小时，也不用换乘车。再从纳曼加开到坦桑尼亚的阿鲁沙，120 公里，约 2 个小时的车程。

只要不呆在城市里，我就会觉得浑身都舒坦。我喜欢坐长途车时与周围的人聊天，而不是一味地独自听音乐、打瞌睡或玩手机，这种习惯让我从很多陌生人那里得到很多难忘的经验,也让我对正在走的路程有一种不再陌生的感觉。我和身边的两个女孩一边看风景,一边分享着零食,一点腰果、几小撮爆米花,都是从路边小贩那里买来的,一边随性地神聊。

坦桑尼亚的女孩叫乔伊(Joy),21岁,家住莫希镇,那是最靠近乞力马扎罗的登山小镇,全是古老的咖啡种植园。这个有着淡褐色皮肤而不是深黑色皮肤的查加族(Chagga)女孩,在内罗毕大学学国际贸易,梳着几十条黑黝黝的小辫,戴着一块Swatch的透明幸运女神手表,是个活泼、时尚又迷人的非洲"00后"。她说父亲有一个小型的咖啡种植园,12月是南半球的夏季,她回家过暑假,过圣诞节,也要帮忙打理一下种植园。当她告诉我有一天她也想去中国读书、旅行时,我一点也没觉得惊诧,我来自的国家正在非洲越来越有吸引力,我毫不犹豫地留了我的电子邮箱给她,她开心地把它存在了手机里。

靠窗坐着的29岁的日本女孩叫千惠森宝(Chie Morizane),梳着齐耳的短发,脸上的皮肤已晒成了棕褐色,起初我以为她是新加坡的女孩子,用英文一问,才知道是日本滨海城市福冈的一个建筑师,工作4年后辞职,带着3万美元的积蓄,开始了她为期1年的环球旅行。从北美洲的美国、墨西哥、古巴,到南美洲的秘鲁、智利、阿根廷,欧洲的比利时、西班牙,再到非洲的埃及、摩洛哥、埃塞俄比亚、肯尼亚,她一人背包,住最便宜的旅馆,有时也和其他背包客结伴旅行一段路程,在美国时曾和6个日本背包客合租了一辆带厨房的迷你面包车,从北到南纵贯美利坚。她说她已孤身上路9个月了,让我佩服不已。

在日本,到处都井然、洁净、有序,我问她对非洲的感受,能忍受非洲的脏乱差和不安全吗?她翻出了一本厚厚的日记本给我看,里面全是不同的日本背包客手写的路书,有北非和东非国家的背包客客栈、长途巴士站、美食推荐、萌萌的路线图到当地特别需要警惕的事项等,一点点地归纳得又细致又实用,是在路上的日本驴友们互相转发的经验之谈、旅行法宝,让我再次佩服日本人做事的务实劲和精细劲。

日本背包客可能是我在路上遇到的最能吃苦耐劳的一族,无论是在尼泊尔、印度,还是有点不安全的非洲,便宜的背包客客栈里都有他们的身影。即使是在背包客客栈里,我也要坚持让自己住一个单间,怕吵闹,而他们却可以毫无障碍地住在五六人的大通间里,睡在大通铺上。我曾疑惑地问千惠:"你们的收入都蛮好的,出来旅行时怎么都能这么省、能这么吃苦?是一种修行吗?还是在练什么神功?有什么秘诀吗?"

她在摇晃的后座上卡哇伊式地笑了,有点像宫崎骏动漫里那个性格倔强的女孩千寻。她接过我的话茬,很坦诚地说:"可能不是钱的问题,应该是一种由来已久的生活态度吧。"

我和千惠聊起了宫崎骏,我们俩都特别欣赏千寻说的一句话:"只有一个人旅行时,才听得到自己的声音,它会告诉你,这世界比想象中的宽阔。"这简直就是每个背包客的心声嘛。我们还聊起了刚离世的三宅一生,他的设计理念"一块布""一生褶",不刻意去勾勒人体的曲线,而是让每个穿戴的身体能在无形中打造出自己颇具个性的自由状态,在每条褶皱间能刻下时间的光影和记忆的波纹。我说我背包里有件卡其色风衣,穿了近10年,每次出远门时都穿,一裹,到处都可以坐、可以睡,百搭,百穿不厌,他设计的风衣让旅行者更像一位身怀禅味的侠士。

千惠说起了小泉八云写的《和风之心》,我们俩都颇有感触。这个生于希腊、后半生定居于日本的作家,写了游走在日本的各个阶层人、武士、浪人、艺伎、街头卖唱者、阿弥陀寺的尼姑。千惠轻言细语,告诉我日本其实自古就是个对于生活所需很少的民族,它外在的干净、有序是建立在内在的简洁、自律的精神上的。我想也是哦,一个古老的日本旅人,一块亚麻布,做成个小包袱,塞上几个米饭团,在神佛的微光中,十几分钟就可以出发了,而像千惠这样的"90后"背包客,骨子里流动着的也是一种相似的旅行精神吧。

在肯尼亚北边的埃塞俄比亚和利比里亚,是非洲唯一没被西方殖民的两个国家,我很想有一天也去看看,千惠就趴在颠簸的后座上,撑着瘦弱的手肘,把本子垫在背包上,很用心地把她在埃塞俄比亚看跳牛、女子鞭刑、裸身唇盘族部落的信息、靠谱的旅行公司、客栈,用英文一一写在了我的采访本上,末了又露出了她那可爱的卡哇伊一笑,像是完成了一个资深驴友的使命,让我这个才结识不到1个小时的陌生女子心生感动。背包客们在旅途中秉持的这种开放、包容、互助、吃苦的胸怀,也总是会让彼此获益良多的,它让我们一路都走得欢畅、有助力起来。

10
大迁徙之路
Routes of Great Migrations

汽车在一路向南,追逐着明媚的阳光,沿途不断掠过的荒原景致美极了,偶尔经过马赛人的圆屋顶村落,光着脚的小孩子们会兴奋地追着车子跑一程,像风中有纤足的滚草,扬起的尘土把他们变成了一个个的小黑点。赶着牛羊的马赛牧羊人会沿着这条由南向北的国际通道迁徙,跟随着季节的变化游牧,周而复始,一年又一年,他们已在这条道上走了好几百年。

坦桑尼亚女孩乔伊指着窗外的荒野告诉我,每年的六七月,随着旱季的来临,青草、树叶逐渐稀少,食草动物的领袖们,200万头角马,连同50万匹斑马,以及约30万只汤姆森瞪羚、3万只格兰特瞪羚,在吃完了坦桑尼亚塞伦盖蒂大草原的青草后,就会组成一支迁徙大军,浩浩荡荡从塞伦盖蒂国家公园(Serengeti National Park)的矮草平原出发,一直向西北方向进军,穿过格鲁米提河(Grumeti River)、坦肯边界的马拉河(Mara River),进入肯尼亚的马赛马拉国家自然保护区(Masai Mara National Reserve)。

这些远道而来的食草动物群,像一架巨大的隆隆作响的割草机,在草原上一扫而过,它们借着雷声和乌云,四处寻找着从东面印度洋的季风和暴雨所带来的充足水源和密草,而一路跟随着这些迁徙的食草动物追杀而来的,还有更多的捕食者——食肉动物,那是一场吃货寻找上好食材的狂欢之旅,亦是地球上最壮观的一次野生动物的表演秀。

那是一段1300公里的漫长旅程,途中不仅要穿越连绵起伏的草地,低矮、孤立的山丘,狮子、猎豹、花豹、鬣狗埋伏的黄褐色草原,还要跨越40公里长的有着汹涌激流,布满鳄鱼、河马的马拉河,角马像训练有素的士兵，排着队迁徙，有大批的角马将死在路上，但同时也将有大批角马在队伍里找对象生孩子，在满月的时候交配，在途中怀孕，吃货们除了吃吃喝喝的旅行生活，还有挺刺激、丰富的性爱生活。那是自然界最伟大的一次迁徙旅程，也是一场生与死的天国之渡。

短短的两三个月后，在11月坦桑尼亚的短雨季来临时，野生动物们又开始离开马赛马拉，再次不辞辛劳，追寻着青草和雨水的方向，向南部迁徙折返，重回塞伦盖蒂草原的家。它们年复一年在非洲大草原上作顺时针运动，这是自古以来有蹄类动物的原始生存节奏，也是草原动物们的生存法则。干渴、饥馑、受伤、长途跋涉、体力不支、被天敌猎食……大约只有一半多的幸运者能回到出发地，而跟它们一起回来的，还有50万只在旅途中孕育的新生命。

在这里，每种食草动物都有它自己的生存故事，生存的秘密，经历着出生、成长、死亡的生命旅程，而小角马诞生的过程同样具有叙事诗般壮美的意味。在每年的2月，每天都有约8000只小角马在塞伦盖蒂大草原上出生，刚生下的小角马必须在几分钟内学会走路、奔跑，只有很少的角马在出生的第一天能够存活下来，有40%的小角马活不到满月。生存迫在眉睫，要想不被食肉动物捕食，小角马学习走路的速度比其他任何动物都要快，生命的力量就是如此的顽强，如此的让人震撼，小角马稚弱的蹄子终于迈出了终生迁徙旅途的第一步，那也是地球上最为壮观的一条追寻生存与自由的路。

事实上，角马的迁徙和人类的历史一样悠久，在坦桑尼亚北部的奥杜威峡谷（Olduvai Gorge），肯尼亚人类学家路易斯·利基(Louis Leakey) 与妻子玛丽·利基（Mary Leakey），一个劲在这片地域进行考察、挖掘多年，他们两口子想要创写一部国际性的侦探小说。1959年，他们忍受着炎热和流感的折磨，在深谷里，一把沙滩遮阳伞的保护下，带着儿子和两只大麦町狗，发掘出了早期能人的遗骨化石及动物化石。他们把自己最喜欢的鲍氏东非人头骨化石称作"乖孩子（Dear Boy）"。在这个古人类的摇篮之地，他们发现的动物化石亦证明：100万年前，角马就在塞伦盖蒂大草原上季节性地移动，那是它们能够优胜劣汰、在大自然中生存下来的终极秘密。

我想大多数来肯尼亚和坦桑尼亚旅行的人，都会被动物迁徙的壮观景象完完全全迷住，但对现代人来说，似乎很难想象的是，直到20世纪50年代末，人们对角马大迁徙的秘密都还一无所知。300多年前，塞伦盖蒂还是一片很少有人居住的荒原之地，在17~18世纪，马赛人从尼罗河谷迁移到肯尼亚南部和坦桑尼亚北部，进入塞伦盖蒂，在这里和野生动物一起生活，过着原始而悠游的游牧生活。塞伦盖蒂是马赛语中"无边的平原"之意，它有3万平方公里的广阔草原，有着大地奉献给人类的最大规模的动物群落，是世界上最大的动物自然生态系统。

按照逻辑，骁勇善战的马赛人终日与野兽为伍，善于捕猎理所当然。但让人难以置信的是，马赛人不仅不狩猎，甚至只在庆典时才吃肉，只吃经过祷告后宰杀的牛羊，不吃受伤、生病的牲畜，也不吃包括鱼类在内的野生动物，因为他们认为狩猎会与野生动物结仇。他们也谨守不农耕的习俗，因为耕作会使大地变得肮脏、贫瘠。马赛人认为牛羊才是神的赐予，把牛羊群看成生命，不狩猎，不吃野味，不吃蔬菜，只喝牛奶、牛血，吃牛羊肉，以畜牧为生的马赛人才是真正的游牧民族，终年成群结队流动放牧。

马赛人相信万物有灵，对大自然的崇拜、敬畏和顺从才是最适合他们的野外生存方式。因此几百年来，他们都遵循着一种与大自然和谐相处的智慧与哲学，发展出了与自然环境相适应的生活方式与习俗。他们把牛羊群牲畜和草原上的野生动物一同视为生存的要素，对野生动物和马赛人来说，在塞伦盖蒂大草原求生存的关键便是迁徙，跟随雨水、牧草和季节迁徙。马赛人那一套天生的保护生态系统的技巧已臻完美，他们会有一块干旱时用来放牧的旱季用地，当雨季来临时，便会像角马那样跟着雨水迁徙到另一块水草丰美的地，他们很会利用牛蹄、羊蹄的踩踏来维护生态系统。如果不这样轮换、迁移，大地很快就会变得不再是一片丰盈肥美的草原，而更像是一片被掏空、被吃光的贫瘠土地，那对牲畜可没任何利用价值，也没任何好处。

但在100多年前，随着殖民时期的到来，狩猎旅行成了西方王室贵胄的奢华娱乐运动，塞伦盖蒂很快变成了一片猎场，大量的野生动物被猎杀。1907年，33岁的丘吉尔作为英国殖民地副大臣，前往东非考察并狩猎。他们在清晨时分便从印度洋海边的蒙巴萨火车站动身,坐在一把绑在机车车头排障器上的普通长凳上,很拉风地开始了户外狩猎旅程。那时坐在车头前方的瞭望者只要发现狮子这种高贵的猛兽,火车就要停下来,并向狮群发动攻击,旅行者们会将打死的许多狮子,得意洋洋地带到煤水车前面来。如何找到狮子,找到之后又如何去猎杀狮子,是他们在交谈中一个永恒不变的话题,而每一个地方和每一趟旅行,也只有一个简单的评判标准,那就是"打到了狮子呢,还是没有打到狮子"。

1909 年,完成第二个总统任期的罗斯福,带着儿子前往非洲探险 1 年,他们捕获了几千种动物,大量动物被制成标本运往美国,标本的数量之多,光是装货就用了近 1 年的时间。大量的欧美人也为了"战利品"而来非洲猎杀动物,有时一次狩猎旅行中射杀的狮子就达 100 多头。

很快,一些有识之士便看到塞伦盖蒂正在成为一片惨遭人类威胁的脆弱天堂,如果继续下去,过去一度认为取之不尽的东西将会消失,这里急需保护,越来越多有良知的狩猎者也转变了野生动物取之不尽的认识,成为真正的动物保护者。

第二次世界大战结束后的 1951 年,塞伦盖蒂国家公园成立了,但为了解决迅速膨胀的人口与野生动物之间的矛盾,在 1956 年,英国殖民政府宣布缩小塞伦盖蒂公园的规模,将塞伦盖蒂的东部全部划为马赛人居住的区域,而西部才是动物们生活的国家公园。缩小公园面积的决定,等于是缩小了野生动物们能够去自由迁徙的场域,人为地割断了它们延续了上百万年的生存线,这引起了一些环保人士和动物学家的关注,德国法兰克福公园的园长格茨美克(Grzimek),下定决心去证明广阔国家公园对动物迁徙的必要性,他认为如果国家公园被缩小到一半,那将让角马在一年中的大部分时间处于无保护状态,这种做法,终将让东非的野生生命画上句号。

1959 年,格茨美克带着儿子迈克尔(Michael)来到塞伦盖蒂,借助一架涂成斑马条纹的小型直升机,成了追踪动物种群迁徙的第一人。他希望通过一部纪录片告诉决策者,非洲的野生动物确实需要更大的生存空间。

1960 年,《塞伦盖蒂不该丧命》获得奥斯卡最佳纪录片,但在该影片拍摄接近尾声时,一只秃鹫与迈克尔驾驶的飞机机翼相撞,迈克尔不幸身亡。

格茨美克将儿子的遗体葬于恩戈罗恩戈罗火山口一侧，儿子的身亡对格茨美克产生了巨大的影响，他在承受丧子之痛后坚持完成了拍摄，而纪念儿子最好的方式，就是向世人展示不为人知的塞伦盖蒂的壮美景象，将塞伦盖蒂悲惨的命运详尽地展示在世人面前，为庞大的生物群体找到得以安居的最后避难所。

格茨美克是第一个把塞伦盖蒂展现给西方世界的人，他被认为是隐秘的动物迁徙的代言人。在此期间，英国殖民政府重新规划了边界，将公园向北面扩展至肯尼亚边界，与肯尼亚的马赛马拉国家公园接壤。如同一部跨越世纪的悲壮史诗，百万角马、斑马终于可以延续上百万年来的自由迁徙之路，而那里也成了我们这个星球上保存得最完好的一片伊甸园。

1987年，格茨美克离世，他深情地预言："在未来的几十年或几个世纪中，人们将不再会前去朝圣人工的奇迹，他们将离开雾霾重重的城镇，亲见造物主的生灵们在地球上最后的祥和栖息之所。"

世界上没有哪个地方像非洲这样有着如此丰富的野生动物，非洲人就生活在野兽附近，崇拜它们，害怕它们，也捕杀它们，吃它们。如果没有广阔的国家公园和自然保护区，可能游遍非洲，你也看不到多少野兽。如今，在地球上有了一个地方，依旧朝气蓬勃，当太阳升起来时，数百万的动物可以完全自由地奔跑。那个地方生生不息，时间好像在停滞，阳光也照耀在你的脸上。如果你在蓝色暮霭中的塞伦盖蒂大草原停下你的越野车，熄掉引擎，在车盖上安静地坐上几分钟，很快你就能感受到那片土地生态系统的完美与单纯：

土壤—草—大型食草动物—大型食肉动物—土壤—草

土壤—草—马赛人—牛羊群—土壤—草

在初次体验到这种大得令人难以相信的生物集合的单纯性时，你禁不住会被大自然生态系统的这种自我运作规律与古老节奏所折服。

迁徙是食草动物们的壮举，而成百上千只非洲象也会沿着这条国境线迁徙。1968年在肯尼亚和坦桑尼亚交界处建立的安博塞利国家公园（Ambosile National Park），栖息着肯尼亚数量最多的非洲象，非洲象除了刚刚出生的小象,它们与亚洲象最大的不同是无论公母,都长着长长的象牙,这也成了它们一度被大量猎杀的原因。

然而,生活在安博塞利保护区的大象们是幸运的,没有其他非洲国家普遍存在的危机:偷猎。它们对人类的出现也表现出极大的宽容,允许你真正地靠近。这些长牙大象的象牙也是肯尼亚最大的,它们迁徙时威武豪迈,为了寻找食物和水源,大象们在一天之内可以行进145公里,比人骑着山地车都快。它们由一只雌象族长统率,每个象群由20~30只大象组成,按照地位高低,排成长长的纵队,秩序井然地四处寻找新的水源。为了采食,这些身形巨大、步子迈得很大的巨兽们,一年要走16000公里,穿过森林、开阔草原、半干旱的丛林,蹚过溪流、湖泊、沼泽、泥地,它们的一生就像一次极有耐性的漫长的寻食旅行。非洲象有着自由不羁的灵魂,不能驯养,从没人见过马戏团里有非洲象,这也是它们不同于亚洲象的最独特之处。

在安博塞利驱车游猎时,我在很近的距离里看见了更为神奇的一幕,行进中的大象会和停留在它们身上、脚边的白鹭鸶和睦相处,宛若一对非常友好的伙伴。白鹭鸶时不时飞上飞下帮助大象清理皮肤褶皱里面的寄生虫,或环绕在周围的一些小虫子,大象则非常享受这些灵巧的"小个子"朋友在它身边跳上跳下。站在大象滚满泥浆的背上、轻盈梳理着白色羽毛的白鹭鸶,惬意地搭乘着免费的象轿,远处映射着宁静的乞力马扎罗雪山,它让我内心激荡起一阵阵温柔的涟漪,那是安博塞利草原上一种和谐、动人的伊甸园式的美景。

大象是没有天敌的,狮子、花豹很难奈何它们,除了自然干旱和人类。安博塞利有一只世界上最著名的母象 Echo(回声),它活了65岁,躲过了20世纪非法的偷猎者,将它的家族成员从7只发展到了40只,它每天带领着这个庞大的大家庭,踱着从容安稳的步子,在安博塞利一望无际的稀树草原上来来回回走了半个多世纪。坦桑尼亚女孩乔伊告诉我说,在她的童年里,好多非洲小孩子的记忆里,他们都是听着母象回声族长的故事长大的,它比家里、庄园、牧场上的任何宠物活的时间都长,它就是非洲草原上最美丽的一个传奇,而这个传奇又传了一代又一代。

"回声后来怎样呢?"我有些着急地问。

再也走不动的回声跨越了世纪，在 2009 年去世，悲伤的象族成员围在老祖母的身边，发出了悲鸣不停的呼唤，眼泪不断，但它们得硬起心肠，在哀伤中一步步走远，如果不这样做，就会危及家族其他成员的生存……回声独自倒卧在草地上，长长的象牙闪着银白色的光芒，它不停眨着眼睛，滴滴泪水流过了布满皱纹的脸颊，那是它关于非洲草原沧桑一生的记忆。它细长的眼睛里映射着乞力马扎罗雪山的最后一抹湛蓝，安静地闭上了双眼。

回声永久地留在了安博塞利，一个只有象族成员知道的地方，一个大象们喜欢待的美丽地方。它们路过那里时，会扬起长长的鼻子嗅着，但不会很接近回声的骨骸。回声的女儿们又带着它们的孩子，更多的小象，每天从乞力马扎罗山脚下的金合欢树林中走出来，从晨雾中走出来，它们一个接一个，在古铜色的天空下挺进着，走上几十公里或数百公里，似乎在赶赴世界尽头的一场约会。它们迈着古老的步伐来到安博塞利永久性的沼泽恩空戈纳罗克（Enkongo Narok）、奥罗肯亚（Olokenya）周围饮水觅食。

乞力马扎罗山上的雨水和融化的雪水流了下来，多孔的火山石让雨水渗透到了地下，让这片广袤的湿地永远都水草丰美、生机盎然，成了动物们喜爱的天堂。动物们一拨一拨来到水源边聚会，打着老相识的招呼："老马，来了吗？老牛，喝了吗？"非洲野牛每天要喝 35 升水，一群小鸟站在它们毛发黝黑、浓密的脊背上，搭乘着免费的牛车。大象呢，每天至少要喝 200 升水，如果用我们人类惯常用来装纯净水的 20 升水桶计算的话，一头大象每天至少要喝 10 桶水。说一个女孩身材不好，就会说她长着一副粗壮的水桶腰，哈哈，看来这一出处就在大象身上。

野生动物们依靠河流、沼泽来生存。大象们喜欢用鼻子来接吻，喜欢在水中交欢，吵吵闹闹的，有时长达半小时之久。水源也是大象最爱的镜子，是大象带领它们的子孙来闲逛的地方，蓝色的蝴蝶成群结伙聚集在镜子上空，或粘贴在地面上，喝大象撒出的尿尿；象族来这里看自己在水中的倒影，看看象鼻子是不是很大，看看它们的象牙是否闪光。大象用泛着光的镜子中的水洗脸，告诉它的孩子，它童年时经常来这个地方，孩子有一天也会回到这面如镜子般的水源的。

傍晚时分，象族一家大小，排着长长的列队，摇晃着浑圆的屁股，再踩着落日的余晖回到山脚下的家。乞立马扎罗山雄性的身影，清凉的云影，茂密的丛林，是象群永久的庇护所。

　　"大象看上去就像是上帝看着云的形状造出来的生灵。"身旁的乔伊满眼神往说道，她指给我看车子正在驶向的边界。跨越边界，一望无际的安博塞利草原的尽头，大象们慢悠悠走向的地老天荒的家，就是海明威笔下的乞力马扎罗雪山。

　　它在云雾中若隐若现，山顶的积雪只是惊鸿一瞥，我已在心底大叫了一声"Yeah"！我正在沿着大象回声族长的足迹，离家越来越近了。

II
小黄本
Yellow book

　　我们到达的边境小镇纳曼加并不繁忙，与我想象的国际边境那种车水马龙、人来人往的喧嚣、繁荣景象很不一样。纳曼加脚跨两国，一半属于肯尼亚，一半属于坦桑尼亚，布满尘土的公路两旁只有两排类似小小收费站的房子，那就是边检移民局，屋顶上分别插着黑、红、绿、有盾、有长矛的肯尼亚国旗，和绿、蓝、黑、黄的坦桑尼亚国旗，一块石头界碑上刻着赭红色的两个英文字母"TK"。"T"一边是坦桑尼亚，"K"一边是肯尼亚，边境就这么简单。没有铁丝网、栅栏、界桩、大门的边境，更便于野生动物的迁徙，让它们能在两国的国土上自由来去。显然，野生动物兄弟们看起来比人类舒服多了，它们不需持护照，也不要 Visa，一律免签，更不用缴费，它们是没有边界、国界约束的来去如风的自由公民。

　　下车后，我们走进肯尼亚边检移民局办理出境手续，我们坐的 Riverside 巴士会直接开到坦桑尼亚那边的公路上等我们，也不用卸载行李和换车。在肯尼亚出境很简单，就在我的护照上盖了一个签有日期的出境章：12月1日，Namanga。随后我们要步行约300米，到公路另一头的坦桑尼亚边检移民局办理入境手续。

正午时干涸的荒原刮起了一股股小龙卷风，卷起的沙土像一个个巨大的漩涡，在空中旋舞，甚嚣尘上，头顶上炫目的阳光晃得人睁不开眼睛，我掏出背包里的宝蓝色丝巾扎在草帽外面，遮挡着面部，防风防尘防晒，看起来像个不能露脸的传统穆斯林女人。乔伊、千惠和我一前一后走着，丝巾在我耳旁被吹得呼啦啦作响，阵阵干燥的热风像要把人吹跑了一样。

一群当地人看见来了过境客，也热风一样涌向了我们。戴着五彩胸饰、耳饰的马赛妇女，拉着我的手兜售各种小饰品，她们晃动着的长长的耳朵，已被叮当作响、笨重的彩色耳环拉成了两个巨大的孔洞。用黑黑的光头顶着炸香蕉片小篮、木薯片小筐、腰果小盒子的各种小贩，黑市兑换铺的言贩子，都跑过来打着热情的招呼："Jambo（姜博）！Karibu（卡雷博）！"我们一边不停地摆手，回着："Jambo（姜博）！Asante（阿桑特）！"一边快速往前冲。

一个又黑又瘦的妇人拦住了我，在我面前摊开了手："夫人，给点钱吧，给孩子买瓶水买点食物。"

她声音哀婉，但我不能在这样一个慌乱的边境路上拉开我的背包，我本能地害怕着一拥而来的各种黑面孔。她的孩子用布袋吊挂在胸前，露出一颗瘦弱的黑色小脑袋，在烈日下像一朵晒蔫的花儿挂在女人的颈子上。那一刻我心生怜悯，停下了脚步，把我放在背包外袋里的零碎硬币，全掏出来给了她。

她一只手紧紧地攥着那把10先令、20先令的硬币，另一只手拉过了我的手，放到她的唇边亲吻了一下。

"上帝保佑你。"她在烈日下轻声道谢，动作迟缓地转身离去。

走完热气烫脚、不断被小贩追赶的边境公路，坦桑尼亚这边的边检移民局看起来却更小，只有四十几个人的队伍全排在了大门外，人人的手上都拿着一本护照和一本黄皮书，维持秩序的军警也在叫出示打过黄热病疫苗的小黄本。一听"小黄本"，我的心咯噔了一下，百密一疏，我这个老江湖竟然忘带了。

在肯尼亚的肯雅塔国际机场入境时，没人检查黄皮书，我预订的登山公司也没提醒我来坦桑尼亚时务必要准备黄皮书。出发前我精简行李，把在肯尼亚一直没用过的黄皮书寄存了客栈里，没想到坦桑尼亚的边检是必须要有黄皮书的，否则检疫官员就有权拒绝让你入境，我的头顿时就晕了。

我快速转动脑筋，活人总得想办法呀。我开始翻看我的手机，找到一张发在朋友圈上的照片，那是我在广州白云机场候机时拍的，我将E签证、黄皮书、橙色水壶放在蓝色草帽里，拍了一张出发前的照片。看来我得用这张有黄皮书的秀照去过关了。

轮到我时，检查的女警让我站进地上的一个黄圈里，展开双臂，摸了一下我的周身，她随后说："Yellow Book——小黄本？"

我忙不迭地翻出那张照片给她看，又给她解释我为什么忘带了黄皮书。她好像终于抓住了一个铤而走险的跨国"逃犯"，大声诘问道："我怎么知道照片上的黄皮书是你的？上面又没有你的名字！"

她反问得太聪明了，击中软肋。的确，那只是小黄本的封面，名字是写在内页里的，我没法证明那本小黄本就是我在中国打了疫苗后领到的"身体护照"。

后面排着好多人，我的汗水一下就急出来了，顺着头发流在脸颊上、脖子上，即使我戴着同样的蓝色帽子，背包上挂着同样颜色的橙色水壶，但我没法证明自己是个"免疫良民"。

坦桑尼亚女孩乔伊在我身后出主意："快给你住的那家客栈打个电话，让他们把你寄存的黄皮书拍个有姓名页的照片发过来。"但那样的话，可能一车的人都要等我很长时间了。

女警显得特别不耐烦了，声音开始霸道："缴100美元，去旁边补一个。"边说边把我往黄圈外推。

去坦桑尼亚的签证费才交50美元，在中国办小黄本时仅仅10美元，这个面容清秀的年轻女警比我早上遇到的粗暴军官还狠，已不是给10美元小费就可放人走路了，这不是在变相地敲诈勒索嘛。我愣在当地，脑袋极度缺氧，完全反应不过来该怎么办了。

站在一旁的千惠比我机智，她在身后小声提醒："Pearl，和她说说，你去坦桑尼亚做什么的?"

我猛然回过神来,也冷静了下来。我和千惠聊过我们彼此的经历,我底气十足,说了一个特别夸张的理由:

"我是记者,我是专程来写乞力马扎罗登山的。我有小黄本,你得相信我。"

其实我只是一个自由撰稿人,也不是VIP,某个大媒体的名记,没人邀请我来坦桑尼亚,我花的每一分钱都是靠自己挣来的,但这时我就得有一个强势的姿态。

我听见房间里有个浑厚的男声在说:"女士,你请进来。"

我鼠窜似的一步就跨进了那个小门,一个相貌霸气的男人坐在木桌后,看着我略微礼貌地点了一下头,一副复联中的神盾局长尼克·弗瑞的大牌范儿。他递了一张入境表格让我填,敢情他老人家才是正主儿呀。"阎王好见,小鬼难缠",官越大的越和善,无名小卒反倒喜欢故意刁难,看来这是全球通吃的道理。我笑着松了一口气,道谢后走到另外一个门的窗口去缴了50美元的签证费,那个小黄本的事就没人再提了。

我的护照上贴上了坦桑尼亚的蓝色签证纸,时间是3个月,这下我终于可以入境了。我把这一路的惊险风波按回了背包里,揣好,飞一样去找厕所。

在两国的边检移民厅里,没看见公用厕所,有人指了公路边一个比较隐秘的小棚子给我看,我背着包一路狂跑了进去,出来时有个精瘦的年轻黑小伙子拦住了我,让我给20先令上厕所的钱。

我没想到在堂堂的国家边境厅里,没有厕所,而路边的小厕所,要收费。我刚才已把我身上所有的肯尼亚硬币,全给了那个乞讨的女人,而我还没到达阿鲁沙,也没时间换任何坦桑尼亚先令。

我说抱歉,我身上真没任何硬币。

我一转头准备离开,他跑上前挡住了我。我只好拿出我的钱夹翻给他看,真没有任何零钱。他一看我的钱夹,开始涨价了,先说1美元,然后又变成了2美元,那相当于232肯尼亚先令,13元人民币,4666坦桑尼亚先令。周围的几个当地黑人围了上来,我脸红筋涨,尴尬极了。

乔伊跑过来问发生了什么事,我说他找我要20先令上厕所的钱,我身上没有零钱。乔伊马上掏出一个20先令的硬币给了那个瘦小伙,但瘦小伙用斯语对乔伊说:"她是外国人,我要收2美元。"

乔伊很愤怒,说:"你们不能这么坏。"

她果断地推开我,让我快点去找我们的班车,她自己要上厕所去。

边检折磨了1个多小时,此时我已晒得、饿得头晕眼花,我觉得路边晃来晃去的人都是一样的,黑皮肤、黑脸庞、黑样儿,车也是差不多的,花花绿绿、混乱不堪,我站在路边四处张望,看哪有白皮肤外国旅客的车,一个穿着干净条纹衬衣的小伙子嘴里喊着:

"Riverside,Riverside,this way(河畔班车,河畔班车,这边走)。"一边不停向我招手。

Riverside正是我坐的班车公司的名字,我以为他是车上的司机,一点都没有犹豫就跟在他的身后走了。

乔伊去上厕所时,那个瘦小伙威胁了她:"你让我损失了2美元,你不能在这上厕所。"幸好车上的另外两个坦桑尼亚人,帮乔伊解了围。乔伊回到班车时,看见我穿着蓝色库尔塔长衫的身影离班车越走越远,完全走反了方向。她大叫:

"Pearl,错了,跟错了。"

我一回头,那个穿条纹衬衣的小伙子马上没入黑黑的人堆里,不见了。

这一天也够惊险了,清晨站在秃鹳群居树下的耀武扬威的军官,看似平静却不平静的边境小镇,黄沙滚滚,身上的土拍下来简直可以种花种树。没零钱,没小黄本,鱼龙混杂的人群,女乞丐,狮子大张口的女警察,地痞,流氓,骗子,一切都像谢里丹(Sheridan)边境三部曲里的镜头,是我以前的旅行生活里从来没有经历过的。重新坐上班车的后座,我如释重负,摊开双掌心,做了个瑜伽的至善式,闭上眼睛深呼吸了一口气,让自己平静了下来。

国际班车不提供去路边吃午餐的时间,也没提供矿泉水,我剥好3个橘子,递给了千惠和乔伊一人一个,感谢她们在任何一个细微处的帮助。

我吃得很平静，满口蜜汁。

一个世纪之前，一位26岁的年轻人也曾在非洲的德班、约翰内斯堡和比勒陀利亚等地游历，他起初只是个仁爱、不杀生、素食、苦行的印度教徒，只会写写诉状，是个平庸无奇的律师，没有经历过风险、历练，害怕在众人面前说话，腼腆、羞怯得可笑，他作为一个有色人种在殖民地时期的非洲旅行，走路、坐马车或坐火车的三等车厢，常常饥肠辘辘、溽热难当，也受尽种族歧视，这可说成是他的一场受难之旅。但旅行改变了他的生活，他褪去了胆怯、无知、狭隘、偏见，开启了他毕生将从事的事业，在南非的20年行期，将一个青涩、怯弱的律师蜕变成了印度独立的圣雄，这位非暴力运动的旅行者便是甘地。

看来非洲真是个跌宕起伏、能让人脱胎换骨的地方，在非洲生活了30天，我越来越相信这一点。坐着长途汽车旅行，沿途的风景迷人，可以深入了解当地人、当地生活，可以有很多意想不到、奇奇怪怪的遭遇，可以有更多的时间用来思考和历练。有的旅行，也许只是为着与更多的人相遇，经历更多的生活，而非仅仅是为了看看动物迁徙，看看风景。年轻的司机在班车里放起了欢快的雷鬼音乐，有吉他，有手鼓，有饶舌，有摇摆，那是非洲愤青喜欢的雷鬼乐鼻祖鲍勃·马利唱的《400年》：

400 years, the same philosophy, come with me to a land of liberty, you got to be free.

400年，有相同的生活信条，来吧，跟我到一个自由的土地来，你必获自由。

我喜欢跟着鲍勃·马利（Bob Marley）这个黑白混血儿在异国他乡一路哼唱，哼唱他的梦想，哼唱很多人向往的自由自在。车窗外飞驰而过的是古老的田园风光，大片大片的咖啡树、香蕉树、向日葵，起起伏伏的除虫菊地、剑麻地、丁香地。除虫菊那黄蕊白瓣的淡雅小花如点点繁星散落大地，成为山谷地带一条馨香扑鼻的风景线。就要到一个新的国家坦桑尼亚了，世界上最香的一个丁香之国，我觉得一股清新沁人的山地之风正在向我迎面吹来。

很多来坦桑尼亚的人，总是将自己的目光锁定在闪闪发光的北方，冰雪覆盖的赤道火山乞力马扎罗，大自然制造的意外、非洲的世外桃源恩戈罗恩戈罗火山口，披着红袍的马赛勇士，以及非洲的野生动物之王塞伦盖蒂的广袤平原。

戈戈身上没戴任何装饰品，只在左手臂上刺有一行简单的数字：3°S, 37°21′E。我想戈戈的这个坐标文身一定是关于乞力马扎罗山的。

Chapter 4

阿鲁沙
Arusha

12
捕蝇草
Flycatcher

明朝时，1415年，麻林国的遣使节乘坐郑和舰队的"宝船"，沿着海上丝绸之路到达中国广州，再北上到达紫禁城，遣使节给永乐皇帝进献了一头漂亮的"麒麟"。皇帝大喜，连上古神兽都来朝贺自己，亲自在奉天门主持了盛大的典礼，以迎接这个代表国家吉祥的巨兽，并让宫廷画师给神兽画了一幅白描像。这头"麒麟"有巨大的体量、温和的容貌和奇异的长脖子，跟中国叙事神话中的麒麟图式很吻合，这令心存疑虑的文武百官和京城百姓都感到无比震惊。

现今去幽静的台北故宫博物院，看到这幅有着长脖子、长腿、星状花纹，被一个宫奴牵着的神兽画像，就知道大明的永乐皇帝被一头长颈鹿给忽悠了。

这个600年前引起永乐盛世的臣民们惊异的麻林国，"麒麟"的国度，就是今天的坦桑尼亚。

在非洲东部、赤道以南的坦桑尼亚，有七处目的地被列为世界遗产，它是东非地区拥有最多世遗名号的网红国家：

三处世界自然遗产——塞伦盖蒂国家公园，塞卢斯禁猎区（Selous Game Reserve），乞力马扎罗国家公园（Kilimanjaro National Park）；

三处世界文化遗产——基尔瓦基斯瓦尼遗址和松戈马拉遗址（Ruins of Kilwa Kisiwani and Ruins of Songo Mnara），桑给巴尔石头城（The Stone Town of Zanzibar），孔多阿岩画遗址（Kondoa Rock Art Sites）；

再加上一处世界自然和文化双遗产——恩戈罗恩戈罗保护区（Ngorongoro Conservation Area）。

传说中被"上帝"眷顾的地方——世界自然遗产、世界文化遗产、世界自然文化双重遗产,就应该是坦桑尼亚这样的。当许多人想起非洲的时候,事实上他们想起的很可能是坦桑尼亚。

很多来坦桑尼亚的人,总是将自己的目光锁定在闪闪发光的北方——冰雪覆盖的赤道火山乞力马扎罗,大自然制造的意外、非洲的世外桃源恩戈罗恩戈罗火山口,披着红袍的马赛勇士,以及非洲的野生动物之王塞伦盖蒂的广袤平原。坦桑尼亚北方对很多旅行者来说就是典型、地道的非洲符号,而从人口只有30万的阿鲁沙(Arusha),去所有北环线的国家公园和保护区都很便捷,这样优越的地理位置和气候条件使阿鲁沙成了坦桑尼亚的游猎之都和主要的旅行聚集地。

下午3:30,我们的班车驶进了阿鲁沙西边的中央汽车站(Central Bus Stand),外面啪啪啪下着豆点大的热带阵雨。在小雨季里,天上飘过一朵堆积云,就会洒落下一场大雨,当地人叫它"过云雨"。班车刚在泥泞的车站停下,一群兜售游猎路线的"捕蝇草"便围了上来。

"嗨,姜博!"

"你需要向导吗?"

"拉非克,来点特别的?"

"我们的价格最便宜!"

"我们是最好的!"

"你还记得我吗?"

小贩们此起彼伏的吆喝声,"捕蝇草"的搭讪声,随着铺天盖地的雨声一股脑儿涌进了车窗里。

在坦桑尼亚,阿鲁沙是拉客导游的人数仅次于海滨城市桑给巴尔的地方,他们主要在长途汽车站拉客,非洲人更是直接给这些帮旅行社、旅馆、登山公司拉客的人取了一个形象、贴切的名字——Flycatcher,捕蝇草。

在非洲的原野上,有一种食虫植物界里最顶尖的"猎手",它的茎很短,但在叶的顶端长有一个酷似"贝壳"的捕虫夹,好似张开的翅膀的形状,捕虫夹的颜色从艳丽的橘红色到红紫色,它会吐出蜜糖一般的芳香蜜汁在叶片上,等待猎物自动上门。当有飞虫抵御不了香气的诱惑闯入时,捕虫夹就会以极快的速度闭合，将昆虫牢牢夹住，让落入魔掌的猎物很难逃脱，因此，有着强大捕猎本领的捕蝇草，其英文名又叫"吸血伯爵德库拉捕蝇草"。

其实在阿鲁沙的拉客"捕蝇草"中，有的是厨师，有的是背夫，他们把游客带到旅行公司之后，就可以在游猎团或者登山团里工作了，比起旅行公司给他们的微薄中介费，他们更想要在团里的那份工作。一个"捕蝇草"曾在脸书上坦率告白："我们又不想当小偷，也不想做骗子，当猎手，我们只想有份工作。如果我给公司拉来了客人，公司就会把我放在名单里，然后我下次就能来公司工作了。"

每一个初来乍到的旅行者，是很难搞清楚这些不断围挤在身边游说的"捕蝇草"是骗子还是朋友。我用手撇开人潮，顶着雨水去等班车司机将车顶上的大背包放下来，这时一把长柄的黑色雨伞斜伸了过来，遮住了我头上的雨水。

"Pearl——珍珠？"

他晃着手中写有我名字的中英文纸片，一双亮亮的眼睛在伞下试探着问。我兴奋地指着名字，惊喜地说："是我！"

杰夫（Jeff）说他是我预订的希利亚登山公司的司机，我们的班车晚点了1个半小时，他已经来车站打探了两次。他一把接过了我的大背包，放进了停在旁边的一辆军绿色陆巡上，我也打着杰夫带来的雨伞，迅速抽身脱离了"捕蝇草"们闹嚷嚷的围攻。

千惠要去住乌贾玛青年旅舍（Ujamaa Hostel），她的日本背包客"圣经"说那里安静，还有一个充满绿意的后院，那是阿鲁沙最有共享味道的地方，干净的宿舍提供Wi-Fi、书架、带锁抽屉和热水澡，只需20美元一晚，包括早餐、晚餐和洗衣，背包客们还能在起居室看电视、交换书籍、结伴等。千惠说青年旅舍可以帮忙在阿鲁沙安排各种志愿者工作，她去塞伦盖蒂游猎完后，会停留在阿鲁沙孤儿院做两周的志愿者。我很奇怪千惠为什么不去登山，她温婉地笑着说这次还没准备好，也许有一天她会和一个喜爱的男孩子一起去看乞力马扎罗的雪。

我与千惠在雨中拥抱了一下，告别。我想有的旅程就是一生中最重要的旅程,是应该留着和一个喜爱的人一起去完成的,就像海明威小说写的那样,男主哈里与女主海伦,一对一路上吵吵闹闹、爱怨交织的情侣,历经了孤独、绝望、死亡的考验,最终他们的身体与灵魂,在仰望雪峰的目光中融合在了一起……那么乞力马扎罗对我来说,又会是一生中的什么呢?

13 高山向导
Mountain guide

高大、褐色发肤的杰夫发动了漂亮的陆巡,他是查加人,乞力马扎罗山脚下的原住民,他穿着绷得很紧的卡其布狩猎短装,看起来有一头野牛那样强壮。他说先送我去登山公司预订的前哨丛林小屋(Outpost Lodge),然后向导会来小屋和我碰面。我摇着头说不,让他先带我去换钱,再找一个本地餐馆吃饭,我已在路上颠簸了 8 个小时,饿极了。

阿鲁沙在梅鲁山平缓延绵的绿色山林里,坐落在坦桑尼亚最大的咖啡种植庄园,终年凉爽。它的北部紧邻阿鲁沙国家公园,还有梅鲁火山,以及位于其山脚的恩戈罗恩戈罗火山口,西北部是著名的塞伦盖蒂平原。这里的海拔约 1400 米,一年四季的气候温和,中午气温不超过 28℃,早晚 13~15℃,在阿鲁沙居住,全年不用开空调,故其有着凉爽的"绿色之城"美誉。即使距离赤道很近,阳光强烈,但感觉到的不是炎热,而是一种明媚的和煦。阿鲁沙的自然、幽静和舒适,对那些跨越了肯尼亚和半个坦桑尼亚的旅行者来说,这里是能够从疯狂的路途颠簸中解脱出来,让人好好休憩一番的轻松之地;对于那些刚刚踏上非洲土地的人来说,这里会让你见识到一个舒适、平和的非洲。最主要的是,这里还是冒险狩猎之旅、登顶乞力马扎罗雪山之前与之后的一个平静的避风港。

杰夫是个肌肉男,很健谈,有着非洲人的热情天性,他说阿鲁沙被那乌拉河(Naura River)一分为二,刚才我们所在的西边,是长途汽车站、马赛市集和许多经济实惠的酒店、背包客客栈聚集地；那乌拉河的东边呢，则是大部分航空公司的售票处、手工艺品店、中高档酒店、露营地。中心区是钟楼（Clock Tower）的环形马路，那里聚集着银行、博物馆、旅行社、咖啡吧、餐馆、酒吧、登山装备店，两条主路——西边的索可尼路（Sokoine Rd）、东边的老莫希路（Old Moshi Rd），在美丽的钟楼交会，让小镇看起来既便捷、有序，又整洁、干净。

几乎是第一眼，我就喜欢上了阿鲁沙。这是一个城市化恰到好处的地方，人口不多，没有都市密集的高楼大厦，没有繁忙的交通拥堵，但又不乏开放、热闹的现代生活所必需的一切。路上走着各种肤色的外国旅人、骑单车的背包客，他们自在混迹于当地居民的街巷市井之中，一切都给人一种井然有序的安适感觉。

杰夫开着车放着音乐，很像一个饶舌歌手，我们的陆巡穿过了成片的热带植物林，一路沿着双车道的索可尼路往东，他要带我去钟楼的换钱处换钱。经历了边境小镇纳曼加的尴尬，没有什么比身上没有当地硬通货更惨的了。

在非洲旅行，付小费是一件重要又颇费脑筋的事情，中国人在国内接受任何服务时，都没有要求付小费的习惯。但非洲人的工资很低，一个生意最好的游猎公司的司机，月薪仅为200美元，餐吧侍者约150美元，清洁工、保姆约100美元，在保护区巡查的骑警、公路交警约300美元。因此，在旅馆、餐厅、咖啡馆，或游猎出行时，都需要给提供服务的人付小费，对司机、导游、侍者和其他依靠小费维持生计的人来说，小费的收入尤其重要，有时还超过了月薪。最初在肯尼亚时，我不知道付多少小费比较合适，作为一个优雅的女人又心软要面子，经常一天下来，支付的小费有20多美元，往往比其他的花销都多。看着那些眼巴巴期望付小费的人，给少了于心不忍，给多了又负担不起，钱夹里又经常忘记要准备散钱，搞得我一天都慌慌张张的，像欠账的人一样，不舒坦。

我请教了住在米尼曼尼的意大利朋克，这个老牌帝国之人给了我一个实用的法则，餐厅、酒吧的侍者，旅馆拿行李的门房，一律给0.5~1美元；露营游猎时，每天给司机的小费为5美元，半天为2美元。他让我尽量把

100美元换成1美元、2美元、5美元这样的零钱,当地的钱币通常数额巨大,是个人脑筋都转不过弯来换算,直接给美元的小费,不失为一种最简单的方法。他点石成金,说:"Pearl,最主要的是,钱夹里一定要多准备小面值的零钱,这是让自己在非洲过得体面又自在的法宝。"

是哦,不管是用哪种钱,如果服务的人让你的旅程终生难忘,给他们小费的时候慷慨一点儿也永远不会错。可能的话,最好把小费直接给想感谢的人,这也会让你的旅程受用不尽,当我声音迷人地对侍者说:"You keep the change。"(零钱不用找了。)我知道我已入乡随俗,能潇洒自如地应对非洲小费问题,也再不会落荒而逃了。

在阿鲁沙的车站、超市、商场,再没有各种持枪、开包检查了。换钱处就在商业区的路边,门口摆着大大的当日汇率牌子,窗口开得醒目,随时可以进出。1美元可兑换2350坦先令(Tsh),1元人民币可兑换343坦先令,看来坦桑尼亚的钱真不值钱呀,坦币的面值又大,动不动就是2000 Tsh、5000 Tsh,最大的面值竟然是10000 Tsh,我换了500美元,天,约117万有着长颈鹿、狮子、大象图案的纸币——捧着那一大包钱,我的脑筋一下又换算不过来了,不知道该怎样应对如此大数额的当地纸币。

杰夫友善地告诉我说,在阿鲁沙全城通价,打一次出租车,5000 Tsh;坐一次布达布达摩的,2000 Tsh;坐一次达拉达拉小巴,300 Tsh;坦桑人称摩托为boda-boda(布达布达),称小巴为dalla-dalla(达拉达拉)。在本地餐馆吃一餐乌伽里鸡、乌伽里鱼,5000 Tsh。也就是说,本地人式的日常消费,每样不会超过2美元。我一听比内罗毕便宜好多,杰夫也没一个劲在我耳边提醒我注意抢劫、小偷、骗子之类的问题,我问他:"阿鲁沙安全吗?"他露着白牙,笑意盈盈看着我,只说了一句:

"在阿鲁沙,本地人和外国人都是很安全的。"

也就是说,我可以在阿鲁沙自由出入、晃荡,再没有拦路抢劫、土匪恶霸、明抢暗夺、持枪检查等等让人防不胜防的人为恐怖了,我差点儿没在心底振臂高呼出一句"乌拉——万岁"!怀揣着一大包花花绿绿的上百万的坦桑尼亚"巨款",顿时觉得心花怒放、开心得不得了。我豪爽地对杰夫说:

"快带我去当地人最爱去的餐馆吃饭,我请你,也让向导来餐馆和我们会合。"

杰夫开车带我去了钟楼的米拉锅（Mirapot）餐馆，这是一家非常热情的小馆子，专卖坦桑尼亚菜，有诱人的炖芸豆（githeri）、椰子鸡（kuku nazi）、羽衣甘蓝（sukuma wiki）等本地美食，它在钟楼的转盘处，可以视野开阔地看车来车往、当地人往来穿梭。餐馆前面有几棵巨大的金合欢树（Acacia），开满了一簇簇带有淡淡香气的黄灿灿的小花，露天的空地上摆着六七张木制餐桌，我们选了一张面朝钟楼的餐桌坐下，我兴奋地点了双份的乌伽里鱼。

我的周围是一桌一桌的当地人，黑亮亮的皮肤，大声地说笑，他们坐在午后的树荫下，尽情地享受着夏日阵雨后的清新、凉爽，悠闲地喝着可乐、乞力马扎罗啤，毫无顾忌地盯着我这张外国女人的新鲜面孔看，脚边停着各种拉风的摩托，餐馆的音乐也开得炸天似的响。

几个头顶香蕉、芒果篮子的女孩在街道上走来走去叫卖，她们穿着色彩斑斓、齐脚踝长的肯加裙（Khanga），一种传统的彩色棉料的长裙，还用肯加布缠头、背小孩。她们单手扶着头顶上的硕大篮子，手上涂着好看的指甲花汁，身材凹凸有致，顶着篮子的脖子颀长、有力，有的穿着人字拖，有的光着脚，走起路来袅袅婷婷的，自有一种性感、风情万千的野非洲味。我让一个女孩从头顶的篮子里取了3只又大又圆的芒果放在餐桌上，1000Tsh，约0.4美元，3元人民币。夏日阳光下的芒果，和我身边的黑女孩一样，透出一股成熟、芳香、诱人的气息，它让我一下觉得我终于来到了真正的非洲。

我还没来得及想希利亚给我派的是一个什么样的登山向导，一个中等身材的黑人男子已经向我们的餐桌走了过来，他有着运动员的倒三角体型，肩膀宽阔，身材匀称、健美，感觉像姆巴佩带领的法国足球队中跑出来的某个黑人球员。他走路的样子不紧不慢，特别稳健，一点也不像其他黑人男子那样走路佻达、晃荡，像根没骨头的橡皮筋或者弹簧。他穿着一身卡其布的狩猎短装，显得有点正式，但整洁、朴素；额头饱满，眉弓突出，眼窝深深凹陷，有一双亮亮的碳晶色眼睛，但鼻子硕大，双唇像两片肉肠外翻，又厚又大，一张典型的非洲土著面孔。

19世纪的探险家斯皮克第一次踏上非洲大陆时，他称这片土地上的黑种人是"真正的卷发、塌鼻子、嘴巴像口袋"。他的那句"嘴巴像口袋"让我忍俊不禁，让我觉得看见的每一个当地人都在咧嘴大笑一样。

这个男子裸露在猎装外的黑炭精式的皮肤闪闪发亮，是久经日晒雨淋过的，他留着一头极短的黑褐色小卷发，贴着头皮，让他看起来特别干练、冷峻，如同一个从漫威电影《黑豹》中走出来的丛林战士。他声音低沉，不像游猎导游那样见到客人就一味地过分热情，只简单地用英语自我介绍道：

"Pearl，我是Ngogo——戈戈，你明天的登山向导。"

"姜博！你来得真快！太高兴见到你！想喝点什么？"我显得比戈戈热情多了，笑着拍了一下身边的椅子，请他靠近我坐下。

"可乐就很好！"他和杰夫打了一个招呼，拉过椅子坐在了我的身旁，眼光平和地看着我。

我是真高兴向导能在第一时间赶来和我碰面。明天要去爬的那座山太高了，又是在传说中不安全的非洲，我两眼一抹黑，什么都不熟悉。我太希望有一位可靠、专业的向导来帮我，我将要走的路都要仰赖他，我当然不需要找一位中看不中用的花架子导游啦。事先在和希利亚预定登山的行程时，我一再强调务必派一位优秀的专业向导给我，而此时坐在我身边的戈戈一身简洁，黑人兄弟通常喜欢打耳钉、戴手链、戴项链或文身，搞些奇怪的图案，喷着浓烈的香水，穿着花哨，而戈戈身上没戴任何装饰品，只在左手臂上刺有一行简单的数字：3°S，37°21′E。《未来水世界》中的小女孩罗娜背上有一个地图坐标的文身，那是喜马拉雅山的坐标，我想戈戈的这个坐标文身一定是关于乞力马扎罗山的，这是我见过的最简单的文身，但很酷，它让我感到了一种心领神会的默契，就没问。他神情自然地坐在树荫下，像一块天然的石头，也不多言多语，他让我一下觉得特别靠谱、踏实，我在心里说了一句："That's my guide！"

意思是这家伙正是我想要的那个人。

侍者很快送来了我们的两大份乌伽里鱼，乌伽里（Ugali）即白玉米饭，是大多数非洲人的主食，先炸后煮的鱼，添加了西红柿、洋葱、辣椒、香料在鱼汁里,味道浓烈。一份的分量太足了,我把叉子递给戈戈请他来分享,他笑着摇头,说:"Pearl,这是你的晚午餐,你需要多吃一点儿。"他说话的口气像一位户外拓展集训的教练,也像一位经验老道的兄长,这一路单枪匹马从肯尼亚闯荡到坦桑尼亚来,终于有人在关照我了,这让我的心里一下觉得很受用,也很熨帖。

我没法干掉这条快一尺长的大鱼,就用餐刀切了一截尾巴,用鱼汁拌上白玉米饭、羽衣甘蓝咸菜一起吃,杰夫很会帮我节约钱,他问侍者可否退掉一份乌伽里鱼,我们吃不完,会浪费。侍者爽快地端走了一份,杰夫就来和我一起分享一盘鱼。他用右手抓着吃,黑人和印度人、尼泊尔人一样,用洗干净的右手直接抓食物吃,用左手做上厕所、擦屁股等不洁的事情,我也跟着一起吃得啪嗒啪嗒特别香。不断有男子和女人过来和戈戈打招呼,好看的当地女孩子尤其多。

我很诧异,起初还觉得戈戈沉默寡言、像块老实的石头,怎样突然就变得像个外交家、网红了,还特别有女人缘,难道登山公司派给我的是个花花公子?!黑种人在运动、娱乐上有惊人的造诣,如田径、NBA、足球、拳击、登山,如爵士、蓝调、饶舌、伦巴、街舞,他们天生就擅长唱歌跳舞,爆发力惊人,且热烈奔放,性感迷人。我瞪大了眼睛,似笑非笑地看着他和周围的人热乎。戈戈带了无数的外国人登山团,机敏,反应也快,他提高了声调,愉快地解释道:

"Pearl,这是我的街道,我的地盘,我熟悉这里的每一个人,他们也熟悉我。"

戈戈说这话的口气像年轻时的帕西诺演的新派教父,一排雪白的牙齿在黑黝黝的笑脸上绽放。我开始喜欢杰夫和戈戈给我的这种融洽、坦然的感觉,像家里的兄弟姊妹一样,没有隔阂和障碍,也没有矫饰和掩藏,更主要是,没有了在内罗毕那种人为的让我对黑人产生的恐惧。我开心地告诉他们,这是我来非洲后,第一次和两个本地人,坐在本地人的路边餐馆,兴致勃勃、大声说笑着一起吃饭,我的脸上能自在地沐着光、吹着风,周围是亲切的市井人声,我从来没有觉得这样放松过,我喜欢这里的生活。

戈戈一听我说得可怜巴巴、声情并茂的,咧着口袋样的大嘴巴朗朗地笑开了,他的声音变得异常悦耳动听:"Pearl,你知道吗?杰夫是我们公司16位司机的头儿,我是20位向导的头儿,你真的是一位很幸运的女士。"

我不敢相信,我问是登山公司有意安排的吗?还是纯属说着玩,逗我开心。戈戈说现在是小雨季,客人较少,他们是按照日程表来排名单工作的,今天刚好排到他们俩的轮次。

我开心极了,开始逗戈戈:"Are you the best guide——你会是最好的向导吗?我要的可是最好的向导!"

戈戈抬眼望了一眼远处的天空,一下变得庄重起来。"乞力马扎罗知道!"他说。

我相信这一定是上帝的安排,很多东西是命中注定的。我想起边境小镇上那个怀抱孩子乞讨的女人给我的祝福:愿上帝保佑你!显然上帝一直都在我身边的,只要我心存几分坚定、炽热、善心和爱意就行。从北半球的中国飞到南半球的内罗毕,12小时,从赤道以南140公里的内罗毕坐国际班车到赤道以南328公里的阿鲁沙,8个小时,我距离自己期盼的乞力马扎罗山又近了1天的路程,这就是我的天命。

我想起了撒冷之王给16岁的牧羊少年指点的通往埃及金字塔的那条朝圣之路,连上帝都派了两个值得信赖的帮手来帮我,这让我的信心更足,尽管我几乎用了整整3年的时间,才走完这条20个小时的路程。

14 游猎
Safari

热带的阵雨是个直性子,来得快也去得快,猛烈灼人的阳光照耀着雨后闪亮的大地,天空中挂着不是一道而是两道奇异的彩虹,我惊呼:"你们快看,双彩虹!"杰夫和戈戈愉快地应和道:"咦,好兆头!""明天会是个好日子!"天边不期出现的两道绚丽的彩虹,让我再次对乞力马扎罗山充满了无数旖旎的想象。我心中牵挂着明天的登山,结账付完小费后,我请戈戈去前哨丛林小屋帮忙检查一下我的登山装备,看还有什么需要补充的。

　　一离开餐馆,我就快速地往远处路边停着的一辆陆巡快步走。陆地巡洋舰(Land Cruiser)是丰田的越野车之王,我们见到的在非洲草原上驱车游猎时拍狮子、豹子用的陆巡,大多是老款的陆巡 LC7 系列,这种纯血统、强悍型的越野车,5 档手自一体,变速箱搭载着 4.7 升 V8,典型的一个油老虎,但它军绿色的外形看起来非常霸气。这种车,在非洲大草原行驶动力十足,纯粹在恶劣条件下使用的,也特别酷,是非洲大草原上最大的"动物",如同随处可见的非洲大象。据说陆巡是上到联合国下到恐怖分子都在用,估计非洲出现最多的除了 AK-47 就是陆巡了。它有可以弹起的顶棚,有的则可以推开或拿掉车顶盖,车的四周用帆布围着,给人的经典印象就是一辆丛林色的野外战车,游猎者可在开敞的车体上拍动物,而一坐上陆巡在非洲的旷野和荒原上狂奔,那种感觉只能用一个词来形容,太炫了!

　　如今在非洲草原上驱车游猎(Safari),已不同于殖民时代的远征狩猎(Safari),比如丘吉尔、罗斯福干的那种,尽管它们使用的还是同一个词语:Safari。苹果公司突发异想,竟然把浏览网页冲浪也叫作 Safari,不过那个红白指南针标的意思大不相同。

　　Safari 起源于东非,在斯瓦希里语中,它的本意就是旅行。19 世纪晚期,随着欧美富有猎人的到来,Safari 最初专指狩猎旅行,即在白人狩猎向导带领下,由黑人仆从扛着枪、带着露营装备,在非洲荒野进行野生动物尤其是非洲五霸的打猎活动。海明威在他的短篇小说《弗朗西斯·麦康伯短暂的幸福生活》里,生动、冷酷地写了类似的狩猎故事。那场美国土豪麦康伯的危险远征游戏最终以悲剧结束,不过海明威的奇闻轶事好像也在告诉我们说,小心点儿,哥们,去非洲游猎时得找个靠谱的好向导。

　　当然,丹麦女作家卡伦(Karen)在《走出非洲》里,和她心仪的猎手丹尼斯却是另一番际遇。她说朋友们来庄园做客,是她孤寂非洲生活中的一大乐事。他们在狩猎时曾和狮子有一场戏剧性的遭遇,丹尼斯一声枪响,狮子像块石头般倒下。"继续照!继续照!"丹尼斯冲她大叫。她挥舞着手电,手颤抖得厉害,丹尼斯的第二颗子弹出膛,狮子发出一声长长的、暴怒的呻吟……他们浑身是雨水、泥浆、血污,回到营地燃烧正旺的炉火旁,一杯接一杯痛饮欢庆的醇酒,在星空下一言不发。在狩猎中他们配合默契,融成一体,相互之间没有多余的一句话,友人们也从他们讲述的历险中汲取了更多的乐趣。

今天,虽然非洲仍有少量的地方被作为指定狩猎区,但带枪的狩猎活动基本受到禁止。对更多的旅行者而言,Safari 指的是游猎之旅,是在生态旅游流行起来后,坐着越野车在保护区或国家公园里进行野生动物的观赏与摄影。远征游猎的魅力不减,惊险、浪漫依旧,只是狩猎的工具已由猎枪、来福枪变成了捕捉影像的相机和摄像机。

Safari 无疑是斯瓦希里语对世界的一个贡献,也是在非洲最独有的一种旅行方式之一。狂野非洲,探险者的天堂,野生动物的家园,斑马围集在有鳄鱼潜伏的水边饮水;成群迁徙的角马穿过河流,地面在震动、颤抖;捕猎之后用完午餐的一只花豹躺在树上小憩着,安适地舔着脚趾丫;大象家族列队,旁若无人地从越野车前踱步走过,这些美妙的场景都将在游猎的途中发生。

车行驶在苍茫的草原和灌木丛中,烈日飞尘,穿着经典的狩猎旅行外装,卡其布的丛林夹克,戴着木髓太阳帽、宽边软帽,无以名状的勃勃生机与激情,像是一记强大的咒语,在游猎者的面前穿胸而过。只是千万要控制住自己从越野车上跳下去的冲动,因为游猎时随时随刻都有这种激动。

当然,你也不希望动物兄弟们冲上你的车子吧?!好运气时,会有一只体型绝美的猎豹胆大妄为地跳上车顶来,和你一起眺望日出;或者一头年轻气盛的青春期大象,把车子当成女朋友,不停在车旁蹭痒痒。但如果是被人类伤害过的大象,或被车子围靠得太近的大象,它有时会被激怒,甩起它那 1 米多长的巨鼻,如同一记凶猛的铁戟,毫不留情地把一辆车给掀翻。那时除了倒悬在车里等待骑警的救援,就只有祈祷上帝了。

没有第二个词能概括游猎时那种独特的魅力了。

在非洲,所有游猎用的陆巡车外形看起来都差不多,除了每个公司的 logo(标志)不一样。我往一辆陆巡小跑而去,走路快,上车快,像一道惊猝的闪电,这几乎是我在内罗毕下意识养成的一个习惯,生怕被路人打劫,门对门原则。戈戈几步跑上前,一把抓住了我的手。

"Pearl,走错了,不是这辆。"

他边说边自然而然地拉起了我的手,往米拉锅餐馆的左前方走。我像触电了一样,显得非常不好意思,戈戈怎么可以见面才半个小时,就握住了我的手?

我的手开始出汗、潮湿,我有点想把汗津津的右手从他那又黑又大的左手掌中抽出来,但他本能地握得更紧,像老鹰一样,生怕我这只小鸡又走掉了。这是第一个黑人男子,牵着我的手,在大庭广众下不紧不慢地走,金合欢树的花瓣,有的落在了我的身上。

肯尼亚、坦桑尼亚实行的是英式的左行驶,不同于美式或中式的右行驶。全世界靠左行的"左派"约20亿人,大多是以英国为首的岛派国家,或前英属的殖民地;靠右行的"右派"约40亿人,多是典型的大陆国家,如美国、中国、俄罗斯。我呢,几十年的思维习惯都是靠右行走的,我这个"右派"自然而然就会走错方向,本能地跑到路的另一边去。

西方有一条谚语说"左手是个梦想者",它代表着敏感,难以捉摸;右手呢,则是坚强又忠诚,代表着训练有素。戈戈始终走在我的右侧,用他的左手抓着我的右手走得特别坦然,布达布达摩的、达拉达拉小巴从他的身旁擦身而过,他的这一拉手,拉近了我与一个黑人兄弟之间的距离,让我对周围的世界不再感到陌生、慌张和恐惧。自从和逍遥分开后,有3年的时间了,没有一个年轻的男子,像这样亲密地拉我的手,像护花使者那样护卫着我,在街道喧闹的人群中自在自如地穿行,我觉得有一股异样的柔情在向自己袭来,一种许久未曾体验到的安全感和幸福感包围了我。

重新坐上杰夫的陆巡后,杰夫沿着东边的老莫希路,只开了不到8分钟的路程,就拐进了塞伦盖蒂路(Serengeti Rd)的前哨丛林小屋。那是一处独立的漂亮庄园,掩映在一片鲜翠欲滴的树林里。坦桑尼亚在19世纪曾是德国的殖民地,在第一次世界大战德国战败后,英国占领德属东非全境,在20世纪初期又成为英国的托管地。出生于坦桑尼亚扎纳基部族(Zanaki)

一个贫穷酋长之家的尼雷尔（Nyerere），在1964年带领着126个部族的坦桑尼亚人，脱离英国殖民，建立了统一的坦桑尼亚联合共和国。在非洲，许多独立之父其实也是建国之父，他们之前没有一个像样的国家，有的只是殖民统治之下的各个部族。尼雷尔建国后，这位毕业于英国爱丁堡大学的教师，非洲的"贤人"，于1967年在阿鲁沙发布了"坦桑尼亚走'乌贾马'社会主义发展道路"的《阿鲁沙宣言》。自由、平和、风景迷人的阿鲁沙，如同瑞士的日内瓦、荷兰的海牙，由此吸引了众多国际组织来此扎根，它成了东非共同体的所在地，也成了坦桑尼亚的旅游首都。

当然，比这些都更有吸引力的是阿鲁沙人才是坦桑尼亚最令人难忘的人，他们热情、周到、礼貌的性格，对传统、自然、质朴的斯瓦希里文化的坚守，无疑是坦桑尼亚的最迷人之处。开车的杰夫特别自豪地对我说：

"Pearl，当你来过阿鲁沙，你会想再来一次，而阿鲁沙人也会对你说，Karibu Tena——欢迎再来！"

我看见在阿鲁沙的帐篷营地、庄园、丛林小屋，既充满了舒适奢华的前殖民地远征狩猎风格，也弥漫着浓郁的斯瓦希里原始自然的风情。这里有世界最奢侈的帐篷酒店、顶级的旅行服务，也有百年来欧美王室贵族与普通游人的热门旅行地。杰夫把我们送到丛林小屋大门口后，我给了他2美元的小费，感谢他一直耐心地等待，他开心地吹着口哨，开着车离开。小屋穿着白衬衣、打着黑领结的服务生马上接过了大背包，带着我和戈戈穿过一条幽静的花草小径，把我安置在了一个有前庭院的大房间里。登山公司通常都会将客人的第一晚安排在一个特别腐败、享受的地方，好像踏上艰辛登山旅途之前的一次告别盛宴那样。服务生打开房门后，拉开了白色的亚麻布窗帘，点上了驱蚊的丁香油香熏，他将四柱大床上垂挂着的白色轻纱蚊帐的四角解开，让轻柔的卷草纹帷幔自然地垂放了下来。

服务生做的是日落时的小憩准备。

阿鲁沙的黄昏已悄悄来临，洒金色的余晖一下铺洒满了整个房间，King size的白色大床上铺着漂亮的马赛格子床巾，光影斑驳，恍若一个部落女酋长的隐秘寝殿。那张大得离谱的国王大床上应该能撂得下4个人吧，我一看见不同寻常的东西就会反应很快，嘿嘿，乱想。

戈戈坐在庭院里的一把木制扶手椅上，安静地等着我收拾好东西出来。我快速地打开了服务生放在行李架上的大背包，翻出了我从中国带来的茶叶，铁观音、金骏眉、碧潭飘雪、肉桂红茶，在路上我从不喝任何瓶装的、甜的饮料，但任何时候都要泡一壶热茶，每天换着不同的茶品喝，只要有热热的茶水，就可以保持我一天的活力，还可以保持健美的体形。戈戈说阿鲁沙的自来水采自梅鲁山泉，自带有股淡淡的甜味，我从有光线透过的百叶窗窗口探出头去，问戈戈想喝什么样的茶，我说我有很棒的中国茶，他摇着头说没喝过中国茶，又快活地说：

"Pearl，和你一样。"

80美元一晚的花园木屋，房间里竟然只有一只酱釉色的无柄土陶杯，当真是环保、低碳的非洲生态风格的单人大房呀。我很想用这只满画着坦桑尼亚孔多阿岩画风情的手绘杯子，泡一杯茶汤红亮的金骏眉给自己喝，但我还是把这杯混合了中国风情的靓茶端给了戈戈，自己去盥洗间里洗了一只漱口的玻璃杯，将就着用玻璃杯很丑地泡了一杯相同的茶。

戈戈做了9年的高山向导，带过上百个外国登山团，但这是他第一次喝带茶叶的中国红茶。肯尼亚、坦桑尼亚出产世界顶级的茶叶，但英式的红茶大都制成了粉末式的袋泡茶，没法看见每一片天然的茶叶优雅地悬浮在一个透气的容器里，茶叶自然生长的纹路在氤氲的茶气里美丽地旋转。戈戈山葡萄色的眼睛露出惊异，我也没想到在这么细小的地方，我们的文化差异竟然这么大，就好像走路时的"左派"与"右派"一样。不过，我天性喜欢每一种细腻的差异，我觉得每一种细腻，都像我们在不同地方呼吸到的新鲜空气，而每一种差异，也如同我们在不同时刻不期而遇到的新鲜面孔，在无形中都能带给我们一种新的活力和新的美感。

前哨小屋的花园在黄昏时沉入了一种散漫的宁静里，用芭蕉叶、棕榈叶搭建的遮阳棚下，摆着喝茶用的小圆桌和木靠背椅，成片的香蕉树和棕榈树在晚风里轻抚，庭院的白色栅栏围出了大片空地，门前的木台阶优雅地躺在草坪上，回廊檐下的风铃发出了阵阵悦耳的声响。此时此刻的阿鲁沙对我来说，仿佛是一处神赐之地，一片幸存的荒原，地球上的最后一块净土。我一路穿越了了肯尼亚的慌乱，穿越了TK边境的怪异，穿越了整个小城舒缓的街道，在傍晚6点的紫霞中领略到了非洲的静谧，心中不禁升腾起一种重获新生的愉悦之感，一种强烈的归属感。甚至我的身体和欲念也在悄然复苏，突然很想爱和被爱，浸润和被浸润，在阿鲁沙这个安宁、幽美、非洲人的神域里，择一城终老，携一人白首。

我索性踢掉了脚上穿着的人字沙滩拖鞋，光着脚打了一个双盘坐在木台阶上，一副不管不顾的样子，在自己的庭院、自己的地盘上惬意地点燃了一支细长的555冰炫烟，深深地长吸了一口烟，漫长一天里的第一口烟。我将左手的烟递了一支给戈戈分享，他摇头，我突然很想在这样一个神赐的轻松之地变坏一点，诱惑一下我的职业向导犯戒。我就笑眯眯地说这是薄荷的，烟味很淡，抽着也很舒服，他还是不受诱惑地摇了一下头，捧着那杯盛在坦桑尼亚土陶杯中的金骏眉，一副特别享受的样子，然后打趣说：

"Pearl，明天爬山时，你得戒烟，还要带够足够的红茶，当然如果你喜欢，我背包里可带一壶香蕉酒。"

"我当然知道戒烟，我爬到过5545米的地方的，别小看我。"

"你到过高海拔地区？"

"那是喜马拉雅。"

一说起爬山就像注射了兴奋剂，喝了香蕉酒，我立马起身，准备去拿大背包里我写的《珠峰鼓手》给戈戈瞄一眼，也好让这个从一开始就显得比较高冷的非洲向导，能尽快熟悉我这个亚洲客人一点点。戈戈也跟着我起身，他说他还要去准备明天的装备、食物，检查完我的装备后，他就得离开。

我让戈戈进到我的房间，我们一起蹲在地上打开了背包，我每说一样，都递给这个有9年登山史的老手看。经历了喜马拉雅的徒步之旅后，我知道户外走路时，一会儿是狂风，一会儿是暴雨、暴风雪，轻便、保暖、防风、防雨、实用的装备才是最重要的，这是保证一路上身体健康和最终能够登顶的关键。

"你喜欢蓝色？绿色？"戈戈边看我的行装边好奇地问。

"呵呵，那是我的幸运色，我喜欢蓝色的一切，帽子、衣衫、牛仔裤，那是天空的颜色。不过户外用品我喜欢用军绿色的，和自然融合在一起，你呢？"

"The same with you——和你一样！"

戈戈第二次说"和你一样"了，我们一个白皮肤，一个黑皮肤，没想到喜爱的东西竟然很相似，细腻到颜色，难道真是物以类聚、臭味相投吗？！我忍不住悄悄多瞟了几眼面前的这个黑小伙，他看起来健壮又温和，卡其布的狩猎短装也是丛林色系的。他的左手臂上有文身，我的左手臂上也有，喜欢文身的人，大都崇尚自由，不受约束，表面看似狂放不羁，实则内心柔情似水。性格大都外柔内刚，因为我们的皮肤会替我们说话，就好似一种无声的信仰。这家伙到底多大岁数呢？我在心里问，看起来好像三十几岁的年纪。

"你准备得很周全，也很专业！"戈戈把有的东西拿在手里试了一下后，站起身来表扬了我。"但你的水壶容量小了，每天至少要保证喝3升的热水，我会帮你再带一个2升的保温水壶的。另外你的手套太薄了，登顶时必须戴滑雪手套，否则会把手冻坏。"他接着说。

戈戈的每个动作都显得耐心又细心，我开始喜欢上了他的敬业态度，和我做事的方式挺相似的。因为随身背的手提电脑、相机也够重的了，故我把充电宝还有黄皮书等等都留在了米尼曼尼客栈，我想到处都能充到电的。戈戈说整个徒步登山的营地里是没有充电设施的，如果手机、相机要充电，得去骑警的木屋充电，但每充一次电要付5美元。我一听，着急了，叫了起来："我每天都要拍照很耗电的，去骑警那儿充电，太贵了吧，怎么办？希利亚有出租的吗？"

通常登山公司都可以租睡袋、登山杖、保温水壶、冲锋衣裤、滑雪手套等给客人，当然品质不会好且都比较贵，睡袋20刀，登山杖20刀，防潮垫10刀，都是全程。戈戈说如果向他们公司租一个充电宝要5美元，租滑雪手套也要5美元。

"那你明天帮我租来，好吗？"

"我会带充电宝和滑雪手套的，你用我的好了。"

"要付费吗?"我笑着问。

"当然不用。"他回答得很干脆。

戈戈看见我着急,善解人意地救了我的急。我以为我准备得够充分了,但每个国家和地域的徒步、登山是很不一样的,上路后我才知道攀登乞力马扎罗山是一件多么不容易的事情,远远超出了我以前的徒步喜马拉雅山的经历,当然我也没来得及告诉戈戈,我是一边哭着一边走完喜马拉雅的,还被6个志愿者抬着担架,高山救援了一次,差点儿死了。

戈戈说他还要去召集厨师和背夫,准备东西,临走时,他在房间里绕了一圈,感觉像独来独往的猎豹在巡视自己的地盘那样,检查了一下纱窗,顺手帮我把窗帘都拉拢合上了。

我突然有点舍不得戈戈,很想他留下来多呆一会,和我聊一下头顶上那座神秘的山峰,他的经历,他的家人,我有了一种想去了解他的冲动。我毕竟要和他一起走5天的路程,我有点畏惧和一个太过陌生的人一起上路。但我还是克制住了自己不舍的情绪,我们一前一后穿过花草小径,我把戈戈送到了有门房站立的营地门口,止住了脚步。

"Pearl,睡个好觉,养足精神,明天早上8点,我和杰夫开车来小屋接你上路。"

戈戈叮咛我时,我塞了2美元的小费在他手里,感谢他一个下午的尽心关照。他含着笑拍了一下我的肩膀,让我不要想太多登山的事情,他说一路上有他的,然后像个干净利落的军士一样转身,头也不回地,离开了。

我目送着戈戈独行的身影在车道的尽头消失,营地车道的两侧,种满了高大、茂密的蓝花楹树,冠盖如一朵朵巨大紫云的蓝花楹,是我在非洲见到的最浪漫、最轻盈的一种树。淡紫色的细碎花瓣在日暮的余光里洒落了一地,像铺了一床绚丽、柔美的地毯,也好像此时漫涌在我心里的微妙感情。此时是12月的第一天,我故乡是阴冷、雨雾时节的冬季,但在阿鲁沙我却看到了截然不同的景象,这里没有一丝雾霾、紧张、忧郁的压抑痕迹。我很难相信,仅仅时隔8个小时,我会孤身一人从内罗毕逃离到了阿鲁沙,毫无痛苦、毫无压力地面对着云起云涌的山峰,一地悦人的落英缤纷,萌生了一种强烈的归家的感觉。

我会因爱成欢，留在阿鲁沙吗？或者如杰夫所说的欢迎再来，我会重返阿鲁沙吗？

15
至爱
Beloved ones

回到房间后，我把戈戈用过的杯子洗净，重新在坦桑尼亚土陶杯里泡了一片法国UPSA的泡腾片。细小密集的橙色水泡迅速在水杯里沸腾、打转，眨眼之间就把一杯无色无味的白开水变成了一杯高维生素、高能量的橙色浓情之水。每次往清水里放泡腾片时，我最喜欢的就是看它在秒杀之间的变化，宛如人的细腻情绪感受一样，电光石闪之间，绚丽的情怀被优美的激情点燃。

我坐在夜色的草叶棚屋下，藤编小桌旁，独守着侍者摆放在桌上的那盏马灯，打开了MacBook Air迷你手提电脑的银色翻盖，在摇曳的灯光里，埋着头哒哒哒敲着键盘，要写一封情深意切的电子邮件给逍遥。我和逍遥相恋、分开，纠纠缠缠，爱恋至深，却情到深处人孤独，天各一方，已很难用一言来说清两个相爱的人为什么会断然分离，各居他乡。

此时此刻，我不知道为什么突然很想告诉他我在阿鲁沙的感受。或许他是我母亲离世后仅有的几个尘世间的亲人？或许他曾经是我生命中很重要的一个男子？或许是我想抵御某种正在我身体里发生微妙变化的情爱元素？此时我就是想找一个特别亲近的人来倾诉，无论他在哪儿。

我知道我们俩都不喜欢用微信、用私聊，即使很快很方便，但我们都视为一种对对方的打扰和干扰。我们生活中的好多人已离不开微信，好多人再无法抬头，用自己那双内在的眼睛远望，看身边不期而至的各种有趣之人，观一棵树的繁茂和落英，悟一杯水由浅及深的骤变。逍遥曾嘱咐到了非洲，要记得写一封邮件给他，免得担忧，但我在内罗毕时常常惊慌失措，无法有安宁的心情来抒写任何东西。我想我和逍遥一样，永远都喜欢安静地在夜色里去读一封邮件，就像在读写邮件的人静下心来写邮件时的那份心情一样。

我输入了丛林小屋的Wi-Fi密码,点出了已好久未用的逍遥的邮箱地址,在一页有淡蓝色波浪边的信纸上写了一段压在心里好久的话。

逍遥:

　　亲爱的,此时我是多么地想念你,只有你知道的,当你的身影萦绕在我的脑海里化不开时,我就会写信给你。

　　明天我就要出发,去爬我们共同都想去爬的那座山了。我们曾一起在太平洋海岸边读过的那篇小说,书中的场景现在都一一出现在了我的眼前。男主哈里曾经躺在帐篷外的一张折叠床上,遥望着远处的乞力马扎罗山顶,忍受着蔓延到他四肢的疽毒的折磨,轻轻倒掉了那杯琥珀色的威士忌,开始了他浪荡一生的回忆之旅:康妮、辛茜、丽思还有守护在身边的海伦。四个心爱的女人,四段铭心刻骨的爱恋,一段接一段,他在生命弥留之际的断想,还有那只爬到山顶寻找着生命意义的豹子……

　　你说,在乞力马扎罗,在雪峰顶,那是哈里人生结束的地方,也是他人生重新开始的地方。你说有一天,我们也会一起去登海明威先生描述的那座神秘山峰的,在峰顶的积雪还没有融化之前,抵达上帝的圣殿。你说这话时,你拉着我的手,搂着我的腰,我穿着薄荷蓝的吊带长裙,我们站在旧金山湾区的海边,有年轻的男女在波涛上冲浪,有孩子扔飞盘到海里,他的狗狗欢快地扑入水里去叼飞盘,有悠闲的人躺在庇荫的沙坑里看书。我们眺望着落日里的金门大桥,心里暗涌着爱意绵绵的波涛,目光越过了无穷无尽的湛蓝大海……

　　我多想此时你能飞越太平洋,飞越万水千山,和我一起去做一只花豹,一起去登上非洲之王的非洲之巅。你知道在非洲,几乎每天都有丁达尔光的天空是怎么样的吗?我今天穿过了TK边境纳曼加,抵达了阿鲁沙,热带阵雨后的天空竟然突然划过了两道奇异的彩虹,它们一左一右,惊艳般地高悬在山脊线的两侧,那

阿鲁沙
Arusha

时我就想,那是你和我曾经幻想着要像巴克莱勇士一样,一起去抵达的彩虹之地。

阿鲁沙是个特别迷人的国际小镇,金合欢和火焰木在路两旁夹道欢迎,金黄色和赤红色的波浪在碧蓝的天空里肆意翻滚。在这里,路边的黑人会主动用斯瓦希里语问候你:"Mambo!"我一头雾水、不知所云,司机杰夫就教我热情地回答一句:"Powa Powa!"

那意思就是英语里常说的:"How are you? I am fine!"中文里说的:"你好吗?我很好!"

才几个小时,我也可以大声地在赤道雪峰的山脚下,像当地人那样问候彼此:

"Jambo(你好)! Mambo(你好吗)? Powa Powa(我很好)!"

一切听起来都是那么的和颜悦耳。

登山公司也派来了一个向导,叫戈戈,他表现得专业又敬业,对我也很有耐心。不管我是否能够爬上顶峰,我觉得我能走出抑郁症的阴影,重新迈出第一步,重新经历新的生活、新的挑战,那或许就是一种奇迹,也是我的天命。

来非洲后,我就再没有吃过药。偶尔也有特别紧张、恐惧的时刻,但不会精神崩塌,忍一忍就把情绪调整了过来,我自己都觉得这样的变化太神奇了。

这里的夜色已经很浓了,天幕里的繁星如钻石般闪烁,我想此时你在的旧金山,是刚刚睁开眼的清晨?还是喧嚣的正午时分?我还没把我们两地的时差折算出来。我只想让你知道在非洲野生动物的世界里,人类能够栖息在金合欢树下,一边喝着香蕉酒或者品着金骏眉,一边看远处的雪山顶是多么的不可思议呀?!

在庭院里给你写信时,夜凉如水,我披上了你送我的瓦蓝色的克什米尔薄羊绒披肩。今晚我会安然入睡的,做个好梦,那些美梦里都会包含着长久以来对你的思念,晚安,亲爱的!

隔空拥抱一个!

喔，对了，当地人用斯语道晚安时，发音会异常安详、甜美，像小夜曲，让我听着心里一片澄静，最后我也要用我喜欢的斯语对你道一声晚安：

"Usiku Mwema！"（吾思库 慰玛）

你的珍珠

登山公司曾经告诉我，为我配备的是一个向导、一个厨师和一个背夫，共3个人，11~12月是坦桑尼亚的小雨季，也是登山的淡季，很多人都没有工作，所以支付的小费也可以略微低一些，登山时向导的小费每天大约为10美元，厨师和背夫每人每天是5美元，整个行程为5天，共计为100美元。当然，如果我满意他们的服务，可以多给一些小费。给逍遥发完邮件后，我回到了国王大床房，将下午换的坦先令——点好，装进了桌上有乞力马扎罗logo的信封里。待一切准备妥当后，我终于可以去浴室洗个太阳能的热水澡了。

小屋的浴室是用芝麻红的花岗石砌就的，没有浴帘或防水玻璃门，有的是一圈矮墙，上面放置着三颗白色的大贝壳，贝壳里放的是香皂、沐浴液、香波，盥洗台和镜子边框也用细小的贝壳镶嵌而成，随处弥漫着一种古朴、浪漫的斯瓦希里风格。我特别喜欢那一圈有天然石头肌理的矮墙，我想这样的风格也是源自殖民时期的远征狩猎，白人团队、猎手在旷野里露营要冲凉时，黑人仆从会用地上的石头垒砌出一个简易的洗澡间，齐腰的矮墙能够防风、防尘、遮羞，还能抵御野兽的突袭，当然也能边洗汗臭的身体，边美滋滋地看远处稀树平原的落日或天空里的星辰。我抹了一点自带的普罗旺斯薰衣草精油在湿漉漉的身体上，再用清水冲净，整个人一下就轻盈、放松了下来。在薰衣草隐隐约约的安息药草香气里，我很快就进入了梦乡。

半夜时分，我突然被一阵钥匙拧动门锁的声音惊醒，有人在用力推门，我惊恐不安地大叫了一声："Who are you——你是谁？"尖叫着从梦中醒了过来，吓得一下从床上坐了起来，出了一身冷汗，还以为来了想入室抢劫的歹徒。朦胧中我听到一声嘟哝：

"Sorry, I'm a tourist——对不起，我是一个旅行者！"接着是一阵开隔壁房间门锁的声音，开水龙头洗漱、沐浴的声音，冲抽水马桶的声音，最后又归入了一片死寂的黑暗。

敢情是一位开错了门的房客呀，我松了一口气想，或许是喝香蕉酒喝高了，或许刚从酒吧 high 了回来。登了顶的登山客，回到阿鲁沙后，忍不住都要去酒吧放纵一番、庆贺一下的。

经这一吓，我的睡意全无，把充着电、倒扣着放的远峰蓝手机翻过来，看了一下时间，才凌晨 4:30。我赤着脚滑下国王大床，悄悄打开了房门，草地上的防风马灯灯影朦胧，四周静悄悄的，唯有不知名的夏虫在叽叽鸣叫，高一声低一声地唱和，庭院里果然还有一处其他房客的房门，我的门牌号是 Cheetah，猎豹，回廊上还画了一行歪歪扭扭的猎豹的卡通脚印，我想那个醉酒的家伙说不定是头跌跌撞撞的睡狮的房号呢。在自然界里，狮子和猎豹这两种大型的猫科动物，它们通常都是各有地盘、互不为敌的，除非为了一餐特别盛大、美味的猎物。草原上跑得最快的猎豹往往独居，日出而作，日落而息，像个独自扛枪的猎人一样，在凌晨四五点钟就开始外出觅食。我裹着薄羊绒的披肩，在自己的猎豹门牌的回廊下，找了一把圈椅坐了下来，用随身带的火柴点了一支冰炫烟，在淡淡缭绕的薄荷香气里，我再次想起了逍遥。

他深深地刻在我的脑海里、我的心上，但我们俩真像野生动物世界里的独行侠猎豹，两人都太过独立，太过专注于自己的领域和精神生活，都不愿放弃自己喜爱的生活方式，也尊重对方，不愿委屈对方，不愿轻易让对方去做任何放弃。一只公猎豹和一只母猎豹是不会长期生活在一起的，我难道命中注定就是一头独自觅食、独自行走、独自生存在塞伦盖蒂荒原上的母猎豹吗？我会在非洲重新找回我的激情、我的爱人、我的爱恋吗？

插画 | 乞力马扎罗蓝

有一种爱情，它可以给你勇气，让你变得更优秀，做得更好，至少不是更差，让你看到希望，是相互滋长，而不是相互毁灭，那么这种爱就值得你拥有。

时间的打磨，时间的浸润，时间的意外，我们应该感谢的是大自然，它赐予我们赖以生存的食物、空气、阳光、雨水，还赐予我们嗜好、情爱、欲念、美色、美景，赐给了我们意外的发现，意外的惊喜，意外的情趣，意外的收获……

Chapter 5

相互触摸
When We Touch

16
飞鸟
A flying bird

　　我记得我是在北京798采访当代艺术家时,认识逍遥的,那时我在给时尚杂志写"美色"专栏,每期写一位当代艺术风潮中有影响力的艺术家的专访,我特别欣赏杜尚在他的《杜尚访谈录》中的一句话:我最好的作品就是我的生活。

　　那时逍遥35岁,有一张棱角分明的脸,鼻子挺直,像子午线,半长的头发用一根橡皮筋扎着,整洁地梳在脑后,眼神深沉、含蓄,是个内敛的雅皮,而不像我,我呢,一头齐腰的长发,看起来更像是个浪迹天涯的嬉皮。起初我们俩是陌生人,我刚参加完北京的国际图书博览会,画卡通一代的艺术家东子给了我一本他好友逍遥的画册,让我去看看逍遥的作品。

　　我暂住在东五环的石佛营,打车去逍遥租用的厂房画室要四十多分钟的时间。早晨的高峰期我站在石佛营的路边,打了半个小时的出租车,那时滴滴打车还未盛行,出租车司机一听去大山子一座闲置的发电厂,还在一条支路上,返空回来几乎载不了客,都没有一个司机愿意去。我是一个行事独来独往的人,特别不愿麻烦别人,又很准时,只好打电话告诉逍遥实情,说约定早上10点采访的时间要推迟了,说我已在路边满脸媚笑招了几十下的手,停下车的司机一问地方就摇头不去,没人同情我这个在大太阳底下晒蔫了的剩女,你那地方好似地狱。逍遥一听就哈哈大笑起来,声音在8月清晨的空气里爽朗得不得了,他说:

　　"珍珠,你站在原地,我来救你,我开一辆蓝色的雪佛兰SUV,你穿啥衣服?"

　　蓝灰色的简版裙裤,黑色露斜肩的吊带衫,宝蓝色的绑带凉鞋,宝蓝色的平顶窄檐草帽,这是我采访时穿得比较正式的衣衫,但我只告诉他:"那个戴蓝色帽子的女的就是我。"路边的法国梧桐树下有一破烂的藤条长椅,是守自行车摊的一位大爷的,他同意让我坐一会儿,我就坐在斑驳的树荫下,翻看着逍遥的画册。那些魔幻主义的画作一下就吸引了我,我一头扎进去几乎忘掉了周围车水马龙的喧闹声。

逍遥来得好快,他把车悄无声息地停在路边,摇下车窗亲切地叫了一声:"珍珠!上来!"我看见一个穿着黑色拉夫劳伦T恤的男子正在对我友好地笑,比出租车司机的态度好了几十倍。我拉开车门迫不及待地就蹦了上去,我一个上午的时间都浪费在等车上了,而穿裙裤的好处就是可以让我行动如风,不会像裙子那样拖泥带水,但看起来也挺有淑女味的。

逍遥和他画册上的工作照一样,身形颀长、干练豁达。他小时候曾随建设兵团的父母生活在新疆,父母迁回北京后,他申请去了斯坦福大学读艺术实践的硕士学位,毕业后留在旧金山的海特区做职业画家。那时798如浪潮席卷,他海归,靠岸,在北京和旧金山两地往来穿梭,做装置艺术、画画。旧金山湾区的斯坦福大学,有着浓郁的人文精神与艺术气息,是美国铁路大王斯坦福为纪念在旅行中丧生的16岁儿子而创立的名校,全美的人们都记得他的一句名言:The children of California shall be our children(加利福尼亚的孩子都将是我们的孩子)。在雪佛兰空间宽敞的车上,逍遥放着波切利的《心醉神迷》,我们开始谈及斯坦福式爱的影响力,爱是可以超越文化差异、超越种族、超越地域的,千百年来,爱也有不同的层面、各种境界,博爱、仁爱、母爱、友爱、性爱……在斯坦福大学的校园里,有一座世界独有的罗丹雕塑公园,那里收藏着巴黎之外最多的雕塑大师罗丹的作品。很难想象,一所大学的艺术博物馆居然收藏着同一位艺术巨匠那么多的作品。

那天,我与逍遥一见面就惺惺相惜,他伸出手拉我上车的那一瞬间,让我觉得我们俩像北京胡同里的哥们,也像久别重逢的故人,我们在车上的40分钟时间里聊得特别开心,那样的采访也开始得随意、散漫、尽兴。雪佛兰车在发电厂厂区的一条法国梧桐林荫道上跑得浪漫又舒畅,前方视线的天空里全是一片北京人称的"反法西斯蓝",还经过了一个荷叶连连的巨大池塘。出生于意大利阳光之城托斯卡纳的波切利自幼是个盲人,他并不能看见阳光，但他在我们正在听的这张专辑中，演唱的都是他儿时记忆以来最让他心醉神迷、痴情难忘的歌曲，他的声音弥漫在我和逍遥的周围，有一种不受世界污染的纯净特质，好似水晶般清澈、性感的嗓音一下穿透了人心，浸入了我们身体的每一寸肌肤里，让我和逍遥含情脉脉，在一个盛夏有荷香的清晨一见钟情，一见面就坠入了阳光明媚的情网。

我问逍遥是怎么在喧嚣的北京发现这个有废弃烟囱的世外桃源的，他说是他听着波切利的歌声，在大山子周围瞎转时发现的，波切利心中的阳光、爱恋如同神指引着的一道光线。逍遥带我走进了他租用的厂区俱乐部的后台，他居然住在后台里！

太奇葩了！我马上想到了法国导演特吕弗的《最后一班地铁》中的情景，巴黎敌占区的沦陷，剧院后台里不为人知的秘密，背叛与忠实，还有情爱生活的真相……那座俱乐部亦是包豪斯的建筑风格，简练朴实，墙面使用的建筑红砖坚固、厚实，给人一种温暖的质感；倾斜开着的后台窗户向北，而不像当时一般建筑物那样窗户都朝南，这样的设计可以充分利用天光和反射光，也让画室保持了光线的均匀和稳定。我和逍遥坐在两把简洁的白色帆布椅上，射进画室的恒定光线产生了一种不可言喻的美感，我们就从法国罗丹的白色大理石雕像、青铜雕塑，谈到了另一位从法国去到美国的国际达达主义领袖杜尚。

我告诉逍遥，在杜尚"生活即艺术"的作品中，我最喜欢杜尚的《下楼梯的裸女》，那幅画涂抹在一块大玻璃框中，画中既没有色情人物、裸体的女人，也没有具体的性描写，有的是带透视角度的机械图式的各种动态，女人的一生如同一台复杂的恋爱机器，在她低头一步步走下的楼梯上、转角处，不同光线下、视觉的不同维度中，是她短暂生命的各个阶段，也是她相遇各种人、相遇各种生活时的状态。每个人在看那幅抽象的玻璃画时，都会和自己的状态产生呼应、联想，和自己的精神相遇一次。当有一天我真正开始一种边行走边写作的生活时，我就会想起那天我对逍遥谈及的杜尚对我的影响，艺术化的生活，生活中的艺术，恰如池塘中那一片清新可喜的白莲。我甚至觉得我就是那个一直在下楼梯的裸女，迎风摇曳，不断在经历各种生活，各种爱。

逍遥听我侃侃说着对杜尚的喜爱大吃一惊,他觉得一个小女子正不知天高地厚地胸怀着天下,可爱极了。他细眯着眼,左手的食指和中指之间夹着白色的万宝路淡烟,身体舒服地靠在椅背上,眼含微笑说:"珍珠,你要知道那是杜尚的伎俩,杜尚是个顶顶高明的阴谋家,他习惯把自己与社会的对立搞得非常轻松,甚至温润,那是他力图想传达的个人精神的至高境界,当然啦也是我们想追寻的一种完美状态。可是对大多数的人来说,画画与生活,写作与行走,谋生与爱好,并不是那么容易协调在一起的,有时会遭遇破坏、冲突、背离甚至舍弃。生活中最好的作品,是我们要能领悟正在度过的每时每刻的时光。"

他的嘴角上挂着一抹含蓄的微笑,风度迷人。我立马合上了手中的钴蓝色采访本,把背包里的"翡翠万"掏了出来,用方格茶几上的Zippo打火机"咔嗒"一声,点燃了一支夹在我左手食指和中指之间的薄荷味烟。采访有时真像两个陌生人之间的一场智力游戏,由于采访的时间是有限的,我总是太过于投入,太过于想在有限的时间里挖掘出更多的东西,往往忽视了身边的细节、身边的美。时间自有它的节奏、它的美,好东西都是自然而然的,我也需要放慢节奏。我轻轻吸了一口烟,享受着谈话的间隙里那突然到来的宁静,两个人什么都不说的宁静。

逍遥和我都在用左手抽烟,左手喝咖啡,他左手戴着烟褐色的沉香佛珠手串,嵌有一颗本白色的老旧玛瑙,手指修长。男人一戴上小叶紫檀手串或沉香手串,就会显得特别内敛、性感,禅味十足。我左手随意戴着一串夜空蓝的瓜棱老琉璃珠,呵呵,看来我们俩都蛮喜欢用左手干闲事的,这样可以空出灵活有力的右手来干活,写字、画画、点击鼠标、钉画布、调颜色、移动桌椅、点烟……打开Zippo盖子和合上盖子时发出了两声清脆的声响,他的"白万"醇淡烟和我的"翡翠万"薄荷烟都放在各自的手边,我们各抽各的口味,顺滑、柔和或清凉。

一个人的习惯、爱好、品位、风格,他与她的姿态、语气、表情、动作,身上散发出的气息,都和内在的修为、追求、性情、精神一脉相承的,我们的两盒烟随意放在樱桃木的方格茶几上,不用解释,也不刻意,随便怎么放,都有一种惬意、愉悦的与你的嘴唇、指尖、眼波相配的和谐。"万"

的那两个倒三角形标志,看起来也好像印度教性力派的感觉,尖向上的三角形呢,是男人的标志,而尖向下的三角形,则好比女人。当两个三角形相交成为六边形时,就好像一个刚柔相济、阴阳和合的小宇宙……

逍遥的目光如不停歇的飞鸟,落在了我的脸上,他深沉的凝视如一道神授的光线,闪烁着向我奔袭而来,穿过我黑浸浸的长发,击中了我呼呼乱跳的心脏。沉香的香味在夏日午后的光线里也变得肆意起来,散发出阵阵独有的药香,让人心神俱美、心驰神荡……世间有一种香,闻过之后便终生难忘,永远不会被其他的香气所替代,也永远不会与其他的香气所混淆,它始终透着一种天然木屑的气息,让人觉得现世安稳、岁月静好。

好多年后,每当我看见有透明的光线射进高大的玻璃天窗,我就会想起逍遥,想起在他有恒定光线的画室里,我把头像小狗那样埋进他穿着黑色T恤的宽阔胸膛,他身上混有一股淡淡的阳光与沉香的男人气息,手指上有似曾相识的牛仔淡烟味,性感之极,让我目眩神晕,我们的双臂紧紧缠绕在一起,好似罗丹的两具白色大理石人体雕像正从光线和空气中浮现出来,而那一瞬间在我脑海里定格为一种永恒的存在。

我和逍遥真如飞鸟,他在北京,我在广州,有时他来广州办画展,有时我去北京做采访,我们往来穿梭两年,他的心在召唤我,我回应着他的召唤,彼此的影像直接烙进眼眸里、身体里,经久不散。

两年后,我毅然决定辞去风生水起的媒体主编的工作,远赴大洋彼岸的新大陆。那时一起在媒体打拼的战友们很难理解我的决定,这种不理解就是:你一个女人,30多岁了,停下驾轻就熟的职业生活,放弃很好的职位和收入,这要做多大的牺牲呀。而我觉得,只要无畏和勇气还在那里,什么时候开始都来得及,我就把自己看成是一张赵无极画画的白纸、一面杜尚的空镜框、一块罗丹的粗糙原石,这样我就能重新开始。或许一个人最重要的,就是要有不断尝新的能力,挑战不确定、未知的那种能力。

我终于站在了斯坦福大学用成千上万朵加州红玫瑰簇拥而成的标志性logo "S"前,在南加州的明媚阳光下,和逍遥一起,最近距离地凝视着罗丹的《思想者》《加莱义民》,呼吸着《吻》《行走的人》那自由的气息,我的人生观和世界观也如燃烧的泥坯在窑变。

在美国1年的访学生活里,那种经验主义与冒险精神的文化对我的影响和冲击是最大的,我学会了两件事,第一就是吃苦,美国人大多简单,但动手能力强、行动能力强;第二就是感恩,要感激生活中所获得的东西,不管是我们的努力,还是别人帮助你得到的东西,同时我们还要回报。作为女人要学会有一颗感恩之心,很多时候我们的物质条件够好了,但我们对其他人的帮助、回报,以及对整个社会,很少!我觉得女性要有更开放的心态,因为有时我们太局限于自己的小家庭、自己的小儿女情态,或小恩小爱。我的写作因此也豁然开朗,不再局限于书斋里、艺术圈子中,不再局限于一个地域、一个城市,全世界都将是我的书桌了,美国、尼泊尔、印度、喜马拉雅、中国西藏及新疆,或者与逍遥一起读过的海明威的非洲,一直向往的神秘的乞力马扎罗之巅⋯⋯

结束1年的访学生活后,我没像以前渴望的那样留在逍遥身边,他喜欢待的蓝色海岸旧金山,那座"要爱不要战争"的嬉皮精神的发源地,街道上高高飘扬着彩虹旗,允许同性恋结婚的自由精神之地,我毅然决定回国。逍遥已在无形中激发了我身体里的内在潜能,那个我从来都不清楚的"我",他像魔法师点燃了我内心的激情,像炼金士指引了我隐藏的天命。我生于香软的天府之国成都,求学于麻辣的火炉城市重庆,打拼于开放的通商口岸广州,我如南方山青水秀的土地孕育出来的女孩子那样,娇媚、妖娆、灵动、温情,但我还有一半的血统来自塞外边疆的蒙古族外祖父,我的血液里流淌着奇思异想、狂野、野性、豪气,我像一匹野马胸怀天涯,一个侠士仗剑天下,我感觉无穷的远方,无数的人们,都和我有着亲密的关联。

一个很小的圈子、一只精美的笼子已经关不住我了。逍遥从一开始就欣赏这一点,他狡黠地打了个比喻,说:"珍珠,我如果把你放在玉石的花瓶里,娇养着,或者像元青花一样供在玻璃柜里,再加上重重大锁,珍珠你早就洗白了。"在重庆话里,"洗白"的意思是"蔫了""枯萎了""死翘翘了"。他爱用刚学的重庆话来鼓励我,他说他喜欢的,正是我生命中那种源源不断释放出来的无畏、率真、帅气的才情,如同烈酒的本性,让他中毒,亦上瘾。

有一种爱情，它可以给你勇气，让你变得更优秀，做得更好，至少不是更差，让你看到希望，是相互滋长，而不是相互毁灭，那么这种爱就值得你拥有。我想道遥不仅像一缕沉香，打开了我的身体，从阴道到乳房，还像一个双修的欢喜佛，打通了我的血脉、我的内心，从心脏到大脑。

他知道我不似开花的草本植物，兰花、睡莲、百合、鸢尾……任何一种开花的家花或野花。他说："珍珠，你更像木本植物，一棵会开花的树，城市天空下的腊梅、山茶、樱花、木芙蓉，热带非洲的金合欢、火焰木、蓝花楹、鸡蛋花，长在大路旁、山野、荒原、丛林、水岸，在阳光下郁郁葱葱，年复一年开满了花。"我如写《天使望故乡》的美国小说家沃尔夫，在经历了3年的纠结、混乱、迷茫、失落之后，又朝着新的生活出发了。我在北半球绕了一个大圈，又回到了中国，一步一步地，开始了我边行走边写作的旅行文学生涯。

"只有直面才华、权力和危险，一个人才能绽放出自身卓越的一面。一个人只有拥有非凡的经历才能成长。"我太喜欢22岁的海明威游荡在巴黎时说给他自己听的这句话了。那趟让海明威终身难忘的文学之旅，还原了一场流动着的青春生活的盛宴。

17
母女连身
Pains shared by mother and daughter

中国有句老话叫"母子连心""母女连身"，我自己没有生养过小孩，在母亲生病之前，我从来没有这样的经历，也没有这样的感受。在我徒步走完1000公里的喜马拉雅之后，我一直把自己封闭在鼓浪屿的一家养老院里写喜马拉雅一书，那是一幢由前西班牙领事馆的别墅改建的幽静养老院，有前庭花园，椰风阵阵，步行15分钟能够看见大海，管吃管住每月4500元，我在那里租用了一个15平米的小房间用于写作，通常一写就是几个月，从秋季到冬季，在我不用去大学教书的空档期里。

养老院里住着的都是从寒冷北方来岛上过冬的各式老年夫妻，有退休的教师、国画家、外交部的前翻译官、空军后勤部的前军需官、抑郁症患者、阿尔茨海默病者，也有相濡以沫、相依为命的平民夫妻。我们每天用餐时会在公用餐厅坐在一起，他们年迈、体弱、衰老、多病，布满老年斑的面庞饱经沧桑，但也谈笑风生、平静自如，我提前知道我老了时会是什么样子。逍遥笑我成天混迹于一群法相庄严的老人之中，是不是像释迦王子乔达摩·悉达多那样在参悟生老病死，而这样的经历同样在改变我年轻气盛的世界观，让我可以有更柔软的心地来珍视相遇的每一种生命，有了一种叫侍奉或叫牺牲的精神。

在鼓浪屿11月章鱼台风来临的时候，我开始感到左下腹疼痛，每天再无法坐着写很长时间了，每隔一个小时就必须站起来，一坐下就钻心地痛，好像整个身体的重量都压在了左边，以致左边的腹部到腿部会痛得麻木，只有在床上躺下时疼痛才略微缓解一点。以前我的身体从来没有出现过这种状况，我认为是长时间坐着写作、太劳心劳力的缘故，于是我把每天锻炼的时间延长了许多，早上7点起来沿着岛屿跑半圈，40分钟；下午5点开始，再在房间里做60分钟的瑜伽，但腹部的疼痛依然如影相随、无法缓解，我就只好把写作的速度减缓，晚上躺着看书，不再坐着写任何东西。

通常鼓浪屿白天的游客量会达到2万人，在节假日更会超过10万人，把一个只有2平方公里的小岛挤得水泄不通，嘈杂喧闹无比。只有在晚上，成群的游客如潮水样退去时，整个岛屿才能恢复短暂的宁静，龙眼树和木棉树在古老的灯影里婆娑，一只一只流浪的猫和狗在海风里自由出没。就在这样的一个寂静夜晚，我表姐打电话给我说：

"妹妹，你妈妈这次病得不轻，你要回来了。"

这样的话语如同飞卷而来的强烈风暴，一下把我短暂的宁静击垮。在这之前，我只知道母亲一直潜心于她的画画，我一直以为她的身体状况是很好的，而她也从来没有告诉过我，她一直在生病、一直在不好、一直在疼痛。

我飞快地爬起来，在凌晨1点的携程网上订了最早的航班回重庆，飞快地开始打包，把朋友借给我的东西用绵纸包起来，写上留言纸条；再把一些吃的东西和生活用品用塑料袋包起来，留给养老院的老人，然后在黑夜里睁着眼睛想我的母亲，疼痛得一夜无眠。

下飞机后我直接去了医院，下午2点，主治医生把我叫进了办公室。她问："你是病人的直系家属？"我回答："她是我妈妈，我是她的女儿。"然后那个年轻的医生就在桌子上把刚出来的检查报告划给我看，一条一条的，一共有6条，全是医学用语，我的眼睛一下就模糊了，怎么也看不懂。

我轻声说："你能给我解释一下吗？我不是学医的，我看不懂那些医学术语具体讲的是什么。"她不解地盯了我一眼，很快地说："肺癌，晚期。"我一下就趴在了桌子上，全身痛得如万箭穿心。那个年轻医生很不解地问："你也生病了吗？你哪儿不舒服？"我只是摇头，捂住肚子走出了办公室，一下蹲在了病房的过道上。

过道的两旁是开着的一间连着一间的病房，我看不见哪一间是我母亲的病房，来来往往的行人从我的身边走过，我捂住肚子蹲在地上，泪水像潮水样全流淌在了地上……

其实母亲的腹部一直疼痛，她以为是胃病，就一直忍着，自己买一些胃药来吃，直到她呕吐到不能吃任何东西，我表姐把她送进重医时，也只是在消化道科做胃病检查，直到查出她的发病源、她的病灶是在肺部。肺部的癌细胞已经扩散到全身，直接影响到她的其他部位都会跟着巨痛。当我最后拿着她的核磁共振检查报告，上面写着的是癌细胞已经扩散到骨髓里，那时我握住那张布满了黑色阴影的片子站在过道里，再没有一点力气走进那间病房。

在随后的1年里，母亲痛的时候，我的左下腹就会感到疼痛，我抽空在重医做了一次全面检查，但就是查不出任何原因。或许医学里并没有"映射""同气""连理"的说法，但我知道，我是母亲身上的肉，母亲唯一的女儿，母亲痛的时候我就会感到疼痛，而我疼痛的时候，才能体会到母亲身上的疼痛，才能为她分担一点点的痛。哪怕是分担一点点，我都愿意身受呀。

我平生最痛恨的，就是去医院。但这是我母亲最艰难的时光，我停下了手中的写作,我必须天天去医院,我必须以医院为家,学习以前我从来都不会做的一切。

我问管床医生,肺腺癌晚期,晚到何种程度了?医生说晚期是指第四期,最后一期,有的病人顶多就一个多月的时间。我当时就懵了,我的第一反应就是我一定要让母亲快乐,哪怕只有几天的时间,我不想让她知道她已被无情地判了"死刑",她才69岁,她离开家时,她那张2米长的百虎图才刚刚起了线描稿,敷了第一道色,正悬挂在画室的板墙上。我要向她隐瞒病情,我不想这么快就告诉她残酷的实情。

那时我们从住院部12楼的胃科转移到了16楼的肺科,医生的态度一概是告诉病人实情,以便配合治疗。我恳求医生:"我们会积极配合治疗,但我不想告诉我母亲她得的是癌症。我想晚一点告诉她,让她多快乐几天,我要怎样说呢?"

那个年轻的女医生也有母亲,或许她也有了自己的女儿,她动了恻隐之心,教我说:"你就说是癌前病变,这样听起来让人信服一点。"

我站在过道里擦干了泪水,调整了一下自己的心情和状态,猛吸了几口气,握紧了双拳让自己像一头小狮子那样充满力量,然后鼓足勇气走进了母亲的病室。

我要去向母亲撒谎!!!

母亲打着吊针,不能吃任何东西,分分秒秒都在疼痛。在持续14天的各种检查中,不能用任何止痛药物,也不能采用任何治疗方案,她已经从110斤迅速瘦到了不到90斤。我站在她的病床前,握住她枯瘦如柴的手,微露着笑脸:"妈妈,医生说幸好是癌前病变,你小时候得过肺结核,肺上的那个钙化点已经恶化了,如果再不及时化疗的话,就会迅速病变成癌症,我们要尽快把它遏制住哈!"

我不知道我是否骗过了心细如发的母亲,我只想让她充满一点希望。

病室成了我和母亲的家。每次我给母亲削水果时,也会给临床婆婆削上一盘,用小叉子递给她。每次婆婆由护工扶着坐起来吃上一小口时,都会向我母亲夸奖道:"你女儿真孝顺呀。"这时我母亲会眼含笑意,看起来比吃了灵丹妙药还高兴。

我把家里露台上种的五色梅也剪下来带到了病室里，把插上花的玻璃瓶摆在了病床前的窗台上。每天她们睁开眼睛的时候，可以看见清水里正在盛开的花朵，还可以稍微觉得有一点家的温馨。我只能用我的方式维持着一种短暂的宁静与温情。

每天下午5:30，医院的送单员都会送来病人的账单，上面罗列着各种检查、药物的费用，所使用的针管、输液袋的费用，以及每个病房的费用，包括每天120元的病床费，30元的清洁费，30元的空调费等。我偶尔会选择性地读一些给母亲听，免得她心痛钱像流水一样哗哗哗地流走了。在岁末的最后一天，我安排好母亲的事情后在5点钟离开了病房，我要去和出版社的编辑们一起吃一个辞旧迎新饭。大约8点的时候，我表姐给我打来了一个电话，她非常不安地说：

"珍珠，你妈妈知道她得的是癌症了，送单员把单子扔在了她的病床上。"

医院在最后一天要轧账，把病人前前后后的费用算清，而那张薄薄的账单像是一道催命的符咒，无情地把我母亲疼痛的心击碎，就在那样残酷的时刻，我母亲怕我伤心、难过，她没有打电话给我，而是打给了年长我10岁的表姐。

在那一刻，我希望所有的不幸都降临到我的身上，我希望用我的生命去换取我母亲的健康，哪怕只有几天、几分、几秒！

其实小家庭是无法抗击灾难的，我率先经历了中国的独生子女将要面临的压力，随着父母年岁的增大、日渐衰老，我们如何才能分身有术地照顾好他们，顶起头上的那一片湛蓝天？！

我母亲离婚20年来一直独居，一直潜心于她的画画。当她突然罹患癌症时，我如同五雷轰顶。我身边没有兄弟姊妹来与我一起照料她，与我一起分担内心的忧虑与恐惧，尤其是当要做重大决定时，比如是采用传统的中医保守治疗法，还是采用激进的西医化疗治疗法，甚至要不要采用医生不断推荐的那种最昂贵的靶向治疗法。每当此时我的心就犹如打碎的五味瓶，各种情绪不停翻涌，但又没有可商量、可倾诉的兄弟姊妹，那时一个人要做抉择真的好难呀。除了无止尽的精神压力之外，身体的疲累也可想而知了。有一天在医院办各种手续和送东西送饭，我一个人往返跑了3趟医院，当半夜回家时，我的脚连踩刹车的力气都没有了。

这时朋友与亲人的援助就真的如同雪中送炭。最先来当"远征军"的是我的表姐，她一听说我母亲最后查出的是肺癌，马上就说："我来帮你！"然后快速请了事假，从成都坐着动车来重庆守护了我母亲一周。她的那句干脆、充满担当的话语，是我听到的天底下最动听的语言。

朋友总会说："需要帮助的时候就招呼一声哈！"其实我这个独女最缺的就是劳动力，尤其是遇到我要干体力活的时候。世间的珠玉都不如善友，在我和母亲最艰难的时光里，朋友们始终如同生活中的阳光，是他们的帮助使我们的欢乐倍增，也是他们的关爱使我们的痛苦减半。在母亲做了第一次化疗后，我和朋友们抓紧时间在佛教名地华岩寺，为她举办了一次"银珠·菩提心"画展，有母亲画的巨幅工笔《持莲观音》《凌波仙子》《枯荷纸上香》，36米的长卷《三十三祖师图》《百虎图》《达摩祖师图》，10条屏的金粉楷书《金刚般若波罗蜜经》，多幅四体书法《摩诃般若波罗蜜多心经》等，我们精选了母亲的200多幅作品，向喜爱佛画艺术的人，展示了母亲一生的修为，希望能够帮助她完成她一生的心愿。在画展之前，母亲特地让我带她离开医院病房，回到家中，在画案前安详地画了12幅1尺的小画《献花供佛》，让我赠送给那些带父母一起来看画展的朋友们。画展之后，母亲却将义卖作品的款项，悉数拿了出来，资助我去继续修建古剑山的国际青年写作营，用她一生的最后一点力量，去帮助我实现我的心愿。

多年来，我一直想有一个安静的地方来写作，而不是东飘西荡四处流浪，到处去寻找可以静心独处的地方来写作。我曾对母亲描画说，这个写作营呢，就像是在荒野上建起的一个乌托邦城堡，它有4层高，全部用红砖来建，会爬满绿色的爬山虎，爬山虎的藤蔓会爬过每一间小屋的玻璃窗。最下面的两层艺术展厅，会向公众免费开放，也会免费提供给作家来举办作品发布会、画家来举办作品展。上面两层呢，有6个独立的房间，有独立的露台、卫生间，有公用的阅读间、起居室、厨房，写作营前后还有一片大大的花园、草地和菜地，会欢迎世界各地的画家、作家、学者和新闻记者前来那里驻留、创作。他们会有一个安心创作、独立思考的空间，有一个安放一张书桌的地方，在一段时间内不用再为生存而乞求别的工作方式。我们可以在宽大的厨房，自己做饭或是烧杯咖啡，在起居室交流，日出而作，日落而息，在一楼的玻璃展厅外放上一把长条木椅，日落时分，可以坐在那里与花花草草一起迎接黄昏的到来。

那个为了艺术而终身受苦的荷兰画家凡·高，曾梦想在法国创立一个"美术家兄弟会"——在那个类似公社的团体里，没有面包、粮食、房租、床铺、油盐柴米的忧虑，有的是《向日葵》《星夜》《阿尔勒的卧室》《夜晚露天咖啡座》《有丝柏的道路》《有乌鸦的麦田》……凡·高曾奢望没有任何东西能使画家们停下画笔、放弃画画。我想做的事情，就是建一个类似凡·高兄弟会式的写作营，像我喜欢的美国诗人保罗说的那样，"我不能移山，但我能照亮"。

在我与母亲说起建立这个写作营的初衷时，我们自然而然谈到了乱世才女张爱玲。"当年她初到美国人生地不熟，没有栖身和安静的环境写作，幸好得到麦克·道威尔文艺营收留，给了她一个安静的环境和独立的空间，她因此写下了《小团圆》。"我还没说完，母亲就握住了我的手，露出了会心一笑。

我接着告诉母亲说，我初到美国做访问学者时也有类似的遭遇，那时我住在圣云大学的半地下室里，每去一个地方游学，都得到了当地人为我提供一个写作房间的援助。在墨西哥湾的休斯敦时，住在萍诗人的家里，她是移民美国的华裔，也是一个爱心满满的基督徒；在芝加哥时，住在阿拉伯语翻译家萨德那里，他是战乱中移民美国的叙利亚人，10年来一直住在海明威、索尔·贝娄曾生活过的芝加哥大学里，潜心将《圣经》翻译成阿拉伯语。后来我回国创作其他作品时，也得到了别人的帮助。写《印度瑜伽圣地密码》那本书时，是一个朋友海森给我提供了万盛工厂的宿舍，让我在那里免吃免住写了4个月；写《越野越新疆》时，又住在万户侯提供的润蓉生态园里免吃免住3个月，完成了书稿的前半部分创作……

作为一个同样从事文艺创作的人，母亲最能理解我的东奔西走、颠沛流离。她拉着我的手，很有感触地说："珍珠，任何创作都是一个漫长的过程，也是一个孤独和煎熬的过程，在这段时间里需要脱离世俗生活，有一个能安静放下一张书桌、一条画案的独立空间，才能孕育出更好的东西，静能生慧。我对建写作营没有太多的概念，但我会支持你做你喜欢的事情。"

那时区县政府为发展文化创意产业，在远离市区的古剑山大山里，划给了每个艺术家一亩荒地来建文艺工作室，在我们刚动工、打好地基时，母亲突然身患癌症。我的第一想法就是马上退出、放弃，我要用所有的钱来给母亲治病，要不惜一切代价来挽救母亲的生命。但母亲却说修建这个营地也是她的愿望，她从容淡定地看着我说：

"珍珠，搞创作的人都需要空间的，你把那里建好了，哪怕以后我走在了天上，我也能看得到你的，我的珍珠。"

自我 14 岁高中住读离开母亲后，我就很少在家住过，母亲患病的 1 年时间里，是我和母亲这么多年来相处的最长的一段时光。母亲常半喜半嗔对表姐说："珍珠这 1 年叫妈妈的次数，比她之前几十年都叫得多。"而在这 1 年的时间里，我对母爱、对生命的顽强有了更为深刻的理解。母亲经受了 6 次痛不欲生的化疗煎熬，经常会因为难受、呕吐在半夜醒来，但她从来不愿吵醒陪伴她的我。有一天半夜，我突然惊醒，发现母亲已从病床上起来，正站在我的单人床边为我盖被子，她的身影在冬天射进窗户的清冷月光里显得是那样的孤单，我的泪水默默流出了眼角，浸湿了一大片绵软的枕头。

我有一种不良的预感，感觉母亲正融化在微弱的月光里，离我越来越远，这辈子再也不会有妈妈起身来为女儿盖被子了，伤心和恐惧慑住了我冰冷的全身。我想倾其所有挽救母亲的生命，当我拿到《越野越西藏》一书的再版版税 2 万元时，我握住母亲的手，说：

"妈妈，我们去买一个月的靶向治疗药来试一下，或许你会感觉好一点。"

那时母亲每天已靠注射吗啡来止痛，吗啡几个小时的药性过了之后，又会疼痛得死去活来，她浮肿、淤血的手指深深地抓进了床沿，而那双手曾经是那样的灵巧、秀美，在丝绢上画下了好多山水花鸟。我只能坐在床边，读《金刚经》《心经》给她听，分散她的注意力。即使在最后的时光里，母亲也没向我喊过一声疼痛，她怕她的疼痛会加重了我的心痛。

任何一个癌症病人，从住进医院的第一天开始，就不断有医生、护士，甚至护工来向病人和家属推荐靶向治疗。当时的靶向治疗属于全自费的药物，那种药要600元一颗，据说痛苦较小、效果很好，每天吃一粒，一个月要18000元，连续吃上半年后，癌症病人就可终生免费吃那种药了。我把它称为"神药"，是它神秘莫测的"魔力"，连我的邻居——是个医生也来推荐那种药。对于病人的家属来说，如果世上有一种医生全力推荐的可以挽救亲人生命的"神药"，总会想不惜一切代价去尝试一下的，但它昂贵得离奇，吃还是不吃，都是一种很难抉择的可怕的心理战。

我的母亲写佛经，画佛画，从一开始她就很平静地看待死生，也很理性，即使是在她生命的最后一个月里，她也坚决不同意用那种神乎其神的靶向治疗。我打电话给一个闺蜜医生说，我想买那种药给母亲试试，她贴心贴肺地予以了制止。她说："珍珠，你现在最需要做的，是陪伴着母亲，给予她临终的关怀。"

我遵从了闺蜜医生的建议，想方设法减轻母亲的剧痛。我拿出了日记本，告诉母亲："妈妈，我想记录下你的一生，当我翻开日记本时，我就会看见你对我说的每一句话。"母亲太高兴了，欣然应允，她在灰绿色的日记本扉页上，用她漂亮的隶书写下了很古典的两个字——银珠。

母亲从她在战火中出生的那一刻讲起，蒙古族的外祖父与福建的外祖母那时在军工厂做技师，他们跟随着部队从抗战时的北方一路迁移、逃难，南下来到云南、贵州、四川，我从来不知道母亲的身世，但在我做日记的那一个月里，我与母亲一起经历了她的童年、少女、青春、壮年以及老年的所有时光，年轻时的谈情说爱、生儿育女、中年时的感情波折，痛苦、挣扎、不合，与父亲的离异，劫后余生之后的安宁、平和生活，潜心画画带来的满足感与幸福感，在凡俗世界中经历的美、爱、伤、痛、开悟，每一个细节她都在向我讲述一种真情实意活着的生活方式，她对周遭事物的日常感知，从俗世中体验到的苦难、快乐、死生，讲给我听灵性世界存在的每一种过程。在冬天的下午有暖阳时，或寒夜烤着电暖炉度日时，我守护在母亲的身旁，一点一点听着她的口述，行笔如飞。

这，是唯一进入母亲身体与意识的方式，也是让母亲超脱于肉体痛苦折磨的方式。每当母亲斜躺在靠椅上口述时，她的双眼会像少女一样发光，脸庞上弥漫着安详的笑意，我们沉浸在无比美好的精神世界里，再可怕的疼痛都无法击垮我们心里那关于爱的回忆。

我曾经不想让母亲成为医学院查房时的教学案例，但信佛的母亲却让我拿来了纸笔，她费力地撑起身子，趴在我为她支在病床上的小餐桌上，写下了她的心愿：离世时将遗体无偿捐给医学院做医学研究，将有用的器官捐给其他需要的人，包括她的眼角膜，将骨灰撒向大海。

"我一生坎坷多病，或许有的器官会对医学研究有一点用处，会对他人有点帮助。"母亲忍着痛说出了她最后的心愿。

看着还没有离世的母亲，那么镇定、无畏，坦然地写着自己的遗书，我的泪水奔涌而出，那是她在尘世间手书的最后一幅作品。

母亲的气息越来越微弱，最后几天，我常常在梦中哭醒、痛醒，即使有亲友打来电话安慰我，也没法分担我内心的压力和对死亡的恐惧，我不知道母亲在疼痛中要用多大的勇气来面对日夜折磨她的死神。我想在这个世界上有成千上万种爱，但唯有母亲对孩子的爱是最无私的；滚滚红尘中有无数个心愿，但唯有母亲的这个心愿，连接着一个母亲要深情侍奉她曾经活过的这个人世间的梦想。

信奉藏传佛教的藏族人、蒙古族人有天葬的习俗，他们相信点燃桑烟是铺上五彩路，恭请空行母到天葬台，尸体作为供品，敬献诸神，祈祷洗去今生罪孽，并请诸神把其灵魂带到天界，转世轮回。在为母亲念诵索甲仁波切的《西藏生死书》时，我慢慢领悟到了死即生。佛教把生死看成一体，死亡只是生命另一章的开始，死亡是反映生命整体意义的一面镜子。一次死亡的旅程，其实是一次生的旅程，死亡不过是一次能量的转化，不过是又一个新的旅程。世界上那些伟大的精神传统，包括印度教、基督教、伊斯兰教在内，都清楚地告诉着我们，死亡并非终点。它们都留下了来世的憧憬，并赋予了现世生活神圣的意义。

在母亲临终前，我们不仅拥有了这个世间的爱与关怀，还拥有了一些更深远有益的东西。我与母亲一起走过了生死的旅程——我相信一生画佛事佛的母亲，其肉身已侍奉诸神诸佛，她的灵魂已飞升到另一个世界，抵达下一个生的驿站。

18
喜舍
Joyful giving

我在母亲睡过的小床上躺了3天，那是唯一还残留着她温暖气息的地方。我想起小时候我们头靠头簇拥在暖暖的灯光下，听她娓娓动情地读上一小段故事作为临睡前的晚安礼，是母亲让我成了识字最快的那个小孩子。我想起趴在她的画桌前，看她画画。我不喜欢练字，觉得枯燥，她就抬头一笑，对我温和地说："珍珠，那就看你喜欢的书吧！"我从小就可以放肆地看各种大部头的小说，通宵达旦。写了作文，第一个就是给母亲看。她用那手漂亮的楷书，帮我改作文，改写得不通顺的地方……世间最难忘的，就是母亲和孩子的脑袋凑在一起读书时，那是我长大成人的记忆里关于家庭生活的最幸福的时光，那也是我写故事写人生的开始。

我想我们每个人都是从童年开始出发的！

母亲离世3天后，我带着哭肿的双眼，轻抹掉脸上的泪痕，背着大背包回到了鼓浪屿，重新租住了养老院的房间，打开电脑，从1年前停笔的地方开始，继续喜马拉雅书稿的写作。我还是住在以前住的那个房间，那个窗口，那张床上，厨房做饭的阿姨没有变，每日的三餐没有变，海风的味道没有变，音乐之岛的钢琴声没有变，游客白天仍然吵闹、如云，只是我写的东西已不一样了，我的生活和世界已经改变，因为母亲，也因为死生。

写作是天底下最孤独的一件事情，因为你必须得独自面对自己的内心。它好比一座孤绝的高阁，我身处的这座岛屿，是一种循环往复的孤独尽头，是思想独自完成的事情。你可以有两个声音一起唱歌，两个身体一起做爱，两双手一起煮饭、弹奏音乐，但是写作，不行。写作的缺点，亦是它的魔力，就是你必须独处，能忍受寂寞，能一人站立在寂静里。每当夜晚时，母亲就会出现在我的脑海里，陪伴着我度过每一个孤寂的时刻。我在海风里写邮件给逍遥：

  爱爱，我算暂时安顿下来了。母亲走得很平静，她也将一世的平静留给了我。我依然住在以前那间15平米的小屋子里，和花圃的工人、疗养的老人一起吃饭。只要安静、有食堂吃饭，我就可以继续我的写作了。

  这个星期我写得很慢、很不顺利，大脑一片空白。每次捡起书稿，重新起头，要调整一本书的框架和构想出来都很难，要厘清自己的思绪和心情，唉，像在爬天梯一样。我都觉得没脸见你了。

  这里有一只奶狗儿，没人管，我给它取了个名字，叫韦小宝，它跑到我的房间来陪我，咬我的东西，跑步穿的船袜也被拖到了床脚下。这下我不会寂寞了。

  我已近一年没有心情给你写信了。如能收到你的回信，无论只言片语，我都会很开心的。我在爱你，挥之不去，刻骨铭心。

  一个大大的拥抱！Big hug！

逍遥超乎寻常快地回了邮件，他说：

  乖乖，我很难过，你母亲走了，但那就是自然规律！你会很快恢复过来的，我坚信。你可以多写写你母亲，她值得我们尊敬。

  亲爱的，我一定会来看你的，因为你把我心中的思念已牵到了那个小岛上，那里不仅有音乐，有林语堂的故居，舒婷的诗，有硕大的木棉树和橡树，最重要的是还有你，也许正由于你在岛上的居住,才给这个美丽的小岛赋予了新的活力和生命吧,让我更加向往!下了一首安立奎的歌《英雄》送给你,那也是我此时最想对你说的话,愿它伴你入睡!

我会一直支持你的,亦会来吻走你的伤痛!

随后,身在旧金山海特艺术区的逍遥,担心我独居于没有母亲的孤单之地,希望我能移民美国,去一个更广阔的天地发展,他为我请了美国律师,律师的费用是5000美元,让我申请"杰出人才移民计划"。美国的杰出人才移民政策主要是针对科学家、画家、作家、新闻记者、影星、运动员的,有特殊才能的精英们的一种优先移民计划。在我用英文慢慢填写一堆移民局的申请表格、相关推荐信、证明材料时,我的手突然在拂过眼前的海风里停住了。

一页页的简历,一篇篇的文章,一本本的书,回首的是无数往事,20多年的漂泊沧桑,那么多的坎坷折腾,生活中各种值得纪念的东西,一部分来自儿时与母亲在一起的时光,其余部分来自从少女到女人的成长过程中所经历的一切、爱、痛、挣扎、疯狂、激情、旅居、相逢、离别,还有就算生活在西藏、喜马拉雅那一片未知与荒芜之中,也能找寻到的生活乐趣与美好能量。

每个人的生命中最不能承受的是它的轻、飘浮、失落、无语、无家。我觉得我的根须在中国,我的母语是中文,我更喜欢在周围弥漫着各式口音、各种方言的汉语环境里写作。公寓楼里的家家户户靠得很近,小巷里挤满了车子、人群,街道上的茶楼酒肆星罗棋布,飘着种种诱人的气味,出门能说着流利的汉语,说着很带劲的重庆土话,而不是说着磕磕绊绊的英语,它们能让我有如鱼得水、脚下生风的快感。中文才是我生长的土壤,是我写作时遨游的大海、飞翔的天空,我能看着周围人的黄皮肤、黑眼睛、黑头发,想象着他们的生活,替他们编织着景象和梦想。

我想起那一处正在荒山野地里一砖一瓦修建的写作营地,我要在那里种上各种果木、花草,一平米一平米地铺上青青的结缕草,一株一株地围上满园的粉色三文蔷薇……我们会有长着玉米、土豆、白菜、南瓜、红薯、葡萄的一亩三分地,一间间命名为"寂天""月称""龙树""迦叶""喜饶""德喜"的安静房间,能放下一张张简朴的书桌,面朝花园、草地、山峦、云雾,慢慢写下时光、岁月和爱情,地老天荒。

尽管我也非常想和逍遥一起在优越的太平洋海岸生活,和他耳鬓厮磨,像一对璧人或者金童玉女一样,出入于各种衣香鬓影的文艺沙龙、各类先锋前卫的艺术画展,但我真的害怕失去自己的本色、自己的身份、失去自己那如野人般能天马行空、自由行走的世界。

说到底,我没法心安理得去旧金山过一种优渥自在的移民生活。

有时割舍与放弃同样是一种艰难的决策,如同生离死别。决定与逍遥分手,不去旧金山时,亦让我心如刀割,我甚至无法厘清男女情爱的实质,我与这个世界的关系,相守、在一起好呢?还是独立、保持自我为好?但我就是凭着一个初心、一种本愿那样做了。人的一生里,我们时时都在学习,都在修行,尝试理解新的东西,我们不懂得的东西,也尝试理解他人。但有时放弃的能力其实与学习、获取的能力是一样重要的,它们都会是不同方式、不同层面的一种爱的能力。

我开始喜欢英国作家凯伦(Karen),她在过了7年的修女生活后,转而成了牛津大学的一位宗教博士、一位作家,她会怎样写一个觉者、梵语中的"Buddha——佛陀"呢?怎样写2500年前佛陀一生的证悟之路呢?

在《佛陀》一书中,凯伦这样写乔达摩·悉达多:"放弃过去的自我是很可怕的,因为那是我们知道的唯一的生存方式……一个人从痛苦出生开始,不可避免地经历着老、病、死、愁、杂秽,乔达摩自身也不能逃脱这个宇宙的普遍法则。但他经历了深刻的内在转变,在生命苦难之中,他获得安宁和解脱。"

"放下"与"喜舍",不是不得不放弃,而是听从内心的召唤,主动、清醒、喜悦地舍弃,我想那才是佛法的要旨。那时我也问佛:"世间为何有那么多遗憾?"佛说:"这是一个娑婆世界,娑婆即忍土,即凡尘,即遗憾,人必须得忍受种种烦恼苦难;没有遗憾,给你再多幸福也不会体会到快乐的。"我想对我来说,旅行与写作,让我的内心安宁,它远胜于任何外在的浮华和虚荣，最重要的是我找到了一条适合自己的道路，寻找到了心甘情愿为之付出时间与精力，并愿意终生喜爱并坚持的东西。

逍遥终于决定来鼓浪屿看我一次，我知道那将是我们的分别，从那以后，我们将不会再在一起。我从每天下午要去待的46号咖啡馆里走出来，只有那里最安静，花园里的大榕树垂挂着浓密的气根，光线柔和。很少有游人光顾，那是一个台湾的咖啡迷开的单品咖啡馆，只卖来自世界各个咖啡产地的黑咖啡，手工研磨、手工蒸馏，不加糖、不加奶，壁架上是一只只不同图案、不同风格的日本骨瓷咖啡杯，可由咖啡客任意挑选钟情的某一只杯子，可以享受一杯咖啡从释放香气到唇齿留香的舒缓过程。

我每天下午在那里要一杯精品咖啡（Specialty Coffee），有时是印度季风马拉巴、牙买加蓝山，有时是埃塞俄比亚耶加雪菲、乞力马扎罗AA，反正是来自单一国家单一产区的咖啡豆子，有几十种，每天换着喝。咖啡并不都是苦的，或苦涩的代名词，喝过一杯真正好喝的素咖啡之后，会慢慢品出酸的好坏，舌头上会留有醇度的厚薄，还有咖啡中的各种风味。

在46号咖啡馆的墙上，手绘着一张世界各咖啡产地的地图。大多数的咖啡，都出产在赤道南北回归线之间，即热带或亚热带的赤道以北25度及赤道以南30度。我一个人坐在46号喝咖啡的那一刻，觉得人好像腾空而起，神游去到了各个产地香气四绕的咖啡种植园里，有了一次次不同水土所散发出来的独特的地域风味之旅。有时身处孤独的岛屿，写得很累了，我就幻想着写完冰峰雪岭的喜马拉雅之后，我要去到世界咖啡版图上的赤道，阳光明媚的黑色非洲，走路、爬山、唱歌、品咖啡、看动物，那一双双黑皮肤的手掌上捧着的一把把亮红色的咖啡豆，就好似黑种人脸上散发出来的闪着光的笑意，都是那样得让人着迷呀。

在46号喝一杯精品咖啡是很贵的，大约35~45元，超过了我每日三餐在老人院的伙食费，但那是我最奢侈、最愉悦的时光，买了一杯咖啡，我就可以独坐在咖啡桌的一角，在隐隐飘过的咖啡香气里，一直写到傍晚。那天夜幕降临时，我沿着斜坡的小巷，曲曲折折，一直下到游人如织的轮渡码头，看见好多游客在买一种叫"金门一条根"的东东，很奇怪吧？但我没好奇那到底是啥东西。礁石垒砌的矮墙上，紫红色、月白色的九重葛蔓生出来，垂挂满了整个小岛。我就坐在码头的一块礁石上，背包里的迷你手提电脑里，有逍遥写来的邮件。不用去想，他的声音、他的气息像海浪一样，在向我奔袭而来。

  猪猪，好长时间没联系了，书写得顺吗？昨天我在你公众号上看了好几篇文章，看完后，我眼里已经湿润，这样的文章没有切身的感受和体会，再大的文豪也无法写出，它不但情真，而且美，我很喜欢，顶转了。

  其实我们无时不在思考爱的内涵，不管是博爱、亲情之爱，还是男欢女爱，爱的关键是真诚与信任，当然更需要的是换位。当你在写到你来世要和银珠妈妈换个角色，你当妈妈，她当女儿，由你来为她遮风挡雨、疗痛止伤时，这何尝不是大爱中的换位，大爱中的顿觉与大悟呀！

  这两天刚回到北京，又忙得一团转，北京真怪，为什么没有春天？嘿嘿，有点像你，一会如夏天一样火热，一会像寒冬一样严酷，呵呵，逗你的，莫当真哈！

  无论你去不去旧金山，我都抑制不住想来拥抱你，一次，再次，我已订了明天下午5点的航班来厦门。有时我们苦闷的世界里需要心灵的逍遥游，那是庄子的魅力，一如蝴蝶绚丽的翅膀，掠过尘世的花丛，留给后人一个梦……

一艘艘白色的渡轮，每15分钟一班，穿过海浪，鸣着长笛，抵靠趸船，一拨拨的游人蜂拥而出，又像浪花散去，我在航灯闪烁的夜色里望眼欲穿，盯着每一班渡船，每一个身影，把眼睛都看痛了，也没有发现逍遥。厦门和鼓浪屿，像一对不老的情人，渡船是它们之间的红娘，来来回回，守住时刻，守住约定，在牵线搭桥，牵引着此岸和彼岸。

  时间过去了，如同好几个世纪漫长，依然不见逍遥的身影。半夜11点之后，每半小时才有一班渡轮，海浪翻滚，海风咆哮，瓢泼大雨倾泻而至，游人几乎散尽，只剩下零星过海回家的夜归人。我看着海峡两岸迷离的灯火,想着逍遥正如不怕死的海神,乘着汹涌的波涛横渡海湾,到这个孤独的岛上来,看我一眼,爱,再爱,again,again!哪怕是最后一次,也让我觉得风雨中的等待是那样的凄美,即使海枯了,石烂了,在渡口站成了石像、渔女、望夫石,我也不悔。

逍遥是和几个过海回家的夜归人一起出现的,他们或在岛外上班,在厦门谋生,在闹市卖海鲜烧烤,深夜收工了再坐最晚的一班渡船回到岛上。我大叫了一声:"James!"像个劫机犯、麻匪婆,向那个日思暮想的黑色身影扑了上去,两个湿漉漉的身体在雨里紧紧抱在了一起。

逍遥让我订房间,岛上最漂亮的酒店,任我选,他要款待我。褚家园、菽庄花园、画廊别墅,那些腐败的花园、庄园,可以泡海水浴的观景房,动辄数千元,而我订的却是皓月园的度假小屋,只要580元,远处覆鼎岩上是顶天立地的郑成功雕像,他从年轻时起就想收复台湾岛。那栋独立的海蓝色尖顶木屋,像安徒生童话中的小木屋,凌空支立在烟褐色的礁石之上,十分峻美,远远看着就想走进去一探它的神秘。小木屋的门口高挂着一盏铁艺镶玻璃的风灯,温暖地照着晚归的旅人,屋子外面是一圈白色的栅栏。凭栏远眺,金门诸岛在海天一色处,大德记海滨浴场的泳装少女,在海中尽情嬉戏。

海浪,不知疲倦地拍打着支架在岸边的长满贝壳的木桩、铁链,推开露台的门,海风就像海上的女妖一样,赤身裸体、奔涌而来。我喜欢这座没有其他软装饰的简朴木屋,遗世而独立,很多年前我就已经在里面躲藏了两晚。

那是在广州的媒体做主编时,24小时手机都不能关机,我们就像一架媒体机器,24小时、7天、一个月、365天,都不能停息、松懈,好多女孩子成了大龄剩女,无暇浪漫,我也不例外。但有个星期五的下午5点,我离开36层的玻璃格子间后,马上关掉了手机,背包里背着一本凯鲁亚克的《在路上》,坐上便宜的红眼航班,直赴厦门的高崎机场,再坐最后一班渡轮逃到了鼓浪屿上。

那时的房价是380元一晚,我一人待在露台上,任凭脚下的浪花惊魂拍岸,像个走四方的坏女孩,隐藏的美人鱼,一口气把凯鲁亚克看完。星期天的深夜，我又坐红眼航班悄悄潜回了广州，打开手机一看，几十个未接电话快爆机了，我们社装有10万册的运书车从广州出发运往内地时，在贵州的娄山关翻车，书毁、车毁、人伤，我愧疚得要死，因为关机，我被传媒集团警告，从此再不敢任性、潜水。但我还是有一个梦想，如有一天遇到喜爱之人，我还会像海妖一样，勾引他来到这座星空里的小屋，和他枕着崖下的波涛，听浪，看月，入梦，地老天荒，哪怕只有一晚。

我牵着逍遥的手，慢跑进了小屋。我们用一条干浴巾擦拭着彼此的头发，他齐肩长的头发披散了下来，和我齐腰长的黑发绞在一起，两个灼热的身体已经等不及了，像海蛇一样缠绕在了一起。我呻吟着一次，再次，again，again，逍遥滚烫的舌头走遍了我赤裸的全身，汗水浸湿了我们的四肢。他抱起了软泥似的我，从后面进入了我的身体，在我的腰间，来来去去，如脚下的海浪，撞击着礁石，不知疲倦地，来来去去⋯⋯

风暴后的明月，从海上升了起来，映射在小屋的窗前，整整一夜，映射在地板上，发光的身体上，我们搂抱着，脸贴着脸，像两个初生的婴儿，在月色里睡去。

第二天的清晨，我带逍遥去46号咖啡馆喝咖啡，那是我破天荒第一次，在清晨去咖啡馆，往常的清晨，我都蜷缩在15平米的小房间里，如警醒的小猫，鸣啭的小鸟，思路清晰地写满一页页的电脑屏。雨后的小岛，异常洁净、清爽，海风轻柔，海浪卷走了一切秽物、垃圾，我把手插在逍遥的牛仔裤后袋里，像贴身插在他口袋里的手机、钱包、宠物、小东西一样，他用有力的手臂搂着我的肩，一身都是愉悦、爱意。我们顺道去我的小房间，停留了片刻。逍遥想看一下我在老人院生活的小天地是怎样的，我自己在门上贴了一张写有我名字"Pearl"的小纸片。逍遥是第一个进入我房间的男子，打开房门的那一瞬，他眼眶"唰"地潮湿。

房间里摆着一张单人床，一把椅子，我的草绿色大背包放在屋角，看的书码在床头，房间里没有配备衣柜、沙发、梳妆台、电视、冰箱、书桌，我写字的小木桌是从厨房里要来的，煮饭的阿姨原来放的是备用的碗碟。我用漱口的玻璃杯插了一枝从院子里剪来的白色雏菊，岛上有什么花在开，我就顺便剪一枝回来插几天，这样每一种季节的花都会在我的案头开，让我觉得每一天我都和光阴在一起，时光就在我的手里。我用自己带的Jeep折叠不锈钢杯泡茶喝，下午才夹着手提电脑去咖啡馆奢侈一把。

逍遥长手长脚，坐在单人床边，他一坐上去，我才发现我的房间真小，像个鸟巢。他拉近了我，让我坐在他的大腿上，眼神无比柔和，他摩挲着我的长发，爱怜地说：

"珍珠，我不知道你住在这样简陋的屋子里，一个人，日复一日，不停地写。你会写出你最好的作品的，因你一点也不在乎虚名，不在乎名利，你懂得舍弃，也懂得牺牲，你始终保持着你的纯真，你的帅气，你会走向巅峰的。其实我也是一个儿女情长很重的人，但社会和生活逼着我放弃很多，奔忙、粗放也不是我的错，因为艺术圈、展场真如战场，这一点请原谅我。我们永远是情人、有情之人，不仅是身体欢娱的情人，也会是给对方心灵鸡汤的有情之人，老得不能让子弹飞了，还是！"

他还没说完，我的泪水已淌了出来，滴在了我们十指相扣的手上。他望着泪眼婆娑的我，说："别哭，乖乖，以后无论你在哪儿，我都会注视着你、爱慕着你，一如来拉你上车的第一眼。我一生都会支持你的，买你的书看，做你的骑士，需要我的时候，就发出召唤，发出江湖侠客令，振臂一呼，好不好？"

我噗嗤一声，笑出了声，脸上挂着泪痕。我把头埋在他的怀里，像只小狗，像我第一次见他时一样。其实我从来无所谓房间的大小、是否简陋、有没有家具，只要安静，有一个爱我的人来看我一眼，能放下一张写字的桌子，我就会觉得我身处在天堂，是天底下最幸福的人。

逍遥在46号咖啡馆买了够我喝两个月的精品咖啡豆，还有一只莫里斯的蓝莲花咖啡杯送给我，随后离开。我并没觉得他已经离开了我，我每天下午去喝一杯咖啡，不同产地的豆子磨的，不用再付任何钱，我好像在一张阳光明媚的世界地图上旅行，在咖啡的风味轮上随风飞行，奢侈极了。那只蓝莲花的骨瓷杯，能细腻地锁住咖啡的香气，从热气飘散的头香，到唇齿间的尾韵，直至我头脑里回旋的余味。英国的莫里斯（Morris）一生都画植物、花朵,他是现代设计之父、手工艺术的改革者,还是一位作家、诗人和社会主义者,他喜欢诚实的艺术,喜欢手工艺、手绘,喜欢自然气息中漫射出来的中世纪田园风味,还有古老的波斯和土耳其地毯中的那种东方气氛。他设计出了一种"乌托邦式"的理想花纹,叫莫里斯花纹,随后被维多利亚和阿尔伯特博物馆(V&A)收藏。

创立于1908年的日本骨瓷名器日光(Nikko),在它创业100周年的时候,与V&A合作,把莫里斯的作品手绘到了每一只骨瓷咖啡杯上,用作往昔美好时光的纪念。我超级喜欢那只蓝莲花杯,每次踏着午后的阳光走进46号时,就会对煮咖啡的女孩维尼说:"用那只蓝莲花!"100多年前,一把大胡子的莫里斯,曾经站在英国牛津河流的堤岸,或者维多利亚花园的棚架下,一笔一抹勾画出了他眼眸中流动的天光、水波、花纹。100多年之后,当我握着手中的杯子,仿佛还能看见翠蓝色的枝蔓里,一朵莫里斯的莲花在沐浴着月色,盛开着,永不凋零。

当然,我不是每次都能用上蓝莲花杯的,有时其他的老咖正手握着蓝莲花杯在时光里漫步,我也会挑选壁架上其他的莫里斯系列杯来喝咖啡:忍冬,郁金香与百合花,蔷薇藤,草莓小偷。但我始终觉得任何风味、口感的咖啡,盛在蓝莲花杯里,就是极致、完美、经典,也就是说蓝莲花杯百搭,它清澈、高远、亦素净、包容。咖啡馆的咖啡师维尼是个瘦小的厦门女孩,有一双柔弱如柳枝的巧手,那天她一杯一杯给我们煮咖啡时,逍遥让我给他挑一只杯子来喝印度季风马拉巴(India Monsooned Malabar Coffee),我想都没想,就让维尼取下了草莓小偷,用橡木托盘放在了他的面前。

草莓小偷是莫里斯乡间住宅的鸫鸟,它们时常溜进厨房里偷草莓吃,善于飞行,还善于鸣叫,是诗歌中的蓝知更鸟和小夜曲里的夜莺。莫里斯捕捉到了这些小家伙有趣的、不为人知的瞬间,他首次在蓝色或白色基底上,加印上了茜素红和木犀草黄色,让颜色饱满、细节生动,鸫鸟愉快打劫的时光永驻,那也是莫里斯自己十分钟情的一个作品。逍遥一看我给他挑的草莓小偷杯,就开怀大笑了起来,有什么能瞒得住艺术家的眼睛的呢?他说:

"珍珠，你是不是觉得我有点像那只会偷美食美色的神鸟？"

我们总能在刹那间，心领神会很多东西，无论是情绪、心情，还是性情、想法，乃至瞬间变化的生活、世态。我轻抿着一口印度季风马拉巴，含情脉脉，没说话。

从地平线驶来的船，总是先露出船帆，然后才露出船身。我正在喝的印度季风马拉巴咖啡，也曾有一段不为人知的海上迷人旅程。那是在17—18世纪，印度用帆船运送咖啡豆到欧洲，从印度出发，绕道非洲南端的好望角，穿越印度洋、大西洋，一趟行程下来至少要花6个月的时间。放在船舱底层的咖啡生豆，一路上吸收了海面的湿气与咸味，当沐风经雨的生豆运抵欧洲时已变质，色泽从深绿色蜕变为稻谷的黄白色，咖啡豆的果酸味几乎不见了。

意外发生了：欧洲人竟然爱上了这种"变质"的咖啡豆，它在烘焙后有了更独特的风味——醇厚度更高，酸度却已降低，这种有着浓浓坚果味与谷物味的金黄色另类咖啡，比起原本普通的印度咖啡倒更令人回味。口味被虐惯了的欧洲人，已无法自拔，他们爱上了那种被海水浸泡坏了的风渍咖啡味。

我曾经觉得与逍遥的分别、分手，会令我痛苦万分，在之前我也纠结、难过了好长一段时间，摇摆不定，患得患失，难舍难分。在清晨与逍遥一起，一点一点轻抿着手中这杯有热带海洋气味的咖啡时，我突然释怀，有了勇气。

时间的打磨、时间的浸润、时间的意外——我们应该感谢的是大自然，它赐予我们赖以生存的食物、空气、阳光、雨水，还赐予我们嗜好、情爱、欲念、美色、美景，赐给了我们意外的发现、意外的惊喜、意外的情趣、意外的收获，还有一种只在特定的时间段和地域点才能品尝出的美味、积淀下的美好体验。一如莫里斯蓝莲花杯的古典，经久不衰；一如草莓小偷的趣味横生，相生相克；一如季风马拉巴的特殊泥土气息，有独特的尘土味，有时还会有辛辣的香料风味……这是在任何产地咖啡中都很难感受到的，也是在任何我们以往的情爱生活中没法消解、难以承受的。

咦，现在的我们，一样可以如手握的这杯风渍咖啡，是可以经历时间的，经历距离、经历远近、经历蜕变、经历念想,亦经历一生的分离。

逍遥亦特别有绅士风范,他笑吟吟对维尼说:

"把蓝莲花杯包上,给珍珠专用。"

我大吃一惊,那只杯子价值960元人民币,够我喝一个月的30种咖啡了。我气恼地说:"逍遥,你疯了,太贵了,我不会接受的。"

他怜香惜玉,目光温柔,说:"你和杯子很像,你们是知己,它值得你拥有。"

说完就顺手拿起了给咖啡客们写留言的碳水笔,在留言簿上草草几笔,画下了那只有独特香气的蓝莲花杯,签下了几个花体字:For Pearl, My Love——给珍珠,我的至爱。

他把杯子和手绘画都推到了我的面前。我开心极了,心花怒放,笑靥丛生,离别的悲伤亦从心里一扫而光。我知道那是逍遥送给我的临别信物。有的女孩子喜欢首饰,有的喜欢珠宝、服饰、化妆品,而我一生中的奢侈品,就是这只咖啡杯。我欣喜接受,但我还是把它留在了咖啡馆的壁架上两个月。我对维尼说:

"如果哪个咖啡客碰巧看上了蓝莲花杯,他同样可以用它来享用任何一种咖啡的。"

那天逍遥起身离开咖啡馆时,给了在一旁安静煮咖啡的维尼一点小费。维尼笑得好开心呀,和我一样,有人在感谢她的手艺。在国内消费时,我们是不用付小费的。逍遥的这个意外小举动,比他送我两个月的咖啡豆、送我杯子还让我心欢。我知道他爱屋及乌,在他心里,他希望我一辈子都过得优雅、优美,一生都有生活的智慧,有纯真,有美感。

两个月里,我没出岛一次,春节也一个人在岛上将就着过了。有时风暴来袭,瓢泼大雨一直哗哗哗下个不停,像天漏了一样,我就想今年真是"红颜祸水"呀!有时天天阳光明媚,不可想象的、没有灰尘的干净阳光,空气透明得让人不想干活,只想独自待在咖啡馆的花园里想他,一直想到老,想到天幕落下。

两个月后,我只能中断书稿的写作,回到大学去上春季这一学期的课程。我请维尼用绵纸把蓝莲花杯小心翼翼包好,放进背包里,怀揣着逍遥的绵绵深情,离岛。

19
抑郁症
Depression

遗憾的是,我没能抵抗得住时间的折磨、生命力的消耗,命运多舛,写作营修建到一半时,远远超过了我的经济承受能力,只能将城里住的房子卖掉,搬去母亲留下的小房子住。写作营的一砖一瓦、一草一木、一丁一卯、一手一脚,都是心血,都是累积。有时运气好,拿到《越野越西藏》再版2000册的版税,每卖掉一本书,上完税后有4元钱,可以买一匹红砖了,我欣喜之极,赶紧请工人买来2000匹红砖,铺了一条通往草地的漂亮红砖小径。

第二年的春天,我写完《珠峰鼓手》书稿时,只觉得筋疲力尽,看不见任何美好的东西,觉得活着没有任何意思,不能吃任何东西,头耷拉在医生的看病桌上,眼神散乱、黯淡,没有一点生的欲望、一丝生的气息。我一直不敢相信,我这样一个阳光灿烂、胸怀天下、洒脱不羁的野女子,总是给别人力量与活力的女侠客,竟然也会被抑郁击垮,我竟然也会得抑郁症?!看病的主治医生是重医的精神科主任,他轻描淡写,宽慰说:

"人都会生病的,只是轻重不同。有的人会得癌症,有的人会得血液病,有的人会得抑郁症,你只不过是精神得了感冒,好像流感,用一下药,你会好起来的。"

他开了单子,让我直接住院治疗。我看见盖有他名字的红色印章,上面的诊断是重度抑郁症,我握着那张单子,几欲崩溃。我害怕地蹲在诊室门外的墙角,抑制不住地颤抖。过道上推过了一辆辆的病床车,有一位病人的四肢被捆绑着,她一路嚎叫着,身体的皮肤裸露在外面,被护工推过了走道。我觉得我不能像那样被人捆绑着,衣不遮体,没有尊严地活着,我绝不能住进精神病房。我用唯一的一点力气，给一个朋友杨柳枝拨了一个电话。

杨柳枝也写作，她在公众号上写过《与抑郁搏斗的700天》，我无意看到时，非常震惊，她曾经是朋友圈中，那个可以为你代喝酒、可以为你仗义执言的豪爽女人，我不知道她遭受了那么多的折磨。我带了一束南山上的梅花去看她，再柔和的言语，那时亦如杯水车薪。她在大学读药剂学的儿子宥生，花了4年的时间自学中医，他握住他母亲的手，为她把脉，为她开方子，为她煎药，为她调整剂量，陪着她一步步走出了抑郁的恐怖世界。

杨柳枝在电话里说："珍珠，你不能住院，过度治疗，我和儿子开车来接你。"

他们开着一辆面包车，把我救出了医院，直接拉到了她的家里。宥生说中医称抑郁症为少阴症，我的脉息微弱，元神俱伤，先扶阳气，让元神得养，他用医圣张仲景的四逆汤，最基本的方子为我治疗，我只吃了7副几百元的中药，就恢复了常态，可以在课堂上又蹦又跳给学生上课了。

杨柳枝是饱受过痛苦之人，她说抑郁是顽症，有时比癌症更可怕，它是弥漫性的、瘫痪性的，有抹杀一切快乐、希望、愉悦的能力。这个潜伏在我们身体里的隐形杀手，会周期性地发作，会以悄无声息的姿态吞噬我们的求生意志，会如恶魔般如影相随一生。在工作压力过大时、身体劳累时、精神高度集中时、天气阴郁时、激素水平紊乱时、意外情况发生时，都有可能发作，亦难控制。亲人的贴身陪伴，药物的治疗，都是必须的，但更重要的，是要能自救，要学会自己救赎自己，用自己的毅力和智慧战胜抑郁。要坦然承认自己得病了，要知道自己的病状，不能一人独力应对时，绝不能压抑自己，不要害怕、恐惧自己成了别人的拖累，要向身边的亲人、朋友发出求救。

正如杨柳枝所说的，抑郁如同恶魔，这只黑狗如影相随了我1年，反反复复。严重时，我披头散发，全身抽搐，呼吸困难，涕泪四流，无法自控，唯有亲近的女友大妞妞抓住我的手，一遍一遍、不厌其烦地安抚我，和我说话，分散我的注意力，缓解我高度紧张的神经。我觉得自己成了一无是处的累赘，什么事都做不好的废人，生不如死，只想一死了之，死神时时在我混乱的脑子里徘徊，在拉着我的手，撕咬着我的魂魄，让我从露台上跳下楼去和它做伴。而每一次当我熬过抑郁、越过苦难回望时，会觉得每一天都来之不易，每一天都是甘甜的，值得珍视。很多人都会被它袭击，谁都可能在其昏暗的阴影下生活，在这场搏斗里，我所得到的远比我所遭受的痛苦更值得记住。

海明威在《永别了，武器》里写道："这个世界会打击每一个人，但经历过后，许多人会在受伤的地方变得更强壮。"是的，伤口里亦能长出翅膀，腿打断了续上就可以再走路，谁还没被生活扇过几个耳光、打得溃不成军呢？我能做的，就是继续写作，继续做自己感兴趣的事情，有能力时帮助他人，亦接受别人的帮助，并从中获得快乐和拯救。

视频 | 乘热气球看大迁徙

住在乞力马扎罗山区的坦桑尼亚人和欧洲人的移民后裔,对这座山都有着一种强烈的依附感和神秘感,称它为"这山",独一无二的山,好像不可能有其他的山似的。

我转头,愉悦地看着身旁的两个黑金刚,他们的身上带有一种静谧、沉静的黑色之美,轻而易举就让我镇静、放松了下来,和这山中美丽的暮色融合在了一起。

Chapter 6

上帝山
God's Mountain

火山雪山
A volcano & snow mountain

"你在听鸟叫吗？夫人，Za Asubuhi——早安！"

值夜的马赛人拿着手电筒，另一只手提着一头粗一头细、用来赶野兽的马赛小木棍，披着耀眼的红毯，微笑着从丛林小径上走了过来，他是来给我叫早上6点的morning call（起床钟）的。

大多数的帐篷营地、庄园、酒店，都雇佣马赛人值夜，这是因为他们忠诚的品质。马赛人（Massai）是个剽悍、骄傲同时又孤独的民族，是旧时代最好的战士，他们只靠畜牧为生，几乎从来不从事其他工作，是世界上最好的牧民。在马赛人的传统和文化中，全部的体力活是由女人来承担的，而男人则只负责照顾和保护牲畜。他们很诚实，也看不起邻近的部族，很少像其他部族的人那样进到城里当仆人、侍者，但他们长期的旷野游牧生活，卷在一张毯子里睡在火堆旁，让他们能够成为黑夜里最警觉的守护人。

"我在看雪山的日出，我今天要去爬乞力马扎罗。"

"喔，夫人，那是梅鲁山！"

"是吗？我以为是乞力马扎罗。"

我不好意思地笑了。天啦，从昨天到今天，没人告诉我，我看的竟然一直是老二！

云海中的梅鲁峰就像一座浮于海面上的孤岛，它让我浮想联翩了一整个黎明。

阿鲁沙在梅鲁山（Mt.Meru）的山坡上，在我昨天经过的钟楼正街上有一块石碑，告诉你阿鲁沙处在东非洲的正中央——与最北的埃及开罗和最南的南非开普敦的距离是相同的，更神奇的是其日出和日落的时间，全年之内在这里相差不会超过半小时。庇护着阿鲁沙的圆锥形活火山梅鲁山，海拔 4566 米，是坦桑尼亚的第二高山，在日出时云蒸霞蔚，光芒四射，漂亮极了。它和它的高个子邻居乞力马扎罗山一样，是适合攀登的，亦是东非风景最美最值得攀登的山峰之一。虽然它的风头完全被乞力马扎罗山盖住，但远远望着每天同一时刻出现在小镇上空的日出与日落景象，沐浴着如约而来的耶稣圣光，想象上一次火山爆发仅仅发生在 100 年前，再想象沿着火山口锋利的边缘胆颤心惊地千年行走一回，而那样的登顶成功只属于少数人，那可是勇敢者的游戏，无疑也是一件激动人心又令人愉快的美事。

我从未经历过的崭新的一天来临。我从我的错觉和回忆里走了出来，踏着一地沾满露珠的蓝花楹花瓣，穿过洒满阳光、像火一样有着橘红叶子的巴豆矮树丛，和一片很小的有黄色果实的梭多姆苹果林，去到围着石头矮墙的露天餐吧用早餐。

每年大约有超过 5 万名的登山者跃跃欲试，来到阿鲁沙想要一登乞力马扎罗山，除了它是世界上最高的一座独立山峰，还有就是乞力马扎罗山值得一去的不只是顶峰自由峰，攀登它的山坡就像是一次从热带到极地的跨越世界旅行一样。当然，另一部分原因大概是在这里登山，不需要绳子、专业经验与技巧，属于极少无需冰上装备即可攀登的 5500 米以上的高山，由此也成了世界各地登山菜鸟们的圣地。

大多数的登山者要到达火山口的周围，只须借助简单的登山工具：一根手杖、合适的服装，当然还有挑战的勇气以及持久的耐力。不过，这并不代表一切都会很轻松，登山是一项很严肃也很昂贵的活动，尤其是在非洲。在乞力马扎罗 6 条登山路线中，只有将近 45% 的人能够成功登顶，其中时间最短的 5 天 4 夜的马兰古路线中，只有 27% 的人能够成功登顶，一切都只有准备充分才能顺利进行。

沐浴着晨曦的餐吧里已有好几拨早起的登山鸟儿，他们说着各种语言，穿着登山的健行短装，黑人向导在餐桌旁和他们一起做着各种准备，我闻到了空气里和我一样兴奋的肾上腺气味，和微风一起飘过来的乞力马扎罗咖啡的香味。戴着烟囱白帽子的厨师站在火炉旁为每一位客人摊着 "Omelet"，一种煎蛋卷料理，操作台上摆着各种切成小丁的食材，有洋葱、西红柿、青椒、培根、小香肠、奶酪,他殷勤地问我:"蛋液里是否要多放一点洋葱粒、西红柿粒,要培根肉吗?"我一股脑儿都要了,他把在平底锅里煎好的蛋饼对半折过来,再在蛋饼上撒了点细碎的欧芹,浇了一勺酱汁,快活地递给我说:

"女士,享用吧!"

出发前我得把自己喂得饱饱的,一旦上路就会饥一顿饱一顿了,我起身再去要了一块香软的香蕉派,一口咬下去,甜甜的你中有我、我中有你的味道,这下能量满满了。登山的团队大多三五人坐在一起,有男有女,有说有笑,他们大都年轻力壮、精力旺盛,就我一个人自成一个独立团,是个不折不扣的独行侠。我依然穿着我的宝石蓝细麻纱库尔塔中长衫,戴着宝蓝色的平顶窄檐草帽,轻便、透气、防晒,和我昨天过境时、初见戈戈时一样,不过那双红黑相间的Crispi徒步鞋是任何时候都穿着的,它百搭,不需要磨合,我曾穿着它走完了1000公里的喜马拉雅小道,我猜想它可能比我身边那些跃跃欲试、有着年轻血液的年轻人还要久经风霜、久经沙场。

喝过乞力马扎罗咖啡后,我再续了一次杯,感觉到嘴角边有了一种柔软香醇的泥土味,还有一种矿泉水般的甘甜味。我终于在世界咖啡地图的产地上喝上了最具非洲特色的咖啡,再不需要漂洋过海,不需要长途运送了,它以最近的距离在亲密浓烈地刺激着我舌尖上的味蕾。乞力马扎罗咖啡有个绰号叫"咖啡绅士",它与咖啡之王蓝山、咖啡贵夫人摩卡并称为"咖啡三剑客"。这个经由百万年火山灰孕育出的咖啡中的男人、咖啡香气中的骑士,让我的身体一下恢复到了野生、野性的自然状态。

我请服务生将我的登山包背到了前台,再次寄存了多余的东西,烧水的电杯、手提电脑、长焦镜头、浴巾,山上又没水又没电的,用不着这些。在画着斑马一家老小吃草的小费箱里放了1美元的小费,我一身轻地坐在阳光里、紫红色的九重葛藤蔓架下,等我的登山团队。

杰夫把陆巡开进了前哨丛林木屋的院子里,车顶上已五花大绑上了各种装备,戈戈从车上跳了下来,敏捷得像一头漂亮的猎豹,他换了装束,穿着军绿色的紧身T恤、牛仔裤和高帮登山鞋,T恤上有一行超萌的白色手写体: I got milk——我有了牛奶!阔肩长腿,生动、富有质感的面孔,军团士兵般的身体力量,一身都是阳光、英气和笑意,完全和昨天的矜持、老成判若两人。他矫健地爬上车顶,把我的大背包码在一起,回头大声对我喊道:

"Pearl,Twende——Let's go——出发!"

随后的 5 天,斯瓦希里语中的"twende(吞得)",英语中的"go",中文里的"走吧走吧",也成了我们在一起说得最频繁、最愉快的号令。

乞力马扎罗山(Mt.Kilimanjaro)距离赤道只有 330 公里,在坦桑尼亚和肯尼亚的交界处,在基博山顶可以同时看到这两个国家的风景。海拔 5895 米的顶峰乌呼鲁峰(Uhuru Peak),亦叫自由峰,比美国本土最高的惠特尼峰还要高 1495 米,比西欧的最高峰勃朗峰高 1085 米。它离赤道不过 3 度,峰顶却终年积雪,在这个热气蒸腾、热浪滚滚、阳光直射的赤道地带,居然有一座山冷冷地被冰雪覆盖,这就加倍地令人惊奇了。乞力马扎罗是一座至今仍在活动的休眠火山,是东非大裂谷地壳运动的结果,它形成于大约 75 万年以前的火山爆发,那时已有了直立行走的古人类,有了食草动物的大迁徙,而最近的一次大爆发可能在 15~20 万年之前。它既是非洲最高的山脉,同时也是火山和雪山。

冰与火,冰火相融在一起,还有比乞力马扎罗更有独特魅力的山吗?

我想它是世界上任何其他地方的山都没法相比的。

这座冰与火之山,还是世界上最高最大的独立山体,也就是说,它不是山脉的一部分,而是从海拔 900 米的地面上孤独地耸立出来的。地球上有很多海拔比它高的山峰,但都是处于连绵起伏的山脉之中,比如我爬过的喜马拉雅山脉和冈底斯山脉上的许多山,安纳普尔纳山、鱼尾峰、神山冈仁波齐,因为都处在山脉之中,其相对高度看起来便没有那么突出。而乞力马扎罗呢,却是在一片平坦广阔的东非大草原上,决然拔地而起 4800 多米,直冲云霄,气势磅礴。它那终年积雪的山顶在大草原上若隐若现,光滑的波浪状的两翼也没有小山丛,成群的大象、角马、斑马、羚羊和长颈鹿,它们只生活在银冠覆盖的乞力马扎罗山脚下,在广袤的草原上悠闲自在地觅食,这些远古时期的动物已在山脚下繁衍生息了数百万年,那里是非洲大自然最形象的代表，地球上的最后一片净土，动物们的伊甸园，永恒无价的上帝的殿堂。

我问戈戈："为什么叫乞力马扎罗？"他说："这名字本身就像云遮雾绕的乞力马扎罗山是一个云雾环绕的谜。在斯瓦希里语中，乞力马扎罗意为'闪闪发光的山''光明之山''巨大之山'，在查加语中为'白色之山''伟大之山'，在马切姆语中，则为'大篷车之山''旅行者之山'。在过去的几个世纪里，乞力马扎罗一直是一座神秘和迷信的山——没有人真的相信在赤道附近居然有这样一座覆盖着白雪的山。"

早在170多年前，西方人一直否认非洲的赤道旁会有雪山存在。在世界地图上非洲是一片空白，很少有外人知道那里居住的人种、河流、山脉以及生长的动物与植物，地理学家称该地域为"黑暗大陆"，不少传言说那里是象牙、钻石、金子与女巫统治的王国，但是外人一直很难进入倒扣盘子似的内陆。

1848年，一位名叫雷布曼（Rebmann）的德国传教士和他的同伴克拉普夫(Krapf)来到东非，跟当时许多虔诚而具有冒险精神的传教士一样，他们是最早从印度洋西海岸登陆非洲大陆的欧洲人。他们一路跋山涉水，乘着季风，要到世界上最陌生、最荒僻的内陆地区去传播福音。他们不仅是传教士，同时也是探险家。

在东非地区传教时，他们听当地查加人说起一座被称为"乞力马扎罗"的山，山顶在云层之上，银冠覆盖，犹如天堂。和当时的许多欧洲人一样，他们也不相信赤道附近会有冰雪，但他们很好奇传说中神秘的银色山顶到底会是什么？在那一年的4月雨季开始时，雷布曼请了一位当地黑人向导开始寻找"乞力马扎罗"。两周后，这座隐藏在云端的白色之山就崭露头角在他们的视野里。雷布曼好奇地问向导："山顶那奇怪的白色是什么？"向导只是说："我也不知道那是什么，那应该是冷吧。"

在随后出现的一个阳光明媚的日子里，当乞力马扎罗壮丽的白色椭圆峰顶无遮无拦地呈现在雷布曼面前时，他才突然意识到，他的黑人向导称为"冷"的东西，实际上是真实存在的冰和雪。

1849年5月，雷布曼在极负盛名的宗教科学杂志《传教通讯》发表了一篇有关赤道雪峰的文章，在文中他声称自己在东非赤道附近看到一座高耸入云的大山，山顶的皑皑白雪，在阳光下熠熠闪烁，堪称奇景。雷布曼的报道，首次让外人、让西方世界听说了赤道雪峰，但也引起了激烈的争论和质疑。不仅当时大多数欧洲人常识性地认为赤道附近不可能有冰雪，更有科学家证明了这种不可能性。

1861年，又有一批带着好奇心的西方探险者、传教士来到东非，亲眼目睹了赤道旁的这座峰顶积雪的高山，并拍下了照片，西方人这才开始相信雷布曼所讲的事实，从而结束了对他长达12年的指责。

1862年，德国探险家克斯腾（Kersten）首次爬到乞力马扎罗山4572米的地带；1889年10月，南半球繁花盛开的春天时节，一个天空晴朗的登山时节，31岁的德国地理学家汉斯·梅耶（Hans Meyer），和他的同伴奥地利登山家普尔柴勒（Purtscheller），他们雇佣了18岁的查加人尤哈尼·劳沃（Yohani K Lauwo）作为他们的高山向导，带着简易的绳子、冰靴、冰锥，从基博峰东南坡的冰川上艰难地向峰顶攀登，第一次他们失败了，回到4300米的营地休整3天后，他们在10月6日凌晨3点再次向峰顶进发。上午10:30，他们成为首次登上非洲之巅、乞力马扎罗峰顶的人，梅耶在基博峰顶上插了一面小小的德国国旗，他在他的《穿越东非冰川》一书中写道：

"我把国旗插在岩浆风化的峰顶上，欢呼三声。作为它的发现者，我有权将眼前这座无人知晓、无名的峰顶——非洲和德意志帝国的最高点——命名为威廉皇帝峰。然后，向我们伟大的君主三呼万岁并致意。"

第一面插在乞力马扎罗峰顶的旗帜是殖民宗主国的国旗，这也和非洲被殖民、被掠夺的历史是相关的。在15世纪，西方殖民主义者开始入侵非洲，进行奴隶贸易。葡萄牙人于1418年到达西非海岸，殖民主义者为了开发美洲的需要，把非洲作为猎取劳动力的场所，他们的贩奴船从欧洲载运廉价工业品到非洲换取奴隶，再把奴隶运往美洲，又从那里换取廉价的原料运回欧洲,从中赚得巨额利润。长达400多年的残酷的奴隶贸易,直到19世纪才被逐步废除。

在18世纪后半叶和19世纪上半叶,欧洲和北美资本主义国家进入自由竞争时期。随着资本主义经济的发展,要求把殖民地变成倾销商品的市场和供应工业原料的基地。为此,欧洲冒险家到非洲内陆探险达到200多次,西方的商人和传教士亦进入非洲大陆腹地,继而进行殖民侵略。从19世纪末至20世纪初,经过几百年的"苦心经营",约有95%的非洲领土遭到列强瓜分。到1914年,除了埃塞俄比亚和利比里亚,整个非洲大陆被西方殖民者瓜分完毕,黑种人不得不放弃他们祖先从树上下来时就讲的语言,被迫讲起了殖民宗主国的语言。1886年,坦桑尼亚成为德国的殖民地。第一次世界大战德国战败后,坦桑尼亚又成为英国的托管地。

自从早期的探险家利文斯通、斯皮克、伯登等发现维多利亚·尼扬扎,后来分别称为肯尼亚、坦桑尼亚和乌干达以来,非洲人,已经为自身的独立奋斗了100多年。肯尼亚的国父肯雅塔说了一段尖锐又令人难忘的话:"传教士们到来时,非洲人拥有土地,西方人拥有《圣经》,他们教导我们闭着眼睛,虔诚祷告。当我们睁开眼睛来的时候,发现他们拥有了土地,我们只剩下手里的《圣经》。"

1964年,坦噶尼喀和桑给巴尔合并,成为独立自主的坦桑尼亚联合共和国,乞力马扎罗是非洲的象征,坦桑尼亚人的骄傲,坦桑尼亚人把绿、蓝、黑、黄四色的国旗插到了基博峰的最高处,并将德国人命名的威廉皇帝峰重新命名为乌呼鲁峰(Uhuru Peak),在斯瓦希里语里意为"自由峰""独立峰",他们在峰顶的烟褐色火山石旁,用一块古铜色的铜牌刻下了坦桑尼亚独立之父尼雷尔的一段话:

"我们,坦桑尼亚人民,要点亮一盏火炬,让它在乞力马扎罗山的峰顶燃烧,它的光亮将穿越国界,给绝望的人带来希望,将化仇恨为友爱,为受尽凌辱的生灵送去尊严。"

只有站在非洲大陆的地理最高点上,你才能真正理解乞力马扎罗在斯瓦希里语中的含义：闪闪发光的山。这座山发出的自然雄伟之光，庇佑着整个非洲大草原上的生灵们，让他们心安，亦独立、自由。

21 黑金刚团
The King Kong Group

1910年，乞力马扎罗成为森林保护区，1921年成为禁猎区，直到1973年，才成为乞力马扎罗国家公园（Kilimanjaro National Park），并在1977年向所有旅行者、登山者开放，10年后的1987年，它成为闻名于世的世界自然遗产。

从阿鲁沙出发到乞力马扎罗国家公园的入口处马兰古（Marangu），是一段约90公里的山地路程。乞力马扎罗山在阿鲁沙的东北方向，杰夫一直迎着初升的阳光向东开，放着他喜欢的鲍勃·马利唱的《非洲采药人》。

戈戈坐在陆巡车的第二排座位上，给我介绍了他身旁的3个背夫：1.9米的壮汉阿尔弗（Alpher），查加人，36岁，他是高山向导，由于现在是小雨季的淡季，登山者少，他也来兼做背夫；瘦高个的尼尔（Neil），马赛人，28岁，他是小学老师，12月是暑假，他也来做兼职背夫，挣一点外快；一张娃娃脸的吉恩（Jean），查加人，26岁，他是背夫兼侍者。戈戈接着说，厨师纯真（Innocent），杂工兼背夫笑（Isaac），没在车上，他们住在莫希镇的查加人村庄，待会儿车子经过时会把他们俩捎上。

车上每张黑色的年轻笑脸都在和我打招呼："Jambo（你好）！Habari（你好吗）？"我莞尔一笑，用斯语回应他们的"姜博""哈巴里"，和他们一一拉了一下手，以示友好，但我的心却紧张了起来。登山公司告诉我的是一个向导，一个厨师，一个背夫，共3人的配备，怎么一下来了一堆人？竟然是6人配备，整整多了一倍的人！这远远超出了我的预算，我也根本没想到我要支付这么一个庞大的队伍一起去登山。

这是神马登山团队呀？我觉得我的钱包比我还痛！像被抢了一样，还没登山就破产了,我一下懵了!

我不能一头雾水地去见"非洲之王",这不是我的风格。我必须搞清楚是怎么回事。

自 1991 年开始,坦桑尼亚政府规定,任何想攀登乞力马扎罗山的人,必须要用政府注册的登山公司,只容许外国人在拥有合法执照的高山向导带领下,攀登乞力马扎罗山,一方面是对环境和自然资源的保护,另一方面也是国家很重要的一笔外汇经济收入。攀爬乞力马扎罗也有严格的流程与线路,所有的向导都必须有经过严格考试后颁发的向导证,背夫也有背夫证。在用工方面,坦桑尼亚政府倡导当地居民一起来分享这座非洲之巅的财富,将附近村落的各种族人组织培训为厨师、背夫后,让他们有一定的技能,能够进到各个登山公司服务。1 个外国登山者,至少能为 7 个当地人提供就业机会。

由于离赤道很近,加上全球变暖,山上有多条无永久冰层覆盖的道路通往自由顶峰。攀登乞力马扎罗山主要有 6 条路线:马兰古路线(Marangu Route)、马切姆路线(Machame Route)、翁背路线(Umbwe Route)、龙盖路线(Rongai Route)、沙拉峰路线(Shira Plateau Route)、姆维卡路线(Mweka Route)。其中,马兰古路线是历史最悠久最受欢迎的一条,不需要特别的专业技能,沿途风景秀丽,各种植物和云海都有,全程 5 天 4 夜,有营地的山间木屋可住,是唯一一条有固定停留小屋的线路,因此被称为"可口可乐"路线。大概的意思是登山像在喝一支美国糖浆可口可乐那样轻松、容易,不过千万可别被忽悠了,天下哪有这么容易的事情,试了才知道是不是"可乐"。

山上其他的路线,通常需要 6~8 天时间,营地没有木屋可住,登山者必须搭帐篷在山上露营过夜。马切姆路线被称为"威士忌"路线,意为像古爱尔兰人"可燃烧的酒"威士忌那样浓郁、劲烈、霸道,玩的可是真枪实战;沙拉峰路线更被称为"运动员"路线,是指运动健将级别的水平,这些都表明攀登的难度是很大的。

我属于菜鸟,又怕冷,一个人不想住帐篷,就懵懵懂懂选择了走马兰古路线,5 天 4 夜的费用是 2200 美元,包括公园门票费、吃住费,但不含向导、背夫、司机的小费。想象一下住小木屋喝可乐看星星的登山情景，应该蛮潇洒、惬意的吧？但很讽刺的是，这条看似轻松容易的"可口可乐"路线，却成了我一生里爬过的最难的路线。

由于非洲的旅行本身就很昂贵，所以爬一趟乞力马扎罗基本可以去欧洲走一趟，足以支持我背包环球旅行一两个月。再加上在非洲，黑人兄弟的不靠谱是有目共睹的，不守信用、不守时、欺诈，所以在准备登山时，我在阿鲁沙的50多家登山公司里选择了当地第二大的一家白人公司，直觉白人团队会比较放心。但登山同样是一种商业行为，有的登山公司会以较低的价格，或以缩短时间的短版路线来吸引客户，有意隐藏一些至关重要的细节。我遇到的这家登山公司，只给了我5天4夜的标准版，没有告诉我如果多增加一天的时间来适应高海拔，哪怕多增加一天约450美元的费用，这样可以让登山者更容易生存下来，其登顶的概率也会大一些。同样，乞力马扎罗国家公园规定的标准配备是1个登山者，必须配备1个向导，1名厨师，3~4名背夫，当然如果有2名以上的登山者，向导依然是1对1的配备，但在团队中，厨师可以共用，其相应的辅助人员也会减少一些。但在最后登顶冲刺的那天，必须是1名向导带领1名登山者，厨师和背夫是没有资格去协同登顶的。

任何一个登山公司，如果开诚布公地对待登山者，将这些专业的细则和标配的规定如实相告，我想任何一个登山者事先心中有数，都会理解、支持并合理地调整自己的登山计划与经费预算的。而不会像我一样，还没有开始爬山，就被置陷于登山公司人为造成的"陷阱"里，得靠自己费尽脑力去爬出深井般的陷阱。

逢山开山，遇水劈水，这本身也是登山的一部分，我干嘛要畏惧呢？我不好意思当着一车活蹦乱跳的黑兄弟说我养不起他们，我的经费不够，我是一个没有固定收入的自由撰稿者。说实在的，我反而对那6位壮汉非常的好奇，为什么会要这么多人呢？给背夫背的大登山包，我已精简到13公斤，自己随身背的小背包，也叫"day pack"，我也精简到5公斤，我得找机会问戈戈，为什么需要这么一大群人跟我上山？难道会腐败地背我、抬我上山？

陆巡在路边一个热闹的小集市山雅（Sanya）停了下来，戈戈安排尼尔和吉恩去买我们要带上山的新鲜食物，牛肉、鱼、鸡腿、鸡蛋和水果，我抓紧时间跳下车和戈戈侃了一下，我需要他打消我的疑虑。

戈戈也不知道登山公司为了抓住客源，会向客人隐瞒一些实情，会忽悠我说只需3人配备，但他马上宽慰我说："Pearl，我带了9年的团队，都是5~6人的标配，每个背夫在山上只能负重20公斤，待会到了公园的大门口，你就会明白为什么需要这么多人了。请相信我，他们是值得你信赖的，你不会花冤枉钱。"

登山是一项非常危险的极限运动，也是最苦的户外运动，你不能依赖任何便捷的交通工具和装备，飞机、飞船、越野车、山地单车，或者滑翔伞、雪橇、滑板、马匹，你得靠自己的双腿，一步一个脚印地走到峰顶。一个好的高山向导能让你发挥到极限，他不单能给你讲述山上的地形气候、野生动物、花草树木，以及其他生物的有关知识，还要能让你注意到可能遇到的风险。对向导百分之百的信任是一种特殊的感觉，也是一种操守，如果某人非常值得你信任，那就跟着他勇往直前吧。从见面的第一眼起，我就信赖了戈戈，那我就全身心地把自己交付给他吧，他可是天天在这山上干这活儿的。当我想通这个道理的时候，我觉得一身都轻松了下来，不再扎心，心里有了底数，满眼又都是阳光灿烂。

车行约一小时后，进入了农耕区。杰夫突然兴奋地指着头顶，"Kili——乞力！"他叫的是乞力马扎罗的昵称。我一抬头，看到了山顶的雪，山腰飘浮缠绕的云，乞力高居在云端之上，亦真亦幻。

"哇，好高呀！"我也兴奋地叫了起来。

我们已到了莫希镇（Moshi）。

海拔1000米的莫希，在斯语中的意思是"烟"——山上冒出来的白色泡沫东西。它在寒冷的乞力马扎罗的山脚下，距离马兰古的登山入口处还有40公里的路程。从严格意义上来说，莫希才是距登山最近的大本营。

莫希实在是一个低调而又吸引人的地方，周围都是生机勃勃、绿叶葱茏的咖啡种植园和香蕉种植园，这里的物价比阿鲁沙低，离乞力马扎罗国际机场也比阿鲁沙近，大多数登山公司都在莫希设有分公司，莫希小镇上遍布着客栈、帐篷营地、酒店、餐吧、钱币兑换处、登山用品店，都是就近为登山者服务的。更主要的是，这里才是一抬头就可以看见乞力马扎罗的雪的地方。即使是漫步在小镇上，最吸引眼球的依然是乞力马扎罗山，你会不断地向北凝视，时不时瞥它一眼。多数情况下，乞力都会隐藏在云墙之后，充满着神奇莫测的气氛，但几乎每天傍晚 6 点后，它都会从迷雾中渐渐露出自己的真容，吊起你的胃口，银白晶莹的峰顶好似上帝的宝座，在金色的余辉中向你发出一份来天堂享用晚餐的邀请。

每年从 12 月的夏季至次年 6 月的冬季，登山者通常在清晨也能看到山峰，那时自由峰会格外美丽，因为那时山顶上有更多的积雪。哪怕是在酷热的日子里，从莫希镇的远处望去，乞力灰蓝色的山基赏心悦目，白雪皑皑的山顶似乎在空中盘旋，常常浪漫地伸展到雪线以下飘渺的云雾里，更增加了一种奇妙的幻觉。说不定当年的海明威就曾住在这里的某个种植园旅馆里，在开满金合欢花的宽阔露台上，一边喝着威士忌，一边站着用那台老打字机写道：

> "在前方，极目所见，他看到，像整个世界那样宽广无垠，在阳光中显得那么高耸、宏大，而且白得令人不可置信，那是乞力马扎罗山的方形山巅。于是他明白，那儿就是他现在要飞去的地方。"

戈戈眼看着我在对着云端上的雪顶发呆，笑着提醒我说，其实在一年中的任何时候，都可以来乞力登山、徒步的，虽然这里的天气是出了名的不稳定和难预测。我问戈戈："9 年带了多少团队登山？"他大笑："too many——无数！"

他说在 11 月和次年 3 月、4 月的雨季，树林里的路会很滑，通往峰顶的路也会有冰雪覆盖，那是登山的淡季，他经常一个客人也没有，他的团队也没有任何收入。通常登山的最佳时节是旱季的 6 月末一直到 10 月，过完 11 月的小雨季之后，从 12 月末直到次年的 2 月，是又一个旺季，那时他几乎每个月都要带来自不同国家的人登顶两三趟，把鞋底都走穿了。

也就说，他每年要爬上顶峰20多次，去上帝的殿堂做20多趟特殊的使者，我从心底开始喜欢Mt.Guide——高山向导这个职业了，没人有他们见过的雪峰的日出日落多，也没人有他们经历的风波风险大。

"嗨，Mt.Guide，你多大了？你的名字Ngogo是什么意思？你是从哪个山洞来的？"我坐在头排的副驾驶位子上，总喜欢刨根问底。

陆巡开始弯来拐去爬山了，坐在车上也颠来晃去的，戈戈让我把棕色皮面的小本子递给他，皮面上有一条可爱的金色镶蓝色串珠的蜥蜴，是我在游猎马赛部落柠檬戈（Lemongo）时买的，我喜爱这个有书写感的手工小本子，把它拿来用作了我每天要写的日记本。他用大拇指摩挲了一下皮面上变色龙的身体，翻到空白页，在上面笔力遒劲地写了一行英文字：34岁，来自坦桑尼亚与赞比亚边境的旺基（Wanji）部族，Ngogo在旺基语里是强壮的怪兽之意。

难怪他和身边的查加人杰夫、吉恩，马赛人尼尔很不一样，他们的脸型饱满、俊秀，肤色是棕褐色的，发着淡淡的巧克力光泽。而戈戈呢，整个就像一块非洲的乌木，黑得出奇，那黑色似乎已超越了颜色的层面，深不可测，犹如非洲大陆上关于原始人的古老传说。我在手机上点开最通用的维基百科搜索了一下，但关于旺基人的信息少之又少，只有两三行，剩下的全都是空白。我太好奇了，不断回头向戈戈连珠炮似的问问题。

"你那个部族有多少人呀？有什么奇特的风俗吗？你生长的环境是怎样的？周围有山吗？为什么做向导呢？结婚了吗？第一次带了多少人登山呀？最喜欢走的是哪一条路线呢？"

从来没有一个爬山的人对戈戈如此好奇，他用悦耳的声音在我的椅背后面说：

"Pearl，你要把旺基人写进维基百科吗？我会慢慢在路上说给你听的，我们还有5天4夜。纯真和笑站在路边，他们要上车了。"

纯真和笑是两个更年轻的查加人，纯真25岁，笑才17岁，他们是表兄弟，把破烂的背包塞进车后座后，我的六大黑金刚终于到齐了。

从海拔1000米的莫希到海拔1879米的马兰古，乞力马扎罗的低坡地带特有的"欧式"气候，曾被德国人和英国人指定为未来殖民地。如今乞力的原始灌木丛和低湿林地已被牧场、种植园和人口稠密的村落所替代，它逐渐升高的山岳地带也成了最适合栽种咖啡的地区。火山爆发无疑是一种恐怖可怕的自然灾害，但火山喷发出来的火山灰却成了很好的天然肥料，比如日本富士山地区的桑树长得特别好，让养蚕业发达；意大利维苏威火山地区则盛产葡萄和独具"矿物质感"的葡萄美酒。同样的，乞力马扎罗山肥沃的火山灰土壤，赐予了这里的咖啡浓厚的质感和柔和的酸度，让咖啡带有着一种独特的可可亚果香味，莫希和马兰古也因此成了坦桑尼亚最重要的咖啡种植区。戈戈说他们国家大约17%的外汇都是由这些灰绿色的咖啡豆换来的，能养活几十万个家庭，每个家庭都住在咖啡或香蕉种植园中，乞力马扎罗的山坡上永远都是香喷喷的，那是大自然成就的芬芳迷人的馈赠。

刚上车的厨师纯真也指给我看车窗外掠过的一片片葱郁的咖啡树，那是我第一次看见漫山遍野的咖啡树，像一个个的绿巨人亲密依偎在山峦的怀抱里。12月的夏季，猩红色的咖啡果恣意残留在浓绿的枝条间，给我这个不远万里来到这里的咖啡迷留下了无数旖旎的想象，我仿佛又回到了清晨那杯咖啡骑士的余香里，远处就是那座闪着银光的自由峰，好像整个人都被治愈了。

纯真说查加人世代都在乞力马扎罗山种咖啡，其历史可以回溯到20世纪初天主教教士将波旁种的咖啡引入这里来。在乞力的东面、南面和西面的山坡上，住着大约50万的查加人。他们是先进的部族，务实且懂得技术，已欧化且相当世故；他们是商人、教师、手工业者；更重要的是咖啡种植者，在莫希差不多有3.2万名咖啡种植者，拥有着上千万株咖啡树，也是非洲最富有、最团结的部族之一。

聪明的查加人在荒芜、杂乱的坡地上，开拓出一片片土地，他们喜欢按规矩种植、照料，咖啡树整齐地生长在缓坡上，在阳光下散发着一种细腻的芬芳，有着一种独特的香气。非洲是咖啡的故乡，在赤道以北埃塞俄比亚的咖法（Keffa），至今还有一大片野生咖啡的森林，那里咖啡树的品种多达2000多种，如同一座神秘的咖啡伊甸园。咖啡种植家们不断从那些不为人知的野咖啡树里，发现新的树种。而乞力马扎罗的咖啡，无疑是坦桑尼亚 AA 咖啡豆中最顶尖的代表之一，有的咖啡种植庄园是以拥有超过百年树龄的咖啡树而闻名的，有的庄园主已历经数代移民居住于此，并世代从事咖啡种植。写《走出非洲》的作家卡伦，她曾在肯尼亚恩贡山拥有 6000 英亩的庄园，其中 600 英亩是专门用来种植咖啡的。她说一亩地要种 600 多株咖啡，黑人劳工要拖着耕牛在田间来来往往劳作，坚忍不拔地走着成千上万英里的路程。

一直都笑盈盈的纯真说，他们都以身为查加人为傲，因为查加人有自己的旗帜、歌曲和乞力马扎罗原住民合作联盟组织，70% 的人是基督教徒，他们也要上咖啡税。以前他们最高的首领名叫汤姆斯（Thomas），一般人都称他为汤姆酋长，汤姆家里的人已不间断地做了 13 代酋长。除了咖啡，这片肥沃的山腰地带也是种植香蕉的温室，查加人把香蕉这种多汁的黄色水果当作他们生活中的主食，将香蕉烤、蒸、煮、炸或煎着吃，香蕉能做汤、煮粥，甚至酿成啤酒。莫希是世界上少数以香蕉为饮料的几个地方之一，当地妇人会在一间环绕着众多香蕉树的小木屋里，把最好、最新鲜的香蕉混合上小米粉，放到一个在火堆上冒着果酒泡泡的巨大容器里发酵，最终得到的便是那醉人的、带着微微酒酸味的香蕉啤酒"Mbege（米比及）"。他们在婚礼、诞辰、成人礼甚至守灵时都要喝米比及，在迎客时也给客人来上一大杯米比及，客人要一饮而尽才不会失礼。米比及的后劲很大，常常把不明就里的外国客人搞醉。

我想起戈戈说的他也可以带一壶香蕉啤酒在背包里，敢情是想让我醉意盎然地走在路上呀。纯真说查加人还能把这种万能的水果用来制成纤维。

性感香蕉的信息点简直太多了，整个把我搞懵逼，我还没能研究出香蕉做的纤维能干什么。纯真得意地说每一个查加女人都能用脱水的香蕉茎秆来纺制香蕉纤维纱。

"那是一种有天然香味的香蕉布吗？"我很好奇地问，"这也太奇葩了吧！"

醉人的米比及我想来上两口，我更想穿一件柔软拉风的香蕉时装走在阿鲁沙的集市上，不过我很快就吃上了纯真用香蕉做的各种轻食。

事实上，非洲大陆从南纬 5 度到北纬 5 度，跨越 10 个纬度的赤道地区的土地都肥沃得让人惊奇,赤道附近的咖啡、香蕉甚至全年都可收获。但赤道以外土地肥沃的程度会逐步递减。地理学家对这一现象的唯一解释就是赤道地区拥有充足的雨水和水源,影响雨水量的月亮山脉(Mounttains of the Moon)就位于赤道上。月亮山即鲁文佐里山脉,是另一座与乞力马扎罗一样著名的"赤道雪山",因山顶积雪呈白色而被最早发现它的一位希腊商人称为"月亮山"。月亮山是一位神奇的造雨师,为非洲的几条大河提供丰沛的水源,而我们此时身处的赤道线本身就是一座空气流动的中心。

我回头,问坐在最后一排位子上的纯真,是不是住在山腰上懂技术、懂种植的查加人,与住在平地草原上从不农耕、仍在四处游牧的马赛战士特别不一样,他们与马赛人的区别是如此的大,使人难以相信两个如此不同的部族能住在乞力马扎罗的同一方土地上。他们两者的对照,是不是有点像剑桥大学教授与人猿泰山的区别呢?

我一信口乱说出自己的直觉,一车的黑金刚不管听懂没听懂,都发出了一阵怪笑。

陆巡在途中不断穿过各种繁盛的种植园,有一家阿鲁沙咖啡山庄(Arusha Coffee Lodge),就直接建在坦桑尼亚最大的一个咖啡种植园里。那里有30间农场小木屋供客人居住,从1900年初建设的庄园主人的家开始,小木屋像一道美丽的波浪一样环绕在咖啡园里,连房间和浴室也加入了咖啡的颜色和纹理。我很想回程时能够在那里享受一次很棒的"从豆子到杯子(from bean to cup)"的咖啡之旅。我问纯真家里可有种植园,他不好意思地摇头,说没有,他和表弟笑都只是采摘咖啡的小工。

纯真用手指比划给我看,说咖啡的生长亦非一日之功,并不是我想象中的那样轻松、容易,一种下去就出豆的,它从开花到收获要11个月的时间,比其他果树的时间都要长。

"Pearl,你见过咖啡树开花吗?"

"当然没有,我连咖啡树都是第一次见到。"

纯真说山腰上的咖啡树开花时可漂亮了,一簇簇像旋转的风车一样,白雪般盛开的花朵带有一股黑刺李般的淡淡香味儿。但咖啡开花二三日之后便会凋谢,几个月后才开始结出果实。咖啡豆的采摘期在10~12月达到高峰,随着采摘高峰期的来临,也迎来了印度洋上繁忙的海运高峰期。一旦咖啡豆成熟,整个乞力马扎罗的山腰就变成了一片樱桃般艳红的诱人世界,那也是查加人最喜悦的时光。一张张黝黑的脸庞,闪烁着汗光,充满期待,村庄里年轻的男孩子和女孩子聚在一起,边采摘红艳艳的浆果,边谈情说爱。

纯真接着说,在海拔比较高的山区,不能采用机械采摘,必须用人工来采摘,这就需要大量的季节劳动工。做采摘工时,他们的脖子上挂着方形的藤条筐,一筐要采摘30斤的咖啡豆,顶着日光,每天在种植园里来来回回走上几十趟。一辆辆摞满咖啡豆麻袋的大车,1吨12袋,接连不断沿着山坡路,向莫希镇的车站进发,运往更远的异国他乡。

"采摘咖啡豆赚钱吗?"

"不赚钱,每天5美元。"

"所以你们这些咖啡男、香蕉男,又跑来成了背男、煮男?"

"我们什么活都会做的。"

"靠山吃山。"

"Sure——当然!"

"那我等着喝你煮的咖啡,吃你煎的香蕉派。"

"Sure!"

纯真很像他的名字,Innocent,这个咖啡男的眼睛又大又明净,说起话来一脸天真无邪的样儿真的很迷人。那个不起眼的、来做厨房杂工兼背夫的17岁的表弟,名字竟然叫笑,Isaac!我第一次听见这个开朗又有香气的民族竟然把孩子的名字取成"笑"的。这5天纯真和笑要是煮的饭不好吃的话,我都不敢骂他们了,我暗自想。

在乞力马扎罗山,每一个名字、每一个物种、每一种生存方式,我想都是有它存在的道理的,是上帝的安排。坦桑尼亚是世界上最不发达的国家之一,有90%以上的人从事农牧业,人均GDP只有1137美元,与中国人人均GDP为1.2万美元相比,约为中国人的1/10,但在94万平方公里的国土上,有30万平方公里的土地竟然是国家公园和野生动物保护区,也就是说有1/3的国土被辟为了无人居住的自然生态圈,这无疑是对地球上自然生态平衡系统的一大贡献。旅游业成了这个国家赖以生存的国民经济支柱，大多数的当地人只能从有限的土地耕作中获得很少的收入，他们要靠旅游服务为生，这也是他们能最快获得少许现金的谋生方式。

住在乞力马扎罗山区的坦桑尼亚人和欧洲人的移民后裔，对这座山都有着一种强烈的依附感和神秘感，称它为"这山"，独一无二的山，好像不可能有其他的山似的。它的山峰、冰雪、雨水、火山灰、阳光、野生动物、树叶、花朵、岩石、小径，它山坡低地上的农作物，咖啡、香蕉、棉花、剑麻、茶叶、除虫菊，还有生活在其中的各部族的人，查加人、马赛人、帕雷人、卡赫人、姆布古人，都是上帝的赐予，造物的杰作，大自然的馈赠。坦桑尼亚人会在他们的国歌里情不自禁地唱道：

"上帝保佑阿非利加洲，祈请上帝保佑非洲，上帝保佑非洲儿女，我们祈求。"

乞力马扎罗山在坦桑尼亚人心中无比神圣，许多非洲人一直认为乞力马扎罗就是上帝的宝座，他们向它祈祷，对乞力敬若神灵。司机杰夫说很久以前，当地人有一个被秘密遵守着的迷信，就是女人不得和男人一起在这座山之间走过去，因为那将使男人失去生殖力。他们认为这个地区的一切富源都来自主峰基博峰，一个人死了之后埋葬时要面向基博峰顶。

"上帝就是从这座山上来的，上帝就是这座山。"车上的查加人坚信不疑地说道。

戈戈说，有一个俄国血统的美国传教士瑞希博士，他对这座山极有感情，一生曾爬过此山不下65次，每爬一次的感受都不一样，越爬越喜欢。他的这种痴迷很简单，他已视乞力为另一座伊甸园，能够到那儿去，简直就像是一份来自天堂的邀请。在从莫希到马兰古的60分钟车程里，我一直感觉头顶神圣，无比纯洁，融化的冰峰雪水在滋润大地，山腰两旁长满了咖啡和棉花，那是一种特别美好、丰盈的感觉。我将我在路边集市买的两个苹果，用瑞士军刀划成了8小块，分给了车上的每一个黑金刚。尽管那一小块苹果还不够他们塞牙缝，但既然上帝派他们来到了我的身边，我们就好似一群快活的丛林战士,要一起走路,一起承担,也要一起分享。

车越接近马兰古时,不知怎的,我对将要开始的攀登突然有些信心不足了,遥看那高高在上的基博山峰,我的心里开始打鼓,不可想象我竟然来到了这里,我还要去爬上最高处的自由峰顶!那可是接近6000米的高度呀,氧气不到地平面的一半,我又不能像齐天大圣孙猴子那样腾云驾雾,也不能像脚踩风火轮、手握乾坤圈的混世魔童哪吒那样飞身翻越。

我应该来吗?我能到达那里吗?我会中途退缩吗?我会死在路上吗?我偷偷回头看了一眼戈戈,他山葡萄一样黑亮的眼睛也正看着我,好像已看穿了我的心思,我赶紧回头把眼睛闭了一会儿。

再睁开眼时,一车的黑金刚正迫不及待地钻出陆巡,杰夫已把车停在了公园门口的停车场,大家七手八脚卸下了车顶上五花大绑的行李和装备,我们要在登记处登记并称重行李。杰夫把随身背包递给我,祝福我好运,他说5天后见,Pearl,做一个强壮的女孩。我们笑着击了一下掌,他掉转车头回阿鲁沙去了。

22
小费问题
A tipping problem

在丛林环绕的停车场上,好多团队的后勤保障队已在那里待命。乖乖,好家伙,好大的阵势啊,好像一个联合国的部队都来了,忙乱、激动、闹嚷嚷,各种声音、各种语言、各种身影、各种装扮,但有序,自有章法。后勤保障队分为了向导队、厨师队、背夫队,清一色皮肤黑亮的年轻男子,这里的人不管穿的衣服有多么破旧,色彩都能和肤色形成惊人的搭配。我发现后勤保障队里没有一个女子,我突然想到了杰夫说的那个迷信的传说,男人和女人是不能一起上山的,难怪见不着一个黑妹妹。

那如果他们陪伴着世界各地来的女顾客登山,那算不算破戒了呢?!我一看见这新鲜的架势,禁不住就会乱想。

有一个12人的德国登山队,他们不住营地的小木屋,要搭帐篷露营,浩浩荡荡的竟有50多个黑人男子来做后勤服务，各种颜色的装备堆了一地，甚至连用餐的餐桌、靠背椅、遮阳伞、简易厕所、马桶和挂在树枝上的防蚊灯、营地防风灯都有，真腐败呀，好像又回到了黑白电影中的殖民时代。罗斯福总统先生曾带领有250名向导和背夫的狩猎团在非洲长途跋涉了1年，与他们相比，我的6人团队就真的算是毫不起眼的小巫了。好吧，我马上果断地给我的小巫团取了个很酷的名字：King Kong Group——黑金刚团。

一场登山的非洲大片就要上演了！

乞力马扎罗国家公园的管理模式在国际上一直被引为典范，在登山者支付给登山公司5天4夜的马兰古路线费用中，有至少610美元是需要交给公园的，其中包括公园门票为每个成年人每天70美元，途中住宿小木屋每人每夜60美元，由于营地的床位有限，得提前预订。上山救援费每人每趟20美元，所有线路露营每人每夜50美元。在登山旺季时，为保护山地的生态环境及保障各营地的木屋床位、露营场地，每条线路每天都会有进入人数的限定，登山公司会提前向公园提交登山者的名单。

每位登山者，在抵达公园入口处时还要进行登记，包括姓名、国籍、护照号码、年龄、向导姓名、登山公司、进山时间等，最后由本人签名。后来我才知道，每天每到一个营地，我们都得到骑警那里登记，所以管理者对山上有多少人、到了哪一路段、在哪里住，都一清二楚。入口处旁边的灰绿色尖顶小屋前还围了一堆人，我好奇，走近一看，原来是在逐一过磅、称重。为了防止背夫在高海拔超量背负影响健康和安全，管理部门对携带上山的物品重量有着严格规定，背夫搬运的行李不得超过20公斤，当然不包括他们自己的衣物背包，他们会把自己的东西系在背负的行李之外。

在后勤团队里也有严格分工，向导与厨师，都只背自己的随身背包，不负重。山上的物资也不允许用骡子和驮马等牲口运输，在乞力登山是以自给自足的方式进行的，每个团队要自己携带所有的食物、露营设备和登山装备，所到之处，不留任何痕迹。所有带上山的装备，包括炊具、油盐柴米、锅碗瓢盆、煤气罐、当天途中的饮水和其他必备的用品，大包小包全部由背夫来搬运，光一个煤气罐，就有15公斤重。乞力公园为避免登山者乱扔空矿泉水瓶，全程不允许使用常见的小瓶矿泉水，登山队得采购大桶饮水，以便从源头堵住废弃物。如选择住帐篷，还得有专门背帐篷、桌椅、地垫、睡袋的背夫。

也就是说，山上空无一物，也不容许留下一物，一个登山队所有人吃喝拉撒的东西全得靠背夫扛上山，下山时又得悉数搬下来。之前觉得戈戈给我配的4个背夫过于豪华、费钱，一度觉得很惊讶，误解为在"敲诈勒索"客人，现在看来合情合理了。

戈戈不停来往于各个窗口前，办理向导、厨师、背夫的进山手续，除了要登记向导证和背夫证，他们也要缴每人每天2美元的公园门票费。戈戈让我在搭有木棚、木桌椅的休息区等候他，一会儿吉恩会把我的午餐送过来。一个上午也够忙乱的了，我让自己的心境平静下来，躺在了一把灰绿色的长条椅子上。马兰古是最后一处有正常手机信号的地方，我点开手机屏幕一看，逍遥的邮件一下就蹦了出来：

野人，你真去爬山了呀，你将自己生命的每一寸都绽放到了极致，必须赞一个！

我们大约有7个小时的时差，深夜忍不住爬起来，重读了海明威，也重读了你。猪猪，海明威先生肯定是没有去爬过乞力马扎罗的，他书中对乞力的描写都是来自遥望，我想跟你眼前真实走入的乞力相比，一定是有差距的，他不过是借了这座上帝之山的名字而已。他说哈里弥留之际，梦到自己乘坐的小飞机从暴风雨中钻了出来，看到了乞力马扎罗雪山的方形山巅，它就像整个世界那样宽阔无边，在阳光的照耀下显得那么雄伟高大，洁白得令人难以置信，于是他明白了那就是他灵魂要去的地方。

能像海明威那样找到梦想所在的人，找到要去的地方的人，一定都是勇敢无畏的人，了不起的人。想象着此时的你，正在日出的光影里，一步一个脚印向上走着，离自己的梦境越来越近。愿你努力攀爬，也愿你享受美景；愿你仰望星空，也愿你写出每一步的不同凡响。

知你在路途中,不必回复。我心依旧,百年如斯。傻瓜,你走得再远,你还是在我心里。

替我向乞力马扎罗献上一吻。

逍遥及时飞越而来的暖语,给了我一种新的释放,他让我对过往的世界再无牵挂,可以满怀着一腔的激情和虔诚,一路尽情去踏雪沐风看云。昨日的夜雨过后,乞力马扎罗的天空如水洗般湛蓝,一条弯曲的小路通往了密林深处。

我的目光顺势往上扬,瞥见了小路旁两块并列砌在碎石基座中的铜碑,上方是一个白人与一个黑人的侧面浮雕头像。我从长条椅上翻身而起,走近,见到了120多年前第一次爬上峰顶的两个人:

Hans Meyer(1858-1929), German

Mzee Yohani K Lauwo(1871-1996), Tanzanian

1896, Dr. Hans Meyer and Yohani K Lauwo reached summit, 5895m

汉斯·梅耶(1858—1929),德国人

尤哈尼·劳沃(1871—1996),坦桑尼亚人

1896,汉斯·梅耶博士与尤哈尼·劳沃登顶,5895米

非洲有句谚语,如把名字刻在石头上,名字会比石头烂得更快。故这两人的头像和名字是刻在青铜上的。当提及谁是第一个登上基博峰顶峰的人时,人们的普遍反应会是德国地理学家汉斯·梅耶博士,但谁是他的探险向导,谁给他在丛林深处带的路,谁帮助他可以抵达神秘的山顶,却很少有人知晓。这就有点像古丝绸之路的交通路线在中国汉朝就已存在,但直到1877年德国地理学家李希霍芬在国际上首次使用了"丝绸之路"这一名称,瑞典探险家、人文学家斯文·赫定撰写《丝绸之路》一书予以定名,才使"丝绸之路"闻名于世。

其实在欧洲人登顶基博峰成功前的悠长岁月里,肯定已有无数非洲土著到达过基博峰的最高点,比如协同梅耶登顶的查加土著尤哈尼·劳沃,

他说他曾多次爬上那个叫"冷"的顶点。但后人不得不承认的事实是，如果没有梅耶的登顶成功，查加人劳沃亦会像其他非洲土著那样湮没在时间的河流里。而正是他们的协作、登顶成功，才有了乞罗马扎罗今天这样世界级的登山项目，有了如此专业高效的高山协作保障体系，劳沃也成了乞罗马扎罗山现代向导的鼻祖。

在1896年的一天，18岁的劳沃偶然成了一名向导。世居在马兰古村庄的查加人，以采集森林里的蜂蜜、木材、药草为生，他们也是猎人，猎杀大象和黑白疣猴，将象牙和兽皮卖给东海岸来的斯瓦希里商人。在梅耶来到查加人的土地时，劳沃只是一个瘦高个儿的年轻人，但他熟悉森林就像熟悉他的手心、手背。那时德国殖民者要在莫希修一条路，强迫土著去干苦力，劳沃试图逃跑，但被抓住，作为一名逃兵，正在查加酋长曼基（Mangi）的宫殿接受审讯。碰巧的是，梅耶刚抵达宫殿，请求曼基酋长允许他登山，并帮他找向导和背夫。酋长随手指派了年轻力壮的劳沃去做探险队的带路人，两手空空的劳沃裹着一张毯子就出发了。

登山彻底改变了劳沃的一生。后来他有了御寒的衣服和登山装备，他也见过冻死的花豹，尽管他从未读过海明威的书，并不知道这位美国文豪留给世人的一道文学谜题。他成了最有经验、生命力最长的一个向导，他爱这座赐予他力量和勇气的"上帝之山"，为不同的探险队、登山队整整做了70年的向导，直到他老得再也爬不动山为止。在他100岁时，坦桑尼亚政府送了一幢漂亮的木屋给劳沃，涂成了淡紫色和轻粉色，很像每次黎明时分他带队出发时天空的颜色。劳沃和他的两个妻子一直住在乞力山脚下的一幢小屋里，天天都可仰望他爬了数千次的基博峰。最让人惊异的是，劳沃竟然活了100多岁，跨越了一个多世纪的时光。乞力马扎罗让劳沃长命百岁，他简直成了这座不死火山上的一个传奇。

劳沃无疑天生就是属于山的。乞力马扎罗也有了更多像劳沃那样的登山奇才和优秀向导，他们身上的共同点就是关于攀登这座山的荣光与梦想。

2001年，意大利人布鲁诺德（Brunod），以最快速度登上峰顶。他从我站立的海拔1879米的马兰古入口，沿着马兰古路径，一路狂跑上自由峰顶，34公里的山路，只花了5小时38分40秒，每小时的时速达到了6

公里以上，犹如不知疲倦飞奔的角马，而常人通常每小时能走 1~2 公里，那可是海拔垂直上升 4000 米的高度，空气稀薄的高寒地带。随后，来自美国华盛顿的伯奇（Burch），用 5 小时 28 分 48 秒登上了海拔 5895 米的自由峰顶，打破了由布鲁诺德保持了 4 年的前纪录。伯奇是美国超级健身的创始人，他曾无氧登顶过珠峰。

最快上下来回的纪录保持者则是坦桑尼亚莫希镇的向导西蒙·穆图（Simon Mtuy）。2006 年，西蒙沿翁背路线上到峰顶，沿姆维卡路线下来，全程约 70 公里，他只花了令人难以置信的 9 小时 21 分钟，让世人真正见识了黑种人的体能，堪比超人。

8 年之后，2014 年，南美洲的厄瓜多尔人埃格洛夫（Egloff），在同样的上下来回路线上，再次超越，仅用了 6 小时 24 分。2015 年，黑人向导阿巴里奇（Ambaliche），挑战了最难的上下环线，沿马兰古路线上，从姆维卡路线下，全程超过了 70 公里，用了 10 小时 27 分钟……

每天都有来自世界各地的登山者，梦想着在乞力创下他自己一生中的个人纪录或世界纪录。布鲁诺德、伯奇、西蒙、埃格洛夫、阿巴里奇……那些花几小时就跑上而不是爬上顶峰的人，无疑是人猿泰山、蜘蛛侠、金刚狼、黑豹，自然非我等寻常人可比。对于像我一样的普通登山客来说，只要能亲临乞力，5 天、6 天……只要能走一条一生里从未走过的路，无论最后的结果如何，那都将是一段非同寻常的路。

乞力马扎罗国家公园对那些想做登山向导的当地人，也有一套严格的考试制度。所有参与向导资格考试的人，必须经过 1 年时间的培训。考试的要求也越来越高，考英文不说，笔试要考乞力的地质地理、动植物知识和人文历史，以及高山反应的医学知识和急救措施，体能考试更是名目繁多，包括对 6 条路线的熟识程度、步行速度、宿营地特色、登顶方式等，还有高山急救的实作。在车上时，我有意让戈戈把他的向导证掏出来给我瞄一眼，想看一下是真是假，我可不想跟一个冒牌货一起涉险。他递过来的那张光洁的向导证上印着：Full Route Guide——全线向导。

哇哦，他竟然是 6 条线通吃的向导！他得熟悉这片 756 平方公里的地域，这座 97 公里长、64 公里宽的山体。乞力的地域如此之广，山体如此之大，像一个神秘的小宇宙。那里的每一块儿石头、每一条小径、每一种花朵、每一只飞鸟、每一阵疾风、每一次降雪，都如同他的家人一样，他的朋友一般，都是他的熟人。我已经在心里喊着我愿意跟着他走，我已迫不及待想跟着他走了。

中午快 1 点时，吉恩送来了两个午餐袋，是我和戈戈的路餐，每一袋里有一盒果汁水，一只鸡蛋，还有一只冒着热气的烤鸡腿，一只烤香蕉，一个蒸熟的土豆，都用银色的锡箔纸包着，配了一点盐和辣椒粉。纯真什么时候做的，在哪儿做的，我都不知道。登记、过磅的速度是典型的非洲风格，慢得出奇，差不多折腾了两个小时。我先吃了那个又香又软的土豆，比我的巴掌还大，真好吃，我觉得吃一个土豆就已经饱了。吉恩说他们不和我们一起走，要先背着行李到第一个营地曼达拉（Mandara），傍晚时见。

戈戈终于拿着我们的黄色签纸从远处的石阶上走了下来，还是他的风格，不紧不慢，我就没见他奔跑过，着急过。"要激怒一个坦桑尼亚人是颇费力气的。"戈戈如是说，我开始领教乞力人慢的风范，那是他们的一种生活态度。戈戈嘴里对我说着一连串的"sorry，sorry"，对不起！他背起了他自己的蓝色背包，然后拉起我的手，惬意地说：

"Pearl，吞得，走吧！"

他就像一根有力的绳子，一下稳稳地牵住了我，如此自然，一点也没有迟疑，好像要一起去转山转水转来生的信徒，让我觉得安全、放松、可靠、没有压力。他的这一牵手，也改变了我的旅程。

在马兰古门口的黑色大理石碑上，刻着从马兰古到各营地的距离、海拔高度和理想的徒步时间：

Mandara Hut，2720m，8km，3hrs

Horombo Hut，3720m，19km，8hrs

Kibo Hut，4720m，28km，13hrs

Uhuru Peak，5895m，34km，19hrs

Starting Point，Marangu Route，Wishing You a Good Climb

曼达拉营地，海拔 2720 米，8 公里，3 小时
火伦坡营地，海拔 3720 米，19 公里，8 小时
基博营地，海拔 4720 米，28 公里，13 小时
自由峰顶，海拔 5895 米，34 公里，19 小时
此为马兰古路线的起点，祝你爬山愉快

我用手指划了一下每个宿营地的距离，一看自由峰的单边距离是 34 公里，上面写的只需花 19 个小时，立马就呵呵笑了起来。要知道那纯粹是理论数据，对我等菜鸟来说，那简直是阿汤哥的 MI，不可能完成的任务，当然也没包含登山者的脚程快慢、日晒雨淋、疲累、睡觉、生病、高山反应等因素。我知道按我等凡夫的脚程，这段通顶之路是要花上整整 3 天的时间，再加一个夜晚，即到第 4 天凌晨的冲顶，才有可能到达自由峰顶的。我先打预防针，对戈戈说，我会是那个每天最早出发但很可能最晚到达营地的人，我是一只走路特别慢的乌龟、蜗牛，好让他对我的不善走路提早有心理准备，没想到他说了一句：

"Pearl, Pole Pole——珍珠，慢慢来！"他说："山上的含氧量低，你就得慢慢走、慢慢来，才能让自己的身体逐步适应逐渐变化的海拔和气候，在缺氧的环境里给自己一个缓冲的机会。"

我懂他的意思，乞力马扎罗山共有 5 个不同的生态系统，从山下到山顶分别是赤道、雨林、高山、荒漠、覆盖积雪的极地地区。一个普通人是很难在这么短的时间里将身体来个 4000 米的垂直上升的，那等于是一次空前绝后的身体体能的逆袭，还要历经热带雨林带、温带草原带、高山荒漠带、高寒冰川带这 4 级温差的急剧变化，我就得像龟兔赛跑中的那只小乌龟一样，如果像那只冲一阵歇一阵的兔子，肯定会暴毙的，也绝对不会比慢慢走却一直没停过的乌龟快。爬乞力其实不需要登山技术的，也不用攀冰、攀岩，即便是没有受过严格训练的一个徒步者，也同样可以登顶的。攀登乞力被称为是一项最有潜力的冒险行动，这里需要的就是耐力，你的意志力和忍耐力，这是戈戈告诉我的能够在乞力生存的第一原则。

一眨眼我们就过了山门，一条七拐八拐的小径深入密林，此刻，我背

着相机包，已走在穿越茂密的热带丛林的路上。

乞力马扎罗海拔 1800~2800 米的地带是热带雨林地带，它从印度洋吹来的季风中摘取了闪电、紫云，造成雨，雨的身上仿佛披着一整片绿色的森林。雨水顺着多孔的火山岩山坡渗透下来，有了清澈的山泉，鸟鸣的植物园，也有了湖泊。热带雨林被称为世界上最大的药房，有超过 1/4 的现代药物提炼于热带雨林中的植物，尤其是在非洲的乞力。我想乞力一定是世界上最有用的山之一，也最有诗意，上帝已在它周遭画出了一个个美丽的花园，而我正在跟随上帝的脚步前行，生命仿佛也变成了一次奇妙的探秘旅程。

我眼前的这条臂展宽度的小道，完全绕山而行，入口好像是用大砍刀在浓密的森林中辟出的一个入口，铺满了厚厚的落叶，像一床棕红色的麻布毯一样，引诱我踏入了一座巨大的绿色迷宫。地上蔓延的树根爬满了小路，身旁是参天的大树、缠绕的藤萝、繁盛的花草，细碎的光线穿透层层密密的枝叶，跳动在厚厚的苔藓、地衣上，洒在路径上。人一踏入这条松软的赭红泥土的小道，脸上、手杖上便有许多斑驳游离的大小光点，视觉瞬间就被浓密的绿色填满，身体随时都能碰到挂在树枝上的稠密的树挂。我觉得我乍然进入的是爱丽丝梦游的仙境，几乎看不见头顶上的天空，寂静得只听见我和戈戈的脚步声。

这是 100 年前的一条古老的小道，你怎么也想象不到，人们就是通过这样一条隐秘、平凡的小道走上非洲最高点的。想想 31 岁、戴着近视眼镜的梅耶博士和 18 岁的黑小伙劳沃，边用长刀砍着密不见天日的枝蔓藤条，边挥汗如雨开辟出一条上山的险路，我仿佛觉得他们年轻的身影还晃动在那幽深的密林深处。

在乞力马扎罗爬山，和之前在喜马拉雅、阿尔卑斯，其他任何地方爬山，最大的不同是要进入真正的原始森林，这也是在我以前的徒步中从未经历过的。戈戈指给我看，说要想知道进入的森林是否原始，有几个重要的判断因素：第一呢，要有很多自然死亡倒下的树木，有树上生树、叶上长草的奇异景致；第二呢，树林中还要有兰科植物，各种艳丽的花朵；第三呢，要有各类野生动物，食肉的，食草的；最后一条是不受人类的干扰和破坏，无村落，无常住民，无农耕，无人烟。

他弯着他那黑长有力的指头数给我听的每一条，都是我之前隐约有所闻的，但最后一条的"无村落、无人烟"，却让我震了一下。我很难想象如果没有人烟会是怎样的一种情形？我第一次知道乞力马扎罗的确与我之前爬过的喜马拉雅山是有所不同的。

我们一直沿着幽静的丛林小道向上慢慢走，周围的空气润湿，很快皮肤上、发梢上都蒙上了一层细密的水珠，我发现我已完全进入一个从未见过的植物王国，千奇百怪的热带植物也越来越多，每走过一种树，一棵草，一朵花，每看见一只鸟，一种变色龙，或突然跑过小道的"dik-dik"，一种只有犬那么大的非洲最小的羚羊，我都会好奇地停下来，屏住呼吸。我眼前闪过的犬羚动作神速，步伐轻盈，身段优美，像一只小马达，所以叫"dik-dik——迪克迪克"，这种发音也好似一道掠过丛林的悦耳的声音，一种嘀嗒嘀嗒时间在悄悄流过的声音。

迪克迪克大眼流波，它回眸，温柔地看了我一眼，蹦跳进树丛中，眨眼就不见了，走不上几百米肯定会遇上一头顽皮的犬羚。进入丛林，就是不期而遇地跟小动物在一起，愉快地成为它们中的一份子，我随时都在停下来，不停地问戈戈那是什么，不停地拍照，好像一个自然控，一个丛林粉，我甚至也忘了我在爬山，后面还有很长的路要走，太晚了待在丛林里走夜路是很危险的。

血桐、黄色桑、杜松、金鸡纳树、乌木，各种珍稀的林木多得看不过来，与恐龙同时代的古老树蕨像个神秘物体，紫罗兰色的虾脊兰在跳舞，长尾花蜜鸟在扇动着金色的翅羽采蜜，乞力凤仙花张着娇艳的尖嘴巴吮吸着雨露，有点色情，看起来像一个小男孩的小鸡鸡。有一种花型像小酒杯的花朵，在路边伸展着它纤长的花柄，好像一根垂钓者的鱼竿，它天使般的脸庞害羞地低垂着，让你忍不住想抚摸一下它的脸庞，戈戈说它在斯语里有一个极为优美的名字——杯状天使鱼竿（Dierama）。再小的生命在这里都青翠欲滴、活蹦乱跳，好像在对我说以梦为马，随处可栖，每一种花都在讲着我从未听过的故事。

依然有好多是叫不出名字的物种，幸运的是我身旁有一个顶级的全能向导。非洲有一种珍贵古老的乌木（Ebony），戈戈指给我看路过的一片其貌不扬的树林，树身上长有好多枝杈，我真没想到那就是名扬四方、中国古人也特别珍视的黑檀。戈戈说乌木要长 70~100 年才能成材，漫长的生长周期和缓慢的生长速度，让乌木沉重而坚硬，刚剖开它粗糙的白色表皮时，它的木心是深紫色的，密实到几乎看不出年轮，会散发出阵阵幽微的清香，而一旦见到阳光之后，木心的颜色立马就变成了神奇发亮的乌黑色。

　　乌木在非洲是神圣的，如同神木。坦桑尼亚有一个古老的部族叫马孔德（Makonde），他们的祖先是"口衔刻刀来到人世的"，他们善用乌木来做雕刻，战士头像、男人狩猎、少女顶水、艺人击鼓、女人跳舞、狮子捕猎、大象洗澡、角马迁徙，用它做各种生活器具，长柄木勺、水果榨汁器、刻花托盘、烟灰缸、国际象棋、高脚烛台，这些天生的民间艺术家让非洲乌木与马孔德木雕名扬天下，在埃及的法老墓中有用乌木雕刻的法老雕像，在中国文人画士的案几上有乌木百年不烂的笔筒，在维也纳、纽约的新年音乐会上有乌木质感的乐器在发出优美的乐音……此刻，我觉得我身边的这个非洲男人，也好像刚从乌木树上走下来的原始人，在射进密林若隐若现的光线里，浑身都散发着一种只有乌木才有的魅力和美感，让我一路走得愉悦，亦踏实。我突然觉得，我怎么像喜欢一块乌木那样有点喜欢上了戈戈呢？

　　戈戈带着我在厚实的落叶小道上走得正欢，忽然发现头顶上亮闪闪的白光一闪，好几把"白毛刷子"高高坐在大树上，正怀抱着毛发全白的幼猴，用大而忧郁的眼睛看着我们。我终于遇见了非洲以美貌著称的黑白疣猴（Colobus），它和我们的熊猫一样珍贵。它像熊猫一样，有着黑白相间的毛色，背毛和尾毛都长得惊人，犹如披着一条镶银边的黑色大氅，美丽飘逸的尾巴甚至比身体还长，从高高的树枝上垂掉了下来，像女孩子的冉冉裙裾，看起来特别潇洒。疣猴只有修长的四只手指，它的大拇指已退化成了一个突起的小疣，像个小疙瘩，故名 Colobus，意即希腊语中"有残疾的家伙"。正是由于黑白疣猴的毛皮太过漂亮，甚至被豪门望族用来做时装的镶边用，它们在野外常遭到偷猎者的捕杀，和熊猫一样，成了世界十大濒危动物之一，也是东非的国宝。

黑白疣猴几乎不爱下地，拖着长裙式的尾巴只在树枝间做长距离的高难度跳跃，一生都喜欢蹲在树上吃嫩芽和树叶，它们的活动空间越来越小，生存能力越来越弱，数量也越来越少，如同非洲森林中的白月光。戈戈说虽然都生活在植物茂密的热带国度，但山地的疣猴群体身体上的皮毛长度和白色总量，比生活在低地丛林里的疣猴群体有着更长、更厚的皮毛以抵御寒冷。它们与众不同的美，丝滑的长发勾勒出立体的脸颊，优雅中总带着一丝忧郁，不同于任何猴族谜一样的神情，让你看过一眼，便很难忘记。看见黑白疣猴的人，会是有灵性之人，没想到7天后我回到内罗毕时，志愿者组织就派我去到印度洋海边的蒙巴萨黑白疣猴保护营，做了一名国际志愿者。

在乞力爬山，已不仅仅是单纯的爬山，它让我真正见识了这个世界最初的样子。非洲一直少有巨人树，一般不会超过80米高，但2016年在乞力的这片热带森林，却发现了一株81.5米高的桃花心木，它有600多年的树龄了，成了非洲最高的巨人树。在现实生活里，人们把这种树木叫作沙比利或红影木，它红褐色的色泽，在自然光照射下带有闪光感和立体感的漂亮木纹，成了做一张文艺范餐桌或书桌的上好木材。

"真没想到最高最老的树就在这座山上！如果上帝来乞力度假，他一定喜欢睡在这树下。"我惊叹道。

"没有哪一座森林比这里更奇异更古怪了，你会发现所有的动物和植物都那么原始，就像来自人类刚直立行走的远古时期，感觉都还停留在创世纪时的状态一样。"戈戈兴致勃勃说道。我想正是这些美妙绝伦的热带丛林和山地独特的野生动物，才吸引了无数登山者前来探险吧。

在林子中穿行3公里之后，我的眼前豁然开朗，我们走上了一小片开阔的地带。这是一小块公用的午餐营地，Lauwo Picnic Site（劳沃野餐地），用乞力的第一向导劳沃的名字来命名的，有两三张长条木桌、木凳，一个迷你厕所，靠近后我有点小吃惊，有一个登山队正在这里享用"late lunch"，晚午餐。桌子上铺着红黑格子的马赛布，摆满了果酱、蔬菜沙拉、甜点和新鲜的水果，一群瑞典的登山者正在这里边看风景边享用着下午茶，那感觉哪像苦哈哈的爬山嘛，完全是一次舒舒服服的丛林度假，看起来都觉得腐败。

"哇哦，不要大惊小怪了，"戈戈笑盈盈地对我说，"好兵来自好汤，好的面包。"

戈戈说这就是你的登山后勤队能够提供的舒适服务之一，从殖民时期就延续下来的由向导、副向导、厨子、背夫、杂工和贴身服侍组成的庞大队伍随时为客人服务，会给登山者带来更愉悦的心情和更高的登顶率。

我和戈戈远离了这群开心喝茶的人，坐到两块僻静的石头上，打开了我们用纸袋装着的简易路餐。我不喜欢喝盒装的果汁水，吃冷的烤鸡腿，就把它们都推给了戈戈。在连续走了两个多小时的热带丛林之路后，只觉得溽热、疲累，身体好像虚脱了，更不想吃任何冷的油腻的东西。戈戈说我们得补充能量，有体力才能走完下一段路程，他试着说服我，用瑞士军刀帮我把鸡腿划成小块，递到我手上，我还是没有食欲。这时戈戈显得特别智慧，他换了另外一种口吻，说：

"Pearl，乞力马扎罗说，要想爬到山顶，就要一口一口吃东西，一点一点积攒能量。"

每次，当我极度乏力，不想走路或不想吃东西时，戈戈都会来一句"乞力马扎罗说"，他的巧妙，他的机智，他的用心，都让我心生感激。那时头顶上的乞力好像真在看着我，真在对我亲切说话一样，它白雪覆顶，如同神灵，已活了75万年，这时我的身体和意志当然愿意听从于这个圣诞老人的召唤了。

在吃路餐小憩时，我跟戈戈谈到了小费问题，这也是最让中国人伤脑筋的事情，何况还被登山公司有意地打了一半人数的埋伏。我的风格是先把一切说清楚，让一切清晰，然后我就好一身轻、没有负担地走路。我说：

"登山公司说登山时向导的小费每天大约为10美元，厨师和背夫每人每天是5美元，我想知道是每天支付好，还是最后一天一起给为好？"

没想到戈戈的脸色唰地变了，一脸尴尬的神情，我和他相处了两天，从来没有看见他不愉悦过。他声音带着些许的失落，说：

"Pearl，如果你只这样付小费，我们团队也会陪你走下去的。"

什么是"只这样付小费"？一定是哪儿不对劲了，Bug在哪里？我可不想让我的黑金刚们一路不快乐。我快速地向戈戈学习,换了一种思维,一种口吻,诚恳地说:"戈戈,可以告诉我别的登山者是怎样付小费的吗?我没经验,你带了那么多团队,我想听听你的建议。"

坦桑尼亚对我来说依然是一个遥远的国度,乞力马扎罗亦是一个陌生的地方,我从来没有生活在戈戈的生活里,他与他同伴的境况之中,戈戈告诉我的实情也让我大吃了一惊。

在 1963 年肯尼亚独立后,它走上了资本主义道路,但独立后的南部邻邦坦桑尼亚,却选择了另一条发展道路。坦桑尼亚的建国之父尼雷尔,是一位拥有大智慧的大学教师,酷爱蜜桃红葡萄酒,像中国的毛泽东酷爱红烧肉一样,他梦想着创立一种乌贾马社会主义模式,相当于中国 20 世纪 50 年代搞的人民公社、大跃进。尼雷尔这个理想主义者,希望发展非洲的古老村社,在农村建立乌贾马村,将几百万农民集中在一起,共同劳作,互帮互助,以期建立一个没有剥削、没有私有、没有阶级、平等分配的社会。尼雷尔的初衷是非常好的,但他却让坦桑尼亚陷入了另一种经济衰退和贫穷。各种物资短缺,粮食、食油、布匹、燃料、生活用品,甚至连糖都很难买到,这里可是一个出产甘蔗、有着广袤沙色甘蔗田的国度呀。1985 年,尼雷尔辞去了总统职务,坦桑尼亚才像它的邻国肯尼亚一样,走上一条坎坷发展的资本主义道路。

即使是在今天,坦桑尼亚依然是世界上最不发达的农业国家之一,人均 GDP 为 1137 美元。大多数为登山者服务的人,登山公司也只支付他们每次行程的日薪,并没有其他的福利。向导每天 20 美元,厨师 15 美元,背夫 10 美元,但最后结算时,登山公司往往会以低于这个日薪的标准付给他们工钱。没有登山任务时,以及雨季的几个月,他们就没有任何收入。故登山者给予的小费,是他们能够获得的最主要的收入来源,通常登山者与向导沟通后,都会支付给他们与日薪相近的小费。尽管是辛苦的体力活,但在坦桑尼亚这个贫穷的国度,这样的收入已算是相当不错的,因此,能来登山队服务,是一份人人争抢的工作。每天都有许多人带着背夫证与破旧的行李,在登山公司门口等待当背夫的机会,或者去长途车站当"捕蝇草",给登山公司拉来客源。

我没想到那个第二大的登山公司又再次糊弄了我，先是谎报标配的人数，后是低廉到极不人道的小费报价，忽悠我上了路，然后把一堆的难题都留给了我，让我在第一天就陷入一种不明不白的尴尬之中。我更没想到，登山公司只保障了我与向导戈戈的食物，也就是说，在登山的5天里，戈戈可以和我一起吃相同的食物，而其他的5个人，登山公司只支付了15美元的费用，让他们在山下买齐食材。15美元，约100元人民币，5个年轻力壮的小伙子，在山上5天，能吃什么呢？他们只能买够做乌伽里的玉米粉，再加上做咸菜的羽衣甘蓝。

坦桑尼亚的总统尼雷尔原本是一个有境界、有胸怀的贤人，他想在备受殖民掠夺和奴役的非洲建立起一种新的信仰、新的信念，他悲天悯人，希望人人都有饭吃，有衣穿，人人平等。我呢，只想做一个内心质朴、良善的行动派，没有什么大道理可讲，我更喜欢善小而为，力所能及，从身边的小事做起。在小道上总会遇到擦身而过的背夫，他们从水气弥漫的丛林中走来，肩扛、头顶着硕大的包裹，汗水淋漓，相遇时随时都把"Jambo，Mambo（你好，你好吗）"这两句亲切的问候语挂在口上，露出一口白牙向你微笑，热情到让你不好意思，让你心里觉得在这一路无村庄、无人烟的小道上有他们的身影相伴，一定是一次舒坦、无忧无虑的旅途。

每年他们都要在这条登山的小道上默默无闻地来来往往好多趟，直至终结一生，很少有人会提及他们背后的辛酸，低微的待遇，也很少有人知道他们背后的贫穷。我不想亏待我身边的每一个黑兄弟，我很快调整了自己的思维，尽管我也不富有，也大大超出了我的预算，但我还是把我的决定告诉了戈戈。

"我每天会付25美元的小费给你，厨师每天16美元，背夫每人每天12美元，在最后一天一起给，可以吗？"

戈戈几乎是从石头上一跃而起，像个野兽，开心极了，他说："Pearl，你善于改变，善于倾听，善于爱，这将是我们团队得到的最多的一次小费，弟兄们一定也会乐坏了。"

一个向导所带的团队通常也是固定的，向导在出发前要与登山公司签订合同，以确保能够尽心尽责地完成登山任务。那些精壮的小伙子跟着戈戈走了好多年,我当然希望他们跟着我走时也能多带几角散碎的银子回家,能够开开心心地走上几天,直至那个未知的闪闪发光的最高点。

我给予的,是此刻我那颗走在小道上洁净和善的心,也是我可以给出的最好的心意。万物有灵且美,万物刹那又永恒。我为什么不呢?!

在热带雨林酷热的天气里行走,下午山麓的气温有时高达36℃,一个个穿着T恤短裤的徒步者都成了浸泡在汗水中的泪人,实在辛苦。咸湿的汗水不停流进我的眼窝里,把眼睛盐渍得生疼,让我感觉像被海水风渍过的咖啡豆子一样。但当我往更高处望去,有如翠带的山岚赏心悦目,白雪皑皑的山顶在空中盘旋,阳光肆无忌惮地晒在我的脸上,耳旁听着的是呼呼的风声。我可以细腻领会山风正在扫过汗毛的感觉,可以恣意打量蔚蓝色的苍穹,可以沉醉在一切俗事化为乌有的美妙之中,可以忘掉生活中各种不美好不公正的际遇,那时我只会觉得整个身体已与山下的滚滚世俗之流完全脱离了干系,我自己正在成为山峰花草的一份子,这帮和我一起行走的黑兄弟中的一份子,我已成为乞力马扎罗沁人心脾的美景中的一部分。

23
歹徒飞石
Attacked by gangsters with stones

我和戈戈已在密林里走了5个多小时,汗如雨下,我的确是乌龟爬山,先天性心脏不好,体力不好,停息的次数也越来越多。自从抑郁症纠缠上我后,我有1年的时间都没有像这样密集地走过路,我得慢慢恢复身体的各种机能。戈戈早就将我装相机的随身背包放到了他的背包之上,他背着两个叠在一起的背包走,脊背上像小山一样突起了一大坨,好像在眨眼之间就变成了一只特别能在荒漠中生存的单峰骆驼。随后的几天,他再也没有让我背过随身包,只要看见我体力不支时,他都会主动走上前来,取下我身上的背包,码在他自己的背包上,再伸出手,像拉着一个柔弱的孩子那样拉着我走。

转眼之间已是暮色笼罩,雾气弥漫,走在密林里的我们,根本看不出周遭是晴还是阴的，有没有虫豸野兽，我让戈戈再次在小道边停息下来，我们就地坐在泥土上，背包堆放在脚边，我请戈戈靠近我坐着，我觉得累瘫了，感觉混乱，鸟鸣声也消失了，他离我近一点，我会觉得安全，那时整个森林里寂静得好像就只剩下我们两人的呼吸声。

突然，我看见一个巨大的黑影正在向我猛冲过来，我本能地发出了一阵惊恐万分的尖叫，无法抑制的尖叫，双手死死地抓住了戈戈，我在肯尼亚梅鲁可怕的经历再次浮现在了眼前。戈戈发现那个黑影是尼尔，我们的背夫，忙不迭地安慰说：

"Pearl，是尼尔，他是来接我们的。"但我已被吓得魂飞魄散，身体控制不住地开始痉挛。

马赛人尼尔不知道发生了什么事，他为什么会吓得我花容失色、失声尖叫？他手足无措地站在一旁，棕褐色的脸上汗水直往下淌，不知怎样做才好。

戈戈反应很快，他预感到我心里一定有什么伤痛，他给尼尔解释道：

"Pearl 是从内罗毕过来的。"一句知心贴肺的简单话语，一下把我内心的阴影融化。

高瘦的尼尔心领神会，马上把我们放在地上的驼峰样的大背包背在了自己身上。戈戈的身体得到了解放，他背着我的随身包，什么也没说，只是默默伸出了右手臂，紧紧地搂住了我的腰，好让我能够走得省力一点。他第一次在阿鲁沙拉我手时的那种热力感觉又流淌在了我的身体里，像电流一样击打到了我每一根疲倦的神经末梢。尼尔说他们已在曼达拉营地等候多时，发现天色已晚，我和戈戈还未到达，他有点担心，就折返回来接应我们。我一听尼尔是专门跑回来接应我们的，泪水一下就流了出来。

这两个看似粗野的黑人兄弟打动了我内心最柔软、最脆弱的那部分，尤其是这个才见面几个小时的马赛人。他和戈戈驱散了我内心最深处的那块阴影，让我一路上所有的委屈都得到了安抚。

我告诉他们说，在去梅鲁游猎时，我做梦也没想到我遭到了两个歹徒的袭击，事情的发生仅仅在一秒钟的时间里，我和开车的司机拉维（Lavie）根本来不及反应。在肯尼亚东北部的梅鲁国家公园（Meru National Park），较少有旅行团去游猎，但那里有野生母狮爱尔莎与乔伊的传奇。乔伊写了一本书，《小狮子爱尔莎》，这个虐哭无数小学生的故事，也是我幼年时读到的最动人的人与动物的故事。

"小狮子爱尔莎出生才两三天，它的妈妈就死了……"一个谜一样的开头。当我来到非洲时，第一个想去膜拜的地方就是梅鲁，那里有让我感动的儿时记忆，还有一段持续了一生的爱恋。

博物学家、作家乔伊·亚当森（Joy Adamson），原本是出生于奥地利维也纳的一个富家少妇，1937 年 5 月，26 岁的乔伊来到肯尼亚度假，竟迷上了非洲的热带丛林和野生动物。她留在了肯尼亚 43 年，直到 1980 年遭人杀害。金发碧眼的乔伊是个时尚性感的运动型美女，酷爱画画和摄影，曾受肯尼亚政府委托为非洲部族画像并拍摄当地原野风光，并因此而获得了英国皇家园艺学会的金奖。

1942 年圣诞节，一个传奇的男人乔治·亚当森（George Adamson）与乔伊相遇。36 岁的乔治赤裸着上身，棕红色的皮肤上洒满了阳光，他穿着一条破旧不堪的卡其短裤，脚上踩着一双阿富汗凉鞋，右手随时虚握着一把来福枪。乔治是出生于印度的英国人，在肯尼亚度过了青年时代，他是禁猎监督官，在肯尼亚东北部的自然保护区里，建立了世界上第一个保护野生狮子的"狮子营"。乔伊的第一眼就被这个有凌乱长发、整洁的范戴克式胡须，有性感、高傲下巴的野性男人所吸引。虽然那时乔伊已经历过两段婚姻，但她还是毫不犹豫地嫁给了乔治。这个外表亮丽、内心质朴的女人，紧紧追随着乔治，在险恶的灌木丛中照顾野生动物孤儿，一连几个月住在简陋不堪的斯巴达式营地里。

1956 年的一天，一名当地的土著被一头母狮子咬死了，乔治奉命去除掉这只杀人狮。当他打死母狮之后，发现了 3 只刚刚出生仅几天的小狮子，就把它们带回了家。他们把其中较强壮的两只送给了荷兰动物园，把最弱小的一只幼崽留养在家中，取名 Elsa（爱尔莎）。爱尔莎成了乔伊生活中的一部分，她们同吃、同住、同玩，同在非洲荒原的荆棘丛和肯尼亚山的森林中漫步徜徉，形同母女，又似朋友，彼此间的信任和依赖亦与日俱增，幼狮爱尔莎在紧张时和想要寻求安慰时，就会像孩子一样去吮吸乔伊的大拇指。爱尔莎渐渐长大，2岁时已出落成一头漂亮、健壮的母狮，它进入了青春期，开始躁动不安。乔伊不愿意把它送到动物园的兽栏中去过被囚禁的生活，即使再不舍、再难，她还是决定让爱尔莎重返大自然。乔伊觉得任何生命都是生而自由的，都有追求生存、爱情、伴侣、幸福的权利，动物亦如此。

到真正放手时却异常艰难，爱尔莎根本不会捕食。第一次的尝试失败了，同类的吼声使它胆战心惊，无法适应野生世界的爱尔莎瘦骨嶙峋，几乎丧命。随后乔伊在梅鲁保护区安营扎寨，陪爱尔莎生活了3个月，对它进行野化训练，爱尔莎终于在丛林中过上了野生生活，这母女俩一起战胜了生存的考验。有时爱尔莎会站在高高的岩石上远远望着乔伊远去的背影，她们最后选择了分离，却想念。

乔伊放手让爱尔莎离开后，虽然痛苦，但认为值得。因为狮子生来就是自由的，它只能属于荒野。

1年后，爱尔莎突然领着它的3个孩子回到亚当森夫妇的营地，似乎想把它的孩子介绍给他们。它把前爪搭在乔伊的身上，像小时候一样用舌头舔她的脸，吮吸她的大拇指，乔伊也张开双臂紧紧搂抱着爱尔莎。刚开始时，3只幼狮还怯生生地看着这个人类外祖母乔伊，但看到自己的妈咪偎依在乔伊身边时，才放心围到妈咪身边吃奶。爱尔莎把亚当森夫妇看作了自己的养父母，一直到死。狮子的真性情，已不是人类简单的三言两语可以窥尽的。

亚当森夫妇的后半生一直致力于帮助动物重返大自然，他们成功地将收养的花豹潘妮和猎豹佩帕放归大自然，否定了人们以往肤浅的看法，即由人类驯养的大猫、大野兽再也不会被同类所接受，亦无法在野外生存。乔伊一次次证明了自己对动物忠诚的爱，她拿出了写书赚来的全部稿费以维持营地。她与爱尔莎偶然的开头，却意外地收获了史诗般的意义。如今，拯救珍稀动物的方法之一就是进行人工繁殖，然后再把它们送回到大自然中去。人类只需要帮助野生动物重新走到一起，它们就会在野外生存下来，对动物来说，好多求生的本领都源于天性和遗传。

1980年1月4日，69岁的乔伊外出散步时却一去不回，最初传言乔伊是被狮子咬死的，死于她毕生保护的动物之手。保罗·艾凯，营地的一个前黑人雇员，很快便向警局供认是他用短剑杀死了乔伊。他说他这样做，不是因为他在几周前因偷窃被乔伊炒鱿鱼而怀恨在心，而是因为乔伊在支付薪水时诈骗了他50先令。乔伊这个43年来为非洲野生动物事业做出大贡献的女人，没想到遭遇如此不幸，结局实在太悲惨、太让人伤心了。

在接下来的几年里，梅鲁沦为了臭名昭著的盗猎者的巢穴。1989年8月21日，83岁的乔治，一头白发的乔伊的丈夫，传奇的"狮子之父"，同他的两名助手一起被索马里偷猎匪徒枪杀。

亚当森夫妇的死，使一度偷猎现象严重的梅鲁国家公园重新得到重视，在爱尔莎野生动物协会和生而自由基金会的支持下，梅鲁渐渐恢复了生机。乔伊一半的骨灰撒在了她一手带大的猎豹佩帕的墓穴上，另一半的骨灰则撒在了狮子爱尔莎的墓穴上，那里是她与乔治、爱尔莎共同生活过的地方。

梅鲁荒野自有肯尼亚最不为人知的秘密，爱恋、忠诚、传奇和浓郁的忧伤，有海明威小说中的绿色山丘、湍急溪流、河边森林、猴面包树、埃及浆果棕，有电影《生而自由》的野营地，那伸出来的赭红色岩丘，是电影《狮子王》辛巴的荣耀石。铺天盖地的长草和茂密的金合欢花树丛，是长颈羚和弯角大羚羊的栖息地，上百条小溪沿着岸边林地流淌，是大象和珍稀白犀牛愿意待的理想家园，100多只最善于奇袭的花豹也栖息于此。在那里，野生动物常常会给人带来意想不到的惊喜，游猎的陆巡车刚一转弯，你就会发现自己正与一头吓人的大型食草动物面面相觑。梅鲁特有的一种网纹长颈鹿——红褐色的身躯上点缀着显眼的细白色条纹，给人一种相遇"碎石路"的惊艳美感。

梅鲁距离首都内罗毕350公里，至今仍是一个原始的、少有游客拥堵的地方，对于想寻求荒野乐趣的游猎者来说，恐怕很难找到比那儿更合适的远方了，更何况有我自小就崇敬的那对自由的斗士安眠于此。我和肯尼亚九州旅行公司的司机拉维一起出发时，他告诉我说，梅鲁地区的桑布鲁人（Samburu）是比较野蛮的，他们有北部游牧民族凶悍的传统，我们得警惕一点才好。

我随时都把车窗关得严严的，一路颠簸，忍受着狂风卷起的沙尘，前往非洲最令人兴奋的荒原。在快接近梅鲁镇时，有一段狭窄的长上坡路，拉维把车速减慢了下来，我坐在副驾驶位子上，随意手写着拉维告诉我的各种树。他说注意观察的话，哪怕是非洲草原上最醒目的标志金合欢树，也有好多种不同。喜欢阳光的金合欢，花姿极其优美，开花时像一片金黄色的云彩，在草原上散发出新鲜、浓郁的香气，那种甜美的气息会令动物雀跃。尽管它浑身长满了锐利的尖刺，却是素食主义者长颈鹿钟情的美食。我们坐在车上时，从不同的方向看出去，那种有亭亭如盖的宽阔树干，好像一把能遮阴的巨伞可以为树下的动物和赶长路的人遮阴的，当地人就叫它"平顶相思树"。而当风吹过时，没有蚂蚁寄居的尖刺会发出口哨一般悦耳声音的树，他们又叫它"口哨相思树"。但不管它叫什么名字，一树一树的金合欢静默地伫立在地势起伏的荒原上，让整个非洲大陆弥漫出一种遗世而独立的异域气息。

就在我兴致勃勃写下"口哨相思树"这几个字时，路旁浓密的灌木丛里突然冒出了两个人，他们狠命地扔出了一块儿大石头，像击打动物一样，向我们的车子飞砸而来。我只听见一声巨大的爆炸声，我左侧的车窗已经炸裂成一个空框，玻璃碎片哗啦一下飞溅满了我的全身。那一刻，拉维没有停车，而是加大油门狂跑了一段路程，直到没有灌木丛的开阔之地，他才把车停了下来。他跳下车子，迅速地绕过车头，一把拉开了我的车门，焦急地问：

"Pearl，伤到你没有？你能动吗？"

我根本不能动。

我的帽子上、头发上、脸上、双手上、采访本上、衣服上，全是玻璃碎片。热风从空空荡荡的车窗里灌了进来，细碎的玻璃渣子在正午的阳光里闪闪发光，裸露着的皮肤上是一道道细小的血痕。甚至头发丝里、碧玺手链的缝隙里，全都扎着玻璃渣子。那两个歹徒是用石头直接向我的头部砸来的，如果有人受伤了，或者车停了下来，他们就会冲上来抢劫。拉维的机智救了我们，我的习惯也救了我，任何时候我都喜欢戴着帽子，防风防雨防尘防晒，这次防了石头。

拉维一点一点清理着我身上的玻璃渣,他说:"Pearl,你真幸运,脸上依然光洁,没被破相。" 拉维的黑色幽默,让我一下笑出了声,总算侥幸躲过了一劫,我也镇静了下来,说:

"拉维,去找警察局,我们得报警。"

警察局的门口插着迎风飞舞的有盾有长矛的肯尼亚国旗,天空蓝得没有一丝杂质,拉维把陆巡停在院子里去报警,我跳下车时拍了几张破碎车窗的照片。这时一个警卫走了过来,用警棍指着我的相机说:

"你不能在这里拍照,删掉!"

"我拍的是我们的车子,我得给保险公司留证据。"我边说边把片子回放给他看了一眼,没想到他还是不近情理,黑着脸说:"删掉!"

我愤怒到了极点,对他狂吼了过去:"你有没有一点同情心,我们的车都砸成了这样。你还是不是人?你让开,我要见警长。"

我最不喜欢有人用东西指着我,不管他是指着我的身体,还是指着我的相机。我一把挡开了他的警棍,大声嚷道:"我要见警长,要见这里官最大的人!"我怒气冲冲地走过沙地,大步向一扇开着的木门走去。旁边来处理各种交通事故的人很多,他们默默地看着我,没人吱声,但马上闪开了一条通道给我。那个警卫追在我的身后,嘟嘟嚷嚷着。要打架本小姐也不怕了,反正我刚捡了一条命回来,我豁出去了。

警长慢悠悠的,坐在一张简易的木桌后,面带笑容说:"女士,你得息怒,这里是非洲呀!"

是,每次遇到任何情况,不管轻还是重,大还是小,当地人都会很赖皮地来一句:"It's Africa——这是非洲!"好像那是一条非洲亘古不变的生活哲学,无奈、自嘲、忍耐、顺从!不过他的这句话是一次很好的提醒,我不会屈服的,但我得学会自救、调整、顺变、宽解。Pole Pole,慢慢来!事来则应,事去则静,大人大量,胸怀、气度在非洲很重要,心要稳得起。

后来,在读德国汉堡的糕点师、德国最负盛名的探险家内贝格(Nehberg)写的《三人,独舟,鲁道夫湖寻访记》中,才知道他们在探险途中也曾多次被人从灌木丛中投掷石块,也曾担心被石头砸中、不能活着回到德国。他说:"探险就得直面环境与政府的双重较量,熟识当地的各色人种,从虔诚好客的部落到食人族，遭遇各类危险生物，从病毒到昆虫，甚至狮子和鳄鱼。"我想对所有旅行者来说，探险已不仅是一种至关重要的品格训练，它更像是一种发现我们生存能力的极限挑战。

那个警长对我说，那个路段已多次发生袭击事件，歹徒用稠密的灌木丛做掩护。10天前警方刚做了一次扫荡，其中一个歹徒在逃跑时被警枪击中大腿，当场失血过多而死。没想到他们又潜伏了回来，他说警方会再次去巡捕的。

他说有歹徒流血而死时，不知为什么我的心里竟涌出了一股悲悯之感。我说警方还得立一块"危险路段，小心歹徒飞石"的布告牌，警示过往游猎的车辆。我一说出这个想法，自己就先笑了起来。一个打不死的程咬金，我竟然跑到凶悍的梅鲁来当警察了。

我唰唰两下在报案记录上签了字。离开警察局之后，拉维在镇上找了一家修车店装上了车窗玻璃。他犹豫了，问我是否还去梅鲁国家公园，害怕再次遭遇凶险。我说当然去，已跑了300公里，那可是我心中的挚爱，自由精神的所在。乔伊生前曾说过一句话："可怕的不是动物，而是人！"但即使在她最柔弱、最无助的时候，她还是在梅鲁坚持了43年。狮子爱尔莎应该回到可以给它自由的地方去，那我们呢，我们也应该是为自由而生的，不要被人为的不幸所束缚、所影响，乔伊的勇气是足以打动任何一个喜欢来非洲的人的。

不过，在公园入口处，我还是聪明地申请到了一位持枪的骑警来为我们带路，而且免费护驾。

这位女骑警莫莉（Molly）英姿勃勃，来自世界上最善跑的一个种族卡伦津族（Kalenjin）。莫莉身形顾长，笑起来性感、迷人，我突然觉得黑人也长得挺好看的，没有那么可怕了，她也让我见识了从未听说过的非洲另一个神奇的部族。莫莉生长在梅鲁北部一个海拔2400米的贫穷小镇埃藤（Iten），但那里诞生了40多名世界级长跑冠军，其中世界顶尖的100名马拉松跑者，几乎所有人都是卡伦津人，而卡伦津人仅占全球人口的0.06%。

莫莉说埃藤的人，天生就会跑，他们穷得穿不起鞋，从小就是光脚跑，光着脚跑去上学、放牧、顶水、取奶、翻地、跳舞,赤足跑让他们的脚底已好像鞋子一样结实,甚至可以行走在玻璃上而不会受伤,让他们感觉身轻如燕,有韧性,没有束缚,没有重力,而真正的跑步,就是像卡伦津人那样自由的奔跑。一个个的卡伦津人,从埃藤的乡村小道,从山边的一小块红色耕地,跑出了肯尼亚,跑向了世界的运动场。

世界上的运动专家们很好奇为什么是卡伦津人特别善跑,一个有力的说法是卡伦津人过去的一项习俗:偷牲口。他们常常会离家数百公里去抢别人的牲口,在主人能追上他们之前,带着偷来的牲口消失不见,以最快的速度奔逃回家。还有就是源于他们古老的狩猎方式,卡伦津人的祖先甚至能追逐像羚羊那样跑得最快的动物,一直追到那些动物由于身体过热倒毙而亡。在这些危险、刺激的游戏里,只有最强壮、跑得最快的飞毛腿才能存活下来,这种生育与基因上的优势,让他们的后代能成为更优秀的奔跑者。而在各个保护区里,只要看见那些身形健美的骑警,一问,多半是卡伦津人。

莫莉带着我们开着车在灌木丛中穿行,她说去爱尔莎之墓有52公里的路程,她从小就听说过狮子爱尔莎的故事,22岁从警校毕业后就来梅鲁做了骑警,每天都要在870平方公里的地界上巡查一圈,守护亚当森夫妇曾经迷恋的这片土地。她在梅鲁呆了4年,已有了一个2岁的女儿,如果可以,她也会像乔伊一样,一辈子都在梅鲁做个骑警的。

我很喜欢这个寂静的下午与莫莉的相遇,一路有说有笑前往爱尔莎墓地朝圣,她在无形中消除了我对黑种人的无知和偏见,尤其是刚刚经历了一次野蛮的飞石袭击。非洲人会把皮肤比他们白很多的外国人称为 Mzungu(姆祖古),即 White People(白人)。最初,姆祖古是指首先来到这片大陆的欧洲人,后来就泛指所有肤色浅的人。我从来都不知道自己是个"白人",直到我来到非洲时。就算我一直试图给他们解释这个世界上还有黄皮肤,我是黄种人,非洲人也会不厌其烦地称呼你为"姆祖古",或者把女性白人称为"姆沙布"。

我并不喜欢自己被村庄里的小孩子,追着叫姆祖古、姆沙布,就像非洲人不喜欢被称为"土著",他们也不喜欢被称为"Negroes(尼格罗)",

即"黑鬼",他们喜欢被称作"非洲人"。

在卡伦《走出非洲》的扉页,她写道:"如果我会唱非洲的歌,我想唱那长颈鹿,以及洒在它背上的新月;唱那田中犁铧,以及咖啡农淌汗的脸庞。那么非洲会唱我的歌吗?"

是的,肯尼亚已远不止这些优美的非洲牧歌,远不止人与自然的悠悠爱恋,更多的还有人与人的碰撞、冲突,和解与善待。无论我们有多喜欢非洲,长途跋涉去看它的自然、荒原、野生动物,但我们对非洲的人是极端缺乏了解的,每每遇到糟糕的情况时,会本能地认为非洲人是低劣的、未经开化的、野蛮的人,并不是很容易了解或相处的,会在内心深处有一条隐藏的黑白界限,在骨子里有白皮肤人高人一等的优越感。在殖民时期的种族问题上,白种人中就存在着多种派别。"敲脑袋派",是殖民者中的极端分子,主张强硬对待黑种人,绝不手软;"喝茶派呢",这是一个少数派,是社会工作者和知识分子,主张随性、宽待,让黑人自主发展;介乎两者之间温和的"牵手派",则主张慢慢来,一步步给予教育与改善。非洲有句谚语,经历得越多,便发现自己知道得越少。从我最初踏上非洲这片土地,在有意无意之间,我对黑种人是有偏见与恐惧的,我需要像一个牵手派那样,慢慢去接受他们,理解他们,融入非洲并与它迥异的生活悠然合拍。

莫莉来自的卡伦津族,让我想到基因是会决定我们能长多高、跑多快的,决定我们的肤色是黑还是白,以及我们是男还是女。我们不能决定在哪出生、长什么样子、出生环境的优劣,但我们能决定自己如何去面对环境、应对各种际遇,没有哪个基因能决定人的灵魂的。非洲,较之其他大陆,更能给我补上这一课:如果我有一首非洲的歌,它不仅是关于这里的自然与动物的,还有自然与动物唤起的悲悯之心与挚爱,如同梅鲁荒原的爱尔莎与乔伊。非洲人从肉体到血液都是非洲的,但他们在漫游,在起舞,在蜕变,在给你欢娱和痛苦,非洲人也在给你讲各种生命的故事、生存的传奇。

我们的陆巡车掠过了没药灌木丛,一个个小山样的红褐色蚁丘。在干旱的稀树平原上,白蚁高大的蚁丘矗立在地平线上,嶙峋状貌好似哥特风的吸血鬼城堡,很远就能被发现,它俨然成了非洲生物链中一道奇异的景致,一种路标。非洲的蚂蚁能利用几段枯树桩做柴架,用土粒堆起几丈高的土山,这些硬似水泥,不会被天敌、雨水和闪电摧毁,长年屹立不倒的白蚁穴,与城市中的摩天大楼一样,在空旷的非洲原野为我们的车起着"地标"的作用。马赛牧人把它作为行路的路标,好多动物也喜欢利用蚁丘来认路,迁徙的食草动物用蚁丘来辨别方向,五大兽也喜欢在蚁丘上蹭蹭痒,拉屎拉尿,标记一下气味和地盘。一只生有长吻、利爪的土豚,好像一只上了马达的"挖地虎",它抓破厚实的蚁丘后,正在用细长的舌头粘食着四散奔逃的白蚁,好家伙,这种饭量很大的食蚁兽,一天就可以吃掉 5 万只白蚁。

梅鲁下午时分的天气异常炎热、干燥,肯尼亚最大的河流塔纳河(Tana River)泛着棕色的波澜,缓缓流过了杳无人烟的丛林,大象家族在河边嬉戏,长嘴鳄鱼在泥水里懒洋洋地沐浴着日光浴,成群的河马匍匐在河水中解暑。在棕色之水的岸边,掠过层层杂草,爱尔莎的墓终于出现在我眼前,一棵满身绿叶的巨型猴面包树,在为乔伊和爱尔莎无声无息地遮风挡雨。

非洲人叫猴面包树为波巴布树(Baobab),它硕大多汁的果实是黑猩猩、猴子、大象的超级水果。在非洲干旱饥荒时,人们也从猴面包树上挂着的大果实里取出纯奶油一样的白色果肉食用,这种"天然面包"拯救了无数饥民的生命。在热带草原长途跋涉的旅人,从它的树身上砍几刀就可吸水解渴。非洲人认为猴面包树是上帝从天堂的花园里抛到地球上的"倒栽树",也是长生不老的"生命树"。18 世纪法国著名的植物学家阿当松(Adanson)在非洲旅行时,见到了一棵最老的"圣树",它差不多已活了 5500 年。

19 世纪时,深入非洲 3 万里的苏格兰探险家、传教士利文斯通,画出非洲内陆河川、山脉的第一人,第一位进入非洲内陆的医生,终止非洲人被贩卖为奴的关键者,非洲地图上有三十几个地方都用他的名字来命名的探险家。这位"非洲之父",亦将妻子玛丽的骨骸埋葬在了赞比西河畔,在她的坟上种了一株思念的猴面包树。对利文斯通来说,非洲是上帝要他们去的地方,而只要有猴面包树在的地方,就会是他和妻子生生世世的家。

许多非洲人亦把猴面包树视为神木,将这种树视为他们祖先灵魂的栖居之所,猴面包树的花朵开花后转瞬就会凋零,但它粗壮的树枝如手指一般向着天空伸展，树皮上的那些褶皱和印痕里也隐藏着其他的生命。多情的犀鸟喜欢在树的深处筑起巢穴，用黏土将巢穴包围起来，只留下一条小缝隙，雄鸟会一次次地将小虫子和蚂蚁喂给里边的妻子儿女。人们喜欢在它庞大的树荫下祈祷、祭祀、击鼓、跳舞，或相遇、分离、安家、安息，这种承载了数百年生命期待的树本身就是一个世界。莫莉说日暮时她最喜欢和女儿躺在树的下面，这让她觉得特别安宁，除了遮阴庇护，还有一种永世的安宁。

我和莫莉悄然走下了车，在石头垒砌的墓碑上献上了几片新鲜的树叶。阳光落在了芳香的树叶上，那一刻我的心里蔓生出一种宗教油画般的神圣感觉。黑色的花岗石经受着风吹雨打，被水流冲刷成了闪闪发光的样子，乔伊写给非洲的诗，唱给爱尔莎的歌，刻在石头上：

The wind the wind the heavenly child

Is fanning the solitary stone

It strokes and caresses in the moonlit night

And watches over the mysterious deep

The wind the wind the heavenly child

Secrets are the ways

——Elsa's Grave

风呀，风，上天的孩子

吹拂这孤寂之石

在朗月之夜，轻抚爱恋着

凝视那神秘的深处

风呀，风，天国的婴儿

何如这般无踪可寻

——爱尔莎之墓

咦，我觉得耳畔有口哨声在掠过，我的目光向塔纳河的对岸望去，那是一片开着金色花朵的口哨相思树林，一条静谧的小道通往了18公里外的科拉狮子营。虽然乔治与乔伊曾经分居了9年,但妻子的去世对乔治来说打击不小,他几乎与世隔绝,从不离开狮子营。乔治被葬在了他最爱的狮子——爱尔莎的儿子"波伊"的旁边,他赤裸着上身的古铜色身影,一定是循着这条秘密小道,蹚过这条像狮子尾巴般带着透明茶黄色的河流,回到这里来看望她们的。

乔伊与乔治,毫无保留地将他们的生命献给了非洲。我想上帝一定是非常喜爱非洲人的,给了他们这么好的一对保护野生动物的夫妻。人与野兽之间是具有天生的恐惧感的,然而他们彼此的爱战胜了这种恐惧。爱和自由,是每一个生命能够幸福存在的本质,我想它在我的心里,同样恒久不变。

24 曼达拉营地
Mandara Hut

我边走边讲述了我的梅鲁历险记,背包走在前面的尼尔也放慢了脚步,走在了我的右侧,这个马赛人在倾听。戈戈挽起了我的手,像个保镖。他说:

"Pearl,你真的很有勇气,我很感动。我第一眼看见你时,你就笑得如阳光般灿烂,像个天使,一点也不像走了那么远的路、受了那么多苦的人。那些非洲人也是我们的人,我们会做得更好来帮助你的。在这座山上,你再不会感到孤单、感到害怕,我们会一直在你身旁。"

是的,非洲一直都有热情好客的美名,大部分的非洲部落都曾把这视为最高尚的行为和美德,在某些地方甚至是一种神圣的习俗,我当然坚信这一点。

我转头,愉悦地看着身旁的两个黑金刚,他们的身上带有一种静谧、沉静的黑色之美,轻而易举就让我镇静、放松了下来,和这山中美丽的暮色融合在一起。我笑着拍了一下尼尔的大手,把我555冰炫烟拿出来递了两支给他,对他说了一声对不起,为我刚才那种特别恐怖、可怕的尖叫声道了歉。我说:

"尼尔,你明天还来接我,我喜欢有一个马赛战士走在我身边。不过,你不要噌地一下蹦出来,像个野人,那会把我吓得半死的。"

尼尔开心地回了一句:"Pearl, Hakuna Matata(哈库拉 马他他)!"

马赛人有他们自己的马赛语,他说国语斯瓦希里语时,一字一顿的极富节奏感,像只猫头鹰在唱歌,感觉比我说起来时还有呆萌感,和热情直率的马赛人一样可爱。尼尔舍不得抽那两支有薄荷味的淡烟,一直放在他上衣口袋的烟盒里,直到营地时才取出来,走到吸烟区去抽了两口。

以后每天,他一看见我走得死去活来的,就会来一句"哈库拉 马他他",让我不要担忧,给我鼓劲。随后接着一句肯定就是"Pearl, cigarette(香烟)"!他超喜欢那种从未抽过的淡烟,他抽的是味道劲爆的本地烟"Portsman(口岸人)"。他像找人要糖果的孩子一样赖皮,很不好意思地向我要冰炫烟,我好像成了香烟的代名词,一座取之不尽的迷人的烟库。

《狮子王》的第二部是复仇正剧《辛巴的荣耀》,第三部呢,已变成了耍宝喜剧《哈库拉 马他他》。小辛巴的2个难兄难弟,鬼机灵的狐獴丁满(Timon),傻乎乎的疣猪彭彭(Pumbaa),生长在食物链的底层,但3个小盟友有了不离不弃的友谊,它们大声唱着"Hakuna Matata",没问题、不忧虑、不害怕,一路搞笑搞怪,要去草原上为它们自己找一个没有暴力的归属之地。看来拥有朋友的真情是天底下最完美的一件事,没有朋友,就没有旅途的快乐。我现在有了戈戈和尼尔一干伙伴,我想我也会走得丢心大胆,痛并快乐的。

再往前走,高大浓密的树木已被苍翠的杜松替代,天空豁然打开,十几座灰绿色的三角形木屋安静地矗立在草地上,不知不觉我已上到了海拔2720米的曼达拉营地。在骑警的木屋做完登记后,我领到了一把超长的铜钥匙,7号房。木屋前是一截架空的2米长梯步,为了屋子防潮。我的腿已酸痛得抬不起脚,很费力才爬上那湿滑的木质台阶。

戈戈帮我打开了门,尼尔很快就把我的大背包送到了房间里,他是负责每天背我的生活用品大背包的。营地的木屋是按照阿尔卑斯登山风格建造的,全实木结构的闭合式小屋,便于保暖。木屋里用木板搭有4张单人床,错落着排列，铺在地上的两张一左一右靠着木墙，打横的是一高一低的上下铺，每张床上只有一张薄薄的床垫，铺着花布床单，没有枕头，也没有被褥，登山客得用自己的睡袋。木屋的屋顶是波纹状的斜坡顶，兼有墙壁的功能，也利于排水，屋顶上有一块太阳能板用于照明。整个小屋就只有一盏小灯，没有充电的插座，也没有窗户、桌椅，只在门楣的上方留有一扇很小的百叶窗来通风采光，日落的余晖从那里透射进来，微弱地落在了地板上。

戈戈问我要睡哪张床，我选了高低床的上铺。下铺紧贴在地板上，一屁股坐下去后想站起来太困难了，床垫也湿润润的。而要想爬上上铺去也不容易，钉在上下铺之间的简易木梯只有两格，得用点力气才能像猴子一样敏捷地翻身上去。我全身像散架了一样痛，很费了点技术才爬上去。小木屋的空间狭小，但温馨。临时室友，不分国籍、不分男女，统一接受骑警的安排住在一起。不过，如有4个人同时在房间里的话，那就得待在自己的"一亩三分地"床上，否则转身都会有碰撞。

戈戈说我很幸运，此时是小雨季的淡季，今晚就我一人独享这间小屋。我问他不住小屋吗？他说管理处有严格的规定，向导是不能住在登山客的房间里的，除非登山客生病了需要照顾，不过那也需要向骑警提出申请，他和背夫会住在远处一间有大通铺的房间里。我有点失望，夜深人静时，我只能孤独地一个人缩在睡袋里遥望山中的月色了。

我刚在地铺上坐下，脱下徒步鞋，想让肿胀的双脚舒服一下，大眼睛、白牙齿的吉恩就跟进来了，他用一个很小的绿色塑料盆端了一点热水来，放在我面前让我洗手、洗脸。

这是什么待遇呀，在喜马拉雅徒步的150天里，我虽然雇佣了一个向导兼背夫随同，但订房间、打水、点餐、铺床、打包，都得自力更生，靠自己的双手双脚。第一次享受有人伺候，我真的有点受宠若惊，不习惯，脸都红了。这一小盆热水，是用背夫笑背上来的液化气罐烧的，营地不提供任何厨房设备，也不提供饭菜，这就可以理解为什么需要那么一个庞大的后勤团队了。我的皮肤一沾上暖暖的热水，一整天的疲累都得到了缓解，人立马就精神了起来。洗完汗叽叽的手和脸，戈戈说纯真已给我们准备好了晚餐，我们去公用餐室用餐吧。

曼达拉营地不大却设计得完美，分为登山客的木屋区、露营区、卫生区、公用餐室、骑警登记室、向导背夫的住宿区和厨房区是在营地的另一侧。每一幢小木屋都用石头做地基，架空，做工淳朴，厚实的原木涂上了清漆，保持着一种天然的本色。灰绿色的尖屋顶融合在大自然里，在寂静的时空里泛起温柔的涟漪。周围是静静的山林，几只长尾青猴在树上蹦来蹦去，各种肤色的人在木屋里进进出出。凉意渐重、雾气升腾时，朴实小巧的营地就好像一座山神的庇护所，在夜幕里散发出一抹暖暖的温情。

爬上高高的木质楼梯，乍然进入公用餐室时让我吃惊不小，十几张长条木餐桌干净整洁地排列在餐室里，每一个登山团队都有一张自己专属的大餐桌。我们的餐桌上铺着一张金黄色的马赛布，餐布的两边是大斑马带着小斑马迁徙的装饰图案，上面按照西餐用正餐的方式面对面摆放着两套餐具，刀叉、各种勺子、杯盘、餐巾，那是供我和戈戈使用的。餐桌上已摆好了一盘盘的食物，用盖子盖着保温，餐布旁还摆放了一个乌木做的小巧的猎豹烛台。吉恩站在一边谦恭地微笑着，我甫一坐定，他就从一个小小的绿色保温瓶里倒出开水来，泡了一杯暖暖的红茶递在我手上，再点亮了猎豹烛台上的烛光。

我来自一个没有仆从文化的国家，被一个贴身男仆像部落女王一样伺候着，起初我显得非常不好意思。在我读过的一本书上说，在前殖民地的建筑设计上，房宅中一定会有两道门，一道是给主人的门和通道，一道是给佣人的门和通道，主仆进出各走各的门，绝不能混淆。而对男性仆从，无论长幼，皆一律称为"boy"，如同卑贱的半人，无法平等对待的未成年的"男孩"。但我没有这些顾忌，还是请吉恩把戈戈的餐具移到了我这边来，并排靠近我坐着。在我潜意识里，我已习惯戈戈离我很近，随时随地都在我身旁。我饿坏了，双手的动作也很快，刚要自己动手去取食物，戈戈就用温和的眼色制止了我。他说吉恩白天做背夫背包，到了营地之后就是我们的侍者，Waiter！以后几天里端茶送水侍餐都是他，需要拿什么尽管和他说。吉恩笑着点头，他取下了小汤锅上的盖子，先盛了一碗热腾腾的乌伽里汤放在我面前。

一股香味飘溢而出。

在疲惫、饥饿、走了8公里6小时的丛林之路后，有一碗用玉米粉加上奶酪做的热乎乎的暖胃浓汤，真的是莫大的享受呀。何况还有早晨在集市买的新鲜牛肉做的青椒牛肉馅饼，一块金黄色的烤鱼，配有油光铮亮的煎土豆、煎西红柿，一盘混合水果沙拉装在玫瑰木做的木碗里，里面有切成小块的香蕉、橙子、芒果几种多维生素水果，吉恩将剖开的百香果用木质小勺舀了一点出来，浇在了颜色诱人的水果沙拉上。

这是部落女王的晚餐吗？如此丰盛、腐败、浪漫？还有专为我这个中国小女子做的白米饭，而不是配的法式羊角面包，在这个海拔接近3000米、无人类居住的高处。我怎么也想象不到，纯真是怎样在这么短的时间里做出这些美味可口的饭菜来的，山上又没电、没自来水，也没高压锅、电磁炉什么的，厨房里就那罐他表弟笑背上来的液化气罐，一堆看起来破破烂烂的老式的锑锅锑盆。

戈戈见我吃得舒服快意，也很骄傲。"好兵来自好汤！"这是他的口头禅。他说乞力马扎罗国家公园的管理理念完全是按照西方的阿尔卑斯登山式来执行的，它的专业后勤在世界登山界也是闻名遐迩的。无论走哪条线路攀登，无论是露营还是住木屋，无论一人还是多人，都要必备厨师这一项，这个厨师是全程跟着登山团队的，从早到晚服务的。只有提供好的膳食，才能保障有好的体力和更高的登顶率。我原以为我是来爬山吃苦冒险的，结果像活在海明威的小说或殖民时期的黑白电影里一样，处处有人照拂。

吉恩是住在梅鲁山的查加人，那座坦桑尼亚第二高的活火山，曾在100年前突然很可怕地爆发了一次，死伤无数人。吉恩戴着一顶白色的毛线帽子，护住他光光的椭圆形脑袋保暖，铅灰色的短袖T恤套穿在长袖棉毛衫之外。山间夜晚寒深露重，木屋又不能烧火取暖，只有几盏用太阳能板发电的微弱电灯，我已穿上了Jeep连帽卫衣再加冲锋衣御寒，可衣衫单薄的吉恩在餐室里活力四射，一点儿也没觉得冷的样子，他不断把热汤热水递给我，动作轻柔、细致，任何时候都带着温和的笑。吉恩不怎么能说英语，但他的微笑实在太迷人了，一种发自内心的朴实亲切的笑。我说："吉恩，我太喜欢你的微笑了，你让我多吃了好多东西。"戈戈特别得意，他说他带领的每个登山团队的人，都喜欢吉恩的笑，吉恩的服务。他们都不叫吉恩的名字，而是直接叫他"Smiling Man（微笑先生）"。

我是当天最晚到达营地的慢客，偌大的餐室里早就没有其他登山团队的人影了。戈戈说登山旺季时，连餐室的阁楼上都会住满人，我不可想象几百人拥挤在营地里是怎样的一种喧闹。我很庆幸选择了淡季来登山，我和戈戈能在朦胧的灯影里独享着山中的静谧和幽美，身旁还有一个人见人爱的"微笑先生"，真是太舒服了！

"你们用过晚餐了吗？"我关切地问吉恩。

"没有，没有，等你们用完之后，我们会在厨房吃的。"吉恩连笑带比划说道。

我觉得很愧疚，走得慢，连带一帮青壮汉子全都饿着肚子等着我，而且厨师和背夫一律不允许在登山者的餐室里用餐的，等级森严。想着登山公司给他们的食物配给又是那么少，5天统共才买了15美元的食物，心里不免酸酸的。我让吉恩拿了一只干净的空盘子过来，把每一样食物都拨了一半在盘子里，让吉恩端到厨房去。我吃不了这么多，也免得把食物搞脏浪费了。能够和他们分享哪怕只是一点食物，我也会心欢的。吃水果沙拉时，我把剖开的百香果，非洲人叫激情果，拿了一半放在吉恩的手心上，请他放在沙拉里享用。

"太谢谢了，Pearl！"吉恩说话时，像个少年一样腼腆、羞涩，他拉下了扣在头上的白色毛线帽子，一张脸笑得更眉清目朗。我很喜欢在山中的第一夜，和我的向导、背夫一起分享了令人难忘的激情果。这种外表看起来皱皱的、丑丑的，只有鸡蛋大小的非洲水果之王，在吃过之后是会让人满身喜悦、眉飞色舞的。它散发出一种浓郁又持久的香气，在我的唇齿之间，在我沐浴着月色的光洁的脸上，而我对这座山的迷恋和对身边人的喜爱之情，也真像小小的百香果一样，滋味越来越浓厚。

从餐室回到我的7号房，吉恩送来了一杯漱口水、一小瓶装在绿色保温瓶里的开水，对我道了一声"吾思库 慰玛——晚安"！我已能听懂一些日常的斯瓦希里语，在海拔高的地方，由于缺氧、沸点低，要把水烧开是很不容易的一件事情，而中国人的习惯是到哪儿都喜欢用热水，对热水的渴望比对食物的渴望还强烈。我把这瓶金贵的热水倒在我的折叠小盆里，简单擦洗了一下身子，再将就盆里的剩水泡了个脚。身体有了些微的暖意，我爬上了悬在半空中的上铺，迅速缩进了窄小的羽绒睡袋里。

营地的周围杜松环绕，在静夜里散发出一股奇异的清凉味道。《圣经》中曾提及杜松有补给疲惫心灵的效果，精疲力竭的伊莱贾王倒卧在一棵杜松树下，恢复了神智和体力。我双手合十在胸前，仰头望着射进百叶窗的微光，对头顶上的赤道雪峰道了一声"吾思库 慰玛"！

乞力马扎罗，我来了，我终于触摸到了你。天空中的母亲，太平洋海岸的逍遥，鼓浪屿浪涛中的轮渡，写作营青色山峦里的书桌，1年抑郁怪兽的折磨，1万公里的洲际飞行，每一天放开脚步的长途跋涉，每一种不期而至的冒险历程，有些人，有些爱，虽已在时间里遍布沧桑，饱经磨难，却从未在我心里走远，也从未在我身上停息。我终于穿过了流逝的过往岁月，又重新回到了这个浩瀚的世界，天地中间是橡树、柏树、杜松，净化的植物，还有雨、雪、风与露水。我终于可以躺在草地上傻笑，可以在洁净的夜色里呼吸，可以在碎钻样的星空下睡去。

想念一个人久了，一定会重逢；向往一座山峰久了，一定会再次相遇，无论他身在哪里，无论它的距离有多远。乞力，请以你的名字呼唤我，请你慈悲，接纳我，请你包容，抱紧我。

曼达拉营地清冽的月色，安适，静宁，包裹住了一个个跋山涉水而来的疲惫身体。

戈戈伸出手,拉住了我戴着冰冷手套的手。"珍贵的雨是非洲的祝福,Pearl,你知道吗?干旱才是非洲的魔咒。非洲的人,非洲的土地,非洲的动物、植物,都喜欢雨。"

海明威曾认定这座山是忧伤的,带着眼泪,带着死亡,他把一只孤独、执着又有梦想的豹子写死在了山顶。其实在每个人的心中都住着这样一头豹子,有些天性天生就是高贵、高傲、高远、高耸的,它需要的是不屈服的意志。我想那也是我身体与精神最终向往抵达的一种高度。

Chapter 7

蓝色的 40 道阴影
Forty Blue Shadows

25
旺基部落
Wanji tribe

佛说睡前忘掉一切，醒来便是重生。第二天从小木屋里钻出来，日出的霞光已漫射进营地，缕缕炊烟在厨房的屋顶升起，各支登山队的厨师们已开始起灶做早餐了。我站在沾满露珠的草地上拍了几张营地日出的照片，一只长尾青猴吃完了它的早餐，果实和树叶，还有黏糊糊的蜗牛，正安静地坐在一棵杜松的树顶上，它的眼光跟我一样，看着日出的方向，让清晨的阳光烘烤着因寒夜而冻僵了的黑瘦身子。

吉恩顾长的身影出现在了我的镜头里，他还是戴着那顶白色的毛线帽子，手上的托盘里放着一壶冒着热气的咖啡。他逆着光向我走来，黑亮亮的脸上沐浴着日出时最柔美的光线。

"Za Asubuhi，Pearl，请用咖啡。"吉恩用他的招牌微笑向我道了一声斯语的早安，送来了清晨的第一杯起床咖啡。

在太阳鸟的鸣叫声中醒来，在松鼠轻盈跳跃的身影中醒来，在乞力马扎罗咖啡的香气中醒来，大地在升腾，霞光流泻，映射在眼中的日出是那样的令人兴奋。戈戈罗曼蒂克，他让吉恩把早餐摆放在了餐室外的开敞露台上，面朝起伏的山峦，一大片葱茏的杜松林，我们共享着从一只长柄锡壶里倒出来的暖热咖啡。我对昨日走过的热带丛林、奇花异卉、大山、小路，路遇的迪克迪克、白毛刷子，意犹未尽，我很想知道今天的乞力又将以何种面貌示人。

"戈戈，今天爬乞力会很难吗？"不善走远路的人，总是心里没底，我喝着香浓的咖啡有点胆怯地问。

"Pearl，你今天看起来真帅气，像个丛林战士，你会越走越喜欢、越走越强壮的。"戈戈在我的暖手杯里再添了一点咖啡，一脸赞许的表情。我已换上了我的 Jeep 连帽衫、速干裤，戴着哈雷摩托帽，帽子上有一颗红五星，一副跃跃欲试、轻装前进的样子。戈戈一眼就发现了我的变化，他喜欢看着我的身体已做好准备来适应这座王者之山。

铺着金色马赛布的简易餐桌上摆着香软的香蕉派、烤土司、煎鸡蛋、香煎培根，4个小壶里分别装着牛奶、咖啡、红茶和热水，蜂蜜罐、奶酪罐、番茄酱、苹果酱、蓝莓酱，各种色彩的瓶瓶罐罐在晨曦里发着诱人的金光。戈戈边吃边拿起了餐桌上的蜂蜜罐、番茄酱瓶子、蓝莓酱罐子，他说这些分别代表我们今天要爬的3个高点，在餐桌上摆了一个简易的地形图给我看。从今早海拔2720米的曼达拉营地出发，通过海拔3200米的蒙蒂火山口（Maundi Crater），到达今晚海拔3720米的火伦坡营地（Horombo Hut）。这11公里的路程，海拔整整上升了1000米，常人的步行时间是5小时，他预计我会走上8~10个小时，因为昨天他已见识了我的乌龟速度、拖沓、四处拍照、还耍赖。我们将告别溽热的热带雨林地带，进入温带的半高山地带，那里会有另一个我从未见过的植物王国，开阔的欧石楠荒原，各式各样的野花。

"会有狮子、鬣狗、花豹、猎豹吗？我可不想徒步的时候遇见任何食肉动物。"

"不会的，海拔太高了，已没有多少野生动物能在这个地带居住。"戈戈把香煎的培根肉递过来，让我多吃两小块，他说一旦上路后，只有吃冰冷的路餐了。

"海明威先生可写了一只花豹死在山顶的。我不相信山上没大动物。"

他笑着回答："偶尔会有香猫、树猫这样的捕食者，但它们躲藏在灌木丛里，你看不见的，它们特别机警。Pearl，你会有新朋友与你同行的，各种大鸟、渡鸦、秃鹳、黑白兀鹫，它们就在你头顶上的天空里飞行。"

"哦，杂食动物，什么都吃。我可不想成为这些死亡天使的盘中餐，我会好好活着的。"

戈戈眨着狡黠的眼睛，逗我，我也不甘示弱地回应着他，把他手中的蜂蜜罐拿了过来，舀了一大勺乞力马扎罗的野生蜂蜜放进泡金骏眉的水壶里。我已准备好了我今天的蜂蜜能量茶水，就等我的高山向导一声令下，"Twende——吞得"，离开让我睡得酣甜的蜂蜜之地曼达拉，带我爬上高高的番茄酱火山口蒙蒂，直到有迷人光泽的蓝莓酱宿营地火伦坡。我点姊妹糖指着那些瓶瓶罐罐，我喜欢戈戈灵巧地用甜蜜的罐子来摆的地形图，给了我一种睿智又趣味横生的诱惑力。

戈戈让我多喝一点火山土孕育的咖啡，说能强身健体，对我走路也有好处。他说聪明的狒狒常会跑来袭扰咖啡园，一夜就能破坏掉一大片，它们居然还知道吃了酱红色的咖啡果会有一种飘飘然的感觉，经常偷吃到飘飘然，再飘逸着一头蓬松的毛发跑掉。戈戈将他2升的水壶灌满了开水，再装了一小壶咖啡，一并装进了他的背包里。

"你知道吗？Pearl，查加人除了自己喝咖啡，还会将掺入了玉米和盐的咖啡专门拿给牲口喝，咖啡能强身健体，对牲口也很有用的。"戈戈把背包抛上了身，弯腰检查了一下我双膝上的护腿。他笑盈盈地把岩虾红的登山杖递给我，对我说了一句黑色幽默的出发语：

"Twende，Pony——走吧，小马驹！"

第一次听说非洲人竟然还会给动物喝咖啡的！好家伙，这个山地男子真把我当成能够走远路的牲口了，不管是驴子还是马，我今天都得走给他看看。

一走出杜松环绕的曼达拉营地，我们就钻出了苍翠的密林，热带丛林在2800米的地带戛然而止，只剩下些许缠绕着乱蓬蓬树挂的矮树，扑面而来的是一大片一望无际的羊茅草草甸，视野豁然开阔。再没有葱葱郁郁的参天大树的庇护，我们从斑驳、阴森的树影中解放了出来，直接走在了暖洋洋的阳光里，密密实实的金色的草甸里，一条未经修缮的小路在齐腰高的草甸中向上延伸，小路两边偶尔被人码上了几段木条，以防踩滑，那就算是徒步的步道了。越野跑者最爱这种松软的土路，我们无遮无拦，一身轻爽地步入了矮矮的灌木丛和成片的高山花海里。

我的眼前是一片欧石楠灌木的荒原，连绵起伏了好几公里长的路程，它夹杂在深绿浅绿的幽谷里，像一道夏天的绿色涟漪荡漾开来，朝远方铺天盖地而去。在这一高度的所有山坡、山肩和山脊里，都是最具标志性的植物欧石楠，戈戈说这是乞力的6条登山线路里，他最喜欢走的一个地方，欧石楠自带有一种孤独的力量，绵延盛开的倔强力量，每次经过时，他都会觉得特别美好，这会让他想起他在高山上度过的一生，他对乞力马扎罗山生生不息的爱恋。欧石楠在火山岩中生长得最为茂盛，它的生命也因此融入了大山里，成了乞力马扎罗山不可或缺的组成部分。

"我经常看着这一片荒原发呆，看着看着，就会发现一种辽远之极又归于寂静的美。孤独时人总能从大自然身上学到很多。"戈戈边说边在我的小本上写下了欧石楠的英文名，Erica——艾莉卡，他又补充了几个字：孤独顽强的花。

刚开始，我并不知道那就是诗歌、小说里经常咏叹的Erica（欧石楠）。莎士比亚戏剧中的麦克白将军，在长满欧石楠的荒野上听到了魔女的预言。勃朗特的小说《呼啸山庄》里，黑皮肤的吉卜赛弃儿、孤独的男主角希刺克利夫，就葬身在开满了欧石楠的荒野上，他携着庄园主女儿凯瑟琳的手，在空旷中奔驰，将他所有的爱、所有的恨、所有的依恋，化成了一阵呼啸的狂风，掠过了紫色的原野……

戈戈清楚写下Erica时，我才知道艾莉卡的原意指的就是荒野。在乞力马扎罗的心腹地带，这种不怕冷的寒带小灌木，是一种在恶劣的环境中也能勇敢生长的植物。它的枝叶又细又小，干枯刺手，好似忧郁而苍老的深褐色海盗旗，一不小心就勾扯在了我们的裤腿上，让我们要费一点劲才能拔出腿来。欧石楠像它的名字一样，特能忍受酷寒和狂风的来袭，无所畏惧地开出袖珍的花朵来。每一朵花都是铃形的，玲珑无比，像满天星一样盛放在荆棘丛生的旷野上、荒凉孤寂的幽谷里，为我们一路走过的荒原带来了生机勃勃的浪漫气息。

"Pearl，马赛人叫它'勇敢之花'，我们旺基人叫它'山中薄雾'。"戈戈拉扯着我，回头对我说道。

"每一种名字都好听，你们旺基人叫它的名字最好听。"我在绿得让人发晕的灌木丛中走得跌跌撞撞，不过我也真心喜欢上了这些一路上抓扯着我们的手呀、脚呀的小妖精。我享受着大腿、小腿、脚底还有双手被荒野之花触摸的感觉，整个身体走起路的节奏也变得柔软起来。

乞力马扎罗荒凉的欧石楠荒野，随着山势的高低起起伏伏，我跟随着戈戈盘旋着，像两只山鹰一样向那片"山中薄雾"的深处飞去，我感觉希刺克利夫携着凯瑟琳的魂灵遨游在荒原之中，我带着一颗马赛人的勇敢之心融进了荒原里。那深深浅浅的绿色，时而带幽深的蓝，甚至还有泛着亮亮银光的紫。我觉得自己就快要被一场葱茏的梦境淹没了，如果你亲眼目睹了那种壮阔、寂寥的荒野，前无古人后无来者，周围没有一个人影，你就可以明白在一个人的内心里，真正的孤独和勇敢是什么了，就会明白戈戈说的从孤寂的自然中所学到的东西。

我的眼前闪现出了在英国豪渥斯一个苦寒又单调的山区里，陪伴勃朗特三姐妹成长的唯有茫茫的旷野，开着欧石楠花的沼泽地和堆积在牧师父亲起居室里的藏书。只活了38岁的长姐夏洛蒂写下了《简·爱》，30岁的艾米莉留下了《呼啸山庄》，而年纪最小的妹妹安妮病逝时仅29岁，她留下了一部《女房客》，那荒原的气息在扑面而来，她们的面孔隐藏在了书后，银色的薄雾里，唯有文字在永不衰朽。

"戈戈，可以告诉我你的旺基（Wanji）部落吗？你们竟然会给花取那么浪漫的名字。"

逮着清晨这个美不胜收、走路还不特别费劲的机会，我问起了戈戈的来历。

戈戈说旺基其实是一个很小的部族，只有5万人，居住在坦桑尼亚的西部，紧靠赞比亚的边境地带，那里有一条探险家利文斯通发现并用他的名字来命名的山脉——利文斯通山脉，旺基人却叫它"凯朋盖莱山脉（Kipengele Range）"。旺基人好客、质朴、勇敢，特别擅长狩猎和爬山，紧挨着一个强大的部族金加族（Kinga），很容易被误认为是性格彪悍、体魄强壮的金加人。他们和金加人一样，是世界上肤色最深的民族之一，但他们在饮食、装扮、跳舞、说话、宗教仪式上都有自己的传统和习俗，旺基人喜欢披着毯子、吹着口哨跳舞，有点像马赛人，但他们用竹做的各种乐器非常迷人。他们的传统食物是用一种生长在地下的植物根茎加上牛奶做的天然面包，全手工的，不用机器，类似于木薯面包。他们用玉米来酿一种啤酒,叫"komoni",把一节节空心树干用皮绳挂在枝桠上,那是为采野蜜而吸引蜜蜂来做蜂巢用的,还用竹子来榨汁、做饮料,好喝极了。

在戈戈说到用竹子做的竹笛、竹哨还有喝竹子上的露水、榨汁等等时,我一下想起我写过的喜马拉雅山上的一个拉伊部族,他们可以用竹子来做57种生活用具,包括你想象不到的捕鼠器、储水器和一把在萨满教降神会中使用的刷子。也就是说,旺基部落还处于创世传说中的丛林时代呀,难怪戈戈身手敏捷,从见面的第一刻他在车海人流中牢牢抓住我手时就感觉不一样。他身上有所有动物的灵气,他像我们小时候看过的片子《人猿泰山》中的泰山一样,从大自然中学到严酷而友爱的生存法则,并用自己的各种丛林直觉和智慧,保护身边的女人,一切的相遇真是太让人惊异了!

戈戈说他父亲是部族酋长众多孩子中的一个,曾在以前的首都达累斯萨拉姆(Dares Salaam)受过很好的英式师范教育,回来后办起了一所小学,周围7个村落有300多个孩子在那里上学,但他们只有7个老师、4个本地老师、3个来自其他国家的志愿者老师。他做小学校长的父亲像其他部族的非洲男人一样,娶有3个妻子,共有15个孩子。戈戈的母亲是第一个妻子,生有5个孩子,他是最小的那个儿子。

在非洲人的传统习俗里,拥有众多的孩子,才能保证部族兴旺、人丁兴旺、土地兴旺。这种抚育孩子的方式只有在有另一个或多个女人作为妻子来操持家务和种植农作物的情况下,才有可能。他的3个母亲轮流照顾着不断出生的孩子,种地、放牧、捕鱼、挖野菜、采浆果、割野蜂蜜、做农活、做家务,不分彼此,他们的大家庭很和睦、温暖,但他们还是非常贫穷,整个坦桑尼亚都很贫穷。

父亲在50岁时积劳成疾,病逝了,要负担那么一大家的孩子都能吃得上饭,读得起书,他是累死的。"坦桑尼亚男人的平均寿命才55岁,Pearl,你能想象得到吗?"说起坦桑尼亚男人的命,戈戈突然变得伤感起来。

"你结婚了吗?也会娶好多个妻子吗?"我对身边的这个旺基壮汉充满了爱怜和同情。

"我有一个未婚妻,她是个马赛女孩,在小学做老师,我们快结婚了。我当然只娶一个妻子,只要两个孩子就足够了。"戈戈说起他的新式婚姻,连眼角都带着微笑，仿佛反射出非洲的阳光。他说以前为了减轻每个人肩上的重担，家里就得多几个女人和小孩，所以在非洲，一个男人娶几个妻子是很常见的。但现在，世界变了，他们的婚姻、境况也有了很大的改变。

戈戈在9岁时就学会了爬山。一个来自加拿大的志愿者老师摩尔（Moore），强壮、风趣，有丰富的阅历，那是他见到的第一个白人老师。摩尔来自北美最大的落基山脉，他带领着孩子们每天走1公里的路，头顶水罐去取洁净的山泉水回学校饮用。教孩子们辨识山中的每一种植物，开花的，药用的，可食用的。旺基部落紧挨着基图罗国家公园（Kitulo National Park），植物学家把那里称为"塞伦盖蒂之花"，意思是"上帝的花园"。各种淡紫色的、粉红色的欧石楠开在南部高地之间的马坎巴科峡谷里，连绵起伏的山脉里，远远望去就像一片片升腾而起的紫色云雾，所以他们就直接叫欧石楠为"山中薄雾"。那里有大片大片蓝花楹成荫的林地，热闹的集市，散居的村落，全都笼罩在姆贝亚山峰的云影下，美丽极了。

他们在有波纹铁皮屋顶的教室里读书，由于缺钱，教室只盖了屋顶和墙，窗户空荡荡的，没有门也没有灯，光线自由地穿过矮窗，夹杂着尘埃在教室里拉出一条条美丽的光柱。时常有不怕人的秃鹫扑扇着翅膀落下来，在波纹铁皮屋顶上来回走动，发出一阵哐啷哐啷的响声，好像要和他们一起比赛琅琅的读书声。一旦到了雨季，雨水就会灌进教室里来，"啪啪啪"的雨声会把人吵疯了。教室里只有一块黑板和很少的几张课桌，孩子们得自己搬凳子去上学，但戈戈说他最喜欢的还是去上学。下午放学后，他还得走远路去帮兄长们把牛羊赶回围栏，暮色里充溢着的是牛羊欢快的哞哞咩咩叫声和男孩子们短促快乐的口哨声。

摩尔老师教孩子们用树枝在地面上画出走过的山路，描摹一下他们爬山涉水的轨迹。这位喜欢登山的退休英语老师，一辈子都在世界各地爬山，他给孩子们看了他攀登麦金利峰和喜马拉雅山时拍摄的黑白照片。戈戈禁不住想人类竟能登上这些最高的山，简直太不可思议了。正是摩尔的山峰世界，在年幼的戈戈心中埋下对高度的热情。

戈戈说从教室没有装玻璃的木条窗户里，可以眺望到远方青色的山峰，山顶的积雪，美丽的山景随时随刻都弥漫着一种伊甸园般的神秘感和诱惑力,那时他告诉摩尔,他长大了想去做一种人,一个能走远路的人——高山向导,像一个传福音的教士或传知识的志愿者那样,用一颗虔诚的心去接触每一天遇到的人,带领那些不远千里来到坦桑尼亚的人,去爬那些奇妙的火山口之上的雪山,去上帝的花园里留下一个最美的印迹。

18岁高中毕业时,父亲早已离世,家里没钱让他上大学,戈戈就和同伴背着一个小背包走路去到了姆贝亚(Mbeya),姆贝亚是坦桑尼亚西部边境的重镇,也是坦赞铁路要途经的一个大站。火车的车牌在这里会将坦桑尼亚风格的绿色山峰"乞力马扎罗号"更换为赞比亚风格的金色铜矿"姆库巴号"。坦赞铁路每周只运行两趟客车,一趟快车,一趟慢车,每一个车站如同微缩版的中国火车站,车厢是上了年纪的中国人都很熟悉的老式中国绿皮车。戈戈与同伴挤坐在三等车厢的硬座上,车厢里又吵又暗,烟尘从半敞开的玻璃窗户吹了进来,散发着呛人的煤烟味和泥土的味道。他们坐了两天一夜,彻夜倾听着火车"咣当咣当"的声音,沿着中国人几十年前援建的有1860公里长的坦赞铁路,从西到东,一路摇摇晃晃,穿越坦桑尼亚大部分的高山、湖泊、荒野、平原,由产自中国的"东方红"火车头拉到了东边的海滨城市达累斯萨拉姆。

那是来自大山的一个男孩子第一次离开家乡坐上火车。坦赞铁路由于起伏多变的地形,用的是宽度仅为1.067米的窄轨,这种铁轨由于太短,在接缝处极易磨损,这让车轮敲击铁轨的声音显得尤为尖锐、刺耳,每到两根铁轨接缝处,车轮就会发出有节奏的哐啷哐啷的摇摆声,有时慢得几乎停止,然后突然剧烈颠簸一下又向前驶去。这种响亮的敲击声,和一个年轻男孩初次出门旅行的兴奋劲,还有急切想去到远方的甜蜜、焦灼心情紧紧黏在了一起。

达累斯萨拉姆是坦桑尼亚最大的城市,一度曾是独立后的坦桑尼亚首都。它坐落在蓝色印度洋岸边的一个小海湾里,在阿拉伯语中是"和平之港"。一条林木成荫的大街从东到西横贯了市中心,街道的名字就叫自由大街(Uhuru St.)。沿着自由大街,一直走到海边的尽头,就是港湾的地标建筑"独立广场",坦赞铁路的又一名字"自由之路(Uhuru Railway)"的起点。

"那是我第一次知道大洋之外还有一个很大的国家,他们能把铁山一样重的火车头、铁轨海运到坦桑尼亚来。"戈戈说得惬意，还瞟了我两眼。

"谁想领略最地道的非洲风情，那就千万不能错过达市。"戈戈含情脉脉，回忆像一束光，在他深邃的眼中闪现。他说那座印度洋海岸古老的港口城市，也是非洲最大的集市之一，不仅仅是各种三桅帆船、远洋货轮的交易场所，更是各色人等汇聚的集会场所，以前还曾是贩卖黑人奴隶的场所，一个上演着各种生活的巨大舞台。每天清晨6点，集市在曙光乍现中开市，繁杂的色彩、喧嚣的声音和浓烈的海风气味，会令每一个初来乍到者终身难忘。那里有环球旅行家、上流人士、冒险家、白人庄园主，也有原住民、士兵、水手、石油工人、商贩，还有囚犯、警察、流浪者、乞丐、麻风病人，有基督教徒的尖顶教堂和音乐厅，也有穆斯林信徒的穹顶清真寺和祭坛，还有形形色色前来这座最具吸引力的滨海之地谋生的各种肤色的年轻人，他们带着像热带风暴那样的新鲜血液和面孔。当然，这里还是小偷的集散地，不法警察敲诈勒索之地。

站在"自由之路"起点的戈戈，在集市里做过最底层的体力劳动者——脚夫、码头搬运工、维修铁路工，还做过美发店的理发师、货船上的水手、三桅帆船上的舵夫、旅游船上的向导。集市上的噪音、酷热、灰尘和气味，海洋上的波涛、风暴、惊险和阳光，像一件密不透风的大氅将他紧紧包裹住，把他磨砺成了一个有各种经历的人，能吃各种苦的人。

一天，一位远渡印度洋而来的登山者告诉他，乞力马扎罗国家公园正在招考向导，他们需要各种优秀的能爬山的向导。这个信息像古老的旺基人在荒原放牧时的钻木取火，一束美丽的火焰在泥地上腾空而起，一下点燃了戈戈儿时的登山梦想。他揣上3年来在集市打工积攒的钱，买了一张长途汽车票，去到了坦桑尼亚北部的登山圣地阿鲁沙。

他天赋的体能和一个山地男孩特有的耐力、吃苦劲，3年港口集市生活练就的英语交流能力，让他在爬山、远足、团队组织、应急反应上都历经考验，他的皮肤裸露着，经过丛林的日晒、刺扎和虫咬蚊叮之后，几乎变得比土著猎人还要黝黑发亮，非常硬实。他熟知了每一条登山的山径，就像熟悉自己手掌上的每一条纹，熟悉了山的性情，什么样的岩石容易崩裂、踩滑，什么样的紫云是风暴来临的迹象，任何一点大意、疏忽都有可能会致命。那是一种真正的斯巴达式的战士训练，他将自己从一个黑瘦、单薄、无知的少年炼成了强壮有力的魔鬼筋肉人，学会了如何聆听山峰发出的警告，也驾驭了在高海拔上来去自如的技巧。1年后，他通过了乞力马扎罗国家公园全线向导的资格考试，成为他儿时想成为的那种人——一个高山向导，而且是在世界最著名的这座赤道雪山上。

"第一次登上基博峰，"戈戈咧着口袋样的大嘴说，"我就爱上了这里，当时我觉得自己终于到达了上帝的国度。"

在坦桑尼亚未独立之前，数千年来，当地人都把乞力马扎罗的最高峰叫基博峰（Kibo），死了也要朝着基博峰的方向。戈戈第一次带队时，登山公司竟然给他的是一个来自德国的10人团队。他当时吓了一大跳，心里紧张极了。他尽力准备着这趟远征所涉及的一切，食物、帐篷、副向导、厨师、侍者、背夫，去酒店和每一位登山者见面，告诉他们需要携带的所有东西。那是一个40人的庞大战队，他要尽快熟知每个登山客的身体状况、饮食爱好，尤其是在厨师与背夫的选择上，因为没有燃气、电力、蒸汽这些动力相助，厨师与背夫就成了山中生活最重要的因素。那些看似衣衫褴褛、头顶肩扛着行李蹒跚前行的兄弟，是登山旅程中的一支重要力量，没有他们的话，登山客就会寸步难行，而有了他们之后，登山客一天就能走上10公里以上的路程，如果一切顺利的话，登顶率也会很高。

戈戈所带的团队中最后有7人登上自由峰，当他不是为体能考试而登顶，而是带着5天前还素不相识的一帮陌生人登顶时，那种成就感与喜悦感弥漫到了他的全身，比他自己登顶了还激动、快乐。

"每次登顶都能让我重新看待这座山。对乞力马扎罗山的奇妙感情流淌在我的血液里，会一直持续到我生命终结的那一天，我觉得我天生就是为山而生的。Pearl，你相信吗？"戈戈抬头仰望着乞力，满眼都是敬畏和爱意。

爱一座山就会爱上它的全部，谁说不是呢？！我喜欢像戈戈这样的高山向导带着我走向乞力的更高处，这时的爬山已不仅仅是一种职业、一种工作或一种任务，而是他生命中的一种追求、一种使命、一种爱恋。

对于深爱着大山每个季节、每一时刻的人来说，此时我们双脚之下正在走过的欧石楠花海，也让我感到了一种从未有过的美妙。我和戈戈的身边走过了一队有着五花八门装备的登山客，他们训练有素，有说有笑，士气很旺，带有一种节奏和韵律，比我的脚程快多了，我能想象戈戈走在队伍的前头，带领着一个庞大登山团时的那种气质和魅力。他们喊着"pole, pole，慢慢来，慢慢来"的号子，让人倍感亲切，即使你一直掉队，他们也绝不会放弃。

"那么你呢，你的经历呢？你为什么来爬乞力？你可是我带的第一个只身前来爬山的中国女子。"戈戈走在阳光的上方，他长长的影子为我挡住了烈日的暴晒，我的脸已被阳光晒得发红发烫。他波澜不惊地说完了他的经历，睁着黑闪闪的眼睛好奇地向我发问，感觉我像是从某个山洞走出来的异星人。他补充道："我带过中国的多人团队，有男有女，带过一个人的德国女子安卡，还真没带过一个人的中国女子。"

"我徒步走过1000公里的喜马拉雅山脉，11年的时间前后去过尼泊尔5次，不是一次徒步走完的，而是花了很长时间分段走完的，安纳普尔纳大本营，佐姆森朝圣之地，珠峰大本营，上木斯塘禁区，写了第一天我见你时给你看的那本书《珠峰鼓手》。1年前我得了抑郁症，挣扎得很痛苦。我来非洲爬山，我是想从一座山重新开始我的生活。"坐在齐腰高的草甸上喝水小憩时，我轻描淡写，简单说了一下自己的经历。

"那你在书里写了些什么呢？"

"背夫、向导、徒步者、朝圣者、僧侣、手工艺人、山民、驮帮、响铃、村庄、寺庙、宿营地、小道、花朵、岩石、风暴，一座山峰怎样成就了它伟大的气质。"我随手在蜥蜴采访本上写了几个中英文的小标题：

死亡的影子，The Shadow of Death

中毒，Food Poisoning

隐居，Seeking Seclusion

山路，A Beautiful Path

垂直极限，Vertical Limits

鱼尾峰的雪光，The Snow Light of Fishtail Peak

我还未写完，戈戈拍着我的手就大笑起来。"Pearl，你真的很行，你写出了山的气质，这也是我理解的山。你善于学习，心怀宽广，你只要一爬山就不会再抑郁了，我保证！"他一把将我从草甸上拉了起来，踩着细碎的土路一步一步往上攀爬，很快我们的身影就掩藏在了金色浓密的沙萱草草丛里。

26 拥抱雨水
Embrace the rain

是呀，向外出走，其实也是向内探索。每一种生物都有自己的恐惧和忧虑，你要寻找的，就是战胜自己内心的恐惧和忧虑的某种力量。走上山路时我的身体就活了过来，我觉得每一个细胞都在赤道的暖风里跳跃，每一寸肌肤都沐浴着乞力的灼热阳光，在漫长的抑郁煎熬后，我能感受到脚下生长着孤独又顽强的欧石楠，这是我所知道的最可贵的乐趣之一。我爱山，那是因为我的身体在高山的清洌空气里开始复苏，那种轻快的感觉一点一点传递到我的大脑，让我感到神清气爽。我甚至都忘记了我为什么来爬山的，我只需要用脚走在一条山径上，一直往前走，我就觉得美好。

我正在攀爬的乞力马扎罗，也在处处给人意想不到的惊奇。它是山地的垂直地带性分异规律最明显的一座山脉，也是热量和水分发生明显变化、生长植被发生更替现象最快的一座山脉。也就是说世界上有一座山，从这座山的山麓走到山顶经历的自然带与气候变化，几乎和从赤道走到南极，或从赤道走到北极所能看到的变化是一致的。从赤道到两极的距离大约是1万公里，这样的行走有时需要几个月，有时需要一生的时间，而在乞力，仅仅是5天的时间，就可让人经历这一切。真是太奇妙了！

我看见面前曲曲弯弯的山径，走过了各色各样的人，他们带着各自的背景和经历，乍看起来有三种人，可也泾渭分明。那些背上背着个随身散步包，身上穿着透气衣裤、防风防雨外衣，脚上穿着结实的登山鞋，头上围着海盗头巾，双手紧握防滑登山杖的，是从世界各地来的、想要在5天内挑战从热带到冰河世纪的登山客，他们大多是欧美人，也有不少的亚洲面孔。

紧随登山客的，是高山向导，他们的脚上大多穿着登山鞋，身上也穿着防风防寒衣，只是长期暴晒，颜色都不再亮丽。他们背上背着自己的背包，有的还带着防潮垫，在小径上不停地说着"Pole Pole——坡里坡里"，让登山客保持匀速的节奏，慢点、慢点。

那些背上背着一个大包，有的手里还拎着折叠座椅，衣着简单、皮肤黝黑的，是干体力活、每天挣几美元的背夫。非洲兄弟的头顶功夫真是了得，有的背夫头顶着十几斤重的包袱，有的头顶着一个硕大的柳条藤筐，里面装着易碎怕压的鸡蛋、面条和吐司。在干旱的非洲，头顶重物已成了人们身体不可分割的组成部分，你经常可以看见头顶水桶走过十几公里漫漫长路去取水的孩子们。那些奔放的黑女子的颈力也颇好，她们能轻松顶起刚砍下的一大串香蕉健步如飞。乞力的背夫们像野生动物一样，练就了一种天生的平衡能力，有些石头突兀的地方，火山石上的孔洞也多，我们怕崴了脚，得把登山杖收起来，手脚并用才能爬得过去。可他们呢，双手反剪在背后，轻松自如，如履平地，实在让人佩服得五体投地。上上下下的背夫无疑成了这座山上最独特、最打眼的一道风景。

我问戈戈，我怎么没看见我的黑金刚们，戈戈说背夫的脚步可不能太慢了。早上，我们离开曼达拉营地上路之后，他们得准备我们中午的路餐，收拾我们用完餐后的餐具，清扫厨房，处理好垃圾，打好背包才能上路。有的露营团队，还得收拾帐篷、桌椅和自带的简易厕所。下午，在我们到达下一个营地火伦坡之前，他们要抢先到达那里，去取水点背水、洗菜、煮饭、烧好热水等待我们。如果露营，还得为客人扎好帐篷、摆好桌椅、安好厕所、挂好防风防蚊灯、铺好睡垫和睡袋。一路上不断有背夫从我们后面追上来，超过了我们。很快，我听见有人在身后快意叫着我的名字：Pearl！

是尼尔他们背着所有的行头赶上了我们，破破烂烂的好大一堆了，我简直不敢相信仅仅是一个登山客，竟会需要如此多的辎重。这一路上随处可见一种花球硕大的巨无霸花开在嶙峋怪石之间，我正诧异，"Protea kilimandscharica——乞峰帝王花！"戈戈已和颜悦色地说出了花名。我看见黑金刚们一个个快步穿行在帝王花丛中的身影真是帅气极了。

我弯下腰,向那些有着明艳脸庞的花朵靠近,轻轻一嗅。就像狮群有狮王一样,帝王花也是植物花卉界的高贵君王,它开出来的花朵更是霸气无比,我试着用双手也无法捧住那近30厘米大的花盘,在我看来没有任何一种花能比帝王花的花朵更大了。戈戈告诉我这种植物古老又原始,在乞力马扎罗山上一开花就达半年以上,从小雨季的夏天开始,直到来年冬天的旱季,花开不败的气势,让整个青色的山峦闪着银光,壮观极了!

中国人把帝王花叫作"菩提花",可惜当时我并不知道。越过帝王花的银色花蕊,我就看见了乞力马扎罗流泻着银光的山顶。胜利、圆满、吉祥、喜悦,那时我觉得没有哪种花比帝王花更像乞力马扎罗的独立峰峰顶了,也没有哪种言语,能够表达山野所隐藏的精神,能够展现它的神秘和美丽,还有那种在艰难攀爬生活中所蕴藏着的喜悦与欢乐。

我让黑金刚们在路旁的一个乱石堆上放下行头歇息一会儿,我们散坐在比人还高的帝王花丛中。我喜欢坐在地上,被帝王花天堂般的芬芳簇拥。我掏出了冰炫烟递给他们一起分享。

除了尼尔和阿尔弗,其他的黑金刚们都不抽烟。他们年轻、健壮,周身散发着一种单纯的黑色的活力。厨师纯真说帝王花是可以用作香料入菜的,以后有机会可以品尝一下它的独特滋味。纯真特别好奇中国的食物,他说在阿鲁沙有三四家中餐馆,最好的一家叫"火花树",在一个开满了一品红、长着火焰木的营地里,一个中国团队登完山后款待了他一次,他第一次在那里吃到了一种叫"辣"的食物。

"是水煮鱼、麻辣牛肉还是火锅?"我快意地问道。我已经在非洲游荡了1个多月,一直没有地方嗜辣,一说起"辣",我的身体就开始激动。

"是一大锅辣,我吃第一口的时候,差点窒息。"

"你吃的是火锅,是一种叫'麻'的小东西让你喘不过气的。那是我家乡最有名的一种食物。"我开心说道。其实全世界很多地方的人都吃辣,墨西哥、印度、意大利,但都不会用花椒,是这种可以做麻醉剂、镇痛剂的紫红色小籽,加上红色的辣椒,让我家乡重庆的食物走向了让味蕾震颤的极致。

我随手捡起了一段枯枝，在地上画了一口冒着热气的圆锅，画了两只小牛角样的尖椒，接着用棍子乱点一气，点出了好多小黑点。纯真笑着说："就是这些小不点让我伸出舌头的，当时我的眼睛都快鼓出来了。"

我哈哈大笑，"麻辣致死"肯定是"娱乐至死"中最痛快的一种。我想起第一个发现猩红色咖啡浆果的埃塞俄比亚牧羊少年，第一个吃艳丽诱人的"狼桃"西红柿的美国上校罗伯特，第一个称赤道上有一东西叫"冷"的非洲土著，第一个跑上自由峰顶的黑种人西蒙·穆图。所有的第一次、第一个，都将是生命里最极致的一种考验，都会是铭心刻骨、终生难忘的。

"我背包最上面的帽舌里装有一袋螺蛳粉，你晚上煮出来给大伙试试。"肯尼亚九州旅行社的中国女孩灏然送了一袋配好麻辣佐料的螺蛳粉给我，我塞进了背包里，准备到时候煮碗这种劲爆出汗的汤粉就去冲顶的。

纯真把提前做好的路餐交给了戈戈，他们站起身来要继续赶路，我让他今晚就煮麻辣汤粉，不必等到冲顶那一刻。与徒步喜马拉雅山不同的是，乞力的徒步不经过村庄、部落，没有家庭客栈，也看不见村民们的日常生活、习俗或宗教节日，登山成了唯一的一种清修生活，好像禁欲的圣徒，这是我非常不习惯的。和纯真他们在路途上侃了一下饮食男女、香花异草，我变得开心、活泼起来。

快接近正午时，我们爬到了蒙蒂火山口，这里的海拔已超过了3200米，呼吸开始变得急促，植被也变得稀疏起来，花草越来越少。镶着银边的大片乌云在天顶翻滚，我隐隐约约听到了远处雷闪电鸣的声音，好像大山的喉咙深处在发出"轰隆隆"的声响。很快一场暴风雨就铺天盖地而来，席卷了整个山峦的上空，空气和地面全都湿透了。

我迅速翻出了随身包底部的柠檬黄雨衣穿上，戈戈从他的背包里扯出了一块简易的透明雨布披上。这场暴风雨的强度让我感到震惊，电光闪闪，雷声隆隆，有时闪电"噼啪"一声，就弹跳在了前面的石头上，像一条银蛇钻进了地缝里，令人胆战心惊。

非洲人说闪电是来自天上的光，据说在非洲死于雷击的人，远远多于世间其他的任何地方。有时闪电从干燥的棚屋门口打进去，会杀死戴着手镯、项圈的人、正在睡觉的人，很多的树都遭受过雷击，成了断木枯枝。我猜想非洲干旱的土壤里肯定有某种矿物质，容易引来雷电。

我站在暴风雨里，不敢轻易挪动半步。我又不是漫威的宇宙英雄雷神索尔（Thor），可以轻易地挥舞着大铁锤，掌控风暴、闪电和时空之门。我真的很害怕被炸雷击中。在这个海拔高度，已没有任何可遮风避雨的高大树木或者森林，只有一丛丛不足人高的矮小灌木、绵延不尽的荒草和石头。雨像水龙头开闸一样，"噼噼啪啪"浇了下来，用瓢泼、倾盆甚至倾缸来形容都不为过。戈戈说我们只走了一半的路程，中间是没有任何宿营地的，我们得像行进在海底的潜水艇那样，必须咬着牙、顶着暴雨走下去。

我穿着雨衣、防水的徒步鞋，可不多一会儿脸庞便淋得透湿，狂风夹杂着冷雨灌进了脖颈里，阴沉的黑雨淌过穿着雨衣的胳膊，渗进裤腿里、鞋子里，感觉每一寸肌肤都湿答答的，一身都凉透了。我看见戈戈披着的雨布，根本无法遮住高高隆起的两个背包，也无法遮住他的身体。我在心里开始抱怨这场该死的雨，抱怨向导总是带那么简陋的装备出发，只有一块薄如蝉翼的塑料布，还不成形，连雨衣的样子都没有，他难道不知道小雨季的山上会下雨吗？他身上穿的那件深蓝色的防风衣也根本不防雨，已经浸湿了一大片，薄薄的像块儿裹尸布紧紧贴在他的身体上。我害怕包里的相机、采访本被淋湿，也害怕他被淋感冒生病，我好歹穿着的是防水效果好一些的冲锋衣呀。我追上前，让戈戈停下了脚步。

"我们换一下雨衣吧，我穿的衣服能防雨。"我从头上扯下了滚着雨水的雨衣，递给他穿上。

我没想到这个细小的举动，触动了戈戈的一颗男儿心。他换上雨衣后，拿出了我们的午餐。"Pearl，你得吃点东西补充能量。"他把我喜欢吃的烤土豆递给了我。

我们的周围空无一物，除了雨水，除了地上翻着泥浆的泥泞，除了冰冷的寒风。

戈戈站到了一块儿高一点的石头上，他把我拉近了一点，解开了雨衣的扣子，把雨衣顶在了我们俩的头上。我们站在滂沱大雨中，听着雨点打在顶着的雨衣上，像稀树草原上站着吃草的动物那样，匆匆吃完了一大块土豆，拧开水壶，喝了几口红茶。

没有比在大雨中狼吞虎咽的样子更狼狈的了！但戈戈给了我一种要活下去的方法，一种温暖的庇护。我知道再艰难的时候，他都会想方设法庇护我。这种小小的庇护，有时像一股强大的内力，引领我能够坚持走完我的最后一步。

当大雨倾盆而下时，唯一的那条徒步小道，我早上还煽情地认为可以作越野跑的松软步道，此时就变成了一条聚集雨水的小河沟，我们仿佛在浑黑色的溪流里跋涉一样，得小心翼翼地踩着凸出来的石头，逆着水往上走，很快我们的裤腿、登山鞋全打湿了，感觉身上的背包、整个身体都比原来重了好多倍。每走不了几十米，我就得停下来大口大口地喘气，那时吸进去的已不是越来越稀少的氧气，而是雨水、汗水和痛苦。山野里什么可看的东西都没有，飞鸟走兽全都躲起来了，空寂得可怕，眼前所见的只剩一片令人心寒的荒凉景象，整座山峰随之也变得恐怖起来。

我的情绪低落到极点。我边踢踢踏踏地走，边诅咒雨、臭骂雨，"巫婆，混球，恶魔，快快滚蛋吧，我要放一把烈火来烧山。"暴风雨差不多已肆虐了一个小时，没有哪个登山者，喜欢头顶一个大水盆去爬山的，这里简直是一座令人窒息的水牢。

我想此时需要一个超然的神迹，才能抚平我的怨恨和垂死挣扎。

戈戈伸出手，拉住了我戴着冰冷手套的手。"珍贵的雨是非洲的祝福，Pearl，你知道吗？干旱才是非洲的魔咒。非洲的人，非洲的土地，非洲的动物、植物，都喜欢雨。"

他说在坦桑尼亚一年有两次雨季，四五月份的长雨季几乎没有登山客，尽管他们找不到工作，只得去开摩的、打短工挣钱，可万物在生长，数十万的新生命能够在塞伦盖蒂丰沛充盈的世界里出生、繁衍和成长。而11月、12月的短雨季无疑是最可爱的，雨水真正唤醒了各种各样的动物，还有植物、农作物。数百万的野生动物追逐着雨水，完成了一年一度的大迁徙，带着腹中孕育的小生命，从马赛马拉跋涉上千公里，沐浴着风雨回到了它们世居的塞伦盖蒂的家。

即使是那些最富有的、游牧的马赛部落，最缺乏的也是雨水。他们几乎每年都会为干旱所困扰,以前为了求雨,部落长老会挑选一批精壮少年勇士,深入灌木丛林中去寻找传说中的狮王,将它杀死并取下鬃毛以祭奠雨神。如今禁止猎狮后,他们会走出泥屋,在旷野上击打祭祀的手鼓,低沉的鼓声像大象正在呼唤同伴,高音时,鼓声似乎又变成了奔跑的羚羊,他们模仿动物的声音,对着大片的飞云祈求:"雨呀,请来没有水的地方吧,请在我们伸过来的碗盆里盛满水,请将我们的牛羊打得啪啦啪啦响。"每当下雨时,他们就会喊着"Pula——普拉",穿着红袍、围成圆圈在雨中踢踏歌舞。他们将雨水称为"普拉",他们古老的货币也叫"普拉",雨水对他们来说是比金钱更为珍贵的东西。

"所以你们披一块儿雨布就可出发,你们的身体喜欢雨,根本不怕雨。"我半嗔半喜道。

"我们的身体快乐得像雨水一样,Pearl!你说话的神情,已经像雨水那样流畅,很好看了。"戈戈戏谑道。

看来不同土地上的人,所珍视的东西是不一样的。戈戈让我看到了万事万物的另一面,他们为什么能把世间的生命、孕育、快乐与赐予都感觉得如同雨水般美好。崩裂破碎的山岩,泥泞崎岖的小道,滋养万物的雨水,与令万物复苏的太阳,地上的种子、根茎和花蕾,还有晴朗天空中的飞鸟,皆为一体,皆为一物。我明白,我现在的模样肯定不再是恐怖、畏惧和抱怨了,而是像戈戈说的像雨水一样的饱满、欢畅和流畅,那一定是他对我的一种真心的赞美,因为在非洲,人们渴求雨水,欢迎雨水,拥抱雨水。

雨渐渐地小了起来,飘在空中如银丝般的细雨好像也拥有了一种奇怪的力量,它赋予了事物立体感,光线经过空气中的水分折射,把物体的多个面向也带到眼前,让走在其中的人有一种超现实的奇妙感觉,让我得以居高临下远望周遭的一切。那略带幽蓝色调的青翠山影,耸立在碧空之下,让我浸润在一种充满了清新生命的世界里。

我甚至觉得我能看到山下水色空濛的草原上,一大帮动物伙伴在享受着诗意和远方,大群的狮子舒服地在长长的草丛中抖落雨水,数十万计的角马沐浴在水光里吃喜欢的燕麦草,黑白条纹的斑马反射着光线,在吃喜欢的草尖,活泼灵敏的瞪羚在吃重新长出来的小草。一队队的大象把金合欢光滑的树皮当作下午茶点，安心享用，时不时大声呼唤着同伴，声音穿透了平原。小雨季的坦桑尼亚，一切都生机盎然，乞力马扎罗的美在转瞬之间也超出了我的想象！

在一块视野开阔的高地上，裸露着两三张木桌、条凳，还有一个简易厕所，已被大雨冲刷得透亮、干净，那是这段11公里的登山路上唯一的一小块供徒步者用餐的休憩地。戈戈用手拂扫下条凳上的雨珠，我用力抖落了塑料布上的雨水，把它铺在了条凳上。

"太舒服了，终于可以坐着吃点东西啦！"我比欢呼雨水的马赛人还高兴，我们翻出了背包里的烤鱼块、三明治和果汁水，也顾不得发丝上滴落下的雨珠，狼吞虎咽地吃了个晚午餐。

"我们缴了那么多钱，为什么不在小道边修几个可以避雨的棚屋呢？"我说出了一路上最让我不解的事情，对山地公园的大大不满。

在徒步小道上搭一座简易的茅舍或棚屋，用竹子来搭成，中间用一排成"丫"字形的树干支撑着，用芦苇来编织墙壁，地上铺上干燥的灯芯草，尖顶上铺着厚厚的象草，有一个能暂时让登山者遮风避雨的茅草棚，像查加人搭在种植园中休憩的棚屋那样，不是很好吗？

我幻想着能有一座实用主义的棚屋出现在小道上，能为徒步者抵挡片刻的狂风暴雨。但戈戈说从乞力马扎罗成为自然保护区开始，半个多世纪的时间里，除了宿营地的木屋，沿途不被允许搭建任何房屋，甚至连景观的标牌、展牌、灯饰、堆放的垃圾桶都不允许。"尽量减少人为设施的污染，保持它原始状态的美，这才是乞力75万岁的真正魅力。"他说爱这座山的人，是不怕任何简陋、任何不方便的。

小块野餐地上也没有垃圾桶，沿途也没有。为了保护野生环境，产生的垃圾都得带到宿营地去。那些可降解的有机垃圾如残羹剩饭、菜叶果皮等可放在宿营地集中处理，而无机垃圾或有害垃圾如塑料包装、易拉罐、废弃电池等则必须由背夫带下山去。我们起身，抖落塑料袋上的雨水，装好垃圾、收拾好行头后，继续在荒凉寂静里往上攀登。

暴风雨过后，山野的空气凛冽怡人，星星点点的肯尼亚飞廉花、明亮的海神花点缀其中，空气中弥散着淡淡的沙萱草的香气。石头、灌木丛、草叶、背包、徒步鞋、小径，到处都挂着大颗大颗的水滴，透出冰一般迷人的光泽，反射出一个个亮晶晶的世界。山峦本身在大多数时候都是烟褐色的，可是经过雨水的一番洗涤，光线和水分产生了奇妙的碰撞，一整座山好像都被这种透明的空气包裹着，变成了亮丽的蓝色。从淡湖蓝色、浅天空蓝、粉蓝色，到中海湖蓝、水蓝色、军官蓝，直到蓝紫色、天幕蓝、深夜蓝，你好像可以在这儿看到属于蓝色的所有不同色调。那时隘谷、隐秘的小道都染上了天空的色彩，连潜伏在石缝里的蓝玉簪龙胆、喉毛花和飞燕草也绿中偏蓝，好似凝结着深深的爱恋一般。

戈戈说干燥的6月、7月、8月，看动物大迁徙的旅行者从世界各地蜂拥而至，在这3个月的徒步旺季时，登山的费用会高出平时一大半，小道上会拥挤着太多的登山客、向导和成几何倍数的背夫。冬日的阳光直直地砸下来，像开启了烧烤模式，烘烤着干涸、血红的土地，几个月里基本上一滴雨都不下，走过的小道会扬起漫天的尘土，四周是一片狂野的昏黄色调。他们得用海盗头巾捂住脸鼻前行，好像挟裹着炙热的颜色在爬山一样，整个胸腔、肺部和喉咙像着火般难受，空气中氧离子的含量很低，而那时的登顶率其实并不高的。

我很幸运，当初为了省钱，歪打正着选择了在小雨季的淡季来登山，再壮丽、震撼的景致，人多了都会影响体验感。虽然狂风暴雨说来就来，乞力任性地切换着四季，我们不断在脱衣服加衣服、穿雨披脱雨披中打仗，但热带暴雨清洁了空气，带走了各种气味，小道上偶尔走过了零零星星的登山队，正适合青幽蓝色的疏松度。

有个登山队只有一名女队员，没想到那个鬼妹对我说道："大雨倾盆，铺天盖地，冷雨打在脸上生疼生疼的，但爽极了，真正的洗礼呀！我甚至都不想回家啦。"而在昨晚的宿营地，一整间木屋里只有我一个人独居，再不用和七八个人共享，听着陌生人狮子般的打鼾声辗转反侧，我也立马觉得爽极了。

我曾看过欧洲航天局发布的一张乞力马扎罗山的卫星视图，在图上浓密的云层围绕在乞力马扎罗山的南部和北部，冰雪覆盖着神秘的山顶。随着乞力马扎罗山海拔高度的变化，山上的植被种类也在层层递变，山体的颜色从绿色到褐色，最后是山顶的淡蓝色。我没想到有一天我真走在了星图上的云层里，乞力马扎罗蓝得最彻底的时刻当属雨过天晴后，那些撩人的蓝色所创造出的审美情绪和情感效应，也非滚烫、燥热的空气可以企及。我一个人仿佛独揽了整座大山，和自然融为一体的感觉从没有如此的强烈。戈戈说我独享了乞力最有诗意的蓝，我们两个特立独行的孤独身影，被一大片蓝色占去了大半，好像整个身体中的杂质、污染、累赘都被过滤掉了一样，剩下的是一种无与伦比的洁净，空气中弥漫着不可思议的安谧。

我突然想起在喜马拉雅东边的山坡上有一种罕见的蓝花，如果你能看着它走到山巅，那会是一种蓝色力量的修炼。想起了梵高的《鸢尾花》，那优美的蓝色是专属于他的，伴着他一生的宿命而来。此时，我的生命也伴随着乞力马扎罗在盛开，我就是山腰上的一朵鸢尾花。

我伸出了手掌，让它穿过凝结有水珠的杜松林，享受着水滴缓缓滴落在皮肤上的微妙情趣，偶遇的彩虹，也因湿漉漉的色调而变成了柔和的光晕，欧石楠的花粉在薄雾中起飞，拂起一阵蜜一般的香气，挂在我的睫毛、发丝上，让我的身体有种柔美的迷醉感。

27
天堂之营
Paradise Camp

黄昏时，飘移的薄雾在峡谷涌起，冷风拂面，草叶中的湿气开始重新升起，隐约可以瞥见远景中的宿营地了，我在风雨交加中消耗掉了所有的热量和能量，筋疲力尽，呼吸困难，嘴唇发紫。我开始想念尼尔，念叨着尼尔怎么还不来接应我们。暴雨后的土路因吸收了水分而变得疏松膨胀，密集的灌木在日落的光线下散发着柔和的暖光，一只身怀绝技的小变色龙漫不经心地趴在石岩上晒身子，两只头顶羽冠的松鸦从刺柏丛中钻了出来，亮闪闪着蓝色的羽毛从我眼前飞掠而过。我一闪神，不听使唤的腿脚一下踩到了一块儿滚动的山石上，我一个趔趄滑倒在了满是湿滑砂石的小道上。

我感觉一把鞭子狠狠击打在了我的后腰，腰肌像撕裂般剧痛。我斜躺在湿漉漉的灰黑色砂石地上，闻到了泥土里那股冲鼻的土腥味。戈戈试着把我从地上拉起来，我痛苦地大叫："My back can't move——我的腰不能动了！"

戈戈不敢再拖动我，他蹲下身子，试着把我的头抬高一点，让我的头能够靠在他的腿上。缓了几分钟后，戈戈问我好一点了吗？他试着再次把我从地上扶起来，可我一动腰就钻心地痛，泪水流过了我的脸庞。

我想这下完了，我一半的路程都没走到，就像一头蠢驴牺牲在半途上了。

有一对背着随身包的登山客在我们的身旁停了下来，他们是一对来自英国的夫妻，在香港住过两年的时间。那个英国男子比较有经验，他用手挨着拍了一下我的后背，拍到我的右后腰时，我再次发出了痛苦的叫声，他说可能是腰肌拉伤了。他的妻子邦尼从背包里翻出了一板布洛芬止痛药，撕了两粒递给我。他们让我先口服一粒止痛，12个小时后再吃一粒。

"没事，没事，过两天就会好的。记得到营地时要热敷哟！"他们离开时，还不忘善意地叮咛了我一句。

戈戈把我架了起来，扶着我往前走，我只能慢慢挪动左腿，一迈右腿，后腰就像拉扯着一块冰冷沉重的钢板般剧痛。尼尔在营地晾晒被雨打湿的东西，很晚才来接应上我们。他一把接过了戈戈的重担，把我架到了他的肩上。他关切地问要撤退下山嘛？我龇牙咧嘴回道："不，我想看日落。"

尼尔风趣热情的萌语再次飙了出来："Pearl，Hakuna Matata！"他边说边扶着我的身子快活地摇摆了几下。

我不由自主受到感染，被这个力气大又爱说笑的马赛人架扶着，我感觉轻松多了，不由破涕为笑。那句非洲人使用频率最高的话语，真有着"此后无忧无虑，梦想成真"的祈福之意。

火伦坡营地的三角形木屋建在海拔 3720 米的一道山脊上，面对着一望无际的云海，周围是一大片盛开的银叶菊花丛。露营的登山队把帐篷都搭在了悬崖峭壁的空隙处，足足有二三十顶，连临时用作厕所的军绿色帐篷，都朝着日落的方向。大块的火山石上晒着背夫们的衣服，看见没，大多就是简简单单的T恤、牛仔裤和包头的头巾。暮霭的霞光如一床温暖的毯子笼罩着山丘，还有什么比见到宿营地更让人感到欣慰的事情呢？

我提着的一口气松了下来。我让尼尔扶我去木屋区，我想赶紧做个热敷，一身像浸在冰水里真难受呀。没想到他径直把我架到了骑警室，把我像一个包裹那样放到了骑警室门前的木梯上。戈戈说每个登山者都必须亲自去骑警室登记的，不能代签。

这是什么规矩呀，这么不人性，如果那个登山者都快死了呢？

我瘫倒在木梯上，爬不上梯子，也说不出一句话。骑警从房间里走出来，把厚厚的登记簿和笔放在了我的膝盖上，我半闭着眼睛，写下了我的名字和日期：Pearl, Dec.3.

骑警看着我一脸的要死不活相，关切地说道："女士，实在难受的话，你可以申请坐急救车下山的。"

终于有句人话了，但我虚弱地摇了一下头。

戈戈领到了16号木屋的长柄铜钥匙，尼尔扶着我走回木屋时，我看见那对英国夫妻和他们的队友竟然在洗露天澡！木屋外的长条木凳上摆了一排红红绿绿的小塑料盆，男女都不避讳，一帮裸男光着白亮亮的上身，穿着短裤，女的一律穿着运动Bra，那个给我药的英国女子邦妮的身材棒极了，她穿着宝蓝色的Bra，露着大半个后背，下面穿着紧身的弹力短裤，正在用冷水快活地擦洗着骨感的身子。

在我们的观念里，在这个快接近4000米的高寒地带，一定要多穿衣服，多吃高热量的食物，不能洗澡，不能着凉，以免感冒会加重高反。这帮欧洲人呢，反而觉得冷冷更健康，越冷越精神。他们边洗边静静地站着看日落，光洁的身子沐浴着乞力迷人的霞光，身旁的银叶菊明艳艳地摇曳着天使般的金色脸庞。

"赤裸"这个词一下出现在了我的脑海里，雨中赤裸着身体的动物，赤裸着脸庞的花朵，迎风摇曳的树木，光滑的岩石，徒步者赤裸的双臂，赤裸的双腿。

"或许这就是每个登山者观看世界的方式吧，和自然中的每一种生物一样，通过自己赤裸的身体。"我暗自想到，也为自己的新发现叫了一声好。每天我都在不同的地方、不同的方向看日出和日落，美得不同，各有风韵，但此时，我觉得这是最鼓舞人心的一幅日落景象——裸身相见的登山者的力量！

温暖的力量是可以相互感染的。做完热敷后，我在腰部贴了两块虎骨风湿膏，一股热辣辣的中药味迅速在寒气淤积的腰部扩散开来，我感觉腰部的疼痛感立马减轻了许多。纯真准备的晚餐有蘑菇土豆浓汤，里面加了开胃的羽衣甘蓝咸菜、牛肉饼、煎鱼块、水果沙拉，当然还有那一大盆麻辣螺蛳汤粉，上面像中国人那样洒了切碎的葱花和香菜。我照例让吉恩把汤粉拨了一大半出去，端到厨房让大家一起尝尝。我想我是在雨里走了太长的时间，寒气上身感冒了，头痛，恶心，小高反了，看着这些丰盛的食物，竟然没有一点胃口。我摇头，不想吃任何东西。坐在身旁的戈戈开导说，到了乞力就要忘记害怕，忘记难受。从现在开始以后的每一口饭都要为生存而吃，为登顶而吃，只有摄入足够的能量才能保证充沛的体力的。

"乞力的日出是世界上最美的，Pearl，幸运会青睐勇敢的人哦！"他说这句话时，一脸的自豪感无法形容。

为了他说的明天的勇敢者的日出，我就着他热烈温暖的目光，吞下了食物，吞下了他萦绕在我耳边的悦耳的声音："Fortune favors the bold——幸运青睐勇者！"

晚餐后，戈戈扶着我走回了木屋，雨后的夜空挂满了泪滴样的星星。不知为什么从见面的第一眼开始，我和戈戈就感到特别的亲近，拉着手像两个认识了很久的老朋友。那种亲近里涌动着热情、理解、喜悦、欣赏、包容，还有悲悯、体恤与一同忍受，以及男女间微妙的两情相悦。戈戈说登记时他跟骑警说了，他今晚想留在木屋照顾我，他边说边用温情脉脉的目光在探索我。

我当时的第一反应就是想他能紧紧抱住我，给我温暖，给我爱抚，像一只结实保暖的睡袋那样。一个人躺在寒气逼人的木屋里太难受了，四周空荡荡的，床垫也湿润润的，山上几乎没有什么是干的。一个女人在陌生、孤寒的环境中会对保护她的人产生非常强烈的依恋之情，我差点就冲口说出"我想你留下来"，但我还是忍住了对他的渴望，对他的依赖。我放开了他暖乎乎的手，让他早点回去休息，他背着10公斤重的背包，在高海拔的暴风雨里连拖带拉了我几个小时，他是人，他也会体力衰竭的，他比我更需要好好睡一觉来恢复体能。

对我来说，两天山间的经历已超越了一个男子与一个女子之间的界限和喜爱，超越了两个身体的紧密相依。当我看到雨后的乞力是那样湛蓝、天空平静，寒夜里的星星是那么亮丽，我知道我所遭遇的坏事——大雨滂沱、身体扭伤，与戈戈的爱护、陌生人的良药这些美好事儿总是交织在一起的。每一道蓝色里都会有明暗、有阴影、有忧伤，但它依然能使人在狼狈、挣扎里看见那悦目的光亮。我这个习惯了发达文明舒适安逸的现代女人，来到乞力这座独立的大山，就是要学会能够在充满危险的原始环境中靠自己的力量生存下来。乞力的雪大约在几十年后会消失，很久以后，将没有人会相信在赤道附近有这样一座曾经覆盖着白雪的自由峰顶，就像170多年前，西方人也不相信非洲的赤道会有雪山存在一样。但对走在这条山径上的每一个跋涉者来说，像一座山那样隐忍、付出，直至最后的融入、融化，这比任何的占有、索取都来得更有意义。

海明威曾认定这座山是忧伤的，带着眼泪，带着死亡，他把一只孤独、执着又有梦想的豹子写死在了山顶。其实在每个人的心中都住着这样一头豹子，有些天性天生就是高贵、高傲、高远、高耸的，它需要的是不屈服的意志。我想那也是我身体与精神最终向往抵达的一种高度。

谁说不是呢，每个人的心底都住着一座山峰。

在木屋的门口，我弯下腰，试着做了一个王瑜伽的下犬式，想检查一下我的腰部韧带是否还能活动。我的双手反剪在身后，额头慢慢触到了地板上，我闻到了银叶菊的香气、戈戈的体味，看见了倒映在我双目中的苍穹，苍穹里的一大团雪光，它周身散发着一层神秘的光芒。我让戈戈也跟着我做一个下犬式，结果他那么有弹性的身子，头部只弯到膝盖就哼哼着痛苦，不能再往下弯了。我"咯咯咯"笑了起来，我想是我长期练就的印度纯粹瑜伽，让我的身体柔软，让我能够很快自愈，恢复了活动的能力。戈戈说这让他不禁想起旺基部落传说中的银枝，为这么一个渺小的瑜伽姿势竟能拥有如此神奇的魔力而惊叹不已。他把吉恩灌好了热水的一个迷你热水袋放进了我的睡袋里，叮咛我垫在腰部，然后用宽厚的手掌拍了拍我的后腰，掩上门离开。

我双膝盘坐在地铺的床垫上，闭上双眼，打开手掌，挺直脊背，打了一个莲花坐，像生活在尘世却不受其影响的莲花那样，深长柔和地一呼一吸，把一度抛锚、打滑的身子安住在了乞力的静谧里。

这种静谧超越了我的身体、呼吸和意念，轻盈、感激、愉悦和幸福感慢慢从这种静谧里流泻而出。大自然每天都在变幻，生活每天都会有突变，人们来了又走了，但山依然闪着银光矗立在那里。如果要经历一番苦难的洗礼才能靠近乞力的静谧，你愿不愿意呢？我在心里问自己。

我十二分地愿意。

我就这样独自一人躺在高原上，3720米的寒夜里。这静谧只能意会，无法言传，这里简直就是天堂的一角，我不由想。我要供养的，是此刻这颗洁净优美的心，这可是我的身体能给出的最美好的东西。如果有一天我要重返乞力的话，我很想和戈戈一起搭一顶双人帐篷宿营，在真正贴近火山石的地上，呼吸着彼此的气息，而不是待在木屋的地铺上。我还想抓住划过天际的流星放进口袋里，不让它的光芒消散。

我要把这里命名为我们两人的"天堂之营"。

乞力马扎罗是最高的山
马文济也是很高的山
嘿,蛇呀,你为什么总是围绕着我
围绕着我,难道想吃掉我
你想在高山上把我像肉一样吃掉吗

慢点走,慢点走,别着急
你会安全到达的,别担心
要喝大量的水呀,别烦恼

Chapter 8

千里光
Dendrosenecio Kilimanjari

28
乞力之歌
Ode to Kilimanjaro

火伦坡的日出仪式是天底下最美的日出仪式,我在一片此起彼伏的吟唱声中惊醒。

宿营地是一片开阔却有些荒凉的坡地,把帐篷搭在悬崖上的人是最早看见日出的人。我裹好头巾、穿好冲锋衣奔了出去,就看见黑压压的一大群人已经站在了晨曦里,如同集市一般热闹。

周围是闪着晶莹露珠的一大片鲜黄色蜡菊。

云海从峭壁断崖下的山谷里升腾而起,在我们眼前波浪般起伏,穿着各式衣衫的黑人兄弟们摇摆着身体,击打着双掌,他们在用斯语、英语齐声合唱《乞力马扎罗之歌》,这是乞力马扎罗登山的传统节目。

Jambo, jambo, Bwana（Hello, hello, sir）
Habari gani（How are you）
Mzuri sana（Very fine）
Wageni, mwakaribishwa（Foreigners, you are welcome）
Kilimanjaro, hakuna matata（Kilimanjaro, there is no problem）

你好,你好,徒步者
你好吗?
我很好
欢迎来乞力马扎罗登山
别担心,没问题,没烦恼

日出在发出喜悦的声音，厚厚的云层瞬间被流光溢彩的光芒染成了火红一片，漫布峰峦的高山草甸被镀成了洒金色，我们在冰风中肃立，在黑人兄弟高低起伏的吟诵调里，只为迎接这喷薄的一刻。

　　日出的颜色，无疑是大自然最伟大的杰作，我们身处在广袤的非洲荒野，感受到了它无与伦比的生命气势。我能想象5公里远的稀树平原上，数百万只有着粉红色翅膀的火烈鸟正展开双翼，生机勃勃的角马群迅疾奔跑过了巨大的猴面包树丛，站在日光岩上低吼的狮子传来了第一声声响，斑马、羚羊、大象、猎豹，它们都走在了荒原苏醒过来的第一缕光线里……

　　戈戈指给我看远方的梅鲁火山（Mt.Meru），火伦坡有着欣赏坦桑尼亚第二高峰梅鲁峰最完美的角度，它混合了火山石和冰雪，是攀登路线上的天然险阻，但当我们站在3720米的峭壁上从远处眺望时，它壮观的圆锥形火山口沐浴着刺激的霞光，我甚至觉得它看起来有点温柔妩媚，非洲无疑是一片让人喜不自禁、败不惶馁的地方，它驱使所有的生灵去学习并接受命运，我们很快打包好背囊，迈入了下一道晨曦中，从今天开始我们就要在云上行走了。

　　山里的雾气很大，黑金刚们正在收折的帐篷上结满了水珠。地面上有些薄冰，在山石间绕过低矮的蜡菊花丛时，细微的花粉全都粘在了湿漉漉的裤腿上，冰冷的空气里隐隐约约散发出一股细腻的药香。由于高寒地区的恶劣气候，好多植物都已经开始抱团生长了，戈戈说这就是非洲人传说中的永久花（Everlasting），曾长在了5670米的基博火山口高处，这种神奇小花即使在被采摘之后也不会凋谢，而是永久盛开，仍保持着本来的鲜黄色，提炼出的蜡菊精油也是一种能纾解抑郁情绪的回春精油，所以人们又叫它不凋花、永久花。蜡菊初看起来真的很像一个灰姑娘那样朴素，一点也不耀眼，细小纤弱的黄色花朵簇拥着银灰色的绒质茎秆，泛着浅浅的腊质光泽，而它在夏天一旦盛开后就会持续好几个月的时间，一朵朵迷你天使样的脸庞绽放在高山草甸中，让经过它身边的人无意间会沾染上几缕温和抚慰的香气，也让我一路暗自窃喜了好一阵。

　　从海拔3720米的火伦坡营地，到海拔4720米的基博营地，中间有近

10公里的路程，戈戈说今天会是很漫长的一天，垂直高度上升了整整1000米，向导可以5小时抵达，我知道依照我的脚力和体能，我可能又是那个垫底的人，在路上耗费掉十几个小时都不止。戈戈问我腰还疼吗？我撩起了连帽卫衣的一角给他看，我已经很聪明地贴了一大块艾草暖宝宝在右腰上，它舒缓释放的热力让寒气逼人的湿气也有了几分暖意。是谁发明了暖宝宝呢？太管用啦，我忍不住要向每一个爬山者强烈安利啦。

如果看地形图，会发现我们是在乞力4000米左右的海拔转而向西北方向移动，这其实也是帮助登山者适应高原的最后一天。翻过一道山脊，我就看见了这个星球上最令人惊异的景致，成百上千株巨人似的千里光顺着山势自成阵列，绵延起伏在整片山峦上，在水晶样的湛蓝天空下发着幽绿的光。它们长得太过奇异了，好像一群可以说话、行走、打仗的植物。胸闷、气喘、呼吸过快，但我还是离开小路，向它小跑了过去。

非洲的每一座高山，都有很大的海拔跨度，从山脚下的1000多米，到山顶的四五千米，徒步者前来登山，在短短的几天里，见的最多的就是这个星球上植物的各种神奇变化，这个媲美阿凡达的奇幻世界无疑是东非高山区最傲人的景观，是乞峰千里光（Dendrosenecio Kilimanjari）的地盘。千里光3米乃至10米高的巨型身躯成片生长在乞力马扎罗的主峰之下，让它成了这个星球上让人印象最深刻的一片魔幻"森林"。

我情不自禁，环抱着一株千里光跟它一起光合作用，我想我拥抱的是造物主赐予的一种神奇进化的力量。不是吗？！如同外星生物一般诡异的巨型千里光，会在夜间温度降到零下时便将叶片内卷起来，像一棵卷心菜一样紧紧护住芯里的嫩芽，而在白天太阳出来、气温回暖时，叶片就会在硕大的莲花座上重新打开。戈戈告诉我这里有处于各种生长期的千里光，有刚刚发芽不过半人高的，有枝丫分明高达10米以上的，千里光要每隔5~30年才开花一次，一旦开花就会分枝一次，分枝长十几年后会再开一次花，再分枝，如此循环往复，生生不息。哪怕远隔几座山头，千里之远，你都可以从它那近1米高、闪着黄色光芒的花序，认出它就是千里光家族的某个新成员。而只要数一数一株千里光的枝丫，就可大致估算出它有多大年龄。

我仰头，数了数我正在拍照的这株巨无霸，"哇"声连连，它几乎有十几个枝丫，这可是世界上最古老的植物之一呀，它200多年的年岁已抵挡了好几个世代的雷击电闪。

在如此寒冷干旱的地方生存不易，但每一种生物总会生动地告诉你如何适应4000米高海拔的严酷环境。一株千里光最底层的叶片干枯了，它也不会脱落，而是紧紧依附着树干，长年累月，好像给树干穿上了一层厚厚的蓑衣，以此来抵御高海拔夜间零下10多度的严寒，保护着整个主茎干体内的组织液不冻结，由此千里光才会长生不老好几百年。

为了活着，总要有"叶"站出来，扛下去，那些烂到根后一片一片叠加起来的脆枯叶同样是在延续生命，一些小鸟会聪明地在分叉处做巢，有的还爱在上面找虫子来当点心。有头顶柳条筐的背夫、身背大背包的背夫在巨人千里光的丛林里穿行得很快，那一刻让你想起卡梅隆（Cameron）营造的潘多拉星球一定就是在这里获得灵感的，那些有着蓝色身体的纳美族人正在这个奇幻的花园里飞跑。在神奇的大自然里，每一种智慧每一种生命都是值得我们敬畏和热爱的。

当地人说看见千里光就看见了水源。之前，人们会砍下千里光厚实的枯叶裙来当作登山者取暖的燃料，想想我们怀抱着的这些几百岁的千里光，一定见过饥寒交迫的汉斯博士和劳沃向导，他们在此安营扎寨，砍倒千里光来燃起篝火驱逐严寒，第一次冲顶失败了，退回来休整3天，再沐浴着星光向基博峰顶冲刺。可以想象这些千里光一定是有记忆的，成百上千的后来者，正是仰望着它巨人般的手掌吸取了神奇的自然之力，沿着脚下崎岖难行的火山石小径，一步步走向月光下的峰顶。

这一上午的跋涉，我和戈戈都很少说话，一说话就气喘，吸进大量的冷气。我想爬上一块儿巨石找一个好的角度拍照时，戈戈会说几个简短的字"等一下等一下"，他会动作麻利地先攀爬上去，然后再把我像拽一只笨重的口袋那样拉扯上去。这一路上听的最多的声音，是登山杖触及火山石时发出的清脆单调的声音。

29
地图地衣
Lichen map

中午艳阳高照,翻过崎岖难行的蜿蜒小道,我们渐渐告别了满目的绿色,来到了一片干燥的荒漠石头地,那情景像是到了月球一般,我看到的是只在电影里才看到过的荒无人烟的景象。

没错,我们已进入了海拔4000~5000米的几乎无水、无氧、无植物的高原寒漠地带。

在乞力马扎罗山有两个主峰,一个是海拔5896米的自由峰(Uhuru Peak),另一个是海拔5149米的马文济峰(Mawenzi),在两峰之间,就是我们脚下的这片有10多公里长的马鞍形荒漠地带。

自1912年德国地理学家克卢特(Klute)率先登顶马文济峰之后,几乎很少有人会再去爬马文济峰,除了科考。和自由峰圆和、扁平、有规则的锥形山体大不相同的是,马文济峰的山体突兀嶙峋、陡峭险峻,几乎是难以攀登的,山上也不存在人们想看的永久的冰,也几乎没有积雪地,它无疑成了一座真正的孤独山峰。

在乞力的这条山鞍中踽踽独行,真的只能用异常的阴冷荒凉来形容,土地已由赭红色变成了灰黑色,瓦蓝色的天空离得很近,但辐射很强。无法蓄水的多孔岩石让大部分的根茎植物都无法存活下来,这一地带所拥有的生命形态也是乞力马扎罗山最少的。那些少量的地衣、苔藓,也只能以每年1毫米的速度生长,岩石上哪怕是毫不起眼的一小片地衣也是经过了很多年的风吹日晒才聚集而成的。

一尊尊造型各异的火山石如远古时代的高僧,打坐在那里、入定,直至得道圆寂。这块沙漠里没有常驻的大型动物,因空气稀薄,仅有极少数的鸟类能存活,也没有留鸟。渡鸦白天会到这里捕食,但是一旦太阳下山,它们也会飞离而去。寒漠上只有一条千百人踏过的小径发着惨淡的光,把你的脚步牢牢地拽住,坚定地把你引向更远的前方。

前几段路上散布在山间各处的登山者,都汇集在了这条通往基博营地的必经小路上,有向导在轻声打着招呼,Jambo,Pole,Pole(嗨,慢点走,慢点走),背夫头顶肩扛着装备迅速超越了我们,有的甚至还跳跃着在走,也不知道是不是吃的乌伽里给他们带来了神力。

毫无遮拦的烟褐色大漠把一个个的登山者变成了不规则点缀着的一个个小黑点。气温在急剧下降,风也越来越强,脸和手有被风刀切割的感觉,眼睛也因为高原阳光的反射和冰风的双重刺激开始酸痛,高山反应也紧随而来,太阳穴突突地剧痛,感觉眼珠子都快蹦出来了。

途经斑马岩时我们遇到了强风,满眼黑尘滚滚,周围是切骨的冷。戈戈把背包放在了一块还算平整的火山石后面,有几缕小花也躲在背风的石头后面顽强地盛开着,那是乞力特有的梳黄菊。菊科的植物都很厉害,在大自然的演变中能适应各种不同的环境,不过这里的梳黄菊也变成了小矮人,在4000米高的地方像一枚枚花形图钉一样摇曳着小小的身影。我们也躲在这块背风的石头后面,打开了锡箔纸包着的烤鸡腿和香煎土豆,坐在顶屁股的小石块上,顽强地解决着我们的午餐。

食物全是冰凉的,难以下咽,高反时闻见任何东西都想吐,热水怎么喝也不暖和,后背出的汗,被风一吹像块寒冰一样贴在背后,难受死了。只要有人的气息,渡鸦就会空降而来。非洲渡鸦有个形象的名字,叫白枕渡鸦(White-necked Raven),这两只渡鸦通体黑色,翅羽泛着湛蓝色的光,颈部环了一圈亮眼的白色羽毛,让你想起莎士比亚时期贵族颈上的围脖,它们一前一后急不可待地停在了我们的周围。戈戈说渡鸦夫妻都是成双成对筑巢、捕食的,会终生待在一起。渡鸦的胆儿也特别匪气,在野外,会趁狮子、鬣狗不备啄它们的尾巴,会抢其他动物的食物,哪怕是天上飞的,它们也敢去拼。敢和老鹰打架,和秃鹫争食……似乎就没有它们不敢惹的动物!这两只白枕渡鸦用蓝得发亮的小眼睛盯着我们手中的鸡腿,一点儿也不怕人,敢情它们是想欺负我这个看起来无法动弹的大型"陆地动物"呀。

"渡鸦的脑子特别灵,所以胆子才那么大!"

戈戈边说边把残余的鸡腿抛给了它们,两个小家伙一下就用粗大的嘴巴接住了。我想起了《权力的游戏》里,人们用黑色渡鸦传递秘密信件,而白枕渡鸦更大更聪明,它们只用于传递一种最重要的信息,就是季节的变化。男主山姆看到大量白枕渡鸦从学城飞出，就意味着学城向维斯特洛全境宣布夏天将要终结，凛冬来了。每一只白枕渡鸦的智商都高，它会独立思考，可以通灵、通风报信。在每一只渡鸦看似鲁莽的胆大行为背后，其实有相当的智力支撑的。我视线所及的尽头，就是近在咫尺的自由峰，但此刻我只感到头晕脑胀，我觉得远处的冰川在逐渐变大，像一滩融化的冰淇淋流淌在烟黑色的巧克力蛋糕上。我不知道白枕渡鸦带来的是不是这个夏天的小雨季里最寒冷的气息，我觉得我是无法抵达头顶上的巨峰的，我几乎想打退堂鼓、往下撤退了。

非洲有句谚语，说不要靠着石头坐下，石头上冷冰冰的，不知不觉会把你身体里的热气吸走，危险也可能在每一块岩石的后面：蛇、蜥蜴都喜欢睡在石头缝隙里。我像块儿石头，纹丝不动，几乎是萎靡不振地半躺在这块儿长着地衣的怪石上，而一旦坐下，就再也没有力气爬起来了。

焦黑嶙峋的乱石间有老鼠窜出来觅食，这是生活在乞力高海拔地区的花鼠，它们的背部长有四条醒目的黑色花纹，让它们在单调枯燥的荒漠里看起来有点呆萌小宠物的可爱味道了。

我身旁靠着的石头上长着一圈一圈像地图似的壳状地衣（Lichens），我忍不住用手轻轻摸了一下，真柔软呀。戈戈说别小看了这些"石头上的斑点"，它们可是乞力山上最顽强、最能抗紫外线的一种生物。有俄国的科学家曾把一些地图地衣带到外太空做实验，历经数十日的强紫外线辐射，结果回到地球上的小不点们没被搞死，又活了过来。而在高海拔地区一旦缺水，高等植物基本上都会渴死的，只有地图地衣能在仅有 5% 的水分下生存好几个月呢。

举目望去，茫茫荒原上能给人留下深刻印象的，除了飞在空中的渡鸦，跑在地上的花鼠，可能只有这些由真菌和藻类共生一体的贝壳似的地衣了。这些"石头上的斑点"长得十分低调，常常被我们忽略掉，但它们在极地的荒野中无处不在。我低下头仔细打量它们，发现那些凸起的独特纹路，色彩极其丰富，真的好像给石头穿上了件迷彩服一样。地衣虽小，但可纳一座须弥山。在乞力马扎罗的自然生态中，能忍渴抗辐射的地图地衣无疑也扮演着我们所不知的神秘又重要的角色。那些看起来斑驳陆离又强悍的圆形斑点,其实对周围的环境是很敏感的,哪怕有轻微的空气或水污染都会让它们生长减缓甚至死翘翘。看来在乞力这片地衣繁盛之处,我真的要来个大大的深呼吸了,虽然我的脑部极度缺氧,但极地开拓者们带给我的是天底下最清冽纯净的空气呀。

就这样围着保暖的克什米尔羊绒头巾,靠着一块儿地衣石头坐了十几分钟的时间,戈戈坐在石头上,钴蓝色速干裤上粘着泥土,荒漠上寂静得好像这个世界都在我的眼中消失了一样,唯有马文济峰顶飘浮着一大团奇异的云烟,像火山喷气孔还在不时地释放出火山气体来,感觉马文济峰并未真正睡着,地下翻涌着的岩浆时不时会喷出可怕的火焰来。

不知为什么人们并没有为第一个登顶马文济峰的德国地理学家克卢特留下纪念碑座,但我看见在我右手边的一大片荒石堆里,有好多用各种碎石摆出来的图案。

"是嘛呢堆吗?是外星人宝地吗?是某种非洲的祭祀仪式吗?"我忍不住好奇向戈戈问道,那些神秘的符号好像带着某种天意。

"不是嘛呢堆,是登山者留下的名字。"

"牺牲了的?"

"不,是铁粉。"

在喜马拉雅山区,信奉佛教的人们会在每个山口、每条小道、每个村庄和每座寺庙,垒起嘛呢堆,挂上五色经幡,向众神的雪山致意和祈祷。而在乞力马扎罗山,大部分的登山者都来自世界各地,各种民族各种肤色,亦带着各种宗教信仰。这里唯一不变的是亿万年的石头,那些"入坑"很深的登山者会捡起地上的碎石,摆一个姓名的首字母缩写出来,这是他们对非洲之巅的敬意,也是他们对走过的这段奇异旅程的纪念。

乞力马扎罗山在坦桑尼亚人心中无比神圣,很多部族每年都要在山脚下举行传统的祭祀活动,但在乞力马扎罗山上,几乎看不见任何外来的人为物质留下的痕迹,很少有纪念碑、神塔、经旗或桑烟。非洲人力图保持着乞力最原始自然的风貌,和创世纪时神创造天地时一样,哪怕是登山者从地上捡起来拼图的石头,最后依然归属在大地上,永远留存在了高山荒原之上,和地衣、苔藓、云彩、渡鸦一样,成了乞力永久生命力的一分子。

"Pearl，我去捡石头给你摆一个'P'吧！"戈戈是个体贴周到的行动派，他理解每个登山客的心意，但我摇头制止了。乞力是一座高耸在云端的巨大石坑，我刚进入石坑的入口，前方的巨石林立，路途遥遥无期，我没敢告诉戈戈其实我已灯残油枯，根本没有一丝力气去摆弄石头做一个坑位了。

望山跑死马，我们站起了身，继续在这段飘满尘烟的马鞍坡上慢慢上行，贝壳地衣实在是一种独特又有趣味的微小生物，携带着能量，散落在各处，抱作一团，珍藏着热量，生命力惊人，在我感到腿脚酸软、实实在在太折磨人时，它们就在我的脚下晃着好看的小脑袋一路相伴，一圈一圈的像在跳着有氧体操那样让人感到莫名其妙的励志。

30
突击营
Kibo Hut

日落时，我们快接近高悬在 4720 米处的基博营地了，一路上总有登山客被《乞力马扎罗之歌》那简单的节奏打动，会不自觉地来上几句鼓鼓劲，戈戈把日出时没有唱完的歌曲哼了出来：

Kilimanjaro the highest mountain

and also Mawenzi is a very high mountain

Hey snake，why you always surround me

Surrouding me to eat me

You devour me like meat at the high mountain

Walk slowly，slowly，hakuna matata

You will get there safe，no problem

Drink plenty of water，no problem

乞力马扎罗是最高的山
马文济也是很高的山
嘿,蛇呀,你为什么总是围绕着我
围绕着我,难道想吃掉我
你想在高山上把我像肉一样吃掉吗

慢点走,慢点走,别着急
你会安全到达的,别担心
要喝大量的水呀,别烦恼

哦,原来我的黑金刚打了埋伏,把鼓舞人心的原力留在了最后。本以为唱给登山者听的乞力之歌一定是豪情满怀、壮志凌云的,原来竟是如此的简单平和,很像一首妈妈抚慰小儿的摇篮曲,在最高的山上,不断反复吟唱的短小旋律和风趣的歌词,是要你的身体始终保持单纯匀称的节奏,能逐步适应急剧变化的海拔高度。

看来每个向导和背夫都知道在什么时候唱出轻巧的歌声来,这轻微摇摆的音乐渐渐弥漫于稀薄的大气之中,把我们笼罩在了同一种放松的感觉里。从一开始走上山径,戈戈使用频率最高的三个词"pole pole,water,hakuna matata"其实是非洲最古老的一种生存之道。在攀爬的过程中,戈戈始终强调着不紧不慢的节奏,不断提醒着我慢点来慢点来,准备好每天需要的3升饮水量,告诉我大量饮水对抵抗高反很有用,喝下的水经分解后可产生氧气,能自然而然弥补我们在高海拔的氧稀。随时把控着行进的节奏,让我增减衣服,注意休息的间隔和时长,把我从赖着不走的地上拖起来,让我按时补充能量,哪怕是在雨里也让我像动物一样站着吃点东西……好多在低海拔爬山时往往会忽略掉的东西,这时就显得尤为科学、专业、合理,被一个个的高山向导们运用得恰到好处、得心应手。

其实从一开始我就没奢望过我能登顶,我不清楚自己的命运,也不知道未来的跋涉是否会成功。但我很清楚的一点是,那将不会是一片轻易抵达的坦途。那又有什么关系呢?像我这种没怎么经受过强体能训练的人,所要做的就是跟随着向导的脚步，尽力而为，能走到哪儿就是哪儿。我的脑海里闪出了我喜欢的美剧《生活大爆炸》里的一句台词："下次感到恐惧时就想想，旅行者还在宇宙外继续探索呢，在太阳系外的某个地方，人们并未想到他能走那么远。"

我觉得戈戈带领我这3天来走的每一步早已甩出了一条万里长城般的距离，一路跋涉过的热带雨林的汗水、高山草甸上的雨水、在手掌上起飞的欧石楠花粉、两百年一遇的千里光巨人、沐浴着同样的晨曦和非洲草原上的食草动物、食肉动物的兄弟姊妹们一起出发，我已经觉得满足之至、幸福感爆棚了。我眼中的乞力之美更在于教会了我如何感恩造物主的神奇力量，让我可以收拾信心、重振山河。

一个黑人兄弟推着一辆独轮车不紧不慢地越过了我们，他要把这个空架子推到基博营去随时准备着救人。这种特制的独轮车是专为救援高反严重的登山者设计的，车身的前面只有一只灵活的橡胶车轮，是为了便于在崎岖不平的火山石堆中绕来绕去，车尾是两个铁制的手把，手把下面设计了两个支架，可以很容易放置在地面上休息，而车身就只是一个空空的铁架，便于把帆布担架放置在上面或取下来。每年在乞力的5万名登山者中，会有3~7名山友因急性高山病而死亡，包括高海拔脑水肿、肺水肿、体温过低症以及滑坠而导致的死亡。从3720米的火伦坡营地到4720米的基博营地，没有修建供越野吉普车穿行的小道，也没有修建供直升飞机停靠的停机坪，那些出现急性高山病或意外受伤的人，都得靠背夫们用这辆简易的独轮车运送到火伦坡营地去，从那里才会有吉普车或紧急救援的直升机带着病人脱离高山。

我对经过我身边的所有东西都好奇，好奇的猫可能干坏事，打翻牛奶杯，但好奇的人往往会干大事，有强烈好奇心的人总想探索事物之间的关联，有无数个为什么，好奇心能战胜恐惧。戈戈和那个背夫换了一把手，试着推着走了一小截路给我看看，几十斤重的铁制车身其实够笨重的了，更何况是在走路都会急剧喘气的高山荒漠地带。但独轮车如同是患病登山者的救命恩人，背夫们得飞快地护送着病人下到低海拔地带，时间就是生命，车身周围扬起的滚滚飞尘会迅速湮没掉他们弱小的身影。

但我没想到我差一点就躺在了独轮车上。

这近 10 公里的月球般荒远之路其实是非常考验每一个登山者的意志的。这是登顶前的最后一天，也是十分坑爹的一天，马鞍形的山势上上下下起伏，无遮无拦，会让你一直爬一直爬，爬到心灰意冷，氧稀亦会让人感觉相当疲惫以致绝望。基博营地几乎像一个军事要塞那样镶嵌在自由峰的山腰上，易守难攻。一面几近 60 度的陡坡挺吓人地立在那里，是那种连大部分汽车都很难上去的"魔鬼道路"，看到腿都软了。我听到了一群人躁动不安的声音，慢慢挪动步子上前时，看见一个登山者打着氧气面罩——便携式的简易氧气罐正嘶嘶嘶冒着气泡。他面色黑紫，双眼紧闭，直挺挺地躺在一辆独轮车上，耀眼的登山服上紧紧压着一床保暖的睡袋，在风起云涌的浓郁暮色里感觉像是快死了一样。4 个背夫一前一后护卫着独轮车在陡峭的下坡路上拉扯着走，我的双脚一软，一下跪倒在了独轮车旁，反应迟缓的头磕碰到了呛人的尘土上。

"谁的客人？谁的客人？向导呢？向导呢？"周围是一片焦急的呼喊声。

戈戈一把拨开了围观的人群，蹲在砂石地上，和前来接应的尼尔一起使力，一左一右把我架空了起来，直接运送进了一排营房里。

那一刻我真的觉得心脏已经蹦了出来，是我快要死了。

马赛人尼尔幽默道："Pearl，那辆独轮车只能躺一个人！你得躺在这张床上好好休息。"

基博营地的石头房子类似于一个小型军营，是按照阿尔卑斯式的冲顶营地来设计的。这里没有尖顶的木屋，没有青草绿树和一幢幢分隔开来的独立空间，而是一排营房式的大通间。在喜马拉雅的远征式登山途中，整个登山队会在登山的过程中徒步跋涉、反复适应、修路、到寺庙祈福，在各种高度建立营地并储备好物资，经过很多天的磨砺后才可能完成登顶。阿式登山仅要求携带少量必需物资并在最短时间内完成冲顶，而基博营地其实就是一个在突击顶峰之前进行短暂休整的集中营。

营房里的灯光昏暗，感觉用太阳能来发光的灯泡都不亮，一条窄窄的通道连接着五六个房间，每个房间里有六七张高低床靠墙立着，很像简陋的乡村中学的学生宿舍，上下铺可容纳十多个人在此休息，中间摆着四张长条木桌，是专供登山者用餐的。尼尔把我像放一个包裹一样放在了一个靠窗的下铺上，吉恩端着一小塑料盆的热水来让我洗脸洗手，我虚弱地给他喊了一句："我想烫脚！"

大通间里是没有隐私的，有人高反严重默默无声地缩在睡袋里，有人正慢吞细嚼地在用晚餐。基博营地没有取水处，有几只坦克式的大水桶立在冰风呼啸的暮色里，是供登山者洗漱、上卫生间用的。之前在基博营的下方大约 80 米处，立有一块小木牌写着：last water point（最后的取水点），而现在这个仅有的天然取水点也枯竭了，每个团队的餐饮用水，得靠背夫从 10 公里远的火伦坡营地背上来。但即使是在简陋的突击营，每个登山队的后勤服务依然是不会马虎、很有仪式感的。一个留有齐肩卷发的女登山客正坐在大通间里的一张木桌旁用餐，一大张好看的马赛格子布铺在桌上，有折花的餐巾上放着刀叉、勺子、盘子，咖啡杯里的红茶透着丝丝热气，两只高脚的烛台上烛光摇曳着，散发出温暖的光。这情景其实是非常动人浪漫的，她的侍餐背夫站在一旁为她递送着食物，仿佛回到了殖民远征时代的电影中一样，很难想象窗外的头顶上高悬着的，就是我们要去冲顶的自由峰。

吉恩很快把一小盆热水端了进来，我想解开登山鞋上的鞋带，一低头就是一阵爆炸式的剧烈头痛，我停住了手不敢再动。戈戈蹲下身子，帮我脱掉了重如千斤的鞋，肿胀的双脚已打起了好几个血泡，浸在热水里的那一刻，我简直觉得是世界上最幸福的一刻，我终于又活了过来。

没想到那个卷发女子非常厌恶地盯了我一眼，她嘟囔着命令她的侍餐背夫马上把餐台撤了，那个黑小伙麻利地把所有的东西收折了起来，转移到了另一个大通间去，来来回回拿了好几次用餐的东西才搬运完，她的向导也从小床上拿走了她的背包，那个黑小伙举着烛台离开时，她留下了一道嫌弃的目光给我。

这是小雨季的淡季，大通间里只有为数不多的登山者，那个女子来自哪个国家我并不知道，我想她不愿意和我同处一室，可能是因为我在洗脚不雅，也可能是害怕我的糟糕状况影响到她的情绪。在时间最短的 5 天 4 夜的马兰古路线中，100 个人当中最终只有约 27 人能够成功登顶，而登顶前的几个小时无疑也是最关键的时刻，有的人会默默忍受着高反的痛苦，积蓄能量，有的人会竭尽全力保证自己处于巅峰状态，也有的人会自私无情，甚至不惜舍弃同伴。毕竟每个登山者都是远渡重洋、花费不菲才到达这里的。戈戈看在眼里没有吱声，他把他的随身背包放在了我的上铺，揉搓着我冻僵的双手说：

"Pearl，从现在起，我分分秒秒都不会离开你。"

"嗯哈，我终于成了有人关注的弱势群体！"

我想起了飞机在飞越赤道上空时我的心愿，我臆想着能够遇到一个能带我登山的非洲男人。而这样的一场冒险，正是我内心所渴望的。

我再次从心里笑了出来，信心倍增。

31
"7+2"老男孩
Two old boys with the Seven Summits and two poles

我想我的"微笑先生"吉恩一定也是这样负责任又有仪式感地铺陈了我的最后晚餐，但那些温情瞬间完全没有留存在我的记忆里。基博营的设施简陋，厕所建在室外的荒地上，去上个厕所都得带上登山杖、手套和护耳帽，第一次觉得上厕所是件非常非常困难的事情。这里的海拔每升高1000米气温就会下降约6℃，我的脑袋里是缺氧带来的阵阵剧痛，肺部因冷空气而不断在干咳。高反让人头疼欲裂，很难入睡，我只好吃了两片散利痛、四粒维C银翘片，靠坐在床头闭目养神。

基博营的坡度很大，风亦很大，我的睡袋的温标是零下20℃，但那时感觉薄如纸板，根本不管用，靠坐着的身体不知不觉也会滑向一边。在这个类似于军训的宿舍里，有人在床板上写下了皇后乐队的歌词：We are the champions my friends, And we'll keep on fighting till the end（我们是冠军，我的朋友们，我们会一直战斗到最后）！看着这床上不知哪位大神留下的不服输的誓言，我心领神会，我就这样似睡非睡折腾了很久，能清楚地听到床尾一位登山者比我还沉重的呼吸声。

有两位比我先到大通间休整的台湾男子正在进行"7+2",他们看起来比我年长,脸已晒伤。为能节省资金和减少重复性的前期准备,他们一气呵成,已完成了攀登南极洲最高峰——文森峰、徒步到南极极点以及南美最高峰——阿空加瓜峰的旅程。"7+2"是入坑最深的登山圈里的极限探险活动,要攀登上七大洲的最高峰,还要徒步到达南北两极点,点开手机上的Google地图,那九个闪烁着的光点可是这个星球上各个坐标系的极点呀,也是极限探险者们要追求的最高境界。这两位装备精良的台湾男子小声说着话,非洲最高峰对登山圈里经验丰富的老手来说无疑是最容易攀爬的,小菜一碟,尤其在他们经历了南极洲的"死亡地带"之后,但他们告诉我他们还是在体能、时间、费用等各方面准备充足后才来的。

"你有听说过世界上那个最为忙碌的探险者有多大岁数吗?"

这两位台湾男子有着和我一样的黄皮肤、黑眼睛,他们用母语中文和我打招呼说话时,一股暖流从我的心间涌了出来,已经有30多天没人和我说过汉语了。

我当然不知道,我又不是神仙、先知,正因为这个世界有太多的未知,太多有趣的事情值得去做,所以我们才跑到这里来探险的吧,我心想。

穿橙黄色羽绒服的台湾男子说,最初他们也认为"7+2"是个非常费钱的活动,得有几百万的家底,是有钱人的玩法,他们俩与"7+2"结缘,却是看了俄罗斯人费奥多尔(Fedor)的片子。那位1951年出生的大胡子大叔,最初只是一名乌克兰东正教的牧师,1997年,费奥多尔成为世界上第一个完成"7+2"疯狂计划的人,那时他已经46岁,更疯狂的是费爷65岁时,独自乘坐氦气球环游地球11天,创下了单人热气球环球飞行最快的世界纪录。不仅如此,费爷还写了17本书,画了3000多幅画,还在70岁时乘坐双体船再次进行了太平洋探险。美国国家地理说费爷可能是世界上现存最伟大最多样性的探险家,而每个喜爱户外极限运动的人,看见翼装侠费爷大冒险后与家人的紧紧拥抱,真的会心里一震!

"这世上总有人在饱含热泪追逐自己的所爱,我们的家乡依山傍海,我们从小就能上山下海的。"

另一位穿卡其色羽绒服的台湾男子也插话进来，很愿意一起背书给我听，反正大家都睡不着，何不分享一点有趣的事情出来解忧呢？他说每座山峰都有它的独特之处，攀登难度也各有不同，他们正从易到难，从"1+1"、"2+1"、"3+1"开始，下一步就是大洋洲的查亚峰、欧洲的"龙头老大"厄峰，然后是北美洲的麦金利峰，从北纬89度开始，踩着滑雪板、拖着装备步行到北极点，当然最后一个终极挑战就是我们亚洲的珠峰，8848米呀，这颗星球上的最高点。

"有多少人玩完了'7+2'呢？"我问。在这样一个"世界的角落"基博营里，听两个一衣带水的老男孩说起每一座山峰的名字，我突然觉得美妙极了，像打了鸡血一样兴奋。非洲最高峰因靠近赤道，一年四季都适宜攀爬，成了不少"7+2"探险者的起点，说不定今夜的乞峰就是我的开始呢。

"好像只有几十人吧！有一个中国女性王秋杨，还有个华人女性王雷，是个清华毕业的学霸。"一个老男孩说。

我们都很享受因为登山而来的"偷得浮生半刻闲"的漫聊，它放松了我们待在一个狭小空间里的紧张、冷漠氛围，What are they different from us？旅行的初衷是什么呢？旅行就是为了看他人与我们有什么不同，感受不同生活方式的碰撞。我知道了那两个在职场奔跑、在巅峰微笑的华人女性，也知道了身边这两个特别有亲和力的老男孩的"上山下海"乐趣，橙衣男子的手腕上有一个飞翼龙的风向标文身，说是为了纪念在南极点风大雪厚、差点失温死去的难忘时刻。

"其实你并不需要看到峰顶，你只需要走就行了，人生处处都是'7+2'！"

橙衣男子的风向标文身上有箭头指着N与S，他善解人意地对我说道，还很友善地递了一整块德芙醇黑巧克力给我，我把它插在了相机背包的外袋里，也从外袋里摸出了一把阿尔卑斯奶糖回赠给他俩。

这轻描淡写、简简单单相处的几十分钟时间，的确让人感到特别温暖和真实，分享是一切享受中最迷人的享受，我的脑海中浮现出了很多人的身影，那两个洒脱如风的华人女子，一定也像我这样鼻青脸肿、呼吸困难过，而那个有着大胡子、黑红着脸庞的俄罗斯费爷，一定也是沐浴着同样的冰风和月光从我身处的基博营开始冲顶的,他肯定也咀嚼着一口的糖果。

有的登山者计划在当天半夜 11 点起床准备冲顶,这两个老男孩久经沙场,计划在午夜 12 点出发。"回到大陆后,我会想念这个突击营的。"随着我的话音落地,他们已倒在放着背包的小床上很快就睡着了,传出了狮子般的鼾声。在登山的过程中,有的人会很快融入,也很善于分享和彼此接纳,这可是一种非常让人羡慕的天赋和能力。时间在一个氧稀的天际间忽然变得宁静而有意义了,一群陌生人非常近距离地亲密生活在了一起,共同为一个奔袭了千万里的时刻准备着、努力着,就像头顶上那座休眠了数万年的火山口一样,它的四壁环绕着的却是晶莹无瑕的巨大冰层,我不知道该怎样诉说此刻我心中的善念和感动,我想起了《圣经》里的一句话:

一切凡人之举皆可为神迹。

我也朦朦胧胧进入了一种禅定状态,身体在向一个蓝色的梦境飞去。

视频 | 在雪未消融前登顶

我隐隐约约听着戈戈焦急的声音在喊，但我的身体却动不了。我的脑海里飘忽过《圣经》里的话：凡是我们的主给予你的你都能忍受，你能忍受么？我的潜意识正在忍受这种缓慢的死亡。

　　原来我是可以走到这样的高度，活在自己强大的信念里，哪怕走不到峰顶也始终走在自己全然的觉醒与虔诚中，靠自己的力量拯救我自己的。

Chapter 9

你的怀抱
Your Hug

32
冻僵的花豹
Frozen leopard

半夜 10:30，我不知道自己还在《盗梦空间》的第几层，戈戈轻轻摇醒了我。

这是我们进入非洲最高峰的第 3 天深夜，戈戈根据我的脚力、速度决定让我提前出发，因为这 3 天来我永远都是那个从营地最早出发，但是最晚到达的人。我看见他黑色的身影从上铺敏捷地滑了下来，他让我把所有的衣服都穿上，在冲锋衣里再塞了一件轻薄的羽绒服进去，防风的冲锋裤里又加了一条羊绒裤，我自己则在后腰两侧贴了两块暖宝宝保暖。他弯腰把护膝在我冲锋裤的膝盖处绑好后，发现我竟然没有买护腿可以罩在鞋子和裤腿外面，防止水、沙子或者雪灌入的护腿，那时谁也不会有多余的，他只好让我在低帮的徒步鞋里，在棉袜上再套了双厚羊毛袜保暖。他把有两个护耳的羊毛帽子在我头上套好后，再用羊绒围巾在外面包了一圈，我觉得自己穿得跟个雪人似的了。

最后，他发现我的软羊皮手套太薄了，等于没有戴一样，登顶时必须戴滑雪手套的，否则会把整个手冻掉，他只好把他自己的那双滑雪手套尸解了，把有羽绒的手套外壳套在了我的羊皮手套外，而他自己却只留下了软薄的抓绒内瓤。

在戈戈塞塞窣窣把我装备妥当后，我的全身裹得只露出两只眼睛，我觉得我成了企鹅，一个不折不扣装在套子里的人，身体至少笨重了两倍。他很快将穿了 3 天的连帽卫衣脱了，换上了干净的保暖内衣，再迅速地在外面套上了他的冲锋衣裤，在他换卫衣的那一刻，我第一次看见了他的身体，皮肤发着幽黑的光，像一只不受任何恐惧侵袭的黑豹。我像被电击了一样，我发现我喜欢上了我的高山向导。信赖、依恋、钟情、喜悦的波涛像岩浆一样从我心里奔涌而出，但我们俩都默默无声，自始至终都没有说出那一个字来。

戈戈在我的相机背包外插上两壶水后，戴上了他的 LED 头灯，再帮我在笨重的头上戴上了我的头灯。他拉开了大通间的房门，轻声对我说：

"Pearl，我们这就去自由峰。"

寒风一下就向我扑了过来，我们已经站在了无边的黑暗里，只有两束幽微的光，照着一条模糊不清的崎岖小道。不管你是什么菜鸟，一旦踏上山巅，你就是奋勇向前的登山者了，登山其实就是一个了解自己真实内心的全过程，我们成了最早出发的那两只夜行的猫头鹰。

从海拔 4720 米的基博突击营到海拔 5895 米的自由峰顶，是稀薄空气中的万年冰川带，夜里的气温经常降到零下二十几度，垂直高度却上升了 1175 米，有大约 6 公里远的攀爬路程。5 天 4 夜的马兰古路线，俗称可口可乐路线，是因为它的行程最短，花费的费用也最少，看起来最受欢迎，但这条路真的一点都不可乐，是个最典型的扮猪吃虎的家伙，真的会把人累炸，也特别不人性。第 3 天在行走了 10 公里大约十几个小时后，登山者只有几个小时的休整时间，接下来就是摸黑冲顶。体能再强大的人，他的身体也很难适应 3 天内海拔高度超过 4000 米的垂直拉升，更何况身体还要经历热带、温带、高山荒漠带、高寒冰川带这 4 级温差的急剧变化，相当于从赤道到南北两极的旅程，等于是把你放到火炉子里烘烤一番，接着马上再把你丢进冰窟窿里冷冻起来，你还得在极度缺氧的黑暗中拼命爬拼命爬，不走就会冻死呀，结果可口可乐路线反而成了登顶成功率最低的路线。

在乞力国家公园公布的一项数据中，所有登山者的平均登顶率为 45%，其中 5 天路线的仅为 27%，6 天路线的为 44%，7 天路线的为 64%，8 天路线的为 85%，如果有一天要重返，我一定不会再走短版的可口可乐路线，人生是没有捷径可走的，往往最远的路，恰恰是最容易抵达的路。

戈戈戴着头灯走在前面，让我亦步亦趋紧紧跟在他的后面，就算有头灯，也只能看见几尺远的地方，我的每一步几乎都是看着地上晃动着的他的双脚后跟在走，不多一会儿就视觉疲劳了。头灯的管状亮光外是伸手不见五指的黑暗，感觉一个不小心就会失足掉下山去，成为狮子大王捕食的那块三明治。

年老、双手中风的雷诺阿曾对莫迪里阿尼说:"艺术家都是站在悬崖跳向命运的。"我觉得我此时进入的就是一条吞噬一切的地狱之路。夜半时段,是人的生物钟最想睡觉的时候,没走几十米,我的头就麻木得没有了反应,一个字,困,两个字,更困,越来越深的夜会剥夺掉你所有的感觉,让你感到茫然无措并心生恐惧,那种缺氧带来的极度困顿也会把你的所有力气、所有意志都带走,好几次我的眼睛都睁不开了,趔趄着直接撞到了戈戈的后背上。

戈戈回身,让我缓几秒,我耷拉着头靠在他的肩上,不断地大口喘着气,听见的只有快得吓人的喘息声和心跳声。山路很陡,我停下来休息的时间越来越长,每次的间隙却越来越短,很多路段有着超强的大风,身体的热量很快就被带走了。戈戈不停说着:

"Pearl,你不能睡着,你不能停下来,你要慢慢往前走。"

他时不时会摸出几粒糖给我,撕开后让我含在嘴里,我连咀嚼的力气都没有了,手伸出滑雪手套马上就被冻僵。喝上一两口热水后,才感觉稍微缓过了一口气来,他又继续拽着我往前挪动。

在陡峭的小道上慢慢出现了星星点点的灯光,那些后出发的团队都陆陆续续从我身边走过,超过了我们。有个团队的人数众多,为了保持节奏,不让大家睡着了或者掉队了,领头的向导时不时会在前面喊着号子,哼着乞力之歌,副向导则在后面压阵,也会哼起歌来调动情绪。那样的调子在黑暗里无疑会起到振奋人心的作用的,也会缓解人在黑夜里出现的焦虑和幻觉。我请求戈戈给我唱唱歌,他拒绝了,我请求戈戈给我说说话,他也拒绝了。他说:

"Pearl,我们要保持体力,不能唱歌说话消耗掉能量,说话多了会让肺部受伤的。"

那一刻我向他吼了一句:"别的向导都会唱歌,你为什么不能唱歌?你说分分秒秒都会陪着我,我想你和我说话!"

吼完后我就一屁股坐到了地上,我真的绝望极了,"哇"的一声哭了出来。戈戈一把把背包掼到了地上,焦急地说:"Pearl,你不能哭泣,冷空气会让你窒息的。"我已完全失去了控制,索性嚎啕大哭了起来。

周围安静得可怕,只听见凛冽的冰风里夹杂着一阵撕心裂肺的哭声。一个女子从黑暗中走了过来,抱住了我的身子,是那个曾给我布洛芬止痛药的英国女子邦尼。她觉得我可能是精神压力太大、崩溃了,问道:

"你叫 Pearl,是吧?"我抽噎着点头,她安慰道:"Pearl,我可以陪你走一段的,你实在走不动了,也可以退回去的,不要让自己太悲伤了!"

她扶我起来的时候,我一下止住了哭声。她的向导站在一旁,小声告诉她不能停在这里消耗能量,很小心地拉着她离开了我。那一刻戈戈才意识到是我的抑郁症发作了,我头脑中的那只黑狗又猛扑了出来。他捡起了地上的背包,拉着我的手说:

"Pearl,太对不起了,我会一直和你说话的,你不用害怕睡着了!"

戈戈开始调整了节奏,小声喊着"one,two"的号子让我踩着他的步子走。我迷迷糊糊地在黑暗中机械地迈着步子跟着,唯一的感觉就是彻骨的冷。好不容易绕过坑坑洼洼的小道到达 5150 米的汉斯·梅耶岩洞(Hans Meyer Cave),我头灯的光越来越弱,最后像肾衰竭似的熄灭了。这个在网上买的头灯显然是个孬种,根本不是什么续航神器,也完全适应不了 5000 米以上的冰风寒气,戈戈只好把他的头灯戴到了我的头上,他自己摸黑在前面走。

上面陆续有人下来了,不爬了,放弃了。戈戈为了缓解我的困意,和我说起了他带过的一个德国女子安卡。安卡意志坚强,非常自律,她带着家人的期待,希望自己能在 40 岁时登上非洲最高峰。但安卡一路上非常自尊,很少向他人寻求帮助,也很少和向导、背夫互动。她不喜欢吃厨师准备好的乌伽里热粥,也不愿去路边的小草丛过一段"Happy time",放空自己,她坚决不在野外上露天厕所。这个汉斯·梅耶岩洞其实并不是真正的洞穴,只是有一大块突出的岩壁在这里凹陷了进去,成了上下自由峰时唯一一个可以避风的地方,可以想象当时的开拓者汉斯、普尔柴勒和向导劳沃在这里躲避暴风雪的情形。暴风雪太大,深到腰间,他们困在这里无法前行,最后只好折返回基博营,等待 3 天后的第二次冲顶。

戈戈说安卡就在这里,背靠着岩壁,缓慢地坐了下来,他用头灯照着她的双腿,才发现安卡的登山鞋既不合脚也不保暖,她的双脚已经严重冻伤了,整个脚趾头已发黑,但安卡只用手巾简单包着,用那双满是水疱的脚走在最前面,几天来也没告诉戈戈她的脚早就出现水疱溃疡了。戈戈说在高海拔上,缺氧、脱水、冻伤、滑坠、失温、睡着,任何一个看似微小的意外,都可能让那些没有耐性而又高估自己实力的登山客丧命。在山上高原病症也屡见不鲜,严重时同样有致命的危险。安卡意志强大到从没向他哼一声,一心想着的就是无论如何也要到达山顶,但他还是坚持要求安卡放弃,必须下撤,他们回到火伦坡营地后搭上了急救吉普车。当他们回到阿鲁沙时,安卡在医院被切除了两个已坏死的脚趾头。

后来安卡在脸书上写下这次痛苦的经历,感谢了戈戈的专业和当机立断,并向其他登山者力荐戈戈做向导。但戈戈觉得非常非常内疚,他说每个登山者的性格、脾气、习惯、状态都是不一样的,向导的关怀就应该无声无息、无微不至,观察细腻且不留死角,能够让每位登山者都受到照顾。戈戈回头,轻声对我说道:

"Pearl,如果你想哭就哭出来吧,你想让我说话我就一直说下去。我们旺基族称勇士都是脸比犀牛皮更厚的人,他们不会因任何状况而变了脸色,我们要做两个比犀牛皮更厚的人,我们要一直跟着那颗最亮的金星走上去。"

戈戈此时的眼神一定是深情无比的,像他口中说的那颗启明星般照亮人,可惜我根本看不见,我一直都是半闭着眼睛在机械地走,困倦得不能说出一句话来。在黑暗中人的视觉受到了限制,但他拉着我手的触感在被放大,让我感受到了一种本能的心意相通的依靠。他断断续续传来的声音,喘着长气,自带有一种沉静感,给身后的我带来了一种罕见的力量和温暖,让我的精神焦虑在逐渐减缓,好像进入了一种无忧的三摩地境界。我知道他在牺牲自己,耗尽气血,他的话语渐渐变成了我血液里的红血球,在慢慢造氧,在输送氧气去到我身体的各个地方,从冻僵的脚趾头一直到麻木的大脑。有的人为了所爱之人会千百次地牺牲掉自己的身体,他已经像海明威的花豹一样,正把我带到西高峰的"鄂阿奇—鄂阿伊"之上,那里是马赛人传说中的上帝的殿堂。

有先行者的头灯，在上方光亮微弱地指点了山体的走向，那60度或更大坡度的仰视感觉，好像整个山都倒过来压在了我头顶上一样，我们慢慢从5500米的过高山高度，进入了超过5500米的极高山高度，在"之"字形的小道上爬到了巨石压顶的5685米的吉尔曼高地（Gillman's Point）。戈戈给我的头灯也不亮了，就在头灯熄灭的那一瞬，我看见了满天的星光。

星空竟然离我们如此之近，星星总是在消逝之前发出最耀眼的光芒，它们以最快的速度划过夜空，照亮了我前方还要攀爬的小道。戈戈说：

"Pearl，当你感到绝望难受时，你要相信那些伟大的君王就会在星星上指引着我们。"

我坐在黢黑的石堆上大口大口地喘气，心里漫涌出阵阵感激。我觉得每个黑人都是夜空里的一颗星星，在戈戈的指引下我终于爬到了乞峰的小高点，山友攀登到这里便能拿到镶绿边的小登顶证书，可以不用再往前走了。可这里无疑也是黎明前最黑暗的时候，星星飞逝后四周漆黑一片，再无光亮，一天中气温最低最冷的时刻已经悄然降临。

在强风狂舞的吉尔曼点，从其他线路上来的各国登山客也逐渐增多，戈戈说沿着吉尔曼高地背后的雪坡横切，再坚持1个多小时的爬升就会抵达自由峰顶。

我已经在黑夜里连滚带爬了5个多小时的时间，我再也走不动了，缺氧的极度困意让我恨不得就地倒下睡上一会儿。靠坐在石堆旁不到两分钟，我的全身就不停地发抖，意识也越来越模糊。戈戈害怕我睡着了会失温丧命，不停地摇动着我的身子喊道：

"Pearl，不要睡觉，你不能在这里睡觉。"

我隐隐约约听着他焦急的声音在喊，但我的身体动不了。我的脑海里飘忽过《圣经》里的话：凡是我们的主给予你的你都能忍受，你能忍受么？我的潜意识正在忍受这种缓慢的死亡。海明威写的乞力马扎罗的命题就是"死亡"与"即将死亡"。那头花豹究竟在上面遇到了什么呢？也许它拐错了弯，追踪到错误的气味，也许它在雪地里迷了路，就冻死了，说不定也是因为困意袭来，心力交瘁睡着后就再也没有醒得过来。它冻僵的尸体留在了西高峰，以它喜欢的最美丽的方式进入了下一世。

戈戈最后把我从积有冰渣的巨石旁连拉带拽了起来，从身后抱住了我，嘴里喊着"one，two，one，two"的号子，让我半靠在他的身上，几乎是拖着我在往雪坡的高处、海拔5756米的斯特拉高地（Stella Point）挪动。那些有幸能累到这处火山口边缘的登山客，也可以拿镶银边的登山证书啦。

他喘着气，说："Pearl，你要相信再黑的夜，也一定会有黎明的光照进来的。我也觉得很困，但只要我们把这段最艰苦黑暗的时光挨过去，天亮时你就会走到峰顶看见日出的。"

他的话总带着一种安慰感，有人在舍生忘死地保护着自己，我不知道是怎么在零下十几度的雪坡上熬过生命最崩溃的时刻的，我请求他和我说话，请他抱住我，不要让我睡着了。我的耳朵里仿佛听到了马赛人的鼓声，是那种不断有颤动感觉的连续节奏，那是戈戈抱住我身体时的心跳。

我的潜意识回到了马赛村落的跳舞现场，有孔的旋角羚羊角在"呜呜呜"吹响，散在各处的马赛男子瞬间汇成一条红色的长龙，年轻的武士们双手搂着姑娘们的腰，姑娘们含胸收腰，如沐光华，灵活地站在小伙儿的脚上，他们时而高举，时而落地，部族的年轻女子在武士的怀抱里躲避危险，年轻的武士随时准备为女子赴汤蹈火，他们甚至让姑娘站在自己的脚上，保护她们免遭蛇虫的袭击。那样的节日舞蹈持续了好几个小时，男男女女的脸上泛起天使般的迷醉之情，浑身散发出一股黑得发亮的性力之美……

紧贴着戈戈心跳的节奏，我们就像一对情人，两个连体的婴儿，在这既荒凉又残酷的黑夜里抓扯、搂抱在了一起，他的胸膛充斥着一种无与伦比的电能，他用他的臂膀环抱着挚爱的女人在鼓点的节奏中一步步向前。

一整个200多米的高度，一整条陡滑的雪坡，一整夜的垂死挣扎，冰风撕裂开了我们的冲锋衣裤，我们像是在一片混沌中赤身裸体着做爱，在风雪凛冽的半空中他热热的呼吸声一波一波传递给了我，他的脸上全是湿漉漉的汗水。我感觉那一刻像是爱斯基摩人的冰雪浴后，囚禁我们身体的牢门已经统统打开，一切冷的意识都被驱散，我们的灵魂飘升到浩渺的空际，要到哪里就能到哪里去。

戈戈就是那个旺基族最强壮的怪兽，身体比犀牛皮更厚的丛林战士，他用他的直觉、忠诚和牺牲带给了我这个宇宙中最大的能量，那就是情爱。被人深深爱着会给你力量，而深深爱着别人也会给你勇气，我感觉背后渐渐温暖了起来，清晨的微光从背后升起，我发现已经是黎明。天空渐渐开始在放亮，太阳从波澜起伏的云层里缓缓升了起来，直至吞噬整个天空，天际瞬间被渲染得绚丽无比，我似乎从混沌、麻木中恢复了我的知觉。我听见了欢呼声，吟诵乞力马扎罗的歌声，有爬得快的登山客已从峰顶下来，那两个擦身而过的台湾老男孩在不断鼓励说：

"keep going，加油，只差最后一点了！"

戈戈放下了紧紧环抱着我的手臂，我瘫坐在了一堆冰渣上，脸上沐浴着了最高峰的朝阳。

33
自由峰
Uhuru Peak

没有任何语言能够形容自由峰的霞光万道，我们像追光人追逐到了它的瞬息万变，这是一份绝美的日出巡礼，也是我见过的最美的日出恩典，一夜的痛苦攀爬，一万次的呼吸困难，在乞峰的壮阔辉煌下简直不值一提，倍觉渺小。

狮子王辛巴说："太阳照着的地方都是我们的王国。"能够历经高反登上非洲之巅的登山客，脸上一扫一整夜奔命的困顿，哪怕缺氧、严寒亦挡不住心中涌动着的那一份雀跃和欢喜。有从沙拉峰的运动员路线上来的一个女子扎着紫色的运动头带，高举起了一辆山地自行车向乞峰致敬，我发现这个妹纸真的很扛冻很抗压，竟然穿件连帽卫衣就上来了。有一对新婚夫妇度蜜月的方式竟然是攀登乞力，他们又脏又臭终于拉扯到了山顶，像两个孩子来到糖果厂一样，嗷嗷乱叫，不断"咔嚓咔嚓"拍着恩爱照，几天的疲累、头痛在按下快门的那一瞬间都化成了喜悦。有登山客在嘟囔：

"天呀，可别再变暖了，乞峰要没雪了！"这的的确确不是危言耸听。我看见英国女子邦尼缓慢蹲下来，小心翼翼取了一点雪装进一只很小的玻璃药瓶里，放进了她玫红色冲锋衣的上衣口袋，像一件神圣礼物那样紧贴着她的胸口。雪很快就会化成水，而邦尼在黑夜里的那一句暖言相问，戈戈拼尽全力的不离不弃，也像乞力最高峰的雪融化在了我的心里。

很难想象在山脚无数次仰望过的自由峰顶其实相当简单，只在数万年前分崩离析的火山石石堆上，朝着东方的方向，立了一个简易的木架子，金色的光束照射在5块钉在木杆上的标志牌，上面写着这样的文字：

Mount Kilimanjaro
Congratulations
You are now at Uhuru Peak，Tanzania. 5895m/19341ft.AMSL
Africa's Highest Point，World's Highest Free Standing Mountain
One of World's Largest Volcanoes，World Heritage and Wonder of Africa

乞力马扎罗山
祝贺你
你现在站在坦桑尼亚的自由峰顶，海拔5895米/19341英尺
非洲最高点，世界最高的独立山体
世界上最大的火山之一，世界遗产与非洲奇迹

这块简陋但信息量异常丰富的木牌，就是非洲这块大陆的最高点标记，它让我的眼睛而不是身体率先感受到了它的温度。其他的登山客都是很拉风地站立着留下了他们痛并快乐的一瞬，戈戈拖着我走了一夜，累瘫了，靠坐在一块火山石旁，搂了搂我的肩膀，对我说了句特别动听的话：

"Pearl，你看，你到了顶峰。"

地上是亮晶晶的少许积雪，那是乞力马扎罗最后的雪，我捧起了一小把冰晶，双手合十，向乞力献上了我泪眼朦胧的一吻。

这里的景色浩渺、雄浑，壮阔无垠的广度能让人体验到永恒。从这里俯瞰，乞力马扎罗80%的雪和冰川都隐藏在直径2公里的巨大火山口内，

我的身下是火焰的绝对核心，融化的岩浆，仅位于火山口地表以下 400 多米处，它表层的喷气孔甚至在散发出含硫的气体。我的头顶上则是一方水晶般透明的蓝色天空，在轰隆作响的火成岩与太阳的光芒之间，是云彩、雨水、碎石、山溪、草甸、杜松、欧石楠、帝王花、千里光、黑白疣猴、蜂鸟、犬羚、花豹、渡鸦、地衣、火山灰、风与雪组成的大山整体。

　　对于我这个常年宅居在都市一隅、身患抑郁症的码字工来说，每天只能沿着一条固定的轨迹行走，只能看见一维空间的事物真是苦闷、单调极了。当我登上空客飞越赤道的上空，我进入的也只是一个二维世界，舷窗外绵延起伏的云海裹住了乞力马扎罗的大部分山体，只偶尔露出小部分身姿让人惊鸿一瞥、惊叹不已。而只有攀爬上乞峰，在 5895 米的空中，我才进入三维世界，一个身、心灵彻底自由的王国，身旁伴着我的是无尽的天空。经过千万里的流浪和跋涉，无数次的喘息和一呼一吸，超越人种、肤色、语言、死生的相依相恋，我那颗魂牵梦绕的心终于扑入了宇宙的怀抱。

　　在这里，你的视野开阔高远，摆脱了一切束缚与观念，目光所及皆是雪与山的灵魂，映入眼帘的一切汇成了一首历久弥新、内涵深刻的圣诗。这日出的恩典是如此完美，让我学会了倾听，解除了内心的恐惧，拯救了像我这样的迷途羔羊。我曾经是那样的害怕黑暗，畏惧失败，耽于舒适，停滞不前。在这日出的巡礼里，我找到了生活的方向，生命的意义就在于奋勇当先，能够直面恐惧，一步一步坚持走下去。这个世界依然需要各种各样的探险者和勇士精神的存在，它让我们看到了人类挑战自我的极限。如果仅仅是活得舒服快活，没有探索精神或经受失败，这个世界就没法进步向前。

　　如果我不走到世界的尽头，又怎知地球是圆的呢？我唯有起身前往这座赤道雪山，只有真正鼓起勇气亲历攀爬，才能触摸到三维空间的真实和美好，才能真正感受到美轮美奂与消亡相逢时的壮丽。在距离、海拔与缺氧的挣扎中，对于有幸能够抵达山巅的我来说，那是乞峰对我的仁慈和接纳，它让我征服了长久以来囤积在心中的抑郁和焦虑，让我豁然开朗，释放了一切压力与能量，也让我了解了自己是谁，从哪里来、最终将去往哪里。原来我是可以走到这样的高度，活在自己强大的信念里，哪怕走不到峰顶也始终走在自己全然的觉醒与虔诚中，靠自己的力量拯救我自己的。

在峰顶，还有一块儿非常小的古铜色碑文，刻着坦桑尼亚的独立之父尼雷尔的一段话："我们，坦桑尼亚人民，要点亮一盏火炬，让它在乞力马扎罗山的峰顶燃烧，它的光亮要穿越国界，给绝望的人带来希望，我们要用爱代替恨，要把尊严还给那些受到过羞辱的人们。"

铜牌放在一堆火成岩旁，很不起眼，没有高度标志木牌那样醒目地吸引着登山客的眼球去留影合照，但吸引了我的目光。火成岩上到处是突起的小疙瘩，坑洼处布满积雪。我忍不住伸出手，抚摸着那几行字，泪水一涌而出。我想这就是一座独立山峰的意志，一个民族一个国家的意志，更是不同肤色、不同人种的很多登山者的意志。我很幸运能走到这里并触摸到铭文上那一层岁月磨蚀的光，这样的攀登意志很符合像我一样生活富足但有精神创伤的人，这个世界上只有少数的人能看到这样的景致，但如果真正下决心去做，目光坚定的人是一定能抵达乞力马扎罗有雪的地方——那个地质学家的天堂，站在75万年前的火成岩上的。

对于每一位山友来说，山都绝不仅仅是从亚洲、欧洲、美洲走到了非洲，从绚丽的热带走到了高寒的冰川带，这里的石头、云彩、植物和动物，这里的广度、深度、高度和厚度，早已进入人们的心里，成了我们生命的一部分。

我想起了戈戈带领过的一个个登山伙伴，他们和我一样从异国他乡远道而来，他们的存在并不会打破这座大火山的静寂与辽阔，反倒会将它强化，让我们在登山时早已把个人的局限融入了大山，我们相互支撑着，走过了那段如同人间炼狱的时间。我终于也成了戈戈的登山伙伴，和他一起融入了乞力这座非同凡响的赤道雪峰。

34 上帝的耳语
Whispers of God

"你亲眼见证了乞力的神迹，Pearl！"戈戈愉快地发出了声。

"我喜欢这种感觉,飞临极地上空。"我向天空伸出了双手,"一种深邃的寂静,好像所有的声音都消失了。"

"你听见了什么?"

"山的呼吸,好像聆听到了上帝在耳语。"

"登山会治愈你,治愈我们所有的人。"戈戈拿出了保温水壶。

"是哦,我现在好像搞懂了那只花豹爬到这里来想要干什么,它要体验一下被冻死前的温暖。"

面对发光的冰川,我们靠在有冰晶的石头上坐了一会,戈戈倒出了保温水壶里的咖啡,我们默默喝了几口,相视一笑,那可是一昼夜以来最舒服的一口香气,用脚下这些火山灰种出来的"咖啡绅士"。

"瑞士有位画家叫戈德利(Godly),曾做了18年的时尚摄影师,有一天他放下相机,收拾行囊,拿起画笔,重新回到了他生长的地方库尔山脉画画。他用宽笔刷、刮刀绘制重磅痕迹的山脉肌理,好像在对山峰泄愤一样。"我对戈戈说道,"很多人觉得他画的山峰太粗暴了,不够美,陡峭的岩石、凛冽的寒风、厚积的冰雪似乎要把人吃掉,但如果你爬上了5000米以上的雪山,就知道那就是山峰的本质,让你敬畏、恐惧,也让你震撼,永远保持谦逊。"

"他画出了山峰的气质,高大的山脉自有一种残酷而灵性的美,随时都在令我们内心震动。"戈戈收拾好水壶,目光停留在了那片银白的冰川雪境。

在空气稀薄处散漫遐想不到10分钟,向导已开始带着登山客陆陆续续往下撤了。戈戈抓起地上的相机背包,说:

"Pearl,我们要下山啦!"

我忍不住呻吟了一声:"那简直是做功等于零啊!"

有来就要有往,上山已不容易,下山就更艰难,能够安全下山往往比登顶还重要。体会一下马拉松长跑后精神与肉体已分离达到极限时的感受,可此时我得重新把胳膊腿组装起来,从地上站起来,在只有海平面一半的含氧量中,忍受着彻夜攀登后生物钟颠倒带来的极度困顿,开始新一轮的痛苦呼吸与挣扎。

一个看似身强力壮的山友,整个身体都靠在精瘦的向导身上,几乎是向导像一峰骆驼那样架着牛高马大的他在往下撤退。我觉得我的情形也好不到哪里去,戈戈背着相机随身包,紧紧搀扶着我,地面是基质松碎的火山石堆,感觉意志稍微一松懈,有一丁点儿疏忽,我的脚步就会打滑滚下山去,瞬间被碎石打成马蜂窝。

乞力马扎罗是一座至今仍在活动的休眠火山,自由峰虽然远看起来像个盖着积雪的穹丘,但它的南侧却有个直径2000米、深约300米的火山口,上一次大规模的喷发大约发生在15万年前,而我们几乎是在黑夜里徒步攀爬了半个火山口圈才抵达顶点的。当我们沿着火山口边缘的雪坡往回撤时,我才看清了火山肚子里的火山灰坑、内火山口和完美的火山喷口,大地如撕碎了一般,那火山喷气孔还不时地释放出火山气体来。脾气温顺的休眠火山也可能会突然"醒来",成为活火山的。如果它爆发的话,我们全都跑不掉,此刻真的不敢想象。在火山口四壁残留着的少许冰层和尚未融化的冰川残骸,在强烈阳光的照射下向四周散发出晶莹剔透的光芒,如同幻影般的世界的尽头。

在1889年的10月,也就是大约130多年前,汉斯、普尔柴勒和劳沃3人在东南坡的冰川上艰难地攀登着,他们的身上绑着绳子,双脚套着冰靴,得用冰锥在硬邦邦的冰上凿几十下,要凿出一个可以落脚的地方才能往前走一步。那时的积雪之厚,一脚下去,会陷到胳肢窝的部位。这3位勇敢的先锋在坚硬的冰川和厚厚的雪地里跋涉了7个多小时才终于登上基博峰顶。

第一个登上基博峰顶的汉斯是个酷爱探险和经验丰富的地理学家,从峰顶下来后,他和他的伙伴在四五千米的高海拔上待了半个多月,绘制了详细的山形地图,收集了数百种地质和植物标本,还给山上许多地方命了名。乞力马扎罗的顶峰以前曾完全被冰雪覆盖,其厚度超过100米,它的冰川一直向下延伸,直至海拔4000米以下。而最先注意到冰层后退的人依然是汉斯,他在1898年的报告里说,乞力山顶的冰川比他8年前第一次登山时看到的已退缩了100米以上。

后来来到乞力马扎罗山的人，无论是登山探险者，还是科学考察者，他们发现冰川逐年后退的速度快得令人担忧。一个曾广为流传的独特景观是在 1926 年，当地的传教士鲁易施博士首次在山上发现了一只冻僵的花豹并把它记录了下来。在 1936 年海明威发表的小说《乞力马扎罗的雪》中，他开篇设置的悬念"豹子到这样高寒的地方来寻找什么，没有人作过解释"，或许即受到传教士这一发现的启发而成了一道永恒未解的生命谜题。

另一个广为流传的独特景观是在 1962 年，3 位考察者威尔弗雷德、乔治和埃法塔在海拔 5150 米的汉斯·梅耶岩洞曾遇到 5 只非洲野狗，它们的毛色奇特而华丽，和斑马一样。3 人继续向顶峰攀登，而野狗则在后面跟随，始终保持着 300 米左右的距离，直到他们来到自由峰顶，野狗看着这 3 个男人在冰川顶上挖掘。这情景被 3 位考察者做了工作记录，由于担心受到袭击，他们很快就开始往下撤，而野狗则消失在银光闪耀的冰川顶端，再没有出现过。

现在山友要登上乞力的峰顶，早就不需要攀冰涉雪了，也不需要借助专业的登山器械，更不会遇到任何大型食肉动物尾随跟踪，登山客们只是柱着登山杖，简单地徒步再徒步。连汉斯 3 人冲顶了两次才征服的最后一段及膝深的冰雪险途，绝不会想到今天的我们只是带着巧克力、能量棒和相机，踏着火山石、零星的冰渣，顶着寒风而上来的。大多数远渡重洋的山友，都是冲着古冰川的奇异壮丽而来的。想想山脚下一年四季烈日当空、热气蒸腾的赤道，再看到山顶上终年积雪、安静空灵的极地冰川，实在是要惊叹造物主的神奇力量造就的这一对冲色彩的奇妙美景。但如今，乞峰上的冰川只剩下了一小块儿，全球变暖导致的冰川衰退让乞力马扎罗也未能幸免，在过去的 80 年内乞峰的冰川已萎缩了 80% 以上。在联合国世界气象组织的报告《2020 年非洲气候状况》中写道，到 2040 年非洲的冰川将彻底消融，到那时乞力马扎罗山的峰顶就会彻底告别积雪，赤道雪山的奇观也终将与人类告别。

冰川是我们这颗蓝色星球上生命的基石，它所提供的纯净淡水，其纯净程度使得我们可以避免很多毒素和矿物质干扰，它也是地表最为珍贵且重要的淡水资源。乞力马扎罗山也正因为有极高海拔上的冰川加入，才使整个山脉从山脚至山顶汇集了从赤道到两极的各种植被类型，热带山脉是生物多样性的中心，由此，它也是动植物重要的避难所。在乞力的一年四季里，山顶冰川融化的雪水顺着两侧的斜坡流淌而下，滋养了山下的数百万居民和大量的野生动植物。一旦冰川消失，影响的不单是乞力马扎罗山令人惊叹的自然景观，更重要的还有对整个生态系统的影响，乞力的冰川是坦桑尼亚最大河流之一潘加尼河（Pangani River）的重要水源供给，它的消亡对下游居住的人们和动植物来说无疑是灾难性的。那时山顶将变为光秃秃一片，动植物也会因干渴而死亡或者迁徙他处，数以百万计的坦桑尼亚人每天得奔赴远处取水。

戈戈有些伤感，说大自然一只手在给予，另一只手却又在夺走。每次带登山客经过火山口圈的这片雪坡时都会感到非常无奈，你会一年一年地看见冰川在你眼前逐渐缩小，乞力的积雪也越来越少。而在9年前他第一次带队登顶时，曾有过很棒的夏天，黑白兀鹫在冰川的上空盘旋，在冰川上切割出一道独特的雪影，偶尔路过的动物伙伴会在覆盖有冰雪的高山草甸上自由自在地吃草。在火山口内的四壁是晶莹无瑕的巨大冰层，底部耸立着巨人式的冰柱，真的就像维基百科描述的那样宛如冰雪覆盖的仙境。从吉尔曼高地、斯特拉高地到自由峰的冰雪路面也十分危险，阳光照射着融化了的积雪，大风吹过后变成一片白茫茫的亮冰，登山客得十二万分小心，才不会滑坠。而现在甚至不需要地质学家的数据，仅凭肉眼就能看到只有很小部分的区域才覆盖着一层薄薄的冰雪，那感觉像一堆洁净的奶油掉到了烟褐色的火山灰里，你只能眼睁睁地看着它融化却无能为力。

在下撤到吉尔曼高地时，我选了一个避风的角度想用手机录一小段视频，手刚抽出滑雪手套没两秒就被冻麻木了。戈戈接过手机，主动说他来帮我录一下视频，他抽出薄薄抓绒手套的手已冻得浮肿了起来，满手冻伤，看得人心痛。戈戈的声音低沉，带着哽咽的尾音，我想他一定是用斯语在说没有冰川的乞力马扎罗，将不再是闪闪发光的山；没有雪冠的基博峰顶，也将不再是月光下的殿堂。在斯语里，所有关于乞力的传说，都是和这座烈日照射下的山巅雪景紧密联结在一起的，人们再也不可能像海明威写的"向那白得令人不可置信"的方形山巅飞去，在未来的几十年乃至几个世纪，我们的后人真会相信在赤道的南纬 3 度曾有过雪山吗?

马耳他的蓝窗说塌就塌,令人心碎,人们只能在《权力的游戏》中看见那曾是最美的女人龙母和卓戈卡奥的大婚之地,只能在流传着的一句古老谚语中"他们在一起了,他们有了自己的孩子",想象着童话式的美丽结局。在世界最危险的航海地段,南非好望角植物保护区,600 万年前的演进物种帝王花,它在铁锈色凹凸不平的岬角上霸气怒放的绝世容颜,也在变暖的气候变迁中逐渐衰落,人们前往时只能拿着明信片自制一个奇景。那些绝美的自然地理景观从此消失人世间,总会伴随着令人悲伤的无可奈何,或许只有记住,记住成了我们唯一难忘的永恒方式。

对非洲来说,冰川消失影响最大的还是当地的旅游业。赤道冰雪是非洲最亮丽的旅游名片,尤其是肯尼亚和坦桑尼亚这两个主要依赖于此的经济体,大量的当地人、向导和背夫会失业,他们近百年以来以此为生的生活方式也会遭受改变。在戈戈录完视频后,我忍不住问了戈戈一个问题:冰川消失后他还会不会做向导。没想到他的回答让人忍俊不禁。

"你知道有个 86 岁的俄罗斯老奶奶安吉拉吗?她可没守在壁炉前安享晚年,而是和她 62 岁的女儿一起来爬了乞力,结果一不小心成了乞峰最年长的登顶者,我们也会老得这么帅气的。没有雪的乞力马扎罗山依然是非洲的最高山,爬起来还像过去一样困难,不信你试试,没有向导的帮助能爬上去我请你喝啤酒,名牌货'乞力马扎罗'!我要等你有一天来爬马切姆路线,一起走那条最远的路,不过下次你得自己爬上去了,我会老得拖不动你。听见了没?Lulu——鲁鲁!"

我受宠若惊,和戈戈轻轻拉了一下手腕,我们有了一个地老天荒的约定。8 天 7 夜的马切姆路线,可是乞力风景最美的威士忌线路。做一个从西部沙滩出发的"7+2"探险者的起点行,在热带的夜晚,离开人类文明几千米高的希拉高原的高沼地上搭起双人帐篷,在营地日暮时的风灯下洗冷水浴,耳畔是清脆奇异的鸟鸣声。穿越开满欧石楠花的艾莉卡森林,攀爬上火山口的熔岩塔,看尽山中的奇葩植物和云景,抵达夜间散发着白花香气的卡兰加山谷和巴拉夫营地,住进百万星帐篷,触手可及的就是漫天的星光。在寒风中拍摄远处一闪一闪的莫希小镇的灯光,还有碎钻样闪烁的星空,从海拔5756米的斯特拉高地气喘吁吁地冲顶,慢慢等待新一天的太阳从自由峰顶再次升起。哇哦,虽然此时此刻我已经累得走不动了,也不知道何时才能下完眼前的吉尔曼高地这段最陡的险路,但我的心已经等不及了。如果一生只有两次机会去另一个大洲旅行,那就去非洲的乞力马扎罗山两次吧,我想用我的一生来再次见证神迹!

更开心的,是第一次听见戈戈用斯语说出了我的名字。原来珍珠就叫"Lulu——鲁鲁"呀,他用这个国家的母语在呼唤我,他已经把我放进了他的心脏里。山是世界上最美的地方,没有哪个地方能比非洲荒野和非洲最高峰的呼唤更迷人,我们一到山上就觉得天地宽阔、无比自由,就能让时间停止,逃离这世上所有的纷扰。任何一个真正喜欢山的人,都会想永远留住在山里的。

戈戈把手机放回了背包,眼含温柔:"我们把这段视频带回去,让它永远保留在我们的记忆里。"我使劲点了点头。我要永存的不单是对乞峰冰雪的最后记忆,更多的是对我眼前的这个旺基勇士的记忆。我想我爱恋的不只是这里的自然、冰雪、动物和植物,还有由它们唤起的原始率真的感情。我喜欢的也不只是明朝的"麒麟"神兽麻林国,现在的坦桑尼亚、阿鲁沙,还有伴随着我走过这些伊甸园般的地名时出现的所有回忆。我还没有下山就开始思念戈戈了,而这样的思念会绵绵不尽,直到我生命终结的那一天。

35
打架
Fighting

火山口外圈的强风实在太大了,吹得人几乎无法站立着行走,而现在已是太阳明晃晃直射着的上午,我们得沿着来时的路,顺着火山灰渣、碎石和大岩石组成的坑人的下坡路,艰难地往下撤。

上山啪啪啪,下山杀杀杀。有向导给登山客建议,下撤时要保留40%

的体力,因为重心向下,很容易失足,尤其是在乱石路上是很难找到平衡的,踩到碎石也很容易扭伤脚踝。问题是我们双腿的力气在一夜的攀爬中已经完全耗光了,腿又痛又软,人又困又乏,下山对膝盖的压力很大,感觉全身的重量都顶冲到了肿胀的小腿和脚尖上,像火烧一样难受,哪还有体力来控制住下坡的速度呢?我已在心力交瘁中走到怀疑人生了。

"为什么要让登山客半夜三更去登顶?极度严寒、缺氧,整个生物钟完全颠倒,一点都不人性。"我很气馁,诘问戈戈。

"登乞峰看日出,一直以来都是一种神圣的仪式,是对人的意志力和忍耐力的考验,也是一种在大自然中的生存法则。我们选择午夜为最好的登山时间,是因为在冰冻的夜晚,融化的雪已凝固,夜间山顶的气候会稳定下来,风力较小,一路上控制好速度,爬到峰顶的时候刚好可以看到无与伦比的日出。而如果选择在白天,整个海拔 5000 米以上的寒带区域,一年的降雨量不到 100 毫米,白天的强太阳光辐射,再加上无遮无拦、非常强劲的风向变化和沙尘,反而会加大登顶的难度,没人会傻乎乎地在大白天去登顶的。"戈戈很耐心地解释道。

我回望了一下山顶,在光天化日之下,终于看清楚夜里花了 8 小时才攀爬上去的陡坡路,我们就是摸着这样的火山碎石爬上去的。如果你对阿尔卑斯山滑雪的雪道级别有所了解的话,乞力那个坡度就是双黑道的标准,罕见的陡坡、狭窄、大风口,再加上断崖。有山友更把它称为吻岩路(Kiss Rock),得把脸和身体贴着岩壁才能通过,非洲之王可不是浪得虚名的。我对戈戈说:"幸亏是在夜里爬山呀,黑灯瞎火的什么都看不见,无知者无畏,还满怀着一点登顶的希望。要是在大白天,抬头看到这么可怕的散乱碎石堆砌起来的漫漫高山,有的地方还真是垂直的攀岩路段,得飞檐走壁,阳光把毫无遮蔽的 Z 字形陡坡路晒得刺眼发烫,再强大的意志可能早就先垮掉了一半。"

下山时我的体力已消耗殆尽,登顶时的喜悦早已消失得无影无踪,整个人头重脚轻地晃荡,戈戈也没有力气再搀扶着我走,两个人拉扯着滚下山去的危险性更大。他让我蹲坐在地上,手脚并用往下滑,这对于我这种下坡技巧很差的人来说,算是一种安全省力的活命正道了。他背着相机包先在陡峭的滑沙路上滑行，让我在后面隔一段距离跟着。松松的火山灰，并不只是灰，是火山喷发、岩石岩浆被瞬间粉碎而成的细小颗粒，由直径小于 2 毫米的矿物质粒子、火山玻璃碎片组成。这些深灰色的细微火山灰是最肥沃的土壤，对农作物友好，但进入眼睛或吸入肺中却对人体有害。我一蹲坐下去往下滑，火山灰渣就陷到了小腿肚子，身后扬起的尘土像两条烽烟正起的滚龙，让人根本无法呼吸。那时我也顾不了这么多了，唯一的念头就是活着滚下去。

太阳完全出来后，整个山峦都归于一种死一般的沉寂，山腰下圆环状小路交叉处的基博营已清晰可见，尼尔和吉恩开始爬上来接应我们。

我很埋怨，问戈戈为什么不早点让他们来接我。戈戈声带已嘶哑，他说背夫没有登顶证，是不能上到 5000 米以上的登山区。马赛人尼尔个子瘦高但力气很大，他把我从地上抓起来，像抢救一只被豹子咬伤的牲口那样，把我背到了背上走了一小段。砂石路上他走一步会滑半步，瘦骨嶙峋的肋骨也顶得我生疼，他气喘吁吁，说：

"Pearl，你咋这么重呢？"

我怕他滑倒受伤，趴在背上也颠簸得我难受，我请他放我下来，话没说完他一下滑倒在了地上。我被摔在坡路上，满脸满嘴都是灰渣，狼狈极了。尼尔和吉恩想尽了各种法子，两人用双手做了一个马轿子，抬着我走了一小截，发现更累人也更容易滑倒，又把我放回到了地上。最后两人干脆把我架了起来，一左一右拖着我在地上走。一只登山鞋也被拖掉了，我想我那时一定是到了生命的极限，已软得像一摊烂泥，不省人事。

进到营地时，响起了阵阵掌声，那些在休整的向导、背夫、登山客说着"Congratulation"，祝贺登顶，啪啪啪拍起了掌。那个很嫌弃我的卷发女登山客也在人群里，向我鼓起了掌，我看见她时眼泪一下流了出来。连骑警也跑出了登记室，迎上前来鼓掌，我不知道我为什么会受到如此隆重的待遇，我的下坡路怂成熊样，从吉尔曼高地滚下来，没啥光彩的，怎么一下就全球圈粉啦？

骑警说，有一个先下来的向导汇报说："有一个登山客和向导在山上打起来了？！"

天,他们把我半夜在山上的哭声放大成了打架声,非洲的民间口头文学也太奇幻了吧?我一下破涕为笑,原来他们是给一个女魔头在鼓掌呀!

吃过吉恩准备的一碗乌伽里粥后,简单拍了一下衣裤上的尘土,我倒在小床上便昏睡了过去。下午1点,戈戈把我唤醒,他说骑警特许我在小屋睡到1点钟,现在我得起来,用完餐后就得把床位让出来,下午登山者们会陆续到达,基博营只有60个床位。

吃的什么我已记忆断片,吃完午餐后脑袋完全开不动了,我想再睡,留在营地过夜。从头天早上的7点从火伦坡营地出发,到半夜10:30从基博营地去登顶,算算我已经在路上拼死拼活了30多个小时,上上下下4000多米的高差,20多公里的攀爬路程,是头骡子也早已累死了。我已经瘫倒不能再动啦,我根本不可能再走10公里的路程,回到火伦坡营地去。

"为什么非要离开?我走不动了,我的左脚已磨出了血泡,右脚的大拇指盖也废了,我想留下来休整一夜。"

"走高睡低,基博营海拔太高,会加重你的高反的。我们不允许在基博营过夜。"

"我真走不动啦,我想申请急救,坐独轮车!"

"我们是最后一个离开的团队,基博营已没有独轮车了。"

我的神,这一天还没结束呀,连想偷懒耍赖也没辙!传说巨人都不是在山顶吞食每一个登山者的,恰恰是在精疲力尽的回程路上。英国有个探险家沙克尔顿(Shackleton),探险船被困南极,他带领船员在极地奋力求生,历经700天才奇迹生还。他把他的探险船命名为坚忍号,来自于他的经验教训"By Endurance, We Conquer(坚忍制胜)",那么我也应把自己取名为"忍者神龟"。戈戈是沉着冷静、很有责任感的老大达·芬奇,他会非常照顾其余的伙伴,俺是脾气很坏、不愿受约束的老二拉斐尔。都说忍者就是人类忍耐极限的代表,一把刀在头上就得忍、忍、忍,那就让我做个既能上天入地也能破釜沉舟、凭一条内裤就能逃出生天的忍者,斩断最原始的脆弱,强打起精神往下走吧!

36
石头字母
Stone Letters

下午 1:30，我们在水壶里装满了热茶，扎紧裤腿，戴好遮住口鼻的海盗头巾，我还在帽子外扎了一条防晒的宝蓝色丝巾，全副武装得像个贝都因人，离开了基博营地。

回程的 10 公里路相当漫长，亦无趣无聊，就是复盘头天走过的坡坡坎坎，我还得应对头痛、脚痛的问题，真伤人呀。下撤的背夫们迅速拔营，装袋上肩头上头，东西虽重，可他们几乎是在跳跃着走，像腿脚又瘦又长的骆驼一样，很快就在一片荒芜的沙漠中没了踪影。

在炎热阳光的直射下，夹在自由峰和马文济峰之间的那一片马鞍形荒漠之地没有植被的遮盖，地表增温很快，灼人的热气卷起了已被风化成细小尘埃的火山石灰。午后的风向变化很快，热风从荒漠直吹了过来，我的眼睛火烧火燎的，戴上墨镜也没用，看来下次得准备一只蛤蟆样的护目镜了。没有巨石阴影的遮蔽，手很快被炙热的太阳灼得生痛。脸上的汗水出来后马上被蒸发干了，风没有带来凉爽，反而更添灼热，你就像全身对着一台吹风机在走，这就是暴风的威力。这地方实在太疯狂了，但我们得一直迎风低头奋进，穿过这几公里长的被尘土笼罩着的低空急流风谷。

长时间跋涉在一片被遗忘和荒凉的土地上，会有种幽闭恐惧症的感觉，这里尽管不是阴暗的幽闭之地，眼前是空旷辽远的荒漠，但你被热风尘土包裹着无处可逃，你能躲到哪里去呢？无路可逃时，人很快就会变得情绪低落、焦虑不安，甚至出现一种诡异的幻觉。在我极度缺氧的脑袋里，我觉得我的脑力已退至爬虫类，动物为适应沙漠中的强风，会纷纷进化出鳞片来。骆驼的腿和脖子进化得又瘦又长，它的超模腿就是为了减小地表辐射热的影响，有利于防止水分流失的，腿长得长点走得快，也走得轻松，便于长途跋涉。而我不但没有鳞片、长腿，还身形笨重，更像是一粒金色的尘埃，被无休止地困在了一片陌生的大陆上。

没有哪本生存手册能清楚地告诉你，在登顶后下撤时会出现一些身体上的后遗症，比如头晕、视物旋转、走路不稳、电解质失调、说话障碍等。

有位路遇的女登山客说，她的头痛症状减轻了，但肠胃又开始不舒服了，只得吃了止泻药。还有一位给他的向导说：

"哥们，你敲我几下，我咋全身像过电一样，在发麻呢？"

登顶时我们像冻僵的花豹般差点死去，八九个小时后，我觉得自己像打翻的牛奶般一蹶不振。

"我的脚也抖得厉害，快疯掉了。"我对戈戈嘟囔。

"是这样的，我也觉得筋疲力尽。"沉默了一会儿，他又开口，"我们把它叫作踩缝纫机的后遗症。每个山友，都要经历各种一落千丈的不适。"

戈戈察觉到了我的极度困倦和消沉，揽过我的肩膀说："Pearl，别怕，什么都别想，只要坚持着把一只脚放在另一只脚前面就行了。"

我强迫自己的大脑不去想任何事情，只专注于脚下的每一步，走一步算一步，但大脑拒绝合作，不听使唤。我只希望太阳对我仁慈一点，就算要死，我也应该在行进中死吧，像具风干的骆驼一样。

大约每走 1 公里，我就得停下来躺一会儿。到处都是石头和灰，我就用纱巾蒙住头脸，闭着眼睛躺坐在灰堆里，脸上全是强紫外线照射下的阳光和灰尘。迷迷糊糊间，我感觉自己变成了孩童，又变成了一只自由的小鸟，我往山上一步一步地走，雪往山下一点一点地下，在我和乞力的白雪约定的地方，我看见了我的亲人、母亲、逍遥、小狗小茶，还有戈戈。

"为什么要去登乞力马扎罗呢，那里既没有氧气、食物，也没有爱情？"我问。

"人的福报，来自勇敢、忍耐、宽容和付出。当你经历过足够的快乐和痛苦，你就能学会善待和同情。"母亲回答说。

"当你老了，头发白了，睡思昏沉，炉火旁打盹，回忆起自己漫长又短暂的一生，你不会耿耿于怀有的事情还没做，你会觉得此生无憾。"逍遥一脸戏谑。

"每一位攀过此山的人都对它赞不绝口，你会把宝贵的历练和福音带到更遥远的地方去。"戈戈说。

"你用小鸟、小狗的眼睛看天色时，就会很干净。"小茶说。

我硬邦邦地躺着，仿佛整个身体在进行日光浴，乞力山顶的雪覆盖了我周遭的风谷尘埃之声，我聆听到了内心深邃而纯净的回响。我感觉自己变成了一块儿石头，深深地沉入了一种安宁、静止状态，远处的冰川和云海交织在了一起，我转变成了一个全新的矿质版的自己。

每次像个忍者神龟那样缩身躺倒不到几分钟时间，戈戈总会克服万难来摇醒我，说服我，让我起身再走。有背夫在大背包上还要再背一个笨重的老式手提录音机，放着他喜欢的音乐从我身旁走过，有一首还是生于这个国家桑给巴尔岛的摩克瑞（Mercury）唱的《我们将震撼你》：

伙计，你是个只会大声嚷嚷的孩子，在街头嬉闹，希望有一天能成为大人物。

你搞得灰头土脸，狼狈至极，把铁罐到处踢来踢去。

大声唱吧，我们将震撼你！

这些拍手、跺脚的音效"rock you, rock you"，在荒凉无人烟的小道上欢快摇滚了好多遍，简直就是给我们这些灰头土脸的山人助威的嘛，是对中途失败者的慰藉，也是对走不动的我们最大的鼓舞，真的是把人的心都"震"醉了。

在马文济峰下有一片看起来很优美的扇形沙丘，地面上只散落着一些零星的碎石。戈戈说："Pearl你看好哦，你肯定不相信就在这里搞了好几场奇葩运动，看得人肾上腺素飞快飙升，想停都停不下来。"

荒漠并非一无所有，人的生命力亦处处惊人。山友们真的很卷，卷到什么程度呢？戈戈说在2014年9月的登山旺季，有30名板球队员在这片大坑打了一场海拔最高的板球。由于高海拔空气稀薄、阻力小，球会飞得很远，他们特地多带了24颗球上去。之前的2009年，这帮人在珠峰大本营也嗨过一次。在2017年6月的旱季，有20个国家的30名女足队员，年龄最小的18岁，最大的66岁，她们很有创意地用乌伽里粉画出了边线，把登山杖当作角球旗，克服了高海拔带来的筋疲力尽，也在这片灰堆上奔跑，行刑式地踢了90分钟的足球，就为了给非洲野生动物保护基金会募集善款。最近还有个翼装侠从峰顶以每小时180公里的速度，飞身而下，逼格直接拉满！

"下次会玩什么呢？"我问。

"你可以来场瑜伽嘛。"

也是哦，我怎么就没想到爬到一块火成岩上，来一个千里光式的树式呢？这里的环境极端恶劣，不过想想也有趣，像那些登山狂魔一样，微微一笑，表示小意思，不妨来个好看的动作看看谁行谁不行。

单腿迎风而立，双手向上伸展平衡，风吹不倒，稳稳扎根在山石间，像这座独立高耸的山峰那样。4天来，我每天好像做的最多的姿势就是趴着的鳄鱼式、费力的跪式、要死不活的骆驼式、七上八下的太阳致敬式，还有被人拖着走的很没面子的挺尸式。每天垮起个孤独月的脸，在山上的作天作地"社死现场"也被几多山友看到，实在是太不优美了！而那些有娱乐精神的人，真正会玩花样的人，或撞球、撞发色、撞神态、撞吃货、或撞脸、撞网红、撞流量，每个山友尽管在海拔4000多米的马鞍形谷地中苦苦挣扎。但他们在恶劣的环境下，靠体力也靠脑子，成了生存高手，想方设法弄出了些情趣盎然的动静来，好与这座举世无双的赤道雪山产生奇妙的连接，让人瞬间秒杀魂穿回到山里。

这里几乎没有植被，贫瘠的坡地显现着风蚀过后的痕迹，而且出奇的寂静，一帮生存高手好像网络游戏中的彩虹桥勇士，在跋涉者和玩家之间转换，发现了走出孤独山谷与无情风口的通行证。每个人都是看乞力风景的人，亦成了乞力的一道风景，在不同的角色转换中，不同的视角下破解了大风谷的秘密，在痛并快乐中装饰了别人的乞力之梦。不是吗？敢想敢做的山人万岁！

大自然没有给予这片寂寂无名的马鞍形荒漠以高度，但赐予了它独有的地理风貌。在自由峰和马文济峰之间有一大片乱石区域，这些看起来有着漂亮纹理的岩浆岩，实际上是岩浆经火山口喷出到地表后冷凝而成的喷出岩，是火山爆发后留下的历史性地标，是火山炸弹。戈戈说可别小看了这些火成岩，只有俯视这片荒丘，你才能意识到火山爆发的力量到底有多强大多可怕，滚烫的岩浆像河流一样流过山谷，巨大的蘑菇云释放出的致命热浪、火山灰和毒雾，席卷了整个乞力马扎罗山。天空一片灰暗，大量的石头弹雨砸到了这片区域，留下厚厚的一层碎石和灰尘，而这种喷发规模也是人类从未见过的。

坐靠在一大块儿斑马纹的岩石下喘息时，我紧张兮兮地看着远处烟褐色的山峦，忧虑着何时才能走完这片危机四伏的荒丘，只有戈戈除外，他好像对我的忧虑毫不在乎。他像地质学家那样，眼中只有石头，心情还很兴奋。

"有一对热爱冒险的火山夫妻，你知道吗？法国的，妻子卡提亚（Katia）摄影，丈夫莫里斯（Maurice）摄像，他们追随着全球的火山喷发和余波，跑了20多年，四处游荡，用惊艳的影像记录震撼人心的发现，所有可能的瞬间。"

戈戈说起别人的奇闻轶事，就是为了让我忘掉脚下还要走的枯燥之路。他拿起了一块儿石头递给我看，我第一次看清了火山岩的模样，到处是凸起的小颗粒，像皮肤上的肉刺难看。他说你见证的其实是数百万年的一股力量，火山石会比任何人类都存在得更长久。他让我再把石头放在耳边听一下。听见了什么吗？他问。

"是地球的心跳，"我手把石头说道。

"那对火山跑者后来又去了哪儿？"

"他们消失在了日本的一次火山爆发中，成了火山石的一部分，也给世人留下了一部关于火山与自然的珍贵遗产。"

那一刻我把石头放回了地面，沉默不语，内心极度震荡。在这座山上我们见过了那么多美丽的事物，也好像见到了那两个银色的身影紧紧依偎在火山口的石头上，要和火山一起慢慢变老。在一次次拍摄火山爆炸的火光中，有人不约而同地选择了勇敢和继续向前，死亡不是失去生命，而是走出了时间，成为大自然的一分子，还有什么比人类对自然的爱更长久的呢？！

远处，有山友已在地面上摆出了他们的特殊符号，戈戈说火成岩是所有岩石中最原始的岩石，他也要用这些古老的原石给我一个惊喜。我看见他避开小道，慢慢走入了荒丘的深处，穿着钴蓝色冲锋衣的身影在巨大的岩石下变得越来越小，他用我的橘红色登山杖在地面上画来画去，费力地沿着那些划痕搬运着一块块碎石。

头天走过这片荒丘去基博营时,戈戈就想用石头帮我摆一个"入坑"的纪念款,我一直走得累死累活的,早就忘记了这码事。没想到他在心里一直惦记着,还走到远离小道100多米的地方去摆石头,说免得被哪个山友就近借用了宝石,让它残缺不全。我把昏沉沉的头抬了起来,脖子像骆驼样升得老高,戈戈在阳光下移动的健美身影成了一幅极具诱惑力的剪影,瞬间减轻了我的焦虑和疲惫,让我充满了无限的遐想,我很好奇他会在那个奇特的角落去弄出什么花样来。

很快,我心中那孩童般的好奇心终于得到了回报,戈戈用相机拍了几张照片带回来给我看,他用那些有斑纹、斑晶的石头摆了两个好看的字母:

P&N

我从没想到他竟会用我们名字的首字母P和N,中间加上花式连接符拼在了一起,泪花一下涌了出来。"&"是两者缺一不可、紧紧相连,是在共同经历的患难中结成的非常牢固的感情,是一个人和另一个人共同完成的一段旅程,也是戈戈内心深处隐藏了很久的深情蜜意。在镜像中那3个符号其实更像一座殿堂,每一块花纹石壁上闪现出的落日前那抹明亮斑驳的光晕,已深深烙印在了我的心间。我动情地大叫了一声:

"Way maker, I worship you! So sweet——旷野开路者,我敬拜你,太可爱了!"尽管我爬不起身,软弱无力只能瘫坐在地上,我还是伸出双臂给了戈戈一个欢天喜地的拥抱,就像半夜爬山登顶时他紧紧环抱着我那样。

戈戈说:"Pearl,以后每次带登山队走过这里,远远地看见那些石头,我都会想起你。这里是我生活过的地方,也是我以后死去的地方,承载一座独立山峰千百年来发生的所有事情的地方。10年、20年后,哪怕乞力的冰雪没有了,登山者减少到了几百人、几十人,我还是会做向导走过这里,直到走不动的那一天为止。"

我悲喜交集,他的眼神像是来自远古时代的行脚僧,高高的喜马拉雅山麓的修行者,他的刚毅隐忍、一往情深其实早就打动了我的心。非洲人爱说山峰是男人的,陆地才是女人的,他们甚至用石头打动物、打牲口,我差点还被歹人的石头击中，而戈戈却用最原始的火山石，发明了一个带有我们名字的游戏，把我们的深情紧密连接在了一起。他让我的心里充满了一种非常古老的感觉，让我回到了过往的纯真世界，人们还在沿用古老的徒步路线，在向导的带领下长途跋涉去到雪山之巅。那些石头字母会在那里待上一千年、一万年，在太阳下闪闪发光，下雪时会覆盖上纷飞的积雪，圆月时会投下酷似我们的影子。

"我真的好喜欢这份神秘礼物，最大的惊喜是我将不再孤单，当风吹拂过碎石上的每一片花纹，你的赐福就会如期而至，抵达我的心里，我会珍藏一辈子。"我柔声对戈戈说道。

我们情不自禁，这种爆发出来的喜悦，源于长久期待之后的遇见，荒原上这奇妙、辉煌的最后一闪，或许只有一路相伴走过的人才会深深懂得，也让我的忧心忡忡一扫而光。很多攀登过这山的人都会留下终生难忘的回忆，即便经历了痛苦不堪的高反和登顶时强烈的身体不适，但他们依然会感恩自己的选择和遇见，感激这份奇异的缘分和不可复制的独特经历。戈戈的身上，天生就拥有一种古老神秘的原始力量，它让我们的登山具有了哲学家和禅宗的意味。我想很多年很多年后，当雪化了，我的头发白了，我都能想起在一座沉睡的火山上，一个来自偏远地区旺基部落的勇士，带着一种不灭的浪漫情怀，在我们的这个荒野星球上，写下了两个埋藏在我们心里一直未说出的字母：

My Love——我的挚爱！

37
山峰的颜色
Color of the mountain

"钻石就是一块儿坚持到最后的煤炭！你加油哦！"戈戈再次用黑色幽默的话语给我打气说道。

尽管回程的路走得跌跌撞撞、步履维艰，在一个大风谷整整走了4个小时，我双眼浮肿、一脸的沙子，戈戈却用他特殊的忍术训练，用他的"挚爱"，把我从可怕的高反后遗症的手中拯救了出来，把我炭渣式的身体磨炼成了能坚持走到最后的那粒钻石。

还有最后的 2 公里路程时，我们终于折向了东南方的山脊，回到了有植物生长的千里光的地盘，视线一下变得豁然开朗起来。我们背对着峰顶，面朝漫无边际的云海和黛色的山峦，感觉一路都走在了有氧离子的云端上，一下从苦不拉几的忍者神龟超脱成了爱丽丝仙境中的仙人。

有擦身而过、头顶柳条筐、归心似箭、走得很快的背夫，我问戈戈可不可以让那个背夫捎个信给尼尔，让他来接应一下我们。整个高海拔地区没手机信号，戈戈背着的随身包和我的相机包也有 10 公斤重，每次走到疲惫不堪的最后一程路时，尼尔的接应就成了最令人惊喜的一种仪式，我从头到脚、分分秒秒都盼着尼尔的出现。但戈戈沙哑着声音说，尼尔和吉恩又背又拖我到基博营时，他们的身体消耗太大了，也出现了高反，他们需要在海拔低一些的火伦坡营地休整，不能再动了。

我一听戈戈这样说，心里就觉得特别愧疚，一路上我只想到自己的累死累活，从没想到背夫、向导一旦负重太多、时间太久，他们也会出现严重的高反乃至生命危险的。长期在高海拔地区生活的人，心肺的负重过大，其实是很难长命百岁的。想着戈戈说的坦桑尼亚男人的平均寿命只有 55 岁，看着身旁背着两个背包、一直紧紧拉着我的手走路的戈戈，从没向我喊过一声累、抱怨过一句的戈戈，我的心里更觉愧疚。

"山友在徒步时最追求的一件事就是没有信号，独享一整座大山，哟嚯！"

只要看见我像个闷葫芦闷声不说话，不好奇地问东问西，戈戈就知道我心里的小九九又在打架了，他总会拉满情怀，想出激将之法来给我打点鸡血。他幽默我道：

"Pearl，你没躺倒在地，让一干兄弟急救你，把你放到独轮车上推下山，他们已很感激你的省心省力，让他们睡了个安稳觉，你已很了不起了，有人还为你破了财。"

我没理解到"破财"是指什么，戈戈已话锋一转，指着那一大坡巨人千里光说："你只认得千里光，却很遗憾错过了半边莲。"

一说到植物，我精神气一下就来了，所有的植物都是上帝造物的奇迹，我都喜欢，我都想认识它们。往下走不到几米，顺着他手指的方向看过去，只见几根阳具式的"巨柱"直挺挺立在沙黄色的草甸中间，苍翠欲滴，足足有一两米高，完全不同于怪头怪脑的千里光。戈戈说来到乞力这座山，有两种巨人式的植物是你一定要记得的，眼前这罕见的德克尼半边莲便是其中的一个"神仙"。

在植物界有位硬核祖师爷叫林奈（Linnaeus），他是上帝创造的伊甸园里的一位逆袭屌丝，被后人称为植物界的"杠把子王子""第二亚当"。林奈最早发现了植物的生物钟花钟，在1753年，他又为混乱的自然界带来了新秩序，他霸气地说：

"我出最后一口价，第一，每种生物都要重新起个名；第二，植物应该用性器官（花朵）的特征来分类。谁赞成谁反对？"

林奈提出了给植物命名的双名法，即属名和种加词。他一改索然无味的学者范，用瑞典直男的质朴幽默态度，让所有生物的名字都非常好记，且普适性也很强。看到没？我眼前的德克尼半边莲（Lobelia deckenii），后边的种加词是deckenii，从名字就知道它是乞力马扎罗山区沼地的本地种。

戈戈问我："还记得之前的乞峰千里光（Dendrosenecio kilimanjari）吗？"后边的种加词是kilimanjari，还有我喜欢的乞峰帝王花（Protea kilimandscharica）？他最后很骄傲地啧啧了几声，说："都是咱乞力马扎罗山的原产种。"

"每一种植物都有自己的招数，你只要仔细看看就知道它们顽强的生存能力超乎了人类的想象。"戈戈让我跟着他走进草甸时说道。

德克尼半边莲又叫乞力马扎罗花，有的可以长到3米以上，它的叶片层层叠叠像莲花座一样排列，紫色的花苞悄悄隐藏在翠绿的叶片之下，很不容易发现。夜晚寒冷时，半边莲会关闭它的叶片，像卷心菜那样把花芽好好盖紧，以此保护嫩叶和花苞不受冻伤。戈戈拿过了我手中的相机，说如果再用镜头拉近一点看，每棵植株中央都有一抔清澈的净水，那是半边莲用来保护幼芽生长的不会结冰的组织液，正亮晶晶地反射着暖暖和和的阳光。这里的每个夜晚都是 0℃以下的冬天，可以把人冻成狗，可每个白天又成了可以烤干一切的夏天，而正是这些赤道附近的奇异温差造就了乞力植被的多样性，让这里的植物都长成了令人惊艳又性感超人般的模样。

在乞力走了 4 天的山路后，我现在每每看到不同的植物、不同的景致，就会知道自己所在的海拔高度。植物的样貌或坚韧或柔软，或艳丽或雄壮，这些都源自它们面对自然的从容不迫。每一朵花怎么开，和哪些伙伴长在一起，都是有道理的。高耸的半边莲并不孤单，各种野花野草陪伴左右：粉紫色的肯亚蓟花，顶着一个个扎手的刺毛毛球；成片的紫花苜蓿是最有用的高山牧草；小穗带着绿色、紫色的酥油草送来了阵阵香气，一大蓬一大蓬在清冷的风中柔软地摇曳，有的地方的香气密集得能扎痛你的嗓子，让你醉了般地头晕。我想起第一天上路时戈戈给我看的向导证上写的 6 条线路的全线向导，一路走下来我觉得他更是一个让人惊喜连连的全能向导，他脑补了我的好多空白。那个美国传教士瑞希博士，一生爬了这山不下 65 次，戈戈 9 年的时间至少也有 180 次，还有那个 9 小时就跑完上下全程的向导西蒙·穆图，我们可是走了 5 天 4 夜呀，他让世界见识了黑种人惊人的体能。

西蒙说一个自然奇观的消失用不了多久的时间，于是他有了另一个壮举，围着乞力的山脚跑了 300 公里的马拉松，每 3 公里就种下一棵树，为乞峰整整种了 100 棵不同的树。他坐在一棵大树下说：

"我要向这个星球上独一无二的乞力致敬，当有一天乞力的雪消失了，来到这儿登山的人，依然可以环绕山脚的茂密森林徒步，尽情捕捉自然、动物和原住民令人惊叹的美。"

此时我眼中所及的乞力马扎罗，就是一座"上帝的花园"，也是探险家、地质学家、动植物学家、向导背夫，还有我们这些素人登山者的天堂。当阳光亲吻乞力的沃土，当狂风吹刮它的巨树，当冰雪消失在时间的裂缝，当天堂召走我们的所爱，我们的心依然在为这座山打着节拍！人生好比登山，登山就是一场浓缩了的精彩纷呈的生命之旅，不是吗？！

"我承认，我动情了，我爱死了这山。"我嗔笑着，冲戈戈喊了一声，看着他站在岩石上拍照的身影，我伸出了五个手指，give me five，竖起了我的手掌。

喜欢攀爬的人，都有些与众不同。戈戈背着相机包，他学得很快，俨然已成了一个心明眼亮、脚勤手快的御用摄影师。他把腿伸到了山石草甸间去寻找拍摄的角度，像个兴奋的小孩捕捉着山脊、天空、草木、飞鸟的绮丽影像，巨石上的水洼，倒映着云彩、花草、戈戈的影子，偶尔有相机的快门声或远处鸟兽虫的鸣叫声会打破山脉的寂静，让我们这段枯燥乏味、疲累艰难的10公里返程又多出了一种全新的体验。他带着发现、探秘的激情，把周遭的自然生命和谐地连接在了一起，正契合此时我们对这山的依依不舍的心情。

"这苦，我吃得好爽！"我对戈戈喊道。

"幸好没有躺倒在独轮车上，有时像忍者神龟拉斐尔那样拼一把，做一块坚持到底的煤炭，我又莫名其妙地到达了一个连自己都想不到的高度。"

戈戈开怀大笑，笑得眼睛发亮。他这个处处照拂别人的神龟老大达·芬奇，竟意外改行成了个有独立意志的掌镜高手，一直霸着相机东拍西拍。他让我想起写下《我的孤独是一座花园》的叙利亚诗人阿多尼斯（Adunis），想起他在《天光》里的那句诗：我向星辰下令，我停泊瞩望，我让自己登基，做风的君王。

一个具有真正的荒野精神的攀登者，是随时随地都可以做主宰自己意志的君王的。我好想把这句话献给戈戈呀，他健美的体态，他几近完美的动作，无意间让我看到了他灵性生活的好多面，他让我的双脚踩到山巅上时，就像在把美梦化成真。我想，若风有颜色，应该就是这座山峰的颜色吧。

在乞力马扎罗山的一天结束之际，我终于看见了建在一片千里光林木和蜡菊花丛中的尖顶木屋，看到有着波浪形的美丽山脊一个接一个变成了洒金色，最高的那座蓝灰色山峰戴着它白雪皑皑的王冠吸尽了最后一道光芒，那便是非洲之王自由峰。12个小时之前，我们曾站在那里，沐浴着同样的天金色笼罩下的日出。时间凝固在了一个永不会改变的时刻，感觉就像永恒，我再次听见了上帝之山的呼吸。

38
马赛武士与割礼
The Morans & Female Genital Mutilation

有渡鸦的地方就有营地，有人间烟火气，没想到看见这些鬼头鬼脑的小家伙我竟然会异常高兴。有渡鸦在烟褐色的岩石上逆风而立，白颈毛被风吹得上下纷飞，看见有躺在火成岩上晒日光的山友，脸上的海盗头巾光艳夺目，看见营地旁霞光映射的厨房有缕缕炊烟飘散而出，这些充满氧气感的画面给我增添了戏剧般的治愈力，我深吸了一口清冽之气，历经两天的艰难跋涉，我终于像黄金圣斗士穿越了"叹息之墙"，回到了极乐净土的火伦坡营地。

尼尔冒了出来，从戈戈手中解救了我这个"包袱"，扶着我往骑警登记室走，还不忘互动几句玩笑话：

"Pearl，你太强了，给你预订了 No.1 的悬崖小屋，风景最好的那间。"

有过上过下的背夫，也是轮番恭贺登顶。一骑警把 1 号木屋的长柄钥匙交给戈戈时，也说道："女士，你很了不起，真上去了！"

我一听，心里又是一紧，坏消息总是传得比风都跑得快，这次的民间口头文学，不知是不是说一马赛背夫的肋骨差点被一女魔头压断了？！

回到木屋坐在地铺上，发现自己跟个逃难讨口的人差不多，满头长发、满脸、满手指甲都是灰，软羊皮手套也划破了，军色的冲锋裤磨破了好几个洞，连裤袋、裤边里全都是沙子。匆匆洗了一把手、脸，连饭都没吃，脱下外衣外裤，差不多"刚"了 40 个小时的我，钻进睡袋就睡着了。

这一睡就是死沉沉的 3 个多小时，睁开眼睛的时候，发现几个黑金刚都坐在地铺上，睁着黑亮亮的眼睛好奇地盯着我看，像一群黑猩猩在打量一只受伤的动物一样。我一下觉得非常不好意思，不知道尖叫、说梦话没有？睡相难看、流梦口水或者鼾声如雷没有？

戈戈看见我从昏睡中醒来，如释重负舒了一口气。吉恩忙不迭地问想在哪里吃晚饭，我一身酸软不想动，就说坐在地铺上吃吧。吉恩用一个大木盘将东西放在我面前，有炸鸡柳、烤土豆、蔬菜沙拉、百香果果汁，还特意准备了一碗白米饭,我几乎是狼吞虎咽干掉了所有的东西。

一吃完新鲜、带有温度的食物,我一下恢复了活力,闻到了空气里的蜡菊香气——那是一种十分特殊的甘涩、温馨的药草味。之前的那些可怕症状:辨不清食物、没有记忆、电解质失调、看东西重影、说话有障碍、身体发麻,全都消失不见了。曾经很不理解,为什么短短几天的攀登路途,要配备那么多的背夫,带着那么多的锅碗瓢盆来煮东西?吃吃干粮、面包、泡面、带点能量棒、巧克力这些干货上路不是更便捷吗? 4天的登山历程,让我很深地感受到了吃热的食物、喝热饮对每一个登山客的攀登状态都会有非常大的帮助。一干黑金刚挤在小木屋里,看见我又能吃又能大笑了,一路上绷得很紧的那根神经也松弛了下来,开始用一种轻松诙谐的方式揭丑,把属于我们这个黑金刚团的忧虑、担心、哭泣、快乐全摊开了给我看。

马赛人尼尔说:"Pearl,你知道老大戈戈用了多少种姿势把你弄上去的吗?又推又拉、又背又抱,就差没用肩扛了!你起码废了他5年的功力。"

微笑先生吉恩一改含蓄害羞之态,还没有开口,先嘿嘿嘿笑得龇牙咧嘴,喘不过气来。他说:

"Pearl,你太猛了,你让好几个大哥都败下阵来!"

我以为他是要说我让他和尼尔又背又抬、轮番伺候这件糗事。他又继续呵呵笑,说感谢我让他们喝了好几支可口可乐。我被他们笑懵了,一头雾水,尼尔是读了师范学院的,英语比吉恩强多了,他揭秘了整个搞笑的过程。

原来第二天下雨时我腰闪了,憔悴不堪抵达火伦坡营地时,1.9米的高个子阿尔弗,他也是个经验老道的向导,这次小雨季客人少,他就来黑金刚团兼职做了背夫。从第一天上路他看见我不善走路的"乌龟相",他就不看好我,给戈戈说这丫熬不到第二天就会打道回府的。山上也没什么娱乐项目,于是,向导背夫就经常偷偷拿登山的客人来打赌,赌谁能登顶谁不能登顶。由于山上一律不允许后勤人员喝酒的,哪怕是啤酒,于是赌注就成了一支可口可乐,只是我们这些壮志凌云的客人不知道自己竟成了别人的押宝对象罢了。

尼尔好几次都绷不住,哈哈笑得转不过气来,我急不可待想听下文,尼尔接着说于是分成了两帮人，查加人阿尔弗、厨师纯真、杂工笑，还有火伦坡营地、基博营地的一干骑警都卷了进来，全赌我必败，只有尼尔和吉恩赌我能上顶，戈戈是领队，不能参赌。

我更是笑得花枝乱颤，我说要是我阵亡了，你们俩势单力薄，不是要赔惨了吗？

尼尔说："一路上你让我们见识了麻辣女子，哭得最凶、笑得最凶的人都是你，但戈戈站在你那边呀，我们其实赌的是老大。"

晕呀，马赛人的直肠子！不过的确如此，就算忍受1万次的心肺重压的痛苦，也要在重重的危机中为我开山辟路，能为朋友而舍命，要让爱的人安全幸福，没有比这样的人心更强大的了。是戈戈让我做了个身体比犀牛皮更厚实的旺基人，带领我走过了每一块石头、每一座山口，我也明白了先前戈戈开玩笑说的"破财"指的啥。这4天来我们的黑金刚团都没聚在一起放松过，1号木屋已安排进了另一位明天要上行的女登山客，我提议去骑警室，我给每个打赌的兄弟都买一支可乐，包括骑警，不在乎输赢，顶顶开心的是我成了可以娱乐别人的人。

骑警室其实是一个小杂货铺，兼卖面包、可乐、巧克力、爆米花、电池、电筒等各种小东西，背夫不能进到客人用的餐室吃东西，大家就在餐室外的大露台上，坐在高高低低的木楼梯上，抽烟、喝可乐、吃爆米花。吉恩搬了一把有靠背的木椅出来，我打了个瑜伽的双盘，安坐在上面和他们说东道西，享受着历经艰难后的月色下的舒适和安宁。

每次都会找我要烟的尼尔很活跃，我想这次月夜下讲故事的主角该轮到他了，我一直对马赛人隔雾看山、隔水看海的，我想是时候让尼尔给我解开神秘的马赛人之谜啦！

尼尔说他是梅鲁山北边的马赛村庄梅库鲁（Mkuru）的小学老师，村庄离阿鲁沙有60公里远，他在小学教数学、英语、体育，感觉没有什么他不可以教的。

尼尔的父亲是村庄的长老，有7个妻子，17个孩子。28岁的尼尔已结婚，有一儿一女。整个梅库鲁村，共有100头牛，250只羊，25个孩子。附近5个村庄的孩子都到梅库鲁小学来上学，小学里有75个学生，3名政府派来的固定老师，1名志愿者老师，所以尼尔身兼数职，忙得很。

在20年前，马赛人会坚持一个古老的说法：我们右手持长矛，左手持圆棍，就不能再拿书本了。身披红色束卡披风、手持木棍在金黄的东非稀树草原上放牧，曾是马赛人唯一的生存手段，闻到肥皂味的马赛战士甚至会呕吐。但随着时代变迁，马赛人的习俗也发生了很大变化。尼尔的父亲说不能让自己的孩子永远照顾牲口，他送尼尔去阿鲁沙读完了师范学校，现在尼尔回到村庄小学当了老师。尼尔说送孩子上学已成为越来越多的马赛人很关心的一件事情，将来只有那些上过学的孩子才能养家，只有掌握了各种技能的孩子才能更好地面对这个不断变化的世界。

尼尔说："Pearl，你应该到我们村庄来，我们太需要志愿者老师了，你会写作文、会开车、会拍照片、会拍视频，还懂爬山，有那么多实用的学问，孩子们会爱死你的。"

"我当然想。"我愉快地说。但我不知道为什么志愿者组织要把我派到蒙巴萨去照顾一群猴子。戈戈受摩尔老师的影响，成了一名全能向导。受了教育的尼尔，比我见到的其他马赛男子都开放、自信、风趣，对女性也照顾有加，跑上跑下接应的活，全都是他主动来干的，勇气十足让人印象深刻。

我说："尼尔，你背我的时候就打动了我，我这次只是探路者，有一天我重返非洲时，一定去你的村庄小学给你当助手，哈库拉 马他他！"

尼尔开心得像个大孩子，蹦到草地上跳得老高，头顶破了月色，那是他们的绝技。

我告诉尼尔，在马赛马拉游猎时，司机拉维带我去了附近的马赛村庄柠檬戈（Lemongo），村庄有足球场那么大，用泥土、牛粪、树枝搭建的土黄色房屋在干褐色的空地上围成一圈，圈外再用荆棘搭起一个又高又厚的圆形柏玛（Boma）刺篱墙，大门则如同一个花环。那个村庄里有5个家庭，300多只牛羊，中间的空地就是牲畜的聚集地，每到夜晚，村民们便把村子的大门用带刺的枯枝堵严，把牛羊群聚集在村子中央。

那天下午，盛装的男子集体给我们表演了他们的绝技——钻木取火，跳高PK。表演完毕，35岁的卡帕托（Kapaito）把我们带到了一处有茅草顶的空院，空院四周搭了一圈土台，铺着马赛布的土台上摆满了女人们做的各式各样的手工艺品，村庄里的女人全都出来了，老的、小的，守在摊位前眼巴巴地盼着你买点东西。卡帕托是酋长的长子，有2个妻子、3个孩子，他代理年迈的父亲打理着村庄里的一切事务。我挑了几张软牛皮做的书签，她们把它修剪成了细长的长颈鹿、啄木鸟样子，画上的是日出时的草原、动物剪影。还有一个手工缝制的软羊皮小笔记本，棕色的皮面上是金色的串珠串起的一条蜥蜴，眼睛、4个爪子还有长长的尾巴上镶嵌着翠蓝色的小珠子，后来我每天都用它来记东西。马赛人天生就是艺术家，仔细挑，好多小东西都极富原始、天真的创意感，看一眼就会爱不释手。

卡帕托身披的束卡（Shuka）其实是上下两块红黑色格子布，类似床单大小，一块用以遮羞，一块斜披在一边的肩膀上。这样简单地一围一裹，倒也透气凉爽。他腰间扎着一条软牛皮皮带，上面满镶着菱形图案的宝蓝色和金色小串珠，松松垮垮套在束卡上，看起来不一般的潇洒随意，抽出来还可以当随身的软武器，击打地上爬过的虫虫蚂蚁。我毫不犹豫让他取下身来卖给了我，砍价成20美元。后来那条蓝腰带让我在蒙巴萨海边当志愿者时畅通无阻，一袭肯加长裙上扎着一条马赛勇士腰带的女子，自带了一种狮子般的帅气，谁敢惹呀？我可是有防身法宝的。

卡帕托的妻子（不知道是哪一个妻）无疑是个聪慧手巧的女子，把丈夫装扮得颜值翻倍。皮带翻过来是细密有序的走线，一点也不凌乱，可以看出她的心思、手艺和创意。那时我突然想，马赛人为什么不做一个马赛珠的品牌呢？走在国际T台上，又会掀起一股不一样的时尚马赛风。卡帕托的手腕上戴着他妻子用不同颜色的小圆珠穿连编织而成的手环，上面是肯尼亚的三色国旗，在黝黑的皮肤上太抢眼好看了。我就向他妻子订了一个手环，请她用宝蓝色的串珠把我的英文名字"Pearl"加上去。卡帕托说手环要串3个多小时，5美元，做好后就让儿子送到色克纳尼（Sekenani）镇上我住的营地酒店去。

回营地的路上，有的游客却抱怨开了，说马赛村已经不那么传统了，充满了商业气息，已失去了原始部落的淳朴味道，我们每人可是花了25美元去逛了一圈牛粑粑破屋,其中5美元还是庄返给司机的带客费,他们已知道怎样有利可图、"打劫"游人。但我不这样想,我说我很感谢每一次的不同经历,哪怕是不小心一脚踩到了牛屎。他们付出了劳动,付费是对这么一种生存姿态的尊重,何况那些简单、有趣的活动也让我们参与其中,情不自禁与他们一起跳跃、共舞,欢快、自在的情绪弥漫在大草原上,我们也感受到了马赛人恣意潇洒的传统生活。

不是吗?!

男子身披显眼的束卡,留着涂有红泥、牛脂肪的长发辫,戴着带短刀的串珠腰带,手提木棍,这种装束很像一团火,这正是他们所要达到的效果。在野兽出没的广袤无际的大草原,这样"一团火"能有效震慑住野兽,保护他们赖以生存的牛羊群。

马赛人是世界上最后一个崇拜战士的民族。游走于天空和草原间放牧的马赛人,从小就要以成为勇敢的战士为己任,他们的奔跑速度、弹跳力和战斗所需的其他肢体动作都必须是杠杠的。那些呈现给我们看的独特的原地跳跃战舞,要呈现的是自己作为部落战士的勇猛和力量。我们很瘦,但有劲,况且跳得越高还越受女孩子喜欢。

轮廓清丽的马赛女人,光着头,没有三千烦恼丝,让我看见的却是哪怕到了21世纪的移动时代,马赛女人的地位依然十分低下。为了不让女人吸引到丈夫以外的男性,她们都得剃光头发,颈部佩戴的宽大饰品,一层层几乎把脖子箍住,等于是一辈子上了枷锁。不同于在外游牧的男人,她们的生活圈依然局限在村落周围。马赛女人的日常生活相当辛苦,在严苛的自然环境中做着重体力活,背水、挤奶、砍柴、煮饭、修补泥屋,照顾牛犊、孩子和老人,她们的平均寿命仅为48岁左右。乌泱泱的一大群马赛孩子,依然生活在遍布牛粪、飞满苍蝇蚊虫、家徒四壁的狭小村落里,那样的赤贫状态会让每一个亲眼所见的人倍感难受。

作为非洲大陆上知名度最高的原始部落,现在的马赛人大都定居了,他们也从纯游牧生活转变为半游牧半发展旅游业为生。如今在马赛部落的荒原上,除了放牧的牛羊外,也停靠着载着来自不同国家游客的越野车辆。走进保护区外的一个个马赛村庄,村民们游刃有余地掌握了售卖各类手工艺品的技巧，也能提供野生动物观赏导游服务。在整个部落里，牧场是公共的，所放牲畜都属于每个家族，旅游已成为村庄共同拥有的重要的收入来源，而所得收入可以用来资助学校、购买药品和扩充他们宝贵的牛群。对于来往参观的车辆和外国人，马赛孩子已习以为常，在他们的眼中，呈现的是一个交织着马赛人游牧传统和现代商业生活的世界。这支散落在稀树草原深处的网红部落，从原始跨越到了现代，正生机勃勃融入现代社会之中，他们的生活方式也有了新的转变。

世界的美，正是因为有多种文化和多种人群的交汇，看到不一样的生活，接纳世界的多维与不同，沉浸其中并相互包容、相互感染甚至相互改变。那天晚上9点，月色清亮，两个有着长长耳饰的马赛少年手提棍子，在黑暗和繁星中走了4公里的荒原小路来到镇上的营地，把那只漂亮的手环交给了我。即使是保护区周围的马赛村落，至今仍没有通路，没有电、没有自来水，他们说爸爸要想给手机充电，也得走到镇上的商店去才行。

我太喜欢那只精致小圆珠编织而成的手环，有盾、长矛，还有我的名字，戴在右手腕上伸向旷野的风中，我觉得我好像也成了一个喜欢游牧的马赛人。第二天薄雾晨曦中，陆巡的车轮碾过了马赛马拉平原疏松的黄土和张牙舞爪的碎石，我们在车里像筛糠壳一般被抛上抛下，一路尘土飞扬。在中央平原的马拉河打望成群的河马和巨大的尼罗鳄，在河边森林相遇了大象、斑马和羚羊，在犀牛峰和天堂平原拍到了玛莎狮群和瑞吉狮群，它们可都是BBC的经典纪录片《大猫日记》中的网红主角。有一只花豹像一条挂毯似的慵懒趴在口哨相思树的枝丫上，双眼迷醉地享受着阳光，花豹是草原上战斗力爆表的动物，有草原捕猎"达人"的美名。但它喜好独居，简单说就是自己吃自己睡，很遗憾我没拍到这些出名的"打工仔"在天堂平原上辛苦干活、追逐瞪羚的矫健身影。

突然，拉维"嘘"了一声，我们在陆巡车里屏住了呼吸。大约200米远的灌木草丛里，一只花豹冒出了头，它亮黄色的眼睛警觉地望着四周，很快叼出了一只幼崽，沿着丛林的边缘向远处的高坡奔去。

花豹是稀树平原上最神秘的捕食者，一胎通常能生2到3只幼崽，但花豹幼崽的存活率却很低，1岁内的幼崽，能活下来的几率只有1/6，这期间它得完全依靠母豹丰富的经验和保护才能生存。母豹会把幼崽藏匿在隐蔽的树洞或石缝里，以免被草原上的"大哥"狮子、"二哥"鬣狗或其他一些攻击性强大的猎食者发现，它们会立刻杀死花豹的幼崽。

我没想到我竟意外拍到了一只花豹悄悄转移它幼崽的全过程，我第一次这么近地看着母豹和它的孩子，心跳得好快。这只母豹也许是受到其他猛兽的滋扰，附近就有一个狮群在活动的气息，它觉得原来的巢穴不安全了，连忙带着幼崽转移到远处的山岩去。那里有陡峭的斜坡和隐秘的裂缝，可以让幼豹安全藏身其中。在拉近的镜头里，那只小花豹四肢蜷缩着，乖巧得像一只小猫咪，那萌得快融化人的朋克小花脸，可爱得不像样。它在奔走着的母亲口中，左右荡着秋千，一双蓝色的亮眼睛，好奇地打量着外面的陌生世界。

母豹有着很高的智慧和观察力，让你不得不佩服当妈的机警。它动作迅捷地走完一趟，又迎着沙尘回头叼出了另一只幼崽，这只小花豹有点顽皮，也可能有点重，中途从母豹的口中滑落，掉在了沙地上，发出了小猫似的软软糯糯的叫声。母豹低头，温柔地舔了舔小花豹的头和脖子，迅速叼起来再奔走在一片沙尘中。速度之快让人惊叹，整个过程一气呵成，不到3分钟就完成了转移，花豹一家消失在了赭红色的山岩背后。

小花豹需要一年多的时间，才能学会独立生活，它们得时时刻刻从母豹那里学会猎食的技巧和应对危险的生存技能，母豹的母爱也只持续到幼崽长大能独立生活为止。幼豹长大后，母豹便会将其驱逐出自己的领地，从此母子间便情尽义绝，不再往来。成年，意味着花豹必须自己养活自己，在大地上立足。在人类的世界里，或许可以有父母的资助，可以啃老、不工作，但在动物的世界里，这根本就是幻想。

真实的总是最动人的，看到母豹面对危险迅疾转移幼崽的一幕，母爱的温情瞬间爆表，我心里亦涌出一种无言的感动。动物的母爱并不逊色于人类，我们每个生命从出生、落地开始，就意味着一场冒险旅程的开启，而这段征途，从来就非一帆风顺。

马赛马拉的每一种动物都在努力求生存，地球上存在500万种不同的生物，就会有500万种不同的生活方式，每一种生物要想生存，智力、聪慧的头脑都不能缺少。兴致勃勃用眼睛和镜头游猎完马赛马拉后，我不想回到营地去喝冰可乐、上网秀图，教书的人自然而然会对学校感兴趣，我让司机拉维再带我去了柠檬戈村庄。

村庄外干旱少雨的荒漠上长着一丛丛粗大的仙人掌树，有山羊在啃仙人掌叶，连花朵也吃了下去，也不怕扎嘴，我们得和仙人掌丛林保持一个社交距离才绕得进去。几个马赛男子躲在高大的平顶相思树的树荫下乘凉，看见我们的陆巡车开过来，便热情地迎了上来。我跳下车，对卡帕托说："可以带我去村庄的小学看看吗？"他看见我戴着那个漂亮的手环，便开心地说："你是我们的客人了，也是朋友，任何时候都欢迎再来，免费。"

我让司机拉维自己先开车回镇上去摸鱼，找熟人玩，日落时再来接我。

小学就在村庄旁边大约1公里远，这是我第一次没有关在封闭的越野车里而是脚踏实地、"赤裸裸"走在马赛马拉的荒原上，身旁还有一个马赛武士带路。我们顺应着原野里的风、色彩、光线和气味，像野生动物那样轻轻地移动，两个红袍牧牛人远远地和我们打着招呼：

"姜博（你好），兄弟！姜博，姆沙布！"

"姜博，莫拉尼（武士），你们要赶着牛群去哪儿？"

他们的轮胎鞋啪嗒啪嗒踩着沙土，身体前倾、紧绷，头上梳着涂着红泥的小辫子，目光笃定，急切走过了我们的身旁。不经意间，我瞥见一个牧牛人的尖细牧牛棍上挑着一条软塌塌的灰褐色长蛇，惊得我后退了两步，快速躲闪到了卡帕托的身后。

卡帕托说大草原给了他们天堂般的放牧之地，也给了他们躲藏有毒蛇和野兽的灌木丛。蛇最爱栖息在开阔的灌木丛和长有牧草的湿润地带，捕食小动物、小鸟，我们在荒原走路时一定不能太靠近密集的灌木丛，得随时看着脚下的土路走。我原以为只是在安谧的大草原上令人神怡地晃悠二十几分钟路程，天天和动物打交道的卡帕托却像猎人一样给我上了荒野生存的第一课。那些有小鸟鸣啾的荆棘丛中，或许就有喷着毒液的毒蛇在穿行，十二万分小心脚下，才能够走得长路、远路。

孤独矗立在开阔地带的村庄小学，其实只是一排低矮的铁皮木屋，有一个巨大的黑色坦克水桶立在荒地上，远远近近的孩子都要到这里来取水，用一根长长的头带捆住小塑料桶背水回去。有几个女孩用布带捆住捡拾的柴火，顶着烈日弯着腰，用头带背着一大捆柴火，悄无声息地从我们身旁走过。卡帕托说现在学校放暑假了，没人，十几个好奇的孩子屁颠屁颠跟在后面，把我带到了他们的教室前。

教室实在太简陋了，比我去过的喜马拉雅山区的教室还简陋。木质墙面已破烂，用铅灰色的铁皮补了一圈，泥土的地面坑坑洼洼，窗户是个空架子，没玻璃也没木条。孩子们上学自带板凳，放假就搬回家去了，窄小的教室里空空荡荡，唯有那块1米见方的黑板上残留的粉笔字迹，看了让人唏嘘不已。

上面凌乱写着的是加减数学题、斯瓦希里语单词和英语单词，在family members（家庭成员）下面画着一排小人，写着boy（男孩）、girl（女孩）、dog（狗）、cat（猫）、cow（牛）、sheep（羊），你能想象孩子们那稚嫩的朗朗读书声，他们不再是草原上只会放牧牛羊的孩子，像他们的父辈那样日出而作日落而息。

在铁皮木屋外立有一块小木板，写着非常简单的校语：

To live, To learn, To love

去生活，去学习，去爱

这看似简单的三"l"，是我们这些现代人立世做人最重要的三种能力和品质。而在东非大草原上牧牛牧羊300多年的马赛人，他们的孩子也开始读书，他们也要迎头赶上这个变迁的世界。

卡帕托说以前的白天，都是由小孩子在村庄照看牛犊，在小屋附近放羊、挤奶，大孩子则赶着牛群去较远的牧场。现在孩子们都可以去学校读书了，小学是免费的，但整个马赛马拉的教育资源非常匮乏，10个孩子共用一本教材，也没有足够的练习本、铅笔，整个教室里只有两三块橡皮擦轮流着用，教室里没灯，孩子们只能靠照进教室里的自然光来看书。黑板、粉笔、书籍都是珍贵的财富，大部分是捐助来的，得省着用。而这种状况不止是马赛马拉，整个肯尼亚的贫困地区都一样，马赛村庄旅游的部分收入也要用来资助学校。

作为旅行者,我唯一能分享给孩子们的就是少许的糖果、笔和写字本,这是在内罗毕就提前准备好的小东西。我们坐在教室外的阴凉处,孩子们圆溜溜的小脑袋挤在我身旁,就像软软的小羊羔挤在母羊身边一样,有的女孩左右脸颊上各刻有圆形和方形的印记,特别小的孩子拖着浓稠的鼻涕,黑亮亮的眼神灌满了期盼和欢快。我让孩子们在我的蜥蜴小本上写下他们的名字、年纪、年级,哇,他们的英文手写体真的写得很流畅。一个特别活泼的小女孩眼球滴溜溜转,好像密长的睫毛下藏着一对发光的小水滴。她的小手沾着尘土,指尖却粉嫩嫩的,她认真写了一个电子邮箱给我,说是爸爸的,她可以去镇上的商店上网写邮件给我。

我问孩子们长大以后想去干什么。巡护员、骑警、导游、司机、医生、护士、老师、足球运动员,他们每说一个英语名出来,发音脆脆的,羞涩但很开心。有个小男孩竟然说的是"Hot Air pilot(热气球飞行员)"!在马赛马拉的蓝色天空上,每天日出时都飘浮着五彩斑斓的热气球。乘坐热气球俯瞰 1800 平方公里的马赛马拉大草原,沿着马拉河追逐着动物伙伴们迁徙的脚步无疑是一段最刺激奇妙的航程,我和小男孩顶了一下拳头,说:

"我也想!"

见过野生动物,见过草原、天空的马赛孩子,也见过了更为广阔的世界,他们的梦想远比我想象的还要美。

日落时,我们随着一队归来的牛羊群往柠檬戈村庄走,它们"哞哞咩咩"叫着,松散地排成一队,踩着日暮的光线一颠儿一颠儿地回来了!突然有个放牧的马赛男子说:

"象群来岩石山的溪流饮水啦!"

我们站在小学外面的空地上,远远地就可以看见那片长着金合欢树和猴面包树的小丘陵,我没想到象群竟然离马赛人的村落如此之近。

卡帕托拄着牧羊杖,细长的双腿交叉站立着,腰佩短剑,他今天披着的是宝蓝色条纹的束卡,他指着空旷的原野对我说,马赛马拉其实是一个没有围墙、没有栅栏的自然保护区,野生动物们都是自由迁徙的状态,不可避免地涉及当地的部落。以马赛人的名字来命名的马赛马拉保护区对马赛人来说不仅仅是一个空洞的姿态,马赛人也争取到了在两个国家境内的保护区或国家公园的部分区域放牧的权利，可以说野生动物和马赛人朝夕相处，熟悉彼此的气味。马赛人从不猎取野味为食，几乎全部依靠牲群的肉、血和奶为生。如今更是参与到野生动物的保护中，马赛马拉野生大象的数量也从数百头增加到近千头。有时候猛兽会去偷袭他们所养的牲畜，马赛人的牛羊一旦被国家公园的动物咬死，会得到一定的赔偿。

"赔多少呢？"我问。

"一头牛约3万肯先令（约1700元人民币）……"

卡帕托的门牙稀疏，据说马赛人从小要拔掉两颗门牙下齿，为的是灌药方便（这是多么奇怪的风俗呀）。他龇牙咧嘴说道："这种钱哪够买损失的牲口嘛，不过我们已感到很满足啦。"有的村庄离学校很远，孩子上学不得不在荒原上走很远的路，草原上的大型动物和猛兽、毒蛇会对孩子的安全造成危害，所以孩子们得组队一起去往学校。有的孩子得早上5点就起床，顶着天光走过十几公里的"野生动物园"，走上一两个小时才能赶到学校上课。可大草原就是他们的家，也是野生动物和牲畜都能自由漫游的地方，他们对大自然的敬畏和顺从是刻在骨子里的，数百年来马赛人都在这片大草原上与野生动物和睦相处。

听完卡帕托说的村庄生活，我想我们之前对马赛人的所知仍然是肤浅的、有限的，我们的生存智慧更多偏向于人文社会的概念指标，像弗洛姆说的现代人的两种生存方式，"存在式"与"占有式"。他们的生存智慧则更偏向于与周围环境的和谐共生，以一种我们不曾相识的远古方式与自然相惜。与大自然同行、同呼吸、共享、共眠，而人的心只有归属于自然才会有这样的选择。他们穷，他们落后，穿的是自制的轮胎鞋，住的是牛粪粑粑屋，孩子读书是在没有任何现代设备的土坯教室，背一点奶和乌伽里干饼，一走就是几十公里远去给牛羊找有青草有水源的地方放牧，但他们保留了天人合一的那份纯真和原始的力量。每每想到他们说大象来溪流喝水的欢快声音，想到我们站在旷野里看牛羊群沐浴着落日的余晖归家的身影，那样绝美的画面如英格玛的《回到纯真》，都让我有种想哭的冲动。"马赛马拉"这一地名本身就是由马赛人和一条名为"马拉"的河流汇聚而成的，那就是野生动物的天渡之河。生来就与野性生灵共舞的马赛人，没有去改变这片野生动物的净地,也没有去向商业社会必须打拼的生存法则靠拢,他们将田园伦理推向了极致,以最自然、最接近造物主的方式定居在了马赛马拉大草原上,一代又一代。

在寂静的暮色里离开村庄回营地酒店的路上,我没想到竟发生了不愉快的一幕。卢奥司机拉维一脸的不高兴,因为这次的村庄游马赛人没有收费,他也没有带客费可拿,他就开始对我蹬鼻子上脸了。对于身处都市的非洲人来说,马赛人因陋就简的生活习俗是很不招人待见的,他们也对马赛人存在很多偏见。我第二次想去村庄时拉维就曾嗤笑我,觉得他们脏、体臭、落后,一夫多妻还实行残酷的割礼,尽量不让我与马赛人接触,更不理解我怎么还要神经兮兮去第二次。

我一上车,他就一连对我说了三遍"by law",我沉浸在落日时天地间的那片宁静祥和的氛围中,根本没反应过来他为什么那样不耐烦。他接着语气粗鲁,说:

"根据法律,我7点钟就该下班了,而现在我却在工作。"

我一听就炸了,直接给他回怼了回去:"拉维,我可是每天付了8美元的小费给你的,那已经是很高的小费了,对吧?去村庄采访也是我的工作,你不愿意干就回内罗毕去,我让你公司另派司机给我得了。"

好莱坞有三大不好惹——连姆·尼森的女儿,基努·里维斯的狗,还有杰拉德·巴特勒的斯巴达勇士。我呢,平时都温温柔柔的,可一旦发飙也会很凶狠的。拉维一见我刚了起来,吓得再不敢吱声,那一晚我都没理睬他,让他自己去好好消化消化。随后几天去梅鲁的游猎,他也学到了怎样主动去关照别人,而不仅仅是以钱这一把尺子来衡量世间的一切。

"偏见会像一座大山矗立在很多人的心里,所有的偏见其实都来自我们眼界和认知的局限,是吧?"我对尼尔一干人说道,"就像白人对黑人的偏见,那种鄙视、恐惧也曾盘旋在我的脑海里。可当我接触到马赛人,接触到一路走过来的旺基人、查加人,你们的良善、友爱、帮助是那么的动人,竟然把一个菜鸟、体力跟不上的人,慢慢盘到了非洲的最高山上,我最感激的就是我们黑金刚团的兄弟们。"我拍了一下坐在我身旁的戈戈和尼尔的肩膀,本来这些话是留到旅程结束时的最后一天才说的,没想到一激动,我一股脑儿全都提前抖了出来。

尼尔一干人听得津津有味,听到我吓唬卢奥族司机时更是笑得前俯后仰。笑声是最独特有效的工具,尼尔抢着说:

"Pearl,那是你的风格,我们都领教过的,你不知道你的魅力吗?我们也从你那儿偷学到好多绝招。"

"那给我说说你的梅库鲁村庄嘛,你们还在一夫多妻么?到底还在对女孩行残忍的割礼没有?"我趁机单刀直入问道,这也是马赛人最受争议的两大习俗。

尼尔属于高富帅的马赛前卫青年,一个朝气蓬勃的巧克力肤色帅哥,做兼职背夫也接触了大量来自世界各地的登山客,他说村庄的孩子现在都要去上学了,以前只有少数酋长或长老家的男孩能去上学,现在男孩女孩都要去读书,小学和初中是义务教育,坦桑尼亚人的识字率达到了90%以上,这在非洲国家已经是很不错的了。

梅库鲁村庄距离坦桑尼亚的第二高山梅鲁山不远,那里有一个非常大的骆驼营。"你下山后就跟我去家里的泥屋住,体验一下真实的马赛村生活,会让你写的书更带劲。"尼尔不放过诱惑我的机会,他的邀请还真的有点让人心动。

尼尔接着说,梅库鲁村和马赛马拉的村庄一样,也没有通水通电。但搞村庄旅游让孩子们见识了更多的人、更多的生活方式,骆驼营也给马赛人提供了很多就业机会,可以去做牵夫、侍者、警卫、向导、厨师的工作,他们喜欢搞旅游,一部分有一技之长的马赛人已进到城市去谋生。

可马赛人就是离不开牛,他们娶亲时还是会按照传统的习俗,用牲畜作为聘礼,有的只需要4~5头牛,有的则需要十几头牛。一般马赛男子会有2~3个妻子,牛羊多的,就可以讨到更多的媳妇,生更多的孩子,让家族兴旺。要想知道一个马赛男人有几个妻子,数一数他篱笆院子里的马尼亚塔泥屋就知道了。

在只有星月的夜晚,远离文明世界的塞伦盖蒂大草原上吹过了一阵狂野的风。在每一间马尼亚塔里,都有专属于妻子和孩子的床,有的床是用树木搭建再铺上柔软的牛皮、羊皮。为了让所有的孩子都能亲近父亲,妻子都能有丈夫的陪伴，丈夫晚上要轮流去每个妻子的泥屋过夜。月光从土墙上洞窟式的小窗户透了进来，落在了软牛皮铺成的土床上，夜色里充满了一股马赛男人的野性气息，带着清凉风的味道。

"这简直和中国古代的皇帝有一拼呀！"我对尼尔嗔笑，"那你想娶几个妻子呢？"

"一个！"

马赛人都有娶老婆瘾，没想到尼尔的回答如此干脆。

尼尔说以前马赛人衡量成功的指标很简单，就是牛的数量和小孩子的数量，对牛和孩子情有独钟。现在马赛人定居后，一夫多妻制也濒临崩溃，经过现代生活的洗礼，接触到更多外来世界的人，越来越多的马赛人已逐渐意识到一夫一妻才是家庭和睦、培养夫妻忠诚的制度。他目睹了父亲与多个妻子之间的矛盾，丈夫也没办法公平对待每个妻子，整个马赛村落的生活一直都处于非常贫困的状态，他希望只有一个妻子，这样家庭关系会很简单，家庭生活也会过得更好，他们就能有更多的时间和精力来养育子女，孩子们才能走出村庄去更好的地方读书，也才可能像登山客一样去远方看看。

尼尔穿着一件厚实的深灰色连帽T恤，上面印着柠檬黄的花体英文：This Time For Africa（非洲时刻）。那是第一次在非洲国家南非搞的世界杯足球赛的开场曲，歌词大意是：这是属于你的瞬间，听从神的安排，如果你跌倒了，就爬起来勇往直前。在斯瓦希里语里，他们把这首歌唱成了"哇卡，哇卡，火焰，闪耀"，尼尔上体育课时就教孩子们在尘土飞扬的沙地上哇卡哇卡踢足球。孩子们超级喜欢足球，仿佛天生就是运动员，在作业本的封皮上都贴着收集来的球星贴纸。尼尔说话的时候把油光光的头藏在帽子里保暖，黑白分明的眼眸在夜色里一闪一闪的，尼尔看起来养眼又有思想，很难相信他也曾是一个地地道道的马赛荒野牧童。

"对女孩的割礼呢，废除了吗？"网络上的信息繁杂，我更想从一个真实的马赛青年口中得到答案。山中的凉月西沉，夜天如水，我都不知道戈戈什么时候去小木屋取了冲锋衣来，他让我穿上。

尼尔显得很难为情，第一次有外国女性当面问他，他沉默了一会儿，缓缓说道:"很难废除。"

尼尔说马赛人的成年礼就是割礼,男孩女孩都必须接受割礼,只有施行过割礼的人,才被公认已步入成年期,才有娶嫁和繁衍后代的资格和能力。男孩通常在十四五岁,割礼是割除包皮,女孩通常在十一二岁,割礼则是用刀片切除女孩的外阴。在文明到达之前,在马赛人的传统说法中,认为女性的欲望是肮脏、邪恶的,割去女性的隐私部分可以抑制女性的性欲,让她们更加忠于丈夫,在丈夫长时间外出放牧、寻找水源时,妻子就不会婚后出轨。

但同是割礼,男女各不同,却是阴阳两重天。对女孩的割礼,外界一直指责为残暴虐待女性,割礼就在家里进行,所使用的工具是没有消毒的小刀或刀片,女孩在完全没有麻醉的情况下接受割礼,许多女孩因流血不止或伤口感染而死亡。

坦桑尼亚在1998年、肯尼亚在2011年已出台法律禁止女性割礼,在坦桑尼亚,违法者最高可判处15年有期徒刑,或罚款30万坦先令(约880元人民币),目前生活在城镇里的马赛家庭基本摒弃了这一恶习,但在一些偏远的马赛村落仍私下偷行女性的割礼,被送去割礼的女孩子年龄也越来越小,有的甚至只有四五岁。尼尔说10年前,学校有一半的马赛女孩会因为割礼、嫁人而辍学。经过众多反割礼组织的努力,尤其是NGO为马赛村落提供了性教育课,倡导"保留鼓,丢掉刀",学校越来越重视培养所有学生反女性割礼的意识,现在这一数字在坦桑尼亚降到了15%左右。

尼尔说起了新近发生在小学里的事情。有的女孩在没进学校前就被家长施行了割礼,有的家人会在放假期间给女孩私行割礼,这样就不会因为缺课被家访、被举报。各种反割组织和学校也积累了不少村落里的线人,让女孩学会主动去找线人求助。割礼一般都在凌晨进行,收到线人的秘密情报,他们就会披星戴月,跟警察一同赶往那些隐藏在山丘和灌木丛深处的偏僻村落,解救将被割礼的女孩。有次有两姐妹一起逃出了家中,像惊恐的小动物一样躲在一棵猴面包树上。

"这和中国的打拐解救儿童一样,真真是一场无声的激战。"我深有感触,感叹道。

"我们不是不想改变，只是很多人一生没进过学校，要改变洪水猛兽般的传统习俗真的比登天还难。现今女性割礼依旧是部落文化的一部分，背后隐藏的是马赛部落的贫困、封闭、失学、早婚早孕、家暴、性别歧视，种种不为人知的现实问题。破烂的泥屋、没有公路、带泥沙的水、没有灯光的村落、落后的医疗条件、高辍学率、一长串问题，时时刻刻都在困扰着我们的族人……"尼尔停了下来，一声长叹，像蒙着厚羊皮的非洲鼓切出了一道浓重的低音，这只具有宗教神性的鼓没有了往日欢快愉悦的节奏，让我的心情也跟着尼尔的叹息沉重起来。

"你也是马赛人中的知识分子了，想过离开村小，搬到阿鲁沙吗？"我改变了话题，想让气氛活跃起来。吉恩去烧了一保温瓶的柠檬姜茶带到了露台上来，挨个倒在了我们的暖手杯里，一缕清新辛辣的气味直冲到了鼻腔，让我的胃也跟着暖和起来。好舒坦，仿佛能从飘散的香气中闻到草原上那些遥远地方的气息。

"当然想，10年后我们在阿鲁沙重逢，怎样？"尼尔就是尼尔，天性洒脱爽快，他呷了一口驱寒的柠檬姜茶，把口味很冲的"口岸人"烟递了一支给我，我毫不犹疑接了过来。

"为何要等10年？"

尼尔接下来的话，狠狠惊艳了我一把。他说一名年轻的马赛男子在14~30岁时，在传统上被称为"磨难人（morans）"，即马赛语的"莫拉尼"勇士或武士。草原上的动物在成年后就得离开父母，他们在十四五岁接受了割礼后，便要孤独地住在丛林里3年，经历一个勇士所应该经历的一切磨难，学习部落的习俗并担负起抗敌作战、守卫牧场、保护部落的任务，这个阶段的生活称为"马赛武士"期。经过3年的勇士生活，部落长老，他们叫仪式领袖莱本（laibons），会在圣屋举行盛大的成年礼仪式，每个参加成年礼的马赛青年用嘴叼食放在同一张牛皮上的烤牛肉，莱本会把一段细长的牛皮绳套在他们的中指上——这一习俗表示这些成年的马赛战士将由同一头牛的牛皮所连接，在同一地方取食，他们的一生一世也将永远和部落连为一个整体。他们从"勇士"晋升为"成人"后，才能结束守卫部族的任务，开始娶妻生子，组建家庭。

在 19 世纪英国占据肯尼亚、德国统领坦桑尼亚的日子里，很多非洲部落都妥协了，不得不向"新世界"的秩序投降。只有骁勇善战的马赛人却依然故我，"不自由，毋宁死"，囚禁马赛人的结果就是使他们快速地死去，因为他们不生活在过去和未来，只生活在当下。红衣牧者们带着勇气和长矛，仍游侠般行走、放牧在荒凉的大草原上，拯救部落于危难之中。

尼尔说，在 1904—1911 年期间，英国殖民政府也曾先后两次与马赛部族签订了不平等条约，侵占了马赛族约 60% 的土地，驱使 1 万多名马赛人和 200 多万头牲口迁移到干旱贫瘠之地，导致马赛人不得不和别的部族争抢草场、水源，流血事件不断。但马赛人最终在非洲的欧洲殖民时代幸存了下来，在整个非洲历史动荡时期仍保持了他们卓尔不群的独立性。殖民者面对性情倔强傲慢的马赛武士时，也只能相对宽容，把他们称为"高贵的野蛮人"！

随着现代进程的加剧，现代生活的到来，独立后的坦桑尼亚政府鼓励马赛人定居务农搞旅游，放弃磨难主义生活方式，他们的"磨难人"传统也在慢慢改进，越来越多的青少年不再去野外生存练竞技、练护家本领，而是要走进学校、城市接受正规教育，与都市生活接轨，在更大程度上同化。

"你知道，我的发小、伙伴、兄弟姊妹，好多都没读过书，有的也只读过小学，他们都生活在村庄里，我们从小一起长大，情同手足。我想让他们的孩子都能去上学，跟我一道读书。马赛勇士们曾经一起住在森林里接受考验，手指拴在同一根牛皮上，如今我们住在村庄不同的马尼亚塔里，但在彼此面前吃肉饮血喝奶、共享牧场、看云听雨、一起旅行，教书就是我的磨难人生活，我想和他们一起度过我的青年、壮年时代，5 年，10 年……"

听到这一刻，我备受震动。我想马赛族少了传统意义上抗打抗摔的勇士，却多了一些能撑起一个家、一个部落的有文化的新型磨难人。率直、可爱的乡村老师尼尔，让我看见了另一种骨子里有马赛血统的"高贵野蛮人"，那是另一层更高意义上的武士道侍奉精神。

我甩手一个三连送给了尼尔，和他顶了一下拳头，再打开拳头击了两次掌。"TA（Teacher Assistant）前来报道！你的助教每天都会出现在村小教室里。"我快意对尼尔喊了一声。走进一个目的地或一种生活，最好的方式不只是看见它、听说它，而是融入它，我觉得一颗种子划过了营地的寂静，正悄悄在我心里生长、发芽，有一天我也想去马赛部落支教，做一个尼尔式的高贵莫拉尼。

"戈戈的未婚妻就是我的表妹，她是莫希镇的小学老师，我们新年会去参加他的婚礼。"尼尔快嘴抖出了另一桩美事。我这才知道，原来我的黑金刚团都是一帮沾亲带故的兄弟伙，微笑先生吉恩是戈戈母亲那边的亲戚，打仗亲兄弟，爬山基友帮。难怪他们的战斗力杠杠的，其乐融融，还打赌，像玩接力赛那样把我"搬来搬去"。坦桑尼亚有 126 个民族，是世界上民族最多的国家之一，放眼望去，这么多种族的人要不打架、和平和谐地生活在一起也是挺让人佩服的。戈戈对我说现在坦桑尼亚的异族通婚、跨种族贸易、混居已很普遍，光从肤色、面貌和装扮上，已很难把他们区分开来，我们 6 人的黑金刚团就有 3 个种族的人——旺基人、马赛人、查加人，此时我对戈戈的婚礼更充满了好奇。

一束微光在营地周围扫来扫去，快午夜了，骑警打着手电筒开始巡夜。

尼尔、吉恩一干人要去收拾厨房，明天一早我们会轻装下撤。与黑金刚们一一拥抱，道了一声"吾思库 慰玛——晚安"！这一晚山野中的畅聊，比 4 天来一味孤独地爬山更带劲，我们并肩坐着，说些拉拉杂杂、温和而家常的话语，上天、入地、下海，感受存在，感知活着，感悟过往。他们都带着非洲的故事在我心里一一闪现，而在 4 天前我们根本还不认识。月光映射在他们的脸上，那一幕也同样映射在坐在他们身旁的我的脸上，就如同我们也同样经历了世间的这一切旅程。

可情谊加深时就是离别，这让我更深理解了脚下的这片山峦和草原，更强烈爱上了非洲这片大地。想想亚当森夫妇 50 年的生而自由，帮助狮子豹子重返大自然；想想追踪动物迁徙的第一人格茨美克，让未来的人们可以亲见这个星球上野生生灵的最后祥和栖息之地；再想想马赛人数百年来遵循的与大自然和谐共处的智慧和传统，还有马赛女童的抗争，不再像鸡一样被人宰割，她们终于能有免于恐惧的生活，拥有了"生来完整"的自由和自尊……非洲人常说天堂里有四条河流，它们分别流往了人间的东西南北四个不同的方向,将尘世的土地和花园一分为四。在一个海拔3720米的半空中,你会隐约看见60公里远的山脚下,莫希镇零星的灯火,头顶上是乞力的银色雪顶,你会看到世界被群山所环绕,天空泛着深邃的蓝光。在一种高度秩序的"神"的世界,一切都几近完美和清净。静能生慧,慧能生智,在山野中,我第一次,那么清晰触摸到了生命的尊严和自由的意义。世界最终要靠温柔有爱的人来改变,那些无尽的远方,无数的人们,都与我有关,我们相依相偎,是紧紧连接在一起的。

戈戈给黑金刚们交代了几句明早的安排,回头问我:"要回小木屋吗?"我说我想和他在露台上安静待一会。他搬了一把有靠背的椅子过来,坐得离我很近,我们隐藏在了廊檐灯光照射不到的地方,能听见彼此的呼吸。我突然觉得很伤感,两个越来越喜欢对方的人,明天就得分别。

一晚上戈戈都沉默寡言,我只好率先打破沉默,我很想知道旺基人是怎样对待女孩的,就问道:"你们旺基部落,也会对女孩行割礼吗?"

"不会。但有的女孩会文身。"

"也是一种要刀割的习俗吗?"

戈戈说不是像马赛人割礼那样的习俗,不过是与成长和性爱有关的。女孩子在初潮来过之后,要表现得非常勇敢,有的母亲会用一根荆棘刺入女孩的皮肤进行刺纹,在面颊上刻上带有部落标志的花环图案,这是一个少女成年的标记。为了增加对异性的吸引力,增强性感度,女孩子们会用一些永久性的符号来装饰自己的身体,有的女孩会在嘴角两边刺刻上小圆圈的"吻我纹",当女孩热恋时,这些花纹就会变成紫红色,像心一样跳动起来。有的母亲还会在少女的颈侧或脊骨底部,按照少女个人的意愿刻成三条波浪样的"抚摸纹",乳房之间也会刻上连接纹。拥抱时,做爱时,男人会用手抚摸这些花纹。有的女人会在背上的颈椎位置,刺上"月亮与星星纹"。当丈夫外出游牧,妻子和他告别转身进入泥屋时,男人回头,最后看到的就是妻子背颈上的星月纹,那是连接他们爱与忠诚的一种纽带。

"皮肤成了旺基女孩五彩斑斓的画布,这些文身是美丽的象征,可以提供保护,取悦异性,获得更强壮男人的追求和喜爱,这也是她们生存法则的一种自然体现。"戈戈平静地说道。

我没敢告诉戈戈,在我左手臂上也有一朵梵花的文身,那是写完《珠峰鼓手》后,重返尼泊尔时绣纹的。莲花中的 OM 符号,是练瑜伽时唱诵宇宙发出的各种不同的声波,我想刻下的只是我内心安谧的一种自我表达,我没想到旺基女孩是如此的懂得悦人之道。在非洲这个人类发源的摇篮里,很少有人知道它也是文身的祖师爷,有好多我们从未知晓的门道和仪式。非洲总会这样,刚以为了解了它的全部故事,它却又吐露出一点让人惊喜的小秘密。戈戈会说乞力山上的渡鸦会叫你的名字,盈满水珠的半边莲会与风中的神灵跳舞。我觉得旺基女孩那种原始天真的情趣更让我心动,为心爱之人刺下的秘密符号真是浪漫极了,可以爱抚,可以回头,可以心头想。她们拥有的是一套专属于自己的美丽方式和情爱符号,而这种美是不能用语言来表达的。

"那尼尔都有了两个孩子,你怎么才准备结婚呢?"我忍不住好奇,想刺探戈戈的秘密。

戈戈坦诚相见,就像我们一路上无话不说那样敞开了胸怀。他说一直都在攒钱,买了一小块荒地,想在莫希镇外自己建一座小石屋,有明亮的窗户,种植物、蔬菜的小院,遮阳透风的回廊,像向导的祖师爷劳沃的石屋一样。

他停顿了一会儿,不再保留,觉得我是最懂女性的,开始说起了他的未婚妻艾依莎。艾依莎一直在寄宿学校读书,很聪慧活泼,躲过了割礼之痛。艾依莎告诉他说,在生理学上,被施割礼的女人能给男人带来更大的性快感,只因她们的阴道口永远都是很小的,这无疑是一种特别残酷的男人福利。就好比中国古代男子让女性裹脚的意图一样,让她们在行走时必须绷紧大腿根的肌肉,以保持阴道的紧窄。可行过割礼的女孩,是没法再享受到性爱的快乐的。马赛人的女性割礼虽然是痛苦最小的一种,只是切除一点阴蒂,和索马里惨无人道切除女性整个性器官甚至要缝合阴道口相比,算是比较温柔的割礼了。但哪怕切除的只是小得像一颗红豆的阴蒂,那也是女性身上神经最多、最敏感的部位。割礼带给女性的是无法想象的终身伤害,会让她们在性交时疼痛、阴道损伤、不育,甚至日后生孩子也会有风险。艾依莎现在在小学教书,她也是反割礼组织的得力助手,她们建立了"马赛女孩之家",不仅要像尼尔他们那样解救将被施割礼的女孩,还要四处奔走筹集善款,有时还得自掏腰包救人,帮助那些逃出家、无处可去的女孩能够在寄宿学校继续上学。

我的眼前闪过了艾依莎阳光、健康的面庞:26岁的她,蓬松着卷曲的短发,眼睛闪亮,像写《沙漠之花》的索马里超模——华莉丝一样,努力在帮助、保护部族里的每一个女孩子,让她们不再受血淋淋的迫害,不再打着花骨朵时便被摘下,能抱紧花蕊,开得完美,像荒漠深处的一朵朵奇花,最终能开出满树芳华来。

"艾依莎好了不起,反割礼实在是太不容易了,让自己活下去,帮助别人活下去,我也开始喜欢上了艾依莎。"我对戈戈赞许着他口中的那颗黑珍珠,她也在我的心里悄悄闪亮起来。在这个银河异常璀璨的山间夜晚,我的眼中浮现出了斑马的鬃毛、母狮蜜黄色的眼睛、花豹的朋克刺头、猎鹰的黑白翅羽,我发现神赐给每一种生灵的身体,原本就是那样的完美无瑕。

"我们把最大的一个窗户留给你,怎样?有一天你重返乞力时,就来和我们住在一起,一抬头就可以看见头顶上乞力如幻的景致。"

"想起来都觉得好美。"

戈戈望向你的眼神永远都是星星眼,让我的心里溢出一种丝滑般的甜蜜感动,我呵呵笑出了声,说:"我真想。"

我抬头,望向了那一片未经雕琢的闪着光的夜空。乞力的星空远比其他任何地方都更耀眼,这里的空气纯净、透明,没有城市光的污染。就像每一个在山区、荒原、海上生活过的人一样,戈戈对头顶上的那幅星图也熟悉得很,他说:

"Pearl,在乞力,你看见的并不只是天空,而是宇宙。我们会给星星命名,大熊、天鹰、小马、海豚。好多个世纪以来,星星一直是探险家、登山者的向导,排着长长的队列,指引着来自天南地北的山友翻山越岭,在星光下攀爬,一步步走向山顶。"

我之前除了认识那个大勺子一样的北斗星,对南半球的星星们一个都不认识。此刻，一颗闪亮的星星在天际升起，戈戈说在其他国家，会把这颗离地球最近的星星叫作金星，或启明星。但他们叫它"爱之星"，它支配着爱情、家园和世间一切美丽、安适的事物，在荒野上告诉他们该赶拢放牧的牛羊群，让它们归栏、回家了。

听着戈戈数星星，我的心情也变得轻松愉悦起来。在古希腊的神话里，众神之王宙斯为奖励那些为人类做了善事的神，就会带他到神殿里去，推开一扇窗户，让他看一眼神奇的宇宙，这就是传说中的神的奖励。当我仰望星空时，一连串意想不到的惊喜亦接踵而至。戈戈指点我找到了金星座、巨大的船底座星云、异常醒目的南十字星座，还有只有在南半球才可以看见的大小麦哲伦星云，原来它们就是银河旁边那两个漂亮的云雾状天体呀。之前我从来不知道银河中心是位于南半球一侧的，这就意味着站在南半球的星空下，你能看到许多北半球看不到的星象，甚至是更为奇丽壮美的银河景象。

我是千里迢迢来登山的，我没想到在寂静的火伦坡营地，数以千计的星星闪烁着光，让我成了和戈戈一样的追星人。而在昨夜的这个时辰，我们正出发，追星赶月、气喘吁吁着突击山顶呢。

戈戈的眼眸里映射着点点星光，我们起身，踩着露水，绕过冰冷的火山石，戈戈送我回小木屋。幽奇的夜色里各种动植物还会发出光，我听见了一些奇异的叫声，像是撕裂肢体的声音，紧张得抓紧了戈戈的手。

戈戈笑了，轻声说那是蹄兔，一种很温顺的小动物，比山猫还小。戈戈再次牵起了我的手，他掌心的温暖在一波一波传送给我，让我所有的伤感都化为了无忧。这里是它们的王国，完全野外的世界里，总会遭遇一些惊喜和惊吓，而我们始终是过客，温柔地走过，不打扰。

那位室友已经安睡，我没开灯，像一只蹄兔那样悄悄缩进了我的睡袋巢穴里。人类从远古时候起，便有了星空情结——达·芬奇手绘的飞行器，《小王子》里温暖的星群，用圣埃克苏佩里命名的小行星 B-612，在他去世 31 年后，《小王子》的"爸爸"终于拥有了自己的一颗星星。还有梵高笔下无尽绚烂的蓝色星空，聂鲁达写下的情诗：我别无其他的星星，是你复制了不断繁衍的宇宙……每当我仰望南半球的银河，我都深深着迷于它的璀璨、繁复，几乎无法想象我就在我所见的景象中，而我们很容易就忘记我们生活的地球其实也在其中，正分分秒秒地兜转、运行着。

无论是忧伤还是喜爱，乞力马扎罗山的那个深空天体画面开始留存于我们心底：

我和戈戈，是数着星星离别的。

视频丨马赛部落·柠檬戈的一天

"你看，这就是上帝山，很壮观，天蓝得没有一丝瑕疵，没有远近，只有透明的蓝，把你吸进天空里去。每个坦桑尼亚人死后，都会把头朝着自由峰的方向，我们生命的结局定会比开端还要美丽。"

真爱不仅仅是一种本能，更是一种包容和意志。当你真正喜爱一个人时，你不会想到占有、索取、掌控，而是付出、牺牲和回报。

Chapter 10

应许之地
A Promised Land

39
坐标文身
Coordinate tattoo

仪式感是什么呢？
Tanzania，Tanzania
Kilimanjaro，pole pole，hakuna matata...

坦桑尼亚，坦桑尼亚
乞力马扎罗，慢慢走慢慢走，什么烦恼都没有……

非洲兄弟热情奔放，简单上口、节奏明快的旋律在日出时分响起，登山客们在火伦坡的峭壁上集体摇摆、鼓掌大笑，集体如见到自由女神似地呼叫。朝雾弥漫，天空绚丽，新一轮的山友们面向日出，给自己打气，给别人鼓劲，唱罢、跳罢，如蠕动的驼队般——背夫是大骆驼，登山客是小骆驼，向导是赶驼的人。他们浩浩荡荡，朝着山顶进发，要激情满满创造奇迹，完成新的一天的挑战。

美丽的躯体都是千篇一律，而有趣的灵魂却总是万里挑一。登山的旅程让我们的每一天都与其他日子不同，每一时刻也与其他时刻不一样。我们的黑金刚团冒了出来，大包小包的，准备下山。

从火伦坡营地经过曼达拉营地，回到马兰古公园管理处，是19公里的下山路程。我背着随身包，听着王菲的"让来路带我回来吧，归途上，总有风"，在她轻盈、柔软、透明的声线里，我觉得整个要下山的脚步都要飞了起来。没想到戈戈一看见我，就笑意满面说：

"Pearl，你去申请坐急救车下山。"

我大叫了起来:"我又没生病,我状态好得很,我要走回去,我还想补拍好多照片。"

我没理解孔武有力的戈戈,为什么会想出这个很没节操、让我装病号的歪主意?!我们缴了20美元的急救费,是可以召唤公园越野车的,但那是给真正高反、不能走路的人的。

戈戈一脸歉意,他说:"Pearl,你体力早就透支了,这19公里的路程,你得走上十几个小时,而公园登记处在下午5点就关门了,我们没法领到登顶证。况且弟兄们要早一点出山,才能赶上回村庄的小巴士。太晚了没车,他们只能在阿鲁沙留宿,他们是付不起住小旅馆的费用的。"

一直在山上逐光而行,奋勇攀爬,活成了一束美丽的光,但我也不能太过自私,只想着自己,不给别人带去一点亮吧。归途有风,同样有冷暖,想着黑兄弟们没法早点回家,我没再犹豫,默默走向了骑警室,登记了10点的吉普车。

精神一放松,我才发现脚真痛呀,大拇指盖已经开裂,淤血一团。不是要装那个可怜病号的戏码,走路真是一瘸一拐的了,实为本色出场。

骑警室是麻雀虽小,五脏俱全。一张登记的小木桌,两张上下铺床,一排简易的杂货架,还有一个脱了漆皮的小煤油炉子,在煮黑咖啡。3个骑警挤在这间十几平的小房间里,这就是他们在山上的家。骑警的小头目特德(Ted)对我说:"你不要不好意思坐车嘛,你已经撑了好多天了,在这么美的地方,停下来,自由呼吸一把,晒晒太阳、喝喝咖啡也很舒服啊。"

特德的大手长满老茧,双唇开裂,脸上布满风刻出的皱纹。他说他们在山上一待就是两个月,才有一次轮休回家的机会。"山上这么苦,连手机信号都没有,怎么熬呢?"我问。特德咧嘴笑,他说每天过往的登山客他们都得加倍留意,每个角落、每条小径、草丛、森林、水源、山石、荒漠,他们都要去巡查一遍。一次一个登山客心脏病发作,他们推着独轮车从基博营一路颠簸而下,还没到火伦坡那人就不行了,很遗憾没救活。每年山上都会出现好多意想不到的状况,其实他们这几个守夜人就是在看不见的地方守护着这座大山。

他这实打实的一说,让我陡然想起了山上的死亡率,每年5万人的登山客里,很不幸总会有那么几个人出意外挂掉。那个《权力的游戏》里有着忧郁小眼神的雪诺,刚在北境上任的第一天就躺倒在了冰冷的雪地上。身为一个守夜人,自然就得经受寒冷、风雪、孤寂的磨砺,我想起了午夜时分那束巡夜的手电筒光,那是他们的生活,也是使命。

"不过想家是真的。"体格精瘦的特德边说边翻给我看了他手机上的一小段视频,是塞伦盖蒂草原上动物的大迁徙,他的村庄纳阿比山丘就在那附近。领头的母象保护着小象过河,以防它们被湍急的逆流卷走。角马——平原上的小丑,那些长得像测试版的强壮家伙,在1000多公里的长途跋涉后,正吹拂着小雨季的季风带来的甘霖,怀着新孕育的小宝宝,浩浩荡荡回到塞伦盖蒂南部的老家。

"这是我见过的最动人的回家场面。"特德说每一天都在考验着那些动物,没有哪一天是相同的。他们长期在山上也算是一种考验吧,辛苦是看不见的,今夜如此,夜夜皆然,但很值。这条道路让他想透了生活里的种种不容易,也就不觉得难熬了。

特德说得乐呵呵的,两排大白牙亮得如山巅的雪,他心里盈满了思家之情,还举着手机给我们俩来了一张合照。他用五颜六色的可乐、七喜瓶盖做了一副国际象棋,大伙下得不亦乐乎。他说快乐其实真的很简单,有生病等车的山友也可以坐在石头旁,边晒太阳边下下象棋,这样身体的不适就会变得没那么恼火了。

黑金刚们早已拔营下山,这里的平静、从容,也让我对特德守护的这片高地产生了安适的归属感。我和戈戈下到了那一小块直升机停机坪去,它用刷成黄白两种颜色的碎石围成了一个大大的圆圈,中间有一个醒目的"H",是召唤急救直升机的标识,一只鱼尾形的亮橙色风向袋(wing sock)高挂在旗杆上,在湛蓝的空中像捕梦网一样迎风飞舞,装满了轻盈的风。

我问戈戈他带的登山客里有坐急救直升机离开的吗?人们都叫这黄色的小家伙为救命的"小天使"。他说9年里,他带的数百名山友都是走着下山的,没人被抬着撤离,只有德国女子安卡是让他感到最内疚的一次经历。"掌控山友身体的节奏,就和掌控这风的节奏相似,要让他们和这座山的脾气融为一体。"戈戈像打怪升级一样说得很惬意，我想这 5 天来，他不单让我发现了自己身体的力量，还让我跟着这山的节拍，奏出了自己的乐曲，那是我从未有过的一种身体的极致体验。

是的，每一座山都有自己的韵律，也有自己的空气。火伦坡的景色美出了天际，即便是雪莱、拜伦，这两个浪漫主义的双子星诗人来描绘它，也会觉得无从下笔。清晨的山岩鹨（Alpine Chat）在玄武石上唱歌，色彩斑斓充满着奇异植物的茂密丛林，层层叠叠飘浮在云中的群山，如同梦中的奇幻花园，在水晶般透明的蓝色天幕中闪着光芒。戈戈再不用像赶驼人那样驱赶着我走路，我们可以在这里停留 1 个小时，他看起来比我还放松，看着我那头迎风乱飞的长发来了兴趣，打趣说：

"Pearl，你得把它编成女酋长的辫子，非洲女孩都喜欢飞舞的辫子，那样才好看。"

小时候除了母亲帮我编过辫子，长大后还真没怎么梳过小辫。戈戈说："你就当在高山上训练一下手指的反应嘛。"我们席地，坐在蜡菊花丛旁，戈戈在达累斯萨拉姆的海边做过水手，也做过理发师，感觉所有手工的活儿他都会干。他指点我在额头的左右两侧各分一缕头发出来，编成细长的小辫，再把两条小辫在脑后扎起来，就成了轻巧的花环辫。

戈戈看我笨手笨脚拧成的花环辫，笑成了表情包，说仙气满满的，出彩得很。而我心里想的却是 BBC《王朝》里的黑猩猩们，就是靠梳理毛发来联络感情、缔结友谊、结成长久的同盟的，它们从整理皮毛得到的温情与快意甚至超过了吃东西的愉快。那一刻我非常依恋戈戈，我们患难与共的旅程即将结束，我已经在心里对他说了好多遍离别：垒下石头字母离别，看着星星离别，吹着季风离别，就像钢铁侠与他女儿小摩根的离别——"I love you 3000——爱你不止 3000 遍！"而我，不忍道再见，只能对戈戈说，我都不想下山了，想永远生活在这里，长眠于此。

我把连帽卫衣脱了下来，垫在身后，穿着短袖 T 恤来了个瑜伽的挺尸式，躺平了暴晒太阳。戈戈一眼看见了我左手臂上的花纹，惊奇地叫道：

"你也有我们旺基女孩的文身，那是什么意思？好炫！"

我偷偷笑了，伸出双臂拥抱了一下空气。"一朵佛陀的梵花！"我逗他说前世我也梦游去过旺基部落的，在一座有雨的月亮山山上。

戈戈很兴奋，抬起双臂摆出了个波浪式的晃动动作，那是英格兰球员格里利什与一个11岁有脑瘫的小男孩芬利的约定，他进球后就会为小男孩晃一个独特友好的庆祝姿势。随后，戈戈用宽大厚实的手掌拉了一下我的小辫，脱下钴蓝色的连帽卫衣垫在身后，把肌肉鼓鼓的双臂环在脑后，很舒服地躺在了我身旁的草丛里。他说他9岁的时候，摩尔老师带他们爬山，爬到山顶时就让他们躺在山脊上仰望天空。

"哦，就是这样，不，不，头还要往后仰。"戈戈也让我照着他的样子做，"现在，你在通过我的眼睛看天空了。你看见了什么？"

"我喜欢天空的样子，好像在它的脸上可以看到每个登山者、每个部落人的身影。"我说。

戈戈哼起了《黄石》里牛仔弹着吉他唱起的一首歌：山，高山，很高兴看到你的脸，伟大的奇迹，在那高高的平原上。天国的天使教我飞翔，星星在燃烧，带我入高境，祈祷着能再次看到你的脸……

戈戈舒缓的歌调再次带我进入了乞力这座高山的殿堂，他说每个爬过此山的人都不忍离去，我们翻过了此山，很自豪我们活着的时候能看到这景象。

"Pearl，你要相信我们的身体离开了，但我们的心会永远想着这里。"

他含着一根草茎，有些青草从他的指缝间、大腿间钻了出来，他手臂上的坐标文身反射着阳光，东经37°21′，南纬3°，正是我们身下的这条山脉在这颗星球上的位置。他把我们每天走过的这座山的每一条经线、每一个纬度都深深刻在了他的骨子里，如同一个人的血脉。我看着戈戈的样子，发现那条蜿蜒向上的雪道，山谷中此起彼伏的丛林，沉静的大地和天空，既来自他遥远的边境上的家乡，也来自他简单、自由、大胆的灵魂。那是他内心追求的一种永生的精神力量的标志。他接着说：

"你看，这就是上帝山，很壮观，天蓝得没有一丝瑕疵，没有远近，只有透明的蓝，把你吸进天空里去。每个坦桑尼亚人死后，都会把头朝着自由峰的方向，我们生命的结局定会比开端还要美丽。"

戈戈有着粗短的卷发，黑檀色的皮肤上是太阳的颜色，带着野性十足的自信、勇气和激情。营地高居在绵延起伏的密林之上,山崖上的火山石会随光线的变化变换着颜色。从日出时的浅紫色、橙红色,再到一天中天空最明净时的轻粉色、淡黄色,整个山谷中没有人烟、村落,远远近近的野花自由自在开在山谷间,美得让眼睛都看不过来。我们摊开四肢,感觉身体没有了形状,慢慢柔化在了弧形的草地上,周围的青草、蜡菊花和我们一样,在沉浸中感受着光线在如何影响生命,漂染我们的肉身。天,是如此的辽远,辽远地展开翅膀,尽管广为流传的说法是人人都要分别,都要死的,我们却躺在这里,一起洞见了万里晴空的辽阔,也把我们满身的柔情融化成了从今往后的回忆。

那辆印有红十字标识的白色吉普穿过了一条隐秘的土红色泥路,爬到了火伦坡高地上来。特德卸下了几大箱货物,远远地向我们招手,说车来了,让我坐到视线好的司机旁边去。我看见一对在下跳棋等车的丹麦夫妇,女的一直把头靠在男的肩膀上,很难受的样子,就主动说我坐后面车厢去,把司机台的位置让给了他们。

吉普车的车厢被改装成了面对面的两排座位,空出中间的位置便于放担架和背包。我刚爬进去,戈戈就塞了一个又大又重的背包进来,我正想说那不是我的背包,戈戈向我使了一个眼色,我一头雾水就没再吱声。原来急救吉普只允许带登山客的背包,只允许向导一人同行,戈戈就把这个福利换成了很沉的装物资装备的背包,让黑金刚们背着我那个轻一点的大背包下山。我暗笑戈戈的经验老道,他也会有不老实的时候,他想减轻弟兄们背上的负担,于是就偷偷揩了一把公园吉普车的油。

后车厢里已塞进了那对丹麦夫妻的向导,我和戈戈,还有一个背夫。我们4人面对面坐着,挤得满满当当的,车一启动往下冲,我们就在这条超级颠簸的应急小道上被甩得东歪西倒的,车上也没抓手,大伙就只好互相抓扯着,免得像包裹一样被抛了出去。

我看见坐我对面的那个背夫神色委顿,他痛苦地哼了好几声。我悄悄问戈戈,他怎么啦,戈戈说将近6000米的高度,能否适应高反是每个人都无法回避的问题。即便是每个月都要上山的向导和背夫,如果负重太多,时间太长,很容易就会出现心力衰竭、肺水肿甚至暴毙等致命状况。我很同情那个蜷缩着身子的背夫,就从我的随身包里摸了几颗阿尔卑斯奶糖出来,默默递给了他。我说吃下去吧,会感觉好一点的。他用那双粗黑的大手捧着我戴着蕾丝手套的手,一脸感激,慢慢剥开糖纸,咀嚼着吞了下去。

这条应急小道,怎么说呢,如果不是万不得已,最好还是别偷懒,别坐。那感觉是吃菠菜的大力水手,拿着生锈的柴刀在荆棘密布的丛林里硬生生劈出来的一条逃生地道——窄、陡、坑坑洼洼,转弯也急,没甩几下我就晕车了,大喊了一声"stop",跳下车就冲到杂草树枝的路边一阵狂吐。苦胆水都吐出来了,一身酸臭、瘫软,司机看我难受,就让丹麦男坐到后面去,说视线朝前看就不会晕车了。丹麦女不愿与那男的分开,分分秒秒都离不开的样子,我看着她一脸惨白,像被寒霜打蔫的花儿,就说我还是坐到后车厢去吧,勇敢地舍身忘我了一把。

坐回后车厢,大家又挤成一团,戈戈搂紧了我,我一脸菜色,没搞懂走遍天下,我从没晕过车,也不知晕车是啥滋味,为什么却在一条救生小道上翻了船。那感觉像坐上了极速的过山车,天旋地转,晃得我五脏六腑都移位了。戈戈安慰道,忍十几分钟的时间就到山门了,急剧上升的海拔和急速下降的海拔都会让人的身体难以承受,你又是特别敏感的人。天,原来我是晕氧了。

一个在高山靠双脚走了5天的皮革流浪汉,最后却成了很不光彩的橡胶流浪汉,靠轮胎回到了氧气浓密的山脚,我窦娥冤呀!

重新回到郁郁葱葱的马兰古山门,一跳下颠簸的吉普,觉得一身都轻了,这里的氧气更充足,不再有火山灰和大岩石,茂密的森林给马兰古披上了一件绿衣,鸟鸣、花香,松鼠和青猴在细密的杜松林间追逐,山间瀑布飞落而下,飘逸的水流激起的水花带来阵阵凉意。马兰古依然喧闹,各色登山团队在空旷的草地上聚集,往来穿梭。有一个法国的登山队,竟然是乘坐一只热气球空降而来。他们清晨5:30从塞伦盖蒂起飞,沐浴着日出的第一缕阳光温柔点亮长草茂密的稀树草原,慢慢向乞力马扎罗山飘来。他们欣喜若狂,正整装从马兰古出发,激动人心的登山之旅才刚刚开始,山峰就在眼前,随手就可拍下乞力的全景大片,而这里的故事远不止这些。

戈戈带我登上石阶，去国家公园登记处办理我的登顶证。照例是一阵友好的祝贺声，Congratulation！我递了几颗奶糖给他们，奶糖好像成了我分享愉悦的甜蜜武器。那张淡黄色镶着金边的花纹纸片，写着我的名字Pearl、登顶时间和向导的签名Ngogo，盖有白雪覆顶的乞力马扎罗山钢印，好像一张登山的结业证书。握着这张来之不易的证书，我满眼喜悦望向了戈戈。一路上从未有过的严峻考验，嗑头痛药，一呼一吸皆是痛苦，但人活着就得有梦，有勇气去追梦和行动。在这场没有毕业礼的旅程里，让我知道从哪里来，要到哪里去，我的爱是什么，我将怎样去爱。所有吃的苦、受的罪、担的险、忍的痛都是短暂的，到最后都会变成光，照亮你前行的路。攀爬的记忆和快乐会永驻，生命的意义不就是把梦想变成回忆吗？！

戈戈说待会儿还有一个小小的告别仪式，会让我惊喜。我问是什么，已等不及了。他狡黠地说保密，让我先去草地上的休憩区等候，他也笑着跑开了。我独自走向山门旁的草地时，一眼就看见了黑金刚们穿着底裤，正站在一排水龙头边冲澡，裸露的皮肤上闪着水珠和亮光，那可是海拔1879米处的冰水呀。黑人的身材，真的是"really hot"，腰臀比逆天，腕线过裆。感觉头部以下都是大长腿，长期的体力运动，让他们的肌肉、骨骼、线条都非常流畅、漂亮，简直就是建模同款，我一下想到了电影《光猪六壮士》的喜感。不过他们更像是俯冲进溪流的一群河鸟，周身散发着一层迷人的光芒。低吼的狮子和速度奇快的猎豹也是这样冲向沼泽地的水潭的，我做了5天的脏小孩，一身都脏脏臭臭的，我也想冲上去洗洗涮涮，清凉一把，但女的，没地方奔放。我只能远远地偷偷过一下眼瘾，享受一把那性感爆棚的健美身坯，也值了。

很快，那帮小黑们鱼贯而入，手上端着各种做好的食物盘，一一放在了休憩区的长条木桌上。他们已换装，穿着短袖带格子的棉布衬衫，或短袖T恤，紧绷的牛仔裤，看起来神清气爽，再不是一路上穿得杂七杂八、风尘仆仆、汗水滴滴的背男、煮男。我想这也是他们干干净净、焕然一新回家见家人的样子，就说给每人买一支啤酒和一盒香烟，感谢他们5天的辛勤相伴，让我们的离别宴嗨起来。小黑们开心得像大男孩，在草地上嬉笑打闹起来，戈戈很神奇地从身后拿出一支香槟，说："来，我给大伙炫一个。"潇洒地上下狂摇,一声"嘣"的爆发声响,瓶塞喷射了出去,他把水花样的酒液喷射到了我身上,大伙发出一阵兴奋的尖叫……

原来这就是他们给我的惊喜呀!黑金刚们可是背着这支香槟,在山路上爬上爬下了 100 多个小时。我很八卦地问,要是我没登顶,会不会开香槟呢?酒是登山公司提前为登顶的客人预备的。戈戈大笑,说登不登顶,我们都要为你庆祝。他快速把泡泡酒一一倒在了每一个人的杯子里,说:"香槟一开,好事自然来。穿山越岭,巅峰相见,对酒高歌,情深意重。这是我们这一段旅程的味道,也愿你去照顾猴子的新旅程一帆风顺。"

我从我的随身背包里拿出了防雨袋,里面是我昨夜擦洗干净、整整齐齐叠好的军绿色冲锋衣,我双手捧着,递给了戈戈。我说这是 2XL 号的,来坦桑尼亚登山时新买的,我怕冷,特意买了男款的加大号,便于里面加穿羽绒服。我想送给他,希望一路上能为他防风防雨防冻。

戈戈的眼眶瞬间有点润,他打开穿上后显得特别精神、干练,"穿衣显瘦,脱衣有肉",就是献给他这样的登山家的。他宽阔的肩膀足以承受起山友们成吨的目光,比我肥碌碌地穿着帅气多了。黑金刚们啪啪啪鼓起了掌,好像又有哪位大神登顶了一样。

最后一个告别仪式是付小费给这帮兄弟们。昨晚在火伦坡营地的餐室,有一个登山队事先没说清楚付多少小费,就像我最先遇到的梗一样,结果客人和向导都气鼓鼓的,那个团队的黑兄弟们默默坐在一旁,大家不欢而散,很伤感情。早上在火伦坡等候吉普时,我就让戈戈按照第一天我承诺的费用,4 个背夫每人每天 12 美元,厨师每天 16 美元,向导每天 25 美元。外加单独给尼尔和吉恩来救援我的感谢费,每人各 15 美元,总共 475 美元。我请戈戈折算成坦先令,让他帮我把这笔钱放进了一个白色的信封里。

我们站在一起唱着熟悉的《乞力马扎罗之歌》,摇摆,我一一拥抱了黑兄弟们。说我会记得厨师纯真特意准备的白米饭。杂工笑天天背的山泉水,阿尔弗打的赌,尼尔的肋骨,吉恩永远暖暖的微笑……戈戈说了给每个人的小费数目,他们一阵"普拉"欢呼,这可是他们离家 5 天后,能够给家人带回去的一笔有用的现金,都期盼着呢。戈戈打开信封,一一把小费分给了他们。突然笑声像断电一样卡住了。黑金刚们满脸狐疑。失望地看着我,我紧张极了,不知道他们为什么突然不高兴了。尼尔喃喃说道费用不够,差了125美元。我一下惊住了,怎么可能?那可是戈戈算好后装的信封。

还好,香槟酒喝得少,我没头晕,我马上反应过来,一定是戈戈在火伦坡缺氧了,他少装了他自己的那一份。我一说出来,小黑们就把拳头搖向了他们的老大。看来这个高反后遗症是每个人都会遇到的,有人会失忆,有人会晕氧,有人会忘记自己。戈戈失误搞出的这个乞力版乌龙球,让小黑们重新爆发出了炸裂般的笑声。在阳光明媚的马兰古草地上,一个个登山团队在道声珍重,再见,再来!欢快的歌声此起彼伏,有同甘共苦的喜悦,也有旅途结束时的恋恋不舍,我身旁那些高挑精壮、长腿翘臀的汉子们开始奔忙在草地上清洁餐具,打包、装车,火辣辣的阳光映射在他们汗津津的皮肤上。黑金刚团一定是这座山上最让我动情的人,我把他们黝黑发亮的面孔一一刻在了我柔情满怀的记忆里。

40 莫希集市
Moshi Fair

一钻进陆巡车,壮实的杰夫就拍了一下我的肩膀,笑着说:"强壮的女孩,酷毙了!"我笑着反问:"我是不是有点像非洲的超级七兽啦!"

车迎着风,沿着丛林小道蜿蜒而下,重新看见山脚的咖啡、香蕉种植园,一座座的村庄,头顶柳条筐走在红土地上的查加女子,感觉又回到了这个生机勃勃的世界,那些攀爬的挑战也让我的感官变得更敏锐,身心亦更柔软。我把头靠在玻璃窗前傻笑,一一掠过的景色像神来之笔,让我们的归途发出了一阵阵会心的欢悦之感。

我把剩余的奶糖分给了车上的弟兄们,特意嘱咐尼尔把糖果带回去给他的两个孩子。不经意一回头,看见尼尔已剥开糖纸,在偷偷吃糖。我大叫:"你不能吃,那是给你孩子的。"尼尔紧闭上咀嚼的嘴巴,像一个受了委屈的马赛牧童,单纯可爱极了。

陆巡车一路负重、颠簸,弯路降至海拔 1000 米时,我们又回到了热乎乎的盛夏。快到莫希镇时突然"砰"的一声车爆胎了,杰夫说:"刚换了车胎没几天,怎么又爆了?"他慢慢把车滑到灰扑扑的路边停下,跳下车拿出工具和千斤顶,戈戈协助他打起千斤顶,两人像配速员那样流畅地交接,就像在看赛车中的换轮胎一样动作麻利,很快将备胎换上。登山公司大多用的是年限很长的车或二手车,杰夫说到镇上后得去修车店再检查、维修一下。

我们一到莫希镇就赶上了水泄不通的周日大集市。黑金刚们陆陆续续下车,要在镇上换坐小巴士或嘟嘟车回各自的村庄,他们背着老旧的背包,一一和我说着"哈库拉 马他他"道别,只有一起走过的人才能体会这奔赴、守护、握起的手与分别的滋味。远行的终点不是天涯、他乡,而是像他们这样带着笑意回家,看着他们的身影消失在喧闹的人群里,我的眼眶没由来地红了好几次。

午后,刺目的阳光照射在小镇的街道上,莫希是乞力马扎罗区的首府,到处是各式各样的登山公司、旅行社、家庭旅馆、小饭馆、咖啡吧、钱币兑换店。这里的物价比阿鲁沙更低,几乎所有停留在这里的登山客都是冲着攀登乞力马扎罗山而来的。长满热带花草的花园里有喷泉,枝叶茂密的树荫下有吃披萨饼、意大利面、酸奶、中国菜的餐吧,哥特式风格的路德会教堂,宏伟的尖顶在蓝天白云下格外引人注目。这个镇子是坦桑尼亚最干净的地方,镇上最出名的就是咖啡,在这里喝一杯产地咖啡已被拉升到宗教仪式般的高度。上乘的查加 AA 级咖啡(Chagga AA)酸度柔和、芳香四溢,在任何一家露天咖啡吧或屋顶上,细品一杯白色奶泡拉花的卡布奇诺,远眺在云端银光闪烁的自由峰顶,云天之外的空旷辽远再次萦绕在心间。

戈戈要和杰夫守在油迹斑斑的修理店弄车,他说镇上还有个查加人博物馆,可以去了解一下乞力马扎罗山原住民查加人的传统生活方式。在博物馆里有一个巨大的地下洞穴,是原始部落战争时期查加人的藏身之地。

好多个世纪以来，好斗的部落会偷走查加人的牲畜，劫掠查加女人、孩子为奴，那些精心设计的窄窄隧道可以让几十人以上的查加家族在马赛人的袭击中逃生，这种部落间的争斗行为甚至持续到了20世纪中期。此时，我对过往的陈年旧事不感兴趣，经历5天寂寥、空阔的山中生活后，我更喜欢鲜活、有人气的嘈杂集市，我信步向熙熙攘攘的人群走去。

每周一次的莫希集市简直就是一个一千零一夜的魔幻世界。

住在自己的咖啡和香蕉种植园中的查加人，带来了一捆一捆的香蕉、甘蔗、香喷喷的咖啡豆、可可豆、丁香油。村落里的马赛人带着山羊毛、牛皮和山羊到集市里来，然后带着自行车、香料和染得很漂亮的肯加布匹回去。

住在查拉湖岸边的伊拉克族人，把红土烧制的各种陶器摆了一地。他们用白蚁山的硬化黏土制陶，这些有白蚁唾液的矿泥会使陶器变得坚固，妇女们还会从溪流中挖出足够的黏土备用，在秋收和旱季之前，在干旱的裂缝地带，挖掘纯净的黏土沉积物来烧制各种生活用具。

擅长金属加工的帕雷人，则在铺子前堆放着圆头的铁锨，如像羊角的羊镐，有点像梭镖的豆铲，带一点弯的大砍刀，各式各样的马掌，各种叫不出名儿的铁器。帕雷男人用老手艺打铁，他们身板硬、孔武有力，炉中的火苗随风箱的节拍跳动，挥起的大锤上上下下、轮番起落，男人们汗水满头，铺子里叮叮当当，分明就是一支即兴演奏的赶集交响曲。

甚至在集市上，还能看见两三个背着弓箭和水袋走过的哈扎比人，他们是这个世界上为数不多的原始狩猎部落人。他们把山谷里采集到的上好野蜂蜜带来交易，还有一些打猎来的动物皮毛。哈扎比人生活在恩戈罗恩戈罗火山口附近的岩石、灌丛山周围，熟谙草木和毒药的各种知识，在他们用兽毛做的背囊里，还有一些用来交换的自制灵药——治疗蛇毒的虎尾兰树液，让伤口愈合的芦荟胶，防蚊虫叮咬的合欢树液。他们至今没有货币，来集市交换一些生活的必需品带回去，铁锅、水罐、食盐、轮胎鞋、短裤，样样看起来都很简单，样样都让他们感到很满足的样子。

这个万花筒似的集市地方很大，到处是嘈杂的叫卖声、讨价还价声，还混杂着各种奇怪的气味。我混迹其中，感觉进入了四十大盗的魔窟，从活的牛羊到从屠宰场新鲜运抵的牛羊肉，从芬芳的香料豆蔻、丁香、桂皮、小茴香到辛辣味浓烈的咖喱、迷迭香、草果、胡椒，包有糖衣的麻醉药、棕榈油、玫瑰油，到马孔德人的乌木雕刻、动物雕像、生活器具、木刻装饰品，应有尽有。有一张平台上整整齐齐摆放着各种动物的骸骨，甚至还有马头，看起来特别瘆人，据说巫医施魔法时会使用这些遗骸来制药。在这些奇奇怪怪的魔力品当中，让我能看懂的只有那些用药草编织的花环，挟裹着泥土的根茎，它们可以用来香薰屋宅，驱赶走室内的恶灵，兴旺一家人的运势。

这是一个连阿拉丁也喜欢来买东西的地方，在这里你可以买到任何想买的货品。乞力马扎罗山区的当地人大多有着卷曲的或状如羊毛的黑发，扁鼻子、翘嘴唇、亮眼睛，他们的肤色通常是赤褐色、青铜色、巧克力色，好像亘古未变一样。一个坐在矮凳上的马赛嬷嬷笑着向我招手，她的面前是一堆黄灿灿的土豆，旁边码着两个空筐，她吸引住我眼球的是那两只垂到肩上的大耳洞，挂着色彩艳丽的串珠耳饰，耳垂晃来晃去特别好看。按照马赛人的审美，耳洞越大、安放的饰物越多，女人就越美、越有威望。我露出惊奇的目光，问嬷嬷：

"我可以给你拍几张照吗？不要收我费哟。"

我觉得我已经算是个经验丰富的旅行者，在文明未到来之前，19世纪的探险家们想给部落里的马赛人拍照，总会引来他们的惊恐和拒绝，他们认为相机会摄走他们的灵魂。随着现代旅游业的到来，在各个自然保护区的大门口，只要有载着游人的车子经过，或在路边做短暂停留，就会有带着各种手工艺品的马赛妇女将车团团围住。她们拍打着车窗，将手中的物件一一举到你的面前，一脸的恳求，一脸的期许。如果你想把她们拍进镜头，她们就会嚷嚷"dollar, dollar"，向你索要美元。为了避免纠纷，也是一种尊重，每次举起相机拍人时，我都会小心翼翼，多问几句："可以拍照吗？不付费。"征得同意的就拍，要让给钱的，就放弃。这个马赛嬷嬷很友好地向我点了点头，我蹲了下来，用侧光把她脸部的轮廓、耳垂的质感、打理土豆的神情动作都抓拍了下来。称赞了几句、道完谢后，我站起身准备离去，这时嬷嬷一把抓住了我相机的带子，动作之快堪比鹰爪，她的双唇吐出了让人惊异的"ten dollars"！她找我要10美元的拍照费。

我尴尬极了，试着拖回我的相机，但她的力气比我大，她把带子牢牢地拽在她精瘦有力的手腕上。她向我热情招手的笑脸像使了魔法一样，让我走近了她，但现在我像掉进了陷阱里的困兽，猝不及防，拼命挣扎。一看拖不回我的相机，我只好请求道：

"嬷嬷，你答应我可以拍照的，不收钱，把相机还我，好吗？"

周围的人都看着我，估计他们心里都笑死我了。太阳又大，我急得汗水直淌，脸都红了，感觉自己像个骗子，而嬷嬷反复说的就两个词"ten dollars"！完全没有道理可讲。

戈戈、尼尔都不在身边，我得自救。我扫了一圈周围的人群，急中生智，向旁边一个穿白色短袖衬衣的年轻人求助，他卖的是水果。我说：

"小伙子，请帮我一下，给嬷嬷说说，她可是答应了我的，你也听见了的，对吧？！"

直觉上找年轻人帮忙，他们英语要好些，也会通情达理。这个年轻人停下了手中的活，绕过他的水果摊，站过来劝道：

"嬷嬷，你说话要守信用，你这样做会很丢脸的，大伙都听见了的。"

另两个看热闹的人也围了上来，一起劝着嬷嬷，说这样做不对，很伤人，让她把相机还给我。吃瓜群众的力量很大，嬷嬷很不情愿，稍一松手，那个年轻人一把抓过了相机，还给了我，让我快走。

我很狼狈，抱着失而复得的宝贝准备离开时，看见那个嬷嬷满脸风霜，枯叶色的脸上犁满了沟壑样的皱纹，眼窝乌黑、深陷，两只干瘦的老手，被烈日晒成了橡树皮的颜色。她把一只手支在下巴上，别过头去，呆呆地看着忙上忙下的人群，不再看我一眼。那一刻，我仿佛看见了罗中立画的《父亲》，看见了这个嬷嬷贫苦生活的身影。贸易是马赛妇女的责任，想起了尼尔说的村庄里的女人，一生都在干活，但她们依然活得很卑微，没有地位。想起了在边境纳曼加，那个抱着孩子乞讨的妇女，亲吻我的手说的那句话"愿上帝保佑你"。看着这个大耳垂的嬷嬷黯然神伤、一副失落的样子，我的心一下软了。都说善良是最通行的一种世界语言，它能使盲人感到，聋子听到，我重新蹲了下来，摸着那些圆滚滚的土豆，说：

"嬷嬷，我买3美元的土豆，这样可以吗？"

嬷嬷一下喜笑颜开，从脏脏的脚边拿出了一个带网眼的翠绿色网兜，满打满实装了大半袋土豆递给我。3美元，约7000坦先令，可以买10多斤土豆，她们不用电子称，很多果蔬都堆在地上撮堆儿卖，我想的是土豆可以送给戈戈和杰夫让他们带回家，这个嬷嬷傍晚回家时，也可以开开心心带一点现金回去。说不定她也能感受到善意的美好，以后就会换一种方式和游客做买卖。

离开让我一惊一乍的马赛嬷嬷，我特意去了白衣小伙的水果摊，感谢了他的帮助。他卖的香蕉一挂一挂的，全都吊在小棚子前，跟挂风铃一样，红的、绿的、黄的三种颜色，高矮胖瘦不一。非洲人卖香蕉，都是那么任性，一挂就有几十斤，我只想买一小兜，带在路上给大伙吃。正犹豫不知如何下手、买哪种，白衣小伙用刀割了一小兜红皮蕉给我，它有着独特的红紫色皮肤，有十来只，他说："2000坦先令，不到1美元。"他说话时眼睛透亮，带着笑意，顺带还给我小小科普了一下各种香蕉的吃法。

原来矮矮胖胖、个头小小的红皮蕉是最好吃的，甜中带点浆果味，生吃，或拿来做奶昔、搭冰激凌，口感细滑绵软，别有一番风味。那种皮厚肉硬、个头较大的绿色香蕉，叫饭蕉或菜蕉，是非洲人的主食，他们用来油炸、水煮、烧烤、煎炒，做出各种菜式，吃起来没啥甜度，还特别抗饿。香蕉炖肉这道菜吃过没？加油加盐加咖喱，再放入调料，黄灿灿的一锅端出，那个鲜美不摆了。长得像犀牛角那样弯曲细长、个头最大的，叫犀牛角蕉，一根就有几斤重，十分霸气，可生吃也可煮着吃，但得有一个大肚胃才装得下。有一个段子说非洲人吃饭靠大树，不干活、不会种庄稼，饿了就爬上树靠吃水果过活。我呢，马上掰了一只矮胖子红皮蕉下口，简直不要太好吃了，幸福感瞬间爆棚。

白衣小伙的摊前，停着一辆二八大杠自行车，上面堆码起来的香蕉挂足足有一人高，一两百斤重。这种中国二十世纪七八十年代流行的二八大杠，现在是坦桑尼亚最接地气的交通工具。小伙子说当地人最喜欢中国产的二八大杠，以前一辆自行车就能引起整个村庄的轰动，现在村村镇镇到处都是，当地人最多的是用二八大杠来驮运香蕉。

这个阿里巴巴一样的快乐青年，嘴里好似在说"芝麻芝麻，请开门"，给我打开了集市这座魔窟的大门,我从没见过如此多的沉迷于原始集市的人群。看着脸上刻有花纹的孩子,闻着浓郁的香料味,听着运水的铃铛声,尘土在阳光下肆意卷动着,他们把新买的值钱的货品装进山羊皮袋子里,在驮马的背上挂着布匹、铜壶、锅、水罐,一路叮叮当当、心满意足地回家。我左手拎着土豆,右手拎着红皮蕉,脖子上挂着相机,挤出了这个人声鼎沸、人兽味浓烈的热闹集市。

经过路德会教堂时,遇见了正在排演的唱诗班。这座在德国殖民时期建造的古老教堂,经历了120多年的悠悠岁月,它尖拱的钟塔、暗红的厚墙、墨绿色的斜坡屋顶在阳光的映射下构成了一幅色彩明快的动人景象。从1848年首批传教士沿着印度洋海岸的港口进入内陆的乞力马扎罗山区传教,基督教已在坦桑尼亚具有相当大的影响力,现在坦桑尼亚信教的人群里,有超过一半的人信奉基督教。而早期抵达的传教士在莫希地区要做的第一项工作除了传布福音,主要的力量还要放在非宗教性事务上。这些地方根本不会有什么教育,要教会当地人读书识字,对村庄人进行疾病治疗,改进水的供应,教男孩子造屋顶或换车胎,开垦土地种植作物。德国传教士在莫希种下了坦桑尼亚第一棵波旁咖啡树,而今这里已变成了一座四处散发出细腻芳香的咖啡树天堂。

这个唱诗班有20来人,穿着艳丽肯加长裙的少女和穿着白色康祖长衫的少年,站成一个半圆圈,围着指挥者,旁边一位女士用一只小鼓来打节奏,他们边拍掌,边齐唱着《奇异恩典》,"乐声何等甜美拯救了像我这般无助的人……"这是一首在世界各地的教堂里,用各种语言的声音吟唱得最多的赞美曲,孩子们一张张黝黑的小脸如同散发着光的小天使,歌声带着轻盈的翅膀,在雄伟的山脉和苍翠的种植物园中传得很远,那感觉像整个人都被一种崇高的光辉照耀着,内心一下就透明洁净了。

记得有句圣诗说:"要为他谱出新歌,弹得巧妙,唱得动听。"上帝和普罗众生都喜悦有美妙的诗歌、音乐和歌声回荡在山谷间,我仿佛看见了坦桑尼亚的国徽上,那一对俊美的当地男女正手捧融化的冰峰雪水在滋润大地,横跨山腰的白色饰带上长满了咖啡和棉花,我想莫希配受这空灵、芬芳的赞美。与挑战乞力马扎罗高峰之旅相比,此番的莫希集市漫游也许算不上有多精彩，还差点出了丑，走不脱路，但我在驻足聆听了唱诗班的排练后，萌生了一种众生温暖的感觉。我们要允许生活偶尔不怀好意，也要相信一定会另有惊喜接踵而至，每个转角，或许都是新的发现。在我沉甸甸的手掌间，自己只不过用一丝简单、细小的关怀，就能让其他生命的日子变得喜乐平和起来，这也是一种令人惊异的恩典，有一颗甘甜、善待的心便可唱得动听。我沐浴在莫希天堂般的阳光下，温柔地感恩着世间的一切际遇，慢慢走回了忙碌的修车店。

41
金发义工
The blonde volunteers

  树荫下的修车店，散乱堆放着废弃的旧轮胎，3个金发白肤的年轻女孩，喝着冰可乐，随意坐在旧轮胎上休憩。一问，她们刚从风景最壮丽的"威士忌线"——马切姆线下来，走了8天7夜，折返时又走的姆维卡陡直下行线，累坏了，车顶上堆满了露营装备，她们的司机和杰夫是老相识，也把车停在修车店打理一番，顺便让3个女孩能去逛逛集市。她们是来自德国的义工旅行者，刚在阿鲁沙果实孤儿院（Fruitful Orphanage）干完了为期两周的志愿者活儿，登完山后就会在圣诞节来临前启程回国。

  我喜欢那些宇宙无敌、四处撒野的义工旅行爱好分子，我把土豆递给戈戈，他一脸诧异，想问，我淡定从容，眼神佛系，说待会儿再在车上告诉他土豆历险记，把红皮蕉一一掰下来分给了大伙享用。我问孤儿院可有一个短发的日本女孩，叫千惠，我们在边境曾同车，她也要去孤儿院做志愿者。她们摇头说这一拨没有，可能会在下一拨里。做过义工的女孩都活泼、开朗，一脸雀斑的女孩问我可有去阿鲁沙孤儿院做义工的打算，那儿还有一个叫"Faraja"的孤儿院，也特别需要志愿者。我说很遗憾，来坦桑尼亚之前没好好做功课，错过了在阿鲁沙去出力干活的机会。这3个软妹子很健谈，叽叽呱呱给我聊了一下她们在孤儿院的生活。

雀斑女孩的一脸芝麻花在阳光下跳跃，说她们是柏林洪堡大学的研究生，有好多名人都曾在她们大学任过教，爱因斯坦、薛定谔、叔本华、海涅。她们申请的坦桑尼亚暑期孤儿院项目（Orphanage Program），得给孩子们上课，英文、数学、体育、绘画、唱歌、手工，什么都教。刚去果实孤儿院时，把她们给震惊住了，孩子的年龄从几岁到十几岁不等，有40多个，院长也曾是孤儿，小时候被人收养获得了教育，成年后他创办了这所孤儿院。由于孤儿院是民间的，主要靠外界帮助，场地、师资有限，只能分为大中小三个班。那里没有固定老师，都靠志愿者支教，志愿者来自世界各地，有四五个，最短的做2周，最长的做3个月。大多数的孩子因为贫穷或染病被抛弃，或父母死于疾病或灾祸，他们从小就没感受过亲情，孤苦无依。她们做义工时，还需要照顾孩子们的起居，给他们讲故事，陪孩子玩耍、做游戏。孩子们都很瘦，基本上每顿都是白乌伽里粥、煮烂的红豆米饭或者绿豆米饭，就没有其他食物了。有年纪很小就患有艾滋病的孩子，特别孱弱，也爱哭，她们得像父母一样，哄他们开心，多抱抱他们，给他们带来安慰和疼爱，绝不能嫌弃他们。

　　眼睛特别蓝的那个女孩有着一张白皙柔美的笑脸，她说虽然有一定的心理准备，但看到四间简陋破败的屋子就是孤儿院的一切，教室甚至没有装门、装窗户，她的心里还是很难过。"这些孩子又冷又饿，我们却在忙于瘦身减肥，这就是我们的世界吗？"她说孩子们穿的大都是二手市场的旧衣服，有破洞，不完整，还不怎么御寒。孤儿院只有十来张床，乞力山区早晚很冷，孩子们得挤在一起睡，相互取暖。最后，她们和孩子们一起，把教室的外墙重新粉刷成了亮亮的苹果绿，和孤儿院的名字"果实"一样，这是最让大伙开心的一件事。偶尔她们也会自己花钱，带点零食给孩子们尝尝，孩子们能吃到几块饼干和糖果，就会感到非常高兴，眼睛亮亮的，好像小奶狗。虽然孤儿院的日子很清苦，但孩子们会无条件地信任她们、依恋她们，一堆小机灵鬼会一拥而上抢着牵她们的手。一个小姑娘喜欢偷偷亲她的手背，亲完之后又用扑闪扑闪的大眼睛看看她发现了没有，还喜欢用瘦瘦的小手给她编辫子，到处都是叽叽喳喳喊老师去看他们折纸、画画的声音，大声笑着教她跳拍手舞的声音，她从来没有感受过那种被人需要的快乐。

我问她们是否住在孤儿院里,那里条件如此艰苦。有一头金发的女孩笑容温柔,波浪般的长卷发披在背上,让她坐在旧轮胎上的身姿自有一种发光的美感。她说孤儿院在市郊的一个小山丘上,志愿者都是自己付交通费、食宿费,住在市区的一个"志愿者之家"小旅馆里,那里有热水、Wi-Fi,提供每天的早晚餐,主要吃素食。她们每天坐小巴车到山脚,然后走20多分钟的山路到山顶。小巴很挤,还有小偷,郊区的治安不好,大一点的孩子就会在早上9点等在巴士站接她们,说是怕她们遇见坏人。孩子们喜欢叫她金发安琪儿,喜欢牵着她们的手往坡上走。那是一条非常原始的泥土路,走起来深一脚浅一脚的,鞋子上满是尘土。但孩子们一路上蹦蹦跳跳的,像保护家人一样保护她们,还摘两朵粉粉的扶桑花别在她们的头发上,那时她觉得孩子们才是降落人间的小天使,小小年纪就懂得了守护别人。

每每有志愿者离开孤儿院,都会让孩子们难受好一阵。对他们而言,志愿者就是他们的父母、亲人,他们渴望有人长久陪伴、培育他们。金发女孩剥开了一只红皮蕉,吃完后她继续说,临走的最后一天,孩子们画了给她编辫子、有小心心的纸片塞给她,在纸片上孩子们用稚拙的画笔给她的金辫子上缀满了彩色的小花。一个大班的男孩子给她们写了一封长长的信,说他们已习惯了告别,每周都会有志愿者离去,但这次是特别舍不得的一次。他想告诉她们一个小秘密,在院子的旁边有一棵很大的口哨相思树,他们会悄悄把每个志愿者的名字刻在树枝上,或许以后她们记不得每个孩子的名字,但孩子们会一直记得她们的名字。每当旷野上的风吹过时,他们就会听见风在呼唤她们的名字,她们曾经来看望过他们,爱护过他们。

金发女孩偏着头,有一张完美动人的侧脸,说她还没读完信,眼泪就止不住了⋯⋯她说青春年少时,愤世嫉俗,觉得自己浑身是伤,看不惯这看不惯那,最后活成了连自己都讨厌的样子。做了义工才发现,不带目的地付出,感受到的是从未有过的善良和温和。在爬山的过程中,她常常想起那些瘦瘦但爱笑的小脸蛋,这里的贫穷和落后是如此的让人痛心,志愿者能给孩子们带去的关爱是如此的有限，但在这有限的关爱里所传达出的爱意却是永恒无限的，那些孩子像印度洋的海水、红土地上的湖泊一样纯净，让她更懂得了知足和感恩。世间有一种美是无法取代的，那就是发自于人内心的真诚和友善，它透过孩子们的笑脸在她攀爬的路上闪闪发亮。

"Travel like a local！"金发女孩朗朗吐出了这几个字，我会心一笑。像当地人一样旅行，遇见更多有趣的人，感受更多有趣的灵魂，是义工旅行发烧友的信条。我想起那个《罗马假日》里的公主奥黛丽·赫本，她褪去世界最美女人的铅华，成了联合国儿童基金会的亲善大使，常常坐在货运飞机里的米袋子上，辗转数千公里，飞去战火、饥饿和疾病肆虐的非洲，去拥抱和帮助那里的孩子。她说："当你年纪增长，你会发现你有两只手，一只用来帮助自己，一只用来帮助别人。"我眼前的这3个义工女孩，她们说起的短暂又特别的志愿者经历已深深触动了我内心深处最柔软的那根心弦。像她们一样和当地人接触，亲近自然和孩子，去做一些有益的事情帮助别人、付出爱，不单可以让我们很快融入另一种文化环境，更重要的是能让我们更好地了解这个世界上各种人的生活方式和生活现状，能更全面理解这个世界，也能让我们看到一个更为广大的有温暖和善意的世界。

结束我们坐在轮胎上的畅聊后，我们两辆车结伴而行，一前一后，欢快向前奔去。从莫希到阿鲁沙还有50公里的路程，我怎么也没想到这3个女孩竟遇到了意外。

一路上是破碎的柏油路，距离人烟集中的村镇也逐渐增多，当地的人沿窄窄的路边摆些果蔬摊，过路的车辆可以买到地里刚摘的水果、蔬菜，新鲜的颜色和他们身上衣服的色彩一样鲜艳。

我们的陆巡车驶过了博马（Boma）小镇，这里是攀爬乞力马扎罗山另外一条线路沙拉峰线的中转地。稀疏的灌木丛有放牧的牛羊走过，沙质土壤闪闪发光。路两边的蓝花楹和火焰木正值绚丽的花期，那景致真是妙不可言，像回到了尘世的天堂，满天的姹紫嫣红，让人的情绪也跟着璀璨繁华起来。

下午4点过后，太阳的活动在减弱，和煦的风吹拂着长发，我见青山多妩媚，料青山见我应如是。我脱下帽子，轻轻合上眼帘，舒服地小憩了一会儿。没过多久，突然听到杰夫惊叫了一声："撞车了！"只见那3个女孩坐的陆巡车在空中翻腾了好几圈，像一只纸鸢，被重重抛到了几十米远的灌木丛里，浓烟尘土四起，快得只是眨眼间，比一颗流星坠落的秒速还快，根本来不及反应，一场车祸就在前方大约150米远的地方发生了。

杰夫把我们的车刹向路基下的沙地停住，拎起车用灭火器就往前飞奔。戈戈跳下车也往前飞跑，我本能地喊道："别去，会爆炸！"

戈戈边跑边回头："不会，烧柴油的！"他们的身影已淹没在飞扬的尘土里。

我跳下车，也跟着往前跑，这是我第一次看见车祸，恐惧得都快哭出来了，也不知道那3个女孩是死是活。周围村庄的人也跑了出来，里里外外围了好多层，我从人堆里挤了进去，就看见车子四轮朝天仰翻在沙地上，撞扁了的车头燃烧着，滚滚黑烟直冲上天空，车窗的玻璃碎了一地，露营装备散成一片。那个司机满身是血，已从车里爬了出来，戈戈和几个马赛人趴在地上，慢慢把3个女孩从车里扒拉了出来。

坦桑尼亚靠左行驶，规则上是如此，但这里仿佛是世界上驾驶习惯最烂的地方之一，双向二车道上的车都飚得飞快。只要看到路上有大坑、牛羊，或仅仅是交通稍有些堵塞，莽撞的司机就会急慌慌地开到逆向车道去，甚至把你的车逼到路基上去。很不幸，一辆装货的小货车失控，迎面朝女孩们坐的陆巡车撞了上来，那辆小货车被撞飞在了路基的另一边，已散成碎片，货物散了一地，司机受伤严重。大伙七手八脚，把我们这边的3个女孩抬到了离车较远的一块空地上。天热，3个女孩穿着的是吊带T恤和沙滩凉鞋，裸露的肌肤上沾满了血迹，她们挤靠在一起，坐在地上，头发凌乱，神情麻木，像迷失了方向的羔羊，没有呻吟声，也没有哭泣声，完全被震晕了。

我害怕她们脑震荡了，甚至失去了记忆。

杰夫快速打了救护车的电话、报警电话，戈戈很机警，跑来跑去，把散落在灌木丛中的背包捡了回来，堆在了3个女孩的身旁。兵荒马乱的，手慢，背包就会被贪财的人顺手牵羊偷走。雀斑女孩和金发女孩的伤势看起来较轻，金发女孩指了指摔破的背包，缓缓吐出了几个字：给德国大使馆打电话。

戈戈马上手忙脚乱地翻背包,找到了笔记本,他比我镇静多了,拨通了电话,说:"有3个德国女孩出车祸了,在距离阿鲁沙40公里的博马公路上,她们是果实孤儿院的志愿者,请求帮助。"

笔记本里夹着的信件、画片掉在了地上,是孤儿院的孩子们临别时的信物,我一看那些画有彩色小人、花朵的纸片,眼泪一下就奔涌而出。

蓝眼女孩的脸上有血,我悲从中来,跪坐在地上抱住了她。血从她的头顶渗了出来,顺着丝丝缕缕的金发往下淌,她白得像冰一样的脸上挂着血迹,在烈日下像不知名的气体在缓缓飘散。我紧张得手都在发抖,扯下了我的头巾捆在了她的头上。

她把头埋在我的胸前,怯怯地问:"What's wrong with me(我怎么啦)?"

我的眼泪哗地一下又滚了出来。她终于从震荡中回过了神,说出了第一句话,蓝色的眼睛蒙上了一层迷茫的水雾,感觉像冰面在碎裂。我不能让她看见我的恐惧和难过,我忍住了泪水,轻轻安慰道:

"你会没事的,会好起来的,救护车快到了,只是一点小伤。"

我怀抱着这个受伤的蓝眼睛女孩,像怀抱着一个折翼受伤的天使。我们坐成了一圈,周围看热闹的人推推攘攘,说着我们听不懂的话,把我们围在了中间。雀斑女孩和金发女孩比我想象的更坚强、更有定力,她们俩手拉着手,镇静了下来,哼起了祈祷曲《你鼓舞了我》:

> 你鼓舞了我,故我能立足于群山之巅
> 你鼓舞了我,故我能行进于暴风雨的洋面
> 在你坚实的臂膀上,我变得坚韧强壮
> 你的鼓励,使我超越了自我……

悲伤不想被分享,但安慰是可以的。她们俩盘膝,闭目,小声哼唱、处乱不惊的样子,自带来了一种惊人的安抚力量,让大伙不再惊慌失措,混乱不堪的现场也慢慢归于平静,阳光把我们静坐的影子在拉长。意外随时统御着宇宙万物,上一秒如你所愿的,下一秒却完全脱离轨道。世事亦

如同幻梦在千变万化,但唯独人心除外。两个女孩柔和、安详的声音抚平了等待的痛苦和一身的伤痛,一大片厚积的层云从西边飘移而来,压在了地平线上,天和路连在了一起,我们不再是一座慌乱无助的孤岛,一辆白色的救护车出现在了视线的尽头。

目送着救护车带着3个女孩渐行渐远,我双手合十,在心里默默祈祷着她们能一路平安,顺利抵达家门。世界太无序,命运亦无常,面对突如其来的打击,每个个体是如此的脆弱和渺小,但只要我们能怀揣勇气,怀揣仁慈,怀揣着悲悯和爱,就一定能重新燃起希望,一起渡过难关。

离开车祸现场后,或许是紧张过度,我感觉人都被掏空了,就对戈戈说我想上厕所,去清洗一下。他带我在灌木丛中绕来绕去,找到了一户人家,那个厕所在户外,是一个简陋的铁皮棚子,但上了锁。干旱的土地上到处都缺水,上锁是免得陌生人把厕所搞脏了,戈戈找主人要来了钥匙,我赶紧冲进去松了一下包袱。

出来时,我在门边一个沾有尘土的塑料桶里舀了一点水来冲厕所、洗手,戈戈紧张地叫了起来:"Pearl,你受伤了?"

我这才发现我的衣襟上、手臂上沾有好几滩血迹。我本能地说不是我的,是我抱着那个女孩的。戈戈不放心,还是把我随身包里的矿泉水拿了出来,浇上干净的水帮我清洗了一遍手臂。手臂上有好几道挂伤,还沾着沙子、尘土,也不知是被碎玻璃划伤的,还是被灌木刺刮破的,冰凉的水一沾上晒得发红的皮肤,我一下疼得叫了出来。

"命运女神眷顾你,你看,只是挂破了几个小口子。"戈戈擦洗的动作温柔,可他救人的时候活像火山爆发飞出去的一块石头,跑得比豹子还猛还快。我这才注意到黑人的手指甲竟然是粉白的肉色,在黝黑的皮肤映衬下比任何白人的手指尖还粉红,光滑、细腻又健康、好看。我觉得这点小擦伤和几个女孩遭遇的痛苦相比,根本算不得什么,简直不值一提。但我很享受他拉着我的手臂,轻轻擦洗血迹,擦干净每一道小伤口。越是在不安稳的尖峰时刻,他眼神中关切、爱怜的小美好就越发显得弥足珍贵。在这个荒诞不羁又充满意外的世界里,有一个人始终在偏爱你,呵护你,那他一定是上帝派来照顾你的人,他比这个世界看起来更迷人。这真是人世间难得寻觅到的福分。

"你害怕我受伤?"

"我害怕失去你。"

"我感觉走到哪儿,哪儿的地面就在我脚下塌陷,两条腿像个巫婆,军警拦路索贿,飞石击中车窗,小混混拦路勒索,骗子浑水摸鱼,雨中失足滑倒,女魔头在山顶打架,拍照被人抓到……"

我故作轻松,还没自嘲完各种奇奇怪怪的经历,戈戈就一把将我揽入了他的怀中,好像要将一切的波折都归揽于自己的怀抱。他抚摸着我手臂上的梵花文身,一点点往上,我脖颈上的汗迹,我脸上的晒斑,就像在抚慰一个长久思念的旺基部落女孩。我像从天穹坠落在地面的一块碎石,在他有力、发烫的碳晶色手指里,我的血量在上升,命脉线在炸裂,我在满血复活。

眼见一场突如其来的车祸后,我再也不想隐藏自己的感情,内心奔涌的情爱在决堤。我喜欢他轻柔的触摸,热烈回应着他的爱抚,发烫的脸贴在了他手臂上的乞力坐标上。在他豹子般的躯体上,每一块儿肌肉都是一道遒劲的曲线,肌肤光滑闪亮,无须像马赛人那样做多余的装饰,似乎永远不受烈日风暴的侵袭,从头到尾都是天成的风采,散发着性感的魔力。他把我牢牢攥在手心里,我愿意永远沉沦在他温柔野性的怀抱中。他是我登顶路上的角斗士,我紧紧跟随着他,没有退路,也不想退却。我们如两只花豹般互相摩擦鼻尖,灼热的嘴唇对着嘴唇,如火焰,潮湿的舌头缠绕进了彼此的嘴里,狂热地喘息,直至无法呼吸。

在12月绸缎般明亮的夏季里,在乞力马扎罗山无尽广阔的稀树草原上,我和戈戈把两颗沸腾的心交付给了彼此,我们的身影与奇形怪状的金合欢树的影子交织在了一起,时间在无人的荒原上停止了10秒、20秒……最后,戈戈拉起了我的手,像在欧石楠荒野携着凯瑟琳飞奔的希刺克利夫,我们在美丽又残酷的荒原上携手前行,小跑回了那条疯狂、未知又亮晃晃的破碎公路。

迢迢归途,犹如一只无形的神手,在磅礴的霞光里将我们的爱恋、不舍点燃,梅鲁山白雪皑皑的圆锥形穹顶,染上了玫瑰色的晚霞,在天尽头,露出了它纯粹、绝世的雪影。

42
诸神的黄昏
Twilight of the Gods

　　那天日暮时，我们回到了阿鲁沙，十字路口处的米黄色钟塔发出了敲钟的声响，一下又一下，在满天的霞光中震荡、回旋，低沉而悦耳的钟声笼罩着鹅卵石铺就的街道，弥漫在花树摇曳的城镇，悠长的一声声召唤，就好像回到了中世纪诗人笔下的意境。

　　在丛林前哨木屋取了寄存的行李后，我重新住进了猎豹房间，有5天没有洗过热水澡了，满身的脏臭连非洲人民都会嫌弃，满脑子就是：要！洗！澡！我快速冲进浴室，舒舒服服，洗掉了一身的火山灰和汗味。换下有血迹的T恤后，我重新穿上了宝蓝色的库尔塔长衫，让长发披散了下来。戈戈一脸的惊喜，说："你又焕然一新了，清新得像山中的薄雾。"我知道他说的是开在荒野上的欧石楠，马赛人的勇敢之花。我喜欢他把我说成是任何一种野生植物，生于严酷的高山，却能破土而出，花期悠长。我牵起他的手，让他和我一起去草地，前哨的侍者说那里正在搞一场盛大的露天烧烤。

　　新一拨的登山客来到了阿鲁沙，这里是东非的心脏，每天日出和日落时分的景象，都会像耶稣的圣光一样如约而现。这些从最北的开罗、最南的开普敦飞越万水千山而来的登山客，和我第一天降临阿鲁沙时一样，兴奋、激动、叫叫嚷嚷，在丛林之中、浪漫星空下的篝火晚餐是何等的快活迷人。舌尖上的花园草地上，各种烤肉滋滋滋冒着孜然的香气，光听"噼噼啪啪"的炸裂声就已让人食指大动。

　　阿鲁沙的当地人吃东西，会让你震惊，不管是什么，先炸先烤了再说。香蕉要烤，玉米饼要烤，吐司包冰淇淋要烤，更别说烤鸡、烤鱼、烤虾、烤牛羊肉。他们烧烤炸的方式也很原始彪悍，几根铁丝、一柄铁铲、一个巨大的铁皮桶、树枝、干柴棒或木炭就能烧起一盆火星四溅的炉火。中国人有吃蛇、青蛙、猪脑花的习惯，已经算奇葩了，可非洲人会烤竹虫、大蜗牛、蝙蝠、猴子肉等更为奇葩的丛林肉，在大街小巷的街市上随处可见散发着诱人香味的烧烤小摊。初初看到时，会感到恶心、恐怖，可当地人总是说很好吃，咱这儿地大物博，啥美食都赶不上我们这里的丛林肉，真的好吃到炸街呀。不由分说，递了一串烤蝙蝠过来，那样的热情、夸张会惊掉人的下巴，只好快闪。

当然啦，草地上戴着白色烟囱帽的大厨，不会烤任何可怕的丛林肉给来自文明世界的登山客吃，光是那些外焦里嫩、丰腴爆口的烤牛羊肉就已经勾魂夺魄，让人垂涎欲滴！落日下的烧烤，藏着最原始野奢的美景和心情，也是我整个登山活动结束后最浓墨重彩的一笔。我和戈戈拿了一只漂亮的乌木托盘，装上各种烤好的串串，一人一大杯冒着啤酒花香气的乞力啤，坐到了一棵阴凉的金合欢树下。

"Kitimoto，我们斯瓦希里语叫露天烧烤为'火上的椅子'，阿鲁沙人只要手拿烤肉，沾点盐和辣椒粉，再有一支啤酒或可乐，就可以在街上一坐老半天，享受极了。"戈戈说道。

"从没听说过还有这么好听的名字，'火上的椅子'，谁发明了这么霸气、形象的说词？那我们就在这把火椅子上对酒当歌，到天亮才走。"

"你就在阿鲁沙多留两天呗，两天后我才有一个登山团要带。"

"肯尼亚那边的志愿者团队已帮我订好了去蒙巴萨的日程，我明天得回去。"

"想这座山的时候就再来，我知道你会来的，我一直在等你的到来。"

"所以你第一天就抓住了我的手。"

"有的相遇是天定的。"

"在古典时代，人们就用一句妙语来赞叹地中海以南的这片广袤的红土地——非洲总让人惊喜连连，他们喜欢这样说。"

"非洲的全名就叫阿非利加州，意思就是阳光灼热、有温暖和爱的地方。这座山也是这样，起初的攀爬十分艰难，越往上越让人喜爱，惊喜不断。"

"我可是连滚带爬，看着你手臂上的坐标，才找到天堂之路的。"

"跟随着飞禽走兽，跟随着自己的内心，它们都会给你带路。我等你有一天重返，再抵应许之地。"

我心里有一百个声音在说：留下来，别走了，哪怕两天。太想疯狂、任性一把，心底纠结得在发痛，要不要延迟归期、停止脚步呢？不去做志愿者得了？又没人非要我去，戈戈已紧紧拴住了我的心。

戈戈最后说出的应许之地，Promised Land，秒传间释放了我，给出了灵魂答案。他有一副看似粗犷其实像庄子般可爱的大脑，遇事总能化繁为简，他的赤诚之心救我出了内心煎熬的水火。只有在阿非利加州这块狂野又神秘的大地上，放空脚下的步履，放下心中的羁绊，才能洞见整个星空下神秘的星辰与动物世界的密语。在落日的静谧深远里，我们聆听到了彼此内心纯净的回响。鸟在飞来，鸟在飞去，随圆就方，触手皆春。在这片上帝的许诺之处，所有的离别都是为了再次重逢。

"那我明早就走，按原计划进行，我要守承诺，像那3个女孩一样去做志愿者。"

"明早我来车站送你。"

"别，别来，我会哭的。"

"每个人来到乞力，都会哭两次，来的时候一次，走的时候一次。蒙巴萨海边有沙滩男孩，专找单身女子，你可得当心点。"

他一扯到海滨的浪荡儿——beach boy，我们俩"噗哧"一声，笑得把乞力啤喷了一地。本来是难舍难分的两个人儿，一喝着冒着愉快气泡的冰爽啤，闻到空气里弥漫的香味儿，我们开始恣肆享受着这个小雨季带来的惬意。稀树大草原上的夏天本就应该是这样子的，有旱季，就会有雨季，有草枯，就会有草荣，周而复始，生生不息。一望无际的地平线，落日把天空染成了绚丽的赤乐色，金合欢树映衬着绝美的夕阳，动物兄弟们在闲庭漫步回家。

大地安静了下来，食草动物和食肉动物慢慢变成了一个个和谐的剪影……

"落日对饮，荒野游猎，背包徒步，赤道雪山攀爬，穿越没电、没马路的崇山峻岭，做个海明威式的冻僵豹子，各种肤色的身体上闪着太阳的光。齐声吟唱，纵情摇摆，携手相忘于山川湖海、高山草甸。活得饱满，活得有生命力，活得有情有义，这，才是打开狂野非洲的最好方式。大气磅礴，浪漫盛放到极致,这就开启我们下一趟的视觉和心灵盛宴的奇妙之旅。"

我举杯,站起了身,向这片天人一体、物我同源的土地,我心中灿烂壮美的阿非利加州,献上了我的谢意。

"敬诸神的黄昏,美丽和自然得以保留,生命所在之处都是乐土。"

戈戈也站起了身,和我肩并着肩,在夕阳下的"幸福一小时"里一饮而尽。远处的登山客立下了新的 flag,他们在高大的火焰木下纵情跳跃。

"下次再一起贩卖落日。"我对戈戈笑。

凉凉的山风从荒原掠过,朗朗星月,我们披衣而起,离开了围在篝火旁的登山客们,沿着鹅卵石铺就的花草小径向我的猎豹房间走去。

回廊上的防风灯散发着迷人的暖光,檐下的风铃在夜风中发出细微的叮当声响。每个远行归来的人,都渴望温馨的家的氛围,Wi-Fi、书籍、扶手椅、亚麻布床单、带绿纱窗的大房间里的清凉;渴望亲人的拥抱,小别重逢后情人的爱抚。我和戈戈走上了门前的木台阶,那一刻我根本不想放开戈戈的手。我身体的情欲在向我排山倒海地涌来,像一座活火山的岩浆在滚烫翻涌,氤氲在非洲丛林的无边夜色里。戈戈耳语,说:"我留下来,陪你一晚,你一个人孤独地来,又独孤地走,这是你在阿鲁沙的最后一晚。"我们闻到了彼此身上的特殊气味,我们已经等了 5 天,海拔 6000 米的高度,300 公里的距离,一万次的呼吸,100 万道的脚步声,我们的生命早就融为了一体,不可分离……

在我最不想放手的时候,我放开了戈戈的手。

"请回吧,艾侬莎在等你,你已经离开 5 天了,她会牵挂的。"一说出这句要命的话,我的眼里滚出了泪水。

我想到了黑金刚们在公园的草地上,一个个洗得干干净净,一身清爽抵达家门。门背后,总有爱你的人在等你回来。我想到了一个个的马赛女孩从小受的割礼之痛,她们躲在荆棘丛生的树上,哪怕拼尽生命,也想要一种生而完整、生而美丽的生活。想到了这座 75 万年的赤道雪山,它白雪皑皑、耀眼夺目的山顶正在一点一点地融化。真爱不仅仅是一种本能,更是一种包容和意志。当你真正喜爱一个人时,你不会想到占有、索取、掌控,而是付出、牺牲和回报。

"我希望你有一个完美的婚礼，我希望艾依莎完整地拥有你，我希望你有两个孩子，我希望你开枝散叶，长命百岁，像你们的祖师爷劳沃一样……我希望有一天住在你们的石屋里，风景最好的窗户前，和你们一起远望乞力马扎罗的雪。"

有的爱一旦根植在了骨髓里，它就会隐忍，不耀眼，像山顶的月光一样皎洁，伴随着这颗蓝色星球，在深邃的夜空里，随着四季，悠悠轮转。

"上帝用了6天的时间创造一个新世界，我们的5天，恍若一辈子，我会用我的余生想念你。"戈戈深湖一样的眼底映着防风灯的火苗和泪光，他哽咽。

"外星人会跟着地球的坐标，找到地球上来。你手臂上的坐标，会永远刻在我的心里。"

"我会用我的坐标呼唤你，3°S, 37°21′E。"

"我会用我的梵花呼唤你，OM Shanti。"

我把头紧紧贴在他的心口上，他把我紧紧地抱在他的怀里，抚摸着我的长发。我们站在半逆着暖光的回廊里，最后一次拥吻，感受到那丝绸般的双唇，嗅抚过了彼此的手臂、脖颈和脸庞。

第二天的清晨，有薄雾，杰夫开着陆巡车把我送到了阿鲁沙的中央车站。一弯上弦月挂在清冽的天际，太阳从地平线上升起，暖洋洋地照射在山川上、印在树枝上，鸟儿叽喳鸣唱，世间万物都变得朝气蓬勃。在赤道的稀树平原上，时不时总会看见日月同辉的景象。日已出，月未落，日月并行，一切生物都在向好。高山低岭，巨树小草，食草动物和食肉动物，雨露均沾，相互都能感受日月精华，感知生长，这是一种多么神奇美妙的生命状态呀。

中央车站依旧繁忙、闹嚷嚷，花花绿绿的班车一辆紧挨着一辆，露天坝子上布满泥土、碎石和野草。周围的小摊小店已开市，各种肤色的人熙来攘往，各种烘烤、煎炸的食物热气腾腾，烟火缭绕。戈戈骑着摩托，从晨曦中穿了出来，他戴着头盔，一身洗得发白的牛仔服，我几乎没认得出来。

杰夫说："Pearl，你的骑士来了。"他取下大背包递给了戈戈，和我拥抱了一个，开车离去。戈戈找到了我要坐的那辆河畔班车，动作很快，把大背包码到了车顶上。他从车梯上跳下来后，又去买了一包橘子递给我，说带在路上吃，不用刀剥皮了。

我看着他麻利地做着一切，心中感激，却说不出一句话来。一个头缠白色头巾的大胡子男子站在树荫下，一个年轻的男孩跑上跑下，把行李码在了车顶上，忙完后他神情殷勤，还在树下给那个头巾男打起了一把遮阳伞。戈戈看着我盯着那个方向看，一脸不解，笑了，说那个男孩是仆从，阿鲁沙有很多从海边的桑给巴尔、蒙巴萨过来做生意的印度商人，他们富有，也喜欢有随从。那一刻我才回过神来，我知道我是真的要离开阿鲁沙，离开眼前的戈戈了。

戈戈手上拎着有蓝色闪电纹的头盔，他说这两天没有登山团队，送完我后就会去开 boda-boda（布达布达）挣些散碎银子。在阿鲁沙，坐一次布达布达摩的，2000 Tsh，不到 1 美元，全城一个通价。登山公司只支付向导带队的日薪，没登山任务或几个月的长雨季没客人时，他们都得另外找活干，自谋出路。坦桑尼亚的劳动力众多，薪资普遍较低，一个在中国人开的工厂上班的工人，月收入大抵也只有 150 美元。打零工的、咖啡、棉花采摘小工，每天的收入也不过五六美元。为了谋生，很多人得去卖力气，做一些劳动量巨大的体力活。

戈戈和我站在车站边的一棵蓝花楹树下等时间，他跟我说他要去开布达布达时，神情还显得有点不好意思。从海拔 6000 米的高山到海拔 1400 米的城市，完全是两个不同的世界。戈戈从一个顶级、持证的国际高山向导，一个 6 条线路通吃、爬遍乞力 756 平方公里广阔地域的登山健将，从白雪皑皑的顶端、空气稀薄处的生死线给我身心以力量和爱的旺基斗士，变成了一个穿梭在大街小巷载客送客的摩托司机，一个在太阳炙烤、尘烟飞扬和危险中奔波谋生的快运骑手，让人看了心怀不忍，心生感叹，很难想象现实对人有多残酷。可正是他坦然应对现实生活的残酷，让我对他愈加敬佩和喜爱。无论是高山上意气风发的戈戈，还是街市中凡夫俗子的戈戈，这里的人以一种不矫情的顽强态度与自然、与生活和谐共处，凭借一颗富足的内心，即使不富有，也可以活得很纯粹。我喜欢那些真实活着的人。

"嗨，摩界高手，你上得雪山，下得人海，人家玩越野摩托是耍酷、翘头炸街、拉风，你是真的酷，成了一个敢打敢拼的硬核骑士，不再用双脚而是用机车来打磨石头。你完全可以骑摩托来接我的嘛，用不着杰夫开车来送。来，来，我已背好背包、跨上后座坐好了，骑手，请载我去中央车站吧。"当你真爱一个人时，你会从头到脚都喜欢他，我情不自禁，开始逗戈戈。

"女士，请戴好头盔，坐稳了，抓紧我的后腰。发动机震动，车声轰鸣，我们一掠而过中央车站。胯下铁马的心跳在搏动，拧下油门加速度，我们飞驰上了阳光热烈的A104公路。疾风在耳边呼啸，张开你的双臂，让长发飞舞起来，我们自由奔跑在了动物迁徙的路上，TK的旗帜在空中飘扬，边境纳曼加离我们越来越近了……"

"记得在你石屋的院子里种一棵蓝花楹树。"

"我会在树下架一个秋千，让你和孩子们可以迎风摇晃，守望落日。"

"开稳点，别折了胳膊腿，别挂了。"

"哈库拉 马他他！"

我和戈戈江湖儿女情长，即兴搞笑了一段骑行口技，两人站在清风扶摇的树影下说得澄净欢快，简直就要飞了起来。都说樱花掉落的速度是每秒5厘米，感觉这里的蓝花楹花瓣比樱花飘落的速度还要慢，细小柔和的花瓣从头顶上飘飘洒洒而下，伸出手就停在了掌心上。长春蓝的花瓣不只开的时候美，凋零的时候也很美，宁静的紫调，细腻的蓝调，让你想到印象派的"莫奈色"。花瓣也是带着它的"使命感"而来的，连时间都放慢了脚步，两颗分别的心在秒速间便被它温柔灵动的颜色所俘获。此时的热风和阳光好似达成了某种默契，分离的时刻在我们眼前变得丰盈而悠远，怎能辜负呢？再平凡的日子都会有山水相连，花朵相伴，都值得我们珍惜和付出，过得如诗般美好。

最后我忍不住，还是像他提醒我注意沙滩男孩一样，要他注意骑车安全。发车的哨声吹起，我们十指紧紧相扣片刻，松开。在班车的后视镜里，我望见戈戈骑行的背影越来越小，乞力马扎罗山的雪影也离我越来越远。

我们用最短的时间来道别，用最长的时间来等待重逢。

我的心空落落的，旧金山海岸的逍遥，乞力马扎罗山的戈戈，从北半球到南半球，他们的身影在我心里重叠在了一起。没人告诉我，为什么我总是停不下来，从一片海洋到一座高山，如一朵带刺的玫瑰马不停蹄地成为另一朵带刺的玫瑰。野棠盛开，江草润湿，我来人间一趟，与你相遇，与你别离。就像四时有序，万物有时，花开花落，很难有人可以自始至终陪着你走完每一程。世界总在路的彼端，剩下的路我都得靠自己走，没法回头。

远处的安博塞利平原上，传来了大象的低吼声，它在自由自在地呼吸，声音穿透了我的心脏。孤独成了我的命运，每个人都是孤独地来到这个世间，最后孤独地离开的，孤独地站在时间里，在繁星下睡去。

"但你的爱会陪护我一辈子！"我喃喃自语，眼泪这时才落了下来，流过了脸颊。

被疣猴信任，被动物王国接纳为无害的一分子，这条无人秘径的经历令我愉快起来，也安心下来，成了我走过的最安适的一条秘径。

那时所有的汗水、泪水、海水，脏活、累活、苦活，其实都是在清洁我们自己，净化我们自己。在蒙巴萨做得最美的一件事情，是真正地过上了一段丛林生活，逾越了自己，忘掉了一切纷扰，内心有了一种持久安宁的幸福。

Chapter 11

丛林志愿者
Jungle Volunteers

43
蒙巴萨之谜
The mystery of Mombasa

一个人坐车穿越了纳曼加边境，7小时后，我风尘仆仆回到了内罗毕。视线里的肯尼亚首都，充斥着人和建筑，反对党的人群走在肯雅塔大街上示威游行，巨大的 Safaricom 与 OPPO 绿色广告牌在烈日下闪烁。骚乱、拥堵、嘈杂、闷热、污染、尾气严重，感觉心已与城市疏远，再无法融入。

重新入住背包客栈米尼曼尼，我在网上快速订了第二天中午去蒙巴萨的机票，90美元，肉疼得叫了起来。本来打算要坐长途汽车或火车去蒙巴萨的，那才是我的风格。原汁原味体验一把当地人的生活，还节约银子，但登山真的让人体力严重透支，我觉得一身疲累，再也没有力气去做一次长途奔袭。

沉睡到晚上9点，去客栈的餐吧要了一份水果沙拉，一份炸鸡柳。一个刚从蒙巴萨坐火车过来的旅游博主库克（Cook）对我说，坐蒙内铁路的列车真是魔幻，又快又便宜，我才发现没时间好好做功课，用惯性思维来打量非洲，又一次失策。

肯尼亚实际上就是一个诞生在铁轨上的国家。以前，内罗毕与蒙巴萨之间仅有一条米轨铁路（MGR），还是英国殖民时期在1901年修建的，当时的英国为了乌干达和尼罗河的资源，从英属印度运来了上万锡克族劳工建造铁路。人们把它称为"疯狂铁路"，只因在干燥扎人、有野兽出没的灌木丛中修一条铁路是多么疯狂可怕的事情。英国中校、工程师帕特森（Patterson）在《察沃的食人魔》中写道：被他击毙的两头察沃吃人狮，有着"暗夜恶魔"的名号，一共杀死了28名印度劳工和数不清的非洲土著。

他说："我可以清楚地听到它们嚼碎骨头的声音，那令人毛骨悚然的呼噜声弥漫在空气中，在我耳畔回响了数日。"

来非洲狩猎的丘吉尔称这条窄轨是"最具浪漫情调，也令人惊叹"的一条铁路，全程480公里的蒙内老铁路穿过了这个世界上最原始而混沌的荒原。由于沿途白蚁横行，木质枕木很容易被吞噬坏掉，于是所有枕木都改成了铁制的，铁轨刺耳的撞击声会在500码内惊起一大片动物奔跑的"涟漪"。窄轨火车的时速仅几十公里，年久失修，它慢得离谱，得在路上晃悠十几个小时，本来睡一夜就可抵达，但有时可能要在火车上睡两夜，甚至更长的时间。中国"基建狂魔"很有实力，时隔100多年后，5000多名中国人和3万多名肯尼亚人一起，花了3年时间，在2017年建成了东非第一条标轨铁路（SGR）。它将一路向西，最终穿越非洲腹地的乌干达和刚果（金），直至南苏丹和卢旺达两个国家。

米尼曼尼的餐吧氛围友好、温馨，大都是南来北往、喜欢猎奇的背包客，坐在大餐桌前的这位美国小伙舒服地喝着塔斯克冰啤，正在Ins上发他那些有趣的大图。他说新的蒙内铁路成了外国旅行者争相打卡的网红线，美国有线电视新闻网（CNN）甚至把它列为到肯尼亚最值得做的20件事之一。他炫酷地说曾在中国旅行过一个月，蒙内车站的一切，波浪状的崭新车站、车票和椅子、火灾逃生线路图、郑和（曾率船队4次抵达蒙巴萨）塑像，还有安检设备，都像是从中国直接搬运过来的，有种瞬间梦回中国的错觉。

"不过，不像中国的高铁，蒙内列车的时速120公里，速度不快不慢、刚刚合适，不停站，4小时直达，可以很惬意地感受东非高原广袤无垠的美。"博主库克贴图完毕，顺手推给我看了他的美妙旅程。

彩虹色的列车，呼啸穿过塔鲁荒漠、察沃国家公园、肯尼亚国家公园，在多个动物栖息地间蜿蜒。穿过无人烟的茂密的灌木林，直到开阔的草原——马赛人最优良的牧场。紫红色的野花连绵起伏，风吹过草地，有瞪羚跑过来在铁路桥下低头吃草，大型野生动物通道方便动物自由穿行，就连长颈鹿也可昂首走过。经过保护区的线路两侧还有隔离栅栏，以免动物与高速行驶的列车相撞。一串串"彩虹糖"的货运集装箱，满载着茶叶、鲜花、咖啡豆、葡萄酒抵达蒙巴萨海港，从那里出海运往世界各地。粮食、化肥、电器、锃亮的汽车又源源不断从蒙巴萨港运往非洲内陆。在飞速闪过的铁轨边,是100年前的窄轨老铁路,有着信号灯、水箱、花坛、废弃的红瓦屋顶的站点,绿白灰的老式火车从蒙巴萨一路通到另一个国家乌干达。他说那种时空交错的感觉,甚至有点像在青藏高原坐火车一样。蒙内列车的车厢里有各色各样的人,几乎满座。老师带着夏令营的孩子们,他们闹闹嚷嚷,被兴奋的旅程和变幻的风景所震慑,瞪着乌溜溜的大眼睛看着眼前从未见过的景象。调皮的卷毛仔好奇地看着他的镜头,摆出各种姿势帝,各种肤色、各种声音混杂,一路上都是新奇。

夜幕完全降了下来,客栈的防风灯摇曳,这个大胡子的年轻小伙说得兴奋,把我的心勾到了长又长的彩虹铁路上。飞驰而过的列车,感觉在和日出日落赛跑,一幅幅不断闪过眼前的画面,是大自然的慷慨,海潮般的动物,就像在看一部稀树草原的大片。换着不同的姿势,优哉游哉看景色在车窗中后退,车轮擦击铁轨的节奏声让人心安,那感觉跟踏遍了世界的每个角落一样。有时看着看着就睡着了,醒来后就是一片大湖或一座大海……坐火车旅行,最快乐的就是那个变化万千的过程,我给大胡子说:"慕了,慕了,这种喜大普奔的事情,我返程时必须去体验一把,我定会让"坐蒙内铁路列车"妥妥地登上我的私家榜单。"

餐吧的酒保,换上了鲍勃·马利的雷鬼乐,熟悉的《非洲采药人》《愿爱无忧》在我身后悠悠响起,有那么一瞬间,我感觉自己回到了刚来这片大陆时的情景。CNN热荐在肯尼亚最值得做的20件事,女汉纸不知不觉已经干了8件,我在餐吧的留言簿上画了8个简笔小人的行程给后来的大神们看:

去纳库鲁湖看火烈鸟像弹幕一样飘过壮阔的水面,红红火火集体相亲尬舞,在交配时翅膀变成了迷幻的亮粉色,成千上万只捕食的鹈鹕鼓噪不休,叹为观止。

去马赛马拉游猎,看世界上密度最大的狮群在连绵起伏的草原上巡游,与大象一起在安博塞利的荒野仰望星空。造访母狮艾尔沙的家,看过《生而自由》的粉丝,一定会对艾尔沙与亚当森夫妇的故事铭记在心。

参观小象孤儿院,看逗比的象宝宝抱吸奶瓶,它简直就是天生的超萌表情包。在内罗毕市郊长颈鹿公园,看互相缠住颈子调情的长颈鹿,用你的嘴含着一长条饲料喂食长颈鹿，享受这些脖子长、任性嗫瑟的大家伙的舌吻。

顶顶酷歪歪的一件事，是在地狱之门国家公园骑行，骑车穿过驰骋着大型食草动物的草原，那里基本上是个无捕食者的无人区，当气哼哼的水牛好像快被你飞驰而过的车影惹恼时，你会倍感刺激……

拜望《走出非洲》作者卡伦在恩贡山下的故居，重温一对情侣的浪漫爱情往事。走进洒落一地红色火焰木花瓣的故居，第一眼看见的是老旧的橡木桌上卡伦用来写信的那台打字机。在飞着云影的回廊上，你真的觉得看见了卡伦和她最喜爱的丹尼斯，正在飘满鸡蛋花香的树下说话。当地的年轻人在周六、周日可以进入卡伦的庄园举行一场婚礼，体会当年的生活景致——早茶，音乐，草地舞会，作为他们一生最珍贵的婚礼记忆。

自由自在唱响非洲大地的狂野之美与激情之歌吧，接下来的4件事，可以去蒙巴萨游览耶稣堡，在蒙巴萨南岸的迪亚尼海滩感受蓝色海水的抚摸，在东部印度洋潜水和浮潜，在拉穆群岛驾驶三角独桅帆船遨游……

在留言簿上又写又画到最后，我给大胡子年轻博主说："在海浪拍打着无边绿色的丛林里，和一群猴宝宝嬉戏玩耍，你肯定错过了吧？"

非洲的阳光是七色的，第二天清晨，我不是被手机闹铃，而是被一大片阳光叫醒的。乞力马扎罗就像一场通往天堂的美梦，醒来了很久，还是很感动。收拾好行囊，我直赴机场，想到就要奔赴印度洋海边的蒙巴萨去做一个猴妈咪，心情像海水一样蔚蓝，不料却在安检处又遇到一波"暗黑风格"。

那个体态丰满的安检员坐在X光机前扫看我的随身背包，她穿着一身橙黄色的套装，配上她光滑发亮的黑皮肤，挽在头后的发髻，看起来真的很洋气，又时尚。她随后站起身，让我打开背包检查，这些是每个机场的规定动作，我也没觉得有多奇怪。X光机能区分爆炸物、毒品、枪支、刀具等危险物品，本小姐一个遵纪守法的外国旅行者，包里除了相机、手提电脑等贵重物品，别无他物，经得起安检。她边看我包里的东西，边不动声色地说：

"我还没吃午饭。"

语气平静得就像在和我拉家常。肯尼亚的国内航班很简朴,不提供餐食,连矿泉水都不提供,我事先准备了两个橘子、两片吐司放在一个纸袋里,那就是我在路上的午餐。我指着背包里的纸袋,善解人意地说:

"我也没吃午饭,这是我的路餐,也很简单。"

途迷的背包设计得实用,又防水,我一个隔层放相机,一个隔层放手提电脑,最里面的隔层放我的护照、钱夹等,我把1000美元的现金放在一个信封里,那是我要提交给营地的费用。我翻到最里层给她看时,她又强调了一遍:

"我还没吃午饭!"

我正纳闷,你没吃午饭与我有什么关系呢?突然我反应过来了,她是在向我索贿,索要茶点钱。无论包里有多少层,X光都能穿透,包里的东西会一层一层展示出来,她一定是在电脑屏上看到了我的那叠现金。我动作很快,一边拉上背包的拉链,双手紧紧抓住背包,一边盯着她光彩照人的脸说:

"我是国际志愿者,去蒙巴萨黑白疣猴保护营地服务的,营地需要缴一大笔生活费。"

我不管她听懂没有,拖过我的背包,径直走了。做志愿者的人都节俭,机场十几美元一份的套餐贼贵,还难吃,从来都是自备简餐,我才不会纵容她的恶习呢。

在灰尘扑扑的公路边,在鱼龙混杂的边境,总有一些有点小权力的人使用小伎俩向人们索贿,但我没想到这可是在堂堂的首都机场呀,她还穿着那么漂亮的职业装,竟会如此"优雅"地要钱。有时会听见外国旅行者恼怒地骂上一句:"那些可怜虫的祖辈还是猴子呢!他们刚下树不久。"遇到防不胜防、无耻无理的索贿,每个人都会感到讨厌、生气,影响心情,我当然很鄙视、反感这种行为,但非洲教会了我克制,干什么都得有一招斗智斗勇的绝技,像对付叛逆期的"神兽"那样。

航班晚点到下午4:30,我正好可以把格林的小说《命运的内核》读完。格林是作家中的"007",二战时曾以英国间谍身份,乘坐一艘货运船横渡北大西洋，在西非的塞拉利昂搞情报工作。他书中的那位男主斯考比，是一个精神上有着高度洁癖的殖民地警官，这种避世、不合时宜的人物，在"卑鄙、恶毒、势利"的世界里，随时都得经受着金钱腐蚀和道德伦理的双重考验，我好像听见斯考比在热带阵雨里耳语：恶在人间畅通无阻，而善却不能再在世间漫步。

  我一页页翻书，自备的简易餐包就很管用了，喝着水壶里的红茶，看着大玻璃窗外的太阳慢慢西移，远处是大片云朵掩映下的肯尼亚山的雪影，我不由得想这真是地球上无比美丽的一座城池呀。这个国家独立60年了，时间在洗刷万物，唯独愿望除外。这座城池在日新月异，但仅仅只有小部分人得到了经济发展带来的好处，有三分之一的人在失业，有一半的人依旧生活在贫困线以下，这里依然有他们的国父肯雅塔说的非洲的三大敌人：愚昧、贫困和疾病。身体的疾病，比如疟疾、新冠，比如我的抑郁症，可以治愈，而社会的顽疾，贪腐、暴力、部族争斗就像斯考比感叹的那样愈加严重。这里有富裕、贫穷、冷酷、善良、信任、龃龉、良知和健康等太阳底下存在的一切，有新生，也会有死去。安检上演的小插曲就像给我的心理打了一剂强有力的预防针，要去做个单枪匹马的志愿者，就得学会助人自助。不要求别人能为我做些什么，而是我能为这个彩虹大陆做些什么，哪怕再微小的愿望——照顾几只孤儿猴子，只要能给这片土地带去一点点帮助，有机会去付出爱，有力量去做一些小事，它都会给我们的生活带来如沐春风般的温暖感觉。这个世界本就没有完美和安宁，每个人都要经历命运的考验，活着并且做自己热爱的事，便会永生难忘。

  傍晚7点，飞机降落在了蒙巴萨的莫伊国际机场（Moi International Airport），一座用这个国家第二任总统莫伊来命名的漂亮空港，迎面吹来的热乎乎的海风，带着阵阵腥气和咸味。巨伞式的棕榈树在晚霞里像千手观音般嗖嗖飞舞，衣衫被海风吹得紧贴在身上，美美地往后飘拂。我打了一辆Uber的出租车，一路向南边的海岸奔去。

  这是一次真正的地理意义上的文艺范旅行。"我送你到蒙巴萨吧。"在《走出非洲》的书中，卡伦的情人，猎手丹尼斯对患病的卡伦说。我第一次听说了蒙巴萨这个名字,斯瓦希里语中的"Kisiwa Cha Mvita——战争之岛"。这里的空气有着不一样的风,再也听不到内陆草原上狮子、大象的低吼声,错综复杂的巷道、长袍加身的穆斯林女子的背影、穿行于婆婆椰林中的单峰骆驼、层层叠叠的欧式建筑和阿拉伯式房舍,透出一种粗粝、燥热、欲望的美感,带来的是非洲特有的海岸气息,肯尼亚的另一种风情。

"你看过《盗梦空间》吗?好多镜头都是在蒙巴萨拍的。"司机对我说道。狭窄公路的尽头是条海峡,我们和堵车搏斗了好一阵子,停在了利科尼(Likoni)渡口排队,等待坐轮船摆渡。

"这里的感觉真的像电影的名字一样,我好像回到了小李子的盗梦空间里。"我回应着司机的话。我不愿困在冷气呼呼吹的车里坐等几十分钟,便打开了车门,径直往码头的方向走去,我让司机上船前叫我一声。

走在混乱嘈杂、热气腾腾的码头上,我仿佛置身在一个古老的梦境。1000多年前,阿拉伯人、印度人、欧洲人的商队驾驶着三角帆船,轮番造访了蒙巴萨这座小岛。600多年前,郑和驾驶着宝船下西洋,曾4次抵达蒙巴萨,把这个可以补充淡水、新鲜果蔬的地方叫作"慢八撒",这里慢慢悠悠的节奏,正适合那散文诗般的浪漫叫法。蒙巴萨实际上是建在一个面积仅15平方公里的珊瑚礁小岛上,小岛四周水深浪静,自古便为天然良港,沿着印度洋海岸线向北,直到红海和阿拉伯半岛之间,几乎再没有大港。于是,来自阿曼的阿拉伯人、印度商船、葡萄牙探险者和中国商队,都在这个旖旎的热带岛屿上留下了自己的印记。看着中世纪的石头城里弯弯曲曲的街道,闻着海岸边飘忽着的盐渍和香料的味道,耆那教寺庙的圣歌声不紧不慢地回旋在耳边,我恍惚了,觉得片中的小李子正在狭窄的街道上飞奔……

他费劲地和咖啡馆里操着斯瓦希里语(Kiswahili)的侍者沟通,在密密麻麻的黄房子间杀出了重围。他说因为在梦里,我们仍能在一起。那只充满着不断猜想的陀螺一直在旋转,它究竟会不会在蒙巴萨停止转动呢?!我爬上了海拔近6000米的非洲之巅,又陡然降落在了这片海拔仅60米的充满着各种奇妙想象的海岸,我这只陀螺又会怎样飞旋呢?!

蒙巴萨谜一般神秘迷人。

渡船码头开始让我体验到千年古城的喧闹繁忙。蒙巴萨的大部分区域坐落在岛上，岛的北端与大陆相连，岛的南端则是旅馆密集的热带丛林，银白的提威海滩（Tiwi Beach）、迪亚尼海滩（Diani Beach），是印度洋西岸久负盛名的度假胜地，大部分的旅行者都会停留在蔚蓝的南岛上。每天上午，当地人在利科尼码头坐轮渡到南岛去上班，傍晚再回到北边的城市。轮渡从清晨5点开船，直到半夜12点收班，每天要运送14万名乘客和3000多辆汽车往返。坐船渡过海峡只需7分钟，但等待上船的时间很漫长。海峡一直在繁忙，因为进入蒙巴萨市的大型船只也要经过海峡。

"为什么不在两岸建一座桥呢？"我上车后问司机。

"没钱呀，居民都想有一座桥，但要让大船也能通过，这桥得建多高呀。"

司机说他没见过高高的桥，我们的车夹在拥挤的人流和车缝里，停在了渡船上。

蓝色的渡船并不大，中间停车，两边载人，车熄火后又闷又热，我给司机说我去船舷边吹吹风，司机连忙叮咛了一句：

"女士，渡船上不能拍照哦。"

我和好多的人挤靠在船舷边吹风，浪花在向后飞逝，夕阳落在了海的泡沫里，周围盖过一切的是汗水和汗味，这里毕竟是地球上最炎热的地带呀。站在身边的斯瓦希里人（Swahili）有着和非洲内陆的黑人不一样的肤色，他们的肤色更浅，类似巧克力色，大都是黑白混血儿。从公元10世纪以来，随着远洋贸易的到来，阿拉伯人、波斯人、印度人乃至欧洲人，陆续迁来非洲沿海地带定居，并与各个岛屿及大湖地区内陆的班图人通婚，长期混血，于是，有了非洲东部地区的跨界族群斯瓦希里人——阿拉伯语中的"沿海居民"。随后，斯瓦希里语被作为交际语言使用，成为肯尼亚、坦桑尼亚、乌干达的官方语言，就像我们说的普通话一样。它已不仅仅是一种通用语言，更像是一种文化身份的认同，好像陆地与海洋紧密相连，象征着的是非洲内陆与阿拉伯乃至更广大世界的联结。

置身年代久远的蒙巴萨，这里的斯瓦希里人无疑创建出了一个独特的印度洋社区，一种混合着亚非浓郁风情的文化。他们的皮肤是古铜色的，腭凸不明显，五官匀称，多黑色波纹卷发。他们的血液里混合了古代商人、冒险家、海盗、传教士、旅行者的基因，不必像欧美人那样成天跑去沙滩晒太阳，美黑，他们是真正的璞玉，海洋中的水手，不会被风浪淹没，古铜色的皮肤和健美有活力的身形，让你想起大洋中的大鱼，还有 NBA 现役中那些"混"出一片天的投篮高手。

"不能拍照，有什么禁忌吗？"看着两岸的灯火在热带的气流中迤逦而下，像电影的镜头一样美得令人着迷，我禁不住好奇，问了趴在船舷边的一个斯瓦希里人。

"这里的水道狭窄，海运繁忙，容易被恐怖分子偷袭。"

"哦，咽喉要道，防坏蛋。"

"蒙巴萨很美，但它也有糟糕的一面：缓慢的交通、紧张的部落关系，天黑后外来人最好坐出租车，不要独自步行，渡口经常发生抢劫。"

"Powa Powa（好的好的），Asante（谢谢）！"我用仅有的几句斯语道了谢。

夕阳消失在了身后，夜幕降临，浪花退进了海湾，我们的车一下渡船，司机就像射出去的一颗子弹，把车在灯影幢幢的丛林公路上开得飞快。这条颠簸的公路一直通往南部海岸的城镇，但它把提威、迪亚尼的整片原始丛林一分为二，切割成了两部分。公路的左边，是丛林、沙滩、海洋，公路的右边，是丛林、村落、社区，猴子、犬羚、狒狒这些动物要迁移，跑来跑去找伙伴，探亲访友，繁衍种群，必须得横穿公路。

"你是去疣猴营地的志愿者，对吧？杠杠的。"司机说被车撞了的猴子、受伤的猴子，人们都会送到营地去救治。

"那你还把车飙得飞快，等于是恐怖分子嘛。"我嗔怪道。

车灯射着的大树上挂有橙色的三角形告示：Slow！ Crossing Colobus（开慢点，有疣猴穿越）！但来来往往的 Tuk-tuk 三轮敞篷车、马他突、出租车，一个比一个跑得快，看得人提心吊胆。

"坏习惯，坏习惯，但坐在车上的人都想开快点，来回多跑几趟。不是吗？"司机说在渡口一耽搁就是一个多小时，不跑快点根本挣不了钱，他也觉得很无奈。

"看来蒙巴萨最缺的不是盗梦，而是一座桥。"我嗔笑。没想到第二天我在营地干的活，就是造一座吊桥，不过不是给人、给车的，是给猴子的。

黑白疣猴营
Colobus Conservation

营地的蓝色铁门掩映在丛林公路的左边，不注意根本不会发现。穿着红色束卡的马赛门卫拿过了我的大背包，铁门在我身后关上的那一刹那，我觉得也将繁杂、奔忙的人类世界在我身后关闭，我的心一下安静了下来。门卫带我沿着一条幽暗的小路走了五六分钟，我就看见了隐藏在密林中的一排平房，亮着朦胧的灯光。我像一个走远路的人终于看见家一样，安全、踏实、温暖、欣喜，一切美好的感觉都涌进了心里。

营地的主管凯丽（Kelly）等候在起居室，她是个苗条的英国女子，留着一头金色的长卷发，学人类学的，已应聘在营地做了两个月的总管，她住在北边的市区，我来的时候通过电话，告诉了她航班晚点。她说话干净利落，给我介绍了营地的生活设施，另外两位肯尼亚的志愿者，女孩罗斯（Rose），男孩爱德华（Edward），是内罗毕大学学兽医的大学生，来这里做暑期实习生，和我一样住在营地里。我把 3 周的吃住费用 680 美元交给了凯丽，她简单交代了一下营地的注意事项，就离开了。

这是一排米黄色的生活营房，建在大树环绕的丛林里，有展览室、起居室、厨房、3 间志愿者住的房间，一个公用卫生间。相隔 80 米远的距离，是一排动物用的生活营房，有医疗室、果蔬坊，5 间巨大的笼舍是康复房、隔离房，是给救助的动物用的。我住的房间靠近卫生间，非常迷你，有两张单人床，一张窄条木桌，一把坐扇，一把吊扇，床上是一顶悬吊式蚊帐，窗户外装有密不透风的铁纱网，防蚊虫、防动物的。罗斯和爱德华，各住在像男女生宿舍的大通间里，每间宿舍有 4 张床，育儿箱也放在他们的房间里，他们需要 24 小时照顾孤儿小猴子。

热带炎热，能量消耗大，我饿坏了，就去厨房吃了点炖芸豆汤、米饭，配着羽衣甘蓝咸菜。厨房的墙上贴有一张一周的菜谱，7 点开始早餐，有咖啡、牛奶、吐司、水果沙拉，中午 1 点吃午餐，每天轮换着有炸薯条、煎土豆、西红柿通心粉、青豆胡萝卜炒饭、煎饼、乌伽里、白煮蔬菜、水果沙拉,晚餐就是我正在吃的东西。厨师约瑟夫住在村庄,每天做完三餐后他就会骑单车回家。看见这份清汤寡水的菜单,你肯定会大吃一惊,没一丁点肉,连鸡蛋都没有。是的,营地只提供素食,是彻头彻尾的素食主义者,让你想起长住在森林只吃素餐的珍·古道尔(Jane Goodall)。不过志愿者可以去超市买肉食回来,自己做晚餐。我事先在填申请表时就做好了来吃苦的心理准备,任务栏中有各项工作:

Animal Care(照顾动物)
Orphan Care(照顾孤儿)
Colobridging(造疣猴桥)
De-snaring(拆除陷阱)
Field Research(田野调查)
Tour Guiding/Marketing(导游/市场营销)
Fundraising(筹款募捐)

除了导游、筹款两个工作我没打勾,主要是英语还不够专业、流利,我也不善于鼓动人出钱。其余的我全打了勾,我什么都想去尝试一下。

"很少有中国志愿者跑来这里。"罗斯看着满脸晒花了皮的我,好奇地说。

"这里有东非海岸最多的灵长类动物,明天你就可以亲眼看到。平时营地有五六个来自世界各地的志愿者,现在是天鹅绒一样的淡季,只有我们3个,有好多活要干,你得好好睡一觉。"兽医爱德华年纪轻轻,说话却像个稳重的兄长。

两个大学生热情、友善,从他们的口中我才知道营地是1997年建立的民间动物保护机构,整个丛林大约生活有1500只猴子——Colobus(黑白疣猴)、Vervet(绿猴)、Sykes(蓝猴)、Bushbaby(婴猴)、Baboons(狒狒)。由于旅游业的发展、农耕地的扩大、人类居住区的扩张、公路的开通、偷猎偷盗以及疾病传染等,猴族的栖息地在缩小,人与猴的矛盾也越来越突出。营地的志愿者要做救助伤病猴子的工作,抚育失去母亲的幼猴,修建笼舍,搭建保护设施,协助野化训练并最终将它们放回丛林。

夜深后,我独自一人在营房门前的回廊小坐了一会儿,我从没这样零距离地生活在一片丛林里,也没听说过有这么多不同名目的猴族。亚当森夫妇在梅鲁的狮子营待了四五十年,珍·古道尔在人迹罕至的贡贝溪热带雨林研究黑猩猩,一待就是 38 年,她是我从小就崇拜的偶像。我身后展览室的玻璃柜里摆放着各类猴族的头盖骨标本,刚经过时还把我吓得跳了起来。接下来的日子,我这个什么都不懂的陌生人将和我的荒野朋友们朝夕相处 21 天,我会做得很好吗?会中途当逃兵吗?好纠结呀!

第二天的早上 7 点,我去洒满阳光的起居室用早餐。一张长条的木餐桌上铺着金黄色腰果花纹的桌布,有 10 把木靠背椅子,桌上已摆好了咖啡、吐司、牛奶、果酱,带着热气和香气。起居室也是我们的活动室兼会议室,我一眼就看见了墙上贴着一张一周的工作日程表,有好几个还不认识的名字,我的名字"Pearl"排在最后一栏,刷着蓝色。那一刻我的心里涌起了一阵小激动,我期待着在非洲的第一份志愿者工作。

托尼(Tony)是营地的工头,29 岁,斯瓦希里人,戴着棒球帽,两条手臂上是满绘的海神波塞冬文身,个性十足,健壮得像个辛巴达的水手。他说话耐心,抿着嘴微笑,是营地的全挂子,管着两个工人,都是本地的村民,我分在他的手下,随后我就天天跟在他的屁股后面干活啦。

第一天我干的就是脏活,碰了头彩。

打扫笼舍是每天清晨要做的第一件事情。这些笼舍是康复房、隔离房,装有铁锈红的铁丝网,是给生病的、受伤的或等待放归的猴子用的。每一间笼舍有 100 平米那么大,分成内舍和外舍两个部分。猴子活泼好动,破坏力也强,笼舍里有高低错落的树架、吊环、绳桥、秋千等猴子喜欢悬挂的地方,这些都是它们的玩具,有固定的食槽和水槽,天热时猴子还可在水槽内洗澡。托尼说要尽可能减少人和笼舍内成年猴子的接触,以便日后的野化放归。

"第一件事就是要确认笼舍安全。我们先进入外舍打扫,打扫干净才会开放内舍门,让动物走出来,关好内舍门。待内舍打扫干净后,再把动物放回内舍。记得关好每一道门，以免猴子抓伤人或者跑掉。"

他让我穿上高筒靴、戴好长臂手套，我们拖着水管，打开了第一道门。扑鼻而来的是腥臭，满地都是排泄物、吃剩的果蔬，脏不说，那个气味是最大的挑战，直想吐。冲洗时不时看见爬行着的长虫，有脚那么长，手指头那么粗，色彩怪异。有的像蜈蚣一样有无数只脚，脚是红色的细小触须，看得人浑身起鸡皮疙瘩，但我不敢尖叫。我知道来丛林什么怪物都有可能看见，我得沉得住气，不能大惊小怪、神经质似地喊叫。笼舍面积很大，有好几间，清扫起来并不轻松，我能怎么办呢？边叹气，边臭骂几句"脏死了、臭死了"，还得要兢兢业业埋头铲屎冲尿。

有一只体型很大的黑白疣猴一直趴在舍门上看我们劳动，它那张黑白分明的脸紧贴在栅格上，静悄悄地观察我们，又大又黑的眼睛好像在说话。灵长目是动物界最高等的类群，相对于其他的哺乳类，灵长目动物的大脑大了许多，已具备了一套独特的感觉器，能把触觉、味觉、听觉，尤其是色觉和立体视觉感受到的各种信息输入脑中，进而把信息分类排比，产生了智力的发展。这样的智慧，是任何其他动物都没有的，这也是我们把这类动物叫作"灵长类"的原因。人是从猿发展分化来的，因此，人在动物界的位置也属于灵长类。由于灵长目动物与人类有很近的亲缘关系，可能生活方式也与最早的人类相仿，所以当许多人第一眼看见猴族时，都会觉得猴子看起来很面熟，甚至和达·芬奇画的蒙娜丽莎等名人的面孔进行比较，发现它们拥有和人类一样蕴含情感的眼睛，眼睛里的某些东西让我们觉得它们好像就是"人类"。

这只受伤的疣猴眼含忧伤，默默地看了我们很久，当清洁工绝对是一个高强度的体力活，不一会儿汗水就浸透了全身，我看见地面终于变得洁净、明晃晃地反射着阳光时，回头看了一眼这只专注、有心事的疣猴，我对它说话了。

"我知道你想出去，养好伤就可以回到丛林了，潇洒自由的灵魂都不喜欢关在笼舍里。我也讨厌关在笼舍里扫地。"我竟然飞越了万水千山来和一只猴子说话，我想这也是它最想听到的安慰的话语吧。

又累又脏还有味道的清扫活干完后，我们又成了饲养员，开始去果蔬坊给猴子准备食物。托尼按照不同种群、年龄段以及身体状况的特定标准，在案板上切好香蕉、苹果、西瓜、胡萝卜、西红柿、大白菜，有的还配有芒果、牛油果、花生、腰果，那感觉是猴子比我们吃得天然多了，我们搭配好果蔬，就抬着食箱去不同的笼舍进行投喂。猴兄猴弟看到我们抬着早餐，开始踱步、跳跃、聚集，好像在说快一点嘛，今天怎么来了个白皮肤的花姑娘，戴着草帽，捆着头巾，动作还特别慢，一点也不给力。

除了颜值最高的黑白疣猴，我还认识了不同笼舍里的猴兄猴弟。绿猴，是黑脸庞的长尾猴，尾巴细长，一身覆盖着厚厚的金黄带绿色调的皮毛。公猴的蛋蛋竟然是亮蓝色的，很鲜艳，抓人眼球，这是一种蕴含旺盛生命力的颜色。我生平第一次看到了长着蓝蛋蛋的猴子，不好意思，我得捂脸啦。

蓝猴，是青长尾猴，猴如其名，通体都是柔软光滑、毛茸茸的深蓝色皮毛，它的眼睛好像两颗透亮的琥珀，性情比绿猴还温和，算是猴族中的"和平主义者"。托尼说中国没有蓝猴这个品种，全都在非洲，它们非常聪明，除了爱吃野果、树叶、竹笋，还要吃点昆虫、小蟹、小蛙、小壁虎这些肉食，以补充蛋白质和脂肪，食性最杂。在清晨和黄昏时，看见村庄有炊烟升起，蓝猴就会下树来，去到对它们友好的村庄里，挨家挨户地跑，找好吃的。

蓝猴妥妥的就像是一个爱玩耍的孩子，小孩子的眼界总是让人感受到轻松、愉快，不会像成人那样受到大脑的约束。难怪在古希腊的壁画中，还有现代人玩的手游游戏里，蓝猴就成了一种图腾。它会从魔术帽里变出一个个玩具，胆子大喜欢去冒险，有无穷的创造力，不会顾虑和担忧一切。于是，我就自嘲地说，每个人的内心里都住着一个孩子式的蓝猴，在丛林里生活，会让我记得时时和内在的小孩聊聊天，让我归去时仍是活泼可爱的少年心性。

在猴兄猴弟饱餐的时候，我去圆顶草棚里小憩了一会儿，喝了几口茶，抽了一支烟。这种草棚在中国古代有个诗意的名字叫"草庐"或"草庵"，陶渊明在喝完酒后就写到"结庐在人境，而无车马喧"，有一草庐能遮风避雨、赏花种草，哪怕粗布麻衣、粗茶泥碗，寂寞时亦可貌如神仙、游遍山海。这里的草棚四周透风、阴凉，摆了几把木椅、一张矮桌，周围有大树环绕，能看见蜥蜴在墨绿色的树影下谨慎而疾速地前行，它们在交配时皮肤就变成了彩色，猴族在树冠间自由来去。我觉得我像一个隐逸的诗人，终于在非洲过上了田园鼻祖的日子，草棚成了我最喜欢待的庇护所。

托尼问："累吧，从没干过这些活儿？"我苦笑，点头。他说我们还要去采树叶，他去发动了皮卡车，我刚浪漫地归隐了几分钟，不恋名利、寄情于凉风片刻，又只好起身，跟着他去采树叶。

车子沿着一条丛林小路开了十几分钟，我们来到了一片低矮的树林间，这里有开着玫红色、白色、粉色花叶的九重葛，有金红色的凤凰木花，淡黄色的刺槐花。黑白疣猴娇气，只喜欢吃嫩芽和花朵，托尼举着一把带长棍的砍刀，嗖嗖嗖砍满了半车箱。回来的路上，看见几只逗逼的绿猴在地面上整齐划一地齐步走，很精彩的神同步，我惊喜地叫了一声"Vervet"。托尼说："你这么快就叫得出它们的种群了，这帮绿猴在集体闲逛呢。"

比起当铲屎官，我更喜欢抱着一大抱花束，踏着有斑驳光影的小径去各个笼舍送花式甜点。我先去了那只沉默的疣猴暂时栖居的笼舍，我还不知道它为什么受伤的，我在心里给它取了个名字叫"穆先生"，穆是一个做事低调、从不主动和人打架的圣斗士，属于爱思考的法师类战士。珍·古道尔为观察黑猩猩，给贡贝溪的每一只黑猩猩都取了名——会用树枝钓蚂蚁的"白胡子大卫"，用石头砸坚果的"菲洛"，会温柔地伸出手指、擦干她眼泪的"乔乔"。啊哈，这些熟悉的名字从小就埋在我的心里，像种子一样会生根发芽。黑白疣猴无疑是非洲最美的猴族，初看见的人，只能用两个词去形容它：时髦！惊艳！黑白两色产生的华丽设计感让人惊叹造物主的偏爱，但它也因皮毛过于漂亮招来了杀身之祸，成了世界十大濒危动物之一。

托尼告诉我说迪亚尼丛林大约生活有372只黑白疣猴、212只绿猴、673只蓝猴、186只黄狒狒、60只婴猴。"这不仅仅是大多数动物学家谈论的数据，它是营地26年来无数野保人所付出的辛苦努力的结果。一次次身体力行的实际行动会比千言万语更有效，你看，我们身处的大自然，它的再生能力其实是很强的，只要我们做出改变和保护，那些濒危物种就能逐渐恢复。虽然人类走到了物种的最顶端，但动物确实比我们更古老，更复杂，在许多方面美得让人失语。每一个经过自然之手点化的物种，都是依照大自然的意愿，留在大自然的平衡系统之中，留存在地球上的神迹，都值得我们尊重、敬畏，好好加以守护。"托尼在把长长的花枝砍短时，对我说了这段肺腑之言，他让我对营地的每个野保人都肃然起敬起来。

托尼是个土生土长的斯瓦希里人，没进过大学，也没去过比蒙巴萨更远的地方，高中毕业后就来营地打工，慢慢成了工头，带领过无数的志愿者干活。他的生活经验、智慧、本领和技艺，都来自他生长的这片土地，接触到各种动物以及各式各样来自世界各地的志愿者们。我喜欢和他一边干活一边聊天，他就像一部活着的百科全书。

营地有一条探险小径，是给来参观的游客走的，上面的路标上写有珍·古道尔最质朴的一句话：Hope is always there（希望就在那里）。照片上的珍一头白发、一脸风霜，穿着朴素的卡其色衬衫、小短裤，拿着一副小型望远镜、一个笔记本，一双天真、灰绿色的眼睛，始终溢满了安详与笑意，让你觉得比丛林更美的，是她望向丛林的眼神。珍是我们读过的中学课本里永远的女神，一个仅有高中学历的普通英国女孩，却因一生对黑猩猩倾注的爱成了世界知名的野生动物学家，向世人展示了如何用个人的坚持不懈来保护一个种群发展的力量，一辈子做好一件事的魔力。从坦桑尼亚西部山区的贡贝溪，到东非海岸的蒙巴萨，有 1000 多公里的距离，但无论身在何处，珍都成了我们向往非洲、最终来到非洲的楷模。营地一有游客来参观，托尼就会放下手中的活儿，哪怕只有一两个人，他也会乐颠颠地去做一会儿向导，带领客人进入探险小径去感受一会儿密林里的活色生香。大自然无疑是人类最好的老师，丰盈的自然自会吸引目光纯粹的人，让他们学会把眼光放得更远。

"没有引导，人们是不知道怎样去爱生存的环境和生活在周围的动物的。"每当托尼一引用珍的这一金句，我就知道接下来我们又该手脚不停地去干活了。他让我想起戈戈、尼尔这样一些网生代的非洲人，尽管生于破屋烂瓦、疾病漫天、物质条件极度贫乏的环境之中，但他们的身上总是洋溢着一股阳光、率真、无畏的劲儿。他们不会在意你来自哪里，拥有怎样的生活和背景，也不担心身处的这个地方始终贫穷落后，充满着天灾和人祸。他们的一生只在一个地方生活，每天就像一块儿沾染了佛性的木鱼，老老实实、勤勤恳恳地干着手上的一件件小事,他们的工作非常出色,我称他们为"自然之子",这是一个谜一般的称谓。没人告诉他们天天如此、周而复始的魔力,而这样的魔力自会带来万物万灵的生生不息。

"我又该做点什么了呢?"我含笑问。

我怀抱着花束,满心欢愉,像手捧鲜花去见男朋友的怀春少女,托尼却提醒说:"Pearl,小心扎手,干活时任何时候都要戴好手套,有些花叶是有微毒的,有些隐藏在花叶中的昆虫也是有毒的,只有猴子的胃才能化解,而你的手会肿得像个发泡的面包。"

我听劝,赶紧戴好闷热的长臂手套。托尼又给我科普说,灵长类动物的大眼睛能分辨不同的色彩,所以它们很容易在热带丛林里找到很多食物,尤其是茂密树枝上色彩艳丽的果子和花朵。在我第二次走近笼舍时,我看见大眼流转的"穆先生"姿态潇洒地飞落在了树架上,银发飘逸,期待着我的献花。花的叶片十分娇嫩,容易破裂,散发出的舒适气味让它快乐了起来,仿佛让它回到了和伙伴们在树冠上吃花的那个上午。

中午1点,我们3个志愿者去起居室用午餐,托尼和两个工人待在草棚,吃他们自带的简餐。营地不为工人提供午餐,只提供加糖的红茶。我回房间眯了一小会儿,下午2点,我们又开始继续干活了。

赤道的日出日落美得难以形容,但下午毒辣得要把人烤化。托尼说:"在营地没人能真正闲下来,上午的活完成了,下午的接踵而至,今天的做完了,明天又继续开始重复。这里的呼吸、繁衍、生长,是随着万物赖以生存的季节、节奏变化来运转的,在这片丛林里,猴族就是一切。营地的人少活多,乃至大伙一年四季都没法休息,你可别抱怨呀。"

我莞尔一笑,回应道:"啊,有苦有甜,幸福!我是自愿选择来给动物当打工仔的,我可以坚持。万一我吐槽了,你就假装没听见,我慢慢习惯了也就不会叫爹叫娘了。"

下午又晒又热,猴子通常在清晨时分就出来找食找水,中午天气变热后,就会躲到树荫下和隐蔽处睡觉,不再在树杈间跳来蹦去地折腾。托尼和工人把一堆材料搬到了一棵冠盖如云的猴面包树下,我们要制作疣猴桥。

"猴子最大的天敌就是人和车。"托尼说道。原始丛林被公路分开后,那些被迫和人类共存的猴族，每天只能在车辆中穿梭或冒险爬高压电缆来回，尤其是带着孩子的母猴风险最大。每年被车撞死的猴子排在第一位，其次才是被偷猎的、触电线身亡的，以及虫害的。营地的志愿者想了很多解决的法子，造疣猴桥就是其中之一。疣猴桥（Colobridging）是一条绿色的软梯，有四五十米长，由于丛林公路穿过了猴族的栖息地，不少猴子会冒险横穿公路而被车辆撞倒，如果在公路两旁的大树之间凌空架起一座软梯，等于是搭起了一条安全、特殊的通道，猴子便能从公路上方穿过，这样可简便有效地解决栖息地被分割的问题，也能让它们在不同的种群间建立起联系。

托尼开始教我在每一根塑料管上做好标记，每25厘米为一小节，先用锯子把它锯成一节一节的短管，再把一圈一圈的铁丝拉直，把短管穿上去。每隔1米的距离，还要加一条横隔断，这样软梯才会牢固又有弹性。我们用的是刀剑似的手工锯，这种锯子锯木头可能会轻松一点，要把坚硬的塑料管锯断就非常吃力，我把塑料管按在地上"呲呲呲"拉动，不间断的呲呲呲声响刺耳到让人生理不适，挑动着大脑神经，也打破了营地的寂静。我没锯两节手腕就没力气了，手上还磨起了红杠杠。我觉得我这双写字的手快被废掉了，古埃及人早在公元前4000年时，就开始使用手工锯了，我没想到几千年后营地还在用这种原始的工具锯东西。我懊恼地问：

"怎么不用电锯？又省时又省力，几分钟搞定。"

托尼说营地是公益组织，没钱，营地的大部分收入来自捐款，小部分收入来自志愿者上缴的生活费用。造一座疣猴桥是400美元，也是捐赠人捐助的，我们做好后上树去搭软梯时，会在树干上挂一个小牌子，用捐赠人的名字来命名这座桥，比如，Pearl Bridge（珍珠桥）。托尼风趣，用我的名字来打了一个比喻，我嘿嘿笑出了声。

主管凯丽带领的是筹款组，她和另一个志愿者安妮住在市区，经常要去商场、度假酒店搞活动，发放宣传手册等。游客来营地做一次参观，去丛林做一次徒步看猴族，肯尼亚人的费用是250肯先令，约2美元，外国人是1000肯先令，约8美元，儿童一律半价。营地除了凯丽、托尼和几个工人是固定员工，领有一份薪水外，其他的志愿者都是自掏腰包来到这里服务的，没有任何报酬，营地的一切全靠大伙自助。我之前还纳闷做志愿者为什么要交这么多钱呀？我们吃的是素食，住的是没有空调的房间，这下我明白了在非洲做野保营地的艰难，处处都窘迫，没钱也没人。托尼开的那辆皮卡车也是捐赠的，车门上印着那个公司的名字，我起初还以为是货运码头来装货的家伙呢！

托尼的大舌头说400美元时，我错听成了40美元，心想我离开时也可以捐建一座疣猴桥的。我们锯着锯子，很嘈杂，他重说了一遍是400美元，我也没有这么多余钱，只好作罢，那就出力，多干点活呗。他看见我满脸晒得通红，像狗一样热得喘气，就让我去草棚休息一会儿，我起码去草棚歇了四五次。柴静《看见》里有句话：有些脸的背后，是紧咬牙关的灵魂。我在30多度的高温下像鲁班的徒弟那样锯锯子、拉铁丝，真的是太挑战灵魂啦！

下午4:30，工人们收工下班了，我让托尼开车带我去超市买了培根肉、鸡蛋、酸奶、冰激凌。天天像黑白疣猴一样吃素，我的身体肯定吃不消的，何况干的都是体力活，估计过不了两天，不是虚脱累死就是馋死。我还买了一束马蹄莲，是准备插在起居室的餐桌上的，我喜欢任何一个地方的生活都有家的味道。如果生活给了你柠檬，那你就要能苦中作乐，把它变成一杯清香的柠檬水。

在回营地的路上，我怯生生问了托尼一个纠结了好久的问题：营地周围有蛇吗？我怕蛇。他说："Pearl，你胆子够大了，上午看见长虫都没尖叫，丛林里当然有蛇，不过这里是猴族的栖息地，成千只猴子一天到晚都在树上树下找吃的，除了疣猴，其他猴族都是杂食动物，它们一天可以连续进食6小时以上，对蛇有惊吓作用，猴族也要吃肉打牙祭的，像你一样。"他说黄狒狒是最凶猛的，在稀树草原上它们连狮子的娃也敢偷，也会杀死豹子的幼崽。这里的黄狒狒经常几十只一起出没，它们是有着强大抗毒能力的猴，不放过任何唾手可得的肉食，饥饿时甚至会捕捉毒蛇。营地周围很少有蛇，不过安全起见，晚上你就待在营房里，别浪漫地跑出来看星星看月亮四处溜达。

托尼骑单车回家了，他也不住在营地。我去厨房炒了鸡蛋香煎培根肉，混在芸豆米饭里吃，感觉一下子拯救了寡淡的食材、早已饥肠辘辘的肠胃。在美国的阿帕奇印第安保护区，我做过两周的志愿者；在大地震后的尼泊尔灾区,我做过20天的志愿者。不过都是与人打交道,有情感的交流,不会觉得孤独。丛林是真正的孤独者的生活,营地有两只猫,橘猫 Ginger(金吉),"生姜"的意思,像只野猫,一闪就不见了。狸花猫 Pola(宝拉),脚跟脚地黏人,时时刻刻都盯着放在宿舍笼子里的那3只孤儿小猴子看,像是它的孩子一样。

我把一只可伸缩的登山杖放在床边,等于是我防蛇的马赛棍。蛇曾经盘踞在伊甸园的果树上,时不时吐出分叉的舌头,嘶嘶作响,它出行的第一件事就是引诱亚当和夏娃偷吃了乐园里的禁果,我可不想看见这个老妖怪钻进我的房间来拜访我。人类从亚当、夏娃开始,就生活在丛林式的伊甸园里,有天和地,光和空气,山和湖,有花草和树木,太阳、月亮和星星;有各种动物,食草的和食肉的,能飞的鸟和能游的鱼。我只不过是重新回到了造物主当年建造伊甸园的地方,经历了工业社会、网络社会并最终回归到自然中。我觉得此时的我,身处深渊似的黑夜中的我,更像动物一样在做一次惊险的迁徙之旅,所有的旅程都是不可预知的,但我必须回溯,历经一次自我内心的修炼。

当一个人离开了自己的舒适圈,吃着丛林餐,干着体力活,睡在无边无际又充满着危险的荒野时,内心其实是非常恐惧和孤寂的。初来乍到的第二夜,尽管人累瘫了,但我翻来覆去没睡着。日本和尚一休说入佛界易,入魔界难,意志薄弱的人根本啥都做不到。哲学家尼采说只有经历过地狱磨难的人,才能有建造天堂的力量。我是否能经受住打磨、调整好自己的状态,在营地像个孤独的野人那样生存下来呢?

胡思乱想了一夜,没有答案。

45 冒险巡逻
Risky patrol

当一个勤勤恳恳的铲屎官、饲养员、采花大盗,这是每天上午例行的劳作,我跑上跑下地干活,还能随口说几句劳伦斯写给亚当和夏娃的诗:"漂亮而坦率的情人，褪去了尘世的伪装，干脆如啄木鸟依偎在永恒的田野中。"我很快在重返伊甸园的单纯劳动里，体会到了原始沃野中的那种返璞归真的快乐。

吃过午餐后，草棚也炎热了，我大方地请大伙吃了冰激凌，结果他们几下就把一整桶吃光了，一勺都没给我剩下。这种很爽的奢侈品，在蒙巴萨是很贵的，我之后再也没有买来吃过。

我以为下午还是继续造桥，托尼接到了举报电话，说有人在丛林里设陷阱。他放下电话就去开车，喊了一声："我们走！"女孩罗斯是兽医，她从医疗室里跑了出去，上了车，我根本不明白要去干什么，抓起我的马赛棍，也跟着上了车。

车出营地后，托尼直接把车开到了军警站，在那里接上了一个叫穆图（Mwitu）的巡警，他身穿虎斑迷彩服，腰扎一排弹匣，肩挎一把 AK-47 突击步枪。车在一片密林边停下后，他们跳下车就往里冲，那感觉就像进入了真枪实弹打仗的状态。托尼叮咛我，一定沿着他们走过的地方走，我很紧张，跟在最后。所谓的密林，厚积着落叶，树枝交互生长，脚下的灌木枝交错盘绕，也没路，托尼和穆图一马当先，用棍子击打着落叶，仔细查看着地面的痕迹，看看有没有人新留下的脚印，寻找着陷阱。

在黑白疣猴的家乡蒙巴萨，人和猴都面临着生存的难题。人口爆炸，生活贫困，一些当地村民想不劳而获，就成了非法偷猎者。他们会设置圈套来捕猎动物，将兽夹、铁丝环、绳套隐藏在枯叶下，把粘网或投毒物悬吊在隐秘的树枝间，这些圈套无疑都成了动物的"死亡陷阱"。盗猎者会在黑市中走私珍稀的黑白疣猴，把幼年的绿猴、蓝猴、婴猴当成宠物售卖给阿拉伯半岛的富有人家，把捕杀到的小动物当作丛林肉卖给"野味"餐馆。因为陷阱不会选择猎物，这次有可能套住的是喜欢在地面上寻找食物的蓝猴，下次就有可能圈住的是最小巧的犬羚，甚至是人。刚做巡护员时，托尼经验还不够，用棍杖没发现地面的异常情况，不慎中了招，被隐藏在枯叶下的铁丝环套住了脚踝，顿时疼痛难忍，无法脱身。

"踩到的那个铁丝环设置得非常隐蔽，上面还铺上了落叶。要是被这种铁丝环套住，动物越挣扎会被箍得越紧，几乎无法自行脱逃，只能等待死亡的命运。"

托尼说这次意外遭遇，让他体会到了动物被困住时那种惊恐不安的心情。很多年前，人们还不明白灵长类动物有多么像人，残酷的捕杀给猴族尤其是黑白疣猴带来了致命的伤害，动物虽然不会表达，但它们也有人格和喜怒哀乐，有活着的尊严和生命权。黑白疣猴非常怕人、害羞，只居住在森林的上层和中层，很少到地面上来，这是它们唯一能逃脱陷阱、生存下来的智慧。眼睛如同小鹿一样灵动的犬羚，有着柔软的大耳朵和深栗色的皮肤，长得极其漂亮，是忠诚的一夫一妻制，它们栖息在灌木草丛中，因处于食物链底端，所以十分机警。当一只被圈套夹住时，肯定会发现还有一只隐藏在附近，发出"zik zik"的悲鸣，泪眼汪汪，不忍离去。

犬羚同进同出，相爱、嬉戏、哀悼，它们的情感与我们人类无异，而盗猎者只是把它们当作一种食用肉来挣钱，几块钱就卖给了屠户，甚至还当不了一只鸡鸭的钱。那时你会感受到，世间的每个生命都是那么的重要、重感情，但又是那么的脆弱、无助。动物永远是动物，并不比人可怕，而人有时却是魔鬼，这些偷猎者的野蛮贸易都是受到动物皮毛、丛林肉和传统医药无止境需求所推动的，这更让营地的野保人下定决心拆除陷阱。

"这样的人工巡逻虽然辛苦、笨拙，还有危险，但这场恶仗必须打好！"托尼说在过去的20多年间，营地成功救治了200多只受伤或生病的猴子，并将大部分成功放归野外，营地成了动物的庇护所，那只收养的"穆先生"，曾是由政府没收的被走私的一只黑白疣猴，他们用钳子剪开了那条锈迹斑斑、紧紧捆住它的锁链，它的身上全是勒伤。营地的野保人扮演的其实就是保姆、医生和警卫的多重角色。

我们在林子中穿来穿去，翠鸟在鲜嫩的叶子上唱着歌，清新的空气、苍翠的树木、野草的气味，更加深了密林的幽静。丛林中的茂草长得又高又壮还带刺儿，一不小心锋利的叶片就刮伤了皮肤，腿上穿着长裤也有好多小刺儿扎进了鞋里，蚊虫在嗡嗡作响，宛如火炉般的高温让人透不过气来，汗水不断从脸上流了下来，但没人敢掉以轻心。托尼和巡警穆图是老江湖，眼神特别好，有时拆除了一个绳套我都没看见。他们一直弓着腰，仔细击打着地面的枯叶，还要注意有没有动物受伤，附近有没有盗猎者的身影出现,几乎是小跑着消失在了密林的深处。

我一个人掉在了最后,只能看着密林中弹回来的树枝,追踪着他们的方向,用登山杖拨打着横七竖八挡在面前的枝叶,弯着腰,慢慢往前探索。树林密密匝匝的,粗硬的树枝划过了我的肩膀,只听见脚踩在落叶上的嘎吱嘎吱声、自己的喘息声,叶片在碎裂,那时我的心几近崩溃,生怕踩雷,中了圈套。

树林慢慢亮了起来,蹿出密林,一眼就看见了银白的海滩,浩瀚无边的印度洋,如玻璃海闪烁在我的眼前。那一刻我像航海者在星辰的指引下,发现了新海域一样又惊又喜。那是一派明朗而带有一种神性的大洋景致,湛蓝的印度洋由浅及深分出了波澜起伏的层次,水天辽阔,天空和海洋连成了一体。斯瓦希里渔民,缠着白色或红色的头巾,划行着木质单桅帆船,在水光里盘桓、捕鱼。度假的游客,在炫目的白色沙滩上骑行着单峰骆驼漫步,好想知道他们是骑在单峰的前面还是后面呢?!我也想试一下。沙子的颜色、海草的颜色和海水的颜色混在一起,亮丽自然,在多孔的珊瑚石中,鱼是最了解海的,它们聚集在环礁中巡游,大海在以最奇特的方式吟唱、感叹,风景如画的沙子曲线把海浪带入你的遐想。

穿着白色T恤衫的罗斯,在一棵长着粗壮水桶腰的猴面包树下向我招手,她是海岸线北端马林迪的斯瓦希里女孩,有着一张椰子色的精致面庞。她曾告诉我说,毕业后打算留在营地当专职兽医,这里有全世界最原始美丽的大洋,也有急需保护延续的原始丛林和猴族。他们三人坐在一大块珊瑚礁上乘凉休息,横向生长的猴面包树枝像老妖精的手指在空中交叉向我挥舞。

几十米高的猴面包树可以结出类似于苹果的巨大果实,有猴面包树生长的地方,就有猴族最喜欢吃的"面包"。托尼将手做了一个"八"字放在油浸浸的脸上,他把这个庆祝动作称作"角斗士的面具",举给我看了他们缴获的战果:两个绳套,一个铁丝环,一副巨大的粘网。海边的人用厚达30厘米的猴面包树皮来编织制作渔网、麻袋、绳子和生活用品,结实、耐用,还有一定的防火作用,而偷猎的人也用它制成了粘网,哪怕黑白疣猴聪明地躲居在树端,一不小心也难逃这些可怕的"天罗地网"。

有了手工造疣猴桥的经历，我没再问为什么不在丛林安装监控器或者红外照相机这样的傻话，可能上午安了，下午就会被偷走，更何况蒙巴萨的海岸线有几十公里长，紧密相连的丛林地带也有十几公里长。丛林是开敞的，有几平方公里那么大，营地也没钱来安置先进设备。我问如果抓到盗猎者有什么惩罚，托尼说轻者只是罚款，重者才会有狱刑，但都有金钱的空子可钻，都不足以遏制偷猎。贫穷、无知、贪婪和利益的驱动，总会让有的人铤而走险。凯丽带领的志愿者团队，除了筹款，还要对周边村民、学校学生和参观游客进行帮教扫盲，告诉他们为什么不能在野外设置圈套，也不要购买野味，因为购买野味会使盗猎者继续设置圈套，让野保的理念深入人心。

托尼给我说了一连串的数据，他说全球有 500 多种灵长类野生动物，都面临着生存和繁衍的难题。由于森林减少、非法贸易、农业生产、采矿钻井等，有 3/4 的灵长类动物种群在减少，有 60% 面临着灭绝的危险，物种死亡的速度远远超过了其自然繁殖速度的 1000 倍。所以每年的 7 月 31 日成了世界巡警日（World Ranger Day），那是非洲数千万野生动物迁徙的时节，也是数百万旅行者前往非洲看惊心动魄的动物大迁徙的时刻，巡警日就是为纪念遇难或受伤的巡警而设立的，褒扬他们为保护濒危物种和自然财富所做的一切付出。在非洲大约有 2.5 万名巡护员，可在过去的 10 年间，非洲大草原上的巡护员至少牺牲了 1000 名，几乎相当于每救下来一类动物就有一名巡护员牺牲。尽管人工巡逻的背后往往是巨大的个人牺牲：长期远离家人，随时随地面临危险，把命拴在裤带上，但它成了最有效打击盗猎的"武器"。

"Pearl，现实中的自然世界并没有那么多的岁月静好，甚至比电影里的盗梦还要凶险残酷，象牙、犀牛角、大猩猩的头颅、黑白疣猴的皮毛，依然在深不见底的非法交易市场上转卖，我们没有能力去改变一个世界，但我们可以尽力去改变一个地方或一些人，欢迎你天远地远来到丛林和我们一起探险巡逻。"

托尼一脸阳光灿烂的笑容，边收拾战利品，边伸出他的花臂和我顶了两下拳头。第一天看到他两条满绘海神文身的手臂，从手腕的滔天巨浪，到手肘挥动着的三叉戟,肩膀上波塞冬狂怒的眼神,我曾非常不适,觉得太过野蛮和吓人,并不怎样喜欢托尼的"黑手党"风格。可当他举起缴获的战果给我看时,我一下觉得那样桀骜不驯的手臂,反而让他更显血性和生猛,具有某种图腾的神力,可以带领我们将各种圈套、诡计打得稀巴烂。托尼的门牙中间有一条缝,让他的一颦一笑很生动,跟着他摸爬滚打了两天,他终于呲牙一笑,接纳了我。

我知道"欢迎入伙"这几个字并不轻松、容易,算我暂时经受住了考验,也算是一只潜力股吧,托尼俨然成了从天而降的灭霸,打了一个响指,把我招募进的可是他的"苦力团"呀。几天前登山时我还有六大黑金刚伺候着,现在一切都翻转了过来,我得学会"擦枪走火",跟着"花臂男神"当个能探雷的小兵。

又高又帅的穆图把枪紧靠在脚边,放着手机在听歌,他的母亲,一个胖圆的妇人在海滩上卖肯加布。那个简易的木架子上挂满了各式头巾,海风呼啦啦吹着,像一面面色彩艳丽的海盗旗帜。我的头巾在救治德国女孩时捆在了她的头上,没替换的,我就走下细软的沙滩,去照顾胖妈妈的生意,买了一条金光黑眼菊的头巾捆在我的头上。我们四人在密林中穿行了三个多小时,拆除了四处陷阱,但我一个都没"看见",他们才是真正的"六边形战士"。大伙的脸上都写满了疲惫,默默看着水天相接的海面上抖动着的碎金子似的波光发呆,那时我就想,如果仅仅做个海洋上的旅行者、沙滩上的度假客、时尚的美黑一族,我是永远不会知道海岸线背后的这片漂亮的绿色丛林里的秘密的:杀戮和反杀戮,盗猎与反盗猎。

天空、海水、灌木丛中的生灵和人类,其实从创世纪起就是一个整体,不可分离,没有人是一座孤岛,每个人都是大陆的一片、主体的一部分,人们怎能肆意捕杀一个个的生灵,让它们成为盘中餐、腹中肉,成为手中的玩物,濒临灭绝的物种呢?!涓涓溪流汇入大海,海水映射着阳光升到空中,它变成云朵,云朵随风而行,它又会变成润物的雨水,重新落入溪流当中……宇宙间的每一种生命状态都是相依相存、循环往复的,领悟了它的奥秘,就能领悟珍写在贡贝溪保护地的那句话:唯有理解,才能关心;唯有关心,才能帮助;唯有帮助,才能都被拯救。

托尼，穆图，罗斯，他们坐在猴面包树下的珊瑚石上眺望大海的眼神，成了我在蒙巴萨记忆最深刻的一道画面。在海岸线和天空之间，只剩下了一棵棵孤独的猴面包树，它巨人式挺直的身躯仿佛也在支撑着天与地，人和万物。在斯瓦希里人眼里，那些古老的巨树、深邃的海洋和古老的物种都是神圣的，掌控着非洲原野繁衍的神力和与祖先沟通的能力。那样的画面，如同尼采的"沉思的顶峰"，触及了我的内心，让我蜕变成了一个真正的志愿者，成为一个有信心有勇气的人。没有掌声，没有花环，没有报酬，亦没有抱怨，没有害怕，没有退缩，有的只是一种默默无声的付出和努力。浩茫的穹宇在我眼前铺展开来，海滩上悠闲骑着骆驼漫步的人给地平线涂上了一道金色的剪影，整个世界只有一个念头：把喜欢大自然的情感转化为一种自然保护的行动，化为一股清流、一片云朵。没人愿意只在纪录片或动画片中才能看到动物的踪影，人们完全可以用力所能及的方式，让这些灵长类动物坦然地生活在栖息地里，可以安全地在东非的丛林里奔跑，自由地在印度洋的海岸线上出没。

后来的每周下午，我都会跟着托尼的"苦力团"去丛林巡逻一两次，拆除陷阱。慢慢地，我也能发现枯叶下的绳套和铁丝环，看见树枝上悬挂的险情。

"小心！"是巡逻时托尼对队友常说的一句话，而猴子也会为兄弟"两肋插刀"的。一旦有风吹草动出现，蓝猴就会发出警告伙伴附近有敌人出没的叫声：低沉的呜咽声"hack"，是在说空中有秃鹰的来临；而尖锐的"pyow"叫声，有点像激光枪的声音，意思是小心地面上的危险，有猛兽或者有人来了。一个蓝猴家庭，通常由一只公猴和十几只母猴和小猴组成，一旦感觉到有脚步声，有"食肉动物"出现，公猴首领就会不顾自己面临的危险，在树冠上重复发出"pyow"的红色警报声，那意思是："嘿，伙伴们，看着点儿，闪快点！"那时我会悄悄驻足，停息一会儿，凝视蓝猴在绿叶间一闪而过的身影，它们像人类一样也会发出对同伴关心的声音，那其实是一种患难与共的真情。

我很喜欢这些丛林里的蓝色小精灵，想着留在背包客留言簿上要在肯尼亚做的20件事情，得意地给大胡子旅游博主说，会在蒙巴萨海边追逐海浪、追踪猴族；想着跟随着戈戈的脚步，在乞力的原始森林里第一次看见黑白疣猴一家子的惊喜，它们丝滑的长发勾勒出的与众不同的脸庞。戈戈说有的人天生狂野、能飞能爱，你就是其中之一。我从心底发出了笑声，我终于成了大自然中的一份子，地球生灵中的一员，给动物当打工仔也是一场洗涤心灵的旅程，而我正在加入这趟旅程的路上。

第一次巡逻完后，托尼带我们从一条土路返回，那里其实是一条当地人的吃货街，白天并不热闹，少有游客，但隔几步距离就会有一两家小餐馆、小酒吧，各式各样的圆顶草棚，藤条椅和木桌，坐在那里可以直接眺望大海。托尼说："你一定喜欢这条土路，它的土壤是赭红色的，多砂，两旁的珊瑚石矮墙上开满了一大蓬一大蓬的九重葛花叶，海风吹过的空气里弥漫着泥土和鸡蛋花的芳香。土路边还长着一丛丛我从未见过的灌木，有两人那么高，油绿的叶片像橄榄枝，开着一朵朵带银丝的月白色小花，走过时就闻到了它香甜的薄荷醇味，让人联想到《圣经》里的尤加利的气味。"

我问是什么花，太让人愉悦了。托尼说这是海边的斯瓦希里人最喜爱的香桃木，他们叫它"爱神木"。出海的时候，他们会用花枝编成花环，挂在三桅帆船的旗杆上，结婚的时候，会用它编成新娘的头环和手中的捧花。深蓝色的果实被视为爱和不朽的象征，它催情的名声也很响亮，好似一个提升自信的魔力天使，一个极度害羞、看不见自己美丽的女子，会用它来调制爱的琼浆，制作成一种香桃木精油。在古老的传说中，亚当离开天堂时，身上就带着一段香桃木枝条，以便回忆伊甸园里的纯真时光。

在探了一下午的可怕"地雷"后，第一次看见古希腊人献给爱神阿佛洛狄忒的纯净植物——奥林匹克竞技者头上戴的花冠，闻到这样舒缓、神奇的香味真是太治愈人了。我问可以弄一点斯瓦希里人的公共财产、采几枝来做一个花环吗？托尼豪气地笑，说当然可以。他说这里的年轻夫妇都戴过爱神木花冠，他结婚时也戴过，大人小孩去集市、教堂、海边时，也会摘几枝来遮阴避暑。他像给疣猴砍花枝一样，很快就编了两个花环，一个递给了罗斯，一个递给了我。在热气蒸腾的头巾上戴上花环的那一瞬，它清凉、洁净的花气让我成了一个当地的斯瓦希里女子，一个受到祝福、不再担惊受怕的桃金娘。

穆图更酷,编了一个小手环,套在他身背的 AK-47 的枪口上。我说叫土路太难听了,暴殄天物,就叫爱神木路吧。我没能命名一座疣猴桥,没想到竟然随心所欲地命名了一条路。我们像一帮打靶归来的战士,在爱神木路上来了个愉快的歌声满天飞。

走不了十几分钟就到了丛林公路上,托尼说记得往左拐,沿着公路再走十几分钟就到了营地的大门。托尼边走边把路边的塑料瓶和各种垃圾捡拾了起来,回到营地后,我把花环挂在了房间的门上,那是我的幸运护身符。托尼又带我走了营房后面的一条隐秘小路,那其实是一条通往海滩的捷径,只需要走 5 分钟就穿过了营地背后的丛林,打开一道栅栏门,可直接下到海滩。

他把栅栏门的钥匙拍在了我的掌心,说:"每天收工后,你都可以走这条捷径去海边游泳、撒欢,天色晚了回来时,务必走那条有人气的爱神木路返回。"托尼看似粗野,一副严酷的工头样儿,其实心地柔软,心细如发。他像手中的罗盘,指给了我去亲近印度洋海域的方位和环形路径,在长满各种树木的丛林里为我"开辟"出的两条土色土香的小路,好似一个天然的闭环,挂在脖子上的花环。我笑着教他说了两个中国字"大侠",并把这个新的名号送给了他。他真正读懂了我这个义工旅行者的心,要边干活边游玩边享受,这才叫完美的旅行人生。

46
单桅船出海
Dhow sailing

每天下午四五点钟收工后,我拎起防水袋,装上浴巾、泳衣、水壶,提起我的马赛棍,把房间钥匙藏在一个备用的兽笼里,一堆枝条下,没人能想到我会把钥匙藏在那里。我如一只出笼的神兽,飞也似地奔向大海。那条秘密小径穿过了猴族的后花园,无人烟,阴森、幽静。可以想象亚当和夏娃赤裸着俊美的身体,在其中漫步、躺卧、催情,随口给各式各样的动植物取名:地上跑的,天空飞的,神秘的老树,盛放的野花……

有一家黑白疣猴住在这个区域，一只体型接近一米高的漂亮公猴，带着八九只母猴和幼猴端居在树木的高处。每群疣猴都会占据一小片林地，按固定的路线从它们睡觉的地方到觅食的地方去。这些华丽的疣猴，为进食树叶进化出了多个胃腔，能像牛羊一样反刍植物纤维，从营养不丰富的树叶里吸取养分。这让疣猴能够占据其他杂食的灵长类动物无法进入的生态位——哪怕树林里没有野果、种子或昆虫、壁虎，它们每天啃啃树叶、花朵就很快乐。它们过着一夫多妻、循规蹈矩的小日子，也不会和其他家庭分享这片天地。一旦有别的猴群侵入，公猴就会摇尾咋舌，从一棵树的树枝跳到另一根树枝上去，用洪亮的吼叫声来把入侵者吓退。

我用棍子打草惊蛇，走得飞快，神色慌慌张张。这一家子瞥了一眼我这个外来人进入它们的地盘，没有迅速闪开，也没龇牙咧嘴地嘘叫，只是很坦然地看着我，幼猴晃悠悠地挂在母猴的胸前，扭过头来好奇地吱吱了几声，一家老小舒服地端坐在凤凰木上吃花，安静地目送我走过它们的领地。

动物都是有记忆的，它们的默默注视给了我一种家园的安全感，一张友善的通往大海的通行证，好像在说：你并不是孤家寡人，不用害怕。被疣猴信任、被动物王国接纳为无害的一份子，这条无人秘径的经历令我愉快起来，也安心下来，成了我走过的最安适的一条秘径。走下沙滩用浴巾围裹着换上比基尼时，我想那一家长相清奇的疣猴，长发飘逸，它们高居在树端，每天都可以眺望远处的海潮拍岸、孤帆远影，它们的眼中也有诗和远方的，会和我一样吗？！

迪亚尼的海滩游人稀少，很安静，没有沙滩椅和遮阳伞，不像紧邻的提威海滩集中了大量的度假酒店和欧洲游客，沙滩上到处是躺着美黑的人群，兜售纪念品的当地人穿梭往来。如果要用一个词来描述迪亚尼，那就是原生态，处处透出一种粗粝的美感。这里的沙子银白、细腻柔软，近岸的海草随波飘动，清晰可见。千万别以为海草的存在让海水的质量打了折扣，恰恰相反，那岸边的海草和碧蓝的海水混合成了另一种更独特的美景——反射着阳光的白色沙滩上除了被海浪拍上来的深绿海草，再无他物，干净、原始，几只渔船停靠在水岸边，随波涛摇晃，入耳的只有阵阵的海浪声。

我把脱下来的衣物塞进防水袋,放在视线可及的沙滩上,迎风张开双臂,像轻帆那样扑向了印度洋的海水。温暖、清澈、湛蓝、轻盈,这是7056万平方公里的印度洋海域给我肌肤的第一感觉。印度洋的大部分主体处在热带和亚热带,是一个妥妥的热带大洋,它的水温、气温和含盐度都比其他大洋高,有着世界上独一无二的季风洋流,再加上东非的海岸线平直而非陡峭,这让广阔无垠的水面平静如镜。温暖的季风从东北方的阿拉伯海徐徐吹来,海面泛起微微涟漪。咦,哪怕是一个不会游泳的人,凭双脚也可走入100米远的平缓的海水深处的。

大洋就这样慷慨地敞开了怀抱,迪亚尼的海域非常适合游泳——水清沙幼、水暖、含盐度高的海水,浮力也很高,游起来让人身轻如燕,那感觉像一枚轻盈透亮的气泡,"噗"的一声冒出了水面。一群当地的小孩子在微微起伏的海浪里翻腾,他们拍打着水花,嬉笑着向我招手,光着的身子像一只只皮肤发光的小海豚。世世代代的海洋生活练就了他们的水性和生存能力,这里的小孩子,最先学会的可能不是说话、读书,而是游泳、潜水,小小年纪就已经学会在海里捕鱼、谋生。他们天天在海里嬉戏,像鱼一样熟悉每一片水域的深浅、涡流,我这种初来乍到的人呢,最稳妥、安全的方式就是加入他们的游戏团。

翻滚的水泡,搅动的漩涡,他们像看到了新鲜"人鱼"般环游在我的周围,争着、抢着潜水,比赛着把捡到的贝壳举给我看。女孩子悄悄游近我,拉扯着我像水草一样飘散在水里的头发,大声笑着、叫着:"是真的头发!"清澈的海水几近透明,蓝到沉醉,比我见过的大西洋、太平洋的海水还要漂亮、洁净,我也大声笑着、叫着:"真蓝呀!这是真的印度洋吗?"丛林是猴族的天堂,海水就是我们的天堂。

一个瘦高的男子站在沙滩上,举着我的防水袋,远远喊道:

"东西不要放在沙滩上,会被沙滩男孩拿走。"

我玩得忘乎所以,哪会去想我的身外之物呢。我推开泳镜,看见是海豚餐馆的领班赛门(Simon),托尼带我们走过爱神木路时,我们停在他家的餐馆,我请大伙喝过冰可乐。我向他挥手,回喊:

"帮忙拿到餐馆去,我再玩一会儿就来吃饭。"

海豚餐馆建在一大片棕榈树掩映的岸礁上，用扇叶头的棕榈叶编了一个大大的海洋之心花环，系在花环上的彩条飘带迎风飞舞，遗世而独立，可以180度看到整个海滩和大海，景致超级棒。我一身水滴滴、光着脚走了8分钟的沙滩路就爬上了餐馆的木梯。餐馆旁边有一个公用卫生间，可以在那儿换衣服、冲水。之后游泳，我都会先把东西存放在餐馆里，赛门的那句贴心提醒，让我很受用，我直接把他家的餐馆发展成了我的窝子、我的美食厨房，再不用回营地去吃淡出鸟的素食，每天换来换去把各种海鲜吃了个够。

靠近海滩的爱神木路，白天没什么特别之处，除了热带花草、老怪的猴面包树。可一到傍晚，日落时分，各家餐馆、酒吧就像慵懒的猫睡醒了过来，不约而同点亮了优雅的防风灯。各种肤色的当地人，懒洋洋的海滩仔，皮肤晒得黑红的度假客，全都混杂在景色旖旎的海岸边。沙滩上施施然走过一对一对的情侣，沙漠骆驼慢慢走过了海滨，留下了巨大的脚印和悠悠然的驼铃声，夕阳把骑行骆驼的人变成了最浪漫的剪影。

几个晚归的渔民收起了大网，带来了腥气十足的捕获物，聪明的乌鸦随时准备着偷吃渔民抓上岸的小鱼小虾，卖新鲜椰子、甘蔗汁的小男孩穿来穿去，那感觉像回到了《去往蒙巴萨的单程票》电影里。那两个身患绝症的北欧少年，弹着吉他，唱着"在蒙巴萨我度过了一天"，但最终他们并未能抵达向往的蒙巴萨。每个人心中都有一座幻想剧场、一处地理坐标、一个精神彼岸，可以是稀树草原，可以是乞力马扎罗，可以是蒙巴萨，任何一个想去的远方。我看着赤色的晚霞映红了整个天空，海浪在深深地呼吸，此情此景，如梦在成真。那两个音乐少年的面孔再次浮现在了我的眼前，我真真实实感受到了少年生命力的存在，他们心中那一片蔚蓝色的精神海岸。

向往也是一种幸福，能来到蒙巴萨的人，怎能轻易忘记他们呢？！

咸湿的海风迎面吹来，我打开了湿漉漉的长发，披散到身后，挑了一张最靠边的露天餐桌坐下，餐桌上的一只红泥小陶罐里插着两枝鹤望兰。这种长在非洲的野生植物，浪漫的人叫它天堂鸟，或者极乐鸟，橙黄色的花羽、紫罗兰色的花唇翘立在落日的空中，美得想让人亲吻。这是一个主打以各种姿势吃海鲜的时刻,空气里全是烧烤海鲜的香料味,有几只流浪的小猫旋来旋去,随时期待着人们的投喂。赛门把餐单拍在了我的桌上,说:

"印度洋里有什么,你就能吃到什么!纯自然无污染,有的还是刚捕捞上来的。"

餐单上画着各种诱人的饕餮之物,龙虾、对虾、蓝花蟹、章鱼、海螺、鱿鱼、鲅鱼……我一看价格就狂笑,有这样卖海鲜的吗?等于是白菜价,就在蒙巴萨。我最喜欢抄菜谱,等餐的时候是我的一大乐趣,关于世界各地吃的秘方都学到手了,各位看家且看:

Grilled Lobster

Grilled lobster in shell with delicious garlic, served with coconut rice, Ksh1200

Grilled King Prawn

Grilled butterfly king prawn with chili garlic butter, served with rosemary potatoes and salad, Ksh1200

烤龙虾

美味蒜蓉烤带壳龙虾,配椰子米饭,1200肯先令,约10美元,65元人民币

烤蝴蝶王对虾

辣酱、蒜香黄油烤蝴蝶王对虾,配迷迭香土豆和沙拉,1200肯先令,约10美元,65元人民币

这是最贵的两种海鲜,其他的香煎蓝花蟹、炸鱿鱼圈、香煎鲅鱼等,600肯先令,约5美元,32元人民币,幸福感指数在舌尖上嗖嗖飙升!我终于可以实现花钱自由、海鲜自由啦!

第一次,我点的是一只大龙虾,当地人都不爱吃有壳的海鲜,认为甲壳类海产是邪恶的,肉又少又腥,一点都不好吃。我估计是他们的烹饪技术没中国吃货那么好,对虾蟹之类的,都不懂得如何去做。他们只会烤或

炸，蘸料也是老三篇，蛋黄沙司、番茄酱、咸味酸奶酱。有一种印度洋水域特产的蓝花蟹，肉质洁白带淡蓝，细嫩、绵实，比红花蟹好吃得不要，竟然也是白菜价。当地人唯一会吃的是鱼类，最喜欢的鲅鱼，也就是香煎蓝点马鲛鱼片，一大份，也就几美元。我喜欢溜进厨房，看他们炉炭红红，现烤现炸，顺便偷师学艺。

"兄弟，杀这么大的鲅鱼、龙虾，你用小匕首？"

黑哥们儿的生意好得不得了，忙得团团转，厨房烟熏火燎，多一个人都混不开，赛门说马上出笼，女士止步，不要守在厨房，有失风度。我跟在那盘巨大的"非龙"后面，要了一大杯加冰块的大象酒，顾不得淑女风范，直接下手抓扯。在这里，大鱼大虾大蟹，可以妥妥地当口粮，他们也会告诉你说，生活不是用来受苦的，生活不过是一场享乐的饕餮盛宴。

奶香浓郁的阿玛如拉酒（Amarula），有17度，是用一种玛如拉果（marula）发酵制成的。每当玛如拉果成熟落地后，会自行发酵，产生酒味，于是树下就成了猴子、野猪、鸵鸟这一干野生动物的乐园。大象也无比热爱到这个天然的酒吧狂欢，远远闻到味道，就会不顾一切冲上来大嚼一通，然后东歪西倒，醉翻在树下，这便有了一个广为人知的名字：大象酒。大象果的名字也变得家喻户晓，在肯尼亚、坦桑尼亚游猎时，常看见有孩子在路边用网兜挂在树上，卖色泽黄里透绿的大象果。

这生于荒野的利口酒呢，有巧克力奶昔的香甜，很容易成为女孩子喜爱的小甜酒，可很快你就会感受到它火辣的热情，那一丝盖不住的烈酒味道，不知不觉就让你微醺了。那时脖子上的头巾不断被海风吹拂到发烫的脸上，带着鲜美弹牙、丝丝浓郁的烤龙虾香气，深海的波涛野性难驯，比夜空还魔幻，高叫着扑向海岸，翻涌在迷醉的眼前。

邻近有好几桌当地男女，他们笑得放肆，吃得生猛，喝得开心，这里也是他们的露天酒吧。斯瓦希里人的血液里，总有些躁动不安的海盗基因，像大象树一样野奢，自带有一种浓烈的热带气息。赛门旋到我的桌前说：

"Pearl，有人给你买酒啦，请你过去和他们一起坐。"

他们好似看不得一个女子孤独地坐在角落里独饮，像个古怪的外星人，默默看着空寂的大海无语。我向那些年轻、发光的面孔点头，微笑，说"阿桑特",但并未起身,谢谢了他们的美意。

　　这是我第一次拒绝当地人的友善邀请,在干完一整天的体力活后,我更喜欢一句话都不说,像一只收起翅膀的信天翁,独自伫立在一条漂泊的航船上稍憩,看深邃的海,吹凉凉的风,独自钟情于浩渺的星空,思念我爱过的人和爱我的人一起走过的风雨旅程,聆听一千零一夜的美妙耳语,安静地放空自己。

　　从我坐的地方,可以不受打扰地向四周遥远的夜空望去,有两个小男孩拎着一大吊椰子出现在了夜色里,慢慢爬上了沙滩上有转角楼梯的露台。有一个的脖子上挂着一大串白色的贝壳项链,手腕上也戴着一串贝壳手环,衬在他巧克力色的光滑皮肤上,有如海神封号的小小斗罗在发亮。我买了一个新鲜的椰子,他说他叫恩佐(Enzo),13岁啦,我们的游戏团在海里打闹时,他们秀过潜水捡贝壳给我看。哦,是我的小玩伴!恩佐两下砍好了椰子递给我喝,我让他取下身上的项链、手环,让我试试,一戴上就爱不释手,一下有了《海的女儿》的感觉。

　　记得吗?人鱼的尾巴上总戴着海洋中的纯色物种,有时是一打牡蛎,有时是花式贝壳,这是关于海洋的浪漫记忆,古老、纯真的一种爱恋。我抚摸着细小的贝唇,它细腻的放射状罗纹犹如海之微光。我说我想买,恩佐说10美元,我不动声色,砍价5美元,我的旅行经验是见价砍一半,不用动脑筋。他说在大堡礁潜水才捡得到珍贝,每一粒的颜色都要纯净如一,大小也要匀称的。

　　我一眼就喜欢上了这小巧玲珑的贝饰,一只只雪白如瓷的小贝壳两边打了小孔,一对一对地用马赛珠串了起来,像漂亮的雏菊花环。古代印度洋的土著会用产自深海的白色小圆贝做货币使用,中国的三星堆里就挖出了很多来自印度洋的海币,连《海底两万里》中那个孤傲的尼莫船长都喜欢收集各种富有异国情调的贝壳。我说那就8美元,一口价,他开心地把两串贝饰交到我的手中,说是你的啦,快戴上。

　　恩佐问:"你叫什么名字?"我说:"Pearl,在疣猴营地做志愿者。"他说:"你想去浮潜(Snorkeling)吗?和我们一起坐船出海,去大堡礁捡贝壳、捡海星,10美元。"我大笑:

"你这么小的年纪就来拉客做沙滩男孩啦?"

他急红了脸,申辩:"不是,是坐我哥哥奥特曼的木船,不是坐游船。"

在阿鲁沙的中央车站,有拉客去游猎、登山的"捕蝇草"。在蒙巴萨,也有拉客去游览、出海的"沙滩男孩(beach boy)"。有的沙滩男孩专门搭讪女游客,有时还会玩一个求婚的梗,在海滩上时不时看到一个精壮的黑小伙手牵手一个羊脂球一样的白人妇女,陪着游泳、野餐、晒太阳,陪伴各种玩乐。大家见惯不惊,这里毕竟是激情非洲的休闲度假胜地,一切不可能的事情都有可能发生。有两部欧美片子,《向南方》和《天堂:爱》,说的就是沙滩男孩与欧美女游客放纵的情事,碧海沉沙,挣扎的欲望与深深的无奈,天堂岛屿背后的贫穷、性爱和危险。所以我得小心,就像戈戈临别时提醒过的,小心的人才能行得万里路、驶得万年船,我可不想刚从丛林圈套里拼出来,一随兴,就掉入热情的沙滩陷阱。我把眼睛转向忙乱的赛门,问道:

"我跟他们去浮潜,可以吗?"

赛门说:"孩子们就是附近渔村的人,大伙儿都认识,没问题。来这里的志愿者都喜欢去浮潜,你还可以去瓦希尼岛看海豚呢。"

印度洋在那一刻激起了我强烈的探索欲望和无限的想象力,志愿者每周有一天的休息时间,我决定选择明天就休假,去浮潜。我用为数不多的斯语对恩佐说:"Kesho!Kesho(明天)!"我们约好第二天早上9点在餐馆下的沙滩见,我太想去漫游大海,潜入小人鱼的海底去游荡。

一个天性慷慨大方、喜欢分享的人,总会很快融入当地人之中,它让我能如鱼得水、安全行走四方。我看见赛门一个晚上都没得空,忙得头上冒烟,就说我请你喝冰镇可乐吧。赛门把可乐瓶放在我的桌上,喝几口又去跑上跑下地忙活,一得空,又旋过来喝几口解渴。我们几乎没怎么说过话,也没时间聊天,但他让我觉得很默契,像伙伴。每次点完餐后,我都会点一支可乐给赛门,分享一点我在海里扑腾的愉悦感给他,买单时,也会留下合适的小费给侍者。

不到9点,我就要收拾好我的狂野之心回营地去。他说等着,我找一个人去送你,有时是一个侍者,忙不过来时,他会抓一个他熟识的食客去送我。没有哪个外国人敢独自一人在肯尼亚走夜路,更何况是形单影只的女子呢,哪怕几分钟的路程,也很容易沦为被抢劫的对象。回营地的那二十几分钟路程,有当地人罩着,我穿着海滩味的肯加裙、趿拉着拖鞋,走得放心大胆,也不觉得阴森森的爱神木路可怕了。

有时在夜色里看见一棵有着巨人式斑白肚皮、犀牛皮一样厚皮肤的猴面包树,它扭曲的影子向地面散布开去,可以吓倒好几只昼伏夜出、胆小肥胖的地鼠啦,我的神情也为之变得紧张起来。一起走的男孩子就告诉我说,这棵树叫"小水塔",它几层楼高的粗壮树干其实是中空的"假茎"。雨季来临时,树洞里可以储存上千斤的淡水,以前海边没有通自来水时,他们会来树身上搭着木架的"小水塔"取水,轻轻松松就接满了一大罐的水。越是气候炎热的地方,越适合猴面包树的生长,这里的老妖怪树动不动就有上千年的岁数,年轻的小字辈至少也有500岁以上。有一棵有1000岁的老树王,他们叫它Sunland(太阳岛),树身有个巨洞,可容纳十几人,出海的人会把它当成避风所或储藏室,丛林公路开通时,曾经是一处酒吧,喜欢猎奇的人还在树壁上画满了涂鸦,后来因为要保护古树,就关闭了。

听这些天方夜谭式的奇闻趣事越多,越发觉得迪亚尼丛林变得更加神秘,令人神往。餐馆的人只要听赛门喊送那个长头发的妹纸回营地,都愿意乐颠颠地跑一趟,当个不留名的暗夜骑士。当地人非常尊敬志愿者,知道他们来的国家有多远,来这里做什么,说给我听的八卦也越来越离奇,还喜欢打听我的私人秘密,结婚了没有,有多少个孩子?有次,一个男孩说来做田野考察的植物学家,发现上千年的猴面包树,它的染色体竟然会像宝石一样发光,神奇得让当地人瞠目结舌。

"那一定是老祖宗的磷火,我想是上帝来了,人类就诞生于此树。"男孩说。

还有一次,一个侍者说修建蒙内铁路的中国大厨,十几分钟就可以弄出几百号人的饭菜来。"他会魔法,只是吹了口气的工夫。"他让我把他弄到中国去学厨艺,哪怕骑单车去也行,还说世界的尽头,有一个叫"义乌"的地方,什么法宝都有,把我笑到头掉。

左拐,走上丛林公路后,有时一抬头就看见了钴蓝色的夜幕下孤零零

晃动着的疣猴桥,车灯偶尔会射在捐桥者的名字上,那时我心里会升起一股小傲骄,指着轻飘飘的天梯给暗夜骑士说:

"看,我的秘密在天上,那上面有我的手印。"

"猴子也是天空的孩子,它们正在凌空漫步呢。"他说。

月光笼罩着整个大地,猴族的宫殿和人类的村庄在幽深的树林中若隐若现。那一刻我觉得人是可以用善良、友爱的举措来创造出一个个可以飞翔的精灵的。

很多年后,我会记得某年某月的某一天,我们飞向了一个炎热的国度,吹着清凉的海风,在有花香散布的空气中建一座座小小的蓝色天梯,尽力分享人类健康、平和、爱护、友善的精神,那时所有的汗水、泪水、海水,脏活、累活、苦活,其实都是在清洁我们自己,净化我们自己。在蒙巴萨做得最美的一件事情,是真正地过上了一段丛林生活,逾越了自己,忘掉了一切纷扰,内心有了一种持久安宁的幸福。

这一天的清晨9点,我可以不用当扫地僧了,第一次在阳光明媚的早晨穿过了秘径。印度洋的海面平静得像天蓝色的绸缎,有金发女子在沙滩上慢跑,风撩起了我的黑发,好想在沙滩上听着波涛、练一次印度的纯粹瑜伽呀。远远地看见瘦小的恩佐站在浅水里,他黑瘦的胳膊像海草一样在向我挥手,微微凉的海水拍打着沙滩,好似在用轻盈的斯语说"Habari ya asubuhi(早上好)"!

我一看那只老旧的小木船和站在船头一个穿得破烂的青年男子就笑出了声,那不是一艘有双桅、有遮棚、可载八九人的游船,更不是风帆时代盛行的三桅帆船。哥伦布扬起三根桅杆的巨大风帆,地理大发现了美洲,郑和带领九根桅杆、十二张帆的宝船巡游西洋,那完全就是一只渔民捕鱼的小渔船,斜躺着一根卷着帆的发黑的桅杆。

有这么破的单桅帆船吗?!木质的船身布满了水绿的锈斑,上面写有一个灰白色的船名"Altman",窄小的船体大约有3米长,有点像独木舟,只能容下恩佐和我两个人,拿哥伦布航海用的船只相比,这仿佛就是一头座头鲸身边游晃的小丑鱼。再看那黑哥哥奥特曼(Altman),不是英雄出身的宇宙超人,也不是OpenAI的天才少年,他穿着洗得发白的水红色T恤,上面到处是透风的大窟窿,下身就只有一条平角裤衩,只能用衣不遮体来形容。奥特曼的手上戴着白色珍贝手环,和我的一模一样,一头用马赛珠编起来的长发像狮子头一样张牙舞爪,活脱脱一个破落、不得志的小海盗。我快乐地叫了几声"奥特曼,奥特曼",算是互相认识了,喜欢这名字、这哥们,管他什么星座,插座我也认了!能做那样精美贝饰的大男孩,划船的功夫也肯定是顶流,既然我选择的是地道的斯瓦希里渔船,那就跟着真正的辛巴达水手出海吧!

奥特曼慢慢升起了大三角风帆,我一看那又破又脏、几百年没洗过的风帆又差点笑场。不过,靠风力和人力来驾驭的单桅帆船完全超出了我的想象,白色的破布一升起来就成了一扇轻盈的翅膀,小丑鱼御风而行,又稳又顺滑地驶入了波光粼粼的大海。在水手和渔民的心目中,只有一片风帆的单桅木船的构造几近完美,犹如灵便的尖底小快艇,是斯瓦希里人在近海区域捕鱼、采珠、出行的主要工具。奥特曼站在船尾,一手轻摇船橹,一手轻撑着一根长长的船篙,他不是站在船艄的横板上,竟然,竟然四平八稳地站在窄窄的船舷上划船,那四两拨千斤的轻松劲儿让我特别宽心,立马觉得没有上错"贼船"。

他的小兄弟恩佐光着上身,坐在船头的一根弓状杠桅杆上,也不划桨干活,调皮地把双脚垂吊在水里,像两条在水中旅行的小黑鳗。我坐在船中间的一块儿窄木板上,也打了一个横身,双腿越过船舷,很舒服地把双脚浸在了水里。

海水透明得像明亮的窗玻璃,低下头来望它时会感到头晕目眩,一簇簇黄绿色的马尾藻,在碧波荡漾的海面上摇曳着,仿佛在同海水喃喃私语、谈情说爱。阳光柔和地照射在水波上,照得小渔船上的缆绳和浮潜包都在发亮,四周安静得只听见船桨落水划动的声音,风吹动三角帆的声音。陆地的气息渐渐抛在了身后,我们划进了清晨印度洋的清新气息中,海的远处,水蓝得像漂亮的矢车菊花瓣,晨捕的小渔船渐渐多了起来,我们的一叶轻舟划行了十几分钟,在一片风平浪静、适合浮潜的水域停了下来。

奥特曼脱掉了他的破洞T恤,露出了一身流线型的肌肉,紧实的腹肌和人鱼线,健硕的麒麟臂,哈,这些不是想练就能练出来的,而是暴风吹、海浪打磨炼出来的吧。他把浮潜用的三宝——面镜、呼吸管、脚蹼拿了出来,恩佐落下了船锚,守在船上,我事先把泳衣穿在了肯加裙里,脱掉裙子,我双手合十做了一个祈祷式,跟着奥特曼的一声"jump"就跳入了水中。

奥特曼说浮潜(Snorkeling)很简单易学的,我们站在齐胸深的水里,他帮我穿上长鞋子一样的脚蹼,戴好了面镜,让透明的面镜舒服地罩住眼睛和鼻子,不要进水,再让我轻轻咬住呼吸管的接口处,用嘴唇包住它,他说:"Pearl,你试着平稳、有节奏地吸气和呼气就行了。"第一次一头扎入水里的时候很兴奋,看到水母发光、小鱼从身边游过,感觉自己也成了鱼,结果自己并不会像鱼那样用嘴巴自由呼吸,一紧张呼吸管里进了水,呛了一大口又咸又涩的海水。

太丢脸了!我急慌慌冒出水面,狼狈地大口吐水,奥特曼说:"不要惊慌,有我在你的身边,你只要将头稍稍上抬,用力吐气就可以让管子排水了。"

"我们再试一次,好吗?"一头湿漉漉乱发的破落海盗温柔地说。

我跟在他的身后,第二次潜入水里时放松了节奏,一下就呼吸自如了。我们往三四米深的海底游去,各式各样的贝壳,漂亮的珊瑚、海葵,猩红的海星和浑身长满刺的海胆将海底装扮成花园一般,色彩斑斓的斑马鱼、天使鱼、小丑鱼和许多叫不上名的鱼儿朝着我们游来,就好像我们打开了天窗一样,头顶上还漂荡着仙女似的水母。

阳光弯弯曲曲射进了反光的海底,到处闪着一种奇异的、绚丽的光芒,珊瑚的小手好似在做相互亲吻的游戏,黄色斑纹的玳瑁,有个好听的名儿叫"十三鳞",这里可没不法分子盯上你盾形的鳞片拿来装饰高档的座椅,小家伙们安安静静过你们的佛系日子吧。

看,那只金扇贝的泳姿相当野,好像在拍着手飞,好想说你慢点飞,那些香喷喷的蒜蓉和粉丝,还有我这个人鱼都追不上你的。闪着虹彩的大气泡美轮美奂,海洋中的生物都染上了阳光的七彩,你甚至能在海底的细沙上看到自己清晰游动的倒影。这儿的一切都是我未曾见过的,很容易感觉自己是在高高的空中而不是在海底行走,水流从身边流淌过去,浑身上下都是一片蓝色。

奥特曼轻轻一探，捡起了一只比手掌还大的红海星递给了我。潜水徒手抓鱼摸虾可以说是远古人类接触海洋的第一种觅食谋生手段，奥特曼甚至连浮潜三宝都可以不用，直接"裸"潜就可以海底探宝，我的浮潜泳技还不够娴熟，只能眼睁睁地看着鱼儿在我眼前表演泳技，根本无法沉入海底探宝。红海星是海洋生物中最漂亮的一种，在野生环境中能活到35岁，它柔软的触须紧贴着我的掌心，鲜艳的红网花纹发出亮闪闪的光芒。

"欢迎，欢迎来到我们的水域。看那条肥美的天使鱼，它的舞姿相当唯美，浑身都在发光，你难道不想尝尝吗？我们游过去给它一个大大的拥抱，裹住它，把它吃掉。"有彩色花纹的小海星说道。

"好吧，你不想吃的话，我们去追那条脸上有白色条纹的小丑鱼，它穿梭在珊瑚礁里的泳姿别提有多奇怪了，但它的味道好极了。"小海星用花瓣般细长的小嘴吐了几个妖艳的泡泡。

我单手托着那枚红海星浮出了海面，来到了阳光里，把它像红军的帽徽一样放在我的头顶上几秒钟，海浪将我们托起来的时候，我们一起看见了船上的三角帆和天空的彩云，一起享受到了被阳光电击般照射着的纯粹感觉，那一刻我能感知到我们的激动。很快，我们又潜回了水里，它的数百个管脚随着水流在移动，缓慢地漂向了海底那些发着光的小伙伴。我们好像在用一种相互明白的方式沟通，赠予食物是一种社交，一起环游是一份礼物，它仿佛在跟我这个"人鱼"说：

"给，这是……这就是我们生活的海底世界。"

如果可以，我愿意睁着眼睛在这里看上一天一夜，只有亲身潜入海底，才能跟这些海洋生物来一场奇妙的相遇，有机会看到我以前在陆地上从未观察到的东西。邂逅这只红星闪闪的萌物，它依附在我手掌上的那些瞬间是多么的美妙，各种各样的海中生物从我眼前游过。嗨，等等我，我得像立着游泳的带鱼那样，银光闪闪地冲出海面，我必须得自由地呼一大口新鲜空气才行！

坐漂亮游船来浮潜的游客多了起来，拍打浪花、惊喜尖叫的声音也越来越多，我很开心能够和奥特曼一起像两个避世的隐士，安静地潜入海底，独享了一段无人打扰的时光。我再不嫌弃我们的小破船,也不揶揄地叫奥特曼"pirate(海盗)",而是亲切地叫他"captain(船长)"!年轻力壮的船长在船艄轻握舵把摇橹,一身水光光的深棕色皮肤犹如印度王子达卡,那个在深海里蛰居的自由人——《海底两万里》的尼摩船长。哦,不对,他更像是海明威的老渔夫圣地亚哥,不过是那个心怀炽热的年轻时代的圣地亚哥,他把下巴搁在船头的木板上,惊奇地看着一头狮子来到金色的海滩上,接着其他狮子也来了。

奥特曼轻轻托我一把上船后,我裹上了宽袍大袖的肯加裙,脱下了咸乎乎的泳衣,重新涂满防晒霜、系上金眼菊头巾后,恩佐开始教我在船头划桨,我们一前一后紧挨着坐着,向着船的龙骨伸出了两双洁净、有力的手,我们三人帮的小渔船轻得好似羽毛,划离了热闹起来的浮潜水域,开始扬帆沿着蒙巴萨的海岸线巡游。当我们喜欢独处的时候,就更容易和海洋交朋友。

"船长,你可以把浮潜卖到20刀、30刀,像那些游船一样,只要把自己搞规整一点,你的一身腱子肉就足以让一干迷妹尖叫啦。"我面朝奥特曼划着船,逗他。

"我们跟大海非常亲近,有自己的捕鱼生活,海里什么都有,我们并不需要挣太多的钱。"

奥特曼说得轻松自在,让我感受到了那种佛系日子的单纯愉快。他说话时门牙透着风,大大的裂缝像住了一个单间那样滑稽可爱。海边的人牙齿咋都长得跟海豚的一样,洁白如玉,但稀牙裂齿的,海鲜吃多了?!恩佐有时会调皮捣蛋,猛地一头扎入水里,我的心跟着紧一下,以为他不见了,他突然又冒了出来,举了一只炸弹样的海胆递给我,我惊叫:

"扎手,放回去,它会干死的!"

小小少年翻身上船,抹了一把脸上的海水,把头上的几根海藻丢回了水里。

"餐馆的人会烤噼啪响的海胆吃,我想你会喜欢的。"他那双巧克力色的眼睛望着我,显得喜气洋洋。

"我喜欢,只是,只是我不愿意看见这只小仙人球晒死在我的面前,它好迷人!"我这个淑女,怎样给一个顶呱呱的小渔民讲一个哲学式的审美问题呢。

"你的心真柔软。"恩佐高高兴兴地把小炸弹扔出了一个漂亮的抛物线,落回了水里,闭着他的眼睛。

"你是第一次出海吗?"他又问。

"怎么说呢,是第一次坐小渔船漂浮在大洋上,和两个小黑兄弟。有点《鲁滨逊漂流记》的感觉,不过很刺激。"

"晚上印度洋会发光,你见过吗?"男孩又说。

"是银色的月光吗?"我问。

"不,是夜光藻。要是你在夜晚跳入水中,或者用桨把水划开,海水会发出蓝绿色的微光,好像星星河一样。这里的鱼类、水母、虫类、海藻都能发出淡蓝色的闪光,我们叫它'蓝眼泪'。"

"是浪漫的生物在黑沉沉的海面发光,召唤伙伴,对吧?!"

海洋真真是各种奇异生物云集的地方,我停住了划桨,把头舒舒服服地靠在磨得溜圆的桅杆上,渔民心中的家就是小船和大海,这里有他们深爱的一切东西。两个小黑把海鸟、大鱼小鱼、浪花、海风和搭船的客人都看作自己的朋友,不急不躁地划船,我们的小船驶过了提威海滩,银白的沙滩上全是彩色的长躺椅、遮阳伞,戏水的人欢笑着追逐着海浪。

我像一只乘风环绕地球、飞到船头歇一口气的信天翁,收起了修长的翅膀,凝望着海岸上那一条蜿蜒起伏的绿带子——神秘的迪亚尼热带丛林,树木像帐篷一样支盖着,那里面生长着最奇异的植物猴面包树,还有各种猴族,一个个圆草棚顶的村落,我总是有些战战兢兢地进入,然而那种恐惧并没有持续很久,阳光穿透了上层树木照射进密林,丛林里充满了活力,能被自由自在的猴族所接纳,我是多么的荣幸呀。

在紧挨着沙滩的珊瑚岸礁上,生长着喜欢浅海盐滩的植物,红树、大王椰子树、散尾葵,紫红色的厚藤爬满了岸礁,旋转着小喇叭似的花盘,就像在开一个夏季的铁人三项运动会,碧水蓝天,绿椰轻曳,绿藤紫花肆意绽放,甚是唯美,热闹。有的厚藤如地毯一样匍匐在积有许多细沙的石崖附近,有的像一串铃铛垂吊在海蚀洞穴上,那些洞穴是被海浪掏空的坚硬岩壁，后来下船时，恩佐带我躲在一处阴凉的洞穴里换下了打湿的衣衫，让你想到从前的海盗就是在这些洞穴藏宝藏娇的。恩佐说这些门帘似的爬墙藤，叫马鞍藤、海牵牛花，一朵朵接天连海的"海滨花后"正在结伴来看海呢。

一些长翅膀的白腹军舰鸟远离陆地高飞，它们是天生的飞行家，渴望比宇宙更远的地方，可以睁一只眼闭一只眼飞行，还可以边睡边飞，是小说、电影里的"住在风里"的鸟。这些驭风有术的"海盗鸟"，经过长途飞行，喜欢在波涛浪尖上栖息休憩，瞄准其他水鸟捕到鱼儿时就发动袭击，打劫其他鸟儿的口中之物。

阳光很热了，一团团羽毛般的卷云在天蓝色的幕空中随风飘移，我们的"奥特曼"号小船穿过了蓝得如宝石般的海水缓缓返航，我在轻风中听到了音乐声、人的嬉笑声，教堂尖塔上传来的叮当钟声，我把这 100 分钟的巡航游戏称为凝视海洋、凝视大地——我的身影漂浮在海里，周围是鱼群，脚下是地球，我可以远望到陆地、海岸线、云层和丛林，一切看起来是多么的不同寻常、不可思议，又会觉得自己非常渺小，我会猜想自己如同海水正漂流过哪些国家、哪些海域或哪些城市。

"在 21 天的义工之旅结束时，我会把蒙巴萨的每个角落、每个时刻都铭记在心里的。"船靠岸时，我摇晃着两个小黑兄弟的手臂感谢道。我惊讶地发现，正是绵延起伏的陆地和浩瀚无垠的海洋支配着我们的星球，也支配着人类生活和动物世界的踪迹。

这是我之前不曾想到的。

47
拜望海豚
Visit dolphins

第二周的星期天,是《圣经》创世纪里上帝挑选来休息的日子,我请托尼帮我在隔壁酒店订了一个一日游,沿着丛林公路坐两小时的中巴车,去瓦希尼岛(Wasini Island)看海豚巡游。

沿着东非的海岸线,从北到南,有一些引人注目的岛屿——帕泰,拉穆,瓦希尼,奔巴,桑给巴尔……从公元9世纪起,那些驾驭着单桅、双桅帆船的航海圣手——阿拉伯人、波斯人,离开了沙漠、椰枣林、骆驼、清真寺,陆续从印度洋各方迁入各个岛上定居,这些郁郁葱葱的热带岛屿就成了浮金闪烁的印度洋上的重要驿站,也因几个世纪前的象牙、香料和奴隶贸易达到繁荣的顶峰。瓦希尼岛上的居民大多是穿着宽大白袍或黑袍的穆斯林,也有少数信奉印度教和基督教的信徒,因岛上能打出没有咸味的地下水,故居民才能在此长久生活,繁衍生息。小岛上至今没有机动车辆,感觉几百年来的时光似乎没有什么变化,我坐了25分钟的渡船上岛后,一路沿着溜光的珊瑚石小道上上下下,穿过中世纪的石头城里那些弯来拐去的巷道,经过门前门后长着很高的棕榈树和枝叶繁茂的柠檬树、橘子树的庭院,毗邻而建的清真寺、印度神庙和基督教堂,下到了岛的另一端坐双桅游船出海。

海在那儿围成了一个漂亮的蓝色小湾,光着身子的孩子在岸边玩跳水的游戏,他们像一个个身体柔软的活雕塑,胆儿又大,从高处往海水里纵身一跃,一个好看的自由落体,身体灵活得像一条发光的金枪鱼。水花一次次溅起,嬉笑声一次次响起,他们健美的皮肤闪烁着生命的活力。他们好像永远跳不完似的,身后总有几个等待跳水的、跃跃欲试的少年。一个跳完后就迅速游回岸边,又继续排队,接着往下跳,乐此不疲,整个把大海当成了玩接龙游戏的伙伴。

我一驻足,举着相机拍照,有孩子就调皮地喊"coin,coin",有几个游客高举起手臂,用力往海里抛掷了几枚硬币。那银色的先令飞到了明晃晃的太阳光里,在蓝色的半空中划出了一道亮闪闪的弧线落入水中,有几个男孩子几乎是在同一刹那像颗炮弹一样"扑通"一声扎进了海里。

水很清,那些眼疾手快的黑孩子从海里捡起了硬币,似一个大水泡、一道美丽的闪光、一朵火花一样冒出了水面,高声叫着举起了手里的分币,一个海湾里都是他们欢喜所得的叫喊声,那样的年轻、新鲜、水滴滴的眼睛闪烁着喜悦的光芒。我敢说,我几乎听到了他们身体里那些狂野奔放的声音,嗅到了氧离子充足的咸湿海水的气味。

当然,这只是奔向大洋寻找海豚的前奏,载有十几人的游船开出了风和日丽的海湾,有遮阳棚的游船一加速就发出了"噗噗噗"的响声,在蓝天一色的水面上划出了两条清晰的白色水线。舵手轻握舵盘,黑卷发潇洒飞舞,说海豚喜欢群居,一般都生活在浅水或者停留在海面附近,便于它们合作捕食,也便于它们协作帮助受伤或生病的伙伴做向岸或离岸的洄游,风平浪静的瓦希尼岛周围的海域就俨然成了数百只瓶鼻海豚的家。

"我们能看见它们围圈捕鱼吗?"有乘客心急地问。

白牙舵手神秘一笑:"茫茫大海上,要发现鱼群不是件容易的事。瓶鼻海豚会像牧羊犬赶羊一样赶着鱼群走,渔船只要跟着这些'前滚翻'的海豚向导走,一准能捕到鱼。"

白牙舵手开始给乘客们讲故事。他说海豚是最优秀的运动家和阴谋家,智商相当于6~7岁的人类小孩,它们的聪明程度超过了大猩猩,可以说是仅次于人类的生物。海豚最酷炫的狩猎谋划,不是排着队追鱼,而是泥环狩猎。岛上的渔民不止一次看见一只海豚会在浅水滩绕着圈游弋,先把海底的泥沙搅动起来成了一个环状的泥圈,然后它会加速,不断缩小泥圈的角度,其他海豚伙伴就会发出超高频率的"吱吱"叫声,迫使吓傻的鱼群游向中间。鱼不知道浑浊的云墙外发生了什么,一时间根本无法突破海豚的迷魂阵,慌乱中就会拼命跳出水面,这个时候海豚家族的成员就会在一个个的泥环包围圈中,张开它们钉子似的大嘴狂吃一顿,那时每只海豚都可以吃撑到爆。

我手搭凉棚,急切地向波浪起伏的海面扫射,大约离岸2海里远后,突然就看见了成群结队跳跃出水面的海上精灵——瓶鼻海豚,它们快乐地翻着跟头,鼻孔里喷出的水花就像有无数的小喷泉在围绕着它们一样。

三三两两的船只很快聚集在了一起,哪儿有海豚,哪儿就会有人们的惊叫声。

兴奋地尖叫,是人表达喜悦的本能,我们万水千山来到这片海域看望海豚,真的是好激动啦,但我按下了满腔的激动,没尖叫,只是张着嘴小声地"哇、哇"惊叹,远远地隔着起伏的波浪,深怕惊扰了它们的嬉戏。

海豚是海里的哺乳动物,并不是鱼类,它们胎生,母海豚要怀孕11~12个月才能产下一只幼仔,比人类的孕育时间还要长。俊美的海豚是妥妥的母系社会,像大象群一样,久经风雨的雌性长辈是群体中的女王。一定数量的母海豚,会带领着一群小海豚,组成一个亲密的小社会圈子。它们的繁殖方式,是由公海豚进入社群来交配的走婚制。如果有幸看见两只瓶鼻海豚腹部相对,在海水里热烈翻滚,迅速擦身而过,发出愉悦的"嘎嘎"叫唤声,有点像人类的大笑声,那其实是海豚在做爱。我说海豚在打架了,舵手压低声音说它们在交配,彻底把我羞到了。

"我可以跳下去和海豚兄弟姐妹一起游泳吗?"有个晒成大花脸的白皮游客开玩笑地问。

"你想当《碧海蓝天》里的那个男主杰克,只想潜入深海,像海豚一样陪伴大海一生吗?"我揶揄着反问。看多了海豚的跳高比赛,每个人的心里都有了跃入深海的冲动。

"有的海域会有和野生海豚一起潜水的特殊体验,比如坦桑尼亚的桑给巴尔,但在我们的岛屿没有。旅游业已从海豚身上赚了好多好多的钱,人们还梦想着和海豚一起游泳,但如果用这种方式接近海豚,就会打扰到海豚。要知道印度洋上有数不胜数的岛屿,就像你数不清楚天上有多少星星一样。但并不是每个岛屿的附近都有海豚出没的。瓦希里岛周围的水域中,居住着超过200只的瓶鼻海豚,它们能在自己的家园里自由自在地游弋,这是大自然恩赐给我们的礼物。"

舵手半敞着印有黄色鸡蛋花的沙滩衬衣,他宽厚、翻卷的双唇吐出"恩赐的礼物"几个字的神情着实打动了我。两个小时后我们在白日的大好时光中返航,有海豚群追随着船只乘浪前行,它们保持着一定的速度,为减少水的阻力,有规律地跳跃式前进,时不时杂技般地跃水腾空,像陀螺一样快速反转,银光四射,画面壮观极了。

有乘客说海豚最爱瞎开心了，在跳海洋之舞秀愉悦的心情，有人说这是多巴胺穿梭，海豚是玩明白了，可以治愈好抑郁症，它们天性快乐的基因让人类嫉妒。有人干脆说它们明明是在甩掉身上的寄生虫，把我一下笑崩。晒得手臂流油的舵手说海豚成群结队在海面上跳跃并疾速前进时，是它们在向同伴发出"出发"和"回家"的信号。咦，我想这一定是一个和朋友生活在一起的没妈管束的少年海豚帮！！白皮的游客扶着船帮哼起了史都华（Stewart）年轻时最爱唱的那首歌《航行》，听歌逐浪的海豚兄弟们简直是飞了起来：

I am sailing 我在航行

Home again，cross the sea 又一次归航，穿越海洋

I am sailing stormy waters 我在航行，在那风暴之海

To be near you 只为靠近你

To be free 只为解脱

……

这是少年们都懂的背景乐非常适合我们要跨越山海的心情，16岁进大学初听这首歌时就对它难以忘怀，我们的征途是大海星辰，不会因时间的流逝而改变。我在驶向蒙巴萨海岸的渡船上回望着渐行渐远的瓦希里岛，那个不停受到蔚蓝海水冲刷的小岛屿，过去也曾一度与它后方的一大片珊瑚礁相连，它像印度洋上的一处翡翠般的仙境，消失在了我的视线里。

视频丨印度洋上的志愿者

对志愿者来说，我们既要用眼睛看得见植物花草、河流山川、飞禽走兽、大海星辰，还要用内心感知到勤奋、谦逊、舍己、良知、悲悯、灵性这些美德。

"慷慨和坚定是万物之本，一个人若没有慷慨之心，怎会去做志愿者呢？"塔兰舍着笑说，影子倒映在小路上。

Chapter 12

大天使
Archangel

48
猴族孤儿
Orphan gare

营地的清晨自有一种无法言喻的美。

这里的光是绿色的,空气仿佛被洗干净了一样,阳光照在层层叠叠的枝叶上,犀鸟的叫声低沉又响亮,早起觅食的猴群正出发去它们的花果地,动物旺盛的生命力和氤氲夏天里的无边欲充溢在清幽的绿色里。浓郁的绿色渗透进营房的纱窗,每一个细小的缝隙,蔓延到人的心里。整个世界被丛林所包围,连天空也泛着绿色,仿佛进入了简·坎皮恩的电影里,每一帧画面都有着色彩鲜明的掌控力,每一个镜头都浸润着细腻含蓄的个人情绪,开阔的空间里是寂静无声的留白,好似空谷在传音,你能听到自己的呼吸。

我一个人坐在回廊上看着丛林发了一会儿呆,感觉清晨的营地从来没有这样清净过,像在坐禅。昨晚的气温远远超过了人体所能承受的程度,营地没空调,我小房间里的吊扇和坐扇旋转了一夜,也没法降温,无法吹走潺热、高温的空气,又不可能拖张吊床去挂在草棚里睡:蛇虫蚊蚁、各种动物四处出没,营地不允许露营,我只能闷在蒸笼式的蚊帐里翻来覆去,折腾了一夜。

早上去吃早餐时,咖啡还没喝完,就冲到卫生间去吐了一地。罗斯说可能是热伤风或中暑了,让我不要再去室外干活,好好休息躺一会儿。我吃了自带的神药藿香正气液,在路上感冒了、头痛了、肠胃不舒服了都吃它。无边无尽的绿色好似有着强大的治愈能力,我的脑海里混剪出了劳伦斯的诗句,从《阴影》闪回到了《巴伐利亚龙胆花》,"接着在清晨醒来,如同一盏新开的花朵,递给我一支龙胆花,递给我一支火炬……"

绿意盎然的诗意舒缓地飘散在我的眼前,我感觉我的身体、我的精气神恢复了过来,我又不可能闲坐着,还有一周就要离开营地,潜意识里总想多做点什么。我起身,离开了安静的回廊,去到起居室问罗斯需要帮手吗?罗斯说那就加入猴保姆组来干活吧。

"Pearl,你有没有注意到这里的光是绿色的?"罗斯问我。

"绿色中还带有些紫罗兰色,像碧玺水晶。"我说。

"看来你回过神来啦。"罗斯笑道。

"嗯,吃了药,呼吸到新鲜空气就舒服多了。"

"昨晚太热了,从来没有过的,小疣猴烦躁不安了一夜,我和爱德华轮流照顾它们,都没睡好。"罗斯说道,"凌晨有只小疣猴死了,我们得先去医疗室做解剖。"

罗斯个子和我差不多高,有着光洁、好看的橄榄色皮肤,她的额头饱满,五官秀气,脸上戴着一副小巧的圆框眼镜,说话温柔、淡定,不会像我这样咋咋呼呼、猛烈。她带我穿过了树林,我拎着相机,去了掩映在腰果树下的那间隐秘的医疗室。我没想到我在猴保姆组干的第一件事情,是要去给一只死掉的猴子拍照。

爱德华已穿上了围裙,戴好了橡胶手套,在盘子里摆好了刀剪,他从一个大冰柜里拎出了一只黑色的塑料口袋,"砰"的一声放在了手术台上,像在放一坨冻得硬邦邦的肉。那只幼猴闭着长长的眼睑,再无一丝生息,已有3个多月大,长出了和父母相同的黑白分明的漂亮毛色,但它是个孤儿,10天前有村民把它送到营地来时,它已虚弱不堪,好像得了心脏病一样。有时我看见罗斯带它出来晒太阳,它一下地就像来了精神气,像一只小松鼠样拖着比身体还长的尾巴在地上乱窜,好奇地追逐着树枝斑驳的影子。我们都觉得它活下来了,会在营地长大,罗斯甚至给它取了一个好听的斯瓦希里名字,叫"Mrembo(小美)"。

爱德华像个从小立志要做外科医生的冷峻大男孩,不动声色,开始从小美的腹部开刀,我的手止不住地发抖,我哪敢看开肠破肚呀,闭住眼睛,本能地按了几下快门。我听见爱德华在给罗斯报观察到的数据,罗斯坐在电脑前啪啪啪地记录,有时爱德华会把切下来的软组织递给罗斯,罗斯就会去放到显微镜下,半个脸都贴在镜片上,仔细看它到底感染了何种细菌或是病毒，生了何种疾病。热带丛林的环境非常溽热、潮湿，有时人也会把有些病毒传染给猴子。

要做一个法医或兽医，内心得卧着一匹悍狼，得有强大的心理承受能力，要敢下手做"杀手"。我只拍了几张照片做资料，就悄悄退出了医疗室，躲在一棵腰果树下放松一下难受的心情。

这一片有着广阔树冠覆盖的腰果树林几乎有一个足球场那么大，灵长类动物是动物界的吃货，不管哪个种类的猴族都喜欢采吃腰果。我第一次看见这种奇异的树木时，是在去和托尼采树叶的路上。腰果树喜欢长在温度很高的热带，春天时开出妖艳的螺旋形黄色花朵，夏天时会长出鲜黄色或金红色的果托，像一个个挂在树上的彩色小灯笼。这些形如梨而色如苹果的果托叫腰果苹果（cashew apple），它酸甜多汁，可做水果来吃，还可酿酒，但它并不是腰果。那个像一个可爱的逗号吊长在鲜艳果托下方的小尾巴，才是真正的腰果。腰果的这种真果实与假果实的长法，成功把自己高仿成了完美的水果，就是为了引诱动物帮忙传播种子，也是植物在进化过程中自己得出的干货经验。

那些灰绿色的小肾形的腰果，外表奇丑，并不是我们平时吃的胖圆腰果仁。腰果长着厚实坚硬的外壳，但那果壳有毒，会腐蚀人的皮肤，所以当地很多剥腰果的女工，她们的双手会被灼伤得比焦炭还要黑，布满疤痕，很吓人。我从未吃过野生的腰果，托尼爬树比猴还快，丛林里长大的人都会爬树，他砍了几吊腰果下树后，找了个阴凉处，就地找了几根干树枝，就烧烤起了腰果。

几分钟后，他从火堆里扒出黑乎乎的"逗号"，用树枝敲打掉烧焦的果壳，强悍的果壳炸裂后，逃出果皮的怪种子才是可以吃到嘴的腰果仁。他把一粒粒还烫手的腰果仁递给了我，焦黄的果仁吃起来真是奇香无比，瞬间明白了猴子为什么会"火中取栗"，哪怕炉火烧焦了爪子上的毛毛，那股炭烤坚果的香气实在是太诱惑众生、颠倒价值观。托尼偷闲在路上搞出来的舌尖上的腰果，让我过了一把丛林孩子童年时玩的游戏，那样的野趣是人神共享的，很快乐，无以替代。

我看见一大帮绿猴在这个清晨的秘密腰果园里奔来跑去，这些小机灵鬼有着敏锐的嗅觉和色觉,总能从浓密的枝叶间找出那些熟透了的金红色的果托来。它们会用树枝在石头缝里捅一捅把蜥蜴逼出来吃掉,还会用这种法子捉蝎子、小蛇,口味堪比广东人。在吃上,灵长类动物个个都身怀绝技。这群吃货先饱餐了柔软多汁的腰果苹果,酸酸甜甜的味道正好解暑,算是餐前的开胃水果,它们"吱吱吱"叫得好不兴奋,接下来就是吃货们的正餐,大大小小一大群围坐在树下开始用石头来捶打腰果。大猴双手抱着石头"哐当哐当"砸得认真,小猴守在旁边目不转睛学得专心,砸开坚硬有毒的外壳后,猴精们小心翼翼扒出了里面的腰果仁来,你一块我一块,吃得嘎巴嘎巴脆。

我第一次看见一群动物使用工具,不会使用工具的猴子一定不是好吃货,但这一绝活的智慧也不是与生俱来的,而是一代代的徒子徒孙从它们的前辈那里学来的求生本领。在自然界中,任何动物想要活下来,就得凭才华来觅食,会吃、敢吃,充满智慧。灵长类动物是人类的近亲,它们有500多种种群,动物学家用林奈创立的二名法,把它们命名为"Primates",意思是"首要的,第一等",即众灵之长,是动物进化的最高点。它们的不少习性与人类的习性有着惊人的相似之处,并不是像我们过去所认为的只有人类才是唯一懂感情、有智慧的动物。这里的绿猴长着一张俊美的黑色小脸,带着诡异的微笑,公猴的蓝蛋蛋发亮,一家老小齐心合力打劫着夏日里的腰果。它们肯定听猴爷爷猴奶奶说过,这小玩意最能滋阴壮阳、美容养颜,老老少少吃得聪明又开心,果壳散落了一地,那种快乐我也体验过。我想要是绿猴能像托尼那样知道用火来烤的话,岂不逆天,进化成了人类。

我之前从未想过我能在一片巨大的腰果树林下徘徊,远离人群,独自置身在大自然的基本力量当中,享受着和猴族一样的生的乐趣。电影《遗愿清单》里有一句经典台词,说人的一生结束时,会被上帝问到两个看似非常简单的问题:第一个问题是你快乐吗?第二个问题是你让别人快乐了吗?在丛林生活的这个早晨,我轻轻对映射在绿光中的上帝回答了"yes"!是的,我很快乐,我也在学着带给别人快乐!在自然中我感受到了时间和空间的广袤无垠,感受到了猴族与万物万灵欣欣向荣的快乐,快乐是可以相互传染的，我们完全有能力、有力量去让别的人、别的动物也快乐。

　　快 10 点的时候，罗斯和爱德华走出了医疗室，我跟在他们的身后，要去把小美埋掉。营地有一个小小的墓园，开着一丛一丛的爱神木花，每一个送来营地没能救活下来的猴子，志愿者们都会把它们葬在这里，垒上石块，插上木条，在上面写下它们的种属、名字、性别和年龄，算是一种特殊的纪念，它们也曾在世间存在过，有父母、有家庭、有种群、有领地，有名有姓来世间走过一遭。罗斯说在她的家乡马林迪的丛林，有的猴子知道自己快死了，会跑到村庄附近去，村民们一旦发现树下有死了的猴子，会将它包裹好，带到墓地埋葬起来。村民们会竖起一个小小的木牌，写上猴子的种属、性别和卒年，时不时还会去打理那片墓地，好像在对待死去的亲朋好友一样。

　　在营地的这个墓园里大多埋葬的是一些孤儿小猴子，看着木牌上它们只有几天、几个月的年龄会感到无比心酸。灵长类的动物和哺乳类的动物一样，不管是小象、小海豚还是小猴子，都有很长时间的母乳喂养期，一旦失去了母亲，它们几乎都很难存活下来。墓园有一块石碑，刻着莎翁《哈姆雷特》中的一句话：May flights of angels sing thee to thy rest（愿天使的飞行歌唱你安息）。我想这样美的对逝者的祝福不仅仅是局限在人类的……爱德华细腻地编了一只芳香的爱神木小花环挂在小美的木条上。它像熟睡中的孩子回到了曾经生活过的绿色丛林，可以在四季的轮回中感受着自然的美丽和辽远。

　　在我生活的迪亚尼丛林里，伤病、死亡从不隐藏，随时随地都能看到，各种猴族在自然中诞生、长大、呼吸、嬉戏，它们交配、成家、演化、繁衍，欢乐、悲伤、生病、衰老，然后死去。有的母子别离，被偷猎者捕杀，有的族群会相互残杀、争斗领地，痛失爱人和爱子。我们人类感情所经历的一切，每天也会在自然界上演，这是永不止息的生命循环的一部分，也永远有年轻的一代在竭力延续着物种的存活。我们从墓园回到营房后，罗斯和爱德华去到他们住的大通间，把小猴从育婴箱里抱了出来，放到了宽敞的起居室里，我们还有两只没妈的小猴需要哺乳。

　　说起这两个孤儿的身世来也堪称可怜，斯语名字叫"Mzungu（小白孩）"

的这只小疣猴,它的母亲不幸被盗猎者捕获,脖子上套着1米多长的金属锁链,蹒跚着拖着瘸腿走路,小疣猴就吊在母亲的肚子下不敢松手。一个乡村小学的门卫远远地发现了这只跛脚的母猴,赶紧给营地打电话报了警。志愿者把母子俩营救回营地后,母猴的情形已不是一般的糟糕,它的手臂骨折了,双腿肿胀,尾骨受伤以致不能躺下。母猴伤势过重,没几天就死了,留下的小疣猴只有两周大。罗斯给它取名"小白孩",是因为刚出生不久的疣猴宝宝,通体长着白色的绒毛,卷卷的,和熊猫宝宝一样,小疣猴要3个月以后,才能逐渐长出像父母一样漂亮的黑白大氅。

另一只斯语名字叫"Ndege(小飞机)"的蓝猴,它的母亲在机场跑道附近被狗咬死了,有个好心的人发现了只有几天大的蓝猴宝宝,就把它送到了营地来。刚来的几天里,小飞机惊恐不安,一直哭闹不停,现在已3周大的它,简直成了个淘气包,能吃能玩能睡,罗斯说你要小心,它可会惹祸啦。

起居室的空间足够大,过道又通风,爱德华搬出了天平,要给两个小家伙称重。每天上午,罗斯都要在表格上记录猴宝宝的生长数据,身高、体重、毛发、四肢;哺乳的次数、分量;粪便的颜色、健康状况、活跃度等,便于科学研究人工喂养孤儿小猴的方法和经验,提高孤儿小猴的存活率。两个宝宝才不会乖乖呆在托盘上呢,分分秒秒都在动来动去,抓了这个跑了那个,你又不能打它吼它"放老实点",我们3人弄得满头大汗,但这只是猴保姆的第一步神操作。

接下来就是喂食猴宝宝。婴儿期的猴宝宝只有一两百克重,像只毛发稀疏的小老鼠,要经过一个多月的母乳喂养,才能长到400克左右。罗斯是个顶呱呱的营养师,特制的"母乳"都是她来调配的,除了每隔2小时喂食一次配有牛奶、鸡蛋的营养米羹,还要定时给它们加食猕猴桃汁、胡萝卜汁,餐餐都得翻新花样。罗斯把针管式的奶瓶递给了我,上面标有刻度,我这个初始代的奶妈就开始上场了。

罗斯喂小白孩,我喂小飞机,小飞机比我的巴掌还小,我把它托在我的手掌上,靠在我的胸口前,另一只手把小奶嘴放进了它饥饿的小嘴里。它双手急不可耐地抱住了奶瓶,吮食起让它安心和满足的"乳汁"。我这个还未生育过小孩的女人，第一次遇到有个又轻又软、毛茸茸的小家伙依偎在我的怀里吃"母乳"，第一次这么近地看着它细弱的小爪子、小脚掌，感觉像看到了童话里的小精灵，巨人花园里的拇指姑娘、豌豆公主。我紧张得不敢动，生怕弄断了它的小指头，那种又惊又喜又怕的感觉真是太奇妙了。小飞机的脑袋瓜只比核桃大一点，可它两只琥珀色的眼睛却大得好似一对魔法球，它满眼都要溢出来的依恋惊艳到了我，我此刻就是那个会一直将孩子抱在怀里，寸步不离照顾它、保护它的猴妈。

灵长类动物的婴儿与其他动物不同，它从出生起就一刻不停地跟随着母亲，生活完全由母亲来照顾，总是挂在母亲的胸部或腹部，或者骑在母亲的背上，由母猴带着四处活动。作为聪明且看重家庭关系的首要物种，它们的带娃方式也可谓五花八门：除了忙得不可开交的雌猴，强壮威风的银背山地大猩猩，其雄性首领会任由捣乱的幼崽趴在它身上打闹，这样做的结果是，懂得关爱后代的雄性大猩猩，其后代的数量会是其他的5倍，绝对称得上是灵长界的育婴达人。

黑白疣猴的生长期非常缓慢，要每隔2年才交配繁殖一次，每胎仅产1仔。幼猴要吃3个多月的母乳，随后才可以吃一些嫩叶和花果，要7个月大时才能自由活动。本以为喂食完小猴就可以松一口气了，刚把它们轻轻抓起来放进铺有新鲜树叶的育婴箱，两个小家伙就发出了"唧唧唧"的尖叫声，好像谁虐待了它们一样。幼猴的叫声是联系母亲的非常重要的通信工具，幼猴想吃奶、想玩耍、受到惊吓、受冷或过热、身体不舒服，都要发出不同的叫声提醒母亲满足它的不同需求。两个小家伙叫个不停，它们才不愿意没妈搂着、抱着，独自待在育婴箱里呢。

那样孤苦无依的叫声真让人心碎，也让人心软，我和罗斯对望了几眼，无可奈何，只好把它们抱了出来，搂在怀里。吃饱喝足了的小猴，等于是两只活力四射的QQ球，它们才不管你睡不睡午觉，反正我不睡。罗斯要去清洗奶瓶、做果汁，我就接手了陪两个熊孩子玩耍的猴妈咪活儿。

小白孩和小飞机在我的身上爬来爬去，把我这个老大的身体当成了攀爬架、蹦床、吊环。幼猴总喜欢缠着猴妈的手或脚，缠着猴妈的技艺对幼猴来说非常重要，因为大多数灵长类动物都生活在树上，猴妈会用它们的手脚在树上攀爬、跳跃，所以幼猴要缠得好、抓得牢才不至于跌下树去摔伤或摔死。我生怕摔着了两个熊孩子，几乎不敢站起来四处走动，只好老老实实坐在藤条沙发上，任它们在我身上胡作非为。猴子天生敏捷，动作神速，两个淘气包会抓数据线、抓书本、抓水杯，我的视线片刻都不敢离开它们，刚把东西放回茶几上，眨眼工夫，已爬到我的肩头上，抓着我的长头发荡秋千，像抓住母猴的毛发一样，把我疼得叫出了声，真想一巴掌给它扇过去。

小白孩是妹子，小飞机是哥哥，兄妹俩还常常打架，互相用小手推、扯对方，练拳头、玩手游，得时不时把它们俩分开。哪怕起身去倒杯水来喝，两个淘气包也不放手，死死吊在我裙子的衣角上，真把我当成了亲妈。人家说优美的女子是云鬟雾鬓，裙裾冉冉，衣袂生香，我这个猴妈呢，焦头烂额，头发凌乱，裙角上还吊着两颗活甩甩的"小炸弹"。动物学家说，幼猴想排便了，也会发出叫声，提醒母亲的，但这两个小坏蛋根本不打一声招呼，直接就把腥臭、黄绿的屎尿拉在了我的身上，真是隔着物种都能感受到我的崩溃。

罗斯见惯不惊，她天天做保姆，笑着说正好可以检查一下粪便的情况，我赶紧把宝宝还给了她。当猴妈的一个多小时，我分分秒秒都想把孩子送回去，真的太磨人啦。我去卫生间痛痛快快冲了个澡，把弄脏的衣服洗了，想着正午毒辣的太阳可以给衣服杀杀菌消消毒，就把衣服晒到了营房外的一根晾衣绳上。迷迷糊糊没困几分钟的午觉，就听托尼在喊：

"Pearl，猴子把衣服偷走了！"

我一个翻身，冲出营房，就看见几只蓝猴已把我的头巾、胸衣、底裤、袜子偷到了树杈上。这些野猴子在树上兴奋地叫着、跳着，互相抓扯着衣服，打闹着，丛林顿时活跃了起来，就像疯狂动物城里的小兄弟们在开一个时装派对。有只个头很大的蓝猴，已把天蓝色的吊带长裙拖到了营房的屋顶上，它稳稳地坐在有波浪纹的倾斜屋顶上，身上裹挟着我的裙子，和它那身漂亮的深蓝色皮毛倒是挺搭的。珍成天蹲在树上，默默观察着黑猩猩，她说灵长类动物能够表达与人类相似的情感，比如温情、爱抚、幽默、愤怒、伤心及恐惧。第一个教会她的，是动物也有人格和喜怒哀乐，但她没说猴子也会做没良心的贼。我很想捡起小石头来砸这帮坏蛋,威胁它们,但我不敢,这里可是珍稀动物保护营地呀。我只能在树下跑来跑去,急得猴跳舞跳,大声喊道:

"衣服,我的,还来,你没法穿!"

东西上了树,到了它们手中,就没法回来。弹跳高手们一哄而散,托尼搭了个楼梯,用竹竿把丢弃在屋顶上的长裙钩了回来。他嘖笑:

"人猴大战,总算捡了一条好看的裙子回来,比两手空空好。"

我终于明白营房为什么会装上细密的绿纱窗,志愿者都是把衣物晾晒在营房里的过道上。似乎只有你想不到,而没有灵长类动物做不到的,猴族能飞檐走壁,还能互相搭梯子,聪明透顶,满脑子坏点子,妥妥的小偷人才。它们偷走过营地的毯子、厨房抹布、衬衣和枕头。至于香蕉、苹果,更是顺手牵羊。智商高的动物,一定是天使和魔鬼的混合体。

下午,我想让罗斯去休息一会儿,就接管了两只小猴。失败是成功的妈妈,栽倒沟里一次,便会增长一分才智,经验都是靠失败总结出来的智慧。我把长头发编成了一根不怕抓的独辫子,有点像某些家伙的尾巴,换上了宽松的库尔塔长衫,在腰间围了一块志愿者留下来的旧浴巾,这副打扮,真的有点像口碑好的超级菲佣。但谁会离开这些邋遢的熊孩子呢?此时的你是它们唯一的依靠。

美国动物心理学家哈洛(Harlow)曾做了个标志性的实验,让刚出生的婴猴同母亲分离,由胸前挂着奶瓶的铁丝妈妈和柔软的布料妈妈来照顾它们。只有有吃奶的需求时,婴猴才会去找铁丝妈妈,其余大部分时间则宁愿依偎在布料妈妈的身上,温暖、亲密的身体接触对婴猴的成长、胆量甚至超过了哺乳的作用。哈洛由此说道:"爱存在三个变量:触摸、运动、玩耍。如果你能提供这三个变量,那就能满足一个灵长类动物的全部需要。"

我如法炮制,胆子也大了起来,两个小家伙愿意吊在我身上的哪个部位都可以,它们喜欢黏在母亲身上带来的安慰感,喜欢游戏、玩耍,我就带着它们在营房里四处游晃。我们去了展览室,趴在玻璃门上看了它们祖宗的头盖骨,去了厨房看大厨约瑟夫准备素餐,指点他可以把土豆做成加腰果的土豆泥,不要餐餐都是吃腻了的炸薯条,还举着一支开花的凤凰木让它们在上面练爪子,亲吻森林的气息,一起趴在地上看蚂蚁排着队搬家……

之前,"这些小猴子的脑袋里到底在想什么"绝对是一个困扰我的问题,现在呢,亲情跨越了国界、种族、丛林、人与兽,它们歪斜着的小脑袋,滴溜溜转的大眼睛,还有抓紧我的小手小脚,晃荡在半空中的长尾巴,都在告诉我说:

妈,来拍张照,比个 yeah,微笑!
妈,你听我讲,小飞机又打了我一巴掌。
我想玩数据线,我们去买个超人吧。
别把我放你脸上磨叽,我怕挠痒痒。
我们出街去,老大你当心哦,地上有蝎子。
哎哟,我摔到了屁股。
妈妈的肩头上能看到更远的世界。
我尿急了,妈快递张树叶来,打个记号。
真的是有妈的孩子像块儿宝呀。
果然是母女,你们俩都懒洋洋的,打哈欠了。
宝宝要睡了,躺你腿上。

当我盯着小白孩和小飞机的眼睛时,我觉得我盯着的是一个有想法、会思考、会捣蛋的小生命,我从它们回望着我的眼睛里,看见了弱小无依;看见了乖巧喜悦;看见了深深的眷恋;也看见了我自己的影子。

我把旧浴巾垫在大腿上,两个小坏蛋照旧打起了架,为抢占一个舒服的 C 位,最后它们搂抱着,像两只大虾,蜷缩着睡在了我的腿上。黏人的宝宝有时的确让人心烦,但天使最后总是取得了胜利,我叹了一口气。

可野生动物毕竟是野生动物,有母猴贴身照顾的幼猴,它直觉知道关于生存的至关重要的本领——吃什么、害怕什么、去哪里觅食、在种群中的地位、怎样行动、怎样社交,这些知识与生俱来。而由人类抚养长大的幼猴,它的自然本性潜伏在了"衣来伸手、饭来张口"的无忧无虑的生活里,温和安全的人类母亲的怀抱,是没有办法让幼猴在野外生存下来的,所以3个月之后,当猴宝宝能够吃树叶、果实时,奶妈就得放手,对它们进行野化训练。要把它们放到更大的笼舍去,避免再和人类养母的接触。要能奔跑、跳跃、攀爬,反应能力敏捷,不再对人依赖,要能警惕人类。要让它们能和自己的同类生活在一起,成为亲密的伙伴、战友,有社交、争夺领地、寻找配偶的生存能力。

1年以后,当它们组成自己的家庭,成为一个群体,才能放回野生的丛林世界里去,走上它命定的归宿——去直面大自然最强大的鬼斧神工——自然选择,优胜劣汰。爱德华告诉我说,野生动物救护最完美的结局是让动物重回野外自由生活,能成功繁衍后代,那么这个物种才算是在自然界中站住了脚。

我怀抱着像熊猫一样的国宝黑白疣猴和蓝猴,想着养孩子真是太不容易了。在迪亚尼丛林里,各类猴族生长、繁育的秘密,也像从葱绿的芭蕉叶上滴落下来的水滴和我发丝上流淌下来的汗珠一般,在我的手指间浸润开来。很多时候,我们并不需要小白孩和小飞机记住曾经哺育过它们的人类养母,恰恰相反,有一天断奶后,它们必须得远离人类的怀抱,不会主动靠近人,甚至会天然害怕人,永远忘记这段身为孤儿的脆弱日子。它们必须暴露在野生环境下得到锤炼,得和志同道合的伙伴一起行走江湖,能进入野生的生态环境中,成为生物链中的一环,它们想要成功生存下来,就得学会躲避天敌,要能觅食,寻找水源,会吃、敢吃、会偷、敢抢,有斗智斗勇的野外生存技巧。小白孩能披着镶着银边的黑白大氅,优美地端坐树端,怀抱自己的宝宝吃着金色的凤凰花朵,小飞机能有一大帮蓝猴兄弟伙,打家劫舍,沿着有炊烟的村庄飞跑,最终能打下一片属于自己的荆棘密布的丛林天地。

或许天下只有当妈的,期望值才会高过天花板。会一边崩溃一边自愈,一边悄悄地跟在猴宝宝的屁股后头,生怕它们吃不好、玩不好、睡不好,一边得像个超级耐磨的天使,更得像个战无不胜的战士。躺卧在我腿上的猴宝宝,实在是长得很难看,皱巴巴的小脑袋瓜像历经了几个世纪的沧桑,但它们舒展、柔软、安详的小身子骨让你想永远把它们搂在怀里。我闭上了疲惫的双眼，给兄妹俩哼起了摇篮曲，那是我练瑜伽时唱诵给大自然的祈祷曲：

  May all be happy
  May all be free from diseases
  May all see things auspicious
  May none be subjected to misery
  Om，shanti，shanti，shantihi

  愿众生快乐
  愿众生都免于疾病的困扰
  愿万物吉祥如意
  愿万灵远离悲苦的烦扰
  大地母亲啊，让安宁归于矿物界，安宁归于植物界，安宁归于动物界

49 平安夜
Christmas Eve

  平安夜的下午，主管凯丽召集营地的伙伴们聚了一次餐，我看见了很少打照面的马赛守夜人西摩、清洁女工黛西，还有凯丽的助手、一直住在市区筹款的志愿者安妮——她是伦敦大学的社会学研究生。这也是我第一次在热带过一个繁花盛开的夏日中的圣诞节，而非传统意义上的寒冷冬天里有白雪、火炉、雪橇的圣诞节。凯丽活力四射，她金色的卷发、颀长的身材、白皙俏丽的脸庞，总让你想起另一个从26岁起就待在森林里的金发美女珍·古道尔。

  凯丽兴高采烈，给大伙爆了一个热料，她已续签了1年的合同，会继续留在营地做主管，我们啪啪啪鼓起了掌。大伙一起动手，开始布置起居

室,用大王椰子叶编织了一个心形的花环挂在回廊上,给我们的大餐桌铺上了一张崭新的桌布,水罐里插上了热烈的鹤望兰。团队的伙伴们换上了印有黑白疣猴剪影的墨绿色T恤,那是我们志愿者的标识性的正装。我喜欢凯丽为营地精心挑选的那张黑底有金色腰果花纹的桌布,它精致、美艳、独一无二的螺旋花纹有序地排列在一起,好似在跳一场盛大古典的圆舞曲舞会,让你想起身边每一个来自异国他乡、有着异域面孔的国际志愿者,人们总是因为以梦为马又与众不同的人生旅程而相聚在一起的。

我和凯丽把桌布铺平,她动作娴熟,在大餐桌的四角打了一个漂亮的蝴蝶结。凯丽正在攻读博士学位,她来到蒙巴萨的长期研究项目就是东非的文化人类学。我们的眼目里是和披头士的老大列侬一样的碧水蓝天的印度洋,凯丽和我不约而同哼起了列侬写下的小调,"India India, Take me to your heart(印度,印度,带我到你的心)"的小调,只是印度被我们改成了蒙巴萨。志愿者们围坐在大餐桌旁,一人抱着一个现砍的大椰子,轻拍着餐桌应和着"带我到你的心"。营房外是广阔无边的丛林世界,营房内是阴凉舒爽的圣诞氛围,我们想念着大洋彼岸的家人、好友,于是你一句我一句,说起了来迪亚尼丛林的那些激发肾上腺素的冒险故事。

"我们人类是从哪里来的?"

"古人类学的第一家族真在这里吗?"

凯丽的碧眼带着孩童般的敬畏和惊奇,说起了一些我们知之甚少的传奇往事。她说在她读书的剑桥大学,最厉害的专业、在QS世界大学排名中位居全球第一的专业就是人类学,来自肯尼亚的路易斯·利基在那里获得了人类学的博士学位。这位从小和基库尤人一起狩猎、玩耍,和非洲土著打成一片的风云人物路易斯无疑成了爬藤学子们的偶像。每当太阳升起,沿着葱绿的康河一路划行,牛顿苹果树、徐志摩纪念碑就会发出耀眼的光芒,康河的景色里仿佛还有路易斯侃侃而谈、率领英国探险队前往东非寻找化石的身影。

凯丽说利基家族的祖孙三代一直扎根在非洲找化石,将人类的起源指向了非洲。他们在80余年的时间里,在肯尼亚和坦桑尼亚的荒野探索人类起源与演化的漫漫征途。一天,路易斯和妻子玛丽终于在奥杜威峡谷发现了距今 175 万年的"亲爱的男孩"骨骼,这副用找到的碎片拼出的完整的头骨化石,成为东非早期原始人类活动的直接证据。随后,夫妻俩又发现了一种古老的化石"能人",他们能依靠坚果和肉类为食,所以又称他们为"吃坚果的人"。而人类老祖母南方古猿"露西"350 万年前的古猿脚印,真正让世人把寻找人类起源的目光聚焦在了非洲。古人类学因东非化石的不断发现而发生了根本性变革,出了 5 位人类学家的利基家族也当之无愧成了古人类学研究的第一家族。

"女性的身上好像天生就带有一种最原始的冲动和热爱。"凯丽轻拢长卷发,语调变得清越。接下来她说起的惊奇女侠,整个把我们震住。

"利基家族的传奇还在延续。"凯丽说从 20 世纪 60 年代起,有三位卓越的女动物学家——珍·古道尔、黛安·福西(Dian Fossey)和贝鲁特·高迪卡斯(Birute Galdikas),自愿肩负起了研究猩猩的使命。最奇异的是,"猩猩三女侠"都师出同门,都是利基的学生,她们被称为"利基的三位天使"。

在众多的灵长目动物中,与人类最相似的就要数猩猩了,它们与人类基因组的相似程度高达 98%,不仅与人类享有共同的祖先,而且和人类一样也是高度社会化的动物,为追寻人类的起源、进化的奥秘,动物学家们就得深入偏远茂密、充满危险的丛林世界,去了解猩猩的栖息环境、生活习性乃至社会形态。除了人们熟悉的珍·古道尔在坦桑尼亚贡贝溪研究黑猩猩外,来自旧金山的黛安·福西深入卢旺达的维龙加山脉,在那里建立了"卡里索凯"山地大猩猩研究中心。来自加拿大的贝鲁特·高迪卡斯,去到了东南亚加里曼丹岛的热带雨林,在那里创立了红毛猩猩的研究营地。不幸的是,"三位猿姑娘"中的黛安·福西,在寒冷、泥泞的维龙加山脉与"金刚"共同生活了 18 年后,遭偷猎者谋杀,惨死在研究中心的小屋里,凶手至今未抓获。

53 岁的福西被安葬在"迪吉特"身边——一只很喜欢福西,经常会摆弄她褐色头发、抱抱她或拍拍她脑袋的大猩猩旁边。"迪吉特"也是被偷猎者杀害的,它的手掌被砍下来仅仅以 20 美元的价格出售。福西墓碑上的铭文诠释了她的一生——"没有谁像她那样热爱大猩猩",她温柔坚韧的力量一次又一次疗愈着这个千疮百孔的世界。

"我觉得利基家族最大的魅力就是志同道合、情趣相投,他们还培养了众多对古人类及灵长类动物感兴趣的年轻学者,这些前辈都是非洲志愿者的精神指引者,我想在做主管期间,继续留在这里完成博士论文的写作和调研,人类学就是'远方'心灵的倾听者,现代社会的'守夜人',我期待有一天,黑白疣猴营地也能成为东非最有吸引力的保护和研究营地。"

凯丽勇气爆棚,无疑说出了最好的新年致辞。女性最本质的爱就是激情,是母性,是不畏牺牲,哪怕道阻且长,都能勇敢地成长为山峦。我们几个伙伴不约而同,再次给"远方"心灵的倾听者凯丽鼓起了掌。对志愿者来说,我们既要用眼睛看得见植物花草、河流山川、飞禽走兽、大海星辰,还要用内心感知到勤奋、谦逊、舍己、良知、悲悯、灵性这些美德。每个人的一生中都会找到自己的灵魂导师,人向外发现了自然的美,也向内看见了深情的自己。不可想象就在我们脚下的这片红土地上,天天走过的丛林和海岸边,从奥杜威峡谷到图尔卡纳湖畔,从溪流潺潺的贡贝溪到高高的维龙加山脉,从广袤的非洲,再延伸到东南亚的热带岛屿,随处都可以发现那些有着非凡的勇气和毅力的人类学家、动物学家、冒险家、探索者的足迹。

"趁着你还年轻利落,好好把握时光吧。"我说出了我的新年愿望,渴望再来当一次猴保姆,一点一点写下志愿者的故事,托尼咧嘴大笑,说:

"营地厨房最需要一个中国大厨,非你莫属,就这么定了!"

我立马起身,快步溜到厨房去帮约瑟夫鼓捣圣诞大餐。这里有取之不尽的腰果林,在泰国、印度尼西亚、越南,腰果总以不同的形象出现,好比在印度,厨师会把刚摘下的腰果磨成腰果酱,用作咖喱酱汁的底料,有时又会以整粒的逗号模样出现在咖喱羊肉和海鲜大菜中。我给约瑟夫说,我们得像著名的诗人一样向著名的丛林生活致敬,得给百年不变的素餐弄一点浪漫、惊喜出来,约瑟夫拿起竹片在一盘盘摊平的土豆泥上划出了一道道波浪,我则把刚翻炒出来的腰果对剖成了两瓣,像贝壳花环一样镶嵌在了土豆泥的四周。

我们每端出一盘松软、喷香的腰果土豆泥,伙伴们就会在餐位上叩击桌面、发出欢叫声。基列有珍贵的香膏,有感恩的福音,凯丽领唱了一首古老的圣诞颂歌《上帝赐予你快乐,先生们》,我们手拉手,围桌站立,

吟唱着和声:

"噢,天赐福音,带来舒适与喜悦,所有在这个地方的人,因真诚的爱与手足之情,彼此拥抱吧!这个神圣的圣诞之时,远离灾难和毁灭……"

落日的霞光印染在绵延不尽的树木上,餐桌上各种半透明的盛香料的玻璃瓶在发光。平凡如小草的我们,竟能在寂静的荒野里做我们一直想做的事情,整日与猴族为伍,同森林作伴,住在简陋的木屋里,在清冽的小溪中擦洗汗水。整天在丛林里奔波,讨厌的飞虫在正午的炎热里嗡嗡烦人,突如其来的倾盆大雨把人淋得精透,蓝猴手舞足蹈在雨中跳舞、追逐,时不时有人还会患上水土不服,拉稀摆带,但最终我们都经受住了考验,没人半途而废。在这片丛林里我感到了从未有过的快乐,草寂虫鸣,此起彼伏,万物生长,万灵和谐,我们能置身野外,睡在星空下,看望所有的动物、花朵、海浪,迪亚尼丛林成了我们的家。

我们是如此幸运。我们都是为幸福而来的。

太阳落了,紫罗兰色的晚霞褪去,早月像一枚淡淡的吻痕挂在天际。接近7:30,我们的晚餐结束。当地人要回到村庄和家人团聚,两个年轻的志愿者,爱德华和罗斯,很想去蒙巴萨的城区和他们的亲友聚会,过一个温馨的平安夜,于是我就主动站出来,承担了照顾猴宝宝的任务,一个人留在了营地。

我去营地的网页上传了猴宝宝的最新图片,安妮从伦敦来做假期志愿者,很有创意地做了一个"云认养猴宝宝"项目。一份45美元的礼物,便可在云端领养一只猴孤儿,营地会将这份捐款用于猴宝宝的食物、恢复期的营养及医疗保健。资助人可以获得一张认养证书,一年内可免费进入营地看望他的猴宝宝,体验原始丛林幕后探险的乐趣,还可随时看到猴宝宝成长的生活照,营地会随时提供一份认养人想知道的关于照顾猴族的科普手册。

我在上传的图片旁啪啪啪打字,已4周大的蓝猴"小飞机",胆子变得贼大,聪颖、好斗,是个急性子,时不时尖叫几声,看上去已像个叛逆期的婴孩。已3周大的疣猴"小白孩",黏人、有亲和力,总喜欢在我辫子上荡来荡去，还俏皮地跷起小脚丫，摆出优美的姿势躺平在我裙子上乘凉……

安妮开设的"云认养"活动让少有人知的营地一下走红，一个叫赛琳娜的女孩马上打字留言说，圣诞节好想亲眼来看一看她的宝宝"小飞机"。"它倒挂在凤凰木上贼溜溜的眼睛，实在太可爱啦！"

且慢，各位有爱的、天南地北的主儿，其实我更想上传两个小主乱拉屎拉尿的"黄污暴"图片，毕竟在下面善，心软手也软，嘿嘿，就不在此揭丑啦。一度被托尼调侃成"穷到揭不开锅只能吃素"的营地，让远隔重洋的更多人知晓了迪亚尼丛林的植被、溪流、村庄、猴族和斯瓦希里人，他们不远千里来到了印度洋海岸，成为蒙巴萨天堂里的志愿者，利基的四代、N 代天使。

"Pearl，《启示录》里有 12 位颇受欢迎的大天使，战士天使米迦勒，会帮助人们克服恐惧和害怕；治愈天使拉斐尔，能帮助人们疗愈身体和情感的创伤，也照看着旅行者的旅途安全；自然天使艾瑞尔，是动物和环境的守护神。现在呢，你也成了一个受人喜爱的大天使，在帮助和治愈着受伤的动物伙伴们。"

凯丽一看我主动站出来说要做两个小主的守夜人，赞许有加，给我封了一个意义非凡的名号——大天使。她说过完圣诞节，一个在印度研究灵长类的动物学家，也会来营地做 3 个月的田野考察。

"Pearl，你离开后他就会住进你的房间，我们会想念你的。"

凯丽的语调有些感伤，可我还是听出了她的欣慰。森林里的精灵们正面临着与我们人类完全不同的命运，正以看不见的方式陷入濒临灭绝的境地，而源源不断的志愿者的到来，会为人们揭开灵长类王国的奥秘，更会带动更多的人对各种猴族予以关注和保护。

在凯丽的办公室手速很快来了一波热图秀后，我也可以心安理得回到起居室干活，像个勤奋的大天使一样照看那两个没妈的小天使。夜幕下的灌木丛，散发出像以往一样的神秘信息，我轻声哼起了"福音女王"玛哈莉亚唱的"There is a balm in Gilead（在基列有香膏）"，来给自己壮胆。绕过一丛丛的爱神木花树，我顺道去拜访了一家住在树洞里的蓬尾婴猴（Bushbaby），想看看它们会不会像童话里说的那样，体型矮小、身穿绿衣绿帽的丛林小人儿,会在平安夜的夜晚为小朋友们赶制各种玩具,而他们的老板,就是乘驾9只驯鹿拉的雪橇在天空飞翔,会身背大袋子、挨家挨户从烟囱溜进屋里去给孩子们派送礼物的圣诞老人。

  白天,这些体型可以塞到一只玻璃杯里的婴猴总是躲在树洞或废弃的鸟巢中睡觉,在迪亚尼丛林里天天都可以看见成群的黑白疣猴、蓝猴、绿猴、黄狒狒,但我一直没能偶遇托尼说的"最迷人的野兽"婴猴。有一次,经过一棵倒伏在地上已腐烂的巨树,托尼拍了拍我的手,让我趴在地上看看树洞里有什么。我像蹑手蹑脚的野猫,好奇地凑近那段气味难闻的腐木的洞口,就看见几只长着魔法球一样眼睛的婴猴,正挤在幽深的树道里,睁着又圆又警惕的眼睛盯着我这张大脸看。

  哦,原来这些个头矮小、行踪隐秘的小家伙是躲在这里过家家的呀,完全想不到营房外的每一个转角、我脚下的每一段枯木里也会有一个小小的乾坤。婴猴是唯一夜间出来活动的灵长类动物,所以非洲人叫这些小鬼头为"夜猴""丛林婴儿",那些在营地的半夜听见的、让我头皮发麻像婴儿般啼哭的叫声,原来就是这些耳朵像蝙蝠、小脸像考拉、眼睛又大又圆还发着神秘红光的小家伙们发出来的。只有茶杯大小的婴猴,喜欢吃蚱蜢、小鸟蛋、种子和花蜜,卷着一条又肥又长的毛茸茸的尾巴,一看见有生人来探望,"噌"的一声就蹦过了两米高的灌木丛不见了。

  昼伏夜出的婴猴,会聪明地把尿液涂在四肢上,借此来提高自己的抓握力和弹跳力,还会留下尿液的味道以便能快速找到回家的路,这样即使是在危机四伏的夜晚,它们也能穿梭自如,来无踪去无影。小妖精们个个都忙碌得很,让你想起游戏《巫师》或美剧《猎魔人》里耳朵尖长且背上长有隐形翅膀的小精灵们,一定是以丛林里的婴猴为同款而啪啪出来的类人形的"小人儿"。有的婴猴会一整个晚上都精力充沛,跑上一公里远的路程去找吃的。起初那些让人毛骨悚然的"唧唧唧"的尖叫声,打雷般的"轰隆隆"声,在我熟悉丛林生活后就变成了能陪伴我、安慰我的小夜曲。

  我沐浴着月色跨过了那段枯树,发现小人儿个个都不在家。为吃到一口香甜的花蜜,它们会过五关斩六将,拼了小命在热带丛林的月色下狂奔,淡金色皮毛上的花粉,也飘移到了其他的花朵上,顺便帮一朵朵的花儿传了粉，看来吃货是不能用体型来区分能力大小的。在走回起居室的路上，我听见了它们在远处的密林里K歌，发出像打铜锣一样愉快的"叮当"声。那样清亮的回音不是一个世纪来一次，而是在非洲的丛林里持续了千万年，它让我感觉像在唱上帝的音乐一样，阳光、甘露、月华与大地的花儿果实之神全都住在丛林的国度里，精灵似的婴猴在风中翩然来去，如椴叶般轻盈。

"我感受到了精神上的和谐与自由，而我就在其中。"我对着夜空喃喃自语。

50
缀满碎钻的夜空
The diamond-dotted sky

  回到起居室后，我把罗斯配好米羹的奶瓶从冰箱里拿了出来，放在温水里托了一下，喂完两个正主儿后，我把手机的闹钟调到了半夜12点，每隔3小时就得喂一次乳汁，之前是罗斯和爱德华两人轮流守夜，这下轮到我独担不睡觉的重任了。

  我把两个吃饱喝足的小主抱到了回廊的扶手椅上，让它们能舒服自在地靠在我的身上安睡。邻近的教堂传来了管风琴伴奏的平安夜赞美歌，自19世纪的传教士随着季风吹拂的三桅帆船抵达东非海岸后，他们在蒙巴萨以西的拉拜建立了首座新教传教站，还创办了东非地区的首所教会学校。有个叫史怀哲（Albert Schweitzer）的德国人道主义者，他既是哲学和神学博士，还是个管风琴演奏家，在29岁时，他读到一篇非洲大陆极需医疗援助的文章，于是，他做了一个惊人的决定：去医学院学医。38岁那年，史怀哲获得医学博士学位，随即带着必需品、筹措而来的少许资金，和做护士的妻子海伦一起，远赴非洲加蓬，在原始森林旁的奥顾（Ogooue）河畔，用一座废弃的鸡舍作为治疗室，建起了第一所丛林诊所，半年后，才建起了有波纹铁皮房的小型丛林医院。

  俊雅的史怀哲曾是牧师家的少爷、一个音乐神童，9岁时就成了教堂演奏管风琴的能手，18岁那年到巴黎追随管风琴泰斗魏多学琴，随后还撰写了演奏巴赫管风琴乐的书籍。当他38岁第一次向非洲出发时，巴黎的巴赫学会不忍心看见这位音乐天才被埋没于非洲荒野，竟赠送了史怀哲一件意想不到的礼物——一台表层全部用锌细心镀过的三吨重的钢琴，有大风琴一样的键盘，还附有管风琴的踏式板，以对抗非洲经年潮热的气候和白蚁。

这部奇异的大乐器，陪伴史怀哲和妻子在蛮荒、贫穷落后的非洲度过了半个世纪的岁月。夫妻俩为成千上万固执又迷信的土著病人治病，一起在酷热无比、传染病肆虐、四处都是猛兽蚊虫的丛林中奔忙。史怀哲终生靠资助为生，经历了两次世界大战，曾和妻子一起作为战俘被羁押。为确保丛林医院能继续运转，他不断奔波于欧洲和非洲之间，穿着他仅有的一套黑色礼服，靠举办他拿手的管风琴独奏会来募集资金。这位集哲学、神学、医学、音乐于一身的"非洲圣人"，诺贝尔和平奖获得者，把50多年的岁月都奉献给了非洲的丛林医院，在他90岁生日时，自感时日不多的他，为每一个前来祝生的朋友准备了礼物，在丛林医院旁向他亲手种的每一棵果树挥手告别。临终时，他谦和地对守护在床边的亲友说：

"上帝啊！当跑的路我跑过了，尽力了，我一生扎实地活过了。"当地黑人叫他"非洲之子"，将他和海伦合葬在奥顾河畔，围绕在墓旁祈祷、吟唱，长达两个多月才一一散去，墓碑上的白色大理石十字架映射着河水的波光……

我身上的两个小主一前一后趴着，在我腿上睡得很沉，发出了细微的呼吸声，小巧玲珑乖巧萌的小白孩翻了个身，小手搭在了小飞机的手臂上，它总要能碰到它的玩伴才安心。我坐在回廊的防风灯下，空出右手来翻看史怀哲写的这本薄薄的小书《行走在非洲丛林》，把它当成了照亮我丛林生活的又一本枕边之物。偶尔风起，吹过了书页上的字迹，一两个小时过去了，我沉浸在书中的丛林生活里不能自拔。

"只有我们拥有对生命的敬仰之心时，世界才会在我们面前呈现出它的无限生机。"他谦逊地写道。我轻轻摸了摸两个小主松开的小爪子，感到心底滑过了某种特别柔软的力量。时不时有管风琴的琴声从远处飘来，教堂高高的尖塔上泛着橙色的光亮，仿佛一座神圣的殿堂在深邃的夜幕下发射出一闪一闪的召唤人的信号，我恍若看见了史怀哲和海伦在丛林里忙碌了一生的身影，从风华正茂的青年到白发苍苍的老人，偶尔四目相对，修长的十指弹奏出的曼妙琴声拂过了人世间的沧海桑田。他会对客人说："弹给我的羚羊听。"他在一个寂静的丛林里，在一架破旧的钢琴边弹一支他童年时就喜欢弹的巴赫的曲子，那个形象让我怎么也无法忘记。

尊重生命，珍惜生活，爱周围的土著邻舍，爱周遭的大自然，是这位德国医生唯一的信念，我掏出手机，没法写字，就在暗夜里滑到录音键，给500公里外的戈戈录了一段话：

亲爱的戈戈，我的勇士，好久没有你的音信。想必你此时正在冰风呼啸的基博营，和你的客人一起静待3小时后的冲顶。当我一个人身处在这丛林之中时，我真的很想你。我身体中的那个你在呼唤我，好想赶紧收拾行装，置身山野，让你紧紧拽住我的手，再次爬上自由峰顶，和你一起迎接圣诞节的第一缕霞光。

在疣猴营地里，时间已不存在太多的意义，生活是如此不可思议的简洁，有时我是杂工、铲屎官、探雷工兵，有时是厨子、摄影师、打字员，是女仆、保姆、护士，又是妈咪、安抚师、警卫员，每天从早忙到晚，忙得我都没时间想你。日子一天天过去，几乎察觉不出痕迹。

在这个家人团聚的平安夜、圣善夜，迷人的圣光环绕着圣母圣婴，我的周围万籁俱寂，我又化身为育婴达人、两个小主的闹钟、贴身保镖，尽享着天赐的安宁。生活总有无限的可能、无数的未知，在迪亚尼丛林的几周里，我离开了以往熟悉的生活，把目光放在了那些平常了解不到的灵长类动物的身上，学会了很多从未做过的事情，也教会了我放下过往、勇往直前，这里的猴族成了离我最近的"亲戚"和伙伴。

我把非洲当成了我人生的一场探险之旅，没有哪本旅行记录，能记录那么多的旅行者与当地人的生活，山脉、丛林、海洋与动物植物的水乳相融，万物都在真爱和善待的互动里交相辉映。我终于能毫不保留地与非洲人生活在一起,就像亚当森夫妇与史怀哲夫妇那样,毫不畏惧地走进灵长类动物的王国,犹如人猿泰山和利基的三位天使,每时每刻,我都震颤于自然和生命的奇异,感受到了内心从未有过的宁静。我在这里所做、所说、所写的,更像是一枚指南针、一部行进的路书,让我清晰看见了我以后要去走的万水千山的方向。

你曾说这个世界最终要靠温柔的人来治愈,这种柔和、坚韧的力量,对每个个体幸福感的珍视,我想也是你在攀登的路途中不断给予我的。

一年又快到了尽头,我深爱的人,我能想象新年到来之时,你和艾依莎会在旺基人的村庄举行盛大的结婚典礼,周围的亲朋好友、邻近部落的邻居都来了。你告诉过我,足足会有六七百人,宰杀牛羊,围着篝火唱歌跳舞,足足会持续三天三夜。月亮山的田地里有玉米,天空上有繁星,夜风拂过,坦赞边境的列车穿过了丛林,喷吐着白色的烟雾,缓缓发出了驶进边境小站的汽笛声。我想你听见了我的问候、我的祝福。

我在守夜中给你说话,怀中的两个小主发出了美妙的呼噜声,我也想你能听见我的声音。我想着你的面庞和微笑,回忆着我们走过的每一段山路,你讲过的每一句话,你在离我500公里远的乞力马扎罗山,但我觉得你从未离开过我,你离我如此的近,时时刻刻都在我的身旁、我的心里。

停顿了几秒,我有些不知该说什么。月光如水,疏影横斜在营房的空地上,80米开外的动物康复营房也静悄悄的,偶尔能听见悬停在空中的蜂鸟发出细微的颤羽声,它是唯一一种能向后飞行的鸟,丛林透射出一种无法言喻的静谧之美,我心里盈满了思慕之情,最后呢喃呓语:"我很想念你,也很爱你。"

我把手机里的剪映打开,在闪烁的荧屏上滑开两指,在音轨上给这段6分钟的录音配上了披头士的歌《露西在缀满钻石的天空中》。我特别想戈戈能听见这曲优美的垫乐,是因为在 1974 年的 11 月,在第一轮实地考察接近尾声时,美国古人类学家约翰森(Johanson)的科考队,终于在埃塞俄比亚的阿法尔谷底,一座叫阿瓦什山谷的哈达尔丛林,发现了生活在 320 万年前的阿法南方古猿的骨骼化石,经测定属于能直立行走的原始人类的标本。

这一里程碑式的发现,让科考队的所有人都激动不已,他们在河岸边采集化石碎片,边听披头士乐队的《露西在缀满钻石的天空中》。晚上在营地开派对庆祝时,约翰森那只巴掌大的老式录音机里仍在循环放着这首歌的磁带,"用彩笔勾勒出你泛舟的样子,橘树林上笼罩着果酱色的天空,有人呼唤你,你从容应答,那个双眸如万花筒般的女孩……"

科考队员遥想着几百万年前那个眼中充满阳光的少女,在水草茂盛、灌木丛生的河流边采摘水果、种子,花树野蛮生长,高得难以置信,只有 1.1 米高的少女望着花果微笑,纵身一跃,爬上了十几米高的花树,在缀满钻石的天空下吃着甜蜜的果子,和伙伴们翩然离去……约翰森的女友说:"你认为这具骨骼化石是女性,为什么不叫露西呢?"约翰森就想,是呀,为什么不把这首歌和惊人的考古发现联系在一起呢?于是,他们给她取名叫"Lucy Girl(露西少女)"!

露西成了已知的最早的人类祖先,成为享誉全球的"人类祖母"。他们在树上居住,过着游牧生活,每天都在粗糙不平的荒野行走采食,渴了就喝清晨凝结在树叶上的露珠,石块会割伤他们摇摇晃晃的腿脚。古猿男女为了行动,会结成小型群体,身边有了雄性古猿的照料,有了安全感,露西的生活变得轻松起来。他们这种小团体的生存、合作关系已优于我们今天观察到的猴族之间的关系。

"露西既可以直立行走还会爬树,有可能是从超过 10 米高的树上摔下来,受伤而死的。"科考人员猜测道。

我很喜欢这段匪夷所思的人类始祖的故事,人类老祖母露西瘦小的骨骼化石至今仍珍藏在埃塞俄比亚的国家博物馆里,看一眼感觉就是 1 万年的时光。无数个世代的流放、追逐和轮回,只因第一眼的回眸,我回到了人类最初开始的地方,辽远的大地,信马由缰,碧空万里。我在露西曾经走过的大地上行进,这样我就可以找回那个纯真的我,可以锻炼自己,甩掉附庸在我身体、我精神上的负担,像一个勇士能攀爬高山,一个野保人能抚摸大地。

我感觉我终于成了众神的使徒,在恩惠的路途中,能一边走一边唱诗歌,所唱的"上行之诗",就是我在这儿度过的最幸福、最安宁的时光。我的生命也像长在溪水旁的树,生机勃勃,枝繁叶茂,不再阴郁。我有意把露西这首歌做成背景音乐,把音频发到了戈戈的邮箱里。那个在高山像冰风一样的非洲男子,一定会感受到我们一起经历过的这些旋律、这些画面的。

凝视着划过夜空的流星,它以最快的光束点亮了星空,照耀他人,我感觉我已在非洲活了好多个光年。

51 神的医生
Healing Angel

圣诞节的清晨,志愿者们都回到了营地,我们又继续日复一日的劳作。在临近岁末时,那位叫塔兰(Taran)的动物学博士也从印度孟买飞来了,我立马感觉接班的治愈大天使拉斐尔到了,他可是《圣经》里医治和保护的天使,是"神的医生"。

塔兰30多岁,是个印度裔美国人,腼腆,早餐介绍自己时还脸红,十分谦虚,一点也不显山显水,不敢相信他已晃着膀子游历过法国、德国、西班牙等很多地方。第一眼看到塔兰时,感觉面前站了个毛姆《刀锋》里的男主拉里——没有野心、不要名、心怀慈悲,安心安意在印度过着自己选择的清修生活。塔兰留着精短的黑发,戴着晒得发白的丛林木髓太阳帽,眼神温和,不过,他那蓬印度式的大胡子让他看起来很有男人气势。他坐火车穿过了印度西南部的西高止山脉,在寂静山谷国家公园待了3个月,追踪、调查生活在那里的十几群狮尾猴。

我貌似前辈,很得意地带他走了那条直通印度洋的秘密小道,告诉他把钥匙藏在门边的备用笼子里,怎样一身轻去找海滩上的波浪玩。我很好奇，他怎么可以在印度的深山老林里一蹲就是几个月，就跟着他去迪亚尼丛林做了一个上午的田野考察。如果说营地的头儿托尼是个刹帝利武士，塔兰看起来则更像个掌握着高深智慧的婆罗门智者，我们不再是神经紧张地探雷、拆陷阱，而是一路放松地走走停停，我发现迪亚尼丛林深藏着好多不为人知的美景美色。

塔兰说他一直在印度做灵长类动物的群居和社会化问题的调查，他说印度的狮尾猴和东非的黑白疣猴一样，都是最受威胁又稀少的濒危灵长类动物。狮尾猴头部围绕着一大蓬银白色的鬃毛，像头小狮子一样长得十分英俊。它们的智商超高，为吃到成熟的菠萝蜜，会尾随能够分辨出生熟的巨松鼠，一旦巨松鼠找到能吃的菠萝蜜时，它们就用猴爪子拍大松鼠的脸，把食物强夺豪取过来。又坏又聪明的狮尾猴，种种不按套路出牌的野操作，让人明白什么叫"螳螂捕蝉，黄雀在后"，可它们的分布地因森林的过度砍伐、农田的扩张、水库的兴建及人类的发展而越来越分散。这些"舌尖上的灵长族"，不会在种植林里生活、觅食或避险经过，也会因样貌俊俏而遭到捕猎。繁衍后代是地球上众多生物决定生死命运的关键一环，狮尾猴分散的栖息地严重影响到它们社交、繁育的数量，让它们成了世界上现存的22种猕猴中最濒危的一种。

"这里的志愿者做的很多事情，可以给印度狮尾猴的保育提供很好的经验。"塔兰在悄悄清点一群黑白疣猴的家庭成员时对我说道。

哦，原来我们干的那些苦力活：扫雷、搭桥、追坏蛋、当保姆，非遗价值还是蛮大的嘛。

塔兰边走边在本子上记观察到的动物种群的大小、数字、群体和个体的生活习性，做生物多样性、周围生长植物的记录，画不同猴群出没的区域图，我才知道之前托尼告诉我的5种灵长类动物、约1500只的数据，动物习性是否有变化，每年种群的壮大、缩小，抑或是濒危，就是这样长时间扎根在一个地方蹲守，顺着一条溪流、一片林带走下去，用"人肉人眼"搜索出来的。

我们从早上开始行动，快10点时在一片有树荫的开阔地带停下来喝水，小憩一会儿，一对林栖翠鸟从树枝上惊飞而出，一身翠羽在阳光下发出耀眼的翠蓝色光芒。"好美的鸟呀,感觉鸟儿都比人长得好看,"我惊叹,"它们身上的自由和灵性,总能带给你全身心的放松和愉快。"

塔兰却说林栖翠鸟是孤独的鸟,喜欢独自生活,只在交配或筑巢时才会成双成对地出现。伴随着一阵清脆的鸣叫,两尾艳丽夺目的翅羽在我们头顶的上空飞过,行动的速度比刚才出现时还要快。它们一前一后,惊险地高速俯冲,捕食着林地上的昆虫、蜥蜴,塔兰悄声说有时它们还会抓捕小蛇的。

"它们是我见过的最勤快、最漂亮的鸟,不过它们的寿命只有两年。"塔兰又说。

我第一次知道林栖翠鸟的一生是如此短暂,短暂得令人不可思议。"是不是越美好的东西就消失得越快、留存在世的时间就越短呢?就像早晨的露珠,惊艳的翠鸟。"鸟生、人生都如白驹过隙,还有一天就要离开营地,我触景生情,倍感不舍。

我们继续前往另一片林地,一群黄狒狒从杂乱的草丛、石堆里跳了出来,带着绝对是好奇的目光盯着我们。那群黄狒狒有大有小,有的幼崽骑在母亲的背上,以散步、慢跑的方式穿过了我们眼前的这片林地,红色多砂的地上扬起一层薄薄的尘埃。

中午炎热,高爽明朗的天空散发出白热的光芒,燥热的空气里弥漫着泥土和野生鼠尾草的气味,我带着塔兰抄近道,像托尼最初带我那样,沿爱神木路返回。

塔兰是个涉猎广泛的博物学家,说起他考察的印度德干高原——世界上最大、最古老的高原景观之一,茂密的灌木和高草,丰富的动植物群落,肥沃的黑棉土种植的成片成片的棉花田,他离开生活在美国的父母,在建于19世纪中期的孟买大学读博,做他从小就好奇的灵长类动物的研究。背依青山、面临大海的印度第一大港口孟买,他们叫它"棉花港",野生豹子在月牙形的海岸和人口稠密的市区出没,猎杀恒河猴和流浪狗,路边小摊简易的小炉子燃着蓝色的火苗,咖喱饭、油炸圆饼、掺香辣料烤的虾蟹,香气阵阵袭人……

有的人会像灯塔的暖光一样吸引海上的航行者向他靠近,渐渐为他上善若水、海纳百川的气度所打动,认同人生的最大满足是通过心怀慈悲、淡定无私的精神生活来呈现的。我被塔兰口中的高原、海滨、野生动物所吸引,问他为什么远道而来蒙巴萨做志愿者?他把头抬了抬,看着印度洋的海水,谦和地说:

"我喜欢贴近大自然的生活,一个生命连接着一个生命,我也很愿意接受形形色色的生活,哪怕孤身前往。这里缺人手、缺长期的研究者,所以就申请来了。"

"我有些后悔,离开的车票订得有点早啦。"我笑着说。愿意来丛林做志愿者的人,大都抱着无我和无求的态度,过着物质需求极低的生活,走着一条精神绝对自由的道路。塔兰用他的气度、他的渊博向我介绍了印度的各种生物之美,我想他也会把自己的坚持和热爱投入迪亚尼丛林的野外探险和考察中的。

"有一天,你会不会写一本灵长类动物的书呢?就叫《露西的遗产:从丛林到高山的隐秘宝藏》?"我好奇地问。

"或许吧,我才刚刚开始。"塔兰温文尔雅说道。

一路上我们经过了开满海牵牛花的沙滩,穆图的妈妈像一根老树桩,依然伫立在海风中,不厌倦地向游客兜售腰果花纹的头巾。一只只老旧的单桅木船随波浪摇晃,有一只一定是小黑兄弟的"奥特曼号"。我们经过了咖啡馆、纪念品小商店、卖假古董的小棚子,还有种着香豌豆的修道院花园。要知道,世界上很多植物被引种到非洲,都是喜欢花花草草的传教士们干的,它会让你想起奥地利的神父孟德尔(Mendel),他在修道院的花园里种植了8年的香豌豆,去世时还寂寂无闻,是科学史上最孤独的天才,死后却与达尔文齐名,被誉为现代遗传学之父。

我们走过了有冰镇可乐卖、有赛门穿进穿出的海豚餐馆,孩子依旧排着队,爬上老猴面包树的"小水塔"取洁净的天水。每天这样不紧不慢地走着,似乎一个海滩、一条爱神木路上的人都认识了我。他们微笑着,对我这张中国面孔打着招呼:斯语的Jambo,阿拉伯语的Salam,中文的Ni Hao,也对塔兰这张小麦色的新鲜面孔说着Hello、印地语的Namaste!

我们也一一回敬着这些花样百出的"你好"问候语,愿主赐福于你!

愿平安加给一切行善的人！对一个陌生的地方，从相识、亲切到不舍，从警惕、放心到挚爱，需要一点一滴积累信心，更需要一手一脚付出耐心。天底下的美景大抵相同，不同的是你所做的事，所遇见的人，而随时随地给予我们信心，给予我们认同感和幸福感的，我想就是这些当地人了。

"慷慨和坚定是万物之本，一个人若没有慷慨之心，怎会去做志愿者呢？"塔兰含着笑说，影子倒映在小路上。

"一个人若没有坚定的信心，怎能跨越山海，忍受清苦、孤独和寂寞，抵达心之向往的处所呢？"我回应道，海风撩起了金光黑眼菊头巾。

侍奉和恩典，是所有人能够相遇的地方。

52 所有的马都去天堂
All horses go to heaven

离开营地的时候到了，托尼用新鲜的棕榈叶编了一个灯笼似的小提篮，里面塞满了刚从他的村庄乌空达摘来的圆的、扁的芒果。他写了一张斯语的小纸条放在提篮里：Wewe ni munzuri！英语的意思是：You are beautiful！中文的意思是：你是如此的美！

猴宝宝不调皮捣蛋，睡着了像个天使时，我们经常这样感叹一句：Wewe ni munzuri（唯唯你姆祖瑞）！分别之际，他和营地的伙伴也把这句最好听的话送给了我这个终于打怪升级了的志愿者。

坐上利科尼码头的渡船，有21天没有出过南岛，我有恍如隔世之感。人修行的方式有千万种，有人选择了高山磨炼，有人选择了远洋放飞，而我，选择了一座小岛上的丛林来修仙。趴在热风吹拂的船舷边，我想起杜拉斯的《情人》，在波澜壮阔的湄公河的渡轮上，一个15岁的法国少女，戴着白底黑边毡帽，脖前垂着两条辫子，身穿旧时代丝质绸裙，邂逅了一个27岁的中国男子，南太平洋湿润的海风从他们的背面吹来，两个陌生男女初相见的第一瞥，便成永恒。

那个场景一直留在我的脑海里，是因为每一次旅程，每到一个地方，最重要的是遇见那里的人，结交能让自己生命充实的人，有一份专属于我们自己的独特经历。第一眼的喜爱，不可言喻的默契，全身心的投入和沉浸，流光溢彩间便成永生难忘的回忆。开往内罗毕的高速列车是下午 3:15 发车，我把迷彩大背包、水果提篮放在行李寄存处，打了一辆车打算去老城的老港口（Old Harbour）转转。

蒙巴萨进城的标志是四道凌空悬于道路上的巨大象牙，闪着银白色的光芒组成了蒙巴萨的首字母 M。不过这道铁制象牙门，是肯尼亚独立之前为迎接当时还是英国公主的伊丽莎白而建的。1952 年，25 岁的伊丽莎白公主与丈夫菲利普访问了肯尼亚，他们的飞机绕着非洲的最高峰乞力马扎罗飞行，在入住阿布戴尔国家公园树顶酒店的那晚，伊丽莎白的父亲——英王乔治六世突然病逝。于是，当地就流传着这样一句话"上树是公主，下树是女王"。女王匆匆回国，她其实并未见过象牙门，蒙巴萨由此成了女王都来不及到达的象牙城。

我的脑中漫无目的，纯粹只想在老城四处闲逛。老城是一个充满异域情调和嘈杂的地方，阿拉伯和印度商人那些色彩斑斓的货品，占据了老市政广场街的大部分商铺。那些巨商们，都有一种癖好，喜欢用肯尼亚西部基西（Kissi）出产的灰白色软石，来雕刻屋子的石头台阶、栏杆、瓶饰，任何的美丽，都经过了岁月和时光的打磨。

我走过了老葡萄牙教堂，乌木门柱上装饰有铜皮做成的葡萄串花纹在闪闪发亮，实际上，圣经里有好多关于葡萄的故事。走过了用珊瑚石建成的老邮局，这座房屋已有 150 年的历史了，在旧城中用珊瑚石建造的房屋都十分结实，好像进入了《一千零一夜》中的石头城堡。有的屋子的墙上画有色彩明快的壁画作为装饰——印度史诗中的罗摩王子与悉多公主，浪漫的吹笛手克利须那情圣，湿婆和帕尔巴蒂在神秘地交欢，多种文化的碰撞让你想起印度洋上往来密切的远洋生活，在不经意的转角处感到它曾经停驻过的海湾风情。推开曼达利清真寺的雕花木门，几个穿白色长袍的老人坐在有巴旦木花纹的小块地毯上诵读《古兰经》，弧度优美的圆形宣礼塔回旋着 500 多年的风雨声和海浪声……建城已千年的蒙巴萨一切看起来都是那么的古老,古老中又浸润着无限的生机,这里的居民 70% 都是穆斯林,还有大量的印度人,在东非海岸最大的香料市场里,各色人群挤来挤去,运货繁忙,吆喝声、讨价还价声不绝于耳,咖啡、香料、香水和咖喱食物的味道在成排的白色鸡蛋花树和椰子树下飘荡。

老巷弯弯曲曲,狭窄的巷道铺着色彩艳丽的花纹砖石,传统的阿曼住宅精雕细刻,有家、没家的猫像没事干的闲人在迷宫般的长廊四处溜达,露出懒洋洋的迷离眼神。道路在我眼前伸展,离别前的沉默,让我爬上了高高耸立在海峡边的耶稣堡(Fort Jesus),我在珊瑚石建造的厚实城墙上漫步,在一处凹进去的瞭望孔上坐了很长时间。不远处的老港一片寂静,偶尔划过几只漂亮的双桅帆船在带着游客做半日的海湾巡游。自 20 世纪初英国人开发了水深浪小、口岸开阔的基林迪尼港(Kilindini Harbour),沿用了近千年的老港便逐渐被人们废弃。湿润的海风从高大空旷的瞭望口涌入,比吹冷气还让人舒服,远处印度洋的波涛连成了一片发着银光的水线。

很多很多年前,主宰印度洋的是阿拉伯航海家驾驭的三角帆船达乌(Dhow),每年 11 月到来年 3 月,大批来自阿拉伯、波斯、印度的帆船队,会乘着印度洋北部吹拂的东北季风,跟随着自东向西流的海水,抵达东非海岸经商,他们把咖啡、椰枣、糖、玻璃、珠宝、地毯、骆驼,做茅屋顶用的材料"马库蒂",来自印度的棉布,还有来自中国的瓷器、茶叶、丝绸,运往拉穆、马林迪、蒙巴萨、桑给巴尔,港湾里停满了一长列卷起帆蓬的阿拉伯帆船。

接下来的 5 月到 9 月,季风向反方向刮去,准确得像是打着音乐的节拍,商船又满载着豹皮、鸵鸟羽、龙涎香、龟甲、鱼翅、干鲨鱼肉、丁香、肉桂、热带树的树干,足以装饰一整座阿拉伯王室、宫殿的黄金和象牙,让一众印度王子四季春药不愁的犀牛角,来自非洲内陆的黑人奴隶、长颈鹿、斑马等"活商品",乘着西南季风的洋流返航。

久而久之,他们中的一些人在东非海岸定居下来,公元 11 世纪时,在蒙巴萨建起了东非最大的海港。他们修建阿拉伯风格的房舍,传播伊斯兰文化,同当地乃至内陆的班图黑人通婚,孕育了与肯尼亚其他地方迥然不同的斯瓦希里文化,有了混血的斯瓦希里人,繁荣兴盛的蒙巴萨遂成了阿拉伯人在海外的领地。那些惨遭贩卖到遥远国度的黑奴,一遍一遍唱着"我的心已经撕碎,我再也无任何希望"的悲伤之歌,他们唯愿在离开非洲故土之前,能把一颗破碎的心留在港湾。

我坐在古堡上朝着东方极目远眺,目光划过了 15 世纪大航海时代的海面,那时的欧洲人梦想着远征传说中盛产黄金和香料的印度,葡萄牙航海家、探险家达·伽马(Da Gama)率船队从里斯本出发,绕道非洲的好望角,在 1498 年抵达了蒙巴萨,他惊喜地发现了这个有着漂亮的黑白疣猴,吃着龙虾、青蕉和新鲜椰汁熬制米饭的富庶城邦。当地的阿拉伯人敏锐感觉到一种威胁不期而至,他们砍断葡萄牙船只的锚绳,不准葡萄牙水手登陆。达·伽马的船队只好继续向北航行,在一些熟悉印度洋航道的水手帮助下,最终到达印度西南部的卡利卡特。

达·伽马的远航开拓了葡萄牙和欧洲其他国家在非洲及亚洲从事殖民活动的航路,蒙巴萨也成了东非海岸较量与争夺的交通要塞,蒙巴萨的斯语名字就叫"战争之岛"。1593 年,葡萄牙人在这里的珊瑚礁上修建了一座以耶稣为名的城堡,作为攫取非洲黄金和象牙等贵重物资的贸易站,也作为远航到东方去的船只的中途补给站。此后数百年,耶稣堡在葡萄牙水手、阿曼士兵与斯瓦希里反抗者之间数度易手,最终在 19 世纪被英国殖民者占领,并被当作一座监狱。

在 19~20 世纪的殖民时代,大批的探险家、传教士、利文斯通、斯皮克、伯登、雷布曼等,他们乘着印度洋的季风从蒙巴萨的海港登陆,深入非洲内陆进行了大规模的地理考察,摸清了非洲的资源和深入内地的通道,欧洲冒险家们前往非洲内地的探险多达 200 余次,探险不仅是为了商业扩张、知识与宗教的传播,更是为了地域分割和经济掠夺。1884 年的"柏林会议",意味着瓜分非洲高潮的到来,经过数百年的殖民入侵,约有 95% 的非洲领土遭到欧洲列强瓜分,沦为了英、法、德等国的殖民地。遥远而神秘的赤道森林、维多利亚湖岸与刚果河两岸的城镇和部落,与富庶的海岛蒙巴萨、桑给巴尔以及更远的伦敦、巴黎、柏林等大城市连接了起来。

1895 年,英国宣布肯尼亚为其"东非保护国",12 月的热风季节,一个叫怀特豪斯(Whitehouse)的铁路总工程师抵达蒙巴萨,开启了修建从肯尼亚到乌干达的米轨铁路的世纪工程。沉睡万年的红土地上，冒着浓浓白烟的火车开来了，绵延2000多公里长的"疯狂铁路"，让数以万计的欧美探险家、政治家、殖民地士兵、庄园主、传教士、象牙商、旅行者，可以方便自由地前往非洲腹地进行殖民统治、传教、拓荒、种植、定居、贸易、游猎。传教士利文斯通写下《深入非洲3万里》，探险家斯皮克写下《尼罗河探源》，庄园主、作家卡伦写下《走出非洲》，小说家海明威写下《非洲的青山》《乞力马扎罗的雪》，野生动物保护学家乔伊写下《小狮子爱尔莎》，狮子营保护者托尼写下《生而狂野》……

非洲的荒蛮与秩序，杀戮与死亡，强烈粗犷与浪漫狂野，波澜壮阔与残酷厚重，深情的呼唤与命运的考验，非洲的美丽和忧伤，都在他们千百次的凝望中奔涌而出。乃至西部故事大王泰勒·谢里丹，在美剧《1923》中，跨越100年的时空，让达顿家族中的猎狮人斯宾塞与英国小姐亚历珊德拉这对年轻人，从相识到订婚，仅仅用了不到两天的时间。在肯尼亚这片以狂野著称的土地上，他们旋风式的爱情美得无法无天，亦美得荡气回肠，他们狂奔向蒙巴萨海港一只烧煤的蒸汽拖船，一场惊心动魄的离开非洲寻求回美国老家的复仇之旅就此展开，好似又一艘泰坦尼克行驶在波涛翻滚的大洋上。

湿热的阳光打在了码头边成排的老旧货栈上，正午时的海湾已归于平静，我从有风的瞭望孔上滑了下来，慢慢走进了城堡阴凉的回廊，那里有一个蒙巴萨的女艺术家在做画展。我在一幅很小的黑白木刻版画前停了下来，那幅画就叫《大象破碎的记忆》。不远处的拱门旁，挂着一幅1米见方的油画：六匹白色、红棕色、碳银色的马，飞扬起鬃毛，正昂首奔向海天一色的天空，画面的上方，有一行我不认识的金色的阿拉伯文字。

我在两幅画前徘徊，停留了很长时间。我母亲属马，我也属马，我经常笑说我中了基因彩票，我的天马行空、野蛮生长、奇思异想都是母亲带给我的。那个叫泰米娜（Themina）的画家，穿着一身白色和粉色相间的细格子长袍，头上包裹着同样的细格子头巾，和老城其他穿着黑色长袍、只露出两只圆溜溜眼睛的穆斯林女子不同，泰米娜露出了她戴着眼镜的清秀面庞。她埋头在堆满了颜料罐的画架前画另一幅画：在房间中央，一个白色软石砌成的花窗前,有一个女子,一艘单桅帆船,一束天堂鸟。

泰米娜50多岁了,有艺术学的博士学位,还曾经在中国福州的一所国际学校当过英语和美术老师。遥想600多年前,三宝郑和带着一帮意气风发的年轻水手,在福州的太平港伺风开洋,开启了一系列海上探险,他曾4次踏足了我们眼前的这个蒙巴萨小岛。泰米娜瘦小的个子掩藏在长袍里,看起来更像一个学院风的粉格子老少女,她哪来的力量让一刷子一刷子的笔触飞起来的呢?我问"泰米娜"这个名字是什么意思,她笑着说是个冷门的名字,阿拉伯语中的"珍贵、无价"之意吧。我问她正在画的那间黄房子,她抬起了头,缓缓地说:

"一个不做梦的人,就好像没有屋顶的教堂,没有文字的书,是空的。"

我的心惊了一下,又问:"那幅马上面写的什么呢?"

"是《古兰经》中的一句话,All horses go to heaven——所有的马都去天堂。"她眼波流转,说道。

那一刻,我被这句话彻底击中,我在非洲的所有经历、所有的情感,都在树影摇曳的回廊下那些奔跑的蹄声中闪现。我们俩也不能免俗,画太贵了我买不起,但我真喜欢那些画的状态,让我回到了和逍遥在包豪斯式的后台说杜尚、说艺术即生活的情景。泰米娜喜欢有人懂她的画,但她更想画能卖个好价钱,让生活容易一点,有更多的时间来画画。磨磨叽叽聊了一会儿,大着胆子讨价还价,我说:"那是我当志愿者从牙缝里省出来的钱哦。"泰米娜温柔地笑了,最后让了一大步,我用仅剩的美元现金买了破碎象和天堂马两幅画。

泰米娜细心,把两幅画从画框里取了下来,她用小刀把钉在天堂马四周的图钉撬下来时,手滑了,把亚麻画布边戳了一个大洞,我想她肯定是不舍这幅画的。她把小画破碎象用丝绵纸包好,卷在了大画天堂马里,把它们像宝贝孩子一样放进了1米多长的画筒里。她的每个动作,都让你感觉得到她那颗如少女般甜美柔软的心,让我想起我的母亲。我让泰米娜把她的gmail邮箱写给了我,我说回去后会写邮件给她。这时的泰米娜仿佛洞悉一切世事,她平静地说:

"Pearl,离开的人,很少有写邮件回来的,也很少有人能够再来。"

我被泰米娜的话说中,果然没有写过邮件给她,也没能再去蒙巴萨。一次次的,我只能在有泰米娜签名的画作里故地重游。

米兰·昆德拉在《生活在别处》里写道:"这是一个流行离开的世界,但我们都不擅长告别。"离别总是伤感的,我登上了彩虹色的蒙内列车,有年轻的非洲人在座位上刷TikTok,科目三那古怪的声音仿佛搞笑了全世界人的神经。我把头靠在密封的玻璃窗前,车窗外的景色映射在我的脸上,我的眼中闪过了蒙巴萨,闪过了乞力马扎罗,闪过了非洲:

那天晚上,空气中弥漫着凉爽宜人的永久花的药香味,我和戈戈坐在火伦坡营地的火山石上,凝望着南半球星空下的银河景象,山脚下的莫希镇闪烁着零星的灯光,乞力马扎罗的雪顶好似沉睡中的白色天鹅,远处的稀树草原上隐隐约约传来了狮子的吼叫声。

非洲的高山、非洲的丛林深深吸引住了我的内心,在那里我完全成了另一个人,活得像一匹野马,自由、不羁。翻滚的草浪,上万头的野兽,走一整天都看不完的野生动物,我是一个多么幸运的女子,能来到这神奇的地方,以一双凡人之眼,来探知这个世界的奥秘。印度洋的海水连着太平洋、连着大西洋、连着整个世界,有一天,季风吹拂的洋流也会把我说的每句话、写的每个字,把我的思念带回到这里来。

尾声　离散

Postscript　Diaspora

从内罗毕回广州的航班是晚上 10 点起飞，但被延迟到凌晨 2 点。我拎着画筒，背着装有相机、手提电脑的随身背包，一个人在肯雅塔国际机场的候机厅里闲逛。我没兴趣买任何非洲风格的纪念品，唯一带着的就是泰米娜那两幅珍贵的画。我想去找个地方睡一会儿，就去 Java 咖啡吧买了一份油炸乌伽里鱼小吃，靠在车厢式的卡座上看了一会儿书，刚刚躺下眯了一小会儿，就听见一个打着领结的侍者对我说：

"女士，不能躺在咖啡吧里睡觉哦。"

我很尴尬，侧翻起了身，很落寞地走了出去，看见一个白肤金发的年轻背包客，他比我放得开，戴着眼罩就地躺在地上就睡着了。我如法炮制，找了个角落，把背包的带子垫在头下，脸上盖住头巾，直接就躺平在了光滑、冰凉的大理石地上。只要放得下脸面，睡在国际机场大厅的地上，放松了的四肢是无比舒服的。

12 个小时的飞行后，落地广州入海关时，已是第二天傍晚的落日时分，我转机回重庆的航班是晚上 8:30，我一看预留的 5 小时的转机时间已灰飞烟灭掉，前面排队的人多如过江之鲫，心一横，就厚着脸皮往前挤。大家都很鄙视插队的人，我举着票，谦卑、乞请着说："我快误机了，只有 1 个多小时了，请帮我一下嘛！"问了十几个人，终于有个女孩同情了我，她说你就排我前面吧，我如获大释。

入了海关，取了行李，一路推着手推车从国际通道向国内通道狂跑，头发都跑散了，我要在几十分钟内跑到转机柜台换登机牌。电影《罗拉快跑》中的罗拉，相信"爱情无所不能"，为在 20 分钟内筹到 10 万马克，救出男友，她拼了小命狂奔在向银行家父亲求助的路上。我觉得考验我的时候到了，我不想再在机场晃荡一夜，我得像顶着一头红发的罗拉那样，罗拉跑过街道、小巷、高架桥、拱廊、十字路口，跑过整个城市去拯救她的爱人，我跟自动扶梯较劲，跑过了人行传送带、免税店、美食区、电子显示屏，一个不认识的小伙子也跟着我的节奏一起跑，跑呀跑！跑过整个机场去挽救我的航班。

递上机票的那一刻，值机柜台的小姐说托运行李口已关闭，不过人可以先走，行李可随第二天的航班送达。我气喘吁吁，累得心都快跳出来了，再不想做迷失和停留机场的人，立马换了登机牌。过了安检门，我又继续朝登机口飞跑，直到有空乘小姐亲切地说"欢迎登机，晚上好"！我的乡愁飘动在我的血液里，漂泊了60多天，我只想早点回家睡一觉。

人在时间面前是多么的渺小，这一次我跑过了时间。片中的女主罗拉奔跑了3次，有如闯关游戏一样，有了3种不同的结局。但真实的人生终究不是通关游戏，可以在一次次游戏结束后再读档，像大侠一般重新再来玩一遍。我生活的结局也远远超出了任何想象。

第二天中午去机场取回延误的迷彩大背包，新的一年亦御风而来。奇葩的非洲、延迟的非洲、极不安全的非洲、不能单独外出的非洲、随时会被抢劫的非洲，但背包和肉身，终于一起回家了。我可以带着已15岁的小狗小茶，自由自在去走无人走的山间小道，把一大束野棉花采回来。一如从前，能够生活在一个安稳、安全的国度，自己的家，就是美好。蔡崇达在《皮囊》里写道："只有会用肉体的人才能成材。"那些所有的磨难已过去，而我心神俱在，一呼一吸之间也是美好。

在开年的第五天，我竟意外收到了搬离写作营的通告，艺术村即将被关闭，所有艺术家在一周之内都得离开，工作室也不能再使用。

握住那纸盖有鲜章的通告，我心如刀割，很多年的心血顷刻间化为了泡影，好比一场突如其来的山洪将世间一切美好的事物全都冲毁殆尽。宇宙间最不可思议的就是时间和命运，我在打包一件件的东西时泪如雨下。我想起第一次来到这个山村时，周围还是一片荒地，只有一条凹凸不平的机耕道。第一次走农村的田坎路时，我是大近视眼，踩滑了，一脚就踩进了水田里。泥水咕噜咕噜灌进了我的小羊皮靴里，友人站在田坎上，像拨一捆稻草一样，把我从水田里费力地扒拉了上来。我两眼一抹黑就上了山，梦想着在一片荒山上修建一座写作营。

最初荒山上什么都没有，没通自来水、没通天然气、没通网络，也没有路灯、没有柏油路。当一个"泥腿子"似的开荒者当得久了，我也学会了什么都不怕。不怕闪电劈断树木，不怕10级大风把整个玻璃屋顶吹走。有时屋外下暴雨，屋内也下暴雨，就用几十个盆盆碗碗来接天水。

有一次，我站在露台上看远山，写累了，想休息一下眼睛。我竟然看见，一条很长的乌梢蛇，在写作营前的草地上，在阳光下，跳曼巴舞！我屏住了呼吸，没敢吱声。它自顾自地跟着光线在扭动、在旋转！大约30秒后，它一定闻到了我身上的气息，感受到了我目光的注视，闪电般地射进了草丛里，不见了。村子里的艺术家说，那是你家的屋基蛇，保护神。每个吉屋，都会有屋基蛇的。

我再也不用害怕山里任何野生的东西，我的动物亲戚也越来越多，虫呀、蛇呀、马蜂呀、蚂蟥呀、蜻蜓呀、喜鹊呀、鹰呀、刺猬呀、野鸡呀、野猪呀，各种昆虫、各种飞鸟、各种小动物，它们都成了我的朋友，成了我山居生活的一分子。能像野生动物一样，在大山中活下来，其实也其乐无穷。我们终于用30万块红砖，在荒野上建起了一座乌托邦的城堡——写作营，那里什么都有了，有了自来水、有了天然气、有了Wi-Fi、有了柏油路、有了路灯。我在那里，种满了各种植物、花草。面朝大山，面朝天空，可以安放下6张书桌，我给每个房间，都取了一个佛语的名字——寂天、月称、龙树、迦叶、喜饶、德喜，那是在向写佛经、画佛画的母亲致意。每个季节，不同的花朵，都会恣意开放，呼吸着阳光，呼吸着雨露，呼吸着自然。

朋友们听闻山上发生的事情，全都来了，开了12辆车来，还租了搬家公司的2辆车来帮我装东西，连逍遥也赶来了。他们帮我把书籍、画卷、生活物品打包好，把书桌、钢琴、床、窗帘、燃气灶、空调全都拆了，整整装了80个箱子。写作营里变得空空荡荡，透亮的玻璃门上，被贴上了两把叉的白色封条。

下山的车队像长龙一样沿着蜿蜒的山路缓缓行驶，我把长条木椅留在了展厅的玻璃门外，那是我留给母亲的。万一哪天她从天上下来看我，她也有一个可以小坐一会儿的地方。我在那张长条木椅上躺了很久，门前草地上种的树木、花草已被悉数铲尽，退林还耕，农民已种上了青幽幽的蔬菜苗。逍遥陪我坐了很久,时间嘀嗒嘀嗒,仿佛一头无情的怪兽将山中的岁月全部吞噬。

在开车下山的途中,我的泪水像断线的珠子,一滴滴滚落在了方向盘上。这条路从烂泥似的拖拉机道到有漂亮山景的双车道,反反复复修了很多年,我也不知道来来回回走过多少遍,一步步亲身经历了一座座大山的变迁。逍遥说哭花了眼睛,危险,把我从熟悉山路的驾驶位上换了下来,由他来掌方向盘。

他安慰说:"珍珠你看,你没有振臂高呼,但朋友们都来了,天大的事情有爱着你的人一起顶着。生活的每一次结束,其实都是重新开始,我们要有勇气翻开新的一页,不要屈从于命运的捉弄。你喜欢的那个作家卡伦,她破产后,变卖了所有的家当走出非洲。你完全可以一身轻地下山,从此再无羁绊,走遍你的万水千山。"

"你有一颗跑得过飞机的强大心脏,"逍遥幽默道,"无论遭遇什么,不必灰心。生活有晴有雨,现在是下暴雨的时候。你所有的眼泪,在有阳光时就会干得很快。"

上帝的确再次给我开了个残酷的玩笑,可他仿佛低估了人的力量。因为一无所有了,所以才能来去自由。我们的吉普在哭声中一步步走远,翻越了重重叠叠的大山。真爱和勇气,是我们唯一能抵御时间、抗衡命运的人生信条,世界以另一种方式重新回到我的心中。

有一天,逍遥从旧金山发来一段视频,在建了20年的金门大桥自杀防护网竣工之际,他和海特区的几个艺术家,在金门海峡野花丛生的海岸边,做了一尊纪念性公共雕塑,两只手紧紧相扣,十指伸向天空。基座上刻有一行小字:如果你跌落,我会接住你。

他说在过去的半个多世纪里,每个月都有患抑郁症的人、活得不开心的人、丧失生活勇气的人,从橘红色的金门大桥上跳海自杀。也许等一等,坚持一下,人生就不一样了呢?

这双手的雕塑没有命名,也没有用白色、黄色或黑色的肤色,是一双祈祷的手,施无畏的手,十指相扣的力量,就能坚如磐石。我想起保罗·

策兰（Paul Celan）的诗："我们是手，我们把黑暗掏空。"我们的前世今生，我们生命的存在与潜力，都定格、凝缩在一双手上，不管命运之手是好还是坏，只要活着的每个瞬间落到我们头上，我们都要有信念把它变得更美好。

这尊如赞美诗般的手雕，让我把目光投向了栖居的这片大地，投向了让我们期盼和欣喜的未来。我想我看见的是帮助、友谊、智慧、信仰、希望和爱，看见的是生命的广大、存在的浩瀚，每一只相握的手，就是一个发光的小宇宙。

"那些石头字母笼罩在一片令人难以置信的柔光中，"有一次戈戈在邮件中写道，"在城市里我们很难看星星一眼，做高山向导的好处是，可以跟着星星走，对着星星说话，每次走过基博营的火山石，走过那一片有石头字母的荒丘，我都会想起你，我在用我的余生想念你，Lulu——鲁鲁。"

"我能感受到的，"我用我的心回应道，"无论我在哪里，当我仰望夜空中的繁星和月光时，我会感到非常欢喜和欣慰，因为我知道我们在看着同样的夜空，凝视着同样的星月，这样即使远在天边，远隔重洋，我们也能心意相通。"

远远的、远远的，我听到了非洲在召唤我的鼓声。

插画 | 乞力马扎罗蓝